I0746307

9 781927 874462

دیوتا

۲۵ منتخب افسانے

ڈاکٹر خالد سہیل

کتاب کا نام ───────── دیوتا

مصنف کا نام ─────── ڈاکٹر خالد سہیل

سال اشاعت ─────── 2020

کمپوزنگ ───────── زہرا نقوی

پبلشر ──────── گرین زون پبلشر کینیڈا

213 Byron Street South

Whitby Ontario Canada L1N 4P7

مصنف کی ای میل اور ویب سائیٹ

ای میل:	welcome@drsohail.com
انگریزی کی ویب سائیٹ:	www.drsohail.com
اردو کی ویب سائیٹ:	www.drsohail.org

فہرست

دیباچہ

<h1 style="text-align:center">ادیب دوستوں اور نقادوں کی آرا</h1>

دیباچہ

"دو کشتیوں میں سوار کا" تعارف

خوش قسمت اور پُراُمید

خالد سہیل

ایک گھر کو چھوڑ کر دوسرا گھر بنانے والوں کے دِلوں پر جو بیتتی ہے وہ ان کے دل ہی جانتے ہیں۔

جب انسان ایک ماحول میں پلا بڑھا ہو اور دوسرے معاشرے میں جا بسے تو اکثر اوقات اپنی ذات کو دو کشتیوں میں سوار محسوس کرتا ہے۔ جب بچپن کی سوچ' اندازِ فکر اور روایات میزبان تہذیب کی طرزِ زندگی اور اس کی اقدار سے ٹکراتے ہیں تو کتنے اپنے آپ کو دوراہوں پر کھڑا پاتے ہیں۔

ہر شخص اور خاندان ان بدلتے ہوئے حالات سے اپنے مخصوص اور جداگانہ انداز میں سمجھوتہ کرتا ہے۔

بعض ماضی کا اتنا بھاری بوجھ اپنے کندھوں پر اٹھائے پھرتے ہیں کہ حال اور مستقبل سے آنکھیں دو چار نہیں کر سکتے۔

بعض نئے ماحول سے اتنی تیزی سے بڑھ کر بغل گیر ہوتے ہیں کہ ماضی کو بہت پیچھے چھوڑ آتے ہیں۔

بعض ساری عمر ایک دوراہے پر کھڑے رہتے ہیں۔۔۔۔ نہ گھر کے نہ گھاٹ کے۔

اور بعض مختلف روایات کے ساتوں رنگ اپنے اندر اس خوبصورتی سے جذب کرتے ہیں کہ ایک نئی روشنی، نئی صبح اور نئی منزل کی نشاندہی کرتے ہیں۔

ڈاکٹر خالد سہیل

زندگی کے اسٹیشنوں پر انسانی گاڑیوں کے پٹریاں بدلنے کے اس عمل میں ان لوگوں پر۔۔۔ جو گھروں میں پیچھے رہ جاتے ہیں اور ان لوگوں پر۔۔۔ جو ان مہمانوں کو اپنے سینوں سے لگا کر نیا گھر بسانے میں مدد دیتے ہیں۔۔۔ کیا بیتتی ہے وہ بھی ان کے دل ہی جانتے ہیں۔

مجھے ایک ہندوستانی رفیق کار نے یہ واقعہ سنایا تھا کہ جب ایران پر عربوں نے حملہ کیا اور اپنی طرز زندگی کو ان پر مسلط کرنا چاہا تو کچھ پارسی ایک کشتی میں سوار ہو کر ملک چھوڑ کر چلے گئے۔۔۔ وہ ہندوستان کے ساحل پر پہنچے تو انہوں نے وہاں خیمے لگائے جب اس ریاست کے بادشاہ کو اس کارواں کی خبر پہنچی تو اس نے اپنے ایک پیامبر کو حکم دیا کہ وہ اس گروہ کے امیر کو بادشاہ کی طرف سے سادہ پانی سے بھرا ہوا گلاس پیش کرے۔ جب وہ وہاں پہنچا تو کارواں کے لوگ خیموں سے باہر زمین پر بیٹھے کھانا کھا رہے تھے۔ بادشاہ کے پیامبر نے آگے بڑھ کر پانی سے بھرا گلاس پیش کیا تو امیر کارواں نے مسکراتے ہوئے اس کا استقبال کیا۔ چند لمحے خاموشی سے اسے دیکھا، چینی کے ایک پیالے میں سے کچھ چینی گلاس میں ڈالی اور درخواست کی ”اے پیامبر! تم اس گلاس کو جا کر دوبارہ بادشاہ سلامت کی خدمت میں ہماری طرف سے پیش کرنا اور ان سے عرض کرنا کہ وہ اسے چکھیں۔“ حاضرین کو امیر کی بات سمجھ نہ آئی اور انہوں نے وضاحت کی درخواست کی۔

امیر کارواں نے کہا ”بادشاہ نے پیغام بھیجا تھا کہ ہماری ریاست اس گلاس کی طرح بھری ہوئی ہے جس میں مزید ایک قطرے اور ایک انسان کی بھی گنجائش نہیں اور میں نے چینی ڈال کر کہا کہ ہم اس ریاست میں اس طرح جذب ہو جائیں گے جس طرح چینی پانی میں جذب ہو جائے گی بلکہ اسے میٹھی بھی کر دیں گے۔“ اس وضاحت کو سن کر حاضرین بھی مسکرا دیے۔

میں جب اپنے بارے میں سوچتا ہوں تو اپنے آپ کو اس وجہ سے خوش قسمت محسوس کرتا ہوں کہ مجھے مشرق اور مغرب کے دونوں معاشروں میں زندگی گزارنے اور ان کی اقدار کو جذب کرنے کا موقع ملا اور پر امید بھی کہ مجھے ذاتی اور اجتماعی طور پر مختلف روایات اور طرز زندگی کے خوش گوار امتزاج کے امکانات روشن نظر آتے ہیں۔

میں اپنی ذات کو اس درخت کی طرح محسوس کرتا ہوں جس کی جڑیں مشرق کی مٹی میں پیوست ، توانائی حاصل کر رہی ہوں اور جس کی شاخیں مغرب کی فضا میں جھولتی ہوئی تازہ ہوا میں سرشار ہوں۔

اس درخت پر جو پھل اور پھول لگے ہیں ان کی خوشبو اور ذائقہ آپ کو میرے افسانوں میں ملے گا۔

میں اپنی زندگی کے تجربات کا عکس اور اپنے تخلیقی سفر کی جھلکیاں بڑے فخر سے آپ کی خدمت میں پیش کر رہا ہوں۔

ڈاکٹر خالد سہیل

دھرتی ماں اداس ہے کا "تعارف"

ادب، تخلیقی چشمے اور فردا کے خواب

خالد سہیل

چند سال پیشتر پاکستان کے سفر کے دوران جب میں چند دنوں کے لیے کراچی رکا تو وہاں کے ادب نواز دوستوں نے مجھے ایک ادبی محفل میں شرکت کی دعوت دی۔ ان کی خواہش تھی کہ میں ان کی خدمت میں ایک افسانہ پیش کروں۔ میں محفل میں پہنچا تو ایک نوجوان ادبی صحافی کہنے لگیں کہ افسانہ سنانے سے پہلے وہ میرا انٹرویو لینا چاہتی ہیں اور انہوں نے اپنے بریف کیس میں سے ایک سوالنامہ نکالا۔ شہر کے معتبر اور اپنے بزرگ ادیبوں کے سامنے انٹرویو دینے کا میرا یہ پہلا موقع تھا لیکن میں نے بغیر کسی تامل کے کہا:

"آپ پوچھیں جو سوال پوچھنا چاہتی ہیں۔"

وہ محترمہ کہنے لگیں "خالد سہیل صاحب! آپ نے شاعری بھی کی ہے، افسانے بھی لکھے ہیں، مضامین اور سفر نامے بھی تحریر کیے ہیں اور عالمی ادب کے تراجم بھی چھوائے ہیں۔ آپ بنیادی طور پر اپنے آپ کو کیا سمجھتے ہیں آپ کی ادبی شناخت کیا ہے؟"

"کچھ بھی نہیں۔" میں نے بے ساختہ کہا۔

میرے اس مختصر سے جواب سے وہ محترمہ کچھ گھبرا سی گئیں کیونکہ ان کے باقی سوالوں کا دارو مدار اس پہلے سوال کے جواب پر تھا۔ اسی محفل کے ادیب بھی کچھ پریشان نظر آنے لگے۔ پہلے تو میں چند لمحے خاموش رہا لیکن پھر ان محترمہ کی آنکھوں سے جھلکتی حیرانی نے مجھے مجبور کیا کہ میں اپنے موقف کی وضاحت کروں۔

میں نے کہا۔ ''محترمہ! ایک ادیب کی حیثیت سے میں اپنی ذات، اپنے معاشرے اور اپنے ارد گرد پھیلی ہوئی کائنات کے بارے میں ایک خاص نقطۂ نظر رکھتا ہوں۔ میں زندگی کو ایک خاص زاویے سے دیکھتا ہوں، لوگوں سے ایک خاص انداز سے ملتا ہوں اور انسانیت کے مستقبل کے بارے میں ایک خاص قسم کے خواب دیکھتا ہوں۔ میری خواہش ہے کہ میں اپنی زندگی میں اپنے مشاہدات، تجربات اور خوابوں کا تخلیقی اظہار الفاظ کی صورت میں کر سکوں تا کہ میرے مرنے کے بعد اگر کوئی شخص میری ساری تخلیقات کو پڑھے تو اس پر وہ نقشہ واضح ہو سکے، جسے میں ساری عمر بنانے کی کوشش کرتا رہا ہوں۔ میری نگاہ میں اس نقشے کی تکمیل مرکزی حیثیت رکھتی ہے اور غزل، نظم، افسانہ، مضمون، سفرنامہ، یا کسی عالمی ادبی شہ پارے کا ترجمہ ثانوی حیثیت رکھتے ہیں۔ وہ مختلف اصناف، مختلف قسم کے نکتے، خطوط اور قوسین ہیں جو اس نقشے کی تکمیل کے لیے ضروری ہیں۔ وہ سب نگارشات اس گلدستے کے مختلف پھول ہیں جو میں اپنے قارئین کی خدمت میں پیش کرنا چاہتا ہوں۔

میں نے اس انٹرویو میں اس خیال کا بھی اظہار کیا کہ میری نگاہ میں کامیاب ادیب اپنی تخلیقات میں نہ صرف اپنی ذات کا تخلیقی اظہار بھرپور طریقے سے کرتا ہے بلکہ اپنے اور قارئین کے درمیان ابلاغ کا پل تعمیر کرنے میں بھی کامیاب ہوتا ہے۔ میں ذاتی طور پر محسوس کرتا ہوں کہ اگر میری تخلیقات میرے صاحب ذوق قارئین کی سمجھ میں نہ آئیں تو اس میں نقصان میرا ہے نہ کہ قارئین کا۔ اس لئے میں اپنی تخلیقات پر مزید محنت کرنے کے لیے تیار ہوں۔ میں ادیب کے طور پر قارئین کے ساتھ اپنے ادبی اور انسانی رشتے کا احترام کرتا ہوں میرا مقصد اپنے قارئین کو اپنے تجربات میں شریک کرنا (To Share) ہے نہ کہ ان پر رعب جمانا (To Impress) میرے نزدیک فنکار کی عظمت اس کی عاجزی اور منکسر المزاجی میں ہے نہ کہ غرور اور تکبر میں۔ پھلدار ڈالی اکثر اوقات جھکی ہوئی ہوتی ہے۔

ڈاکٹر خالد سہیل

میری نگاہ میں ادیب سائنس دانوں، صوفیوں اور فنکاروں کے اس قافلے کا ایک مسافر ہے جو انسانیت کے لیے ایک خوب تر زندگی کی تلاش میں سرگرداں رہتا ہے اور اس منزل کے حصول کے لیے عمر بھر ریاض کرتا ہے۔ فرق صرف یہ ہے کہ:

سائنس دان ۔ عقل اور منطق کا

صوفی ۔ وجدان کا

اور

فنکار ۔ جمالیات کا راستہ اختیار کرتے ہیں

ان کے راستے چاہے جدا ہوں لیکن ان کی منزل ایک ہی ہوتی ہے وہ سب انسانیت کے لیے ایک بہتر زندگی کے خواب دیکھتے ہیں اور انسان کی انفرادی اور اجتماعی زندگی کے مسائل کی گتھیاں سلجھانے کی کوشش کرتے ہیں۔ میں

نوجوانی کے زمانے سے ہی سائنس، فلسفے اور ادب کا طالب علم رہا ہوں اور میری کوشش رہی ہے کہ میں اپنی تخلیقی شخصیت میں ان علوم کی روشنی کو جذب کرکے ان کے رنگ، قوس قزح کے رنگوں کی طرح، اپنی تخلیقات میں پیش کر سکوں۔

میری نگاہ میں ادب انسان کی انفرادی اور معاشرتی زندگی کے درمیان ایک پل تعمیر کرتا ہے۔ اس کے ڈانڈے ایک طرف زندگی کے مسائل سے اور دوسری طرف جمالیات کی اعلیٰ اقدار سے جڑے ہوتے ہیں۔ اس کا رشتہ ایک طرف ادیب کی ذاتی زندگی سے اور دوسری طرف تاریخ سے جڑا ہوا تا ہے۔ ادیب ہر موڑ پر ان مختلف قوتوں اور عوامل کے درمیان ایک توازن قائم کرنے کی کوشش کرتا ہے اور یہی توازن اس کی تخلیقات میں ایک ایسا حسن پیدا کرتا ہے جس کا تاثر قارئین کے ذہن، دل اور روح کی گہرائیوں میں اترتا چلا جاتا ہے اور وہ بھی ادیب کے خواب کو اپنا خواب سمجھ کر اس کی تعبیر تلاش کرنے نکل کھڑے ہوتے ہیں۔

ایک مہاجر ادیب کی حیثیت سے میں مہاجروں کے اس قافلے کا مسافر بھی ہوں جنہیں اس بات کا شدت سے احساس ہے کہ

دیوتا

مشرق سے مغرب

تیسری دنیا سے پہلی دنیا

اور پرانے گھر سے نئے گھر کی طرف ہجرت کا سفر پل صراط پر چلنے سے کسی طرح کم نہیں جس کے ایک طرف ان دیکھے عذابوں کا جہنم تو دوسری طرف انجانی بصیرتوں کی بہشت آباد ہے وہ مہاجر اور وہ ادیب جو ان دو معاشروں کی زبانوں، تہذیبوں اور ثقافتوں کے پل صراط کو عبور کرنے کے تجربے میں کامیاب ہوئے ہیں ان کے من کی تیسری آنکھ کھل گئی ہے ایسی آنکھ جو انسان کی روح اور فردا کے خوابوں میں جھانکنے میں مدد کرتی ہے اسی لیے میرے خیال میں مہاجر ادیب بیسویں صدی کی زندگی کی جدوجہد کا استعارہ بن گیا ہے۔

جس طرح میں اپنے تخلیقی اظہار میں غزل، نظم، افسانے یا مضمون کی صنف کے انتخاب کو ثانوی حیثیت دیتا ہوں اسی طرح میر اخیال ہے کہ ادب میں بیانیہ، علامتی یا تجریدی انداز کا چناؤ بھی ثانوی ہے۔ اگر ادیب کا فن پارہ اس کے تخلیقی اظہار کے ساتھ قارئین کے دل کی دھڑکنوں کو چھونے میں کامیاب ہوا ہے تو وہ فن پارہ کامیاب ہے ورنہ ناکام۔ میری نگاہ میں اس سلسلے میں ادیب کا خلوص، اپنی ذات کی سچائیوں سے کمنٹمنٹ اور اپنے فن پر مہارت رکھنا نہایت اہم ہیں۔ اور یہ عشق ادیب سے عمر بھر کے ریاض کا متقاضی ہے۔ میں نے ذاتی طور پر پچھلے پچیس برس میں اپنے اس تخلیقی سفر اور فنی ریاض میں بہت سی منزلیں طے کی ہیں۔

ایک وہ دور تھا جب میرے من میں کبھی کبھار بارش ہوتی تھی، میں ایک دو غزلیں یا افسانے تخلیق کر لیتا تھا اور پھر خشک سالی کا موسم آ جاتا تھا لیکن اب پچھلے چند سالوں سے یوں محسوس ہوتا ہے جیسے میرے اندر دن رات ٹھنڈے اور گرم پانی کے چشمے ابلتے رہتے ہیں اور روایتوں کی چٹانوں سے گزرتے ہوئے اپنا راستہ خود بناتے چلے جاتے ہیں۔ میں نے بھی ان چشموں کو زندہ رکھنے کے لیے ایک مخصوص طرز زندگی اپنا لیا ہے۔

میرے ہر روز شام کو پڑھنے اور صبح دم تنہائی کے لمحات میں لکھنے اور طبع زاد تخلیقی کام کرنے کے بعد ذاتی ڈائری اور ادبی دوستوں کو خطوط تحریر کرنے، عالمی ادب کے تراجم کرنے اور ہر

ڈاکٹر خالد سہیل

چند ہفتوں کے بعد انجانی منزلوں کے سفر پر نکل کھڑے ہونے سے نہ صرف میری تخلیقی زندگی میں استقامت (Stability) پیدا ہوگئی ہے۔ بلکہ ارتقا (Evolution) کا عمل بھی جاری ہے۔ جس سے میں فنی مسرت (Artistic satisfaction) حاصل کرتا رہتا ہوں۔ اگرچہ میرا تخلیقی سفر نہایت صبر آزما اور دشوار گزار رہا ہے۔ لیکن میرے بے پایاں شوق، دوستوں کی پر خلوص رفاقت اور تعمیری تنقید نے اسے پر لطف اور پر معنی بنا دیا ہے۔ اسی لیے میں اپنے آپ کو ایک خوش قسمت انسان اور ادیب سمجھتا ہوں۔

مارچ ۱۹۹۶ء

دیوتا

افسانے

ڈاکٹر خالد سہیل

چند گز کا فاصلہ

ہم لاکھوں کی تعداد میں موجود تھے لیکن اب کہانی سنانے کو صرف چند سو باقی رہ گئے ہیں۔ "کیا ہم خوش قسمت ہیں کہ ابھی تک زندہ ہیں یا بدقسمت کہ مرنے والوں کا سوگ منارہے ہیں؟" ہم اپنے آپ سے پوچھتے ہیں۔

ہماری ماؤں نے ساری دنیا میں سمندر سے چند گز کے فاصلے پر لاکھوں انڈے دیے تھے۔ انہیں امید تھی کہ ہم مختصر سا فاصلہ طے کریں گے لیکن اس مختصر سے فاصلے کو طے کرتے کرتے ہمیں ایک طویل مدت لگی اور لاکھوں جانوں کی قربانی دینی پڑی۔ اب ہم واپس اس جگہ پر آگئے ہیں جہاں سے ہماری ماؤں نے اس سفر کا آغاز کیا تھا۔ جب ہماری ماؤں نے انڈے دیے تھے تو انہوں نے ہمیں ریت میں چھپا دیا تھا تاکہ ہم انسانوں، جانوروں اور پرندوں کی نظروں سے اوجھل رہیں لیکن ایسا نہ ہوا ہم حوادث کا شکار ہوگئے۔ ہم میں سے جو آج تک زندہ ہیں شاید خوش قسمت ہیں کہ اپنے ماضی، حال اور مستقبل کا جائزہ لینے اور اپنی کہانی سنانے کے لئے باقی رہ گئے ہیں۔

ہماری ماؤں نے ریت کھودی تھی اور انڈے دیے تھے تاکہ ہم زیرِ زمین محفوظ رہیں لیکن ہمارے انسانی ہمسائے ہماری تلاش میں نکل کھڑے ہوئے اور آخر انہوں نے ہمیں کھود نکالا۔ انہوں نے انڈوں سے اپنی جیبیں اور تھیلے بھر لئے اور بازاروں کی طرف چل دیے۔ اگر وہ مڑ کر دیکھتے تو انہیں ہماری ماؤں کی آنکھوں میں آنسو نظر آتے۔ ہماری ماؤں کو پتہ تھا کہ وہ انڈے بازاروں میں بیچ دیے جائیں گے۔ بہت سی انسانی مائیں بچوں کو وہ انڈے کھلائیں گی تاکہ بچے صحت مند ہوں لیکن بعض مرد انہیں یہ سوچ کر کچاپی جائیں گے کہ اس سے ان کی شہوانی طاقت میں اضافہ ہوگا۔ شہوانی طاقت میں اضافہ ایک حقیقت ہے یا خوش خیالی ہمیں کیا معلوم۔ ہماری تلاش میں صرف انسان ہی نہ تھے۔ پرندے بھی تھے۔ انہوں نے اپنی تیز اور نوک دار چونچوں اور پنجوں سے ریت کھود کر انڈے نکالے

تھے اور انہیں توڑ کر پی گئے تھے۔ انہوں نے تو اپنی بھوک تیز کرنے کے لئے ایک دل لگی کا سہارا لیا تھا لیکن ہم اپنی جانیں گنوا بیٹھے تھے۔

جب انڈوں سے بچے پیدا ہوئے تو سب بچوں کی ایک ہی خواہش تھی اور ایک ہی منزل۔ وہ سب پانی تک پہنچنا چاہتے تھے۔

وہ چند گز کا فاصلہ طے کرنا چاہتے تھے۔ لیکن وہ چند گز کا فاصلہ سینکڑوں رکاوٹوں سے اٹا پڑا تھا۔ کسی کو خبر نہ تھی کہ ہم میں سے کتنے کامیاب ہوں گے اور کتنے راستے میں قربان ہو جائیں گے۔

دنیا کے مختلف حصوں میں ہمارے قد، جسامت اور شکلیں مختلف تھیں۔ ہم میں سے بعض اتنے چھوٹے تھے کہ بچے اپنی ہتھیلی پر رکھ لیں اور بعض اتنے بڑے کہ نوجوان مرد بھی نہ اٹھا سکیں۔ ہم میں سے اکثر اپنی حفاظت کے لئے ایک ڈھال پہنے رہتے تھے لیکن اس ڈھال کے نیچے ہمارے ناتواں جسم کانپتے رہتے تھے۔ جب ہم نے سمندر کی طرف اپنے سفر کا آغاز کیا تھا اور پانی کی طرف رینگنا شروع کیا تھا تو ہم لاکھوں کی تعداد میں تھے۔

اس سفر میں ہمارے پہلے دشمن آبی پرندے تھے جو چٹانوں پر ہمارے انتظار میں بیٹھے رہتے تھے۔ جب ہم رینگنا شروع کرتے تو وہ خوشی سے چیخنا اور چلانا شروع کر دیتے تھے اور ہم پر حملہ آور ہو جاتے۔ ہم ان سے بہت چھوٹے تھے اس لئے ان کے رحم و کرم پر تھے۔

ہم میں سے جو آبی پرندوں سے بچ گئے تھے ان پر چھپکلیاں حملہ آور ہو گئی تھیں۔ انہوں نے اپنی زہریلی زبانوں سے ہمیں چاٹنا شروع کر دیا تھا وہ ہم سے اتنی بڑی تھیں کہ ہم ان کے آگے مجبور بے بس تھے۔ وہ ہم میں سے بہت سوں کو زندہ کھا گئی تھیں۔

ہم میں سے جو پرندوں اور چھپکلیوں سے بچ گئے تھے وہ کیکڑوں کی زد میں آ گئے تھے۔ اگر چہ ان کی شکلیں گھناؤنی تھیں لیکن ہم پھر بھی ان سے دست و گریباں ہو گئے تھے کیونکہ وہ اتنے طاقتور نہ تھے۔ ان کے ساتھ ہماری رسہ کشی کافی دیر تک جاری رہی۔ وہ ہمیں پانی سے دور کھینچتے اور ہم انہیں سمندر کی طرف۔ کبھی وہ چند لمحوں کے لئے کامیاب ہوتے پھر تھک جاتے اور کبھی ہم چند لمحوں کے لئے کامیاب ہوتے اور پھر تھک جاتے۔

ڈاکٹر خالد سہیل

اگرچہ اس جدوجہد میں ہمت ہار جانا آسان تھا لیکن اپنی استقامت کا پاس جو تھا دنیا بھر میں مشہور تھی۔ ہمیں اندازہ تھا کہ لوک کہانیاں میں جب ہمارا مقابلہ خرگوشوں سے ہوا تھا تو خرگوش تیز رفتار ہونے کے باوجود ہار گئے تھے اور ہم اپنی سست روی کے باوجود دوڑ جیت گئے تھے۔ کیکڑوں کے ساتھ ہماری جنگ طویل جنگ تھی۔ بعض محاذوں پر ہم ہار گئے تھے اور بعض محاذوں پر ہم جیت گئے تھے۔ بعض دفعہ ہم نے ایک دشمن کو ہرا دیا تھا لیکن دوسرے دشمن کی زد میں آگئے تھے۔ ہمارا سب سے بڑا دفاع ہماری تعداد تھی۔ ہم اتنے زیادہ تھے کہ مٹھی بھر انسان، پرندے، چھپکلیاں اور کیکڑے مل کر بھی ہمیں ختم نہ کر سکے تھے۔

ہم میں سے بعض چند گز کا فاصلہ طے کرکے پانی کے اتنے قریب آگئے تھے کہ انہیں سمندر کی لہر اپنی طرف آتی دکھائی دی تھی اور وہ منزل کے بعد چند لمحوں سے ہم آغوش ہو جاتے کہ عین اسی لمحے کسی پرندے نے اپنے پنجوں سے انہیں اچک لیا تھا۔

اور منزل کا سہانا خواب پل بھر میں ڈراؤنا خواب بن گیا تھا۔ ایسی صورت میں ہم اپنے ستاروں کو دوش نہ دیتے تو اور کیا کرتے۔ ہم میں سے جو خوش قسمت تھے وہ پرندوں کے پنجوں سے پھسل گئے اور سمندر سے خود ہی آگے بڑھ کر گلے مل گئے۔

ہم میں سے چند ایک اتنے بدقسمت تھے کہ جب ہماری بھاری بھرکم ماؤں نے سمندر کی طرف سفر شروع کیا تو ہم ان کے جسموں تلے روندے گئے ہم وقت پر ادھر ادھر نہ ہو سکے اور مارے گئے۔

ہم میں سے جو سمندر تک پہنچ گئے انہوں نے کچھ سکھ کا سانس لیا لیکن بعض کا احساس ہوا کہ وہاں بھی ہم اتنے محفوظ نہ تھے جتنی ہمیں امید تھی۔ ہم میں سے بعض کو مچھلیوں نے نگل لیا لیکن ہم میں سے جو خوش قسمت تھے اور اپنے دشمنوں کی زد سے بچ کر نکل آئے تھے وہ زندہ رہے۔

اب ہم جوان ہو گئے ہیں اور اپنی ماؤں کی روایت اور اپنی نسل کو آگے بڑھانے کے لئے دوبارہ سمندر سے چند گز کے فاصلہ پر آگئے ہیں تاکہ ریت کھود سکیں اور انڈے دے سکیں۔

اور اس نسلوں کے سفر کو چند قدم اور آگے بڑھا سکیں اور اس دکھ سکھ بھری داستان کا نیا باب تحریر کر سکیں۔ ہم جانتے ہیں کہ ہم میں سے ہر ایک کو سو انڈے دینے ہوں گے تا کہ ان میں سے کم از کم ایک تو جوانی کی حدود تک پہنچ سکے، چند گز کا فاصلہ طے کر سکے اور کہانی سنانے کے قابل ہو سکے۔

ہم میں سے بعض پر امید ہیں اور سوچتے ہیں کہ ہمارے انسانی ہمسائے اب باشعور ہو گئے ہیں اور ہمارے دوست بن گئے ہیں۔ وہ اب ہمارے ساتھ مل جل کر زندگی گزارنا چاہتے ہیں۔ عین ممکن ہے کہ ہمارے انسانی دوست اس بات کا اہتمام کریں کہ ہمارے انڈوں کو محفوظ کر لیں اور انہیں ایسی فضا میں رکھیں جہاں انڈوں سے بچے پیدا ہوں تو وہ دشمنوں کی زد میں نہ آئیں اگر ایسا ہو گیا تو ہمیں سینکڑوں انڈے دینے کی ضرورت نہ رہے گی اور ہم انسانوں کی طرح صرف ایک یا دو انڈے دے سکیں گے اور یقین رکھیں گے کہ ہمارے بچے زندہ رہیں گے اور مسکراتے ہوئے جوان ہوں گے لیکن ہم میں سے چند ایک طنزیہ انداز میں کہتے ہیں کہ تم انسانوں کو دیکھو ان میں بھی کتنا فرق ہے۔ پہلی دنیا کے انسان تو ایک یا دو بچے پیدا کرتے ہیں کیونکہ انہیں یقین ہے کہ ان کے بچے محفوظ ماحول میں جوان ہوں گے اور کامیاب زندگی گزاریں گے لیکن تیسری دنیا کی مائیں تو در جنوں بچے جنتی ہیں تا کہ ان میں سے چند ایک زندہ رہیں اور وہ چند گز کا فاصلہ طے کر سکیں جو ان کے گھروں، اسکولوں، کارخانوں اور دفتروں کے درمیان حائل ہے۔ وہ چند گز کا فاصلہ جو بعض دفعہ کئی نسلوں میں طے ہو پاتا ہے۔

مارچ ۱۹۹۲ء

ڈاکٹر خالد سہیل

دو پیروں والی ماں

مجھے بچپن کا وہ زمانہ یاد ہے جب

جنگل میں ہر روز سیر کو جانا

پرندوں کی چہکار سننا

راتوں کو چاندنی میں گھومنا پھرنا

صبح سویرے شبنم بھری گھاس پر چلنا

تالابوں میں اپنے دوستوں کے ساتھ نہانا

اور

اپنی ماں کا دودھ پینا

میرا معمول ہوا کرتا تھا

لیکن پھر ایک دن مجھے کچھ ایسے جانور نظر آئے جو میں نے پہلے کبھی نہ دیکھے تھے۔ وہ دبلے پتلے ہی نہ تھے۔ وہ دو پیروں پر بھی چلتے تھے اور وہ لمبی نالیوں والی چیزیں بھی اٹھائے ہوئے تھے۔ پہلے تو میں نے انہیں کوئی اہمیت نہ دی لیکن مجھے جلد اندازہ ہو گیا کہ میرے چاروں طرف خوف و ہر اس کی لہر دوڑ گئی ہے اور پھر ان نالیوں سے آگ کے شعلے نکلے اور بہت سی مائیں تڑپنے لگیں ان میں میری ماں بھی تھی۔ میں کئی دنوں تک اداس رہا اور اپنی ماں کی لاش پر آنسو بہاتا رہا۔ نہ میرا کچھ کھانے پینے کو جی چاہتا تھا اور نہ ہی اپنے دوستوں کے ساتھ کھیلنے کو۔

چند دنوں کے بعد چند اور دو پیروں والے جانور آئے۔ پہلے تو میں ان سے گھبرایا لیکن پھر مجھے احساس ہوا کہ ان کے ہاتھوں میں لمبی نالیوں والی چیزیں نہیں تھیں۔ میں وہاں سے بھاگنے لگا تو انہوں نے گھیر لیا اور بڑے پیار سے مجھے جنگل سے اپنے گاؤں لے گئے۔

گاؤں پہنچ کر مجھے احساس ہوا کہ وہاں اور بھی بہت سے دو پیروں والے جانور تھے اور وہ میرے ان دوستوں کو بھی جنگل سے لے آئے تھے۔ جن کی مائیں شعلوں کا نشانہ بن کر مر گئی تھیں۔ ان دو پیروں والے جانوروں میں سے ایک نے مجھے دودھ پلانا چاہا۔ وہ میری ماں بننا چاہتی تھی۔ لیکن مجھے اپنی ماں بہت یاد آرہی تھی اس لئے میں نے دودھ نہ پیا۔ میری نئی ماں مجھ سے بہت پیار سے پیش آتی اور دن میں دو تین دفعہ دودھ پیش کرتی۔ آخر تیسرے دن میں نے دودھ پینا شروع کر دیا۔ آہستہ آہستہ اس گاؤں میں میرا دل لگ گیا اور میں اپنے دو پیروں والے اور چار پیروں والے ہمجولیوں کے ساتھ کھیلنے لگا۔ میری دو پیروں والی ماں دن بھر کھیتوں میں کام کرتی اور شام سورج غروب ہونے سے پہلے مجھے دودھ پلاتی اور مجھ سے بہت شفقت سے پیش آتی۔ مجھے وہ اتنی اچھی لگنے لگی تھی کہ ہر شام میں اس کا شدت سے انتظار کرتا۔

جب میں ذرا بڑا ہوا تو کبھی کبھار میری دو پیروں والی ماں اور اس کے دو پیروں والے بچے، مجھے اپنے ساتھ کھیتوں میں لے جاتے۔ اگر چہ کھیت جنگل کی طرح تو نہیں تھے لیکن پھر بھی وہاں چرند پرند ضرور تھے جن سے جنگل کا سماحول پیدا ہو جاتا تھا۔

جب میں ذرا اور جوان ہوا تو میری دو پیروں والی ماں مجھے جنگل کی طرف سیر کے لیے لے جاتی۔

ایک دفعہ میں بیمار ہوا تو میری ماں مجھے ہسپتال لے گئی۔ جہاں میرا علاج کیا گیا اور میں چند دن میں صحت یاب ہو گیا۔ آخر جب میں جوان ہو گیا تو ایک دن میری دو پیروں والی ماں مجھے جنگل میں چھوڑ آئی۔

اب میں چند سالوں سے اسی جنگل میں زندگی گزار رہا ہوں جہاں میں پیدا ہوا تھا اور میرا بچپن کا معمول جس میں

جنگل میں ہر روز سیر کو جانا

پرندوں کی چہکار سننا

راتوں کو چاندنی میں گھومنا پھرنا

ڈاکٹر خالد سہیل

صبح سویرے شبنم بھری گھاس پر چلنا

اور

تالابوں میں نہانا شامل ہے، لوٹ آیا ہے۔

اب جب کہ میں جوان ہو گیا ہوں اور حالات کو بہتر سمجھ سکتا ہوں مجھے معلوم ہوا ہے کہ میری ماں کو اس لئے قتل کیا گیا تھا کہ اس کے دانت کسی کے ڈرائنگ روم میں سج سکیں۔

اگرچہ میں جنگل کی زندگی سے بہت خوش ہوں لیکن سورج ڈوبنے سے پہلے مجھے اپنی دو پیروں والی ماں بہت یاد آتی ہے۔

نومبر ۱۹۹۲ء

دیوتا

دھرتی ماں اداس ہے

آج رات تم نے ایک کہانی سننے کی فرمائش کی ہے

اور میں

ماضی کی بھول بھلیوں میں کھو گئی ہوں جب تم چھوٹی سی تھیں تو میں

تمہیں بہت سی کہانیاں سنایا کرتی تھی

وہ کہانیاں جو نانیاں اپنی نواسیوں کو سناتی ہیں

وہ کہانیاں جس میں شہزادے شہزادیوں سے شادی کرتے ہیں

اور ہنسی خوشی زندگیاں گزارتے ہیں

وہ کہانیاں جو من گھڑت ہوتی ہیں

وہ کہانیاں جنہیں سنتے سنتے بچیاں نیند کی آغوش میں کھو جاتی ہیں

لیکن آج جو کہانی

میں تمہیں سنانے والی ہوں

وہ ان سب کہانیوں سے مختلف ہے وہ ایک نئی کہانی ہے

جسے میں ساری رات سناتی رہوں گی اور تم ساری رات سنتی رہو گی۔

اب تم جوان ہو گئی ہو۔

اب تم جگر اتا کر سکتی ہو۔

یہ وہ کہانی ہے جسے ایک دن تم اپنی نواسی کو سناؤ گی۔ اس طرح یہ کہانی نسل در نسل سینہ بہ

سینہ چلتی رہے گی اور محفوظ رہے گی۔

یہ کہانی ایک ماں کی کہانی ہے۔ دھرتی ماں کی کہانی۔ ایسی ماں کی کہانی جس کے بیٹے اور

بیٹیاں اسے جوانی میں چھوڑ کر چلے گئے۔ دور دراز دیاروں میں جا بسے۔ انہوں نے کسی اور دھرتی کو

ڈاکٹر خالد سہیل

اپنی ماں بنالیا اور وہ ماں جس نے انہیں اپنا خون پلایا تھا اپنا دودھ پلایا تھا وہ اپنے بڑھاپے میں اکیلی، تنہا اور اداس رہ گئی۔ یہ اسی اداس ماں کی کہانی ہے۔

بیٹی!
چاہے وہ ماں ہو یا دھرتی ماں جب
اس کی کوکھ بانجھ ہو جاتی ہے
جسم پر کانٹے اگ آتے ہیں
ہاتھوں میں لرزا طاری ہو جاتا ہے
آنکھوں کی چمک جاتی رہتی ہے
اور

پستانوں کا دودھ زہر بن جاتا ہے
تو جب بچے ماں کے سینے سے لگتے ہیں
تو وہ لہو لہان ہو جاتے ہیں
ان کی آنکھیں نم ہو جاتی ہیں
وہ اپنی ماں کو الوداع کہہ کر اجنبی دیاروں میں جا بستے ہیں
پھر کبھی لوٹ کر نہیں آتے
اور اگر آتے بھی ہیں تو
ترس کھا کر

رحم کھا کر

اس کی تیارداری کرنے کو

اپنا فرض نبھانے کو

محبت سے نہیں

دیوتا

پیار سے نہیں

اور وہ کچا دھاگا جو انہیں جوڑے ہوتا ہے

ٹوٹ جاتا ہے

آنول کٹ جاتا ہے

ماں اور بچوں کے رشتوں میں زخم ابھر آتے ہیں ایسے زخم

جنہیں ماں ایک طرف

اور بچے دوسری طرف

چاٹتے رہتے ہیں

میری لاڈلی!

جب سے میں دنیا بھر کی سیاحت کر کے آئی ہوں

جب سے میں اپنے بیٹے بیٹیوں، نواسے نواسیوں، پوتے پوتیوں سے مل کر آئی ہوں

جو شمالی امریکہ سے جنوبی افریقہ تک

اور مشرقی وسطیٰ سے مغربی یورپ تک پھیلے ہوئے ہیں

میری راتوں کی نیند اڑ گئی ہے

پچھلے چند مہینوں میں میں نے

کئی ڈاکٹروں، کئی حکیموں

کئی طبیبوں، کئی روحانی پیشواؤں

سے مشورہ کیا ہے

کوئی کہتا ہے بیماری میرے جسم میں ہے

کوئی کہتا ہے میرے ذہن میں ہے اور

کوئی کہتا ہے میری روح بیمار ہے

ایسی بیماری

ڈاکٹر خالد سہیل

جس کا زہر میرے سراپا میں پھیل چکا ہے

میں مانتی ہوں کہ میری بیماری

ایسی بیماری ہے

جس کا کوئی نام نہیں

جس کی کوئی تشخیص نہیں کر سکتا

جسے کوئی نہیں سمجھ سکتا

جس کا کوئی علاج نہیں

جو زندگی کی شریانوں میں آسیب بن کر پھیل جاتی ہے اور

ہر امید، ہر خوشی اور ہر دعا کو دیمک بن کر چاٹ جاتی ہے۔

میری بیٹی!

اگر میں شاعر یا ادیبہ ہوتی تو اپنی سوانح عمری لکھتی۔ اپنی دھرتی کی تاریخ لکھتی لیکن نہ تو میرے ہاتھ میں قلم ہے اور نہ ہی جیب میں یونیورسٹی کی کوئی ڈگری۔ میں دوسروں کی نگاہوں میں جاہل اور ان پڑھ ہوں لیکن میں بخوبی جانتی ہوں کہ میں اس لیے ڈگریوں سے محروم نہیں رہی کہ میں کند ذہن تھی۔ میں تو اپنے بھائیوں سے زیادہ ذہین اور ہوشیار ہوا کرتی تھی لیکن مجھے اس لیے نہ اسکول بھیجا گیا کیونکہ میں ایک لڑکی تھی۔ میرے بچپن اور جوانی میں عورتوں کو تعلیم نہیں دی جاتی تھی گھر والوں کی خدمت اور قربانی کی ریت نبھانی سکھائی جاتی تھی اس لیے میرے بھائیوں نے یونیورسٹی کی تعلیم حاصل کی لیکن میں علم کی دولت سے محروم رہی، غریب رہی۔ جس دھرتی کی آدھی آبادی جہالت کی تاریکیوں میں بھٹکتی رہے اور جس خاندان کی ماؤں، مالکاؤں کو دستخط کرنا بھی نہ آتا ہو اس خاندان کا حشر کیا ہوتا ہے وہ ہم سب جانتے ہیں۔

لیکن مجھے علم کا شوق تھا

اور میں زندگی کی کتاب پڑھتی رہی

دیوتا

اور مجھے احساس ہوا کہ

انسان، علم یونیورسٹیوں اور درسی کتابوں کے بغیر بھی حاصل کر سکتا ہے شاید اسی لیے ہمارے بہت سے ان پڑھ، پڑھے لکھے سے زیادہ قابل اور زندگی کے رازوں سے آشنا ہیں۔ صاحب نظر ہیں، دانا ہیں۔ یہ علیحدہ بات ہے کہ پڑھے لکھوں کی نظر میں جاہل ہیں۔

بیٹی!

مجھے اتنی خوشی ہے کہ تم نے جرنلزم میں ایم اے کیا ہے تم سیاسی شعور رکھتی ہو اور اپنی قوم کے مظلوموں اور محروموں کی کہانیاں لکھتی ہو۔ اگر کبھی موقع ملے تو اپنی نانی اور دادی کی کہانی بھی لکھنا۔

وہ کہانی جو ایک خاندان کی کہانی ہی نہیں

ایک عہد کی کہانی ہے۔

وہ اس دھرتی کی کہانی ہے جسے ہم پنجاب کہتے ہیں۔

جس کے سینے میں پانچ دریا بہتے ہیں۔

جو کھیتوں کو سراب کرتے ہیں۔

وہی کھیت جنہیں

کسان دن سے شام تک کاشت کرتے رہتے ہیں لیکن

ان ہی کسانوں کو راتوں کو نیند نہیں آتی کیونکہ

ان کے بچے راتوں کو بھوکے سوتے ہیں اور

بیٹیاں کنواری رہ جاتی ہیں

بیٹی!

دریا چاہے پنجاب کے ہوں یا کسی اور دھرتی کے۔ ان سب کا تعلق پہاڑوں سے ہوتا ہے۔ ان پہاڑوں سے جن کی چوٹیوں پر برف کے تاج سجے ہوتے ہیں اور وہ گرمیوں میں پگھل کر وادیوں میں اتر آتے ہیں اور دریا بن کر بہنے لگتے ہیں اور مختلف نام پاتے ہیں، اپنی شناخت دریافت کرتے ہیں،

ڈاکٹر خالد سہیل

راوی اور سَتلج کہلاتے ہیں لیکن پھر وہ ایک دن سمندر کو گلے لگا لیتے ہیں اور اپنی شناخت کو سمندر کی گہرائیوں میں مدغم کر لیتے ہیں۔ اس عمل میں نہ جانے وہ کیا کھوتے ہیں اور کیا پاتے ہیں:

بیٹی!

ہمارا خاندان بھی ان دریاؤں سے مختلف نہیں

ہم نے بھی کشمیر کے پہاڑوں سے اپنا سفر شروع کیا تھا

ہمارے آباؤ اجداد

انہی پہاڑوں پر بستے تھے

انہی وادیوں میں زندگی گزارتے تھے

جہاں

پرندے چہچاتے تھے

پھول مسکراتے تھے

چاند اور ستارے جگمگاتے تھے

اور

دنیا بھر کے انسان ان جھیلوں کی سیر کرنے آتے تھے

لیکن پھر

کشمیر کے پہاڑوں اور وادیوں کے باسیوں نے

اپنے خیمے اٹھائے

دھرتی ماں کو الوداع کہا

وہ ہجرت اس خاندان کی پہلی ہجرت ثابت ہوئی

اس کے بعد انہوں نے نہ جانے کتنی اور ہجرتیں کیں

کیونکہ

جب لوگ اپنے گھر ایک بار چھوڑ دیں

دیوتا

تو پھر انہیں کہیں سکون نہیں ملتا

جب دھرتی ماں سے ایک دفعہ رشتہ کٹ جائے

تو پھر کسی رشتے میں چین نہیں آتا

چنانچہ ہمارے خاندان کا قافلہ کشمیر سے چلا

تو اس نے امرتسر کی سرزمین پر آ کر ڈیرے ڈالے

خیمے اور دل لگائے اور گھر بسائے

جو لوگ اپنی مادری زبان کشمیری بولا کرتے تھے وہ پنجابی سیکھنے لگے اور

دو نسلوں کے بعد بے تکلفی سے بولنے لگے۔

لیکن

یہ سکون، یہ خوشی، یہ اپنے پن کا احساس

عارضی ثابت ہوا

تاریخ نے اپنی تلوار اس انداز سے پھینکی کہ دلوں کے دو ٹکڑے ہو گئے

جہاں کشمیر اور بنگال دو حصوں میں بٹ گئے

وہیں پنجاب بھی دو حصوں میں تقسیم ہو گیا

اور ہمیں

ایک دفعہ پھر مشرقی پنجاب سے مغربی پنجاب ہجرت کرنی پڑی

پہلے جلیانوالہ باغ کا سانحہ ہوا

جس میں ہمارے کئی ساتھی اور رشتہ دار قربان ہوئے اور پھر

ایک دن

آدھی رات کو

ایک دھرتی دو حصوں میں تقسیم ہو گئی

اور

ڈاکٹر خالد سہیل

ایک زبان بولنے والے ایک ہی ماں کی کوکھ سے جنم لینے والے

ایک ہی ماں کا دودھ پینے والے

ایک ہی کھیت میں کاشت کرنے والے

سوتیلے بھائی بن گئے

خون کے پیاسے ہوگئے

اور انسانوں کو ایک دفعہ پھر

ہابیل اور قابیل کی یاد دلانے لگے

بیٹی!

وہ دوسری ہجرت بڑی تکلیف دہ تھی۔ پہلی ہجرت میں تو ہمارے بزرگ صرف بے گھر ہوئے تھے۔ دوسری ہجرت میں تو بیٹیوں کی عزت اور باپوں کی غیرت بھی داؤ پر لگ گئی تھی۔ پہلی ہجرت کا حال تو کانوں نے سنا تھا لیکن دوسری ہجرت کا حال تو ان گنہگار آنکھوں نے دیکھا ہے۔ مت پوچھو ان دنوں

کتنی صبحیں بے نور

کتنی دوپہریں بے رنگ

اور

کتنی شامیں تاریک ہوگئی تھیں۔

میں اکیلی اپنے دو بیٹوں اور دو بیٹیوں کو سینے سے لگائے رات رات بھر جاگتی رہتی تھی۔ تمہارے نانا جو کشمیری شالوں کا کاروبار کرنے کلکتے جایا کرتے تھے مہینوں شہر سے باہر رہتے تھے اور میں گھر بار کا خیال رکھتی تھی۔

ان دنوں جو خبر بھی آتی بری ہی آتی۔

دیوتا

میری بہن اور بھائی ہجرت کرکے لاہور جا چکے تھے اور ہمیں بلا رہے تھے لیکن میں تمہارے نانا کے بغیر کیسے جا سکتی تھی۔

میں ان کا انتظار کرتی رہی۔

ایک ایک دن ایک ایک صدی کی طرح گزارتی رہی۔

آخر وہ آئے تو ہم نے بھی ہجرت کا فیصلہ کیا اور تین نسلوں کے جمع کیے ہوئے گھر، جائداد اور کاروبار چھوڑ کر تین کپڑوں میں بچوں کو لے کر گھر سے نکلنے کی ٹھانی۔ تمہارے نانا کے ایک قریبی دوست تھے جو ان کی غیر موجودگی میں ہمارا خیال رکھتے تھے وہ بچوں سے حد درجہ محبت کرتے تھے ہم سب ان پر اعتبار کرتے تھے وہ گھر سے گھر سے سواری لینے گئے تاکہ بچے آسانی سے اسٹیشن پہنچ سکیں۔

ایک گھنٹہ گزرا

دوسرا گھنٹہ گزرا

ہم سب بے چینی سے انتظار کرتے رہے۔

جب کئی گھنٹے گزر گئے تو ہمیں احساس ہوا کہ وہ کسی کرپان یا تلوار یا بندوق کی زد میں آ گئے ہیں۔ چنانچہ تمہارے نانا خود ایک ٹیکسی یا ٹانگہ لینے گئے۔ آدھے راستے میں انہیں ایک بچپن کا سردار دوست مل گیا۔ کہنے لگا خواجہ صاحب چورا ہے تک گئے تو قتل کر دیے جاؤ گے۔ وہ کہیں سے گاڑی لے کر آیا۔ ہمیں اس میں چھپایا اور اسٹیشن تک چھوڑ آیا۔

اسٹیشن پہنچ کر پتہ چلا کہ مسافر گاڑی اڑتالیس گھنٹوں سے کھڑی ہے۔ ڈرائیور بلوائیوں کے ڈر سے گاڑی نہیں چلاتا۔ لوگ شہد کی مکھیوں کی طرح گاڑی سے لپٹے ہوئے، کھڑکیوں سے لٹک رہے تھے اور سیڑھیوں پر بیٹھے ہوئے تھے۔

ہم نے بچوں کو پلیٹ فارم پر بٹھا دیا اور انتظار کرنے لگے۔

نہ جانے کس چیز کا

کسی کرامت کا

کسی معجزے کا

ڈاکٹر خالد سہیل

کسی ایسی کرامت اور معجزے کا جو ہمیں امرتسر سے اٹھا کر لاہور لے جائے۔

چوبیس گھنٹوں کے انتظار کے بعد جب گاڑی چلنے لگی تو تمہارے نانا کو خیال آیا کہ کیوں نہ ہم گاڑی کی چھت پر بیٹھ جائیں۔

چنانچہ میں چاروں بچوں کو لے کر لوگوں کے کندھوں پر پاؤں رکھتی ہوئی اوپر چڑھ گئی اور پھر تمہارے نانا بھی آ گئے۔

دو گھنٹوں کا سفر بارہ گھنٹوں میں طے ہوا۔

گاڑی جگہ جگہ رکتی، خطرے کو سونگھتی اور ڈرتے ڈرتے آگے بڑھتی سیکڑوں مرد، عورتیں، بوڑھے اور بچے ہتھیلی پر جان لیے سفر کر رہے تھے۔

جب گاڑی لاہور کے اسٹیشن پر پہنچی تو سب نے سکھ کا سانس لیا جیسے موت کی سزا ٹل گئی ہو۔

میرے اور تمہارے نانا کی آنکھوں میں آنسو تھے۔

میرے آنسو خوشی کے تھے کہ بچوں کی جان بچ گئی۔

تمہارے نانا کے آنسو غم کے تھے کہ ان کے دوست کی جان قربان ہو گئی۔

اس غم نے ان کے دل پر ایسا زخم لگایا جو کبھی مندمل نہ ہو سکا۔

وہ ہجرت قیامت کی تھی۔

کچھ دریا کے اس پار رہ گئے۔

کچھ دریا کو پار کرنے میں کامیاب ہو گئے

اور کچھ دریا عبور کرتے ہوئے ڈوب گئے۔

وہ دریا بھی عجیب تھا۔ کہیں خون تھا، کہیں آگ، کہیں وفاداریاں تھیں، کہیں ایمان، اس ہجرت میں ہم نے نجانے کیا کھویا کیا پایا۔

جو مہاجر دریا پار کر آئے انہوں نے اپنے باغباں کے ساتھ مل کر نیا گلستان سجانے کی ٹھانی نئے پودے لگائے اور ان پودوں کو

امیدوں کی کھاد

آرزوؤں کی دھوپ

قربانیوں کے خون

اور

دعاؤں کے پانی سے سینچا

ہمیں امید تھی کہ جب یہ پودے تن آور درخت بنیں گے تو ہم ان سے سکون، آشتی اور انسان دوستی کے پھل پائیں گے۔

لیکن ابھی اس گلستان کو سجائے، پودوں کو لگائے ایک سال بھی نہ گزرا تھا کہ اس کا باغبان ہم سے جدا ہو گیا وہ باغبان جسے اس کی قوم کے غم نے دق کا مریض بنا دیا تھا۔

جو راتوں کو اپنے کمرے میں بے چینی سے چکر لگا رہتا تھا جسے شکایت تھی کہ اس کی جیب میں کھوٹے سکے تھے۔ جو اپنے گلستان میں جمہوریت، سیکولر نظریات اور انسان دوستی کے درختوں کے خواب دیکھا کرتا تھا۔

باغباں کے رخصت ہونے کے بعد باغ میں مذہب اور تنگ نظری کی اتنی تیز آندھی چلی کہ روشن خیالی کے چراغ کانپنے لگے۔

نئی بستی کے سنہرے خواب دیکھنے والوں کے دل بیٹھنے لگے اور آندھی کئی برس چلتی رہی۔ اس نے بہت سوں کے نقاب اتار پھینکے اور بہت سے ایسے چہرے جو مہربان اور معتبر سمجھے جاتے تھے خود غرض اور گھناؤنے نکلے۔

لاہور میں میری بہن نے اپنے چھوٹے سے گھر میں مجھے بھی پناہ دے رکھی تھی۔ جب دل بڑا ہو تو جگہ خود بہ خود نکل ہی آتی ہے۔ ہم نے تنگی میں، عسرت میں، مشکلات میں، مسائل میں وقت گزارا لیکن صبر کا دامن ہاتھ سے نہ چھوڑا۔

سردیوں میں آدھی رات کو ٹھنڈے پانی سے کپڑے دھوئے

گرمیوں میں دہکتے چولہے پر روٹیاں پکائیں

ڈاکٹر خالد سہیل

محنت کی، مزدوری کی۔

اور

اپنے چاروں بچوں کو اسکول بھیجا، کالج بھیجا، یونیورسٹی بھیجا، انہیں اعلیٰ تعلیم دلوائی۔ میں نے اپنے آپ سے وعدہ کر رکھا تھا کہ میں اپنی بیٹیوں کو بھی اپنے بیٹوں کے برابر تعلیم دلواؤں گا۔ سب بچوں کو ایک ہی نظر سے دیکھوں گی، کوئی تفریق نہ کروں گی۔

جب تمہارے بڑے ماموں نے ایم اے پاس کیا اور وہ پوری یونیورسٹی میں اول آئے، تو میں نے لڈو اور جلیبیاں بانٹیں، غریبوں کو کھانا کھلایا۔ ہجرت کے بعد وہ پہلا موقع تھا کہ سارے خاندان کے چہروں پر مسکراہٹ پھیلی ہوئی تھی۔

تمہارے ماموں کو یونیورسٹی میں تعلیم کی اچھی نوکری مل گئی اور ہم نے ایک بڑا گھر خریدا۔ ایسا گھر جس کے صحن میں درخت تھا، درخت پر پرندے آ کر بیٹھتے تھے اور گرمیوں میں ہم درخت کے سائے میں چارپائیاں ڈالتے تھے۔ وہیں چڑیاں، کبوتر اور مرغیاں بھی آ کر پناہ لیتے تھے۔

تمہارے ماموں نے جلد ہی شہر میں نام پیدا کر لیا۔

اس نے قوم کے نوجوانوں کے ساتھ بڑی محنت کی۔ انہیں اعلیٰ اقدار کی تعلیم دی۔

آشتی اور امن کا درس دیا۔

حق اور انصاف کا سبق پڑھایا۔

اپنے اعلیٰ کردار سے مثالیں دیں۔

لیکن وہ سلسلہ زیادہ دیر تک نہ چل سکا۔

سارے گلستاں میں تعصب کے شعلے بھڑک اٹھے

دھرتی ماں نے ماتم کرنا شروع کر دیا۔

قوم کے چند افراد اور خاندانوں کو سوتیلا قرار دیا گیا

ان کا سوشل بائیکاٹ کر دیا گیا۔

ان پر کفر کے فتوے لگائے گئے۔

ان کی عزت پر حملے کئے گئے۔

ان کے گھروں کے باہر کوڑے کے ٹوکرے پھینکے گئے انہیں شہری حقوق سے محروم کیا گیا۔

ان کی حب الوطنی اور وفاداری پر شک کیا گیا۔

ایمان اور کفر کی عدالتیں قائم کی گئیں۔

لوگوں کو مجبور کیا گیا کہ وہ اپنا ایمان ثابت کریں۔

بیٹی! جس دھرتی پر لوگوں کے حقوق پامال کیے جائیں وہاں عذاب نازل ہوتے ہیں۔ غصے، نفرت اور تلخی کی چنگاریاں ابھرتی ہیں اور دیکھتے ہی دیکھتے شعلوں کا روپ اختیار کر جاتی ہیں اور سب کچھ راکھ کر ڈالتی ہیں۔

جو لوگ اس دھرتی کو دارالامان سمجھ کر آئے تھے انہیں کوفے کی یاد آگئی۔

جہاد کا اعلان کر دیا گیا

اور تمہارے ماموں کے ایک قریبی دوست

ایک ہمدرد، محنتی اور مخلص استاد

جنہوں نے برسوں قوم کے بچوں کو پڑھایا، لکھایا، تربیت کی، کردار کا آئینہ دکھایا۔

وہ ان شعلوں کی لپیٹ میں آ گئے

ان پر کفر کا فتویٰ لگایا گیا

طلباء نے ان کے گھر پر حملہ بول دیا۔

ان کے کمروں سے ان کی کتابیں، قرآن کریم، مذہبی نسخے، بیوی کے کپڑے، بچوں کے کھلونے، سب کو چوراہے پر جمع کیا گیا اور آگ لگا دی گئی۔

تمہارے ماموں نے بہت روکنا چاہا لیکن کسی نے ان کی بات نہ سنی کہنے لگے "شکر کرو ہم تمہارا گھر نہیں جلا رہے ہے۔"

ڈاکٹر خالد سہیل

اس دن تمہارے ماموں اور نانا ساری رات روتے رہے۔ آنسو بہاتے رہے، زخم چاٹتے رہے، ایک دوسرے کو تسلیاں دیتے رہے۔ تمہارے نانا کہنے لگے کہ میں نے اپنے دوست کی قربانی دی تھی کہ ایسی دھرتی پر جا کر رہوں گا جہاں نفرت اور تعصب کا سایہ تک نہ ہو گا لیکن اب تو حالات اور بھی بد تر ہو گئے ہیں ایک بھائی نے دوسرے بھائی کے خلاف جنگ اور جہاد کا اعلان کر دیا ہے جنگ جمل کی یاد تازہ ہو گئی ہے اب ہم کس کو شہید کہیں اور کس کو غازی سمجھیں۔

تمہارے ماموں کو اپنے دوست کا بڑا دکھ ہوا۔ وہ ہفتوں سیاہ کپڑے پہنتا رہا۔ آخر وہ کہنے لگا کہ جس دھرتی پر طلباء اپنے استاد کا احترام نہ کریں نہ وہاں رہ کر کیا کرنا۔ جب استاد کی پگڑی اچھال دی جائے تو پھر اور کس کی عزت محفوظ ہے اور پھر ایک دن تمہارا ماموں رات کی تاریکی میں گھر سے نکلا اور انجانی دھرتی کی طرف ہجرت کر گیا۔

وہ خاندان کا پہلا بیٹا تھا جس نے اپنی دھرتی ماں کو داغ مفارقت دیا تھا۔ اس نے مڑ کر نہ دیکھا وہ اپنی ماں کی آنکھوں میں آنسو نہ دیکھنا چاہتا تھا۔ مبادا وہ اس کے پاؤں کی زنجیر نہ بن جائیں۔ میں مدتوں در بدر کی ٹھوکریں کھاتی رہی۔ بیٹے کو تلاش کرتی رہی، گلیوں اور بازاروں میں ماری ماری پھرتی رہی۔ مجھے یوں لگا جیسے وہ اس دھرتی کا یوسف ہو جسے اس کے سوتیلے بھائی کنویں میں پھینک آئے ہوں۔ میں نے یعقوب کی طرح بہت آنسو بہائے۔

مدتوں بعد تمہارے ماموں کا خط آیا جس میں لکھا تھا کہ تمہارے ماموں کا دوست، جس کا گھر جلایا گیا تھا یورپ میں سائنس کی اعلیٰ تعلیم حاصل کرنے چلا گیا تھا اور اس نے خود جنوبی افریقہ میں ہی ڈیرے ڈالے تھے ایک نئی زندگی شروع کی تھی۔

بڑے بیٹے کے چلے جانے سے یوں لگا تھا جیسے کسی نے میرا دایاں بازو کاٹ ڈالا ہو۔

تمہارے نانا کے بھی زخم ہرے ہو گئے کہنے لگے۔

یہ کیسی آزادی ہے

یہ کیسا نیا قانون ہے

یہ کیسی نئی روایت ہے

اور ہم سب نئے قانون، نئی روایت اور نئی آزادی پر خون کے آنسو بہاتے رہے۔

بیٹی! تمہیں نیند تو نہیں آرہی

تم تھک تو نہیں گئیں

تم کچھ زیادہ افسردہ تو نہیں ہو گئیں

یہ کہانی کافی لمبی ہے ساری رات چلے گی

اگر ہمت ہے تو سنتی رہو ورنہ سو جاؤ

جب میں نے زخموں سے پردہ اٹھایا ہی ہے تو آج سارے زخم دیکھ لو تم سے کیا چھپانا۔ تم نے بھی تو یہ درد وراثت میں پائے ہیں۔

جب میرا بڑا بیٹا چلا گیا تو میں اپنے چھوٹے بیٹے اور دونوں بیٹیوں کو تعلیم دلواتی رہی اور ان کی تعلیم سے خود بھی بہت کچھ سیکھتی رہی۔ مجھے اس دوران احساس ہوا کہ جو تعلیم میں نے والدین سے نہ سیکھی تھی وہ اپنے بچوں سے سیکھ رہی تھی۔

مجھے یہ بھی احساس ہوا کہ

ہر بیٹا اپنے باپ کو

ہر بیٹی اپنی ماں کو

اور ہر نئی نسل پرانی نسل کو کچھ نہ کچھ سکھاتی ہے۔ نئی راہیں دکھاتی ہے اور نئے سوالوں سے آشنا کراتی ہے۔

اور میں نے اپنے بچوں کے روپ میں تعلیم حاصل کرتی رہی اپنی پیاس بجھاتی رہی۔ اس دھرتی کے کچھ سپوت کوشاں رہے کہ اس گلستان میں انسان دوستی اور انصاف کے پودے پروان چڑھتے رہیں لیکن جن کے مفادات پر زد پڑتی تھی وہ نہ مانے

جمہوریت نے ابھی انگڑائی بھی نہ لی تھی کہ

جابرانہ حکومت کا سایہ سروں پر منڈلانے لگا۔

آدمیت نے قدم جمانے چاہے تو

ڈاکٹر خالد سہیل

ڈکٹیٹر شپ کا سانپ پھنکاریں مارنے لگا

دھرتی کے بچے ابھی مذہبی جنون کی آندھی سے بچ بھی نہ پائے تھے کہ آمریت کے

زلزلے کی زد میں آگئے۔

عوام کے

ہونٹوں پر مہریں لگا دی گئیں

زبانوں پر تالے ڈال دیے گئے

آوازوں کو محصور کر دیا گیا

ریڈیو، ٹی وی، اخباروں پر، آزادانہ فکر اور تنقید سوچ پر پابندیاں لگا دی گئیں۔

لوگوں کو اپنے گھروں میں

گھٹن کا، حبس کا احساس ہونے لگا

میری دونوں بیٹیوں نے جبر اور ظلم کے خلاف آواز اٹھائی۔ ایک نے انسانی حقوق اور

دوسری نے عورتوں کے حقوق کے حوالے سے۔ ایک نے کہا کہ اس دھرتی پر کارخانوں، کھیتوں اور

دفاتر میں کام کرنے والے مزدور عزت نفس سے محروم ہوگئے ہیں۔

دوسری نے کہا اس دیار میں

عورتوں کو دوسرے درجے کا شہری بنا دیا گیا ہے

نہ وہ امام مسجد بن سکتی ہیں

نہ ہی امیر جماعت

وہ چاہے کتنی ہی ذہین، قابل اور اعلیٰ کردار کی مالک کیوں نہ ہوں

انہیں قوم کی قیادت کی اجازت نہیں ملتی

اصحاب اختیار اور ارباب شریعت کو

ان کی باتیں پسند نہ آئیں

دونوں کو باغی اور غدار قرار دیا گیا

انہیں ملازمت سے برطرف کر دیا گیا

دیکھتے ہی دیکھتے دو بہنیں، ایک ڈاکٹر، ایک پروفیسر بے روزگار ہو گئیں۔

انہوں نے اپنے بڑے بھائی سے رابطہ قائم کیا۔

وہ کہنے لگا جس دھرتی پر بیٹیوں کی عزت محفوظ نہ رہے وہ رہنے کے قابل نہیں۔

چنانچہ ایک بیٹی نے مغربی یورپ کا دوسری نے شمالی امریکہ کا رخ کیا اور ان بیٹیوں کو جنہیں اپنوں نے دھتکارا، ذلیل و خوار کیا، بیکار کیا، اغیار نے ہاتھوں ہاتھ لیا، عزت دی اور اچھی ملازمت دی۔

مجھے یوں لگا کسی نے میرا بایاں بازو بھی کاٹ دیا ہو۔ میں اتنی روئی کہ میرے آنسو خشک ہو گئے۔

اگلے چند سال گھر میں صرف ہمارا چھوٹا بیٹا، اور تمہارے چھوٹے ماموں رہ گئے تھے۔ اس لیے ہمیں گھر سونا سونا، اداس اور غمگین لگتا۔ وہ تو یونیورسٹی پڑھنے چلا جاتا اور تمہارے نانا اور میں گھر میں اکیلے رہ جاتے۔

تمہارے نانا ریٹائرمنٹ اختیار کر لی تھی اور ماضی کے دریچے کھول لیے تھے۔ وہ بار بار پرانے گھر، پرانی دھرتی اور پرانے دوستوں کو یاد کرتے رہتے۔ ان کے خوابوں پر بھی ان کے چہرے کی طرح جھریاں پڑ گئی تھیں۔

وہ سارا سارا دن خلاؤں میں گھورتے رہتے اور بیٹے سے کہتے کہ یہ نیا دیس ہم نے بڑی محنتوں اور بڑی قربانیوں سے حاصل کیا ہے اس کی حفاظت تمہارا فرض ہے۔ وہ باپ کی باتوں سے اتنا متاثر ہوا کہ فوج میں بھرتی ہو گیا۔

وہ مادر وطن کی حفاظت کرنا چاہتا تھا۔

وہ اس گلستاں کے پرندوں، پھولوں اور پودوں کو خارجی شکاریوں اور ڈاکوؤں سے بچانا چاہتا تھا۔

کچھ عرصہ وہ کشمیر کی دھرتی پر تعینات رہا۔

ڈاکٹر خالد سہیل

وہ دھرتی جہاں اس کے اس کے آباؤ اجداد نے پہلی دفعہ

ہجرت کی تھی

وہ دھرتی جس کے دل کے دو ٹکڑے ہو چکے تھے

وہ دھرتی جو اپنے مستقبل سے بے خبر تھی

وہ سوچا کرتا کہ اتنا طویل عرصہ گزرنے کے بعد بھی کیا وجہ ہے کہ اس دھرتی کے لوگوں سے کسی نے نہ پوچھا کہ تم کیا چاہتے ہو۔

اسے یوں لگتا جیسے برسوں سے دو دولہا ایک ہی دلہن کو حاصل کرنے کی کوشش کر رہے ہوں اور کئی دفعہ لڑائی جھگڑے قتل و غارت جنگ و جدل پر تیار ہو گئے تھے لیکن کوئی اس دلہن سے پوچھنے کو تیار نہ تھا کہ وہ کس دولہا کے ساتھ زندگی گزارنا چاہتی ہے عین ممکن ہے کہ وہ دلہن ان میں سے کسی دولہا کو بھی پسند نہ کرتی ہو اور اکیلی رہنا چاہتی ہو اور آزاد و خود مختار زندگی گزارنا چاہتی ہو۔

ایک دفعہ تمہارا چھوٹا ماموں چھٹیاں گزارنے گھر آیا تھا کہ ریڈیو نے بری خبر سنائی۔ تاریخ کی تلوار نے ایک دفعہ پھر حملہ کیا تھا اور اس دفعہ دھرتی کے مشرقی اور مغربی حصوں کو جدا کر دیا تھا۔ فوجیں بلائی گئیں تمہارے ماموں کو بھی بلایا گیا اور اسے ہزاروں فوجیوں کے ساتھ دھرتی کے مشرقی کنارے بھیج دیا گیا۔

وہ فوجیں جو دشمنوں سے مقابلہ کرنے کے لیے تیار کی گئی تھیں انہیں حکم دے دیا گیا کہ وہ اپنوں کے خون سے ہاتھ رنگیں اپنے بھائیوں پر گولی چلائیں۔

ہزاروں فوجیوں نے حکم کی تعمیل کی۔ لیکن تمہارے ماموں نے انکار کر دیا۔ اس کا کورٹ مارشل ہوا اور اسے جیل میں ڈال دیا گیا۔

دھرتی کا کلیجہ ایک دفعہ پھر شق ہو گیا اور دھرتی جو ایک دفعہ پہلے بھی دو ٹکڑے ہوئی تھی ایک بار پھر دو حصوں میں بٹ گئی۔

ایک ایسا زلزلہ آیا کہ دھرتی کے چاہنے والوں کے خوابوں کے محل چکنا چور ہو گئے۔

اس گلستاں میں جہاں باغباں نے چوبیس سال پیشتر پودے لگائے تھے جب وہ درخت بنے تو ان کے پھل کڑوے نکلے۔ گلستاں کو چاہنے والے سوچنے لگے کہ کیا ان پودوں کے بیج ناقص تھے یا انہیں اس مقدار میں پانی نہ ملا، کھاد اور دھوپ نہ ملی تھی جن کی انہیں ضرورت تھی اور جوان کا حق تھا۔

اس دھرتی کی بساط پر لسانی اور ثقافتی رشتوں کے آگے مذہبی آدرشوں نے شہ مات کھائی تھی۔

چمن کا اس سے بڑا المیہ اور کیا ہو سکتا تھا کہ جو لوگ گلستاں یا پھول توڑ رہے تھے اور پرندوں کا شکار کر رہے تھے وہ باغباں کے بچے ہی تو تھے۔ تمہارا ماموں جب جیل سے رہا ہو کر آیا تو اس کی زندگی بدل چکی تھی۔ وہ دھرتی پر لشکری آسیب سے خوفزدہ تھا۔ اس کی محبت، اس کی ذہانت، اس کی شرافت، اس کی عزت نفس، اس کی وفا کو شک کی نگاہ سے دیکھا گیا تھا وہ کہا کرتا تھا کہ اس کی وفاداری عوام سے تھی حکومت اور فوج سے نہیں تھی۔ حکومت اور فوجیں تو آتی جاتی رہتی ہیں دھرتی اور عوام وہی رہتے ہیں لیکن کسی نے اس کی بات نہ سنی۔

آخر ایک دن وہ بھی رات کی تاریکی میں گھر سے نکل گیا اور پھر لوٹ کر نہ آیا۔

مدتوں بعد پتہ چلا کہ اس نے مشرق وسطیٰ میں کاروبار شروع کر دیا ہے اور عرب کے بدووں سے عربی سیکھ رہا ہے۔

تمہارے چھوٹے ماموں کے چلے جانے کے بعد تمہارے نانا اور میں بالکل تنہا رہ گئے۔ بڑھاپے میں ایک دوسرے کا سہارا۔ جن بچوں کو عمر بھر دودھ اور خون پلایا تھا وہ گھونسلہ چھوڑ کر اڑ گئے تھے۔ اگر چہ میری بہن اور بھائی اور ان کے بچے ہمارا اخیال رکھتے تھے لیکن مجھے یہی دکھ تھا کہ میرے اپنے بچے میرے پاس نہ تھے۔

میں کبھی کبھار سوچتی کہ میں نے اور اس دھرتی نے کیا گناہ کیے ہیں کہ ہمیں یہ سزا مل رہی ہے۔

لیکن پھر اس دھرتی پر عجیب و غریب واقعہ پیش آیا جو کسی کرامت یا معجزے سے کم نہ تھا۔

ڈاکٹر خالد سہیل

اس دھرتی پر عوامی تحریک چلی، غریبوں نے سر اٹھائے

محروموں کو نئی امید ملی

محصور آوازیں آزاد ہوئیں

خاموش زبانوں نے ترانے گائے

اقلیتوں نے اپنے حقوق کا مطالبہ کیا

ایک آس، ایک امید، ایک آرزو، ایک تمنا، ایک خواب نے انگڑائی لی

اس دوران دھرتی سے رخصت ہونے والے بیٹوں اور بیٹیوں کو جو دوسری دھرتیوں پر جابسے تھے واپس آنے کی دعوت دی گئی ان سے باعزت زندگی کا وعدہ کیا گیا تمہاری خالہ اور ماموں بھی واپس آنے کا سوچنے لگے اگر چہ ان کے خاندان واپس آنے کو تیار نہ تھے لیکن وہ اب تک ایک کچے دھاگے سے اپنی دھرتی ماں سے جڑے ہوئے تھے۔

لیکن وہ صبح بھی صبح کاذب ثابت ہوئی۔

اس سے پہلے کہ عوام کو خواہشوں، آرزوؤں اور خوابوں کی کلیاں پوری طرح چٹکیں۔ فوج کی بجلی ایک دفعہ پھر کوندی اور سب خواب جل بھن کر راکھ ہو گئے۔

جمہوریت کی شہزادی نے صرف انگڑائی ہی لی تھی ابھی پوری طرح جاگی نہ تھی کہ اسے مذہب اور آمریت کی نشہ آور گولیاں کھلا کر پھر سلا دیا گیا۔

اس دھرتی کی مخصوص اقلیت کو یہی منظور تھا کہ اس کی اکثریت سوتی رہے۔

چنانچہ تمہارے ماموں اور خالہ نے جو واپس آنے کے لئے پر تول رہے تھے اپنے ارادے بدل دیے۔

اس وقت مجھے احساس ہو گیا تھا کہ وہ اب کبھی لوٹ کر نہ آئیں گے۔

ماں ہمیشہ ہمیشہ کے لئے بچوں سے جدا ہو گئی تھی تمہارے نانا اس حادثے سے اتنے متاثر ہوئے کہ ایک دن میں جب صبح اٹھی تو ان کی ٹھنڈی لاش کو اپنے پہلو میں پایا۔

ان کی آنکھیں کھلی ہوئی تھیں

دیوتا

وہ خلاؤں میں گھور رہے تھے

اپنی دھرتی کے اس خواب کی تعبیر تلاش کر رہے تھے جس کی گردن آمریت کے پنجے نے توڑ ڈالی تھی ہم نے بچوں کو اطلاع دی لیکن کوئی بھی نہ آ سکا تمہارے نانا کی لاش کو اجنبیوں نے

نہلایا

کفنایا

دفنایا

ان کا جنازہ غیروں نے اٹھایا تو میں بے ہوش ہو گئی

بیٹی! جب مجھے اندازہ ہو گیا کہ میرے بچے اب کبھی نہیں آئیں گے تو میں نے سوچا کہ ایک دفعہ میں خود ہی ان سے جا کر مل آؤں چنانچہ میں نے اپنا رخت سفر باندھا اور زندگی میں پہلی دفعہ ہوائی جہاز کا ٹکٹ خریدا۔ میرا پہلا پڑاؤ یورپ تھا کہ میں اپنی بیٹی اور اس کے خاندان سے مل سکوں۔

میں پیرس میں تمہاری خالہ، خالو، اور بچوں سے ملی وہ بچے جنہیں اردو یا پنجابی کا ایک لفظ نہ آتا تھا اور میں فرانسیسی سے نابلد تھی۔ میری بیٹی پیرس کے ایک ہسپتال میں ماہر نفسیات کے طور پر کام کر رہی تھی اس کا خاوند میرا داماد جو یونیورسٹی پروفیسر تھا ایک عزت دار آدمی تھا وہ مجھ سے بڑے خلوص سے پیش آیا۔

میں ان کے یہاں چند ہفتے رہی اور پھر انہوں نے مجھے ریل سے پورے یورپ کی سیر کرائی۔ میں نے انگلینڈ بھی دیکھا، جرمنی بھی، ہالینڈ بھی اور سکنڈنیویا کے ممالک بھی۔

میں نے اس سفر میں بہت کچھ دیکھا اور بہت کچھ سیکھا۔

میں نے زندگی میں پہلی دفعہ

Gay مرد بھی دیکھے اور Lesbian عورتیں بھی

وہ لڑکیاں بھی جنہوں نے سر کے بال منڈوا دیے تھے اور وہ لڑکے بھی جنہوں نے کانوں میں بالیاں پہن رکھی تھیں۔ وہ مزدور بھی جو دس دس بیس بیس کی تعداد میں چھوٹے چھوٹے کمروں

ڈاکٹر خالد سہیل

میں رہتے تھے اور پیسہ پیسہ بچا کر گھر بھیجتے تھے تا کہ ان کی مائیں سونی دھرتی پر محل بنا سکیں۔ وہ بازار بھی جہاں نان، کباب، کلیچے، کھیر، حلوا، گجر یلا، حلیم، نہاری سب ملتے تھے۔

آخر میں میں نے سکنڈی نیویا کے ممالک بھی دیکھے اور وہ بلڈنگ بھی دیکھی جہاں ہر سال دنیا کی عظیم شخصیتوں کو نوبل انعام ملتا ہے۔ میں نے جب ان شخصیتوں کی فہرست دیکھی تو مجھے تمہارے ماموں کے اس دوست کا نام بھی نظر آیا جس پر کفر کا فتویٰ لگا تھا اور جس کو قتل کرنے کے منصوبے بھی بنے تھے۔ سٹوک ہوم کی ایک محفل میں مجھے ایک سردارنی ملی۔ کہنے لگی ”ماسی تم نے مجھے پہچانا نہیں“ میں نے اسے اپنی بوڑھی آنکھوں سے غور سے دیکھا تو میں نے اسے پہچان لیا۔ وہ بچپن میں ہمارے یہاں کھیلنے آیا کرتی تھی وہ اس سردار کی بیٹی تھی جو ہجرت سے پہلے اپنی گاڑی میں ہمیں چھپا کر امرتسر کے اسٹیشن تک چھوڑ آیا تھا۔

میں نے پوچھا۔ ”بیٹی تمہارا کیا حال ہے؟“

کہنے لگی۔ ”ماسی! بس مت پوچھو۔

جب سے آپ لوگ چلے گئے ہم نے بھی سکھ کا سانس نہیں لیا۔ میرے دو بھائی گولڈن ٹمپل کی جدوجہد میں مارے گئے اور دو بیٹوں کے غم سے میرا بابو بھی چل بسا۔

اب میں بھی اپنی دھرتی چھوڑ کر یہاں آبسی ہوں۔“

اس کی آنکھوں اور آواز میں اداسیوں کی پر چھائیاں تھیں۔

میں پیرس لوٹی تو تمہاری خالہ مجھے ماہرین نفسیات کی پوری کانفرنس میں لے گئی جہاں اس نے مہاجرین کے نفسیاتی علاج، پر مضمون پڑھا جسے سب ماہرین نے سراہا اور میرا سر فخر سے بلند ہو گیا۔

یورپ سے میں پرواز کر کے اپنی دوسری بیٹی، تمہاری ماں کے پاس کینڈا پہنچ گئی وہاں تم لوگوں نے میری بہت خدمت کی اور مجھے شمالی امریکہ کی سیر کرائی۔

میں نے نیاگرا فال بھی دیکھا۔ ہالی وڈ بھی۔

نیویارک کا براڈوے بھی اور لاس ویگس کے کسینو بھی ۔ اقوام متحدہ کی وہ بلڈنگ بھی دیکھی جہاں پہلی دنیا کے نمائندے تیسری دنیا کے ممالک کے مستقبل کے فیصلے کرتے ہیں۔

جہاں میں نے واشنگٹن میں دن دھاڑے چوری، ڈکیتی، زنا بالجبر اور قتل کی واردات دیکھیں وہاں یہ معجزہ بھی دیکھا کہ جب صدر الیکشن ہار جاتا ہے تو وہ نئے صدر کو مبارکباد دیتے ہوئے White House کی باگ دوڑ اس کے ہاتھ میں دیتا ہے اور پھر ملکی سیاست میں مداخلت نہیں کرتا۔ کسی یونیورسٹی میں جا کر پروفیسر بن جاتا ہے یا کسی فلاحی ادارے کا مہتمم۔

میں نے شمالی امریکہ میں بہت سے ایسے وکیل، ڈاکٹر، انجینئر، بزنس مین بھی دیکھے جن کے جسم امریکہ میں تھے لیکن دل اپنی دھرتی سے جڑے ہوئے تھے۔ میری کئی ایسے ادیبوں، فنکاروں اور موسیقاروں سے ملاقات ہوئی جو مغرب کے فنکاروں کی صف اول میں شمار کیے جاتے تھے۔

اس سفر کے دوران بیٹی تم نے اس خواہش کا اظہار کیا کہ تم پنجاب، پاکستان، بنگلہ دیش اور کشمیر کی سیاحت کرنا چاہتی ہو، میرے پاس آ کر رہنا چاہتی ہو تا کہ اپنے جرنلزم کی تعلیم میں اضافہ کر سکو اور میں نے تمہیں کھلے دل سے دعوت دی تھی۔

میں بیٹیوں سے فارغ ہوئی تو اپنے بیٹے سے ملنے جنوبی افریقہ چلی گئی تمہارا ماموں جو شہر ڈربن میں مقیم ہے میں اس کے پاس جا کر ٹھہری۔ اس کی بیوی اور بچوں سے ملی۔ اس کے بچے دیکھ کر حیران ہوئے کہ ان کی دادی کو انگریزی نہیں آتی۔

اور مجھے یہ جان کر حیرانی ہوئی کہ میرا بیٹا کالوں کے حقوق اور آزادی کی تحریک کا سرگرم کارکن تھا۔ اس نے مجھے بتایا کہ جیسے ہندوستان میں ذات پات کی تقسیم تھی اسی طرح افریقہ میں بھی انسانوں کو گوروں، کلرڈ، انڈین اور کالوں میں بانٹ دیا گیا تھا ان کی جلد کا رنگ ان کے کردار سے زیادہ اہم قرار پایا تھا۔

میرا بیٹا منڈیلا کا دست راست تھا۔ وہ اس گروہ کا ممبر تھا جس نے پچپیس برس کی محنت، جدوجہد اور قربانیوں کے بعد آزادی دلائی تھی۔ جہاں وہ قید تنہائی گزار تا رہا تھا۔ وہ باغباں اب آزادی کے پودے لگا رہا تھا تا کہ کالے ووٹ ڈال سکیں اور اپنا کالو وزیر اعظم یا صدر چن چکیں۔

ڈاکٹر خالد سہیل

میں نے اپنے بیٹے سے پوچھا کہ وہ تو کالا نہیں تھا پھر وہ اس گروہ کا سرگرم رکن کیسے بن گیا تھا وہ کہنے لگا کہ گاندھی بھی تو جنوبی افریقہ کے باشندہ تھے جس نے ہندوستان آکر آزادی کی تحریک کو فروغ دیا تھا۔ جس دن ہندوستان نے انگریزوں سے آزادی حاصل کی تھی اسی دن جنوبی افریقہ کا مقروض بھی ہو گیا تھا اور اب وہ کالوں کی تحریک آزادی میں حصہ لے کر گاندھی کا قرض اتارنے کی کوشش کر رہا تھا۔

بیٹی!

جب میں جنوبی افریقہ کی سیاحت سے فارغ ہو کر اپنے دوسرے بیٹے سے ملنے سعودی عرب جا رہی تھی تو سمندر پر اڑتے ہوائی جہاز میں بیٹھی سوچ رہی تھی کہ کسی ماں، دھرتی ماں کی اس سے زیادہ بد قسمتی اور کیا ہو سکتی ہے کہ اس کے بیٹے اور بیٹیاں اپنی جن

سائنسی اور نفسیاتی تحقیقات

فنی تخلیقات

اور سیاسی نظریات

کی وجہ سے دنیا بھر میں محترم اور معتبر ہیں۔ اپنے گھر میں انہی تحقیقات کی وجہ سے ان پر کفر، تخلیقات کی وجہ سے ان پر فحاشی اور نظریات کے باعث ان پر بغاوت کے الزام اور فتوے لگتے ہیں اور ان کے بھائی اور بہنیں انہیں سنگسار کرنے پر اتر آتے ہیں

بیٹی!

یورپ، شمالی امریکہ اور جنوبی افریقہ کی سیاحت سے میرے دل کو جتنا سکون ملا مشرقی وسطیٰ کی سیاحت سے اتنا ہی میرا دل دکھا۔

میرے بیٹے نے اپنی روایات کو چھوڑ کر عیش و عشرت کی زندگی گزارنی شروع کر دی تھی، شراب جوا، عیاشی اس کے مشاغل تھے۔ کہنے لگا ماں جی!

شرافت، محبت، دیانت سب سراب ہیں جن کا اس دنیا میں کوئی فائدہ نہیں زندگی مختصر ہے اس میں جتنا عیش ہو جائے کم ہے۔

دیوتا

مجھے یہ دیکھ کر قلق ہوا کہ عرب ایشیائی مہاجروں کو اپنے سے کمتر سمجھتے ہیں۔

میں مسجد نبوی میں بھی گئی اور خانہ کعبہ بھی دیکھا اور یہ دیکھ کر بہت رنج ہوا کہ وہاں کے شہزادے نے اپنا گھر خدا کے گھر کے قریب بنایا ہے اور اس سے اونچا بنایا ہے اور جب خانہ کعبہ کی چادر بدلنے کے مقدس فریضے کے لیے اس کو بلایا گیا تو اس نے معذرت کر دی۔ وہ شراب کے نشے میں اتنا دھت تھا کہ سیڑھیوں میں لڑکھڑا کر گر پڑا۔

اس دن مجھے سمجھ آئی کہ عربوں نے خانہ کعبہ کی حفاظت کے لیے امریکی فوجوں کو کیوں بلایا تھا مشرق وسطیٰ کی حالت دیکھ کر میرا دل ٹوٹ گیا اور میں بیٹے کے اصرار کے باوجود جلد واپس لوٹ آئی۔

اس سفر کے اگلے دن سے ہی میں نے خون تھوکنا شروع کر دیا تھا۔

بیٹی! میں واپس اپنی دھرتی پر پہنچی تو تھکاوٹ سے نڈھال ہو چکی تھی اس بڑھاپے میں اتنا طویل اور جانگسل سفر بہت مشکل تھا۔

یہ تو اچھا ہوا کہ تم مجھ سے ملنے اور کچھ عرصہ میرے پاس رہنے کو آ گئیں تم سے باتیں کرتی ہوں تو دل کا بوجھ ہلکا ہو جاتا ہے۔

بیٹی!

میں تمہاری ہمت کی داد دیتی ہوں کہ تم اب تک میری کہانی سن رہی ہو۔

بیٹی!

میں جب سے لوٹی ہوں خون تھوک رہی ہوں اور ایسی بیماری کا شکار ہوں جس کا زہر میرے سراپا میں پھیل چکا ہے میں جانتی ہوں کہ میری بیماری ایسی بیماری ہے

جس کا کوئی نام نہیں

جس کی کوئی تشخیص نہیں کر سکتا

جس کا کوئی علاج نہیں

یہ ایسی بیماری ہے

ڈاکٹر خالد سہیل

جو زندگی کی شریانوں میں آسیب بن کر پھیل جاتی ہے۔

اور

ہر امید، ہر خوشی اور ہر دعا کو دیمک بن کر چاٹ جاتی ہے۔

بیٹی!

جب سے میں دنیا کی گردش سے لوٹی ہوں مجھے احساس ہوا ہے کہ میری دھرتی کے مسائل دنیا بھر کی دھرتیوں کے مسائل سے مختلف نہیں۔ چاہے وہ تعصب ہو یا استحصال، چاہے وہ جہالت ہو یا نفرت، ہر طرف ان کے آسیب اور سائے پھیلے ہوئے ہیں۔

مجھے احساس ہوا ہے کہ

چاہے وہ بچے ہوں یا بوڑھے، عورتیں ہوں یا مرد، امیر ہوں یا غریب سب ایک ہی کشتی میں سوار ہیں اور ایک ہی ماں کے جائے ہیں اور وہ ماں جہاں کہیں بھی ہو جب اپنے بچوں کو دیکھتی ہے تو اس کی آنکھیں نم ہو جاتی ہیں۔

مجھے احساس ہوا ہے کہ چاہے وہ انسان ہوں یا جانور، پرندے ہوں یا مچھلیاں سب دھرتی ماں کی اولاد ہیں اور

دھرتی ماں جب ان کی حالت زار دیکھتی ہے تو اس کا دل کانپ اٹھتا ہے۔ بعض دفعہ وہ کپکپاہٹ اتنی شدید ہوتی ہے کہ ہم زلزلے محسوس کرتے ہیں۔ بعض دفعہ وہ آہیں اور سسکیاں اتنی تند ہوتی ہیں کہ ہمیں آندھیاں، طوفان اور ٹورنیڈو نظر آتے ہیں۔

مجھے احساس ہوا کہ پنجاب کے بیٹے اور بیٹیاں جب تک اپنی دھرتی پر تھے اپنے راوی اور ستلج کی طرح جداگانہ شناخت رکھتے تھے لیکن جب وہ دنیا کے چاروں کونوں میں پھیل گئے تو انسانیت کے سمندر کی گہرائیوں میں اتر گئے سمندر کو گلے لگا کر دریا نجانے کیا کھوتے ہیں کیا پاتے ہیں۔

بیٹی!

مجھے احساس ہوا کہ

یہ دکھ صرف اسی صدی کے نہیں ہیں

دیوتا

اگلی صدی میں جب دھرتی ماں کے جگر گوشے نئی دنیاؤں کی تلاش میں چاند اور مریخ پر جا

آباد ہوں گے تو دھرتی ماں ایک دفعہ پھر اداس ہو جائے گی۔

بیٹی!

تمہارے نانا فوت ہوئے تو کوئی بچہ ان کو کندھا دینے نہ آیا۔

میں تمہیں وصیت کرتی ہوں کہ جب میری موت آئے تو میری لاش کو دفنانے کی بجائے

اسے جلا دینا اور پھر اس کی راکھ کو دو حصوں میں تقسیم کر دینا ایک حصے کو اپنے نانا کی قبر کے پہلو میں دفنا

دینا اور دوسرے حصے کو چار حصوں میں بانٹ کر دنیا کے چاروں کونوں میں میرے چاروں بچوں کو بھیج

دینا۔

بیٹی!

اگر میرے بچے میرے قریب نہیں آ سکتے تو مجھے ان کے قریب جانا ہو گا۔

وہ جہاں رہیں خوش رہیں

وہ زندگی اور مستقبل کی امانت ہیں

اگر میں اداس ہوں تو یہ میرا نصیبہ ہے

میں ان کے قریب رہوں گی تو خوش رہوں گی چاہے اس منزل تک پہنچتے پہنچتے مجھے راکھ

ہی کیوں نہ ہونا پڑے۔

نومبر، ۱۹۹۳ء

ڈاکٹر خالد سہیل

میٹھا زہر

وہ چودہ اگست کی شام تھی۔ سورج دن بھر کا تھکا ہارا اپنی خوابگاہ کی طرف جا رہا تھا۔ میں اپنے دیرینہ دوست سے ملنے لاہور گیا تھا اور مینار پاکستان کے سامنے باغ میں بیٹھا اس کا انتظار کر رہا تھا۔ ہم نوجوانی میں یہیں پر جمع ہوا کرتے تھے۔ گول گپے کھاتے تھے، سکنجبین پیتے تھے اور ایک دوسرے کو لطیفے سنا کر ہنساتے تھے۔ میرا دوست ہمیشہ وقت کا پابند تھا لیکن اس شام میں کافی دیر تک انتظار کرتا رہا اور وہ نہ آیا۔ میں چونکہ کافی دور سے کئی دنیاؤں کا سفر کر کے آیا تھا اس لئے سورج کی طرح قدرے تھکا ہوا تھا۔ میں آرام کرنے کے لئے گھاس پر لیٹا اور مجھ غنودگی طاری ہونے لگی۔

پھر میں نے کیا دیکھا کہ چار جوان کسی بزرگ آدمی کو ایک اسٹریچر پر میری طرف لا رہے ہیں۔ دور سے یوں لگا جیسے کسی کی لاش ہو لیکن جب وہ قریب آئے اور انہوں نے اسٹریچر میرے سامنے زمین پر رکھا تو مجھے اندازہ ہوا کہ وہ میرے دوست کو اٹھا کر لائے ہیں۔

لیکن میرا دوست اور اس حالت میں۔ میری آنکھوں میں آنسو آ گئے۔

اس کے نہ بازو تھے نہ ٹانگیں۔۔۔ صرف سر اور دھڑ تھا۔

اس کے چہرے پر مسکراہٹ تھی لیکن غمزدہ مسکراہٹ۔

وہ مجھے دیکھ کر خوش تو تھا لیکن اس خوشی میں دکھ کے رنگ نمایاں تھے۔

میں نے اس کے ماتھے پر بوسہ دیا کیونکہ نہ تو میں اس سے ہاتھ ملا سکتا تھا اور نہ ہی اس سے گلے مل سکتا تھا۔

ہم کافی دیر تک ایک دوسرے کو خاموشی سے دیکھتے رہے پھر اس نے مجھ سے پوچھا۔

"کیا سوچ رہے ہو؟"

"میں اس فکر میں غلطاں ہوں کہ کیا تم کسی جنگ میں شریک ہوئے تھے جس میں دشمن کے بموں نے تمہارے ہاتھ اور پاؤں زخمی کر دیے تھے یا کسی محاذ پر لڑے تھے جس میں بارود کے زہر

جانے تمہارے بازو اور ٹانگیں اتنی مفلوج کردی تھیں کہ ڈاکٹر نے تمہاری جان بچانے کے لئے انہیں کاٹ دیا تھا۔‘‘

میرے دوست کے ہونٹوں پر ایک مسکراہٹ پھیل گئی۔ کڑوی، کسیلی، زہر بھری مسکراہٹ۔

وہ چند لمحے خلاؤں میں گھورتا رہا پھر بولا۔

میرا کوئی دشمن نہیں۔ میں خود اپنا سب سے بڑا دشمن ہوں۔ یہ جنگ باہر کی جنگ نہیں اندر کی جنگ ہے۔

مجھے ہمہ تن گوش پا کر وہ مزید کہنے لگا۔

مجھے ذیابطیس کی بیماری ہے اور یہ مجھے وراثت میں ملی ہے۔ میرے ڈاکٹر نے مجھے بتایا کہ جب میری ہندوستانی ماں نے ایک عرب سے شادی کی تو اسے اندازہ نہ تھا کہ اس عرب کے خاندان میں ذیابطیس کی بیماری تھی۔ اور اس بیماری کا میٹھا زہر انہوں نے مجھے وراثت میں دیا ہے۔

جب اس مرض کا میٹھا زہر میرے سراپا میں پھیل گیا تو اس نے میری خون کی رگوں کو سکیڑنا شروع کر دیا۔ میرا دل جو خون سارے جسم کو بھیجتا تھا وہ میرے ہاتھوں اور پیروں تک نہیں پہنچتا تھا۔ اور خون نہ پہنچنے سے نہ تو حرارت پہنچتی تھی اور نہ توانائی۔ آخر ایک دن مجھے احساس ہوا کہ میرا جسم آہستہ آہستہ بے حس ہوتا جا رہا ہے۔ میں مفلوج ہوتا جا رہا ہوں۔ آخر میں ڈاکٹر کے پاس گیا وہ کہنے لگا تمہارے دائیں پاؤں کو گنگرین ہو گیا ہے اسے آپریشن کر کے کاٹنا پڑے گا۔

’’میں آپریشن سے ڈرتا ہوں۔ میں نے کہا۔ اگر میرا پاؤں کٹ گیا تو میں معذور ہو جاؤں گا۔ میں چل پھر نہ سکوں گا اور دوسروں کا دست نگر ہو جاؤں گا۔

ڈاکٹر نے کہا۔ ’’اگر تم نے آج پاؤں نہ کٹوایا تو کل پوری ٹانگ کٹوانی پڑے گی۔

چنانچہ میرا آپریشن ہوا اور میرا پاؤں کاٹ دیا گیا۔

میرے ڈاکٹر نے مشورہ دیا کہ میں میٹھے سے پرہیز کروں کیونکہ وہ میرے جسم میں زہر بن جاتا ہے اور پھر وہ میٹھا زہر میرے پورے جسم میں پھیل جاتا ہے۔

ڈاکٹر خالد سہیل

میں نے چند دن تو ڈاکٹر کے مشورے پر عمل کیا لیکن پھر میرے صبر کا پیمانہ لبریز ہو گیا۔ مجھے میٹھا بہت پسند ہے۔ کبھی میٹھے چاول اور کبھی گاجر کا حلوہ۔ کبھی ریوڑیاں اور کبھی قلفیاں، کبھی چم چم اور کبھی پیٹھا۔ میں وہ سب میٹھی چیزیں کھاتا رہا اور وہ میٹھا میرے جسم میں زہر بنتا گیا اور میرے جسم کے حصے مسموم ہوتے گئے، بے حس ہوتے گئے، معذور ہوتے گئے، مفلوج ہوتے گئے۔

پہلے دایاں پاؤں کٹا پھر بایاں پاؤں

پہلے دائیں بازو کا آپریشن ہوا، پھر بائیں بازو کا

ڈاکٹر کہتا رہا کہ میٹھی چیزوں سے پرہیز کرو لیکن مجھے میٹھی چیزوں کا نشہ تھا اور اس نشے پر مجھے اختیار نہ تھا۔ اس نشے نے میری سوچ کو مفلوج کر دیا۔ میری فکر کو اندھا کر دیا۔ مجھے یوں لگے جیسے مجھے کسی نے ہپناٹائز کر دیا ہو مسمرائز کر دیا ہو۔ مجھے یوں لگا جیسے میں نیند میں چل رہا ہوں۔ میری آنکھیں کھلی تھیں لیکن کسی خواب کی سی حالت میں رفتہ رفتہ آگے بڑھ رہا تھا۔ اپنی تباہی کی طرف، اپنی ہلاکت کی طرف، اپنی موت کی طرف۔ میں خود اپنا قاتل تھا، اپنا دشمن تھا۔

میرا میٹھا زہر میرے سراپا میں بہتا رہا اور مجھے بے حس کر تا رہا۔

میں نے اپنے دوست کی طرف دیکھا اور میری آنکھوں سے آنسو ٹپ ٹپ کر اسکے چہرے پر گرنے لگے مجھے یوں لگا جیسے وہ میرا دوست نہ ہو میرا ہمزاد ہو۔ میرے آنسو اس کے آنسو ہوں۔ اس کے دکھ میرے دکھ ہوں۔ ہم ایک دوسرے کے دکھوں اور غموں میں شریک تھے۔

اور پھر مجھے ایک آواز آئی۔ انجانی آواز۔

''میں اس کی ماں ہوں۔ دھرتی ماں۔''

میں خاموش ہو گیا اور ادھر ادھر دیکھنے لگا۔

''کیا یہ آواز مینارِ پاکستان سے آ رہی ہے؟'' میں نے سوچا۔ اس آواز میں ایک اداسی تھی، ایک غم تھا ایک دکھ تھا۔ پھر مجھے احساس ہوا کہ وہ آواز اس زمین، اس دھرتی سے آ رہی تھی جس نے میرے دوست اور مینارِ پاکستان کو اپنی آغوش میں لے لے رکھا تھا۔

دیوتا

”میں اس کی ماں ہوں۔ دھرتی ماں۔ میں نے اسے جنم دیا تھا۔

یہ میری خطا تھی کہ میں نے ایک ہندوستانی ہونے کے باوجود ایک عرب سے شادی کر لی۔ مجھے بالکل اندازہ نہ تھا کہ اس کے اعصاب پر ایک آسمانی مذہب سوار تھا جس نے بڑھتے بڑھتے جنون کی صورت اختیار کر لی اور اس جنون نے میری زندگی میں ایک خون کی ہولی کھیلی۔ میرے بچے اور بچیاں جو ہزاروں سالوں سے بہن بھائیوں کی طرح رہ رہے تھے ایک دوسرے کے جانی دشمن بن گئے انہوں نے اپنے دلوں اور گھروں کے درمیان نفرت کی دیواریں کھڑی کر لیں۔

جب مجھے ہوش آیا تو بہت دیر ہو چکی تھی۔

وہ یہی جگہ تھی۔ اسی مینار کے سامنے میں نے 23 مارچ 1940 کو اپنے حمل کا اعلان کیا تھا۔ اسی جگہ میں نے 14 اگست 1947 کو اپنے بیٹے، پاکستان، کو جنم دیا تھا جب مسلمانوں نے ہندوؤں اور سکھوں سے مذہب کے نام پر جنگ لڑی تھی۔ معصوم جانوں کا خون بہا تھا۔ اس دن کوئی جشن منا رہا تھا کوئی ماتم کر رہا تھا۔ اور پھر وہ زہر، مذہب کا میٹھا زہر، میرے بیٹے کی رگ رگ میں پھیلتا چلا گیا۔

لیکن اب مجھے احساس ہوا کہ مجھے ایک غیر، ایک عرب سے شادی نہیں کرنی چاہئے تھی جس کی نہ میں زبان سمجھتی تھی نہ ثقافت اور مجھے بالکل پتہ نہ تھا کہ اس کے اعصاب پر ایسا آسمانی مذہب سوار ہے جو میرے بچوں کے خون میں زہر بن کر پھیل جائے گا۔ وہ اس میٹھے زہر کے نشے سے باہر نہ نکل سکیں گے اور خدا کے نام پر ایک دوسرے کی جان کے دشمن بن جائیں گے۔ اب میں اپنے بچوں کی بیماری پر دن رات آنسو بہاتی ہوں اور ان کی موت پر بین کرتی ہوں لیکن میری بپتا سننے والا کوئی نہیں۔ تم اتنی دور سے آئے ہو تو تمہیں سب کچھ سنا ہی ہوں ورنہ اب یہاں سچ کہنے اور سچ سننے والے کم ہوتے جا رہے ہیں۔“

اور پھر وہ پھوٹ پھوٹ کر رونے لگی۔

میں نے رونے کی آواز سنی تو ہڑبڑا کر اٹھ بیٹھا۔

میں نے آنکھ کھولی تو مجھے سرہانے ایک سپاہی بیٹھا نظر آیا۔

ڈاکٹر خالد سہیل

مجھے اچانک احساس ہوا کہ سورج کب کا غروب ہو چکا تھا۔

”بابا جی۔ آپ نیند میں چیخ رہے تھے میں سمجھا کوئی آپ کو مار رہا ہے۔ میں بھاگا بھاگا آیا، اس کے چہرے پر ہمدردی کے سائے تھے۔ اس کے ہاتھ میں ایک شمع تھی۔

”ہاں میں ایک ڈرائونا خواب دیکھ رہا تھا۔“

”پارک میں سونے کی اجازت نہیں۔ یہ جگہ محفوظ نہیں۔ یہاں دن کی روشنی میں بچے اغوا ہو جاتے ہیں اور رات کی تاریکی میں جوان قتل ہو جاتے ہیں۔ یہاں مذہبی تشدد پسند کلاشنکوف لئے پھرتے رہتے ہیں۔“ پھر وہ مجھے اجنبی سمجھ کر پوچھنے لگا۔

”بابا جی آپ کہاں کے ہیں؟ کس سے ملنے آئے ہیں؟“

”میں پاکستانی ہوں۔ بہت عرصے سے دیارِ غیر میں بسا ہوا تھا۔ کئی دہائیوں اور کئی زمانوں کے بعد اپنے دیرینہ دوست سے آج ہی ملنے پاکستان آیا ہوں۔“

”بابا جی اب پاکستان نہیں رہا۔ اس کا صرف پ رہ گیا ہے۔“

”کیا مطلب؟ میں سمجھا نہیں۔“ میں نے اسے حیرانی سے دیکھا۔

”اب پاکستان میں نہ ن رہا نہ ت، نہ س رہا نہ ک اور ہی الف رہا۔ جس نے ہم سب کو اکائی میں جوڑ رکھا تھا۔ ایک دھاگے میں پرو رکھا تھا۔ اب صرف پ رہ گیا ہے۔ اور اس پ سے اب پاکستان نہیں پنجاب بنتا ہے جو سب سے علیحدہ ہو کر پنجابستان بن گیا ہے۔“

میں نے اس سپاہی کا شکریہ ادا کیا اور اندھیری رات میں ان دیکھی سحر کی تلاش میں چل پڑا۔

میں آگے بڑھا تو مجھے اپنے پیچھے دھرتی ماں کی سرد آہ سنائی دی۔

مجھے یوں محسوس ہوا جیسے ہم دونوں اداس ہوں لیکن ہمارے دکھ سانجھے ہوں۔

۔۔۱۴۔ اگست ۲۰۰۶

دیوتا

جڑیں، شاخیں، پھل

خاندان بھی درختوں کی طرح ہوتے ہیں۔

جیسے درختوں کی شاخیں جڑوں کو پھلوں سے ملاتی ہیں۔ اسی طرح خاندان ماضی کا مستقبل سے رابطہ قائم کرتے ہیں۔

کیکٹس اور سیبوں کے درختوں میں کیا فرق ہے؟

ایک پر پھل اگتے ہیں دوسرے پر کانٹے۔

ہجرتوں کے سفر بہت سخت ہوتے ہیں۔

ہجرتوں میں زندہ رہنے والے خاندان یا تو خوش قسمت ہوتے ہیں یا بد قسمت۔

مہاجروں کے بچے غیر معمولی ہوتے ہیں یا تو فنکار بنتے ہیں یا ذہنی خلل کا شکار ہو جاتے ہیں۔

کیا مطلب؟

انہیں ایک طرف تو ماضی کی روایات اور اقدار کا بوجھ اٹھانا پڑتا ہے اور دوسری طرف نئے تقاضوں اور مسائل کو گلے لگانا پڑتا ہے۔ جو کامیاب ہو جائیں وہ فنکار اور جو ناکام ہو جائیں وہ دیوانے بن جاتے ہیں۔

میرے ہمسفر محوِ گفتگو تھے۔

میں عالمِ غنودگی میں کچھ کچھ سن رہا تھا۔

جہاز انگلینڈ سے کینڈا کی طرف محوِ پرواز تھا۔

میں اپنے تین چھوٹے بھائیوں سے ملنے کینڈا جا رہا تھا۔ میں جا گا تو مونٹریال پہنچ چکا تھا۔

محمد مجھے گھر لے گیا اس کی بیوی زبیدہ اور اس کی چودہ اور پندرہ سالوں کی بیٹیوں زینب اور فائضہ سے ملاقات ہوئی۔ میں نے انہیں تحفے دیئے تو فائضہ نے خوشی سے کہا۔ ''تھینک یو انکل۔'' محمد نے ''شکریہ تایا جان'' کہہ کر ٹوک دیا۔ وہ مر جھا گئی۔

ڈاکٹر خالد سہیل

شام کا کھانا کھا رہے تھے کہ محمد نے بیٹیوں سے مخاطب ہو کر کہا۔ ''بچیو، مغرب کی نماز کا وقت ہو گیا ہے جا کر وضو کر کے آؤ پھر اکٹھے نماز پڑھتے ہیں۔'' زینب تو فوراً اٹھ گئی لیکن فائضہ جو ذرا شریر تھی کہنے لگی۔ ''ٹھہر جائیں ابا جان۔ تایا جان کی باتیں ختم ہو جائیں تب پڑھیں گے۔'' ''واپس آ جانا فائضہ مغرب کی نماز کے لیے وقت کم ہوتا ہے۔'' اور وہ تلملا کر اٹھ گئی۔

اگلی صبح محمد بہت جلد اٹھ گیا مجھے اس کے غسل خانے جانے کی آواز پھر آئی پھر میں نے محمد کو لڑکیوں کے کمرے کے دروازے پر دستک دیتے ہوئے سنا۔ ''بچیو! فجر کا وقت ہے۔'' نجانے کیا ہوا میری پھر آنکھ لگ گئی چونکہ وہ ویک اینڈ تھا اس لیے کسی کو کام پر یا اسکول نہ جانا تھا۔ ناشتے کی میز پر سب بیٹھے تو پتہ چلا کہ فائضہ اٹھ کر دوبارہ سو گئی تھی۔ محمد ناراض تھا۔ فائضہ تم نے نماز قضا کر دی پہلے جا کر نماز پڑھو پھر ناشتہ کرنا۔''

''ابو جان۔ قضا تو ہو ہی گئی ہے۔ ناشتہ کے بعد پڑھ لوں گی۔''

''نہیں تم ہر وقت بحث کر کے شروع کر دیتی ہو۔''

وہ آنکھوں میں آنسو لیے اٹھ گئی وہ میری باتیں سننا چاہتی تھی زبیدہ نے آنکھوں ہی آنکھوں میں احتجاج کیا لیکن محمد کے آگے اس کی ایک نہ چلی۔

شام کو سب ٹی وی دیکھ رہے تھے کہ فائضہ نے Benny Hill Show لگایا۔ محمد نے فوراً ٹوکا۔ ''یہ شخص بہت بے حیا ہے ہر وقت گندے لطیفے سناتا رہتا ہے۔'' چنانچہ اس نے اٹھ کر چینل بدل دی جس پر کوئی تاریخی پروگرام تھا۔ فائضہ تھوڑی دیر بعد اٹھ کر چلی گئی۔ میں ایک خاموش تماشائی بن کر سب کچھ دیکھ رہا تھا۔

شام کے کھانے کے بعد بچیاں سو گئیں تو میں محمد اور زبیدہ گپ لگانے لگے۔

''بچیوں کے بارے میں تمہارا کیا خیال ہے؟'' میں نے محمد سے پوچھا۔

''بہت پیاری ہیں زینب بڑی ہے اس لیے سمجھدار ہے۔ فائضہ چھوٹی ہے اس لیے شریر ہے بات نہیں سنتی۔'' پھر کچھ سوچ کر محمد بولا۔ ''بھیا بات یہ ہے کہ مجھے کینیڈا آئے دس سال ہو گئے

ہیں۔ مجھے جلد ہی اندازہ ہو گیا تھا کہ یہ ماحول اسلام کے خلاف ہے اس لیے ہمیں پاکستان سے زیادہ محتاط رہنا پڑے گا تا کہ ہماری بچیاں اسلام اور پاکستان کی اقدار کی روایات سے باخبر رہیں مجھے یقین ہے کہ جب وہ جوان ہوں گی تو ماضی پر فخر کر سکیں گی۔

''آپ کا کیا خیال ہے بھائی؟''

''بات تو ٹھیک کہتے ہیں لیکن بہت سختی کرتے ہیں وہ ابھی بچیاں ہیں ان کے کھیلنے کودنے کے دن ہیں انہیں زبردستی نماز اور قرآن پڑھاتے ہیں۔ بعض دفعہ تو وہ رو پڑتی ہیں۔ بڑی ہوں گی تو خود ہی سمجھ جائیں گی؟''

''ایک دفعہ بری عادتیں پڑ جائیں تو پھر تبدیل کرنا مشکل ہو جاتا ہے۔'' محمد نے بات کاٹی۔

''تم کہہ رہے تھے یہاں ماحول اسلام کے خلاف ہے میں سمجھا نہیں۔'' میں نے اپنی لاعلمی کا اظہار کیا۔

''یہ قوم بے راہ رو ہے۔ مذہب سے دور ان کا بچپن Baby Sisters کے ساتھ، جوانی شراب اور زنا کی لذت میں، ادھیڑ عمر Divorces کے سائے میں اور بڑھاپا Senior Citizens کے گھروں میں گزرتا ہے۔ نہ بڑوں کا ادب نہ بچوں سے پیار۔''

''لیکن پھر بھی یہ قوم ترقی کو بہت کر رہی ہے۔''

''خدا نے ڈھیل دے رکھی ہے۔ ایک دن ان پر عذاب آ کر رہے گا۔''

''پھر تم یہاں کیوں رہ رہے ہو۔''

''اس ماحول میں زندہ رہ کر بھی اسلام پر عمل کرنا اور بچوں کو سکھانا بہت بڑا جہاد ہے۔''

میں خاموش ہو گیا۔ میں آخر مہمان تھا۔ اعتراض کرنے نہیں آیا تھا۔ وہ گھر کا مالک تھا جیسے چاہتا اپنی زندگی گزارتا اور بچوں کی نگہداشت کرتا۔

میں نے گفتگو کا موضوع بدل دیا۔

اگلے دن میں شہر میں پھر تارہا۔ میگل یونیورسٹی گیا، کئی گرجوں اور عجائب گھروں، آرٹس گیلیریوں اور بازاروں کی سیر کی۔ مجھے مونٹریال بہت پسند آیا۔ بہت خوبصورت شہر تھا۔ شام کو سینٹ

ڈاکٹر خالد سہیل

کیتھرین اسٹریٹ کی سیر کی۔ فرانسیسی عورتیں بہت خوبصورت لگیں۔ ایسا لگتا تھا بوڑھی عورتیں بھی اپنا خیال رکھتی ہیں۔ میں نے سوچا۔ ہمارے ہاں جس عورت کی شادی ہو جائے یا عمر تیس برس تک پہنچ جائے وہ اپنی ذات سے غافل ہو جاتی ہے۔ دیکھنے والے کہتے ہیں نیک پیری ہے جوانی تیری۔ موتیے کے پھولوں کو گو بھی کے پھول بنتے دیر نہیں لگتی۔

مجھے بخوبی اندازہ ہو رہا تھا کہ زینب اور فائضہ بہت پیاری بچیاں ہیں جو میرے ساتھ بہت سی باتیں کرنا چاہتی تھیں لیکن اپنے والدین کے اعتراضات اور احکام سے مرجھا سی جاتی تھیں۔ شام کے کھانے پر بیٹھے تو فائضہ نے کہا۔ "ابو جان ہماری کلاس Camping کے لیے جا رہی ہے میں بھی جانا چاہتی ہوں۔"

"کتنے لوگ جا رہے ہیں؟" محمد نے پوچھا۔

"بیس لوگ سولہ لڑکیاں چار لڑکے۔"

"نہیں پھر تم نہیں جا سکتیں۔ لڑکوں سے جتنا دور رہو اتنا ہی بہتر ہے۔"

"وہ کیوں؟"

"نامحرم مردوں کے ساتھ وقت گزارنا گناہ ہے۔"

"ابو میری سب سہیلیاں جا رہی ہیں۔"

"میں نے کہا نہیں جانا بات ختم بحث ختم۔" محمد کی آواز میں تحکمانہ انداز تھا۔ فائضہ نے بڑے ملتجانہ لہجے میں اپنی ماں اور میری طرف دیکھا لیکن پھر آنسو لیے خاموش ہو گئی۔

میرا دل تڑپا لیکن مہمان ہونے کی وجہ سے خاموش رہا۔

اگلے دن میں فائضہ اور زینب کو سیر کے لیے لے لے گیا۔ کھانا کھاتے ہوئے میں نے ان سے پوچھا۔ "کیا تم یہاں خوش ہو؟" ایسے لگا جیسے میں نے سوکھی گھاس کو ماچس کی تیلی دکھا دی۔ جذبات کے، بغاوت کے شعلے لپکے۔

"میں ابو سے تنگ آ گئی ہوں۔ اسلام اور پاکستان کے نام پر ناٹک زیادہ عرصہ نہیں چل سکتا۔ میرے لیے یہ دونوں الفاظ گالی بن چکے ہیں۔ میرا بس چلے تو آج ہی گھر سے بھاگ جاؤں۔"

دیوتا

”اتنا غصہ کیوں؟“

”نہ ہم گھر سے باہر جا سکتے ہیں نہ اسکول میں میوزک کی کلاسیں اٹینڈ (attend) کر سکتے ہیں اور نہ ہی دوستوں کے ساتھ (Camping) میں شریک ہو سکتے ہیں، ابو کہتے ہیں قرآن پڑھو میری سمجھ میں تو بالکل نہیں آتا ان کو بھی عربی نہیں آتی۔“

فائضہ کے جذبات بر انگیختہ تھے زینب دل ہی دل میں جلا کرتی تھی کہنے لگی۔

”میں ان سے بد دل ہو گئی ہوں فائضہ تو شور مچاتی ہے اس سے کچھ فائدہ نہیں۔ میں نے اطاعت اختیار کر رکھی ہے لیکن یہ اطاعت بغاوت سے زیادہ خطرناک ہے۔ اپنی اٹھارویں سالگرہ کا انتظار کر رہی ہوں۔“

”پھر کیا ہو گا؟“ میں متجسب تھا۔

”میں گھر سے رخصت ہو جاؤں گی اور لوٹ کر کبھی نہیں آؤں گی۔“

”اٹھارویں سالگرہ کیوں؟“

”وہ کینڈا میں بلوغت کی قانونی عمر ہے۔ اس سے پہلے جدا ہونا بہت درد سر ہے۔“

”وہ کیسے؟“

”میری ایک سہیلی سترہ برس کی ہے۔ اس نے عدالت میں جا کر اپنے والدین کو عاق کر دیا ہے۔ اب وہ اپنے ایک رشتہ دار کے ساتھ رہتی ہے۔ عدالت نے ایک Legal Guardian مقرر کر دیا ہے جو اس کی نگہداشت کرتا ہے۔“

”والدین کو عاق کر دیا ہے۔“ میں نے یہ بات پہلے کبھی نہ سنی تھی۔

”ہاں تایا جان جس طرح والدین بچوں کو عاق کر سکتے ہیں اسی طرح بچے بھی والدین کو عاق کر سکتے ہیں۔ خدا نے پیدا ہونے سے پہلے پوچھا تو نہیں تھا کہ تم اس گھر انے میں پیدا ہونا چاہتی ہو یا نہیں۔ اگر پوچھا ہوتا تو میں انکار کر دیتی؟“

”لیکن تمہارے والدین تم سے محبت کرتے ہیں۔“

ڈاکٹر خالد سہیل

”کرتے ہوں گے لیکن جس طرح سے اس کا اظہار کرتے ہیں وہ ہمیں قبول نہیں اگر ہم دونوں بہنیں ایک دوسرے کو سہارانہ دیتیں تو کب کی خودکشی کر چکی ہوتیں۔“

”کیا میں تمہارے والدین سے بات کروں۔“

”بطخ کی کمر پر پانی پھینکنے یا ریت میں پیشاب کرنے کا کیا فائدہ ہے۔“

”ہمیں خالد اور سہیل چچا بہت پسند ہیں۔ لیکن ابو ان کو کافر سمجھتے ہیں اس لیے ان سے ملنے نہیں دیتے۔ اگر ہمارے ابو بھی سہیل چچا کی طرح ہوتے تو بہت مزا آتا۔

ہم باتیں کرتے ہوئے گھر لوٹ آئے۔

اگلے دن جب بچیاں سو گئیں تو محمد مجھے سیر کے لیے لے گیا ہم Tim Horton میں چائے پی رہے تھے محمد کہنے لگا۔ ”بھیا آپ سے ضروری مشورہ کرنا ہے۔“

”وہ کیا؟“

”میری دونوں بیٹیاں جوان ہو رہی ہیں۔ خدا کی امانت ہیں میں چاہتا ہوں کہ اس سے پہلے کہ وہ گناہ میں ملوث ہوں ان کی متقی پرہیز گار مسلمان لڑکوں سے شادی کر دوں۔“

میں خاموش رہا۔

”بھیا جب آپ واپس واپس جائیں تو اپنی بھتیجوں کے لیے رشتہ تلاش کرنا شروع کر دیں اگر دو اچھے لڑکے مل جائیں تو میں ان کے لے کر آجاؤں گا اور دونوں کی شادی اسلامی طریقے سے پاکستان میں کر دیں گے۔“

”کیا تم نے اس کا تذکرہ بیٹیوں سے کیا ہے؟“

”اس کی ضرورت ہی کیا ہے۔ بچوں کی فلاح و بہبود ان کے والدین سے زیادہ اور کون جانتا ہے اب ناراض بھی ہوں گی تو بعد میں انہیں حقیقت کا احساس ہو گا۔“

”پھر بھی مشورہ کرنے میں کیا حرج ہے؟“

”جب لڑکے تلاش کر لیں گے تو مشورہ بھی کر لیں گے۔“

مجھے زینب کی بات یاد آئی ”ریت میں پیشاب کرنے کا فائدہ۔“

دیوتا

میں خون کے آنسو پی کر رہ گیا۔

اگلے دن خالد سے ملنے نیو فن لینڈ جانا تھا۔

———————

سینٹ جانز کے ہوائی اڈے پر خالد اپنی شوخ سرخ قمیص اور کالی پتلون میں ملبوس مجھے لینے آیا۔ اور اپنی اسپورٹس کار Porsche میں مجھے گھر لے گیا۔

اس کا گھر کیا تھا Play boy کلب کا Pent House لگ رہا تھا چاروں طرف رومانوی پوسٹر اور خوبصورت تصویریں سجی ہوئی تھیں۔ اس ماحول میں وہ سحر تھا کہ عورتوں کا آتے ہی کپڑے اتارنے کو جی چاہے۔ اس پر مستزاد اس کی موسیقی کا چناؤ تھا۔ سونے پر سہاگہ۔

مغرب کے وقت ہم Signal Hill چلے گئے۔

"یہ وہ مقام ہے جہاں سے سب سے پہلے بحر اوقیانوس کے اس پار پیغام بھیجا گیا تھا۔ اب یہ ایک تاریخی چوٹی ہے۔" خالد نے مجھے بتایا۔

"سمندر کا منظر بہت خوبصورت ہے۔ لیکن ہوا بہت تیز ہے۔"

"یہاں ہر وقت ہوا چلتی رہتی ہے۔ سمندر کی قربت اور جزیرہ ہونے کی وجہ سے اس میں شدت پیدا ہو جاتی ہے۔"

باتوں کا رخ آہستہ آہستہ عورتوں کی طرف مڑ گیا۔

میں نے مذاقاً پوچھا۔ "خالد شادی کیوں نہیں کرتے۔"

"مجھے کالے کتے نے نہیں کاٹا۔ شادی میں رکھا ہی کیا ہے۔ اپنے پاؤں میں زنجیر کون عاقل ڈالتا ہے۔ اپنی قبر خود کھودنے والے کو سمجھدار کتنے لوگ کہتے ہیں۔"

"کیا تمہارے خیال میں سب شادی کرنے والے پاگل ہیں؟"

"اگر پاگل نہیں تو کم فہم و سادہ ضرور ہیں مجھے کینیڈا میں شادی کرنے کا کوئی جواز نظر نہیں آتا۔"

ڈاکٹر خالد سہیل

’’گویا کہ پاکستان میں ہے۔‘‘

’’اگر انسان کو شادی کے بغیر عورت کی قربت میسر نہ ہو تو قہر درویش بر جان درویش شادی کرنی ہی پڑتی ہے اس منافق ماحول میں انسان کر بھی کیا سکتا ہے۔‘‘

’’منافق کیسے؟‘‘

’’وہ ماحول جہاں جنسی تعلقات کو گناہ سمجھا جائے۔ مشت زنی پاپ ہو۔ عورت کی قربت کا خیال تک واصل جہنم ہونے کا خطرہ لیے ہوئے ہو شادی کرنے کے بعد بیوی مہینوں اپنے ماں باپ کے پاس رہے۔۔۔ ڈھیروں لوگوں کی وجہ سے تخلیہ میسر نہ ہو، تخلیہ ہو بھی تو چارپائی کی چوں چوں کے ڈر سے انسان کچھ نہ کر سکے اور سینکڑوں مرد برس ہا برس کے بعد نہ بتا سکیں کہ ننگی عورت کیسی نظر آتی ہے۔"

"کیا تمہارے خیال میں پوری قوم ذہنی طور پر نابالغ ہے۔"

"اور خود فریبی کا شکار بھی اپنی ہر کمزوری کو ثواب اور ہر بزدلی کو فخر سمجھ کر عمریں ضائع کر دیں۔‘‘جنوں کا نام خرد رکھ دیا خرد کا جنوں۔ مرتے دم تک یہ نہ جان سکے کہ جنسی تعلق بھی کھانے پینے کی طرح ایک فطری خواہش ہے۔ فرق صرف اتنا ہے کہ اس کی تسکین اختیاری ہے۔‘‘

’’یہاں کیا حال ہے؟‘‘

’’حال یہ ہے کہ کوئی خوبصورت عورت نظر آئے اور اس کی تعریف کرو تو شکریہ ادا کرتی ہے۔ جو تالے کر ’’تمہاری ماں بہن نہیں‘‘ کہتے ہوئے پیچھے نہیں پڑ جاتی اسے فلم یا کھانے پر بلاؤ تو مسکرا کر قبول کر لیتی ہے یا مسکرا کر انکار کر دیتی ہے۔ دعوت قبول کر لے تو ساتھ گھر آ جاتی ہے اور ساتھ سونے کے لیے نہ تو غلط عمر بتاتی ہے نہ ہی شادی کے وعدے لیتی ہے اور نہ ہی ماضی کے معاشقے پوچھتی ہے جنسی تعلق بنیادی طور پر دو انسانوں کا ذاتی تعلق ہے جس میں مذہب یا قانون کو بہت کم دخل ہے۔"

’’تو پھر یہاں لوگ شادی کیوں کرتے ہیں؟‘‘

"خدا ہی بہتر جانتا ہے۔ اتنا ضرور ہے کہ اسے زنجیر یا نہیں سمجھتے تعلقات کشیدہ ہو جائیں تو خیر باد کہہ دیتے ہیں۔ اگر طلاق ہو جائے تو رشتہ دار شہر بھر میں بدنام نہیں کرتے۔"

گھر لوٹتے ہوئے میں نے گفتگو کا رخ بدلا۔

"تمہارا مذہب کے بارے میں کیا خیال ہے؟"

"کھٹی میٹھی گولیاں ہیں چونے سے بھری ہوئی ٹافیاں ہیں چاہے وہ یہودیت ہو عیسائیت ہو یا اسلام۔ غریبوں اور سادہ لوحوں کو بے وقوف بنانے کے طریقے۔"

شام کو کہنے لگا "چلو تمہیں کسی کلب لے چلتے ہیں تا کہ تم اپنی آنکھوں سے یہاں کا رومانوی ماحول دیکھ سکو۔" پھر جگ بیتی آپ بیتی بن جائے گی۔ میں بھی تیار ہو گیا۔

سینٹ جانز کے ایک کلب سٹینلے سٹیمر گئے رات کے نو بج رہے تھے لوگ کلب کے باہر قطاریں بنائے کھڑے تھے ہم بھی کھڑے ہو گئے لوگ خوش گپیوں میں مصروف تھے۔ میں نے پوچھا یہاں دھکم پیل شور غوغا نہیں ہوتا۔ وہ مسکرایا۔ "جو لوگ محبت کرنا سیکھ جائیں وہ لڑائی جھگڑا نہیں کرتے۔" اس نے ایک حسینہ کو آنکھ ماری پھر کہنے لگا بعض لوگ تو قطار میں کھڑے کھڑے ہی دل ملا لیتے ہیں پھر انہیں کلب میں جانے کی ضرورت ہی نہیں پڑتی اور واپس گھر چلے جاتے ہیں تا کہ خاموشی میں دلوں کی دھڑکنیں سن سکیں۔

تقریباً آدھ گھنٹے بعد ہم اندر گئے بہت بڑا کلب تھا سیکڑوں نوجوان عورتیں اور مرد۔ عورتیں زیادہ مرد کم۔۔۔ نیم تاریک ماحول اور پر شور ڈسکو میوزک۔۔۔ "اس شہر میں ایک مرد کے لیے پانچ عورتیں ہیں۔ گویا کہ پانچوں انگلیاں گھی میں اور سر کڑھائی میں، میں انہیں بتاتا ہوں کہ مسلمان مرد کو صرف چار کی اجازت ہے۔"

ہم ایک میز پر بیٹھ گئے تو ایک خوبصورت ویٹرس چلی آئی خالد نے اپنے لیے بیئر اور میرے لیے کوکا کولا لانے کا آرڈر دیا۔

میں چاروں طرف دیکھ رہا تھا لوگ خوش تھے جوانیاں جھوم رہی تھیں۔ مجھے پاکستان کی جوانیاں یاد آنے لگیں۔ جو مفلسوں کی سرد راتوں کی طرح کٹتی ہیں خالد نے دو عورتوں کو دیکھا۔ وہ ان

ڈاکٹر خالد سہیل

عورتوں کو جانتا تھا کہنے لگا۔ ''بھیا اِن عورتوں کو بلاؤں ایک میں لے جاؤں گا ایک تم اِس موقع سے پورا پورا فائدہ اٹھاؤ اِن عورتوں کے ساتھ ایک ایک رات ساری عمر یاد رہے گی اِن کے گرم جسم کی حرارت تمہارے نظریات اور اعتقادات کو برف کی طرح پگھلا دے گی۔''

''اِنہیں بلاؤ گے کیسے؟'' میں حیران تھا سوچ رہا تھا کہ یہ میرا ہی بھائی ہے عمر میں کم اور تجربے میں زیادہ۔ میں اِس کے آگے طفلِ مکتب ہوں عمر خواب دیکھتے ہی گزر گئی اِس کی زندگی کی حقیقتیں میرے خوابوں سے زیادہ رنگین ہیں۔ مجھے اِس پر رشک آنے لگا۔

یہ بھلا کیا مشکل بات ہے میں اِنہیں اچھی طرح جانتا ہوں۔ جب یہ میرے پیچھے پڑی تھیں میں کسی اور کے پیچھے پڑا تھا۔ آج کل فارغ ہوں تو چلیں کچھ عرصہ اِن کی قربت ہی سہی۔ اِسی دوران وہاں سے ایک Flower Girl کا گزر ہوا، خالد نے اسے پانچ ڈالر دے کر کہا کہ دو گلاب اِن دو حسیناؤں کو دے آؤ۔ ہماری طرف سے تحفہ۔

چند ہی منٹوں میں وہ ہماری میز پر بیٹھی تھیں۔

خالد نے ہمارا تعارف کروایا۔ ایک کا نام شیرن، دوسری کا نام ڈینیلا تھا۔ خالد شیرن کو ڈانس کے لیے لے گیا اور میں ڈینیلا سے باتیں کرنے لگا اِس کی آنکھوں میں جوانی کا خمار اور جسم میں جذبات کی گرمی تھی بے تکلف ہو گئی پہلے تو خالد کی تعریف کرنے لگی پھر مجھ پر اپنی توجہ مرکوز کر دی۔ بتانے لگی کہ اِس کی عمر ۳۵ برس ہے ایک بینک کی اسسٹنٹ مینیجر ہے اکیلی رہتی ہے۔ شادی شدہ تھی لیکن ۹ سال کے بعد پچھلے سال خاوند سے علیحدگی اختیار کر لی۔ میں نے سوچا ایسا موقعہ ہے کہ خود اپنے کانوں سے اِس عورت کے حالات سن رہا ہوں۔

تم نے خاوند سے علیحدگی کیوں اختیار کی؟ میں متجسس تھا۔

''شادی چند سالوں کے بعد سرد ہو گئی تھی جذبات ٹھنڈے پڑ گئے تھے نہ اس کے قرب میں خوشی نہ اس کے ہجر میں غم۔ ہم بے حسی کا شکار تھے مجھے چند سال پہلے ہی جدا ہو نا چاہیے تھا۔ لیکن نہ تو مجھ میں ہمت تھی اور نہ ہی مجھ میں مالی طور پر دم خم تھا میں مدتوں شادی کے کچے دھاگے سے لٹکی رہی اس شادی کو محفوظ کرنا بالکل ایسا ہی تھا جیسے بچہ برف کے ٹکڑے کو محفوظ کرنے کے لیے اپنی

ہتھیلی میں دباتا ہے اتنا ہی برف پگھلتی ہے۔۔۔ آخر وہ بالکل ہی پگھل گئی اور پچھلے سال میں اسے خدا حافظ کہہ دیا۔

تمہیں جدائی کا بالکل غم نہیں ہوا!

بلکہ خوشی ہوئی ہم علیحدہ علیحدہ رہتے ہیں کبھی کبھار دوستوں کی طرح ملتے ہیں ایک دوسرے کا احترام کرتے ہیں۔ رومانوی تعلقات، جو کہ ویسے ہی مفقود ہوتے جا رہے تھے، علاوہ ہمارے تعلقات بہتر ہو گئے ہیں۔

میں دل ہی دل میں مسکرا دیا۔

ویٹرس کا گزر ہوا تو اس نے ایک اور شراب کا گلاس کا آرڈر دیا۔ اور مجھ سے بھی پوچھا کہ میں کیا پیوں گا۔ میں نے کہا ”کوکا کولا“ پوچھنے لگی۔ ”رم اور کوک“ میں نے جواب دیا۔ ”صرف کوک۔“

”تم شراب بالکل نہیں پیتے؟“

”نہیں۔“

”خالد تو پیتا ہے۔“

”ہاں وہ مجھ سے بہت آگے نکل چکا ہے۔“ میں دل ہی دل میں ہنس دیا۔

”اچھی بات ہے ایک برائی کم ہے۔“ مجھے معلوم تھا کہ وہ شراب کو برا نہیں جانتی۔ لیکن میرا دل رکھنے کے لیے کہہ رہی ہے۔

”کیا تم شادی شدہ ہو؟“ پوچھنے لگی۔

”نہیں۔“

”گرل فرینڈ ہے؟“

”نہیں۔“

”تو پھر تم کیسے زندگی گزارتے ہو؟“

ڈاکٹر خالد سہیل

وہ ایسے سوال کر رہی تھی جیسے پوچھ رہی ہو کہ نہ تو گھر پر کھانا پکاتے ہو اور نہ ہوٹلوں میں کھاتے ہو تو پھر زندہ کیسے ہو میں اسے کیا بتاتا کہ پاکستان میں ہزاروں کیا لاکھوں لوگ اپنے جنسی جذبات کو ایسے بھول جاتے ہیں جیسے سٹھیائے ہوئے بوڑھے اپنی عینک کہیں رکھ کر بھول جاتے ہیں۔

"میں شرمیلا ہوں۔" میں نے بہانہ تلاش کیا۔

"لگتے تو نہیں۔" میں جھینپ گیا۔

"آؤ میرے ساتھ ناچو۔"

"میں کبھی نہیں ناچا۔"

"کوئی بات نہیں۔ کسی کو ناچنا نہیں آتا۔ یہ تو ایک طرح کی رومانی ورزش ہے۔

وہ میرا ہاتھ پکڑ کر لے گئی اس کے انداز میں اس قدر اعتماد تھا کہ میں ایک اسکول کے بچے کی طرح اس کی انگلی پکڑ کر چل پڑا۔

ہم کافی دیر تک ناچتے رہے۔ اس کی جوانی کی خوشبو، مسکراہٹ کی حرارت اور لمس کی تپش میرے سراپا میں طوفان کھڑی کر رہی تھیں ایسے لگتا تھا کہ ۴۵ برس کا خوابیدہ آتش فشاں پھٹ پڑے گا۔

کچھ عرصہ بعد وہ میرے سینے سے لگ کر ناچ رہی تھی اور میری گردن کو بوسے دے رہی تھی۔ میری ناتجربہ کاری ظاہر تھی اگرچہ ڈاکٹر تھا سیکڑوں عورتوں کو ننگا دیکھ چکا تھا اور ان کے بچے پیدا کرا چکا تھا۔ لیکن اس عورت کو چھونا کچھ اور ہی بات تھی اس کے آگے زانوئے ادب تہہ کرنے کو جی چاہتا تھا۔ صاف ظاہر تھا کہ اس کی زندگی نے اسے ان تجربات سے نوازا تھا۔ جو میں نے لوریاں سنتے گزار دی تھی۔

ناچ کر لوٹے تو کہنے لگی۔ "چلو میں تمہیں اپنے گھر لے چلوں۔ تم بہت پیارے آدمی لگتے ہو۔"

مجھے اپنے کانوں پر یقین نہ آ رہا تھا۔ پاکستان میں ہوتا تو سوچتا۔ "فاحشہ ہے۔" لیکن وہ سب کچھ کتنا معصوم اور فطری لگ رہا تھا۔ میں نے بہانہ کیا۔

دیوتا

”میں خالد کے ساتھ آیا ہوں۔“

”وہ میری سہیلی کے ساتھ مصروف ہے اسے بھلا کیا اعتراض ہو گا۔ میں تمہیں گھر چھوڑ آؤں گی۔“

میرے انکار کی قوت سلب ہو چکی تھی۔

اس نے خالد اور شیریں کو بلایا اور کہا۔ ”خالد میں تمہارے بھائی کو ساتھ لے جا رہی ہوں دلچسپ آدمی لگتا ہے۔“ خالد مسکرایا۔ ”میں بھی مسکرا دیا خالد نے آنکھ مار کر کہا۔ ”عیش کرو۔“

مجھے ڈینیالا اپنے گھر لے گئی۔

اس کا گھر نہایت خوبصورتی سے سجا ہوا تھا۔ اس نے اپنا اسٹیریو لگایا۔

Kenny Rogers کے گانے لگنے لگے۔ اپنے لیے شراب کا گلاس درست کیا اور مجھ سے پوچھنے لگی۔ ”تم کیا پیؤ گے ؟“

”تو تمہاری مرضی۔“

”اورنج جوس۔“

”ٹھیک ہے۔“

اس نے میرے شراب نہ پینے کو قبول کر لیا تھا۔

ہم کافی دیر تک باتیں کرتے رہے۔

اس نے بے اختیار ہو کر میرے ہاتھ اور رخسار چومے ۔۔۔ لیکن میں برف کا تودہ بنا ہوا تھا ۔۔۔ یہ نہیں کہ مجھے کبھی عورتوں کی قربت میسر نہ آئی ہو لیکن میرا تجربہ رشتہ دار عورتوں کے ساتھ مقدس تعلقات رفقاء کار، نرسوں کو بہن بلا کر بلانے اور لاہور کی داشتاؤں تک محدود تھا۔ ایک خوبصورت عورت کے ساتھ تخلیے میں دوستوں کی طرح وقت گزارنے اور رومانوی ماحول میں قربت سے محفوظ ہونے سے میں قاصر تھا۔ میں جذباتی طور پر قدرے مفلوج تھا۔۔۔ میں جانتا تھا کہ ڈینیالا جانتی تھی کہ میرا تجربہ محدود ہے لیکن اس نے میرے شراب نہ پینے یا اس کے جسم کو نہ چھونے پر میرا مذاق نہ اڑایا۔ آخر میں صرف اتنا کہنے لگی ”تم ایک پیارے شخص ہو۔ مجھے بہت پسند ہو اگر چاہو تو

ڈاکٹر خالد سہیل

رات یہیں رہ جاؤ۔ میرا چہرہ سرخ ہو گیا۔ میں شرما گیا زبان گنگ ہوگئی۔ ''نہیں شکریہ۔'' میرا ماضی میرے پاؤں کو زنجیر پہنانے اور جذبات کو مشل کرنے کے لیے کافی تھا۔

آخر وہ مجھے واپس گھر لے گئی ایک کاغذ پر اپنا ٹیلی فون نمبر لکھ کر دیا اور کہنے لگی۔ ''اگر دل چاہے تو فون کرنا۔ میرے ساتھ وقت گزارنا چاہو تو بخوشی چلے آنا۔ زندگی مختصر ہے کوئی لمحہ واپس لوٹ کر نہیں آتا۔ زیست کا تحفہ وہ لمحات ہیں جو ہم ایسے لوگوں کے ساتھ گزاریں جو ہمیں پسند آئیں مجھے تمہاری مجبوریاں سمجھ میں نہ بھی آئیں پھر بھی قبول ہیں۔'' اس نے مجھے رخسار پر بوسہ دیا اور رخصت ہوگئی۔

میں کافی دیر تک کاغذ کا ٹکڑا لیے دروازے کے باہر کھڑا رہا۔ میری روح میں زلزلے آ گئے تھے وہ چند گھنٹے یقیناً لائبریری میں سالہا سال گزارنے سے زیادہ قیمتی تھے۔

گھر گیا تو خالد نہیں آیا تھا۔ صبح کے دو بج رہے تھے وہ ساری رات نہ آیا۔

اگلے دن آیا تو کہنے لگا۔ کیوں بھیا شب کیسی گزری۔

''پردے درمیاں میں حائل تھے۔''

''مجھے شیریں کی قربت میں لیٹے ان کی بو آ رہی تھی۔ ڈینیا لا اچھی عورت ہے وہ ہر کسی کو گھر نہیں لے جاتی۔ باقی عورتیں اسے بہت Choosy کہتی ہیں تم پر مہربان ہوگئی تھی۔

''وہ بھلا کیوں؟''

''خدا جانے عورتیں تو بادلوں کی طرح ہوتی ہیں وہ بادل جو کبھی ہفتوں نہیں برستے اور برستے ہیں تو برستے ہی جاتے ہیں صحراؤں میں نہیں برستے اور دریاؤں میں برس پڑتے ہیں۔''

''میں عورتوں کے بارے میں کچھ زیادہ نہیں جانتا۔''

''یہاں کچھ عرصہ رہو گے تو جان جاؤ گے۔ نیو فن لینڈ بہت مخلص جزیرہ ہے۔ عورتیں بہت مہربان ہیں خوب خیال رکھتی ہیں۔''

''خالد کیا تم کسی کے عشق میں گرفتار نہیں ہوئے؟''

''عشق سراب ہے۔ بچوں کا خواب ہے بالغوں کی زندگی میں اس کا کوئی دخل نہیں۔''

"کیا عورتیں تمہارے عشق میں گرفتار نہیں ہوتیں۔"

"بہت سی۔ لیکن میں انہیں شروع ہی سے کہہ دیتا ہوں کہ اگر انہوں نے بورژوا قسم کی زندگی گزارنی ہے ایک شوہر تین بچوں اور ایک کتے کی امید رکھنی ہے تو میرے ساتھ وقت ضائع نہ کریں میری جوان زندگی میں ان کی کوئی گنجائش نہیں میں نے انہیں زنجیریں نہیں پہنائی اگر انہیں میرے تعلقات پسند نہیں اور میرے نقطہ نظر سے اختلاف ہے تو پھر رومانوی طور پر ملوث ہونے کی کوئی ضرورت نہیں۔۔۔ اسی لیے بہت سی عورتیں میری دوست ہیں محبوبائیں نہیں۔"

خالد کے ساتھ گزارے چند دن بہت دلچسپ تھے۔

میں خالد سے بہت کچھ سیکھ کر اور بہت سے سوال لے کر آگے بڑھ گیا۔

____

میرا آخری پڑاؤ ٹورانٹو تھا۔

ہوائی اڈے پر پہنچا تو سہیل بے چینی سے انتظار کر رہا تھا۔ خوب خوب گلے ملے مسکراتے ہوئے کہنے لگا۔ "بھیا یہاں مرد مردوں سے گلے نہیں ملتے۔"

"وہ کیوں؟"

"لوگ سمجھتے ہیں ایسی حرکت صرف ہوموسیکشوال کرتے ہیں۔"

"تو پھر تم کیوں ملے؟"

"مجھے ان کی کیا پرواہ۔ وہ جو چاہیں سمجھیں اور ہم جو چاہیں کریں۔"

گھر پہنچا تو اس کی بیوی اور بچوں اینڈریو اور جینفر سے ملاقات ہوئی۔

میں نے تحفے دیئے تو اینڈریو نے "تھینک یو انکل" اور جینفر نے "شکریہ تایا جان" کہہ کر اپنے جذبات کا اظہار کیا۔

سہیل بولا۔ "دونوں جداگانہ مزاج رکھتے ہیں۔ اینڈریو کو انگریزی زیادہ پسند ہے۔ اور جینفر کو اردو زیادہ بھاتی ہے۔" ۔ "بہت خوب۔" میں نے خوش ہو کر کہا۔

ڈاکٹر خالد سہیل

شام کو اینڈریو نے مشورہ دیا۔ "ڈیڈی انکل کو ینگ اسٹریٹ لے چلتے ہیں۔" اور ہم سب چل پڑے۔

ینگ اسٹریٹ پر چراغاں ہی چراغاں تھا۔ ہر رنگ و نسل کے لوگ سیر کر رہے تھے ایک طرف صوفی مذہبی پمفلٹ تقسیم کر رہے تھے دوسری طرف Punk اپنے رنگین بالوں کو سنوار رہے تھے ایک کونے پر مرد Buttons بیچ رہے تھے تو دوسری طرف عورتیں گاہکوں کا انتظار کر رہی تھیں۔۔۔ وہ رنگینیوں کا مرکز تھا۔

"انکل ینگ اسٹریٹ دنیا کی لمبی ترین سڑک ہے۔" اینڈریو نے میری معلومات میں اضافہ کیا۔ "اور تایا جان وہ جو CN Tower نظر آرہا ہے۔" اس نے ایک روشن مینار کی طرف اشارہ کرکے کہا۔ "یہ دنیا کا سب سے اونچا مینار ہے۔" میں بچوں سے سیکھ رہا تھا۔

"جب بھی ڈیڈی یہاں آتے ہیں۔ وہ ہمیں قصہ خوانی بازار پشاور کی باتیں سناتے ہیں۔ جہاں وہ چپلی کباب کھایا کرتے تھے۔" اینڈریو بولا۔ "ابو جان کو یہاں آکر لاہور کا انار کلی بھی یاد آجاتا ہے جہاں وہ چاٹ اور گول گپے کھایا کرتے تھے۔" جینفر نے لقمہ دیا۔

"کیا یہاں ایسی چیزیں نہیں ملتیں؟"

"کیوں نہیں۔"

"سہیل! بھیا کو جیرارڈ اسٹریٹ لے چلتے ہیں۔ وہاں انہیں کباب کھلائیں گے۔" کیتھی نے مشورہ دیا۔

"چلو چلتے ہیں۔" سہیل راضی ہو گیا۔

چنانچہ ہم جیرارڈ اسٹریٹ پہنچ گئے۔ میں ٹورانٹوں کے دل میں چھوٹا سا لاہور دیکھ کر بہت حیران ہوا، شلواریں، ساڑیاں، سینما ہال، مٹھائی اور کباب کا دکانیں۔ وہاں سب ہی کچھ تھا۔ ہم نے کھانا وہیں کھایا۔

کھانے کے دوران کیتھی نے چاول منگوائے اور انگلیوں سے کھانے لگی۔ میں نے پہلے کبھی کسی گوری عورت کو ہاتھ سے چاول کھاتے نہیں دیکھا تھا۔ بہت محفوظ ہوا۔

”آپ چھری کانٹا استعمال نہیں کرتیں؟“

”میں سہیل سے اور بہت سی مشرقی عادات کے ساتھ ساتھ چاول کھانے کا انداز از بھی سیکھا ہے۔“وہ مسکرائی۔

”اور میں نے کیتھی سے چھری کانٹے کا صحیح استعمال جانا ہے۔“

میں ان کی باتیں سن کر مسکرا دیا۔

اگلے دن شام کی چائے پی تو جینفر اور اینڈریو جلدی میں تھے۔

”کہاں کی تیاری ہے؟“

”میں کھیلنے جا رہا ہوں انکل۔“

”کیا کھیلتے ہو؟“

”آئس ہاکی۔ آپ بچپن میں کیا کھیلا کرتے تھے؟“

”کرکٹ۔“

”سنا ہے کہ کرکٹ میں انگلینڈ، ویسٹ انڈیز اور انڈیا بہت اچھے ہوا کرتے تھے؟“

”نیوزی لینڈ بھی بہت اچھا کھیلتا ہے۔“

”یہاں تو لوگ Base Ball کے عاشق ہیں۔ کرکٹ سے بے خبر۔“

”ہاں وہ انگریزوں کی میراث تھی۔“

”کیا یورپ میں نہیں کھیلی جاتی؟“

”جرمنی میں تو ہٹلر نے قانونی طور پر بین کر دی تھی۔“

”وہ کیوں؟“

”اس نے ایک دفعہ کھیل کا افتتاح کیا۔ پانچ دن بعد پوچھا کون جیتا کون کہنے لگے Draw رہا۔“بہت غصے میں آیا۔ حکم ہوا ”ایسے فضول کھیل کا جرمنی میں کوئی دخل نہیں۔“

”تم آئس ہاکی میں کیسے ہو؟“

”برا نہیں۔“

ڈاکٹر خالد سہیل

’’اپنے اسکول کی ٹیم میں ہے۔ اچھا کھیلتا ہے۔‘‘ سہیل نے تعریف کی۔

’’جینفر تم کہاں جا رہی ہو؟‘‘

’’پیانو سیکھنے۔‘‘

’’اسے موسیقی سے دلچسپی ہے۔‘‘ کیتھی بولی۔

’’کیا تمہیں بھی پیانو بجانا آتا ہے۔‘‘ میں نے کیتھی سے پوچھا۔

’’ہاں بچپن میں چرچ میں بجایا کرتی تھی۔ جینفر کو کبھی کبھار سکھاتی ہوں ایسے لگتا ہے اس میں مجھ سے زیادہ صلاحیت ہے۔‘‘

جینفر چلی گئی تو میں نے کیتھی سے پوچھا۔ ’’کیا تم اب بھی چرچ جاتی ہو؟‘‘

’’نہیں۔‘‘

’’مذہب کے بارے میں تمہارا کیا نظریہ ہے؟‘‘

’’میں مذہبی نہیں۔ لیکن غیر مذہبی بھی نہیں۔ میرے نزدیک سب مذاہب انسانیت کی میراث ہیں اگر ان کے اصول ہماری زندگی کی رہنمائی کر سکیں تو ہمیں ان سے گریز نہیں کرنا چاہیے۔ البتہ Rituals کی میں قائل نہیں۔‘‘

’’میرا بھی یہی خیال ہے اس لیے اگرچہ میں نے مسلمان اور کیتھی نے عیسائی خاندان میں پرورش پائی ہے ہم نے مذہب پر کبھی جھگڑا نہیں کیا۔‘‘ سہیل نے وضاحت کی۔

شام کو سہیل مجھے یونیورسٹی کی فلاسفر زلین کی سیر کرانے لے گیا۔ ’’یونیورسٹی کے انٹلکچول یہاں سیر کرنے آتے ہیں۔‘‘

’’سہیل کیا تمہارا ٹورانٹو میں دل لگ گیا ہے؟‘‘

’’ہاں بھیا میں نے یہاں کی شہریت اختیار کر لی ہے۔‘‘

’’کیا تم اپنی شادی سے مطمئن ہو؟‘‘

’’مطمئن ہی نہیں خوش ہوں۔ کیتھی میری بیوی بھی ہے اور دوست بھی۔‘‘

’’کیا زبان تمہارا مسئلہ نہیں؟‘‘

”تھا۔ اب نہیں ہے۔ میں نے کیتھی سے بہت سی فرانسیسی سیکھی ہے اور اس نے مجھ سے بہت سی اردو۔ انگریزی تو خیر ہم دونوں ہی جانتے ہیں۔“

”کیا بہت سے پاکستانیوں نے کینیڈین عورتوں سے شادی کی ہے؟“

”نہیں۔“

”کیا وجہ ہے؟“

”بہت سی وجوہات ہیں۔ بہت سے پاکستانی مرد عورتوں کا دل کی گہرائیوں سے احترام نہیں کرتے۔ وہ Virgin سے شادی کرنا چاہتے ہیں لیکن جس عورت سے ملتے ہیں اس کے ساتھ سونا چاہتے ہیں۔“

’یہ تو منافقت ہوئی۔“

”مذہبی نہیں اخلاقی منافقت۔“

”اس کے اثرات کیا مرتب ہوتے ہیں؟“

”یہ تو کوئی ماہر نفسیات ہی بتا سکتا ہے۔ جن لوگوں کو میں جانتا ہوں ان کی شادیاں بہت بورنگ ہیں شادی کے بعد وہ ماضی کے سب واقعات اور تجربات کو بھول جانا چاہتے ہیں۔ اپنی بیویوں سے اپنا ماضی چھپاتے پھرتے ہیں۔ اور جب ان کی بچیاں جوان ہوتی ہیں تو انہیں اپنا ماضی Haunt کرنے آتا ہے اس لیے وہ پاکستان فرار ہونے کی کوشش کرتے ہیں۔ نتیجہ یہ ہوتا ہے کہ نہ وہ مشرق کے رہتے ہیں نہ مغرب کے ان کی روحیں ماہی بے آب بن جاتی ہیں۔“

”تمہارا اپنے بچوں کے بارے میں کیا خیال ہے؟“

”جان سے عزیز ہیں، دونوں قابل ہیں اینڈریو کو ہاکی کا اور جینفر کو موسیقی کا شوق ہے دونوں کو انگریزی، فرانسیسی اور اردو پر قدرت حاصل ہے۔ میں بہت خوش ہوں۔“

”مجھے بھی پسند آئے۔ کبھی شادی کے بارے میں سوچا ہے۔“

”مجھے پتہ تھا تم یہ سوال ضرور پوچھو گے۔ کیا میں جینفر کی شادی کسی پاکستان سے کروں گا یا نہیں۔ یہی سوچ رہے ہونا؟“

ڈاکٹر خالد سہیل

"ہاں۔"

"بات ایسی ہے بھیا۔ شریکِ زندگی کی تلاش کرنا بڑا ذاتی مسئلہ ہے اگر میرے بچے جوان ہو کر اپنے لیے شریکِ سفر تلاش نہیں کر سکتے تو انہیں شادی ہی نہیں کرنی چاہیے۔ اور اگر تلاش کر سکتے ہیں تو انہیں میری مدد کی کوئی ضرورت نہیں۔"

"کیا خوب کہا ہے تم نے۔"

"ہم ماضی میں زندہ نہیں رہ سکتے۔ جس شاخ میں لچک نہ ہو وہ بادِ مخالف سے ٹوٹ جاتی ہے۔"

شام کے کھانے کے بعد کیتھی نے ایپل پائی کھلائی بہت لطف آیا میں نے سہیل سے حلوے کی فرمائش کی اس نے وہ بھی کھلایا۔

میں نے اگلے دن واپس چلے جانا تھا۔ اس لیے بچوں کے کمرے میں ملنے گیا۔ اینڈریو کی آواز آئی۔

"جینیفر میں ایک مضمون لکھ رہا ہوں تم سے ایک سوال پوچھنا ہے۔"

"وہ کیا؟"

"مسجد اور گرجے میں کیا فرق ہے؟"

"ایک میں موسیقی گناہ ہے۔ دوسرے میں ثواب۔"

میں کھکھلا کر ہنس پڑا۔

میں ان کو بھی حلوہ کھلانے لے آیا۔

اگلے دن سہیل، کیتھی اور بچے مجھے ایئرپورٹ پر چھوڑنے آئے۔

میں نے بھیگی آنکھوں سے انہیں الوداع کہا۔

پاکستان کی طرف پرواز کرتے ہوئے کافی دیر تک اپنے بھتیجے بھتیجیوں کی تصویریں دیکھتا رہا۔ مجھے اپنے ہمسفروں کی باتیں یاد آنے لگیں۔

دیوتا

”مہاجروں کے بچے غیر معمولی ہوتے ہیں۔۔۔؟“

سیب اور کیکٹس کے درختوں میں کیا فرق ہے؟

میرا دل بے چینی سے کروٹیں بدلتا رہا۔

دسمبر، ۱۹۸۴ء

ڈاکٹر خالد سہیل

دو کشتیوں میں سوار

امی آج آپ کہاں جا رہی ہیں۔۔۔؟ شبانہ نے مجھ سے گنگناتے ہوئے پوچھا۔

"بیٹی! آج شام رابرٹ آئے گا اور ہم دونوں ڈنر کھانے جائیں گے۔"

"کیا میں بھی جاؤں گی؟"

"نہیں شبانہ۔۔۔ میں نے تمہارے لیے بے بی سٹر کا انتظام کر دیا ہے۔ بار برا چھ بجے آ جائے گی اس کے ساتھ اس کی بیٹی سینڈرا بھی آئے گی۔ وہ بھی سات برس کی ہے تمہاری ہی عمر بھی تو ہے، تم اس کے ساتھ آٹھ بجے تک کھیلنا اور پھر سو جانا۔"

شبانہ خاموش ہو گئی، جیسے ملول ہو گئی ہو۔ میں جانتی تھی کہ شبانہ کو میرا باہر جانا اچھا نہ لگتا تھا۔۔۔ دو دفعہ پہلے بھی وہ بیمار ہو کر الٹیاں کرنے لگی تھی اور مجھے اپنی شام کا پروگرام کینسل کرنا پڑا تھا۔

"بیٹی تم اسکول کا کام ختم کر لو، میں نہا کر آتی ہوں۔ اگر بار برا آئے دروازہ کھول دینا۔" یہ کہہ کر میں واش روم میں چلی گئی۔

میں نے دروازہ بند کیا اور قدِ آور آئینے کے سامنے کھڑی ہو گئی۔ مجھے امریکی گھروں میں یہ آئینے بہت پسند تھے جو مالک مکان نے بیڈ روم اور واش روم میں لگا رکھے تھے۔ میں ان میں اپنے سراپا کو دیکھ کر محفوظ ہوتی تھی۔

میں کتنی خوش تھی کہ میں نے پرویز سے آٹھ سال کی شادی کے بعد جدائی اختیار کر لی تھی۔۔۔ شادی کے بندھنوں میں میری جوانی وقت سے پہلے ڈھلنے لگی تھی۔ میں نے ایک دفعہ پھر اپنے پانچ فٹ سات انچ کے سراپا کو آئینہ میں دیکھا۔ پرویز مجھ سے قد میں چھوٹا تھا، شاید اسی لیے وہ مجھ پر ہمیشہ حکم چلاتا رہتا تھا۔ وہ میری شخصیت کو بھی دبا دینا چاہتا تھا لیکن میں بھی آخر ایک پنجابن مٹیار تھی دبنے والی کہاں تھی، میرے سینے میں بھی دل دھڑکتا تھا اور اس میں بھی امنگیں انگڑائیاں لیتی

تھیں۔ پاکستان میں ہوتی تو شاید یہ جبر سہہ جاتی لیکن امریکہ میں آکر تو اس کا کوئی جواز نہ تھا۔ یہاں تو عورتیں مردوں کے برابر تھیں اور انہیں ہر قسم کے حقوق حاصل تھے۔ میری ماں نے میرے باپ کے ساتھ عمر بھر رہ کر کیا پایا وقت سے پہلے بوڑھی ہو گئی اور موت سے پہلے ہی مر گئی۔۔۔۔

میں جوان ہوں، نہ صرف زندہ رہنا چاہتی ہوں بلکہ خوش خوش زندہ رہنا چاہتی ہوں۔ ''خوش رہنا ہر مرد اور عورت کا بنیادی حق ہے۔'' مجھے ایک سہیلی نے بتایا تھا، کتنے افسوس کی بات ہے کہ لاکھوں عورتیں اس حق سے محروم ہیں لیکن خوشی ہر شخص کو خود حاصل کرنی ہوتی ہے، خود بخود نہیں مل جاتی۔ اس لیے میں جب نے پرویز کو کہا تھا کہ میں شادی میں بہت ناخوش ہوں اور اس سے علیحدہ ہو کر خوش رہنا چاہتی ہوں تو وہ مجھے ایسے دیکھ رہا تھا جیسے میں کسی اور پلینٹ کی رہنے والی ہوں اس کے وہم و گمان میں بھی نہ تھا کہ نہ اسے چھوڑ کر میں چلی جاؤں گی۔

''تم کس سے ناخوش ہو؟'' اس نے تفریحاً پوچھا تھا۔

''میں تم سے ازدواجی زندگی میں مطمئن نہیں ہوں۔''

وہ مجھے ٹکٹکی ٹکٹکی دیکھ رہا تھا اسے یقین نہ آیا کہ میں ایسی بات کروں گی۔

''تو تم کھاؤ گی کیسے؟'' اس نے موضوع بدلا تھا۔

''فطرت پتھر میں رہنے والے کیڑے کو بھی روزی دیتی ہے۔ آخر ماں باپ نے بی اے کرایا ہی تھا وہ کب کام آئے گا۔ ملازمت تو مل ہی جائے گی۔ میرے بازو اور ٹانگیں سلامت ہیں، دماغ بھی کام کرتا ہے۔''

''ہماری بیٹی کا کیا ہو گا؟''

''کیا ہونا ہے میرے ساتھ رہے گی۔ جب تمہارا جی چاہے لے جانا۔''

پرویز پھر بھی سمجھا کہ میں مذاق کر رہی ہوں۔

وہ ایک دن گھر آیا تو میں سوٹ کیس بند کر رہی تھی۔

''یہ کیا ہو رہا ہے؟'' پرویز نے حیرانی سے پوچھا تھا۔

ڈاکٹر خالد سہیل

”مجھے ایک اچھا سا دو بیڈ روم کا اپارٹمنٹ مل گیا ہے، شہر کے مشرقی حصے میں، یہاں سے تقریباً بیس میل دور قریب ہی شبانہ کے لیے اسکول بھی ہے یہاں سے سب وے میں آدھ گھنٹے کا راستہ ہے۔“

”لیکن میرا کیا ہو گا۔۔۔؟“ اس کے چہرے پر بیچارگی برس رہی تھی۔

”مجھے کیا معلوم۔۔۔ تم معذور تو ہو نہیں، اپنا خیال خود رکھنا۔ اور مجھے وہاں کے ایک اسٹور میں ملازمت بھی مل گئی ہے۔“

پرویز جیسے شاک میں چلا گیا۔ میری چند سہیلیوں نے میری مدد کی تھی کچھ قرض بھی دیا تھا اور ملازمت بھی دلوائی تھی۔

میں بھی آخر پنجابن ہوں۔ اگر اپنے پاؤں پر کھڑا ہو کر نہ دکھایا تو میرا نام فوزیہ نہیں۔ میں نے دل ہی دل میں قسم کھائی تھی۔

وہی پرویز جو پھنے خاں بنا ہوا تھا، مہینوں گھر میں بیٹھا بسکتا رہا، نہ کھاتا نہ پیتا۔ شبانہ کو لینے آتا تو وہ اداس و غمزدہ۔۔۔ اس کا خیال تھا کہ مجھے ترس آ جائے گا۔ لیکن میں بھی کچے دل کی نہ تھی۔ جب انسان زندگی میں کوئی فیصلہ کرتا ہے تو اسے آخر تک نبھاتا ہے۔

پچھلے چند مہینے تو قرض اتارے اور گھر کو سجانے میں لگے۔

میں نے شاور کھولا تو پانی ٹھنڈا تھا۔ گرم پانی کا نلکہ مروڑا تو بھاپ نکلنے لگی اور میں اپنے جسم کو صابن سے زور زور سے ملنے لگی۔ رابرٹ کے ساتھ شاور لینے میں کتنا مزہ آتا ہے، اس خیال سے ہی میرے سراپا میں ایک لذت کی لہر دوڑ گئی۔

میں نے بالوں میں شیمپو لگایا، کل ہی ہیڈ اینڈ شولڈر خریدا تھا کیونکہ یہی اسے پسند تھا۔

جس ڈیپارٹمنٹ میں میں کام کرتی تھی اس میں اشوک سپروائزر تھا۔۔۔ ہندوستان کا رہنے والا تھا لیکن مجھے اس سے کیا وہ کہیں کا بھی ہو، خوبصورت اور ذہین تھا مجھ سے اچھے طریقے سے ملتا تھا۔ کئی دفعہ چائے پی، پھر شام کا کھانا اکٹھے کھایا۔ مجھے اس پر اعتبار آنے لگا۔ میں زندگی میں اپنے

خاوند کے علاوہ کسی اور کے ساتھ نہ سوئی تھی، ایک اجنبی کے ساتھ سونا کیسا لگتا ہے، میرے دل میں گدگدی ہوتی۔

آخر ایک شام میں اسے گھر لے آئی۔ رات کے دس بج رہے تھے، شبانہ سو رہی تھی میں نے بے بی سٹر کو گھر بھیج دیا، ہم دونوں نے کچھ دیر میوزک سنا اور پھر میں اسے اپنی خواب گاہ میں لے گئی۔

میرے جسم کے انگ انگ میں برق کی لہریں دوڑ گئیں۔۔۔ اس کے ہونٹ موٹے لیکن لذیذ تھے۔

اگلی صبح میں نے تعارف کروایا۔۔۔ ''یہ ہے میری بیٹی شبانہ اور یہ ہیں انکل اشوک۔'' شبانہ بھاگی بھاگی اپنے کمرے میں چلی گئی اور رونے لگی اشوک بھی جلدی ہی اٹھ کر چلا گیا اور پھر کبھی لوٹ کر نہ آیا۔ شاید میری بیٹی کو دیکھ کر گھبرا گیا تھا۔ شبانہ دن بھر الٹیاں کرتی رہی۔

چند ہفتے اور بیت گئے۔۔۔ مجھے کسی اور اسٹور میں بہتر ملازمت مل گئی تھی اور میں چلی گئی۔ میں نے بعد میں سنا کہ اشوک نے کئی ہندستانیوں کو بتایا کہ وہ میرے ساتھ رات گزار چکا ہے مجھے بہت دکھ ہوا اور غصہ بھی آیا، لیکن میں خاموش رہی۔

دوسرے اسٹور کا مالک ایک امریکی تھا اس کی مجھ پر نظر کرم تھی۔ میرے لیے پھول اور تحائف بھی خریدتا۔ میں فقط مسکرا دیتی لیکن زیادہ لفٹ نہ کرواتی۔ آخر میں نے سوچا کہ اب میں آزاد ہوں۔ آدمی معقول لگتا ہے، اور میں آج تک کسی سفید جلد والے آدمی کے ساتھ سوئی بھی نہیں۔ اس میں حرج ہی کیا ہے۔۔۔ چنانچہ میں نے والٹر میں دلچسپی ظاہر کرنی شروع کر دی اور پھر ایک شام وہ بھی میرے گھر مہمان رہا۔ شام کی چائے کی دعوت تھی، صبح کا ناشتہ کرکے گیا اس دن بھی میں نے اس کا اپنی بیٹی سے تعارف کروایا۔۔۔

''یہ شبانہ ہے اور یہ ہیں انکل والٹر۔۔۔'' اس دفعہ وہ نہ تو اپنے کمرے میں بھاگی اور نہ ہی روئی لیکن خاموش رہی۔۔۔

بعد میں میں نے ذکر چھیڑا تو بہت غصے میں تھی:

ڈاکٹر خالد سہیل

”امی آپ اسے انکل کیوں کہتی ہیں وہ نہ تو میرے ماموں ہیں نہ چاچا۔“

”بیٹی وہ میرے ساتھ کام کرتے ہیں۔“

”لیکن وہ یہاں رات کیوں رہے؟“

”بیٹی وہ میرے دوست ہیں جیسے تمہاری سہیلیاں اور دوست یہاں ویکنڈ گزارنے آتے ہیں۔“

شبانہ ناراض ہو کر باورچی خانے میں چلی گئی اور اس دوپہر کو بھی اسے الٹیاں آئی تھیں۔ ان دنوں میری بے بی سٹر ایک غریب پاکستانی عورت تھی، بے چاری کا کوئی نہ تھا اس لیے اس پر رحم کھا کر ملازمت دی تھی لیکن اس نمک حرام نے بیبیوں لوگوں کو میرے گھر کی باتیں بتانی شروع کر دیں اور میرے گھر والٹر کے آنے کو بھی مشہور کر دیا، میں نے اسے ملازمت سے نکال دیا۔

والٹر سے بھی دوستی زیادہ دیر نہ چلی۔ مجھے معلوم ہوا کہ وہ ہمارے ڈیپارٹمنٹ میں اور بھی بہت سی عورتوں سے جنسی طور پر ملوث ہے۔ میں نے اسے خدا حافظ کہا تو اس نے کوئی تردد نہ کیا۔ مجھے اس بات پر غصہ تو بہت آیا کہ وہ مجھے اپنی شکار کی لسٹ میں شامل کر چکا ہے، لیکن میں کر بھی کیا سکتی تھی کم از کم وہ اشوک سے بہتر تھا کہ اس نے مجھے کمیونٹی میں بدنام کرنے کی کوشش نہ کی تھی۔

میرے اندر اپنی کمیونٹی کے خلاف لاوا ابھر رہا تھا۔ کسی حالت میں عورت کو خوش نہیں دیکھ سکتے تھے۔ ہر موڑ پر اس کی تضحیک کرتے ہیں۔

پھر ایک شام میں ایک شادی میں شریک ہوئی جس میں پاکستان اور ہندوستان کے بہت سے معززین شہر شامل تھے، میں ایک کونے میں وائن کا گلاس لیے کھڑی تھی کہ مجھے کھسر پھسر کی آواز آئی۔۔۔ کچھ عورتیں باتیں کر رہی تھیں:

”فوزیہ کو دیکھ شراب پیتی ہے۔“

”اس کے تو چلن بھی خراب ہے۔“

”بیچارے پرویز کو چھوڑ کر بھاگ گئی۔“

”نہ جانے کس کس کے ساتھ سوتی ہے۔“

”اشوک بھی اس سے لطف اٹھا چکا ہے۔“

”اپنے دفتر سے بھی گوروں کو لے آتی ہے۔“

”وہ تو زانی ہے۔“

مجھ سے نہ رہا گیا۔۔۔ میں خود بھی ان میں کود گئی۔

”میرے پیٹھ پیچھے کیا باتیں کرتی ہو، مجھ سے پوچھو جو پوچھنا ہے میں آزاد عورت ہوں جو چاہے کروں۔ اپنی مرضی سے کرتی ہوں۔ جب میری شادی پرویز سے ہوئی تھی تو میں نے اسے دیکھا تک نہ تھا، نہ ہی کسی نے مجھ سے مشورہ کیا تھا۔ اس وقت تو کسی نے کچھ نہ کہا۔ وہ اجنبی تھا، میرے لیے اجنبی کے ساتھ سونا زنا ہے اپنی مرضی سے کسی کے ساتھ سونا زنا نہیں ہے۔“

سب کو سانپ سونگھ گیا تھا۔ ان کے وہم و گمان بھی نہ تھا کہ میں ان کو چیلنج کروں گی۔

اتفاق سے اسی وقت اشوک کا بھی ادھر سے گزر ہوا۔

”اشوک ادھر آؤ۔۔۔“ میں نے اسے سب کے سامنے بلایا۔ وہ ڈراڈرا سب کے قریب آگیا۔ ”تم میں کچھ غیرت ہے یا نہیں۔ میں نے تمہاری عزت کی تمہیں مخلص انسان سمجھا اور تمہیں گھر لائی، میں ہر کسی کو اپنے گھر نہیں لاتی۔ اپنی بیٹی سے ملوایا اور تم نے بے غیرت مجھے ذلیل کرتے رہے تمہیں ایک انیس سال کی سادہ لوح کی ضرورت تھی، تمہیں ایک تیس سال کی ماں تو ملی تو گھبرا گئے کیا یہی مردانگی ہے۔“

اشوک کی گھگھی بندھ گئی۔۔۔ ”فوزیہ مجھے معاف کر دو، مجھ سے غلطی ہوئی۔“

”اس دفعہ تو معاف کر دیا لیکن آئندہ کسی عورت سے ایسا سلوک نہ کرنا، تم مرد لوگ عورتوں کی عزت کرنا کب سیکھو گے؟“

سب عورتیں حیران تھیں، مجھے خود اپنی دلیری پر حیرت ہوئی تھی۔

میں نے شیمپو دھویا اور بالوں میں کنڈیشنر لگایا۔ رابرٹ اپنی انگلیوں سے میرے بالوں میں کنگھی کرتا تو بہت لطف آتا۔

ڈاکٹر خالد سہیل

اس کے بعد میں نے پاکستانی ہندوستانی لوگوں سے ملنا کم کر دیا تھا۔ میری امریکی سہیلیاں میرا زیادہ ساتھ دیتی تھیں۔ خاص کر بابرا جو میرے ہی فٹنس کلب کی ممبر تھی، وہ بھی سنگل تھی۔۔۔ اس نے مجھے بتایا کہ اکثر مرد صرف جنسی تعلقات چاہتے ہیں۔ اگر تمہیں کسی اچھے مرد کی تلاش ہے تو انتظار کرو۔" پھر اس نے میرا تعارف رابرٹ سے کروایا تھا جسے وہ اچھی طرح جانتی تھی۔

"رابرٹ میرا دوست ہے، ایک مخلص انسان ہے، وہ میرا کزن بھی ہے اگر وہ میرا فرسٹ کزن نہ ہوتا تو میں خود اس سے ڈیٹنگ کرتی۔"

"لیکن میرا ایک اور مسئلہ ہے۔"

"وہ کیا؟"

"میری بیٹی۔"

"میری بھی ایک بیٹی سینڈرا ہے، پہلے وہ بھی بہت پریشان ہوئی تھی اسے دس لگ جاتے تھے لیکن اب عادی ہو گئی ہے۔"

پھر ایک دن میری پرویز سے بات ہوئی، وہ غصے میں تھا۔ اسے شبانہ نے بتایا تھا کہ اس کی ملاقات رابرٹ سے ہوئی تھی۔

"یہ انکل رابرٹ کون ہے۔۔۔؟" اس نے طنزیہ انداز میں پوچھا۔

"تمہیں اس سے کیا مطلب۔۔۔؟ میں تمہاری بیوی نہیں ہوں۔ آزاد پنچھی ہوں، میری ملازمت، میرا گھر، میرے دوست میرے ہیں۔"

"لیکن مجھے شبانہ کی فکر ہے۔"

"مجھے بھی اتنی ہی فکر ہے جتنی تمہیں ہے۔ میں اس کا اتنا خیال رکھتی ہوں جتنا رکھ سکتی ہوں۔ بچوں کے لیے والدین کی جدائی مشکل ہوتی ہے، قبول کرتے دیر لگتی ہے۔ ایک دفعہ عادی ہو گئی تو پھر تمہارے ساتھ کسی آنٹی کو اور میرے ساتھ کسی انکل کو دیکھ کر نہیں گھبرائے گی۔"

پرویز خاموش ہو گیا تھا۔ وہ بھی میری ہمت سے پریشان ہوا تھا۔ اس کا خیال تھا کہ میں بھیگی بلی بن کر صفائی پیش کروں گی۔

دیوتا

میں نہا کر نکلی تو بابرا اور سینڈرا آ چکی تھیں۔

شبانہ بہت اداس و ملول بیٹھی تھی۔ وہ اس وقت تک ایک الٹی کر آئی تھی۔

میں کپڑے پہننے گئی تو بابرا نے آ کر کہا۔ ''آج تمہارا ٹسٹ ہے۔ اگر تم نے آج ڈیٹ کینسل کر دی تو اس کا مطلب ہے کہ تمہاری بیٹی تمہاری زندگی کے فیصلے کرے گی۔''

میری آنکھوں میں آنسو آ گئے۔ اشوک اور پرویز کو کھری کھری باتیں سنانا آسان تھا لیکن بیٹی کے آگے گھٹنے ٹیکنا مشکل۔

میں نے شبانہ کو اپنے پاس بٹھایا، اس کا منہ تولیے سے صاف کیا اور پھر رابرٹ کو اس کے سامنے فون کیا۔۔۔

''ہیلو رابرٹ! دیکھو میری بیٹی کی طبیعت قدرے خراب ہے، اس لیے مجھے سات بجے پک اپ کرنے کی بجائے تم سیدھے ریسٹورانٹ چلے آؤ، میں تمہیں وہاں ساڑھے سات بجے ملوں گی۔۔۔ ٹھیک ہے، اوکے، بائے۔''

شبانہ کا چہرہ سنجیدہ تھا، بابرا دل ہی دل میں مسکرا رہی تھی۔

میں تھوڑی دیر شبانہ اور سینڈرا کے ساتھ کھیلتی رہی۔ دونوں کے لیے اورنج جوس بنایا اور بابرا کو رم اور کوک دیا۔ شبانہ کی طبیعت خود ہی بحال ہو گئی اور وہ سینڈرا کے ساتھ کھیلنے لگی۔۔۔ آدھ گھنٹے کے بعد میں نے بابرا کو آنکھ ماری اور گھر سے نکل گئی۔ کار میں میں نے آئینہ دیکھا، میرے ہونٹ سرخ تھے۔

'جب میں تمہارے ہونٹ چھوتا ہوں تو مجھے یوں محسوس ہوتا ہے جیسے میں تمہارے نپل چھو رہا ہوں' مجھے رابرٹ کی کچھ سرگوشیاں یاد آ رہی تھیں۔۔۔

ڈاکٹر خالد سہیل

برابر لیکن مختلف

یوسف کو اپنی نانی اماں کی بہت سی باتیں یاد تھیں ان میں سے ایک دلچسپ بات یہ تھی کہ انسان کے پانی حاصل کرنے کے تین طریقے ہیں بعض انسان ہفتوں مشقت کرتے رہتے ہیں اور زمین کھود کر پانی تک پہنچتے ہیں، بعض چند گھنٹوں کی مسافت طے کر کے قریبی دریا تک پہنچ جاتے ہیں اور اپنی پیاس بجھا لیتے ہیں۔۔۔ لیکن بعض اتنے خوش قسمت ہوتے ہیں کہ پانی خود بارش بن کر ان کے گھر آ جاتا ہے اور ان کی ساری حسرتوں کو پورا کر دیتا ہے۔ یوسف جانتا تھا کہ اس کی نانی اماں بہت تہہ دار باتیں کیا کرتی تھیں۔۔۔ خود یوسف بھی عورتوں کے بارے میں کچھ اسی انداز میں سوچ رہا تھا لیکن جب وارڈ کی ہیڈ نرس ونڈی نے بتایا کہ سمندر خاں بالکل تیار ہے اور وہ کسی وقت بھی ایشیائی کمیونٹی سنٹر جا سکتا ہے۔ جہاں سنٹر کی ڈائریکٹر عفیفہ اس کا استقبال کریں گی تو وہ کچھ سوچ میں پڑ گیا تھا۔ اس نے سر کھجاتے ہوئے کہا تھا۔۔۔

”ونڈی! سمندر خاں کو تھوڑی دیر کے لیے روک لو۔ اسے دو پہر کا کھانا کھلا کر بھیجیں گے۔ میں اتنی دیر میں عفیفہ کو ایک شکریے کا خط لکھ دوں۔“

”یہ تو بہت اچھی بات ہو گی۔“ ونڈی بے چاری کیا جانتی تھی کہ یوسف اور عفیفہ کے تعلقات کی نوعیت کیا ہے۔

یوسف نے سمندر خاں کو پشتو میں سمجھایا کہ وہ کھانا کھا لے۔۔۔ اس کے بعد اسے مسی ساگا بھیجا جائے گا۔ سمندر خاں کو بھلا کیا اعتراض ہو سکتا تھا، جہاں اس نے پاگل خانے کی قید میں چار سال گزارے تھے وہاں ایک گھنٹہ اور سہی۔ وہ تو خوش تھا کہ اسے کوئی پشتو بولنے والا انسان ملا تھا جو اس کی مدد کر رہا تھا اس نے تو اس دن دو رکعت شکرانہ نماز بھی پڑھی تھی۔

سمندر خاں کو کھانا مل گیا تو وہ کرسی پر حسب عادت آلتی پالتی مار کر بیٹھ گیا اور چھری کانٹے کی بجائے ہاتھوں سے کھانے لگا۔ یوسف اپنے دفتر کی طرف چل دیا تا کہ عفیفہ کو ایک خط لکھ سکے۔

یوسف کو پاکستان سے کینیڈا آئے دس سال ہو گئے تھے۔ اس نے سائیکالوجی میں پی ایچ ڈی بھی کینیڈا آکر کیا تھا اور اب چند سالوں سے ٹورانٹو سے باہر ایک نفسیاتی مریضوں کے ہسپتال میں کام کر رہا تھا۔ اس دوران اس کی زندگی کے سب سے دلچسپ موڑ اس کے رومان تھے۔ اس نے بیسیوں کینیڈین لڑکیوں اور عورتوں سے راہ و رسم بڑھائے تھے اور تعلقات قربت کے مختلف زینوں پر آکر رک گئے تھے لیکن عفیفہ وہ واحد عورت تھی جس کے تعلقات ایک پہیلی بن کر رہ گئے تھے۔۔۔ وہ نہ تو کنواں تھی، نہ دریا اور نہ ہی بارش۔۔۔ یوسف کو اس پر سراب کا گماں ہونے لگا تھا۔

یوسف نے راستے میں کیفی ٹیریا سے ایک سینڈوچ اور ایک کوکا کولا کی بوتل خریدی اور دفتر میں آگیا تا کہ لنچ کھانے اور خط لکھنے کام اکٹھے کر سکے۔ دفتر کا دروازہ بند کرنے کے بعد پہلے تو اس نے ہسپتال کا پیڈ اٹھایا لیکن پھر مسکرا کر وہ رکھ دیا اور ذاتی پیڈ نکالا۔۔۔ اسے عفیفہ کی بات یاد آئی جو اس نے تین سال پہلے کی تھی۔۔۔

"تم یوسف سہی لیکن میں زلیخا نہیں ہوں میرا نام عفیفہ ہے۔" اور وہ ہنس دیا تھا۔

عفیفہ ہندوستان کے ایک کھاتے پیتے مسلمان گھرانے میں پیدا ہوئی اور پلی بڑھی تھی۔ کینیڈا میں اس کے ایک ماموں اور چند کزن آبسے تھے انہوں نے ہی اسے گریجویشن کے بعد بمبئی سے ٹورانٹو بلوا لیا تھا۔ ان دنوں امیگریشن حاصل کرنا زیادہ مشکل نہ تھا اس لیے عفیفہ کو زیادہ دقت نہ ہوئی۔ کینیڈا آکر اس نے وکالت میں ڈگری حاصل کی تھی اور سکاربرو کے فیملی کورٹ کے ساتھ منسلک ہو گئی تھی۔ ایشیائی اقلیتوں کے مسائل میں اس کی دلچسپی وقت کے ساتھ ساتھ کافی بڑھ گئی تھی۔

یوسف کی عفیفہ سے پہلی ملاقات چار سال پہلے ٹورانٹو یونیورسٹی کی اوئزری O.I.S.E کی بلڈنگ میں ہوئی تھی جہاں سی ۔ اے ۔ ایس Childrens Aid Society نے اڈاپشن Adoption اور فوسٹر فیمیلیز Foster Faimilies پر ایک کانفرنس کا انتظام کیا تھا۔

ڈاکٹر خالد سہیل

اوئزی OISE شہر ٹورانٹو کے سینے میں تعلیمی دل کی طرح تھا جب وہ دھڑکتا تو، نظریات اور خیالات کی لہریں پورے شہر کے رگ و ریشے میں سرایت کر جاتیں۔

جب ایک مقرر تقریر ختم کر چکا تو یوسف کے سامنے بیٹھی ایک دبلی پتلی نوجوان عورت نے سوال کرنے کے لیے ہاتھ اٹھایا۔۔۔ وہ کہنے لگی:

"مجھے اوینٹریو میں ایشیائی بچوں کی اڈاپشن Adoption کے بارے میں تشویش ہے۔ میں نے کئی کینڈین فوسٹر پیرنٹس Foster Parents سے بات کی ہے۔ وہ یہ تک نہیں جانتے تھے کہ بچے ہندو ہیں یا مسلمان۔۔۔ ان کے لیے رام لعل اور سلیم احمد جیسے نام بے معنی تھے۔ وہ نہ تو ان کے تہذیبی اور ثقافتی پس منظر سے واقف تھے اور نہ لباس اور خوراک کی روایات سے میرے نزدیک حکومت اور سی اے ایس C.A.S کو اس بارے میں کچھ توجہ دینی چاہیے۔"

یوسف کو اس عورت کی آواز میں متانت اور خود اعتماد کے رنگ نمایاں نظر آئے۔

مقرر نے کہا۔۔۔ ہمیں بہت افسوس ہے کہ کئی کینڈین خاندان ان معلومات سے بے بہرہ ہیں C.A.S اب ایک ایسی ورکشاپ کا اہتمام کر رہی ہے جس میں خاندانوں کو اقلیتوں کی تہذیب و ثقافت، زبان، مذہب، لباس اور خوراک کے بارے میں معلومات فراہم کی جائیں گی اس معاملے میں ہمیں والنٹیرز۔۔۔ Volunteers کی ضرورت ہے جو ہماری مدد کر سکیں۔"

یوسف سوچنے لگا کہ بیسویں صدی بھی عجیب دور ہے جس میں ہر چیز بدلی جا سکتی ہے چاہے وہ کار ہو یا مذہب، بیوی ہو یا بچے۔۔۔

اس عورت نے جب اپنا نام بطور والنٹیر پیش کیا تو یوسف کو معلوم ہوا کہ اس کا نام عفیفہ ہے اور وہ ہندستان سے تعلق رکھتی ہے۔

چائے کے وقفے کے دوران یوسف عفیفہ کی طرف کھنچتا چلا گیا۔

"میرا نام یوسف ہے۔" اس نے تعارف کروایا۔

"میں عفیفہ ہوں۔" عفیفہ نے ہاتھ ملانے کے لیے ہاتھ بڑھایا۔

وہ پہلی ایشیائی عورت تھی جس نے یوسف سے ہاتھ ملایا تھا اور نہ وہ تو شر میلی عورتوں سے ملنے کا عادی تھا۔

"محترمہ! فوسٹر والدین کے بچوں کے مذہب کے نہ جاننے سے کیا فرق پڑتا ہے بچے نہ تو ہندو پیدا ہوتے ہیں نہ مسلمان اور نہ ہی عیسائی، یہ تو والدین انہیں ایسا بنا دیتے ہیں۔"

عفیفہ کی خوبصورت آنکھیں مسکرائیں۔۔۔

"میرے نزدیک یہ بچوں کی شناخت کے لیے بہت ضروری ہے۔ اگر بچوں کو ان کی روایات سے آگاہی نہ ہو گی تو ان کی خود اعتمادی متاثر ہو گی۔ اگر وہ جوان ہو کر ان روایات سے اختلاف کرتے ہیں تو یہ ان کی مرضی ہے۔۔۔ کسی چیز کو جان کر اور سوچ سمجھ کر رد کرنا اور بات ہے اور نہ جانتے ہوئے پہلو تھی کرنا اور بات اس کے علاوہ یہاں مسئلہ کینیڈین حکومت کی عدم توجہی کا بھی ہے۔"

یوسف کی اس سے پہلے کسی سے سنجیدگی سے اس مسئلے پر گفتگو نہ ہوئی تھی۔ عفیفہ کی شخصیت سے وہ متاثر ہوا تھا اس کی سیاہ آنکھوں میں کشش تھی۔ وہ جینز کی پتلون قمیص میں ملبوس تھی جس کا تاثر شلوار قمیص یا ساڑھی سے بہت مختلف تھا اس کے علاوہ اس کے خیالات یوسف کی ذاتی زندگی اور اس کے نظریات کے لیے چیلنج تھے۔

"میں اس مسئلے پر آپ سے مزید گفتگو کرنا چاہوں گا۔"

"ضرور۔۔۔ میں سکاربرو کے فیملی کورٹ میں وکیل ہوں۔"

"میں وھٹبی Whitby کے نفسیاتی ہسپتال میں سائیکالوجی ڈیپارٹمنٹ میں کام کرتا ہوں۔ یہ میرا کارڈ ہے۔"

یوسف سر کھجاتے ہوئے گھر چلا گیا۔۔۔

وہ پچھلے چند برسوں میں بہت سی کینیڈین عورتوں سے متاثر ہوا تھا لیکن یہ پہلی ہندوستانی عورت تھی جس نے اسے سوچنے پر مجبور کر دیا تھا۔

عفیفہ نے اسے بیک وقت دو مختلف پیغام دیے تھے۔

ڈاکٹر خالد سہیل

شوخ آنکھیں کہہ رہی تھیں۔۔۔ ”بے تکلف بڑھتے چلے آؤ۔“

لیکن چہرے کی متانت نے پیشانی پر لکھا تھا۔۔۔ ”احتیاط سے قدم آگے بڑھانا۔“

چند دنوں کے بعد یوسف کو دفتر میں عفیفہ کا فون آیا وہ اس سے ملنا چاہتی تھی یوسف نے اسے ایک شام کھانے کے لیے بلایا اور آشوا کا ایڈریس دیا۔

عفیفہ پیازی شلوار قمیص میں ملبوس تھی۔۔۔

”آپ آج مختلف لگ رہی ہیں۔“

”وہ کس طرح۔۔۔“ اس نے دوپٹہ ٹھیک کرتے ہوئے کہا۔

”اس دن تو آپ جینز پہنے ہوئے تھیں۔“

”وہ کینڈین رنگ تھا یہ ہندوستانی ہے۔۔۔ میں انڈین کینڈین جو ہوئی۔“ وہ ہنس دی۔

”یہ بھی اچھا ہے کہ تم کینڈین انڈین نہیں ہو ورنہ حکومت تمہیں علاقہ غیر بھی بھیج دیتی۔“

دونوں مسکرا دیے۔

یوسف اسے آشوا کے ایک خوبصورت اٹالین ریستوران فیزیو Fazio میں لے گیا۔

ویٹر نے آ کر پوچھا۔ ”بار سے کچھ چاہیے۔“

”گلاس آف وائٹ وائن۔“ عفیفہ نے کہا۔

”دو گلاس پلیز۔“ یوسف بولا۔

دونوں کھانا کھاتے ہوئے طویل گفتگو میں منہمک ہو گئے۔۔۔ ان کے چاروں طرف خوبصورت پودوں، دیواروں پر رنگین تصاویر اور ایک پیانو نے ماحول کو کافی رومانوی بنا رکھا تھا۔

”میں بچوں کو مذہبی تعلیم دینے کے خلاف ہوں اس سے ہم مذہبی تعصب اور نفرت پھیلاتے ہیں۔“ یوسف بولا۔۔۔ میں اپنے بچوں کو مذہب کی تعلیم ایسے ہی دوں گا جیسے تاریخ اور سائنس کی تعلیم۔“

عفیفہ مسکرائی۔

”دیکھو یوسف مذہب میں توہمات اور Rituals کی اور بات ہے، لیکن اس کا اہم پہلو تہذیب، ثقافت اور کلچر ہے۔ یہی کلچر بچوں کی تربیت اور ہماری شناخت کا سبب بنتا ہے۔ میں مذہبی طور پر مسلمان نہیں لیکن میری شلوار قمیص اور دوپٹہ میری تہذیبی وراثت ہیں جس پر مجھے فخر ہے۔“

”لیکن فخر کس بات کا۔۔۔ میں نے پچھلے کئی سالوں میں شلوار قمیص نہیں پہنے۔ پاکستان میں پہنا کرتا تھا اب پتلون پہنتا ہوں۔ اگر میں پاکستان میں پیدا ہوا تو یہ ایک حادثہ تھا۔ میں چین میں، سعودی عرب یا افریقہ میں بھی پیدا ہو سکتا تھا اس میں فخر کیسا مجھے ان خصوصیات پر فخر ہونا چاہیے جو میں نے خود اپنی شخصیت میں پیدا کی ہیں۔“

”لیکن یہ حقیقت ہے کہ تم پاکستانی ہو اور اس سے پہلو تہی کرنا حقیقت سے آنکھیں چرانا ہے، وہ کلچر تمہاری ذات کا حصہ ہے۔“

”لیکن اب میں کینیڈین ہوں۔“

”پاکستانی کینیڈین۔۔۔ کینیڈا چاہے کتنا ملٹی کلچرل Multi Cultural سہی لیکن تم اب بھی Visible Minority ہو۔ یہاں صرف گوری جلد کے عیسائی مذہب کے انگریزی اور فرنچ بولنے والے ہی سہی معنوں میں کینیڈین مانے جاتے ہیں باقی سب اقلیتوں میں شمار ہوتے ہیں اور اہم ان کے حقوق کے لیے محنت کر رہے ہیں۔“

”کیا تمہارا مطلب ہے کہ انہیں حقوق نہیں مل رہے۔“

”کینیڈا میں ابھی بھی کافی تعصب ہے یہاں کے قوانین متعصبانہ ہیں چاہے وہ امیگریشن ہو یا اڈاپشن، محکمہ تعلیم ہو یا عورتوں کے حقوق، قوانین حق و انصاف پر مبنی نہیں ہیں۔“

”مجھے تو یہاں رہتے کافی عرصہ ہو گیا ہے مجھے تو کوئی تعصب نظر نہیں آیا۔ مجھے تو ہر کینیڈین بڑے خلوص و پیار سے ملا بلکہ مجھے تو کئی پاکستانی اور ہندوستانی ایسے ملے جو خود متعصب تھے۔“

”کیا مطلب؟“

”بات صرف ہندوستان میں برہمن اور اچھوت کی تفریق یا پاکستان میں مہاجرین اور قادیانیوں کے تعصب تک ہی محدود نہیں، میں کینیڈا میں کئی ایسے پاکستانی مسلمانوں کو جانتا ہوں جو

ڈاکٹر خالد سہیل

ہندوستانی ہندوؤں کی دل سے عزت نہیں کرتے اور کئی ہندوستانی ہندوؤں سے ملا ہوں جو کینیڈین عیسائیوں کو کمتر سمجھتے ہیں۔ اس کے برخلاف میرے کئی کینیڈین دوست ہیں۔ میں ان کے گھر جاتا ہوں تو وہ بڑے تپاک سے ملتے ہیں لیکن جب میں اپنی کسی کینیڈین گرل گرینڈ کو مسلمان گھرانے میں ڈنر پر لے جاتا ہوں تو وہ فاصلہ رکھتے ہیں اور احترام کی نگاہ سے نہیں دیکھتے۔‘‘

’’تم غلط سمجھے ہو۔۔۔ میں یہ نہیں کہتی کہ ہم لوگوں میں تعصب نہیں ہے۔۔۔ تعصب کسی میں بھی ہو قابل ملامت ہے لیکن مسئلہ یہ ہے کہ کینیڈا میں بھی تعصب ہے جنوبی افریقہ سے بہت کم سہی لیکن اس کے وجود سے انکار کرنا خود فریبی ہے زیادہ کچھ نہیں۔۔۔ دوسری بات یہ کہ تم ذاتی زندگی کی مثالیں دے رہے ہو میں وکیل ہونے کے ناطے قانونی اور سیاسی صورتِ حال بیان کر رہی ہوں مجھے اس میں کوئی شک نہیں کہ کینیڈین بہت پیارے انسان ہیں بہت مخلص اور ہمدرد۔۔۔ میں کئی کینیڈین مردوں، عورتوں اور خاندانوں کے بہت قریب ہوں۔ وہ میرے قریبی دوست ہیں لیکن قوانین بنانے والے کینیڈین ان کینیڈینز سے مختلف ہیں جو ہمیں برتھ ڈے پارٹیوں اور نائٹ کلبوں میں ملتے ہیں۔‘‘

عفیفہ رخصت ہونے لگی تو یوسف نے صرف ہاتھ ملایا اگر وہ کینیڈین عورت ہوتی تو وہ ضرور رخسار یا ہونٹوں پر بوسہ دیتا لیکن وہ محتاط تھا۔ وہ نہ جانتا تھا کہ عفیفہ سے اس ملاقات کو میٹنگ کہے یا ڈیٹ۔

یوسف اور عفیفہ کے تعلقات عجب دھارے پر آگے بڑھنے لگے وہ ایک دوسرے کی ذہانت اور قابلیت سے متاثر بھی تھے لیکن نظریاتی اختلافات بھی نہ رکھتے تھے۔ اس پر مستزاد جذباتی طور پر قدرے کشش بھی تھی۔ ان سب نے مل کر رشتے میں حسین تناؤ پیدا کر دیا تھا ایسا ہی تناؤ جو کینیڈا میں اقلیتوں اور اکثریت کے درمیان رہتا تھا۔۔۔ وہ ایک دوسرے کا احترام بھی کرتے تھے لیکن کھری کھری باتیں بھی سنانا چاہتے تھے۔
آخر ایک شام یہ لاوا پھٹ ہی پڑا۔۔۔۔

عفیفہ نے یوسف کو بتایا کہ وہ انٹرویو کے سب ایشیائی پروفیشنلز Professionals Asian سے ملاقات کر رہی ہے اور ان سے ڈونیشن Donation مانگ رہی ہے۔۔۔ عفیفہ نے ایک کمیٹی تشکیل دی ہے جو مسی ساگا میں ایشیائی کمیونٹی سنٹر بنانا چاہتی ہے ایسا سنٹر جہاں ایشیائی اقلیتوں کے مسائل پر بحث اور حقوق کے تحفظ کی کوششیں کی جائیں گی۔۔۔ وہاں گھریلو عورتوں کو انگریزی اور فرنچ اور بچوں کو اردو، ہندی، گجراتی اور دیگر مقامی زبانیں سکھانے کا بندوبست ہو گا۔۔۔ اس کے علاوہ خاندان کے لیے تفریح اور مذہبی تقریبات کی سہولتیں بھی مہیا کی جائیں گی۔

یوسف نے بریف کیس کھولا اور اسے ایک چیک دکھایا جو اس نے یونائٹیڈ وے United Way کو ایک ہزار ڈالر کے ڈونیشن کے لیے لکھا تھا۔

’’کمیونٹی سنٹر کا ڈونیشن ٹیکس ڈیڈکیٹبل Tax Deductible ہے۔‘‘ عفیفہ بولی۔

’’میں جب کسی ادارے کی مدد کرتا ہوں تو حکومت سے واپسی کی امید نہیں رکھتا۔‘‘

’’لیکن یہ تمہارا قانونی حق ہے۔ تم حکومت سے چار پانچ سو ڈالر واپس لے سکتے ہو اور پھر ہماری کمیٹی کی بھی مدد کر سکتے ہو۔‘‘

’’نہیں میں ایسا نہیں کرنا چاہتا۔ میں یونائٹیڈ وے کو دینا چاہتا ہوں جہاں انسان رنگ، نسل اور مذہب کی تفریق کے بغیر مدد حاصل کر سکتا ہے۔‘‘

’’ایسا لگتا ہے تم اپنے ماضی سے نفرت کرتے ہو۔‘‘ عفیفہ غصے میں تھی۔

’’اور تم اپنے حال سے۔ تم ماضی کو پوجتی ہو۔‘‘

’’تم اپنی قوم سے کتراتے ہو۔ اپنی تہذیب اور ثقافت پر نادم ہو اور کینیڈین ماحول میں مدغم ہونا چاہتے ہو۔‘‘

’’یہ بالکل غلط ہے تم نئے ماحول سے ڈرتی ہو اور اپنے آبا و اجداد کی باتوں میں پناہ ڈھونڈی ہو۔۔۔ ہم اب کینیڈا میں رہ رہے ہیں یہاں ہم سب برابر ہیں۔ ہمیں سب کو ایک ہی نگاہ سے دیکھنا پڑے گا۔‘‘

ڈاکٹر خالد سہیل

”ہم سب برابر لیکن مختلف ہیں۔ ہر انسان کو ایک ہی چھڑی سے ہانکنا اس کی انفرادیت کے ساتھ زیادتی ہے چاہے وہ اسکول ہو، کھیل کا میدان یا تہذیبی ماحول ہر گروہ کی اپنی جداگانہ شناخت اور ضروریات ہوتی ہیں۔ سب کا احترام بجا لیکن ان کی خواہشات اور نظریات کا احترام نہ کرنا ناانصافی ہے۔ دیکھو انگلستان میں ایشیائی مہاجروں کے ساتھ کیا سلوک ہوتا رہا ہے۔

”لیکن محترمہ یہ انگلستان نہیں ہے کینڈا ہے کینڈا۔“ یوسف کا پارہ چڑھ رہا تھا۔۔۔ کینڈا مہاجروں کا ملک ہے یہاں چند نسلیں پہلے لوگ انگلستان، آئرلینڈ اور یورپ سے آئے تھے اور بعد میں ایشیا اور افریقہ سے۔ ہم سب ایک ہی خاندان کے افراد ہیں۔“

دونوں غصے میں چیخ رہے تھے اچانک انہیں احساس ہوا کہ وہ اپنی حدود سے تجاوز کر رہے ہیں۔

”دیکھو یوسف، تعصب کے نہ تم حامی ہو نہ میں۔“

اور عفیفہ اگر تعصب پر اعتراض کرنا ہے تو اوروں پر انگلی اٹھانے سے پہلے ہمیں اپنے گریبانوں میں جھانکنا چاہیے۔“

پھر یوسف نے چیرز کہہ کر گلاس ٹکرائے اور موضوع بدلتے ہوئے کہا۔

”یورک ول York Ville میں ایک شو چل رہا ہے Let My People Come دیکھنے چلو گی۔“

”ضرور کیوں نہیں۔“

”جانتی ہو کسی قسم کا پروگرام ہے۔“

یوسف جانتا تھا کہ اس شو میں تین مرد اور تین عورتیں ایٹنگ کرتی ہیں، اور جنسی مسائل پر کھل کر تبادلہ خیال ہوتا ہے، اس شو کے بیشتر حصے میں فن کار مادر زاد ننگے ہوتے ہیں۔

”ہاں جانتی ہوں۔۔۔ ہفتے کی شام کو۔“

”پہلے ڈنر کھائیں گے پھر شو دیکھیں گے۔“

”ٹھیک ہے۔“

”اوکے گڈنائٹ۔“

یوسف اور عفیفہ اب ویکنڈز کو بھی ملنے لگے تھے Let my People Come مزاحیہ بھی تھا اور طنزیہ بھی۔۔۔ دونوں خوب محفوظ ہوئے۔

پروگرام کے بعد عفیفہ یوسف کو اپنے اپارٹمنٹ لے گئی۔ اس اپارٹمنٹ کے رگ و ریشے میں مشرق بسا ہوا تھا۔ ایرانی قالین، انڈین بوٹیک اور مشرقی کلاسیکی میوزک۔۔۔ عفیفہ نے اسے چائے پلائی، لڈو اور برفی کھلائے اور لتا منگیشکر کے گانے سنوائے۔۔۔ گفتگو آہستہ آہستہ پھر سنجیدہ ہو گئی۔ رومانوی طور پر سنجیدہ۔۔۔ کچھ شرارے نکلنے لگے۔

”کیا تم نے کبھی ایشیائی عورت کو ڈیٹ کیا ہے؟“

”نہیں۔“

”کیوں نہیں؟“

”وہ سب کنزرویٹو Conservative ہوتی ہیں۔“

”سب۔“ عفیفہ نے لفظ چباتے ہوئے کہا۔ ”وہ کیسے؟“

”تم گوری عورتوں کے ساتھ خوش رہتے ہو۔“

”ہاں۔“

”کیونکہ ان کا اخلاقی معیار مختلف ہے۔ ایک دن ملنا، دوسرے دن بوس و کنار، تیسرے دن ہمبستری۔۔۔ تم اسے لبرل کہتے ہو۔ مشرقی عورتیں باحیا ہوتی ہیں۔“ عفیفہ کے ہر لفظ میں طنز کا نشتر چھپا تھا۔

”مہینوں ملنے کے بعد بھی بوسہ دیتے ہوئے شرمانا اور ساتھ سونے سے پہلے شادی کے وعدے لینا کیا یہ شرم و حیا ہے۔“ یوسف کی باتوں میں بھی کاٹ پیدا ہو گئی تھی۔

”کیا تم بھوری جلد کی عورتوں کو پرکشش پاتے ہو؟“

”اکثر کو نہیں۔“

ڈاکٹر خالد سہیل

”میرا خیال ہے تم رومانوی طور پر متعصب ہو تمہیں گوری جلد زیادہ پسند ہے چند ایک ایشیائی عورتوں کے ساتھ ڈیٹنگ کرکے دیکھو۔۔۔ میں بہت سی ہندوستانی عورتوں کو جانتی ہوں جو لبرل ہیں۔“

”اوروں کو چھوڑو۔۔۔ اپنے بارے میں بات کرو۔“

”دیکھو یوسف میں محتاط عورت ہوں۔ میں ورجن Virgin نہیں، لیکن ہر ایرے غیرے کے ساتھ سوتی بھی نہیں۔“

”کیا تم کینیڈین یا امریکی مردوں سے ڈیٹنگ کرتی ہو؟“

”نہیں۔“

”کیوں نہیں؟“

”وہ بہت فارورڈ Forward ہوتے ہیں۔ پہلی رات ہی سونے کی بات کرتے ہیں۔“

”فارورڈ یا لبرل۔“

”مجھے تو ایسے ہی ملے۔“

”اگر میں متعصب ہوں تو تم بھی متعصب ہو۔۔۔ میں کئی کینیڈین مردوں کو جانتا ہوں جو بہت اچھے کردار کے مالک ہیں۔“

دونوں چند لمحوں کے لیے خاموش ہوگئے۔۔۔ وہ ان شراروں کو راکھ میں دبا دینا چاہتے تھے۔

یوسف جانے لگا تو اس نے عفیفہ کو گلے سے لگالیا لیکن بوسہ نہ دے سکا۔ اس کی ساری جرأت ہوا میں تحلیل ہوگئی تھی۔

ان کے تعلقات میں کبھی تیزی پیدا ہو جاتی کبھی سستی، مہینوں بیت گئے لیکن اونٹ کسی کروٹ نہ بیٹھا۔ تعلقات کا تناؤ حسیں سے حسیں تر ہوتا گیا۔

یوسف کو کبھی کبھار احساس ہوتا کہ وہ عفیفہ کے ساتھ رومانوی طور پر وقت ضائع کر رہا ہے لیکن وہ اس کی شخصیت سے متاثر تھا اور اس کی گفتگو سے لطف اندوز بھی ہوتا اس کے علاوہ عفیفہ نے اسے کینیڈین عورتوں سے ملنے سے بھی تو منع نہیں کیا تھا۔

وہ عفیفہ سے ملتا رہا۔۔۔

ہفتے مہینوں اور مہینے سالوں کا روپ دھارنے لگے۔۔۔

کئی دفعہ ایک دو مہینے بیت جاتے اور وہ ایک دوسرے سے نہ ملتے۔

یوسف کبھی کبھار ٹی وی پر ایشیائی پروگرام دیکھتا۔

عفیفہ کے خواب شرمندہ تعبیر ہو رہے تھے۔

پہلے ایشیائی کمیونٹی سنٹر کی بنیاد رکھی گئی۔

عورتوں اور بچوں کے لیے زبان سیکھنے کی کلاسیں شروع ہوئیں۔

پھر ایک گھر خریدا گیا جس میں شہر یا ملک سے باہر سے آنے والے چند دن ٹھہر سکیں۔

پھر بچوں اور عمر رسیدہ لوگوں کے لیے ڈے کیئر سنٹر Daycare Centre کھولا گیا۔

یوسف عفیفہ کو ٹی وی پر دیکھ کر بہت خوش ہوتا۔

ایک دن اس نے عفیفہ کو ہوائی Hawaii جانے کے لیے مدعو کیا۔۔۔ وہ مان گئی لیکن مسکراتے ہوئے کہنے لگی:

’’ٹوِن بیڈ Twin Bed کا کمرہ بک کروانا۔‘‘

یوسف بظاہر ہنسا لیکن اندر سے پیچ و تاب کھانے لگا۔ وہ نہیں جانتا تھا کہ وہ مذاق کر رہی ہے یا سنجیدہ ہے۔

وہ اس ٹرپ Trip کا پروگرام بنا رہے تھے لیکن عفیفہ کو چھٹی نہ ملی اور وہ نہ جا سکے۔

یوسف کے جذبات میں سردی کی لہر دوڑ گئی۔

ان واقعات کو مدتیں بیت گئی تھیں۔

ڈاکٹر خالد سہیل

پچھلے مہینے اس نے عفیفہ کو پھر ٹی وی پر دیکھا تھا۔ وہ پھر ڈونیشن کی درخواست اور اپنی کمیونٹی کے پروگراموں کا فخر سے ذکر کر رہی تھی۔

یوسف کے دل میں ایک دفعہ پھر گدگدی ہوئی تھی۔۔۔۔

اور پھر سمندر خاں کا واقعہ پیش آیا جس نے راکھ کے نیچے دبے ہوئے شراروں اور چنگاریوں کو ہوا دی تھی۔

چند ہفتے پہلے یوسف کیفی ٹیریا سے اپنے دفتر کی طرف چہل قدمی کر رہا تھا کہ اس نے ایک لمبے تڑنگے شلوار قمیص اور پگڑی میں ملبوس مرد کو گھاس پر چادر بچھا کر نماز پڑھتے دیکھا تھا۔ وہ شخص سر بہ سجود تھا۔ یوسف کو وہ صوبہ سرحد پاکستان کا پٹھان لگا۔ یوسف ان لوگوں سے بخوبی واقف تھا کیونکہ وہ کئی سال صوبہ سرحد میں رہ چکا تھا۔

یوسف نے چند لمحے انتظار کیا لیکن پھر وہ جلدی میں دفتر واپس پہنچنا چاہتا تھا۔۔۔ جہاں ایک مریض اس کا انتظار کر رہا تھا اس لیے وہ اس شخص سے ملاقات نہ کر سکا۔ اس کے بعد یوسف کی اس شخص سے مڈ بھٹرنہ ہوئی۔

ایک دن یوسف کو ڈاکٹر چینگ کا فون آیا۔۔۔۔

"یوسف تمہاری مدد کی ضرورت ہے۔"

"کیا حکم ہے حضور؟" یوسف ڈاکٹر چینگ سے کافی بے تکلف تھا۔

"وارڈ نمبر ۳ میں ایک مریض ہے جو سکینز وفزنیک Schizophrenic ہے ہسپتال میں چار سال سے زیر علاج ہے۔ انگریزی سے وہ نابلد ہے اور ہندی سے ہم۔۔۔ ہم اسے ایک بورڈنگ ہوم میں بھیجنا چاہتے ہیں جب سے وہ دیکھ کر آیا ہے بہت اپسٹ Upset ہے میں نے سوچا تم ہندی جانتے ہو شاید ہماری مدد کر سکو۔"

یوسف نے یہ ذمہ داری قبول کی تو اس نے وارڈ کی ہیڈ نرس ونڈی کو فون کیا تاکہ کچھ مزید معلومات حاصل کر سکے۔

ونڈی فارغ تھی وہ خود ہی چلی آئی۔۔۔۔

دیوتا

"مجھے اس شخص کے بارے میں کچھ بتاؤ جسے آپ بورڈنگ ہوم میں بھیجنا چاہتے ہیں۔" یوسف نے وینڈی سے پوچھا۔

"یہ شخص عجیب و غریب ہے ہماری زبان تو سمجھتا ہی نہیں عورتوں سے بالکل باتیں نہیں کرتا جب ہم اسے ہیلڈول Haldol کی گولیاں دیتے ہیں تو منہ موڑ کرلیتا ہے۔ مردوں سے مسکرا کر ملتا ہے۔"

"لیکن تم لوگ اسے سیکنزو فرینگ Schizopherinic کیوں کہتے ہو؟"

"وہ پندرہ پندرہ منٹ بیس بیس منٹ ایک جگہ پر بت بنا کھڑا رہتا ہے ۔۔۔ کیٹا ٹانک Catatonic ہے۔ کئی دفعہ کھانا واپس بھیج دیتا ہے۔ ایک دفعہ پورا ایک مہینہ صبح سے شام تک کھانا نہ کھاتا تھا اور پھر راتوں کو اٹھ اٹھ کر فرج کی تلاشی لیتا تھا۔"

"اس کے علاوہ کوئی اور بات؟"

"دیگر مریضوں نے بتایا ہے کہ وہ ریزر سے زیر ناف بالوں کو بھی صاف کرتا ہے۔"

"اور کوئی بات۔"

"کرسی پر آلتی پالتی مار کر بیٹھا ہے اور ہاتھوں سے کھاتا ہے۔"

یوسف دل ہی دل میں مسکرا رہا تھا۔۔۔ یوسف جانتا تھا کہ وہ وینڈی اور دیگر نرسیں جو ساری عمر کینڈا میں پلی بڑھی تھیں مشرقی رہن سہن کے طریقوں سے ناواقف تھیں اور وارڈ میں ابلاغ میں بہت سی خلیجیں پیدا ہو چکی تھیں۔

اگلے دن یوسف اس شخص سے ملنے گیا۔

اس کی حیرانگی کی انتہا نہ رہی۔۔۔ یہ وہی شخص تھا جسے اس نے گھاس پر نماز پڑھتے دیکھا تھا۔

"ہیلو! میں ڈاکٹر یوسف ہوں۔ ایک سائیکالوجسٹ، آپ کا کیا نام ہے؟"

"سمندر خاں۔۔۔ ڈاکٹر سنگا حال دے۔"

ڈاکٹر خالد سہیل

یوسف کو اندازہ ہو گیا کہ وہ اردو نہیں پشتو بولتا ہے۔ یوسف تقریباً ایک گھنٹے تک اس سے پشتو میں گفتگو کرتا رہا۔

اس کے بعد وہ دو دفعہ اور سمندر خاں سے ملا۔ حالات کا پورا جائزہ لیا اور پھر ڈاکٹر چینگ اور وینڈی سے ملنے چلا گیا۔ اس نے سمندر خاں کے حالات بیان کرتے ہوئے کہا۔

”سمندر خاں پاکستان کے صوبہ سرحد کا رہنے والا ہے۔ وہ چارسدے کا پٹھان ہے۔ وہ ایسی قوم کا فرد ہے جو سادہ لیکن غیرت والے اور مذہبی انسان ہوتے ہیں۔ سمندر خاں کے ساتھ یہ المیہ ہوا کہ وہ چار سال پہلے چارسدے سے پشاور گیا۔ وہ ان دنوں بے روز گار تھا۔ افغانستان سے مہاجرین کی آمد کی وجہ سے صوبے کے معاشی حالات ناگفتہ بہ ہو تھے۔ وہ اپنے بیوی بچوں کے بارے میں متفکر تھا۔ اسے پشاور میں ایک شخص ملا جس نے اسے ہزاروں روپے بٹور کر اور سنہری خواب دکھلا کر کینڈا بھیج دیا اور کہا کہ تم آٹوا کی بس لینا جہاں مسجد خاں تمہارا منتظر ہو گا وہ تمہاری مدد کرے گا۔

سمندر خاں جو انگریزی سے بالکل نابلد تھا۔۔۔ ٹورانٹو ایئرپورٹ سے آٹوا کی بس لینا چاہتا تھا لیکن غلطی سے آشوا پہنچ گیا وہاں اسے کوئی ملنے نہ آیا۔ لوگ پشتو سے ناواقف تھے۔ آخر وہ گھنٹوں اپنا بستر اور صندوق لے کر پھر تا رہا۔۔۔۔ جب مسجد خاں نہ ملا تو وہ نماز پڑھنے لگا۔ پولیس نے اسے پکڑا اور اس کی حالت دیکھ کر اسے ہسپتال لے آئے۔

ہسپتال میں وہ باقاعدگی سے نماز پڑھتا رہا جسے نرسیں غلطی سے Catatonic سمجھتی رہیں۔ وہ گھر والوں کی یاد میں پریشان رہتا۔ خاموشی سے اس کا دم گھٹنے لگتا۔ اسے سور کھانے کو دیا جاتا تو وہ انکار کر دیتا۔ جب وہ آیا تھا تو اگلے ماہ ہفتے رمضان تھا۔ اس لیے وہ پورے تیس دن روزے رکھتا رہا۔۔۔ اس طرح غلط فہمیاں بڑھتی رہیں۔ وہ رات کو اٹھ کر سحری کی تلاش کرتا۔

”لیکن ریزر سے بال کیوں صاف کرتا ہے۔“

”پاکستان ہندوستان میں لاکھوں مسلمان زیر ناف بالوں کو صاف کرتے ہیں۔“

وینڈی نے بات یہ پہلے کبھی نہ سنی تھی۔

”لیکن وہ بورڈنگ ہوم سے کیوں گھبرایا تھا۔“ ڈاکٹر چینگ متجسب تھا۔

”سمندر خاں بہت مذہبی آدمی ہے۔ وہ نامحرم عورتوں کے ساتھ گفتگو کرنے کو ناجائز سمجھتا ہے اس لیے وہ ایسے بورڈنگ ہوم میں نہیں رہنا چاہتا جہاں اسے عورتوں کے ساتھ مل جل کر رہنا پڑے گا۔ اس کا کہنا ہے کہ چارسدہ میں اس کی بیوی ہے۔“

”تو گویا جیسے ہم چار سال تک پاگل اور سیکنز وفرینک سمجھتے رہے وہ پاگل نہیں ہے۔“

”نہیں بالکل نہیں۔۔۔ وہ ایک بھلا مانس مسلمان ہے۔ لیکن اس مچھلی کی طرح جو پانی سے باہر پھینک دی گئی ہو۔“

سمندر خاں کی دوائیں بند کردی گئیں۔۔۔

اب مسئلہ یہ پیدا ہوا کہ سمندر خاں کے ساتھ کیا کیا جائے۔۔۔ یوسف کے ذہن میں اچانک ایشیائی کمیونٹی سنٹر کا خیال آیا۔

وینڈی نے اگلے دن فون کیا تو اسے یہ جان کر خوشی ہوئی کہ کمیونٹی سنٹر مدد کرنے کو تیار ہے۔ وہ سمندر خاں کے رہنے کا بندوبست اور اس کے خاندان کو اطلاع دینے کی ذمہ داری قبول کرنے کو آمادہ ہیں وہ سمندر خاں کے لیے پشتو میں بات چیت کرنے کا انتظام بھی کریں گے۔

یوسف کے ذہن میں اچانک عفیفہ کی تصویر ابھر آئی اور ہوائی Hawaii کا پروگرام کروٹیں بدلنے لگا۔

اس نے سینڈوچ ختم کرتے ہوئے مختصر ساخط لکھا:

”ڈیئر عفیفہ!

سمندر خاں کو قبول کرنے اور اس کی مدد کرنے کا بہت بہت شکریہ۔۔۔

میں پانچ سو ڈالر کا چیک کمیونٹی سنٹر کے لیے ڈونیشن کے طور پر بھیج رہا ہوں۔

تم سے ملنے کو پھر جی چاہتا ہے۔“ مخلص: یوسف

اس نے وینڈی کو لفافہ دے دیا تاکہ وہ سمندر خاں کے ساتھ اسے ایشیائی کمیونٹی سنٹر بھیج دے۔۔۔۔۔

فروری، ۱۹۸۸ء

ڈاکٹر خالد سہیل

پاکی

فاطمہ اور بل کی دوستی مشرق اور مغرب کا حسین امتزاج تھی۔

دونوں کی عمر نو برس کے قریب تھی اور دونوں درجہ سوم کے طالب علم تھے۔ پہلے چھ ہفتے تو دونوں کلاس میں دور دور بیٹھا کرتے تھے لیکن جب سے ان کی استانی نے انہیں ساتھ ساتھ بٹھایا تھا ان کی دوستی بہت گاڑھی ہو گئی تھی۔

فاطمہ کے والدین کا تعلق پاکستان پنجاب سے تھا جب کہ بل کے والدین کینیڈا کے صوبہ البرٹا کے رہنے والے تھے دونوں خاندان ٹورانٹو کے نواح میں خوشحال زندگی گزار رہے تھے۔

فاطمہ نازک اور شرمیلی سی لڑکی تھی بل شوخ اور کھلنڈرا لڑکا تھا وہ خود ہی شوخیاں کرتا تھا اور خود ہی محفوظ ہوتا تھا اسے فاطمہ کی سانولی صورت بہت بھائی تھی وہ اس سے ہنسی مذاق کیا کرتا تھا۔ فاطمہ پہلے تو شرما جایا کرتی اور اس کا چہرہ شرم سے سرخ ہو جاتا تھا۔ لیکن آہستہ آہستہ وہ اس کی شوخیوں کی عادی ہو گئی تھی اور اب فقط ہنس دیا کرتی تھی۔

بل کا گھر اسکول سے دور تھا جب کہ فاطمہ اسکول کے قریب رہتی تھی بل اپنے گھر سے جلد نکل آتا تھا اور فاطمہ کو اس کے گھر کے باہر اپنا منتظر پاتا تھا دونوں ''ہائے'' کہہ کر ایک دوسرے کا استقبال کرتے اور پھر اپنے بستے ہلاتے ہوئے اسکول کی طرف روانہ ہو جاتے۔

اسکول میں وہ دونوں زیادہ وقت اکٹھے گزارنے لگ گئے تھے۔ آدھی چھٹی کے وقت وہ اکٹھے کھانا کھایا کرتے تھے دونوں بچوں کی مائیں ان کے کھانے لنچ بکس Lunch Box میں ڈال کر ان کے ساتھ بھیج دیتیں۔ پہلے تو انہیں ایک دوسرے کے کھانے عجیب لگے لیکن اب انہیں عادت ہو گئی تھی بلکہ اب مزا آنے لگ گیا تھا۔ بل کو اب چپاتیوں اور پراٹھوں کے ساتھ لڈوؤں، برفی اور گلاب جامن کا بھی چسکا پڑ گیا تھا۔ فاطمہ کو بھی ہاٹ ڈاگ Hot Dog مختلف سینڈوچ اور ٹیونا فش Tuna Fish کی عادت پڑ گئی تھی۔

بل کو فاطمہ کی سالونی جلد بہت اچھی لگتی تھی اس نے کئی دفعہ فاطمہ سے پوچھا تھا کہ کیا سورج میں زیادہ وقت گزارتی رہی ہے اور فاطمہ مسکرا کر کہتی۔ ''نہیں میں پیدا ہی ایسے ہوئی تھی۔'' بل کو یقین نہ آتا اور بڑی معصومیت سے اس کے بازو کی جلد چھو کر دیکھتا۔ فاطمہ کو بل کے بھورے بلونڈ بال بہت پسند تھے وہ بھی اس سے پوچھ چکی تھی کہ کیا اس کے بال مصنوعی ہیں بل قہقہہ لگا کر کہتا ''ہاں میں نے پانچ ڈالر میں خریدے ہیں۔''

چھٹی ہونے کے بعد دونوں اکٹھے گھر جاتے چونکہ فاطمہ کا گھر راستے میں پڑتا تھا فاطمہ اسے اپنے گھر لے جاتی بل کو فاطمہ کی ماں بہت پسند تھی وہ اس سے پیار سے پیش آتی البتہ بل کی فاطمہ کے والد سے کبھی ملاقات نہ ہوئی تھی۔ کیونکہ وہ شام کو گھر کو آتے تھے۔

فاطمہ کئی مرتبہ بل کو اپنے کمرے میں لے جا چکی تھی اور اسے اپنا البم اور ٹیپ ریکارڈ دکھا چکی تھی۔ بل سب سے زیادہ اس کے کپڑوں سے حیران ہوتا تھا۔ وہ شلوار قمیص، دوپٹہ کو دیکھ کر مسحور ہو جاتا تھا اس کے علاوہ مختلف رنگ دیکھ کر وہ بہت خوش ہوتا تھا۔ آخر ایک دن اس نے فاطمہ کی ماں سے کہا۔ ''مجھے آپ کے کپڑے بہت پسند ہیں۔'' فاطمہ کی ماں نے کہا۔''بیٹا میں تمہارے لیے بھی شلوار قمیص بنا دوں گی۔''بل یہ سن کر بہت خوش ہوا تھا۔ اور جا کر اپنی ممی کو بتایا تھا بل کی ممی نے بل کے ذریعہ فاطمہ کی والدہ کا شکریہ ادا کیا تھا۔

دونوں کی دوستی پروان چڑھتی رہتی تھی۔

کبھی کبھی جب بل شرارت کے موڈ میں ہوتا تو فاطمہ کی چٹیا کھینچتا اس کا بستہ لے کر بھاگ جاتا پہلے تو فاطمہ اس کے پیچھے بھاگتی پھر تھک ہار کر بینچ پر بیٹھ جاتی اور روٹھ جاتی۔ اس کے بعد بل اسے مناتے آتا لیکن وہ نہ مانتی۔ بل کو اسے منانے کا ایک طریقہ یاد تھا اسے معلوم تھا کہ چیونگم فاطمہ کی کمزوری ہے وہ جب بھی گم پیش کرتا تو فاطمہ مسکرا دیتی اور پھر دوست بن جاتے۔

دونوں کی بے تکلفی بڑھ رہی تھی۔

پہلے تو فاطمہ اور بل ساتھ ساتھ چلا کرتے تھے۔ ایک دن بل نے فاطمہ کا ہاتھ پکڑ کر چلنا شروع کر دیا۔ فاطمہ پہلے تو کچھ جھجکی پھر اس کا ساتھ دینے لگی۔ فاطمہ بل کو چھونے سے کتراتی

ڈاکٹر خالد سہیل

کرتی تھی ایک دوپہر بل بھاگا بھاگا آیا اور آتے ہی فاطمہ کو گلے لگا کر چوم لیا۔ فاطمہ ہکی بکی رہ گئی اسے ہوش آیا تو وہ ناراض ہو گئی۔

''تم خفا ہو گئی ہو؟'' بل نے پوچھا۔

''ہاں۔'' فاطمہ نے جواب دیا۔

''وہ کیوں؟''

''میری امی کہتی تھیں اچھے لڑکے اور لڑکیاں ایک دوسرے کو نہیں چوما کرتے۔'' بل کی سمجھ میں نہ آیا کہ کیا جواب دے وہ بھاگ گیا اور دوسرے لڑکوں کے ساتھ کھیلنے لگا۔

ایک جمعہ کو بل نے فاطمہ سے کہا۔ ''تم میرے گھر کبھی نہیں آئیں۔''

''تم نے کبھی بلایا بھی نہیں۔''

''کیا تمہاری امی آنے دیں گی۔''

''میں پوچھ کر بتاؤں گی۔''

''اتوار کو ہمارے گھر کے قریب میلہ ہے اگر آؤ تو جھولا جھولنے چلیں گے۔''

''میں کوشش کروں گی۔''

اور دونوں وعدہ کر کے رخصت ہو گئے۔ رخصت ہوتے ہی ان کا اتوار کا انتظار شروع ہو گیا۔

ٹورانٹو کی فضا ایک دفعہ پھر ملکدر ہونے لگی تھی متعصب جذبات ایک دفعہ پھر بھڑک چکے تھے، کبھی تو مہینوں ماحول پر سکون رہتا اور کبھی چند ہی ہفتوں میں بہت سے ناخوشگوار واقعات پیش آجاتے۔ یہ کیفیت جوڑوں کے درد کی طرح تھی جس میں مہینوں جوڑ صحت مند رہتے لیکن جوں ہی فضا میں رطوبت بڑھتی جوڑوں کا درد بھی عود کر آتا۔

اس ہفتے کے دن ایک واقعہ پیش آیا جس نے قونے حالات کو ابتر کر دیا۔ چند مقامی نوجوان شراب کے نشے میں ٹورانٹو کی مشہور سٹرک یینگ اسٹریٹ Yonge Street کے کونے پر کھڑے بے تکی باتیں کر رہے تھے۔ اسی دوران وہاں سے ایک پاکستانی نوجوان کا جو چرس کے زیر اثر تھا لڑکھڑاتے ہوئے گزر رہا تھا۔

وہ پاکستانی نوجوان جب مقامی نوجوان کے قریب سے گزرا تو اسے ٹھوکر لگی اور زمین پر گر پڑا۔ وہ سب زور زور سے ہنسنے لگے اس پاکستانی جوان کو یہ ادا زیادہ پسند نہ آئی وہ سمجھا کہ اس کا مذاق اڑایا جا رہا ہے اتنے میں اسے آواز سنائی دی۔ "او پاکی Paki بیو قوف دیکھ کے چل۔"

اس پاکستانی نوجوان کا خون کھولنے لگا اور جواب میں بولا۔

"بندر کے بچے بکواس بند کر۔"

یہ سننا تھا کہ وہ اور زور زور سے ہنسنے لگے۔ دوسرا بولا۔ "بے شرم گھر میں بیٹھ کر تماشا کرو۔ سڑکوں پر کیا ناٹک رچاتے ہو۔"

پاکستانی جواب اپنے پاؤں پر کھڑا تھا گر جا۔ "تم کون ہوتے ہو مجھے بتانے والے۔"

تیسرے جوان نے اسے دھکہ دیا اور اس نے ان میں سے ایک کا گریبان پکڑ لیا۔۔۔ اس کے بعد گالیوں، گھونسوں اور لاتوں کی بارش ہو گئی۔ پاکستانی کا جبڑا اور دونوں نوجوانوں کی ناکیں ٹوٹ گئیں پولیس آ گئی لوگ جمع ہو گئے اور انہیں ہسپتال پہنچا دیا گیا۔ ایک چھوٹی سی بات بڑا احادثہ بن گئی۔

بل کے والدین ٹیلی ویژن پر خبرین سن رہے تھے کہ انہوں نے مقامی خبروں میں یہ بات سنی کہ پاکستانی نوجوان اور کینیڈین جوانوں میں ہاتھا پائی ہوئی۔ پاکستانی نوجوان شراب اور چرس کے نشے میں دھت تھا ایک جوان نے "پاکی بیو قوف" کا فقرہ اکسا اور اس کے بعد جھگڑا شروع ہو گیا۔

بل کا والد خود بھی بہت متعصب تھا وہ مذہبی اور نسلی تعصب کا شکار تھا اس کے خیال میں شمالی امریکہ کی تباہی کا سبب یا یہودی ہوں گے یا ایشیائی قومیں اس کی زندگی میں بہت سی تلخیاں تھیں

ڈاکٹر خالد سہیل

جو ایسے مواقع پر سطح پر آجایا کرتی تھیں۔ اس نے یہ خبر سنی تو کہا۔ ''یہ پاکی بہت ذلیل ہیں ہماری قوم کو تباہ کرنے آگئے ہیں۔''بل کی والدہ کو اپنے شوہر کی باتیں پسند نہ تھیں۔ اس کا خیال تھا کہ اس کا شوہر مذہب اور نسلی مسائل کی باتیں کرتے وقت بہت جذباتی ہو جاتا ہے۔ وہ کہنے لگی۔ ''قصور جانبین کا تھا''۔ ''نہیں۔'' وہ بولا۔ ''یہ خارجی ہمارے گھر آکر ہمیں پر دھونس جماتے ہیں۔ ہمیں ان کا سوشل بائیکاٹ کر دینا چاہئے۔''بل کی والدہ نے اس آگ کو ہوا دینا مناسب نہ سمجھا اور خاموش ہو گئی۔

اتوار کے دن بل نے کھانے کے بعد والدین سے کہا۔

''میں آج سہ پہر میلہ دیکھنے جاؤں گا۔''

''کس کے ساتھ؟''اس کے باپ نے پوچھا۔

''فاطمہ کے ساتھ۔''بل مسکراتے ہوئے بولا۔

''نہیں، تم فاطمہ کے ساتھ میلہ دیکھنے نہیں جاؤ گے۔''بل کا باپ جو ابھی تک خبروں سے متاثر تھا تلخ لہجے میں بولا۔

بل کچھ نہ سمجھتے ہوئے بولا۔ ''آخر کیوں ڈیڈی؟''

''وہ پاکی ہے اور ہمیں ان سے کچھ لین دین نہیں رکھنا۔''

''پاکی کا کیا مطلب ہے ڈیڈی۔''

''گندے غلیظ۔''

''لیکن فاطمہ تو بہت صاف ستھری لڑکی ہے ڈیڈی۔''

''اور بے وقوف۔''ڈیڈی کا غصہ بڑھ رہا تھا۔

''لیکن استانی تو کہتی ہیں وہ بہت ذہین ہے۔''

''خاموش رہو میرے ساتھ بحث نہ کرو، مجھے دلیلیں دینے کی کوشش نہ کرو۔ میں نے کہا تم اس سے نہیں ملو گے سمجھے یا نہیں۔''

''اچھا ڈیڈی۔''بل سہم گیا۔

اس کی ماں نے یہ سب کچھ دیکھا تو بولی۔

"فاطمہ اچھی لڑکی ہے۔"

اس کا باپ غصے سے کانپ رہا تھا۔

"اب تم بھی اس کا ساتھ دینے لگ گئی ہو میں نے جب کہا ہے 'نہیں' تو اس کا مطلب ہے 'نہیں'۔"

اس کے بعد وہ اٹھا اور دندناتا ہوا کمرے سے باہر نکل گیا۔

بل بہت خوفزدہ تھا۔ اس کے چھوٹے سے ذہن میں بہت سے سوال ابھرے لیکن اس کے پاس ان کا جواب نہ تھا۔ وہ پریشاں خیالی کا شکار تھا۔

شام کو جب فاطمہ مسکراتے ہوئے اس سے ملنے آئی تو وہ بجھا بجھا دروازے تک گیا اور بولا۔ "فاطمہ میں تم سے نہیں مل سکتا۔"

"آخر کیوں؟" فاطمہ کچھ مرجھا سی گئی۔

"میرے ڈیڈی نے منع کر دیا ہے کہتے ہیں تم پاکی ہو۔"

"یعنی کیا؟" فاطمہ حیرانگی سے بولی۔

"گندے اور بے وقوف۔" بل نے ڈیڈی کی بات دہرائی لیکن اتنا پژمردہ تھا کہ دروازہ بند کرکے اندر چلا گیا۔

فاطمہ کچھ نہ سمجھتے ہوئے باہر کھڑی رہی اور پھر آنسو بہاتے ہوئے گھر واپس چلی گئی۔

اس رات فاطمہ نے اپنے ابو سے پوچھا۔

"ابو پاکی کا کیا مطلب ہے؟"

اس کے ابو اس سوال پر حیران ہوئے پہلے انہوں نے کروٹ بدلی، سر کھجایا، تھوک نگلا اور پھر بولے۔ "فاطمہ پاکی کا لفظ پاک سے ہے جس کا مطلب ہے صاف اور ستھرا۔"

فاطمہ نے والد کی بے چینی دیکھ کر مزید سوالات نہ پوچھے اور خاموشی سے کمرے سے نکل گئی اس کے معصوم ذہن میں سوالات کچھ اور الجھ کر رہ گئے۔

————————

ڈاکٹر خالد سہیل

اگلے دن بل علیحدہ اسکول گیا اور فاطمہ علیحدہ۔ انہوں نے ایک دوسرے کو دیکھا لیکن آنکھیں چرا گئے۔ ساتھ ساتھ بیٹھے لیکن بات چیت نہ کی۔ دونوں بے قرار اور بے چین تھے لیکن سمجھ نہ آتا تھا کہ کیا کریں۔

بے چینی آہستہ آہستہ بڑھتی رہی۔

آدھی چھٹی کے وقت دونوں کے صبر کے پیمانے لبریز ہو چکے تھے ان کی دوستی کا سمندر موجزن تھا۔

بل خاموشی سے فاطمہ کے پاس آیا اور اس کا ہاتھ پکڑ کر بولا۔

’’کیا تم میری دوست ہو؟‘‘

اس کی آنکھیں ڈبڈبا گئیں۔

’’ہاں اور تم؟‘‘ فاطمہ کی آنکھوں میں آنسو تھے بل نے اسے گم پیش کی۔ فاطمہ نے اس کا دوسرا ہاتھ بھی تھام لیا۔

بل نے رندھے ہوئے لہجے میں کہا۔ ’’کاش میرے ڈیڈی ہماری دوستی کو سمجھ سکتے۔‘‘ اور وہ محبت بھری نگاہوں سے ایک دوسرے کو دیکھنے لگے۔

اکتوبر، ۱۹۸۳ء

دیوتا

یوسف کی ماں

وہ سارا دن اپنے گھر کی چھت پر بیٹھی دھوپ سینکتی رہتی اور عالم غنودگی میں خواب دیکھتی رہتی۔ اس کے خواب ان پھولوں کی طرح تھے جو وقت سے پہلے مرجھا گئے تھے۔ اس کی آنکھوں کی بینائی دن کے وقت خواب دیکھنے کی وجہ سے کمزور ہو گئی تھی اور اسے ڈر تھا کہ یعقوب کی طرح وہ بھی اپنے بیٹے کے انتظار میں آنکھیں گنوا بیٹھے گی پھر تو اس کا بیٹا لوٹ کر آیا بھی تو وہ اسے چھو تو سکے گی دیکھ نہ سکے گی۔

اس کی آنکھوں کے نور کے ساتھ ساتھ اس کے جسم کی توانائی بھی کم ہوتی جا رہی تھی البتہ اس کے سر میں چاندی اور جوڑوں میں درد بڑھتا جا رہا تھا۔ اس کی خوراک اس کے خوابوں کی طرح بے رنگ اور بے مزہ ہو گئی تھی اگر وہ نمک کھاتی تو بلڈ پریشر اور چینی کھاتی تو ذیابیطس کے بدتر ہونے کا خطرہ تھا۔

وہ اپنے خاوند سے اپنے دکھوں کا ذکر کرتی تو وہ اسے ذکرِ الٰہی کی تبلیغ اور خدا اسے لو لگانے کی تلقین کرتا۔ اس کا کہنا تھا ''بچے خدا کی امانت ہوتے ہیں وہ جب چاہے دے دے اور جب چاہے واپس لے لے۔ ہمیں بچوں سے زیادہ امیدیں نہیں رکھنی چاہیں۔''

اس نے دوستوں اور رشتہ داروں سے ملنا چھوڑ دیا تھا۔

نہ کسی کی شادی میں، نہ سالگرہ میں، نہ کسی کی پیدائش پر، نہ موت پر، وہ کنج تنہائی میں بیٹھی آنسو بہاتی رہتی۔ آخری دفعہ وہ جس محفل میں شامل ہوئی تھی، اس کے زخم وہ اکثر چاٹا کرتی۔ اس نے مختلف عورتوں کی باتیں سن لی تھیں۔

یہ بیچاری وقت سے پہلے بوڑھی ہو گئی ہے۔

تیسری دنیا کی نجانے کتنی عورتیں ایسی ہیں جن کی جوانیاں قبل از وقت ڈھل جاتی ہیں۔

اس کی جسمانی بیماریوں نے اس کے بال سفید کر دیے تھے۔

ڈاکٹر خالد سہیل

وہ اور اس کا شوہر ایک گھر میں رہ کر بھی دو نیاؤں میں رہتے تھے۔

اسے اس کے بیٹے کی جدائی کھا گئی ہے۔

اور وہ محفل سے اٹھ کر چلی آئی تھی اور سارا راستہ اپنے دوپٹے سے اپنی آنکھیں خشک کرتی رہی تھی۔ "اگر میرا بیٹا میرے پاس ہو تو میرے زخموں پر مرہم رکھتا۔" لیکن پھر وہ سوچتی۔ وہ جب میرے پاس بھی تھا۔ تب بھی اسے شاعری اور افسانوں سے کہاں فرصت ملتی تھی کہ میرے جی کی بتاتے۔ اسے تو اپنے دوست، اپنے رشتہ داروں سے زیادہ عزیز تھے۔ لیکن اس کے دوستوں میں سے ایک شاعر دوست اس کی غیر موجودگی میں بھی حال پوچھنے آتا۔

"خالہ جان مزاج کیسے ہیں اگر میرے لائق کوئی خدمت ہو تو فرمائیں۔"

"بیٹا! میں تمہیں اپنے بیٹے سے زیادہ ملتی ہوں۔ تمہاری ماں کتنی خوش قسمت ہے۔ میرا بیٹا تمہاری طرح اپنے خاندان کے ساتھ کیوں نہیں رہتا۔"

"خالہ جان! میں ایک معمولی شاعر ہوں۔ صرف اپنے خاندان کا خیال رکھتا ہوں آپ کا بیٹا ایک غیر معمولی انسان ہے اس نے ساری انسانیت کو اپنا خاندان بنا لیا ہے۔ آپ کو اپنے بیٹے پر اس طرح فخر ہونا چاہئے جس طرح اسکے دوست اس پر فخر کرتے ہیں۔"

"بیٹا! ہم ایک دوسرے کی زبان بھی تو نہیں سمجھتے۔ جب اسے بات کرنی نہ آتی تھی تب تو میں اس کی ہر بات سمجھتی تھی لیکن اس نے جب شعر کہنے شروع کر دیے تو ہمارے درمیان خلیجیں حائل ہو گئیں۔"

"خالہ جان! میری ماں بھی اور سب ہی شاعروں کی مائیں بھی یہی کہتی ہیں۔"

"لیکن بیٹا! میں تو اس کی جدائی میں ہی مر جاؤں گی۔" اور اسے اپنے بیٹے کی نظم "وہ کبھی لوٹ کر نہ آئے گا" یاد آجاتی اور اس کے دل میں ایک زور سے ٹیس اٹھتی۔

وہ ہر جمعرات کو داتا دربار جا کر خیرات کرتی اور سال میں ایک دفعہ کالا بکرا ذبح کراتی تا کہ اس کا یوسف، اس کا شاعر بیٹا، نظر بد سے بچا رہے۔

"آپ اس کی شادی کیوں نہیں کر دیتیں۔" نجانے کتنے رشتہ داروں نے پوچھا تھا۔

دیوتا

"وہ خود ہی نہیں کرنا چاہتا۔" وہ مختصر سا جواب دے کر موضوع بدل دیتی۔

وہ تھا بھی تو ایک خوبرو جوان۔ نوجوانی سے ہی شہر کی نجانے کتنی زلیخائیں اس کے آگے پیچھے ہوتی رہتیں۔ اس کا دامن ہمیشہ پھٹا رہتا کبھی آگے سے، کبھی پیچھے سے۔ نجانے کتنی ماؤں نے اس کی تصویریں دیکھ کر اسے اپنا داماد بنانے کی خواہش کا اظہار کیا تھا لیکن جو لوگ اسے قریب سے جانتے تھے وہ کہتے تھے کہ وہ روایتی رشتوں پر ایمان نہیں رکھتا۔

اس کی عاشقی اور اس کی شاعری کے قصے تو کالج کے زمانے سے ہی مشہور ہو گئے تھے۔ اس کی پہلی نظم "ایک اجنبی محبوبہ کے نام" چھپی تھی جس میں اس نے ملک و مذہب، رنگ و نسل کے سب بت پاش پاش کر دیے تھے۔ اس کا پہلا افسانہ "ایک بوسہ" چھپا تو پوری یونیورسٹی میں چہ میگوئیاں ہونے لگی تھیں اس نے اپنے فن پاروں میں، مردوں اور عورتوں میں نئے رشتے استوار کرنے کی خواہش کا اظہار کیا تھا۔ وہ فرسودہ روایات اور ان کے انسانی رشتوں پر آسیب کے سایوں سے تنگ آ چکا تھا۔ وہ منافقت اور استحصال کے حصار کو توڑ کر ایک آزاد فضا میں سانس لینا چاہتا تھا۔ ایسی آزاد فضا جس میں شبِ وصل حلال اور شبِ فراق حرام قرار دی جائے گی۔ زمانہ طالب علمی میں منٹو، فراز اور فیض کی کتابیں اس کے سرہانے تلے پڑی رہتیں۔ اصحاب نظر کا خیال تھا کہ وہ غلط ملک میں پیدا ہو گیا تھا ان کا خیال تھا کہ جب اس کے جوہر نمایاں ہوں گے تو یا تو وہ بہت مشہور ہو گا یا بہت بدنام۔

"بیٹا! تم عورتوں سے دور رہا کرو وہ تم پر جادو کر دیں گی۔" اس کی ماں اسے نصیحت کرتی اور اس کا باپ جو اقبال کا بہت عاشق تھا جب یہ شعر گنگناتا۔

ہند کے شاعر و صورت گر و افسانہ نگار

آہ بے چاروں کے اعصاب پر عورت ہے سوار

تو وہ منٹو کی زبان میں کہتا کہ جب کبوتر کبوتریوں کو دیکھ کر گٹکتے ہیں اور گھوڑے گھوڑیوں کو دیکھ کر ہنہناتے ہیں تو اگر مرد، عورتوں کو دیکھ کر غزلیں یا افسانے لکھتے ہیں تو اس میں مضائقہ ہی کیا ہے۔

ڈاکٹر خالد سہیل

لیکن ایک دن اس کا اس ماحول میں اتنا دم گھٹنے لگا کہ اس نے چند کتابیں اور چند کپڑے اٹھائے اور گھر سے رخصت ہونے لگا ''ماں جی! میں دنیا کی سیر کرنے اپنے آپ کو تلاش کرنے جا رہا ہوں۔''

''بیٹا واپس کب آؤ گے۔''

''ماں جی! زندگی کے راستے یک طرفہ ہیں ان پر U-Turn نہیں بنائے جاسکتے۔''

اس واقعہ کو بیس برس گزر چکے ہیں اور ان بیس برسوں میں اس ماں کے لئے ہر روز، سال اور ہر رات، صدی بن کر گزری تھی۔ ان بیس برسوں میں وہ ایک رات بھی آرام اور سکون کی نیند نہ سو سکی تھی وہ اکثر اوقات بڑ بڑا کر اٹھ بیٹھتی۔ ان بیس برسوں میں اس کے خط آئے، نظمیں آئیں، افسانے آئے، اخباروں کے مضامین آئے۔ لیکن وہ خود نہ آیا۔

اس کا ایک شاعر دوست آ کر خیر خیریت پوچھ لیتا۔ وہ اپنے بیٹے کے دوست سے پوچھتی۔ ''میرا بیٹا کرتا کیا ہے؟''

''وہ نفسیات کا طالب علم ہے وہ لوگوں کو ان کے خوابوں کی تعبیریں بتاتا ہے۔''

''لیکن اس دوران اس کی ماں کے سنہرے خواب ڈراؤنے خواب بنتے جا رہے ہیں۔''

''خالہ جان! فکر نہ کریں۔ آپ کا بیٹا ایک دن بہت بڑا شاعر بنے گا۔''

''نہیں بیٹا! شاعروں کی کوئی قدر نہیں کرتا۔ اس دنیا میں شاعری اور خوابوں کی کوئی قیمت نہیں۔ غالب اتنا بڑا شاعر تھا لیکن عمر بھر قرض کی شراب پیتا رہا۔''

ان کے قریب ہی جائے نماز پر بیٹھا باپ اپنے بیٹے کو لکھ رہا تھا کہ بیٹا شاعروں کے کلام کے ساتھ ساتھ کبھی کبھار کلام ربانی بھی پڑھ لیا کرو آخر ایک دن اس کے بیٹے کا دوست ہزار ہزار روپے کے پندرہ نوٹ دے گیا۔

''خالہ جان! پبلشر نے یہ رقم بھیجی ہے۔ کہتا ہے آپ کے بیٹے کی کتابیں بکنے لگی ہیں۔''

''بہت بہت شکریہ بیٹا! آؤ منہ میٹھا کرو۔ کچھ لڈو کھاؤ اور یہ چھوہارے ساتھ لے جاؤ۔ یہ میں نے قرآن ختم کرنے کے بعد دم کر کے رکھے ہیں۔''

اور اس نے ایک ہزار روپے کے دو کالے بکرے داتا دربار کی خدمت میں پیش کر دیے
تھے اور باقی چودہ ہزار روپے سے گھر کی چھت پر دو کمرے بنانے شروع کر دیے تھے۔ جب پہلا کمرہ
تیار ہو گیا تو اس نے اپنے بیٹے کی تصویر دیوار پر ایک طرف آویزاں کر دی۔

''درمیان میں کیوں نہیں لگا تیں۔''کسی نے مشورہ دیا۔

''کیوں کہ دوسری طرف اس کی دلہن کی تصویر لگے گی۔''

''لیکن وہ تو شادی نہیں کرنا چاہتا۔''

''ایک دن تو کرے گا ہی۔ جب شاعری کا بھوت اس کے سر سے اتر جائے گا۔''

اور ایک دن وہ آدھی رات کو ہڑبڑا کر اٹھ بیٹھی تھی۔

''میں نے ایک ڈراؤنا خواب دیکھا ہے۔''

''کیا۔''

''میرا بیٹا خون میں لت پت ہے۔''

''سو جاؤ بھلی عورت آدھی رات ہے۔''

''نہیں۔ نہیں۔''

اور وہ اپنے خاوند کو لے کر آدھی رات کو تار گھر گئی تھی۔ انہوں نے پہلے فون کرنے کی
کوشش کی تھی لیکن جب کسی نے فون نہ اٹھایا تو انہوں نے تار دیا تھا۔

اگلی شام کو اس کے بیٹے کا دوست بری خبر لے کر آیا تھا۔

''آپ کا بیٹا کار کے حادثے کا شکار ہو گیا ہے وہ ہسپتال میں ہے۔''

اس کی ماں دیوار کا سہارا لے کر زمین پر بیٹھ گئی تھی۔ وہ چند گھنٹوں میں کئی سال اور بوڑھی
ہو گئی تھی۔

پولیس نے کار کا معائنہ کیا تھا۔ وہ ٹرک سے ٹکرا کر بالکل تباہ ہو گئی تھی۔ صرف کار کی نمبر
پلیٹ بچی تھی جس پر لکھا تھا Luving سارے رشتہ دار جمع ہو گئے تھے۔ اگلے تار میں لکھا تھا کہ اس
کے بیٹے نے ہسپتال میں جان دے دی تھی۔

ڈاکٹر خالد سہیل

اس کی ماں نے اس کی قبر کا انتظام کیا۔ وہ ہمیشہ اپنی نانی اماں کے بہت قریب تھا اس لئے فیصلہ کیا گیا کہ اسے اس کی نانی کے پہلو میں دفن کیا جائے گا۔

وہ دو دن تک آنسو بہاتی رہی اس کا خاوند قرآن پڑھ پڑھ کر اسے پھونکیں مارتا اور تسلیاں دیتا لیکن اسے کسی پل چین نہ آتا۔

آخر ایک اور تار آیا۔ جس میں لکھا تھا کہ اس کے بیٹے کی لاش کبھی نہیں آئے گی۔ حادثے کے بعد پولیس نے اس کے ڈرائیور لائسنس کا معائنہ کیا تھا تو اس نے لکھ رکھا تھا کہ اس کا اپنا جسم طب کے طالب علموں کو اور اپنی آنکھیں اور دل عورتوں کو تحفہ دینے کا فیصلہ کیا تھا۔

جب سب رشتہ دار گھروں کو چلے گئے تو وہ آدھی رات کو اٹھ کر خاموشی سے قبرستان چلی گئی اور اپنے بیٹے کی قبر کے پاس کافی دیر تک کھڑی رہی اور پھر اس قبر میں اتر گئی تھی۔

بیس برس کے بعد وہ پہلی دفعہ سکون کی نیند سوئی تھی نجانے اس لئے کہ وہ اپنی ماں کی آغوش میں لیٹی تھی یا اس لئے کہ اسے یقین آگیا تھا کہ اس کا بیٹا اب کبھی لوٹ کر نہ آئے گا یا اس لئے کہ وہ بہت تھک چکی تھی۔

جولائی، ۱۹۹۱ء

دیوتا

الجبرا یا جیو میٹری

وہ میرے پہلو میں لیٹی میری داڑھی سے کھیلتے ہوئے کہنے لگی ''تم نے کل فرنچ سیکھی تھی آج میری اردو سیکھنے کی باری ہے۔''

''بصد شوق۔''

''سہیل۔ اردو میں Friend کو کیا کہتے ہیں؟''

''دوست۔''

''اور lover کو؟''

''عاشق۔''

اور Girl Friend کو؟

''اس کے لیے کوئی لفظ نہیں۔''

''تو پاکستان میں لوگ شادی کس سے کرتے ہیں؟''

''اپنی منگیتروں سے۔''

''اور منگیتر کیسے بنتی ہیں؟''

''دوست، احباب، رشتہ دار چنتے ہیں؟''

''تو کیا لوگ اپنی منگیتروں کے ساتھ سوتے نہیں؟''

''سونا کیا ملنا بھی ممکن نہیں بات تک نہیں کر سکتے۔''

''تو تمہاری شاعری میں شاعر باتیں کس سے کرتے رہتے ہیں؟''

''اپنی خیالی محبوبہ سے۔''

''تو کیا یہ محبوبہ بعد میں بیوی نہیں بنتی؟''

ڈاکٹر خالد سہیل

”تم بھی کتنی بھولی ہو اردو شاعر کی محبوبہ کبھی اس کی بیوی نہیں بنتی اور اس کی بیوی محبوبہ نہیں ہوتی۔“

”یہ بات میری سمجھ سے بالاتر ہے۔“

”میری سمجھ سے بھی۔“

”ایسا کیوں ہے؟“

”ہماری سمجھ کا قصور ہے۔“

”سہیل کیا تم مجھے اپنی گرل فرینڈ سمجھتے ہو؟“

”ہاں۔“

”تو اپنی ماں کو میرے بارے میں کیا لکھتے ہو؟“

”کچھ بھی نہیں۔“

”وہ بھلا کیوں؟“

”مجھے اس کی جان عزیز ہے۔“

”مذاق کرتے ہو۔“

”نہیں پچھلی دفعہ اسے میں نے اپنی گرل فرینڈ کی تصویریں دکھائیں تو وہ ساری رات روتی رہی، پھر نماز پڑھتی رہی اور میری فلاح کی دعائیں مانگتی رہی۔“

”تمہاری ماں بڑی Conservative ہے۔“

”ہاں کینیڈین نقطہ نگاہ سے۔“

”اور پاکستانی نقطہ نگاہ سے۔“

”باقی ماؤں کی طرح۔“

”تمہاری ماں تمہاری شادی کرانا چاہتی ہے؟“

”یقیناً۔“

”کس سے؟“

دیوتا

”کسی عورت سے۔“

”ہاہاہا۔“

”سہیل تم بڑے دلچسپ آدمی ہو۔“

”سب عورتیں یہی کہتی ہیں۔“

”اور تم مجھے اچھے بھی لگتے ہو۔“

”بہت بہت شکریہ۔“

”اور میں تم سے پیار بھی کرتی ہوں۔“

”اور بھی شکریہ۔“

”کیا تم مجھ سے پیار کرتے ہو؟“

”نہیں۔“

”وہ بھلا کیوں؟“

”کیونکہ تم مجھے اچھی لگتی ہو۔“

”شیطان کہیں کے۔ چلو سو جائیں۔“

____

”سہیل تم سے کچھ ضروری باتیں کرنی ہیں۔“

”کرو۔“

”کیا تمہیں اندازہ ہے کہ ہم پچھلے چھ مہینوں سے Dating کر رہے ہیں؟“

”ہاں۔“

”اور وہ بھی Exclusive۔“

”بالکل ٹھیک۔“

”تو بتاؤ کہ ہمارا رشتہ کس طرف جا رہا ہے؟“

”کیا مطلب؟“

ڈاکٹر خالد سہیل

"اس کی منزل کیا ہے؟"

"وہ بذاتِ خود ایک منزل ہے۔"

"اس رشتے کا مقصد کیا ہے؟"

"مقصد ایک اضافی چیز ہے۔"

"تم پھر فلسفہ بگھارنے لگے میں سنجیدہ گفتگو کر رہی ہوں۔"

"میں بھی سنجیدہ ہوں۔"

"تو ہمارا مستقبل کیا ہو گا؟"

"میں ماہرِ نجوم نہیں ہوں۔"

"لیکن تم چاہتے کیا ہو؟"

"چاہنے نہ چاہنے سے کیا فرق پڑتا ہے۔"

"اسی سے ہی تو سارا فرق پڑتا ہے۔"

"پڑتا ہو گا۔"

"سہیل میں تمہارے ساتھ رہنا چاہتی ہوں۔"

"میں کسی کے ساتھ نہیں رہ سکتا۔"

"کیا مطلب؟"

"میں نہ اپنی ماں، نہ بہن نہ کسی دوست کے ساتھ رہ سکا ہوں۔"

"لیکن میں تو نہ تمہاری ماں ہوں، نہ بہن ہوں اور نہ ہی دوست۔ میں تمہاری گرل فرینڈ
ہوں۔"

"میں مشکل قسم کا آدمی ہوں۔"

"دیکھو سہیل بکواس بند کرو تم بہت Evasive ہوا اور مچھلی کی طرح Slippery میں
تمہیں بخوبی جان گئی ہوں تمہاری شاعری اور نفسیات اب نہیں چلے گی بات دو ٹوک ہو گی۔"

"کیسی بات؟"

”مجھے یوں لگتا ہے کہ تم اس رشتے میں Committed نہیں ہو۔“

”یہ تو ٹھیک ہے۔“

”اور نہ کبھی تھے؟“

”یہ بھی بجا۔“

”اور نہ کبھی ہوگے؟“

”یہ بھی ممکن ہے۔“

”اور میں اپنا وقت ضائع کر رہی ہوں؟“

”یعنی چہ؟“

”میری زندگی کوئی کھلونا نہیں ہے جس کے ساتھ تم کھیلتے ہو اور نہ ہی ہم یہاں میلے کی سیر کرنے آئے ہیں۔“

”مجھے ایک عورت نے کہا تھا کہ میں کسی عورت سے محبت نہیں کر سکتا۔“

”کیوں؟“

”کیونکہ مجھے اپنے خوابوں سے محبت ہے۔“

”میں اس Dating Game کا خاتمہ کرنا چاہتی ہوں میں یا تو کسی کے ساتھ رہنا چاہتی ہوں یا شادی کرنا چاہتی ہوں۔“

”کس کے ساتھ؟“

”تمہارے ساتھ۔“

”میرے ساتھ وہ کس لیے؟“

”کیونکہ میں تم سے محبت کرتی ہوں۔۔۔ اور تم وہی ازلی و ابدی مرد جو فطرتاً Play Boy ہوتا ہے۔ نہ وعدہ نہ امید نہ Commitment۔“

”میں جھوٹے وعدے نہیں کرتا۔“

ڈاکٹر خالد سہیل

’’اور سچے بھی نہیں کرتے۔ تم بس حال میں زندہ ہو۔ حضور Existentialist بنے پھرتے ہیں یہ زندگی ہے کوئی نفسیات کا انٹرویو نہیں جس میں تم Here and Now کا ڈھونگ رچاؤ گے۔‘‘

’’تم بہت غصے میں لگتی ہو۔‘‘

’’لگتی کیا ہوں۔ ہوں۔ تم جیسے غیر ذمہ دار مرد کے ساتھ محبت کرکے۔ تم تو غصے میں آنا ہی اپنے شایانِ شان نہیں سمجھتے۔ صوفی بنے پھرتے ہیں حضور صوفی ہو یا نامرد نامردوں کو غصہ نہیں آتا کبھی پیار کیا ہو تو غصہ بھی آئے نا۔۔۔ تم آخر کیا چاہتے ہو۔ میں تمہارے ساتھ رہوں یا ہمارے تعلقات ختم ہو جائیں۔‘‘

’’فیصلہ میں نے کرنا ہے یا تم نے؟‘‘

’’تم نے۔‘‘

’’جو سوال کرتا ہے وہی جواب بھی دیتا ہے۔‘‘

’’ہاں تمہیں کیا بھلا۔ میں چلی گئی تو کیا ہوا۔ حضرت نظمیں لکھنے بیٹھ جائیں گے یا کسی کو افسانہ بنا کر لکھ ڈالیں گے اور سوچیں گے کہ میں بہت Mature ہوں اپنے تمام منفی جذبات کو غصے نفرت اور غم کو sublimate کرلیتا ہوں۔۔۔ یہ سب باتیں کتابوں میں اور وہ بھی آسمانی کتابوں میں اچھی لگتی ہیں۔ جس شخص میں غصہ نفرت اور غم جیسے جذبات کے اظہار کرنے کی ہمت نہ ہو اسے خود کشی کرلیتی چاہیے۔‘‘

’’خود کشی کی ترغیب دے رہی ہو۔‘‘

’’بیوقوف اور ذلیل آدمی کو محبت کے آداب سکھا رہی ہوں۔ جس شخص نے آج تک محبت نہ کی ہو وہ نجانے کیسے شاعر یا ماہر نفسیات بن سکتا ہے تمہارا سارا ادب اور فلسفہ اس کوکا کولا کی بوتل کی طرح جو Flat ہو چکی ہو میں تم سے جواب لینے آئی ہوں ہاں یا نہ؟‘‘

’’جذباتی ہونے کی ضرورت نہیں۔‘‘

’’مہاتما بدھ بننے کی بھی ضرورت نہیں۔‘‘

”میں نے تمہارے ساتھ Dating ہی اس لیے شروع کی تھی کہ تم شادی وغیرہ کے جھمیلوں میں Interested نہیں تھیں۔“

”نہیں تھی لیکن اب تو ہوں۔“

”تم خود اصول بدل کر مجھ سے بھی اصرار کر رہی ہو کہ میں بھی بدلوں۔“

”مجھے کیا خبر تھی کہ مجھے تم اتنے اچھے لگنے لگو گے کہ اپنی ساری زندگی داؤ پر لگانے کو تیار ہو جاؤں گی۔“

”اس کا ذمہ دار کون؟“

”تم۔“

”وہ کیسے؟“

”تم شعوری طور پر Discourage کرتے ہو لیکن لاشعوری طور پر Encourage کرتے ہو۔“

”میں اب کیا کہہ سکتا ہوں اصول بھی کوئی چیز ہے۔“

”کونسے اصول کیسے اصول دیکھو بھلا باتیں کون کر رہا ہے زندگی الجبرا نہیں ہے جہاں ا+ب کا مربع سیکھ کر ہر مسئلہ حل ہو سکتا ہے زندگی جیومیٹری کی طرح ہے جہاں ہر مسئلے کا تازہ حل تلاش کرنا پڑتا ہے۔ میر اخیال ہے مجھے تم سے جدا ہونا پڑے گا۔“

”مجھے اس کا افسوس ہو گا۔“

”جھوٹ بولتے ہو۔ تمہیں کسی چیز کا افسوس نہیں ہوتا۔ مجھے اب ایسے مرد کی تلاش ہے جو مجھے اپنا شریک زندگی بنائے گا۔ جو میری خوشیوں اور غموں میں شریک ہو سکے گا۔“

”خوشیوں غموں میں تو میں بھی شریک ہو سکتا ہوں لیکن گھر بنانے اور بچے پیدا کرنے میں شریک نہیں ہو سکتا۔“

”آج کے بعد تم سے سب امیدیں منقطع۔ پھر کبھی ملیں گے۔“

”ضرور۔“

ڈاکٹر خالد سہیل

”سہیل اتنی شام گئے کہاں؟“

”تم سے ملنے آیا ہوں اور ایک تحفہ لایا ہوں۔“

”یہ کیا ایک پینٹنگ۔۔۔ کتنی خوبصورت ہے friends کے نام کی۔“

”میرا خیال تھا تم کوئی نیم عریاں تصویر لے کر آؤ گے۔“

”ہر چیز کا موقع ہوتا ہے۔“

(کافی دیر بعد)

”سہیل ہم Boyfriend اور Girl Friend تو نہیں رہے۔“

”نہیں۔“

”تو پھر ہمارا تعلق کیا ہے؟“

”جو اس پینٹنگ کا نام ہے Friends۔“

”اس کا مطلب کیا ہو گا۔“

”ہم ایک دوسرے سے ملا کریں گے اور خوشی اور غم میں شریک رہیں گے۔“

”کتنے عرصے کے بعد ملا کریں گے؟“

”جب جی چاہا اور جب فارغ ہوئے۔“

”تو کیا اب ہم اکٹھے نہیں سویا کریں گے؟“

”نہیں۔“

”کیوں نہیں؟“

”Friends تو اکٹھے نہیں سوتے۔“

”کیوں نہیں سوتے۔“

”بس نہیں سوتے۔“

”کیا تمہاری اب کوئی Girl Friend ہے؟“

دیوتا

”نہیں۔“

”اور نہ میرا کوئی Boy Friend ہے جب تک تمہیں کوئی Girl Friend نہیں مل جاتی

اور میرا Boy Friend نہیں بن جاتا اکٹھے سونے میں کیا حرج ہے؟“

”حرج؟“

”آج رات یہیں ٹھہر جاؤ۔“

(میں سوچ میں پڑ گیا)

فروری، ۱۹۸۵ء

ڈاکٹر خالد سہیل

ہمزاد

میں آج آپ سے آخری بار ملنے آیا ہوں اور اگر یہ کہوں تو زیادہ سچ ہو گا کہ ملنے آئی ہوں۔ آپ ماہر نفسیات ہیں اور میں ایک مریض اور اس ملاقات کا وقت میرا ہے۔ آپ خود کہا کرتی ہیں کہ میں اس وقت کو جس طرح چاہے استعمال کروں۔ جس موضوع پر چاہے تبادلہ خیال کروں۔ جس مسئلے کو چاہے چھیڑوں اور اگر خاموش رہنا چاہوں تو یہ بھی میرا اختیار ہے۔ پہلے تو میں یہ سمجھتا تھا کہ آپ مذاق کر رہی ہیں لیکن آہستہ آہستہ مجھے اندازہ ہو گیا کہ آپ سچ کہتی ہیں۔ آپ ہمدرد ہیں اس لئے میں بار بار آپ سے ملنے آتا ہوں اور اسی لیے آج بھی ملنے آیا ہوں۔ آج میرا جی چاہتا ہے کہ اس ملاقات میں میرے جی میں جو کچھ آئے کہہ دوں اور آپ بس سنتی رہیں۔ نہ مجھے کوئی مشورہ دیں اور نہ نصیحت کریں۔ میں مشوروں اور نصیحتوں سے بہت آگے نکل چکا ہوں۔

میں اس مقام پر پہنچ گیا ہوں جہاں موت کا خیال زندگی کے تصور سے زیادہ حسین نظر آتا ہے۔ میں یہ بھی نہیں چاہتا کہ آپ میری گفتگو کے دوران مجھے روکیں یا ٹوکیں۔ میرے جی میں جو آئے، میرے دل میں جو آئے، میرے دماغ میں جو آئے، مجھے کہنے دیجئے۔ پہلی اور آخری بار مجھے سب کچھ کہہ لینے دیجئے۔ مجھے دل کا سارا غبار، ساری بھڑاس، سارا درد نکال لینے دیجئے۔ آپ میری Therapist ہی نہیں انسان بھی ہیں۔ آپ مجھے برسوں سے جانتی ہیں۔ میں ہر ماہ آپ کی خدمت میں حاضر ہوتا ہوں اور اپنی دکھ بھری کہانی سنانے کی کوشش کرتا ہوں آپ تحمل سے سنتی رہتی ہیں لیکن نہ تو آپ کچھ کر سکتی ہیں اور نہ میں کچھ کر سکتا ہوں۔ اس لیے کیوں نہ آج اس حقیقت کا اقرار کر لیں کہ ہر مسئلے کا حل نہیں ہوتا۔

دیوتا

اگر آج میری زبان لڑکھڑا جائے یا خیالات بے ترتیب ہو جائیں یا موضوعات بدل جائیں تو معاف کر دیجئے گا۔ انسان جذباتی ہو جائے تو پریشان خیالی بھی در آتی ہے لیکن یہ بھی انسانی فطرت ہے کہ اگر زندگی پریشان ہو تو اس کا اثر جذبات اور خیالات پر بھی پڑتا ہے۔

آج آپ بس سنتی رہیں ایک دوست کی طرح، ایک ہمدرد کی طرح۔ کیونکہ میری زندگی میں آپ واحد انسان ہیں جسے میں اپنا غمخوار سمجھتا ہوں اور اب میں اپنی ساری کہانی آخری بار سنا دینا چاہتا ہوں۔ ایسی کہانی جس کا نہ تو کوئی آغاز ہے نہ انجام۔ جو نجانے کہاں سے شروع ہوئی تھی اور نجانے کہاں ختم ہو گی۔

میری زندگی اون کا وہ گچھا ہے جسے کسی بلی نے کھیلتے کھیلتے الجھا دیا ہو۔

آپ بس میری باتیں سنتی رہیں اگر بور بھی ہو جائیں تو برداشت کر لیں۔ انسانی زندگی کے بعض حصے بورنگ بھی ہوتے ہیں لیکن ہمیں برداشت کرنے پڑتے ہیں جیسے زندگی میں بورنگ دوست اور بورنگ رشتہ داروں سے بھی نباہ کرنا پڑتا ہے۔

پچھلے کئی سالوں سے آپ کی ہمدردی، حوصلہ افزائی اور مدد کے باوجود میری حالت بد سے بدتر ہوتی گئی۔ میری زندگی دلدل کی طرح ہے جتنا اوپر کی طرف جانا چاہتا ہوں اتنا اندر دھنستا چلا جاتا ہوں۔ اس لیے اب میں نے فیصلہ کیا ہے کہ اوپر اٹھنے اور باہر نکلنے کی سعی ہی بیکار ہے۔ جب تباہ ہونا ہی ٹھہرا تو آج تباہ ہوئے یا کل۔ جب میں آپ سے ملتا تو میرا ایک گھر بھی تھا اور میری ملازمت بھی تھی لیکن میں پریشان تھا۔ غمزدہ تھا آج برسوں کی ریاضت کے بعد نا امیدی کا تو وہی حال ہے بلکہ بڑھ گئی ہے۔ اب نہ میرا کوئی گھر ہے اور نہ کوئی ملازمت۔ میں ایک Basement Apartment میں رہتا ہوں۔

اکیلا، تن تنہا، جیسے حشرات الارض، سردیوں میں زیرِ زمین، مہینوں گزار دیتے ہیں لیکن انہیں موسم گرما آنے کی امید ہوتی ہے۔ مجھے تو وہ امید بھی نہیں رہی۔

میں دیکھ رہا ہوں کہ آپ مسکرا رہی ہیں۔ آپ کی مسکراہٹ میں شفقت کے ساتھ ساتھ قدرے طنز بھی ہے۔ آپ کبھی کبھار سمجھتی ہیں کہ میں اپنا غم بیان کرتے کرتے شاعرانہ انداز اختیار

ڈاکٹر خالد سہیل

کر لیتا ہوں یا اس میں افسانویت پیدا کر دیتا ہوں لیکن یہ خوشی سے نہیں مجبوری سے ہوتے ہیں کیونکہ الفاظ انسانی غم کا بوجھ نہیں برداشت کر سکتے اس لیے ہم تشبیہوں اور استعاروں کی بیساکھیاں ڈھونڈ کے لاتے ہیں تا کہ اس کے سہارے چند قدم اور چل سکیں۔

میں آج آپ کو اس لیے بھی اپنی کہانی سنا رہا ہوں کیونکہ آپ نے کہا تھا کہ ماہر نفسیات ہونے کے ناطے آپ مریضوں کی کہانیوں کا ریکارڈ رکھتی ہیں۔ میری بھی خواہش ہے کہ میری پتا بھی کہیں ریکارڈ ہو جائے۔ نجانے مجھ سے پہلے اس دنیا میں مجھ جیسے کتنے آئے اور گزر گئے اور کچھ اور ریکارڈ نہ ہو سکا۔ اگر میں کوئی ادیب یا فنکار ہوتا تو اپنی سوانح خود ہی لکھ لیتا، لیکن میں ایک مظلوم و مجبور انسان ہوں جس کے پاس نہ دولت ہے نہ وسائل اور نہ ہی Talent۔ اگر Talent ہے بھی تو کسی نقطے پر مرکوز نہیں۔ انسانی صلاحیتیں بھی سورج کی شعاعوں کی طرح ہوتی ہیں اگر ایک نقطے پر مرکوز نہ ہوں تو آگ نہیں پیدا کر سکتیں۔ میرا یہ خیال تھا کہ شاید آپ کی ذات میرے لیے محدب عدسے کا کام کرے گی لیکن افسوس ایسا نہ ہو سکا آج میں اپنے رشتے کا ماتم بھی کرنے آیا ہوں کیونکہ آج کے بعد ہمارا رشتہ بھی نہ رہے گا۔ میں نہ رہوں گا تو میرے سارے رشتے بھی نہ رہیں گے وہ ایک دن تو ختم ہونے ہی تھے آج نہیں تو چند مہینے بعد سہی۔ میں نے کسی دکھی شاعر کا شعر پڑھا تھا۔

میں آج مرتا کہ دو چار دس مہینے بعد

یہ سانحہ تو بہر حال ہونے والا تھا

اب میں دیکھ رہا ہوں کہ آپ کے چہرے پر بھی غم کے آثار نمودار ہو رہے ہیں میں جانتا ہوں کہ آپ بھی میرے دکھ میں شریک ہیں لیکن ساتھ ہی بے بس بھی ہیں۔ ایک انسان آخر کب تک دوسرے انسان کو تسلیاں دیتا رہے۔ موت کا ہاتھ زندگی کے ہاتھ سے زیادہ مضبوط رہا ہے۔ زندگی موت کے دو لمحوں کے درمیان طویل یا مختصر سفر کا ہی تو نام ہے۔ آپ کہیں گی کہ آج کچھ زیادہ ہی قنوطی ہو گیا ہے۔ کبھی کبھار تو مزاح بھی پیدا کیا کرتا تھا۔ مزاح جو ایک ایسا ہتھیار ہے جو موت کے خلاف بہت کار گر ثابت ہوتا ہے۔ موت، عقل اور دلیل کی نسبت مزاح سے زیادہ ڈرتی ہے اور

عارضی طور پر پسپا ہو جاتی ہے۔ بہر حال میرا خیال ہے مزاح نگار در حقیقت اندر سے بہت غمگین ہوتے ہیں۔

میں ذرا پانی کے چند گھونٹ پی لوں کیونکہ آج بہت سی باتیں کرنی ہیں اور آپ کو سننی ہیں۔ مجھے وہ سہ پہر بخوبی یاد ہے جب پہلی دفعہ میں آپ سے ملنے آیا تھا۔ میں کسی ماہر نفسیات سے پہلے کبھی نہ ملا تھا اور نہ ہی میں جانتا تھا کہ ماہر نفسیات ہوتے کون ہیں مجھے یہ بھی پتہ نہ تھا کہ Pschologist اور Psychiatrist میں کیا فرق ہوتا ہے۔ میرے ذہن میں ماہر نفسیات کے لفظ کے ساتھ جو واحد تصور ابھرتا تھا وہ ہپناٹزم کا تھا۔ آپ کے پاس آنے کا مشورہ مجھے میرے گاؤں کے ڈاکٹر نے دیا تھا شاید اس کا علم اور تجربہ میرے غم اور کیفیت کے آگے گھٹنے ٹیک چکے تھے۔ وہ بے چارہ کرتا بھی کیا۔ میرے مصائب و آلام کے ساتھ اس کا واسطہ پڑا تو گھبرا گیا تو اسے دیکھ کر مجھے ترس بھی آتا۔ وہ مجھے اس بچے کی طرح لگتا جسے ٹینس کی گیند کے ساتھ کھیلتے فٹ بال مل جائے اور اسے سمجھ نہ آئے کہ اس سے کیسے کھیلے۔

شروع میں تو اس نے میری بہت مدد کرنے کی کوشش کی لیکن اس کا بھی کوئی قصور نہ تھا۔ میں نے ہی تو اسے اپنے دل کا پورا حال نہ سنایا تھا کیونکہ میں اپنے راز اپنے آپ سے بھی چھپائے پھرتا تھا۔ میری بیوی نے میری حالت ناگفتہ دیکھ کر ڈاکٹر کو فون کیا تھا اور میرے لیے Appointment لی تھی اور میں اپنی بیوی کا دل رکھنے کے لیے چلا گیا تھا۔ میں سارا راستہ سوچتا رہا تھا کہ اسے کیا بتاؤں اور کیا نہ بتاؤں۔

بہر حال وہ سوال پوچھتا رہا اور میں جواب دیتا رہا۔ اس کے سوال بھی سطحی تھے میرے جواب بھی۔ کسی سے صحیح سوال پوچھنا جواب دینے سے زیادہ مشکل کام ہے۔ آج تک شاید انسان نے سوال پوچھنے کا فن نہیں سیکھا۔ اگر کسی سنار سے کوئی لوہار بیسویں سوال بھی پوچھ لے تو سونے کی حقیقت نہ جان پائے گا۔ میرے ڈاکٹر کا بھی یہی حال تھا۔ اسے میری جسمانی صحت، میری بھوک، میری خوراک اور میرے وزن کا زیادہ خیال تھا۔ آخر میں کہنے لگا کہ تمہیں Depression کی بیماری ہے۔ پھر اس نے مجھے کسی طبی کتاب کے چند اوراق پڑھ کر سنائے جن کا مفہوم یہ تھا کہ ذہن کے

ڈاکٹر خالد سہیل

خلیوں میں جب چند کیمیائی مادے کم ہوتے ہیں تو انسان Depress ہو جاتا ہے اور اس کا علاج ایسی ادویہ سے کیا جاتا ہے جو Anti-Depressents کہلاتی ہیں۔ اس نے مجھے دو ہفتے کا نسخہ لکھ کر دیا۔ پہلی رات ایک گولی، دوسری رات دو، تیسری رات تین اور پھر ہر رات چار۔ میں نے چند دن تو وہ گولیاں کھائیں لیکن جب میرے ہونٹ خشک، آنکھوں کے آگے اندھیرا اور جسم پر رعشہ طاری ہونے لگا تو میں نے وہ گولیاں کھانی بند کر دیں۔ ڈاکٹر کہنے لگے وہ Side Effect ہیں۔ میں نے سوچا کہ اگر بہتر نہیں ہو سکتا تو کم از کم بدتر تو نہ ہوں۔ میں نے دوائیاں کھانی بند کر دیں لیکن ڈاکٹر کو نہیں بتایا۔

آہستہ آہستہ مجھے اندازہ ہونے لگا کہ میں بہت نادان تھا کیونکہ میں اپنی امید کو اپنے سینے سے لگائے پھرتا تھا۔ پھر مجھے احساس ہوا کہ امید سادگی، بیوقوفی یا ناتجربہ کاری کا ہی دوسرا نام ہے۔

جب چند ہفتوں کے علاج کے بعد، میرے کرب میں جسے ڈاکٹر نے اپنی سہولت کے لیے depression کا نام دے رکھا تھا کچھ کمی نہ آئی تو وہ پریشان ہوا۔ اس کے بعد اس نے جب میری زندگی کو ذرا گہرائی سے جاننا چاہا تو اسے اندازہ ہوا کہ میں اور میری بیوی ایک ہی گھر میں دو ہمسایوں کی طرح رہتے تھے۔

کہنے لگا تمہاری ڈپریشن کی وجہ ازدواجی کشیدگی ہے پھر اس نے میری بیوی کو بلایا اور تفصیلاً گفتگو کی۔ وہ بھی اسی ڈاکٹر کا حوصلہ تھا کہ باہر مریض بیٹھے رہتے اور وہ ہماری کہانیاں سنتا رہتا۔ آخر جب اسے اندازہ ہوا کہ اس کی ملاقات ایسے دو انسانوں سے ہوئی ہے جو ایک دوسرے سے محبت تو کرتے ہیں لیکن ایک دوسرے کے ساتھ نہیں رہ سکتے تو اسے بہت دکھ ہوا۔ جب میں نے اسے بتایا کہ ہماری جنسی زندگی نہ ہونے کے برابر ہے تو کہنے لگا کہ تم نامرد Impotent ہوتے جا رہے ہو اور چونکہ نامردی کی بیشتر اوقات وجہ نفسیاتی ہوتی ہے اس لیے تمہیں کسی ماہر نفسیات سے مشورہ کرنا چاہیے چونکہ اس گاؤں میں کوئی ماہر نفسیات نہ تھا اس لئے اس نے مجھے آپ کے پاس بھیج دیا۔ دراصل اس طرح وہ خود چین کی نیند سونا چاہتا تھا۔

میں جب بس میں بیٹھا پہلی دفعہ آپ سے ملنے آیا تو میں نے سوچا کہ بے چارے ڈاکٹر کا بھی کیا قصور۔ جب تک میں خود اپنے دل کا حال نہ بتاؤں گا ڈاکٹروں کو کیا خاک سمجھ میں آئے گا۔ وہ کوئی خدا تو نہیں کہ دلوں کا حال جانیں ویسے یہ خدا کا نام میں نے عادتاً لیا ہے۔ میرا خیال ہے کہ اگر واقعی خدا ہوتا تو انسانوں کے دلوں کا حال ایسا نہ ہوتا۔ بہرحال میں نے بس میں آتے ہوئے یہ فیصلہ کر لیا تھا کہ آپ کو صاف صاف دل کا حال سناؤں گا کیونکہ اس وقت تک میرا ایمان تھا کہ ایک انسان دوسرے انسان کی مدد کر سکتا ہے۔ میں نے سوچا کہ اس سے پہلے کہ آپ بھی مجھے نامرد ثابت کر دیں۔ میں خود ہی کیوں نہ آپ کو بتا دوں کہ میں ایک عورت ہوں۔

آپ سے مل کر میں بہت خوش ہوا تھا۔ آپ کے لہجے کی متانت اور چہرے کی مسکراہٹ مجھے بہت پسند آئی تھی اور اس دن کے بعد میرے ذہن میں ماہر نفسیات کے الفاظ کے ساتھ ہپناٹزم کی بجائے مہربان آنکھوں اور شفیق چہرے کا تصور پیدا ہونے لگا تھا۔

مجھے اچھی طرح یاد نہیں کہ آپ نے کیا سوال پوچھے اور میں نے کیا جواب دیے لیکن اتنا ضرور تھا کہ میں نے حال دل سنایا اور آپ نے حال دل سنا۔

میں نے آپ کو صاف صاف بتا دیا کہ میں ایک عورت ہوں لیکن مرد کے جسم میں محصور ہوں۔ میرے اندر کی عورت باہر آنا چاہتی ہے۔ وہ کھلی فضا میں سانس لینا چاہتی ہے۔ وہ آزاد ہونا چاہتی ہے لیکن میرا جسم، وہ قید خانہ ہے، وہ کوٹھری ہے، وہ قبر ہے، جس نے اسے زندہ در گور کر رکھا ہے۔ چونکہ میں نے پہلے کبھی کسی کو سچی کہانی نہ سنائی تھی اس لئے میرے الفاظ لڑ کھڑا لڑ کھڑا گئے تھے لیکن آپ نے نہ مجھے ٹوکا تھا اور نہ روکا تھا۔ جیسے آج آپ خاموشی سے سن رہی ہیں اور میں اپنی بپتا سنا رہا ہوں۔

میں نے پہلی دفعہ کسی دوسرے انسان کے سامنے اپنی عورت کو ننگا کیا تھا۔

آپ سنتی رہیں اور بڑی دیر تک سنتی رہیں آخر میں آپ نے کہا کہ آپ کے دو رفیق کار، دو Psychologist بھی میرا انٹرویو لیں گے، کچھ ٹیسٹ دیں گے اور اس کے بعد میں آپ کے چیف کے ساتھ ملوں گا۔ اس دن مجھے سائیکالوجسٹ اور سائیکاٹرسٹ کے فرق کا پتہ چلا تھا۔ آپ نے کہا کہ

ڈاکٹر خالد سہیل

معاملہ پیچیدہ ہے لیکن مایوس ہونے کی بات نہیں۔ آپ مجھ سے پہلے مجھ جیسے کئی مریضوں کا علاج کر چکی ہیں۔

میں نے پہلے تو سوچا کہ اس مرضِ لاعلاج کا کیا علاج ہو سکتا ہے لیکن بہر حال خاموش رہا۔ اپنی کم فہمی اور لاعلمی پر انکسار کرنا ہی اچھا لگتا ہے۔

پہلی ملاقات کے بعد، جب میں بس میں واپس اپنے گاؤں جا رہا تھا تو مجھے خیال آیا کہ میں آپ کو بہت سی باتیں بتانا بھول گیا تھا۔ آخر ایک ملاقات میں ایک پریشان خیال انسان کیا کیا بتا سکتا ہے۔ اگر ایک زخم ہو تو انسان دکھائے اور جب سراپا جسم ہی زخم بن جائے تو کوئی کیا کرے۔ باقی باتوں کے علاوہ مجھے ایک خواب بار بار یاد آرہا تھا جو میں بتانا بھول گیا تھا۔

میں نے کئی دفعہ دیکھا تھا کہ میں ایک صحرا، لق و دق صحرا میں بھاگا، سرپٹ بھاگا جا رہا ہوں اور بہت سے لوگ میرا پیچھا کر رہے ہیں۔ میں صرف ان کی آوازیں سن سکتا ہوں۔ میں نہ تو انہیں دیکھ سکتا ہوں اور نہ ہی مڑ کر دیکھنا چاہتا ہوں۔ بھاگتے بھاگتے جب میں نڈھال ہو جاتا ہوں۔ تو مجھے اپنے سامنے ایک گنبد نظر آتا ہے لیکن بغیر دروازے کے۔ میں جب اس کے گرد چکر لگاتا ہوں تو اس کے عقب میں ایک دروازہ ابھرتا ہے اور میں داخل ہو جاتا ہوں۔ میرے داخل ہوتے ہی دروازہ غائب ہو جاتا ہے۔ میں اس گنبد بے در میں محفوظ محسوس کرتا ہوں اور سکھ کا سانس لیتا ہوں۔ میرا تعاقب کرنے والے پیچھے رہ جاتے ہیں۔ ان کی آوازیں آنی بند ہو جاتی ہیں پھر ایک اور آواز ابھرتی ہے۔ ایک نسوانی آواز سرگوشی کے انداز میں اور مجھے احساس ہوتا ہے کہ وہ گنبد بے در آسیب زدہ ہے جس میں میں اور وہ نسوانی آواز ہمیشہ کے لیے محصور کر دیے گئے ہیں۔ میں چیخنے لگتا ہوں اور میری نیند کھل جاتی ہے۔ میں اپنے سراپا کو پسینے میں شرابور پاتا ہوں۔

گھر پہنچا تو میری بیوی میرا انتظار کر رہی تھی۔ اسے میں نے انٹرویو کی تفاصیل تو نہ بتائیں لیکن اتنا ضرور بتایا کہ مجھے ایک ہمدرد Therapist مل گیا ہے۔ جس نے مجھے امید دلائی ہے۔ میری بیوی کی بھی امید بندھی لیکن وہ بھی میری نادانی تھی۔ کسی انسان کو امید دلانا اسے تین منزلہ مکان کی چھت پر کھڑا کرنے کی طرح ہے۔ ایسی چھت جس پر بہت زیادہ پھسلن ہو۔ جہاں سے وہ جلد یا بدیر

گر پڑتا ہے اور پھر اس کا صحیح سلامت بچ جانا یا ہڈی پسلی تڑوا دینا اس کی قسمت پر منحصر ہوتا ہے۔ مجھے اپنی بیوی پر پیار بھی آتا اور ترس بھی۔ وہ ایک مخلص عورت اور محبت کرنے والی بیوی تھی۔ وہ ایک ایسے گھرانے میں پلی بڑھی تھی جہاں ہر شخص خوف کی چادر اوڑھے زندہ رہتا تھا۔ اس کا باپ Alcoholic تھا اور گالی گلوچ سے مار پیٹ تک سب جائز سمجھتا تھا۔

اس لئے اس کے گھر والے اپنے گھر ہی کم آتے تھے اور اجنبیوں کی طرح رہتے تھے۔ میری بیوی پیار کو ترسی ہوئی تھی۔ اس لیے جب مجھ سے ایسے ملی تو جیسے کسی صحرا نورد کو مدتوں کی مسافت کے بعد شیریں پانی کا چشمہ مل جائے۔ وہ مجھ سے پہلی دفعہ گلے ملی تو کہنے لگی کہ میں پانچ سال کے بعد کسی سے گلے ملی ہوں لیکن وہ بھی کیا سادہ تھی اور میں بھی کیا سادہ تھا کہ یہ جانتے ہوئے کہ قربتیں، فرقتوں کی تمہید ہوتی ہیں اس نے مجھے اپنی زندگی کا سارا حال سنا دیا۔ میں نے بہت کوشش کی لیکن سب کچھ سنانے کے بعد بھی وہ نہ بتا سکا جو بتانا چاہئے تھا۔

آخر برسوں کے بعد بھی آپ کو دل کا حال سنا دیا اور اسے نہ بتا سکا۔

میں ساری رات تکیے میں منہ چھپائے روتا رہا۔ اپنی بے وفائی پر۔ اپنی بیوی سے اپنے آپ کو چھپانے پر۔ لیکن آنسو برسوں کی ناانصافیوں کا ازالہ کہاں کرتے ہیں۔ وہ تو بس دل کو تسلی دینے کے لیے ہوتے ہیں۔ میں نے اپنی بیوی سے جب بھی پوچھا تھا کہ تم مجھے چھوڑ کر کیوں نہیں چلی جاتیں تو وہ کہتی "میں تم سے محبت کرتی ہوں اور ویسے بھی نہ تم مجھے گالیاں دیتے ہو، نہ مارتے پیٹتے ہو، نہ شراب پیتے ہو نہ جوا کھیلتے ہو۔" وہ ہر دفعہ اپنا مقابلہ اپنی ماں سے اور میرا مقابلہ اپنے باپ سے کرتی اور اپنے آپ کو خوش قسمت سمجھتی۔ لیکن وہ بھی تو ناانصافی تھی۔ میں اسے سمجھاتا کہ میں اسے کوئی خوشی نہیں دیتا اور بیماری کی عدم موجودگی کو صحت نہیں کہتے۔ نہ اس میں مجھے چھوڑنے کی ہمت تھی، نہ مجھ میں بھاگ جانے کا حوصلہ۔ اس لئے ہم ان دو پرندوں کی طرح تھے جو اپنی مرضی سے پنجرے میں قید تھے۔ دروازہ کھلا تھا لیکن ہم پھر بھی محصور تھے۔ ظلم یہ کہ ہم کسی پر الزام بھی تو نہ دھر سکتے تھے اور پھر الزام تراشی سے ملتا بھی کیا ہے۔

ڈاکٹر خالد سہیل

ہم برسوں اپنی تنہائیوں کے صحرا میں پھرتے رہے یہاں تک کہ ہمارے بستر پر Cactus اگ آئے اور ہم علیحدہ علیحدہ خواب گاہوں میں سونے لگے۔ میرے شہوانی جذبات آہستہ آہستہ کم ہوتے گئے اور صرف کرسمس یا ایسٹر (Easter) پر ہم بستری کرتے۔ جیسے تشنج زدہ رشتہ دار عید، بقر عید پر گلے ملتے ہیں۔ مجھے ان لمحوں میں احساس ہوتا رہا کہ زندگی میں، ہیلو کہنا کتنا آسان ہے اور الوداع کہنا، کتنا مشکل۔ رشتہ جوڑنا آسان ہے، رشتہ توڑنا مشکل۔ لیکن وہ تو برسوں پہلے کی بات ہے۔

اب تو میں اس قابل ہو گیا ہوں کہ آپ کو الوداع کہنے آیا ہوں لیکن پھر بھی یہ کڑوا گھونٹ پینا مشکل ہے اسی لیے میں اتنی باتیں کر رہا ہوں۔ ویسے تو میں کسی لمحے بھی اٹھ کر رخصت حاصل کر سکتا ہوں لیکن نہیں۔ انسان کو الوداع بھی ڈھنگ سے کہنا چاہیے کیونکہ بعض دفعہ الوداع کا لمحہ ذہنوں کے کینوس پر نقش ہو جاتا ہے اور برسوں یاد رہتا ہے۔ مسئلہ صرف میرا اور میری بیوی کا بھی نہ تھا۔ اس پورے گاؤں کا تھا جس میں میں جوان ہوا تھا۔ سارا گاؤں ایک Extended Family کے جنگل کی طرح تھا جو روایت کے سانپوں سے بھر پڑا ہوا تھا۔ پورے گاؤں کی آبادی پانچ ہزار سے زیادہ نہ تھی۔ آدھا گاؤں مچھلیاں پکڑتا تھا اور آدھا گاؤں ان دو فیکٹریوں میں کام کرتا تھا جن میں ان مچھلیوں کی صفائی ہوتی تھی۔ میری بیوی عورتوں کی فیکٹری میں اور میں مردوں کی فیکٹری میں کام کرتا تھا۔ اس گاؤں کے ہر شخص کو سارے گاؤں کے راز پتہ تھے۔ سب جانتے تھے کہ کس کا باپ شرابی ہے اور کس کی ماں شتر بے مہار۔ کس کا بیٹا رات کو بستر میں پیشاب کرتا ہے اور کس کا بچہ پاگل خانے میں داخل ہوا تھا۔ ان حالات میں انسان چاہے بھی تو اپنی زندگی پر پردہ نہ ڈال سکتا تھا۔ ایسے گاؤں میں اخبار کی بھی ضرورت نہ تھی اہم خبریں سرگوشیوں کی صورت میں خود ہی گاؤں بھر میں پھیل جاتی تھیں۔

اس لیے میں نے گھر سے نکلنا بھی چھوڑ دیا تھا۔ میری بیوی اپنی سہیلیوں سے ملنے جاتی تو میں تہہ خانے میں چلا جاتا اور اپنی تنہائی سے بغل گیر ہو جاتا۔ میرا ان تنہائی کے لمحوں سے عجیب و غریب رشتہ تھا۔

میں ان سے محبت بھی کرتا تھا اور نفرت بھی

وہ میرے قاتل بھی تھے میرے مسیحا بھی۔۔۔

جب میری بیوی چلی جاتی تو میں دروازے کھڑکیاں بند کر کے Basement میں چلا جاتا اور عورتوں کی طرح اسکرٹ، بلاؤز، Penty Hose، ہائی ہیل کے جوتے اور سرخی پوڈر لگا کر آئینے میں دیکھتا اور چند لمحوں کو سکون محسوس کرتا کیونکہ سکون کے لمحے ہمیشہ عارضی ہوتے ہیں اور زندگی کی بے ثباتی کا ثبوت۔ میں نے وہ کپڑے، وہ جوتے، وہ میک اپ کا سامان Closet میں چھپا کر رکھے تھے۔ اپنے ذاتی کاغذات کے ساتھ۔ میری بیوی کو ان کی بالکل خبر نہ تھی۔ اس کے وہم و گمان میں بھی نہ تھا کہ اس کے گھر کے تہہ خانے میں، اس کی زندگی کا سب سے بڑا راز چھپا ہے۔ ایسا راز جسے نہ وہ جانتی تھی اور نہ ہی شاید جاننا چاہتی تھی۔ میں پہلی دفعہ سائیکالوجسٹ سے ملنے آیا تو بہت مایوس ہوا۔ اس کا رویہ اس موٹر مکینک کی طرح تھا، جو گاڑی کو ہتھوڑے مار مار کر یہ دیکھنا چاہتا ہے کہ کس حصے کو مرمت کی ضرورت ہے۔ اس نے مجھ سے سینکڑوں بیوقوفی کے سوال پوچھے اور بیسویں فارم پر کرنے کو دیے۔ میں انہیں کڑوا گھونٹ سمجھ کر پی گیا۔ میرے خون اور پیشاب کی بھی آزمائش ہوئی۔ ایکسرے بھی لیے گئے اور پھر مجھے کچھ بتائے بغیر گھر بھیج دیا گیا۔ مجھے اپنا بوڑھا باپ یاد آیا جس کے کینسر سے مرنے سے پہلے بیسیوں ٹیسٹ ہوئے تھے اور وہ پھر بھی ایڑیاں رگڑ کر مر گیا تھا۔ میں نے سوچا، ہو سکتا ہے مجھے روح کا کینسر ہو اور ابھی طب نے اتنی ترقی نہ کی ہو کہ اس کی تشخیص یا علاج کر سکے۔

بہر حال ایک مہینے کے بعد کانفرنس بلائی گئی جس میں آپ بھی شامل تھیں، دو سائیکالوجسٹ بھی اور آپ کا پروفیسر بھی۔ وہ پروفیسر شاید ناکام سرجن تھا کیونکہ اس کی گفتگو میں ڈکٹیٹرانہ جاہ و جلال تھا۔ وہ تھا تو کافی صاحب علم اور تجربہ کار لیکن اس کی باتوں میں نرم گفتاری کی خوشبو نہ تھی یہ شکر ہوا کہ اس پروفیسر سے بار بار نہ ملنا پڑا۔ اس پروفیسر نے صاف صاف الفاظ میں مجھے اپنی تشخیص اور علاج بتلائے۔ کہنے لگا تمہیں ایسی بیماری ہے جس کا نام تو Transexualism ہے لیکن بدقسمتی سے اس کا Sex سے کوئی تعلق نہیں۔ مسئلہ دراصل gender کا ہے لیکن لوگ ابھی تک sex اور Gender کا فرق نہیں سمجھ پائے۔ اس بیماری کا مطلب یہ ہے کہ کئی لوگوں کا جسم ایک جنس

ڈاکٹر خالد سہیل

کاہوتا ہے۔ لیکن وہ اندر سے دوسری جنس کا محسوس کرتے ہیں۔ اس لیے ساری عمر عجیب عذاب میں زندہ رہتے ہیں۔ مرد عورت محسوس کرتے ہیں اور عورتیں مرد اور عمر بھر Sex Change کے Operation کے خواب دیکھتے رہتے ہیں۔

اس نے جب Sex Change کے آپریشن کا نام لیا تو میری آنکھوں میں خوشی اور امید کے سورج طلوع ہونے لگے۔ وہ لمحہ شاید میری زندگی کا حسین ترین لمحہ تھا۔ میرا خیال تھا کہ وہ پروفیسر کہے گا کہ اب ہم تمہارا آپریشن کروا دیں گے اور تم بقیہ زندگی ایک عورت بن کر گزار سکو گے لیکن ان سورجوں کو گرہن لگتے زیادہ دیر نہ لگی۔ وہ کہنے لگا کہ اگر تم آپریشن کروانا چاہتے ہو تو ہم اس کا انتظام تو نہیں کر سکتے کیونکہ ہمارا ادارہ ریسرچ کا ہے، علاج کا نہیں۔ لیکن ہم اپنے سینکڑوں مریضوں میں سے چند ایک کی سفارش کرتے ہیں اور وہ سفارش صرف ان لوگوں کی ہوتی ہے جو عورت بن کر دو سال ملازمت کر چکے ہوں اور عورتوں کا لباس پہن کر معاشرے میں زندگی بھی گزار چکے ہوں۔

’’لیکن ایک مرد کو عورت کی ملازمت کون دے گا۔ جب تک اس کا آپریشن نہ ہو جائے؟‘‘

میں نے سوال کیا۔

’’خیر میں تفاصیل نہیں جانتا۔‘‘ اس کے لہجے میں عجب کھردرا پن تھا۔

ایسے موقعوں پر جہاں انسان کی زندگی اور موت کا فیصلہ ہو رہا ہو انسان لہجے کے اتار چڑھاؤ کو بھی شدت سے محسوس کرتا ہے۔

اس لمحے آپ رحمت کا فرشتہ ثابت ہوئیں۔ آپ نے حالات بدلتے اور مجھے بیسیوں سوال کرنے کے لئے پر تولتے دیکھا تو فرمایا ’’میں تفاصیل تمہیں خود سمجھا دوں گی۔‘‘

چند لمحوں کے بعد وہ پروفیسر تو چلا گیا اور میں خلاؤں میں گھورتا رہ گیا۔ اس پروفیسر نے امید کی ایک کرن تو دکھائی تھی لیکن وہ کرن کسی اور کرہ ارض سے آتی دکھائی دے رہی تھی۔ وہ ایک ایسا ٹوٹا ہوا ستارہ تھا جو اندھیروں سے ابھر کر اندھیروں میں ہی ڈوب گیا تھا۔

پھر آپ مجھے اپنے دفتر میں لے گئیں اور بڑی شفقت اور ہمدردی سے سمجھایا کہ وہ پروفیسر بہت سخت گیر اور اکھڑ مزاج کا ہے۔ بہت سے لوگ اس سے نالاں ہیں لیکن چونکہ وہ بہت قابل ہے اس لئے اس پر کوئی اعتراض نہیں کر سکتا اور میں سوچنے لگا کہ قابل لوگ اتنے بد مزاج اور خوش مزاج لوگ اتنے سادہ لوح کیوں ہوتے ہیں۔ میں نے اس دن آپ سے ذکر کیا کہ میرا پہلا مسئلہ میری بیوی ہے اسے حقیقت حال بتانا میرے بس کی بات نہیں۔ میں تہہ خانے میں چوروں کی طرح چند لمحے عورتوں کے کپڑے پہن کر سکون حاصل کرتا ہوں تو ہفتوں احساس جرم میں مبتلا رہتا ہوں۔

آپ نے مشورہ دیا کہ میں اگلی دفعہ اپنی بیوی کو ساتھ لے کر آؤں تا کہ آپ اس سے تفصیلی گفتگو کر سکیں۔

میں سر کھجاتا ہوا گھر چلا گیا۔ مجھے اندازہ ہو گیا تھا کہ مجھے زندگی کے چند اہم فیصلے کرنے ہیں۔ یا تو میں احساس تنہائی اور احساس گناہ کی آگ میں سلگتا رہوں اور یا اپنی بیوی کے آگے دل کھول کر رکھ دوں۔

’’لیکن اس کا حشر کیا ہو گا۔‘‘ دل کے ایک کونے سے سوال ابھرتا۔

’’جو ہو گا دیکھا جائے گا‘‘ دوسرے کونے سے جواب آتا۔ میں اسی داخلی مکالمے سے سر پٹختا گھر پہنچا۔ میری بیوی حسب دستور منتظر تھی۔

مجھ میں اس دن بھی سب کچھ بتانے کا حوصلہ نہ تھا۔

’’آخر آج کیا ہوا؟‘‘ اس نے پوچھا۔

’’ماہر نفسیات نے اگلی دفعہ تمہیں بلایا ہے۔‘‘

’’آخر کیا کہنا چاہتا ہے۔‘‘

’’میں نہیں جانتا۔‘‘ میں نے بہت کوشش کی، لیکن میری زبان پر جیسے چھالے پڑ گئے تھے۔

اپنی بیوی کے ساتھ گزارے ہوئے دس سال میری زندگی کا اہم باب تھے۔ اس نے میری بہت سے خوبصورت لوگوں سے ملاقات کروائی تھی اور پھر مجھے اس کا بھی انجام یاد آ گیا جو اس وقت پانچ

ڈاکٹر خالد سہیل

سال کا تھا اور بہت کھلنڈرا تھا۔ وہ شاید میری زندگی کا واحد مسکراہٹ تھا، وہ مجھ سے ملتا تو میری سوگوار روح میں گدگدی ہوتی اور میر اصدیوں سے مرجھایا چہرہ انار کے دانے کی طرح کھلا اٹھتا۔ وہ شہزادہ اتنا چالاک تھا کہ اسکول سے چھوٹی چھوٹی پہیلیاں سن کر آتا اور پھر مجھ سے ان کا جواب پوچھتا۔ ایک دن کہنے لگا:

"انکل ?What did the wall say to the celling"

میں نے لاعلمی کا اظہار کیا تو کہنے لگا:

"See you in the corner"

اور ہم دونوں ہنس دیے۔ اسے آنکھ مچولی کھیلنے کا بھی بہت شوق تھا۔ وہ جب بھی میرے ساتھ پارک میں کھیلنے جاتا تو کسی جھاڑی یا کسی درخت کے پیچھے چھپ جاتا اور میں اسے تلاش نہ کر پاتا تو بہت خوش ہوتا۔

۔میری بیوی مجھے اس کے ساتھ کھیلتے دیکھتی تو اس کے دل میں ماں بننے کی خواہش کروٹیں لینے لگتی۔ وہ ایک دفعہ غلطی سے حاملہ ہو بھی گئی تھی لیکن پھر اس کا خود ہی اسقاط بھی ہو گیا تھا۔ میں اس دن جتنا خوش تھا میری بیوی اتنی ہی افسردہ تھی۔ میں کسی بچے یا بچی کو اس دنیا میں لانے کا خواہشمند نہ تھا۔ میری صلیب پہلے ہی سے بہت بھاری تھی۔ میری بیوی، ایسی باتیں سنتی تو سمجھتی کہ میں اسے نااہل ماں سمجھتا ہوں۔ میں نے جتنی تردید کرنے کی کوشش کی، اس کے دل میں وہ خیال اتنا ہی جڑ پکڑتا گیا۔ آخر میں نے اس موضوع پر تبادلہ خیال کرنا ہی چھوڑ دیا۔ مجھے بخوبی اندازہ تھا کہ میری بیوی کے لئے یہ حقیقت جاننا کہ میں ایک عورت ہوں، آتش فشاں پہاڑ کے پھٹنے سے کم نہ ہو گا لیکن پھر میں سوچتا کہ نئی بستی تعمیر کرنے کے لئے پرانی بستی تباہ کرنی ہی پڑتی ہے۔ اور محل بنانے کے لئے جھونپڑے کو گرانا ہی پڑتا ہے لیکن میں بھی کتنا سادہ تھا۔ نجانے کتنی پرانی بستیاں تباہ ہو جاتی ہیں لیکن نئی بستیاں نہیں بن پاتیں۔ جھونپڑے گر جاتے ہیں، لوگ بے گھر ہو جاتے ہیں لیکن محل نہیں بن پاتے۔ میری بیوی کا آپ سے ملنا میری زندگی کا ایک موڑ تھا جس کے بعد میری زندگی کی گاڑی جو کچے راستے پر ہچکولے کھاتی جا رہی تھی بالکل پٹری سے ہی اتر گئی۔ اس میں قصور نہ آپ کا تھا، نہ اس کا، نہ

دیوتا

میرا۔ ایسے حالات میں الزام حالات پر دھر نا ہی دانشمندی کی دلیل سمجھا جاتا ہے۔ لیکن دانشمند یہ بھی جانتے ہیں کہ حالات ہمارے ہی بوئے ہوئے بیج ہیں جن کی فصلیں کاٹتے ہم بہت گھبراتے ہیں۔

میری بیوی آئی اور آپ نے اسے میرے سامنے بتایا کہ وہ مرد جس سے اس نے مرد سمجھ کر شادی کی تھی در پردہ عورت ہے اور ایسے شخص کو ہم نفسیات کی زبان میں Transexual کہتے ہیں۔

پہلے میری بیوی نے آپ کو دیکھا، پھر مجھے، پھر آپ کو، پھر مجھے۔ اسے اپنے کانوں پر یقین نہ آ رہا تھا۔ لیکن جب آپ نے بتایا کہ اس کے تہہ خانے کی ایک الماری اس کی گواہ ہے۔ آپ نے اس کا بھی ذکر کیا کہ میں برسوں سے تہہ خانے میں اتر کر اور اسکرٹ، بلاؤز، اونچی ہیل کی جوتی اور میک اپ پہن کر سکون کے چند لمحے حاصل کرنے کی کوشش کرتا رہا ہوں تو اس کا صبر کا پیمانہ لبریز ہو گیا اور آتش فشاں پھٹ پڑا۔ جذبات کا لاوا چاروں طرف بہنے لگا۔ ان جذبات میں غصہ اور نفرت زیادہ تھے ہمدردی کم۔ وہ مجھ سے کہنے لگی ''تم ذلیل ہو، کمینے ہو، بے غیرت ہو، تم نے مجھے ہمیشہ دھوکے میں رکھا۔ تم میری زندگی کی سب سے بڑی غلطی ہو۔ تم برسوں سے جھوٹ بولتے آئے ہو۔ تم نے مجھے ہمیشہ اندھیرے میں رکھا ہے۔''

وہ اتنے غصے میں تھی کہ پنجرے میں بند شیرنی کی طرح کمرے میں تیز تیز چلنے لگی۔

اگر اجازت ہو تو میں بھی ذرا چہل قدمی کر لوں۔ چلتے ہوئے باتوں اور خیالات میں ایک خاص قسم کا تسلسل پیدا ہو جاتا ہے۔

انٹرویو کے آخر میں میری بیوی نے فیصلہ سنا دیا کہ وہ مجھے گھر نہیں لے جائے گی۔ میرے پاس کوئی اور جگہ جانے کی نہ تھی چنانچہ آپ نے مجھے چند دنوں کے لئے ہسپتال میں داخل کر لیا۔ آپ نے جب میری بیوی سے دوبارہ آنے کی درخواست کی تھی تو وہ غصے میں دروازہ دھڑام سے بند کرتے ہوئے چلی گئی تھی۔

وہ بہت بھاری پتھر تھا جسے آپ نے اٹھانے کی ہمت کی تھی میں تو اسے چھو کر ہی چھوڑ دیتا تھا۔

ڈاکٹر خالد سہیل

بظاہر یوں لگتا تھا کہ حالات بدتر ہوگئے تھے لیکن مجھے امید تھی کہ درپردہ حالات بہتر ہو جائیں گے لیکن بعض دفعہ حالات اتنے ہی خراب ہوتے ہیں جتنے کہ لگتے ہیں لیکن ہم انہیں قبول کرنے کو تیار نہیں ہوتے امید ہماری آنکھوں کو خیرہ کئے رہتی ہے۔

میرا چند دنوں کے لئے ہسپتال میں داخل ہونا بھی میری آنکھیں کھولنے کے لئے کافی تھا۔

میں نہیں جانتا تھا کہ آپ کو یہ سب باتیں یاد ہیں یا نہیں شاید آپ کے حافظے میں محفوظ نہ رہی ہوں۔ ویسے ان واقعات کو بھی تو برسوں بیت گئے ہیں لیکن وہ سب باتیں میرے دل پر آج تک نقش ہیں اور میں آخری بار آپ کے گوش گزار کرنا چاہتا ہوں۔ ویسے ہسپتال میں داخل ہونے کے بعد مجھ پر جو بیتی اور جن جن مریضوں اور مریضاؤں سے ملاقات ہوئی اس کی شاید آپ کو خبر نہ ہو آپ تو دن میں دو گھنٹوں کے لئے آتی تھیں لیکن وہاں چوبیس گھنٹے رہتا تھا۔

میری جب آپ سے اگلی ملاقات ہوئی تو آپ نے دو مشورے دیے۔ پہلا مشورہ یہ تھا کہ میں عورتوں کی Pills کھانی شروع کر دوں کیونکہ ان میں نسوانی Hormones ہوتے ہیں۔ آپ نے مجھے سمجھایا کہ ان سے میری جلد اور میرے بال بدلنے، میرے پستان بڑھنے اور Testicles گھٹنے شروع ہو جائیں گے۔ اندھا کیا چاہے دو آنکھیں۔ میں نے اسی دن سے پلز کھانی شروع کر دیں۔

آپ کا دوسرا مشورہ گروپ تھیرپی میں شمولیت کا تھا۔ میں اس کے لئے ہچکچایا تھا۔ مجھے سمجھ نہ آیا کہ چند مریض مل کر ایک دوسرے کی کیسے مدد کر سکتے ہیں لیکن آپ نے جب چند مہینے آزمانے کو کہا تو میں راضی ہو گیا۔

ڈوبتے کو تنکے کا سہارا بھی کافی ہوتا ہے۔

اس گروپ میں میری ایسے لوگوں سے ملاقات ہوئی جو میرے احاطہ عقل سے بہت باہر رہتے تھے۔

چند دنوں کے بعد جب میری بیوی دوبارہ آئی تو غصے نے سنجیدگی کا روپ دھار لیا تھا اور وہ کاغذ پر بہت سے سوال لکھ کر لائی تھی۔ اس دن میں آپ سے بہت متاثر ہوا تھا۔ مجھے اس دن اندازہ

ہوا تھا کہ آپ ایک اچھی تھیرپسٹ ہی نہیں، ایک اچھی معلمہ بھی ہیں۔ آپ نے بلیک بورڈ پر میری بیوی کو جو باتیں سمجھائی تھیں وہ مجھے آج تک یاد ہیں۔

آپ نے سمجھانے کی کوشش کی تھی کہ انسان کی جنسی زندگی بہت پیچیدہ ہوتی ہے اور بہت سے مراحل سے گزرتی ہے اگر کوئی شخص چند بنیادی باتوں سے واقف نہ ہو تو وہ جنسی زندگی کی نشو و نما کے بارے میں بہت سی غلط فہمیوں کا شکار ہو سکتا ہے۔ پھر آپ نے اس ارتقا کے مختلف مدارج کی تشریح کی تھی۔

آپ نے سمجھایا کہ کسی بچے کا لڑکی یا لڑکا ہونا اس کی Genes پر منحصر ہوتا ہے جو اس کے Chromosomes کا حصہ ہوتی ہیں عورتوں میں دو ایکس (XX) اور مردوں میں ایک X اور ایک Y کروموسومز ہوتے ہیں۔ اس پہلے مرحلے پر ہم اسے Genetic Sex کہتے ہیں۔

دوسرا مرحلہ بچوں کے جنسی اعضاء کی نشو و نما کا ہوتا ہے جسے ہم Anatomic Sex کہتے ہیں۔ لڑکیوں میں Ovaries اور Uterus اور لڑکوں میں Penis اور Testicles تشکیل پاتے ہیں۔

اس دن مجھے بھی پہلی دفعہ پتہ چلا کہ سب Fetus بنیادی طور پر مادہ ہوتے ہیں لیکن وہ Fetus جو Y کروموسوم سے متاثر ہوتے ہیں وہ آہستہ آہستہ نر کا روپ دھار لیتے ہیں اور لڑکے بن کر پیدا ہوتے ہیں۔ اگر اس تبدیلی میں نقص رہ جائے تو پھر Hermaphrodite جنم لیتے ہیں، جن میں نر اور مادہ آپس میں خلط ملط ہو جاتے ہیں۔ شاید انہیں لوگوں کو ہم ہیجڑا کہہ کر بلاتے ہیں۔

تیسرے مرحلے سے بچہ تین اور پانچ سال کی عمر کے دوران گزرتا ہے۔ اس وقت بچے کو یہ شعور ہونے لگتا ہے کہ وہ لڑکا ہے یا لڑکی اور اس کی عادات و اطوار، اس کے شوق، پسند و ناپسند میں اس کا عکس نظر آنے لگتا ہے۔ یہ وہ موڑ ہوتا ہے جہاں سے مردانگی اور نسوانیت کا احساس ہو جاتا ہے یہ شناخت کا مرحلہ Gender Identity کہلاتا ہے اور یہی شناخت کا مرحلہ تھا جو میرے مسائل کی بنیاد تھی۔ اگر کسی انسان کا جسم لڑکوں کا ہو اور وہ لڑکی کا محسوس کرے یا جسم لڑکی کا ہو وہ لڑکا محسوس کرے تو ہم اسے Transexual کہتے ہیں۔

ڈاکٹر خالد سہیل

چوتھا مرحلہ جنسی کشش کا ہوتا ہے جو بلوغت کی عمر تک پرورش پاتا رہتا ہے اور Sexual Orientation کہلاتا ہے۔ اکثر نوجوان مخالف جنس کو پرکشش پاتے ہیں اور Heterosexual کہلاتے ہیں لیکن بعض نوجوان اپنی ہی جنس کے افراد کو ترجیح دیتے ہیں اور Homosexual کہلاتے ہیں۔ یہ مسئلہ Transexual سے بالکل مختلف ہوتا ہے۔ ایک Transexual کا اپنے آپ کو عورت سمجھ کر دوسرے مرد کو پسند کرنا ایک Homosexual کے دوسرے مرد کو پسند کرنے سے بالکل مختلف جذبہ ہوتا ہے۔

پانچواں مرحلہ Sexual Performance کا ہوتا ہے اگر مرد جنسی عمل میں ناکام رہے تو ہم اسے Impotent کہتے ہیں اور اگر عورت ناکام رہے تو وہ Frigid کہلاتی ہے۔

میری بیوی بیسیوں سوال پوچھتی رہی، آپ تحمل سے جواب دیتی رہیں اور میں خاموشی سے سنتا رہا۔

آپ نے یہ بھی بتایا کہ ایک گردہ Transvestites کا ہوتا ہے جو جنس بدلنا تو نہیں چاہتا لیکن کبھی کبھار چند گھنٹوں کے لئے جنس مخالف کے کپڑے پہننا چاہتا ہے تاکہ جنسی لذت حاصل کر سکے۔ یہ گردہ بھی Transexual سے مختلف ہوتا ہے کیونکہ Transexual جنس مخالف کے کپڑے پہن کر جنسی خطا محسوس نہیں کرتے اور وہ چند گھنٹوں کی بجائے عمر بھر کے لئے وہ کپڑے پہننا چاہتے ہیں۔

مجھے اس دن پتہ چلا کہ میری بیوی مدتوں سے یہ سوچ رہی تھی کہ میں اس کے ساتھ اس لئے نہیں سوتا کہ وہ موٹی ہے اور Oral Sex پسند نہیں کرتی۔ میں نے سوچا انسان اپنے ضمیر اور دل پر کتنے بوجھ اٹھائے پھرتا رہتا ہے۔ آپ کی گفتگو سے اس کی روح کی بہت سے کانٹے نکل گئے اور غلط فہمیوں کی دھند چھٹ گئی۔

میری بیوی نے آپ کا شکریہ تو ادا کیا لیکن یہ فیصلہ بھی صادر کر دیا کہ اس دن کے بعد وہ میرے ساتھ ایک چھت کے نیچے نہیں رہے گی۔ میں بھی اس لمحے کا برسوں سے انتظار کر رہا تھا۔ وہ ایک تکلیف دہ لمحہ تھا اور انتظار کسی لمحے کی تکلیف کو کم تو نہیں کرتا۔

انٹرویو کے بعد میری بیوی رخصت ہوگئی۔ وہ نہ تو گلے ملی اور نہ ہی اس نے الوداعی بوسہ دیا۔ بس نظریں جھکائے کمرے سے نکل گئی اور میں چند دن اور ہسپتال کی قید میں پڑا رہا۔

اس شام میں ہسپتال میں ایک لمبی سیر کے لئے نکلا تا کہ اپنا غم غلط کر سکوں میرا ذہن آوارہ بادلوں کی طرح ادھر ادھر پھر تا رہا۔ مجھے آپ کی یہ بات بہت دلچسپ لگی کہ انسانی Fetus بنیادی طور پر عورت کا ہوتا ہے جب وہ Y کروموسوم سے متاثر ہوتا ہے تو مرد کا روپ دھار نا شروع کر دیتا ہے اور اگر متاثر نہ ہو تو عورت کا ہی رہتا ہے۔ مجھے یوں لگا جیسے یہی حال انسانی تاریخ اور معاشرے کا تھا۔ ایک وہ دور تھا جب ساری دنیا کا نظام Matriarchial تھا۔ انسان دیویوں کی پوجا کرتے تھے، ماں کا تصور سب سے مقدم تھا۔ لوگ اپنی زبان کو مادری زبان اور اپنے علاقے کو مادر وطن کہہ کر پکارتے تھے۔ بچے ماں کے نام سے پہچانے جاتے تھے لیکن آہستہ آہستہ نظام بدلتا گیا اور ساری دنیا Patriarchial بنتی گئی۔ مردوں نے انسانی روایات اور اقدار کو بدلنا شروع کر دیا۔ بچے ماں کی بجائے باپ کے نام سے پہچانے جانے لگے۔ Goddesses کے مہربان ماؤں کے تصور کو بدل کر God کے جابر باپ کے تصور کو عام کیا گیا۔ ایسا خدا جس نے جہنم کے تصور کو جنم دیا۔ یہ علیحدہ بات کہ یہودی آج بھی اسی بچے کو یہودی سمجھتے ہیں جس کی ماں یہودی ہو اور مسلمانوں کا یہ ایمان ہے کہ قیامت کے دن بچے ماں کے نام سے پکارے جائیں گے لیکن اس دنیا میں عورتیں دوسرے درجے کی شہری بن چکی ہیں۔

میرا خیال تھا کہ میرے ساتھ بھی یہی ہوا تھا کہ میری روح عورت کی تھی جو Y کروموسوم سے متاثر نہ ہوئی تھی۔ جسم مرد کا بن گیا تھا اور روح عورت کی ہی رہی تھی۔

ہسپتال میں میرے سامنے دو ایسے مسئلے تھے جن کا فوراً حل تلاش کرنا ضروری تھا۔ آپ کی مہربانی کہ آپ نے دونوں کا حل تلاش کرنے میں میری مدد کی۔ جہاں تک ملازمت کا تعلق تھا۔ آپ نے سرٹیفیکیٹ لکھ دیا کہ میں بیمار ہوں آپ نے یہ بھی پوچھا تھا کہ وجہ کیا لکھوں میں نے سوچا کہ اگر Transexual لکھا تو پورے گاؤں کو خبر ہو جائے گی اور میرا جینا حرام ہو جائے گا چنانچہ آپ نے Depression لکھ دیا وہ تشخیص بے ضرر تھی۔ میرے گاؤں کا ڈاکٹر بھی ایک دفعہ لکھ چکا تھا۔

ڈاکٹر خالد سہیل

دوسرا مسئلہ رہائش کا تھا۔ میری بیوی اتنے غصے میں تھی اور میں اتنا دل برداشتہ کہ ہم دونوں ایک چھت تلے جمع نہ ہوسکتے تھے اور کسی اور خاندان کے ساتھ رہنا میرے لئے مناسب نہ تھا۔ آخر آپ کے سوشل ورکرنے مشورہ دیا کہ میں اپنا گاؤں چھوڑ کر ساتھ والے بڑے گاؤں میں منتقل ہو جاؤں۔ اس میں ایک دس منزلہ اپارٹمنٹ بلڈنگ تھی جس میں ایک Basement Appartment خالی تھی۔ وہ شاید اس علاقے کی سب سے اونچی بلڈنگ تھی کیونکہ ایک دفعہ اخبار میں کسی نے سوال اٹھایا تھا کہ اس پورے علاقے میں کوئی اونچی عمارتوں سے چھلانگ لگا کر خود کشی کیوں نہیں کرتا تو ایک ڈاکٹر نے جواب دیا تھا کہ اس علاقے میں اونچی عمارات ہیں ہی نہیں اسی لئے لوگ پانی میں ڈوب مرنے کو ترجیح دیتے ہیں۔

ویسے تو اس واقعے کو کئی سال بیت گئے ہیں لیکن میری نگاہوں میں وہ سب مناظر آج بھی تر و تازہ ہیں۔

ہسپتال میں اور گروپ تھیریپی میں، میری ملاقات ایسے مردوں اور عورتوں سے ہوئی جو مجھ سے بھی بھاری صلیب اپنے کندھوں پر اٹھائے پھر رہے تھے۔

میں نے بیسمنٹ اپارٹمنٹ کرایے پر لے لیا اور معمولی سا فرنیچر خرید کر منتقل ہو گیا۔ وہ میری زندگی کا سب سے اہم موڑ تھا۔ میرا خیال تھا کہ وہ موڑ مجھے شہر ناامیدی کی تنگ اور تاریک گلیوں سے نکال کر امید کی روشن شاہراہوں پر لے جائے گا لیکن ہوا یہ کہ میری تنہائی کا کرب بڑھنے لگا۔ مجھے اپنی بیوی بہت یاد آئی۔ وہ میری بیوی ہی نہ تھی۔ میری دوست بھی تھی اور اس کی جدائی میرے لئے ناقابل برداشت تھی۔ آخر میں نے گھٹنے ٹیک دیئے اور اپنی بیوی کے پاس پہنچ گیا۔ میں اس کی گود میں سر رکھ کر بچوں کی طرح پھوٹ پھوٹ کر رو دیا تھا۔

کچھ دیر کے بعد میری بیوی کا بھی دل پسیج گیا۔ اور اس کی تلخی بھی آنسو بن کر ٹپکنے لگی۔ ہم دونوں مل کر کافی دیر تک روتے رہے جیسے اپنے رشتے کی لاش پر ماتم کر رہے ہوں۔

دل کا بوجھ ہلکا ہوا تو ہم نے بھولی بسری یادوں کے سائے میں شام گزاری۔ میں نے اسے بچپن اور جوانی کے بہت سے واقعات سنائے ایسے واقعات جو میں اسے پہلے سناتے ہوئے گھبراتا تھا۔

رشتے ٹوٹ جائیں تو ایک نئی آزادی کا بھی احساس ہوتا ہے۔

اس شام ہماری قربتوں اور جدائیوں کے رنگ مٹتے اور نکھرتے رہے۔ اگرچہ اس شام کی تفاصیل دھند میں لپٹی ہوئی ہیں لیکن ایک بات مجھے آج تک یاد ہے۔ میری بیوی کو اس شام اس بات کا احساس ہو گیا تھا کہ اس کے اسقاط میں، جسے وہ ہمیشہ ایک بھیانک خواب سمجھا کرتی تھی ایک سکون کا پہلو پوشیدہ ہے۔ ہم دونوں کا اندازہ ہوا تھا کہ انسان در حقیقت کتنا سادہ ہے۔ وہ اپنی زندگی کے رازوں سے بھی واقف نہیں۔ وہی چیزیں جنہیں وہ عذابِ جان سمجھتا رہتا ہے انہی کی کوکھ سے خوشخبری کے گلاب بھی جنم لیتے ہیں۔

میں واپس لوٹا تو سبک محسوس کر رہا تھا لیکن تنہائی کی فصیل بلند تر ہو گئی تھی۔ ایک قید خانے کا دروازہ دوسرے قید خانے میں کھل گیا تھا۔

میں اگلے چند مہینے گروپ Attend کرتا رہا۔ آپ کے گروپ کی دنیا ہی علیحدہ تھی۔ اس کے بارے میں میرے سب خدشات بے بنیاد نکلے۔ میں نے اس گروپ میں انسانی معجزے رونما ہوتے دیکھے۔ نہ تو لوگ اپنے زخموں سے پردہ اٹھاتے، شرماتے تھے اور نہ ہی دوسرے لوگ ان پر مرہم رکھتے ہچکچاتے تھے۔

مجھے اندازہ ہوا کہ دوسروں کے غموں کو دور کرنے کی کوشش میں انسان اپنے غم بھول جاتا ہے۔ شاید لوگ اسی لئے ماہر نفسیات بنتے ہیں شاید ان کے اپنے دکھ اتنے زیادہ ہوتے ہیں کہ وہ عمر بھر دوسروں کے دکھ میں پناہ تلاش کرتے ہیں۔ آپ کہتی ہوں گی کہ میں نے پھر طنزیہ لہجہ اپنا لیا ہے۔ وہ اس لئے کہ طنز ایسا کام کر جاتا ہے جو مزاح کی دسترس سے باہر ہوتا ہے۔

مجھے گروپ میں چند مہینے کی شمولیت سے اس گاؤں کی یاد آ گئی تھی جس میں آگ لگ گئی تھی۔ سب لوگ گاؤں چھوڑ کر بھاگ گئے تھے صرف ایک لنگڑا اور ایک اندھا شخص باقی رہ گیا تھا۔ جب سب جا چکے تو لنگڑے نے اندھے سے کہا ''آخر تم مجھے اپنے کندھوں پر بٹھا لو تو ہم دونوں گاؤں سے بھاگنے میں کامیاب ہو جائیں گے۔ میں تمہاری آنکھیں بن جاؤں گا۔ تم میرے پاؤں گا۔'' وہ

ڈاکٹر خالد سہیل

مریض بھی اپنی جلتی زندگیوں سے بھاگ جانا چاہتے تھے۔ ایک مریض کے مسائل دوسرے کی آنکھیں بن گئے تھے۔

میں پہلے کئی ہفتے تو دوسروں کے مسائل سنتا رہا۔ انہوں نے جب بھی مجھے دعوت دی میں نے اس بچے کی طرح محسوس کیا، جو دریا کے اتھلے حصے میں تو کھڑا ہو سکتا ہو لیکن گہرے پانی میں کودنے سے گھبراتا ہو۔ اگرچہ آپ سب نے میری حوصلہ افزائی کی اور یقین دلایا کہ آپ کے پاس Life Jacket ہے اگر میں ڈوبنے لگوں گا تو آپ مجھے بچا لیں گے لیکن مجھے آپ لوگوں پر اعتماد نہ تھا۔ عین ممکن ہے مجھے اپنے آپ پر اعتماد نہ ہو اسی لئے میں ڈرتے ڈرتے آگے بڑھ رہا تھا لیکن جوں جوں میں دوسروں کے اندر کی آگ محسوس کرنے لگا میرے اندر کی برف بھی پگھلنے لگی۔ سب سے پہلے میں نے اس کالی عورت کی داستان سنی، جو ایک کالے مرد کے ساتھ رہتی تھی اور تین بچوں کی ماں تھی۔ پندرہ سال کی ازدواجی زندگی میں اس نے اپنی انا پر نجانے کتنے زخم اور چرکے سہے تھے۔ اس کا خاوند اتنا جابر تھا کہ اگر وہ رات دو بجے بھی آتا اور اس کی بیوی کھانا گرم کرنے میں دیر کرتی تو سیخ پا ہو جاتا۔ وہ اتنا شور مچاتا کہ کئی دفعہ بچے جاگ جاتے۔ ایک دو دفعہ تو اس نے میز سے پلیٹیں اٹھا کر دیوار پر دے ماری تھیں۔

وہ عورت ہمیشہ سہمی سہمی رہتی۔ اسے خبر نہ تھی کہ اس کا شوہر کس بات پر خفا ہو جائے گا۔ بچے بھی باپ سے خائف رہتے۔ سب لوگ اسے Bull in a china shop کہہ کر پکارتے اور وہ اس پر فخر کرتا۔

پندرہ سال کے بعد اسے ایک گوری عورت مل گئی جو اس کے عشق میں گرفتار ہو گئی۔ اس کالی عورت پر اس شام قیامت ٹوٹی جس شام اسے احساس ہوا کہ وہ نہ صرف اس گوری عورت کو پسند کرتی ہے بلکہ اسے جنسی طور پر پرکشش بھی پاتی ہے۔ وہ گوری عورت بھی شادی شدہ تھی اور اپنے دو بچوں اور خاوند کے ساتھ رہتی تھی۔ وہ اس سے پہلے بھی ایک دو عورتوں کے ساتھ جنسی طور پر ملوث ہو چکی تھی لیکن اس کالی عورت کے تعلقات میں جو شدت تھی وہ اس نے پہلے محسوس نہ کی تھی۔ وہ آگ جو برسوں راکھ تلے سلگتی رہی تھی آخر بھڑک اٹھی تھی۔ کالی عورت کے لئے یہ جاننا کہ وہ

Lesbian ہے ایک نئے خدا پر ایمان لانے کی طرح تھا۔ وہ ہفتوں بلکہ مہینوں اپنے جذبات کو دبانے یا چھپانے کی کوشش کرتی رہی لیکن ہمارے جذبات اپنا علیحدہ ذہن رکھتے ہیں اور خود مختار ہوتے ہیں۔ ہماری عقل چاہے جتنے دلائل پیش کرے وہ نہیں مانتے۔ عقل کو جلد یا بدیر جذبات کے آگے گھٹنے ٹیکنے ہی پڑتے ہیں۔ آخر ان دو چاہنے والیوں نے اپنے اپنے شوہروں کو الوداع کہا اور پانچ بچوں کو لے کر اکٹھے رہنے لگیں۔

اس شام میرے دشتِ حیرت میں چند درخت ابھر آئے جن کے سائے میں میں کافی دیر تک سکون سے لیٹا رہا۔ مجھے یقین نہ آتا کہ دنیا میں ایسے بھی لوگ زندہ ہیں جن کے مسائل مجھ سے بھی زیادہ گنجلک ہیں۔ میں ان دونوں عورتوں کی بہادری پر رشک کر تا رہا بلکہ ان سے ہمت مستعار لیتا رہا۔ شاید اسی مستعار ہمت کا فیضان تھا کہ میں نے اگلے گروپ میں اپنی روح کو بے نقاب کرنا شروع کر دیا اور اپنے ماضی سے پردے اٹھانے شروع کر دیے۔

وہی ماضی...... جو حال کے چاند بادلوں کی طرح چھپا یار ہتا ہے۔

وہی ماضی...... جو ہمارے پاؤں کی بیڑیاں بن جاتا ہے۔

وہی ماضی...... جس کے ناخنوں سے ہم حال اور مستقبل کی گتھیاں سلجھانے کی کوشش کرتے رہتے ہیں۔

خوش قسمت ہیں وہ لوگ جو اس جدوجہد میں کامیاب ہوتے ہیں۔ اکثر اوقات تو گتھیاں نہیں سلجھتیں انگلیاں ضرور لہولہان ہو جاتی ہیں۔

گروپ کے دوستوں کو میں نے اپنے بچپن کی باتیں سنائیں۔ ان کھلونوں کی باتیں، جو مٹی کے تھے۔ شاید اسی لئے زندگی کی تیز ہواؤں کو برداشت نہ کر سکے اور ٹوٹ گئے میں سوچا کرتا تھا کہ سب بچوں کے کھلونے مٹی کے ہوتے ہوں گے لیکن اب تو بچوں کے کھلونے اتنے مضبوط ہوتے ہیں کہ انسان بڑھاپے میں بھی ان کے ساتھ کھیل سکتا ہے۔

میں نے گروپ کے ساتھیوں کے سامنے اپنے خاندان کو بھی ننگا کر دیا۔ میں نے انہیں بتایا کہ میں نے جس گھرانے میں پرورش پائی تھی اس پر میرے والد کا آسیب چھایا رہتا تھا۔ میرے والد،

ڈاکٹر خالد سہیل

جو ایک پولیس افسر تھے۔ ان کی نگاہ میں بچوں کو بس دیکھنے کے لئے پیدا کیا گیا تھا۔ اکیا بات کرنے کے لئے نہیں۔ اگر کوئی بچہ رو رہا ہو تو وہ ایسے چیختے جیسے جنگل میں شیر چنگھاڑتا ہے اور ہم سب معصوم خرگوشوں اور پرندوں کی طرح سہم جاتے تھے۔

ان کے مقابلے میں میری والدہ بہت مہربان تھیں۔ جب والد چیختے چنگھاڑتے تو وہ اپنا دامن وا کر دیتیں اور ہم سب بچے ان کی آغوش میں سر چھپا لیتے۔ وہ ہمیں سہارا تو دیتیں لیکن والد کے خلاف کچھ نہ کہتیں۔ وہ سارے ظلم ساری عمر مسکراتے ہوئے برداشت کرتی رہیں۔ بچوں میں سب سے بڑا میرا بھائی تھا، پھر میری بہن۔ میں سب سے چھوٹا تھا، میرے بھائی اور باپ میں ہمیشہ ٹھنی رہتی۔ میرا بھائی بغاوت کرتا تو والد اسے کچلنے کی کوشش کرتے ایک دو دفعہ تو میرے والد نے میرے بھائی کو غصے میں ایسا دھکا دیا کہ اس کا سر دیوار سے جا کر ٹکرایا اور اس سے خون بہنے لگا۔

میں ایسے موقعوں پر سہم جایا کرتا تھا اور اپنے والد سے خوفزدہ رہتا تھا۔

میرے گھر میں میری بہن میری سہیلی تھی۔ میں اس کے کپڑے بڑے شوق سے پہنتا تھا اور ایک دن اس کی طرح بننا چاہتا تھا۔

میں شاید پانچ چھ سال کا ہوں گا کہ مجھے احساس ہوا تھا کہ میرا جسم تو لڑکوں کا تھا لیکن اندر سے لڑکی تھا۔ میں اپنی، تو تو، دیکھ کر بہت حیران ہوتا۔ میں بچپن میں اپنے Penis کو، تو تو، کہا کرتا تھا۔ مجھے یاد ہے، ایک دن میں جب نے اپنی والدہ سے کہا تھا "اماں! اگر میری، تو تو نہ ہوتی، تو میں لڑکی لگتا۔" تو وہ بہت برہم ہوئی تھیں اور مجھے ایسی باتیں کرنے سے منع کیا تھا۔ اس کے بعد میں نے اماں سے کبھی ایسی بات نہ کی تھی لیکن اس سے میرے جذبات نہ بدلے تھے۔ میں دل میں محسوس کرتا تھا کہ میں اپنی بہن کی طرح ہوں۔ اپنے بھائی کی طرح نہیں۔ مجھے لڑکوں اور لڑکیوں سے کھیلنے کی بجائے گڑیوں سے کھیلنے کا زیادہ شوق تھا۔

میں دن رات بے کل رہتا۔ مجھے کچھ سمجھ نہ آتا کہ میں کون ہوں اور مجھے کیا ہو رہا ہے۔

آخر ایک دن میں اخبار دیکھ رہا تھا کہ اس میں مجھے دو تصویریں نظر آئیں ایک عورت کی تھی ایک مرد کی اور نیچے لکھا تھا کہ یہ عورت مرد تھی لیکن اب آپریشن کروا کر عورت بن گئی ہے۔

دیوتا

میں نے وہ تصویریں کاٹ لیں اور اپنے کمرے کی میز کی دراز میں سنبھال کر رکھ لیں۔ میرے دل میں گدگدی ہوئی کہ ایک دن میں بھی عورت کی طرح زندگی گزار سکوں گا۔ میں شاید اس وقت دس سال کا تھا۔ وہ شام میری زندگی کی اہم شام تھی۔ میں اس رات بڑے سکون سے سویا تھا۔

لیکن میں کتنا نادان تھا۔ آخر ایک بچہ تھا۔ بچوں کے ذہنوں میں کتنے خواب ہوتے ہیں جو ہمیشہ خواب ہی رہتے ہیں۔ تعبیروں کا لباده نہیں اوڑھ سکتے۔ کتنی آرزوئیں ہوتی ہیں جو درد بدر بھٹکتی رہتی ہیں۔ کتنی تمنائیں ہوتی ہیں جو دیواروں سے سر ٹکرا کر خود کشی کر لیتی ہیں۔ میرے ساتھ بھی یہی ہوا۔ میں نے اپنی شناخت بدلنی چاہی، اپنی شخصیت بدلنی چاہی، اپنی ذات بدلنی چاہی لیکن لوگوں نے میرے راستے میں کانٹے بچھا دیے۔ میں اپنے آپ کو Define نہ کر سکتا تھا۔ لوگ مجھے Define کر رہے تھے۔ میں جب بھی کہتا کہ میں عورت ہوں تو وہ میرا مذاق اڑاتے مجھے پاگل سمجھتے اور سچی بات یہ ہے کہ پاگل پن کے خوف نے ہی مجھے پاگل کر دیا تھا۔

اسکول اور کالج کے زمانے میں بھی خاموشی کی چادر اوڑھے پھر تار ہتا تھا۔ میرے دوست، میرے ہم جماعت لڑکیوں کی باتیں کرتے، ان کا مذاق اڑاتے تو میرے خون میں ابال آنے لگتا۔ مجھے یہ محسوس ہوتا کہ وہ میرا مذاق اڑا رہے ہیں۔ میں نے آہستہ آہستہ دوستوں سے علیحدگی اختیار کر لی لیکن وہ پھر بھی نہ مانے۔ جب انہوں نے مجھے کبھی کبھی عورتوں میں دلچسپی کا اظہار نہ کرتے دیکھا تو سمجھنے لگے کہ میں Homosexual ہوں۔

ایک دن میں گھر جا رہا تھا کہ اسکول کی گلی کی نکڑ پر چند اسکول کے بدمعاش لڑکے تھے۔ میں قریب سے گزرا تو انہوں نے فقرے کسے ”یہ Gay ہے Faggot کہیں کا“۔ ”مجھے تو Queer لگتا ہے۔“

میں کھڑا ہو گیا۔ میری مٹھیاں بھینچ گئیں۔ سارے بدن پر لرزہ طاری ہو گیا۔ آنکھوں کے آگے اندھیرا چھا گیا اور میں ان کی طرف لپکا۔ باقی لڑکے تو بھاگ گئے لیکن ایک میرے قابو میں آ گیا۔ میں نے اس پر تھپڑوں، مکوں اور ٹھڈوں کی بارش کر دی۔ مجھے ہوش اس وقت آیا جب اس

ڈاکٹر خالد سہیل

کے سرے خون کی لکیر اس کے چہرے تک آگئی۔ میں نے اسے دور دھکا دیا اور خاموشی سے گھر کی طرف چل دیا۔

اس واقعہ کے بعد کسی نے مجھے اسکول میں نہ چھیڑا بلکہ لڑکے راستہ کترا کر گزر جاتے۔

لیکن میں اپنے آپ سے گھبرا گیا تھا۔ میں اپنے اندر نفرتوں کے بہتے ہوئے لاوے سے ڈر گیا تھا۔

اس واقعہ کے بعد میں نے غصے سے توبہ کرلی تھی میں جانتا تھا کہ اگر اس قسم کا حادثہ دوبارہ پیش آیا تو یا تو میرا مقابل قتل ہو جائے گا یا میں جیل کی کوٹھری میں پہنچ جاؤں گا۔ قید تنہائی میں ویسے ہی گزار رہا تھا قید با مشقت کی کوئی خواہش نہ تھی۔

میں گروپ میں اپنا حال سناتا چلا گیا۔ ایسا لگ رہا تھا جیسے دریا کا بند ٹوٹ گیا ہو۔ اپنی بیتا سنا چکا تو قدرے سبک محسوس کرنے لگا۔ گروپ کے لوگ میری باتیں بڑے غور سے سن رہے تھے۔ وہ پہلا موقع تھا کہ میں نے اجنبیوں کے سامنے اپنی داستان حیات سنائی تھی۔ میرا خیال تھا کہ لوگ مجھ سے نفرت کرنے لگیں گے لیکن انہوں نے میرے سامنے ہمدردی کا ہاتھ بڑھایا بلکہ دو ممبروں نے تو گروپ کے بعد مجھے گلے سے لگا لیا۔

میں نے سوچا ہم لوگوں سے خواہ مخواہ گھبراتے رہتے ہیں۔ نجانے کتنے اجنبی اور بیگانے ایسے ہیں جو ہمارے دوست بن سکتے ہیں لیکن ہم انہیں کبھی قریب آنے کا موقع ہی نہیں دیتے۔

میں اپنی کہانی سنا چکا تو گروپ کا ایک اور نوجوان آگے بڑھا۔ شاید میری باتیں سن کر اسے بھی اپنی روح کو ننگا کرنے کا حوصلہ ہوا تھا کیونکہ اس دن تک وہ اپنے جسم کو ہی جابے جا ننگا کرتا رہا تھا اور اس سلسلے میں گرفتار بھی ہو چکا تھا۔ اس کے بارے میں مختلف مواقع پر مختلف عورتوں نے پولیس کو فون کیا تھا اور ایک دن پولیس نے اسے بغیر پتلون کے پکڑ لیا تھا۔ وہ بتانے لگا کہ وہ پارکنگ لاٹ میں جا کر کار پارک کر دیا کرتا تھا اور پھر اپنی پتلون اتار کر گاڑی میں بیٹھ جایا کرتا تھا۔ کئی دفعہ عورتیں جب اپنی گاڑی میں واپس لوٹتیں تو اسے ننگا دیکھتیں۔ اس کے بعد وہ بھی گاڑی چلانے لگتا اور وہ عورتیں

بھی گھبرا کر چل دیتیں۔ آخر بعض عورتوں نے اس کی کار کا نمبر نوٹ کر لیا اور پولیس میں رپورٹ لکھوا دی۔

میری کبھی ایسے شخص سے ملاقات نہ ہوئی تھی اس لئے میں متجسس تھا۔ میں نے اس کے ماضی میں جھانکنا چاہا تو وہ کہنے لگا کہ جس طرح تم نے کھل کر بات کی ہے میں بھی کھل کر بات کروں گا۔ پھر وہ یادوں کی بیساکھیوں پر چلتا ہوا اس دور میں پہنچ گیا جب وہ ایک Teenager تھا اور ایک موسیقی کا شیدائی تھا وہ ان دنوں دوستوں کے ساتھ مل کر گانے لگا کرتا تھا اور پھر انہیں گٹار پر بجایا کرتا تھا۔ ان دنوں وہ اپنے والدین کے گھر کے بیسمنٹ میں رہا کرتا تھا۔

ایک رات دو تین بجے تک ایک گانے پر محنت کرتا رہا لیکن بات نہ بنی وہ اپنے گانوں میں نئی روح پھونکنا چاہتا تھا لیکن کامیاب نہ ہو پاتا تھا اچانک اس کے جی میں کیا آئی کہ اس نے اپنے کپڑے اتارنے شروع کئے اور جب سب کپڑے اتار چکا تو گھر سے باہر نکل گیا۔ وہ اس رات کے تاریک جنگل میں کھو جانا چاہتا تھا۔ چاروں طرف اتنی تاریکی تھی کہ اسے اپنا سایہ بھی نظر نہ آتا تھا۔ وہ مختلف گلیوں اور بازاروں میں گھومتا، بلڈنگوں کے گرد چکر لگاتا ایک گھنٹے بعد واپس آ گیا۔ اس کا سراپا پسینے میں شرابور تھا۔

اسے یوں لگا جیسے اس نے زندگی میں پہلی دفعہ کسی سوئے ہوئے مگر مچھ کے منہ میں ہاتھ ڈال کر اس کا نوالہ نکال لیا ہو۔ شہر میں اسے کسی نے نہ دیکھا تھا۔ حتیٰ کہ اس کے والدین کو بھی کانوں کان خبر نہ ہوئی تھی۔ اس رات کے بعد اس کا حوصلہ اتنا بڑھ رہا کہ وہ مہینے میں ایک دفعہ رات کی تاریکی میں اتر جاتا۔ اکثر اوقات وہ مہینے کی تاریک ترین رات کا انتظار کرتا۔

چند مہینوں کے بعد اس کی ہمت اتنی بڑھی کہ اس نے اپنے دوستوں کو بھی مشورہ دیا اور وہ بھی دن کی روشنی میں۔ اس دن وہ سب چرس پئے ہوئے تھے چنانچہ انہوں نے کپڑے اتار کر Building کے گرد ایک چکر لگایا۔ اتفاقاً انہیں ایک بوڑھی عورت نے دیکھ لیا۔ اس کے دوست تو بہت گھبرائے اور توبہ کی لیکن وہ جس راستے پر چل پڑا تھا وہاں سے واپس لوٹنا مشکل تھا۔

ڈاکٹر خالد سہیل

لیکن زندگی کے کئی راستوں کی طرح وہ راستے ایسی منزلوں پر جا نکلے جو بیک وقت خوف اور لذت کی علامت تھے۔ اسے شاید Dangerous Living کا شوق تھا۔ آخر وہ اس دشت حیرت میں پہنچ گیا جہاں واپس مڑ کر دیکھنے والے پتھر کے ہو جایا کرتے ہیں۔ وہ خود اس طرز زندگی سے بیزار تھا لیکن بے بس بھی محسوس کرتا تھا۔ آخر جس دن پولیس نے اسے گرفتار کر کے جیل کی کوٹھری میں بند کیا اس دن اس نے سکھ کا سانس لیا اب وہ خلوص دل سے اپنی زندگی کو بدلنے کا فیصلہ کر سکتا تھا۔

میں اس دن واپس لوٹا تو رات بھر سوچتا رہا کہ میں کتنا سادہ ہوں۔ کتنا کم علم ہوں۔ زندگی کے بجائے کتنے ایسے رخ ہیں، ایسی گلیاں ہیں، ایسے راستے ہیں، ایسی شاہراہیں ہیں، ایسے بازار ہیں، جن سے میں ناواقف ہوں۔ مجھے اس دن ایسا لگا، جیسے زندگی کی سطح کے نیچے بیسیوں تاریک جہاں آباد ہیں۔ میں تو صرف ایک ہی شہر گمنام میں بھٹکتے ہوئے گھبرا گیا تھا۔ لوگ نجانے کن کن آسیب زدہ شہروں سے ہو کر آئے تھے۔ اور پھر یا تو جیل خانوں میں یا پاگل خانوں میں بند کر دیے گئے تھے۔

گروپ میں شامل ہو کر مجھے کچھ سکون تو ہوا لیکن میرے مسائل میں کمی نہ آئی۔ میں اور میری بیوی اجنبیت کی دیواروں کو چاٹتے رہے۔ وہ ایک دن کہنے لگی کہ لوگ سینکڑوں سوال پوچھتے ہیں۔ میں انہیں بہت کچھ بتانا چاہتی ہوں لیکن تمہارا نام آتا ہے تو میری زبان گنگ ہو جاتی ہے۔ ہمارے راز مشترک ہیں۔ جب دو لوگ زندگی کا ایک حصہ اکٹھے گزارتے ہیں تو ان کی حیثیت Joint Bank Account کی سی ہو جاتی ہے۔ ایک شخص کی غیر موجودگی میں ساری گفتگو لنگڑی ہو جاتی ہے۔

مجھے لگتا کہ وہی عورت جو برسوں میری شریک حیات تھی اب مجھ سے ہاتھ ملانے کو بھی تیار نہ تھی۔ میری بیوی، میری بیوی کم اور ہمسائی زیادہ لگتی۔ میرے سینے میں بھی ایک دھڑکتے ہوئے دل کی جگہ ایک برف کا تودہ رکھا تھا۔ آخر مجھ سے پوچھنے لگی کہ جب لوگ تم سے پوچھتے ہیں کہ تم اپنی بیوی سے کیوں جدا ہوئے ہو تو تم کیا کہتے ہو۔ میں نے کہا کہ اول تو لوگ مجھ سے پوچھتے ہی نہیں۔ کیونکہ میں لوگوں سے دور رہتا ہوں اور اگر پوچھیں بھی تو میں کہتا ہوں "It didn't work out" اور موضوع بدل دیتا ہوں مجھے احساس تھا کہ میری بیوی میری وجہ سے مجبور تھی اور میں اس کی وجہ

سے۔ اور ہم دونوں عالم بے بسی میں معجزوں کے منتظر تھے ایسے معجزے جو آسمانوں سے اترنے بند ہو چکے تھے۔

میرے اور میری بیوی کے تعلقات اس مداری کی پٹاری بن گئے تھے جس میں سے کبھی سانپ نکل آتے، کبھی پھول اور کبھی ڈگڈی۔ شاید فطرت ڈگڈگی بجا رہی تھی اور ہم دونوں بندروں کی طرح ناچ رہے تھے۔

میرے عورت ہونے کے اعلان کے بعد جو Pandora's Box کھلا تھا اس میں صرف بیوی کے مسائل ہی نہ تھے ملازمت کے مسائل بھی تھے۔ مجھے فیکٹری سے خط آنے لگے کہ تمہارے ڈاکٹر نے لکھا ہے کہ تم depression کا شکار ہو۔ ہمیں یہ بتاؤ کہ تم کب تک صحت یاب ہو گے۔ میں آپ کا ممنون ہوں کہ آپ میری بیماری کو حسب ضرورت لمبا کرتی رہیں یہ علیحدہ بات کہ طفل تسلیاں بھی دیتی رہیں۔ آپ نے کبھی مرض کو لاعلاج نہ قرار دیا اور میں نے کبھی Permanent Disability کی درخواست نہ دی۔ اپنی مالی صورت حال کو بہتر بنانے کے لئے ایسا کرنا ضروری تھا لیکن میں یہ بھی جانتا تھا کہ اس چھوٹے سے گاؤں میں جہاں کوئی زور سے کھانستا بھی ہے تو پورے گاؤں کو پتہ چل جاتا ہے۔ میرا یہ اقرار کرنا میرے اور میری بیوی کے لئے شہد کی مکھیوں کے چھتے کو چھیڑنے سے کم نہ ہو گا۔ اس کے علاوہ آپ کے پروفیسر نے کہا تھا کہ وہ میرے آپریشن کے لئے اس وقت تک سفارش نہ کرے گا جب تک میں نے عورتوں کی طرح دو سال تک زندگی نہ گزار لی ہو۔

عورتوں کی طرح زندگی گزارنے کا پہلا مرحلہ یہ تھا کہ میں عورتوں کا لباس پہن کر گھر سے باہر نکلوں۔ گھر سے باہر قدم رکھنے کے بارے میں سوچتے ہی میرے قدم دو دو من کے ہو جاتے۔ میں ایک مدت سے عورتوں کے Hormones کھا رہا تھا میں نے بال بڑھا لیے تھے۔ میری جلد نرم اور ملائم ہو رہی تھی۔

میرے پستان بھی اپنی موجودگی کا احساس دلانے لگے تھے لیکن پھر بھی میں گھر سے باہر نکلتے ڈرتا تھا۔ میں نے بیسیوں بار کوشش کی کہ گھر سے رات کی تاریکی میں شہر کے جنگل میں کھو جاؤں لیکن خوف کی زنجیریں اتنی بھاری تھیں کہ میں اس خیال سے ہی پتھر کا بن جاتا۔

ڈاکٹر خالد سہیل

آخر آپ نے ایک مشورہ دیا جو مجھے بہت پسند آیا Haloween آنے والی تھی۔ ہیلووین کی رات ان بیڑیوں کو توڑنے کا اچھا موقع تھا۔ جن سے میں برس ہا برس بلکہ یوں کہوں تو زیادہ بہتر ہو قرن ہا قرن سے الجھ رہا تھا۔ اسی دوران میری بیوی کے بھانجے نے جس میں کبھی کبھار ملتا تھا اور جس کی ملاقات سے میرے دل کے ویرانوں میں بے موسم کے پھول کھل اٹھتے تھے۔ کہنے لگا کہ وہ ہیلووین کی رات کو میرے ساتھ Trick or Treat پر جانا چاہتا ہے۔ وہ میرے لئے ایک سنہرا موقع تھا۔

ہیلووین کی رات مجھے بہت پسند تھی۔ ایسی رات جس میں نہ صرف فرشتے، شیطان، پریاں اور چڑیلیں گلیوں اور بازاروں میں گھومتے نظر آتے تھے بلکہ لوگوں کو اپنی خواہشوں، آرزوؤں اور تمناؤں کو عملی جامہ پہننے کا موقع مل جاتا تھا۔ اس شام میں نے ایک عورت کا لباس زیب تن کیا اور بھانجے کو ننھے فرشتے کے کپڑے پہنائے اور میں شام کے دھندلکے میں اس ننھے فرشتے کے ساتھ ان گلیوں اور بازاروں میں گھوما۔ جہاں مجھے دن کی روشنی میں ان کپڑوں میں گھومنے کی حسرت تھی۔

وہ ننھا فرشتہ میرا مسیحا نکلا۔

میں اس واقعہ کے بعد، جو حادثے سے کم نہ تھا چند دن تک ہواؤں میں اڑتا رہا لیکن وہ خوشی بھی میری ہر خوشی کی طرح چند روزہ تھی۔

اس ننھے فرشتے نے جب گھر والوں کو خوشی خوشی بتایا کہ میں عورت بنا تھا تو حالات بدسے بدتر ہو گئے۔ وہ گاؤں جہاں چہ مہ گوئیوں کی آگ پہلے سے سلگ رہی تھی۔ اس کی خبر نے جلتی پر تیل کا کام کیا۔ ننھے فرشتے کی نانی نے اس کی ماں سے کہا کہ مسئلہ صرف ہیلووین کی رات کا نہیں، وہ شخص اپنا ذہنی توازن کھو چکا ہے اور ہو سکتا ہے کہ بعض پاگلوں کی طرح خطرناک بھی ہو۔ اس لئے تمہارا بچہ اس کی صحبت میں محفوظ نہیں۔ بس پھر کیا تھا وسوسوں کے ناگ گاؤں کے جنگل میں اتر گئے اور شکوک و شبہات کا زہر کینسر کے Cells کی طرح رشتہ داروں کے سراپا میں پھیل گیا۔ انہوں نے مجھ سے اس بچے کی مسکراہٹ چھین لی جو میری زندگی کے صحرا کا تنہا بادل تھا۔

اس واقعہ کے بعد میں رات کی تاریکی میں گھر سے عورتوں کے کپڑے پہن کر نکلنے لگا لیکن میرے کرب کی ٹیسیں شدید سے شدید تر ہونے لگیں۔ مجھے احساس ہونے لگا کہ میں نے بیوی سے جدائی کے بعد جو خواب دیکھے تھے ان کی حیثیت ایک بڑے پاگل کی بڑسے زیادہ نہ تھی۔ مجھ میں خود ہی اتنی ہمت نہ تھی کہ بزدلی کے سینے میں خنجر گھونپ دیتا اور ایک چوراہے پر کھڑا ہو کر اعلان کرتا کہ میں ایک عورت ہوں اور عورت کی طرح زندگی گزارنا چاہتا ہوں۔ میں آپ کے پاس آتا، دل کا غبار نکالتا اور چلا جاتا۔ آپ کی حیثیت اس سرجن کی طرح تھی جو ہر ہفتے مریض کے زخموں اور ناسوروں سے پیپ نکال دیتا ہے اور پھر وہ پیپ دوبارہ بھرنی شروع ہو جاتی ہے۔ یہ سلسلہ برسوں چلتا رہا۔ اسی لئے یہ میری آخری ملاقات ہے۔ ہر چیز کی ایک حد ہوتی ہے اور ایک وقت ایسا آتا ہے کہ صبر کا پیمانہ بھی لبریز ہو جاتا ہے۔ آپ مجھے یقین دلانے کی کوشش کرتی رہیں کہ میں منزل کی طرف آہستہ آہستہ بڑھ رہا ہوں۔ آپ مجھے خرگوش اور کچھوے کی مثال دیتی رہیں لیکن مجھے اسی سست رفتاری سے خوف آتا رہا ہے۔ مجھے یوں لگتا ہے کہ میرے مصائب کی رات اتنی لمبی ہے کہ میری موت کی منزل میری خوشیوں کی سحر سے قریب تر ہے۔

لیکن پھر وہی ہوا۔ میں تھا اور زندگی کا دام فریب۔ جہاں مایوسیوں کی تاریکی حد سے بڑھی امید کی کوئی کرن کسی کونے سے نکل آئی۔

ہمارے گروپ میں ایک مہمان کا اضافہ ہوا لیکن وہ مہمان باقی مہمانوں سے جدا تھا۔ اس کی شجاعت، اس کا حوصلہ، اس کی لگن اور اس کا نقطۂ نظر، سب کے لئے ایک تازیانہ تھا۔ وہ عجیب وغریب تھا اس کا کہنا تھا کہ وہ اپنے خاندان کی خاردار جھاڑیوں میں ایک سبزۂ بیگانہ کی طرح پلا بڑھا تھا اور دوسروں کی آنکھوں میں اپنے آپ کو تلاش کرتا رہا تھا۔ آخر ایک دن وہ اپنی تلاش میں گھر سے نکل کھڑا ہوا تھا۔ اس نے ایک بیگ میں Jeans کی دو قمیصیں اور پتلونیں ڈالیں اور چل دیا۔ اس کا خیال تھا کہ انسان کا رخت سفر جتنا کم ہو اتنا ہی وہ ہلکا پھلکا محسوس کرتا ہے۔

وہ دنیا کے کونے کونے میں پھرا۔ مختلف شہروں میں، بستیوں میں، جنگلوں میں، صحراؤں میں گھوما۔ اور اپنے مشاہدات اور تجربات کو اپنی ذات میں جذب کرتا رہا۔

ڈاکٹر خالد سہیل

اس کا کہنا تھا کہ وہ ایسی بستیوں کو دیکھ کر آیا ہے جہاں مرد اور عورتیں ایک ہی گھر، ایک ہی گاؤں اور ایک ہی شہر میں رہ کر بھی علیحدہ علیحدہ دنیاؤں میں بستے ہیں۔ لڑکیوں کے اسکول علیحدہ، لڑکوں کے کالج علیحدہ، عورتوں کے کام کی جگہ علیحدہ، مردوں کے کھیل کے میدان علیحدہ۔ اس کا نتیجہ یہ تھا کہ لوگ اپنے گھروں میں قید ہو گئے تھے اور قوانین اور روایات نے شہروں کو جیلوں میں بدل دیا تھا۔

۔ ۔ ۔ بعض شہروں میں مرد اور عورتیں ایک دوسرے کی قربت سے اتنے محروم ہوئے تھے کہ ہم جنسی میں مبتلا ہو گئے تھے۔ حتیٰ کہ بچوں کی عصمت بھی محفوظ نہ رہی تھی۔ ان علتوں میں کئی اساتذہ اور کئی مذہبی رہنما پکڑے گئے تھے۔ جنہوں نے بچوں کو اپنی ہوس کی بھینٹ چڑھا دیا تھا۔

اس نے یہ بھی بتایا کہ وہ ایسے دیہاتوں سے گزرا تھا جہاں جہالت کی ملکہ کی حکمرانی تھی۔ نوجوان مرد اور عورتیں ایک دوسرے کے جسموں سے کیا اپنے جسموں سے بھی ناواقف تھے۔ وہ اب بھی سمجھتے تھے کہ مشت زنی سے انسان کی نظر کمزور ہو جاتی ہے۔ عورتیں مردوں کے بوسے دینے سے حاملہ ہو جاتی ہیں۔ حیض میں مباشرت کرنے سے انسان پاگل ہو جاتا ہے۔

وہ یہ نہ جانتے تھے کہ عورتیں مہینے میں صرف دو یا تین دن حاملہ ہو سکتی ہیں۔ وہاں عورتوں کے آج بھی ختنے کئے جاتے ہیں اور لوگ بعض انسانوں کو ہیجڑا کہہ کر ان کا مذاق اڑاتے تھے۔

اس نے ہزاروں بے اولاد عورتوں کو پیروں فقیروں کی قبروں پر نمک کھاتے، جھاڑو دیتے اور منتیں مانتے دیکھا تھا اور سوچنے لگا تھا کہ جب لوگ زندہ انسانوں کو چھوڑ کر مردہ قبروں سے امیدیں لگائے بیٹھے رہیں تو انسانوں کی زندگیوں میں قبروں کی تاریکی اتر آتی ہے۔ انسان آنکھیں رکھنے کے باوجود نابینا، کان رکھ کر بھی بہرے اور زبان رکھ کر بھی گونگے ہو جاتے ہیں اور اپنے فرسودہ عقائد کے دھند لکوں میں ایسے کھوتے ہیں کہ درخت گنتے گنتے جنگل ان کی آنکھوں سے اوجھل ہو جاتے ہیں۔

اس مرد جہاندیدہ کا یہ فلسفہ حیات تھا کہ زندگی میں کوئی چیز بغیر قربانی کے حاصل نہیں ہوتی۔ اس لئے اس نے فیصلہ کیا تھا کہ گھر واپس آکر اپنی کار، اپنی دکان اور اپنی جائداد بیچ دے گا تا کہ اتنی دولت جمع کرسکے کہ جنس بدلنے کا آپریشن کروا سکے۔ اس نے دنیا کے ایسے سنٹروں کی فہرست تیار کرلی تھی جہاں ڈاکٹروں اور نرسوں کی خدمات ڈالروں سے خریدی جاسکتی ہیں اور جہاں ڈالر کی کنجی بہت سے تالوں کو کھول دیتی ہے۔

مجھے اس شخص کی جو بات سب سے اچھی لگی وہ اس کا ذہنی مریضوں کو زندگی کے سوتیلے بچے کہہ کر بلانا تھا ایسے سوتیلے بچے جن سے فطرت اور خدا نے ہی نہیں انسانوں نے بھی آنکھیں موڑ لی تھیں۔

میں اس ہمسفر کی باتیں سننے کے بعد کئی دن تک سو نہ سکا تھا۔ مجھے احساس ہو گیا تھا کہ میں جس راستے پر چل رہا ہوں اس کی منزل تک پہنچنے کے لئے جن قربانیوں کی ضرورت ہے ان سے میرا دل خالی ہے اور جن ڈالروں کی ضرورت ہے ان سے میری جیب خالی ہے۔

آخر میں گاؤں چھوڑ کر شہر چلا آیا اور اس کی گہما گہمی میں کھو گیا۔ میرا خیال تھا کہ انسان شہر میں گمنامی کی زندگی گزار سکتا ہے۔ شہروں کی بھیڑ میں کوئی کسی کو نہیں جانتا۔ نفسانفسی کا وہ عالم ہوتا ہے کہ ہمسایے کو نہیں پہچانتا۔ اور وہ ماحول جو عام لوگوں کے لئے سوہان روح ہوتا ہے زندگی کے سوتیلے بچوں کیلئے رحمت کا کام کرتا ہے۔

میں شہر تو چلا آیا لیکن نان شبینہ کا محتاج ہوگیا۔ گاؤں میں عورتوں کی طرح کام کرنے کا مطلب یہ تھا کہ میں اسی فیکٹری میں کام کرتا جس میں میری بیوی کام کرتی تھی جو میرے ضمیر کو گوارا نہ تھا۔

میں جس دن سے شہر آیا ہوں۔ بے روزگاری کی چادر اوڑھے پھر رہا ہوں۔ میری زندگی گلیوں کے کتوں سے بھی بدتر ہوگئی ہے۔ مجھے اندازہ نہ تھا کہ بے روزگاری انسان کو ذلیل و خوار ہی نہیں اس کی روح کو داغدار بھی کر دیتی ہے۔

ڈاکٹر خالد سہیل

میں جو خواب لے کر گاؤں سے چلا تھا وہ شہر کی دیواروں سے سر ٹکرا ٹکرا کر چکنا چور ہو گئے۔ ہر گلی میں خوف، ہر سڑک پر ہر اس اور ہر موڑ پر ذلت، میری راہ روکے کھڑے تھے۔

کہاں وہ گاؤں جہاں میں واحد Transexual تھا اور کہاں یہ شہر جہاں انہوں نے دو کلب بنا رکھے ہیں۔ میں کئی دفعہ ان سے ملنے گیا۔ مجھے احساس ہوا کہ وہ سب ایک ہی کشتی میں سوار ہیں لیکن وہ آہستہ آہستہ ڈوب رہی ہے۔ نجانے کتنے شہر چھوڑ کر بھاگ گئے تھے اور کتنوں نے خود کشی کی آغوش میں پناہ لی تھی۔

آخر مجھے اندازہ ہوا کہ آپ کے پروفیسر کی باتیں فریب سے زیادہ نہ تھیں نہ آپ کا ادارہ علاج کا ادارہ نہ تھا، ریسرچ کا ادارہ تھا جو ہر سال بیسیوں ریسرچ پیپر چھاپ کر خوش ہو جاتا تھا۔ آپ کا کام مریضوں کو جھوٹی تسلیاں دینا تھا اور لوگوں کو حتی الامکان اپنے کرب کو برداشت کرنا سکھانا تھا۔

میری ناامیدیاں اور مایوسیاں غصے اور نفرت کا روپ دھارنے لگیں اور میں کھمبوں اور راہ چلتے کتوں کو ٹھوکریں مارنے لگا۔

ہارمونز کھانے کا اثر یہ ہوا کہ میرے پستان بڑھ گئے، آواز قدرے نسوانی ہوگئی لیکن پھر میرے سارے جسم پر دانے نکل آئے۔ میں انہیں کھجاتا تو خون نکلنے لگتا آپ مرہم دیتے تو چند دنوں کے لئے افاقہ ہو جاتا۔ مجھے یوں لگتا جیسے میر اسرا پانا سور بن گیا ہو۔

میں نے (Driver's License) بدلنا چاہا تو وہ میر انام تو بدلنے کو تیار ہوگئے لیکن انہوں نے میری جنس کو اس وقت تک بدلنے سے انکار کر دیا جب تک کہ میں آپریشن نہ کروالوں۔

پھر ایک دن میں نے اخبار میں ایک Transexual کی درد بھری کہانی پڑھی جو مذہبی جنون کا شکار تھا۔ اس کی اپنے ہمسائے سے ہاتھا پائی ہوگئی تھی جو اس کا مذاق اڑایا کرتا تھا۔ اس پر مقدمہ چلا تو جج نے اسے دو مہینے جیل کی سزادی۔ اس نے مردوں کی جیل میں جانے سے انکار کر دیا۔ وہ عورتوں کی جیل میں جانا چاہتا تھا اور جب اسے زبردستی مردوں کی جیل میں بند کیا گیا۔ تو چند دن بعد وہ اپنا Penis کاٹے ہوئے لہو میں لتھڑا ہوا پکڑا گیا۔ جیل کے سپریٹنڈنٹ نے اسے پاگل خانے بھیج

دیا۔ ہسپتال میں جب ڈاکٹر نے اس سے اس حرکت کی وجہ پوچھی تو اس نے اپنی جیب سے ایک کاغذ نکال کر دیا جس پر انجیل کی یہ آیت لکھی تھی:

There are Eunuchs born that way from their mother's womb, there are Eunuchs made so by men and there are Eunuchs who have made themselves that way for the sake of kingdom of Heaven. (Mathew 19:12).

ڈاکٹر نے اس شخص کو بتایا کہ اس آیت کا اشارہ رہبانیت کی طرف تھا نہ کہ خود کو خصی کرنے کی طرف۔ لیکن اس شخص نے اس آیت کی وہ تفسیر قبول نہ کی اور یہ کوئی نئی بات نہ تھی آسمانی کتابوں کی آیتوں کی تفسیر پر بھلا کب اتفاق الرائے ہوا ہے۔

وہ ہسپتال میں بھی مصر تھا کہ اسے عورتوں کے حصے میں رکھا جائے۔ میں جانتا ہوں کہ آپ میری باتیں سن کر تھک گئی ہیں۔ میں آپ کا زیادہ وقت نہ لوں گا ایک دو باتیں اور ہیں اس کے بعد میں رخصت چاہوں گا۔ میں آپ کے صبر و تحمل کا ناجائز فائدہ نہیں اٹھانا چاہتا۔

تقریباً دو ہفتے پہلے میں نے ایک خواب دیکھا تھا۔ کیا دیکھتا ہوں کہ ایک فنکار ایک بت بنا رہا ہے وہ مرد کا بت ہے لیکن اس کے مداح ایک عورت کا بت چاہتے ہیں۔ چنانچہ وہ بت کا Penis ہتھوڑے کی ضربوں سے توڑ دیتا ہے اور اس کی جگہ بت کے پستان بنا دیتا ہے اور ایک خوبصورت مجسمہ تیار کر دیتا ہے۔

میں نے اگلے دن اپنے Penis میں ایک کیتھٹر ڈال دیا اور اسے آہستہ آہستہ کاٹنا شروع کر دیا۔ لیکن ایک مرحلے پر میں بے ہوش ہو گیا ہوش آیا تو میں ہسپتال میں تھا۔

انسان بعض دفعہ اتنا مجبور محسوس کرتا ہے کہ خود کشی اختیار و ارادہ کی آخری علامت بن جاتی ہے۔

ڈاکٹر خالد سہیل

میں اس حادثے کے اثر سے ابھی پوری طرح نہ نکلا تھا کہ مجھے کل خبر ملی کہ وہ ننھا فرشتہ جسے مدتوں پہلے خاندان نے مجھ سے جدا کر دیا تھا Leukemia سے مر گیا ہے اور مجھے کسی نے خبر تک نہ دی۔

وہ مجھے اس سے دور رکھ سکتے تھے اس کی قبر سے نہیں۔ آج صبح جب مجھے چند لوگوں نے جگایا تو مجھے احساس ہوا کہ میں ننھے فرشتے کی قبر پر ساری رات سویا رہا تھا۔

اچھا اب میں چلتا ہوں۔ میں آپ کا ممنون ہوں کہ اپ نے مجھے اتنا وقت دیا۔ مجھے امید ہے کہ آپ میرے ان پریشان خیالات کو کہیں محفوظ کر لیں گی۔

لیکن جانے سے پہلے میں اپنی آخری خواہش، آخری آرزو، آخری تمنا یوں کہیں کہ آخری وصیت کا اظہار کرنا چاہتی ہوں، میں چاہتا ہوں کہ جب آپ مجھے ننھے فرشتے کے پہلو میں دفن کریں تو میری قبر پر جلی حروف میں لکھ دیں کہ :

’’اس جگہ ایک ایسی عورت دفن ہے جسے ساری عمر لوگ مرد سمجھتے رہے۔‘‘

چونکہ یہ میری آخری ملاقات ہے اس لئے کیوں نہ ہم پہلی اور آخری دفعہ گلے مل لیں۔ اچھا اب میں چلتا ہوں۔ آپ کی طویل خاموشی میرا سہارا بھی تھی اور اس بات کی دلیل بھی کہ ۔۔۔۔

کس کو فرصت کہ مجھ سے بحث کرے

اور ثابت کرے کہ میرا وجود

زندگی کے لئے ضروری ہے۔

دسمبر، ۱۹۹۰ء

کچے دھاگے

میں ہر روز شام کو جورج سے ملنے ہسپتال چلا جاتا، گھنٹوں اس کے سرہانے بیٹھا رہتا اور پھر دل شکستہ گھر لوٹ آتا۔ بعض دفعہ تو تھکاوٹ اتنا نڈھال کر دیتی کہ سر میں درد ہونے لگتا۔ گھر میں شمسہ میرے سر کو دباتی۔ مجھے دودھ کے ساتھ اسپرین کی دو گولیاں دیتی اور میں سو جاتا۔ لیکن پھر آدھی رات کو ہڑبڑا کر اٹھ بیٹھتا اور پھر بقیہ رات کروٹیں بدلتے گزار دیتا۔

’’جورج کی بیماری تمہیں بھی بیمار کر دے گی۔‘‘ شمسہ مجھے سمجھاتی لیکن میں اس کی باتوں کو نظر انداز کر دیتا۔ ان تین مہینوں میں، جس کی ہر شام میں نے جورج کے کمرے میں گزاری تھی اس کا نہ کوئی اور دوست، نہ رشتہ دار اور نہ ہی رفیق کار اس کی تیمارداری کرنے آیا تھا، جورج کی بیماری اسے گھن کی طرح کھا گئی تھی اور اسے بستر مرگ پر گھسیٹ لائی تھی۔

’’کیا میرا تو یہ حشر نہ ہو گا؟‘‘ مجھے یہ خیال آتا تو میرے سراپا میں کپکپی دوڑ جاتی۔ میں نے جورج کو زینہ بہ زینہ موت کی قبر میں اترتے دیکھا تھا۔ اس کے من کے سورج کو، جو ابھی پوری طرح چمکا بھی نہ تھا گر ہن لگ گیا تھا۔ اس کی آنکھیں، جو ہر لمحہ مسکراتی رہتی تھی، روٹھ گئی تھیں۔ اس کے گال، جو شرارت سے سرخ رہتے تھے، اندر کو دھنسنے لگے تھے۔ اس کی گردن، جو خم دار تھی، سوکھی شاخ بن گئی تھی اس کے ہونٹ، جو بوسوں سے شاداب رہتے تھے، ویران ہو گئے تھے۔ اس کا سراپا، جو خوبصورتی اور وجاہت کی زندہ مثال ہوا کرتا تھا، ہڈیوں کا ڈھانچہ بن گیا تھا۔

اس کی زندگی کا درخت پھلوں، پھولوں اور پتیوں سے محروم ہو گیا تھا اور اپنی عریانی اور بے بسی پر نادم تھا۔

اس کی سانسیں اکھڑی اکھڑی رہتیں۔

ڈاکٹر خالد سہیل

موت اپنا دامن واکئے اس کا انتظار کر رہی تھی اور وہ ہسپتال کے کمرے میں لیٹا زندگی کو الوداع کہنے کی کوشش کر رہا تھا۔

میں جب پہلی دفعہ جورج سے ملا تھا تو اس کی ذہانت اور حس ظرافت سے متاثر ہوا تھا۔ ہم کچھ دوست ایک پارٹی میں لطیفے سنا رہے تھے جب کسی نے کہا "سنا ہے جورج بھی اس محفل میں آیا تھا۔ اس سے ملے عرصہ بیت گیا ہے اس کے قہقہے دور سے پہچانے جاتے ہیں۔" تو اچانک جورج آ گیا۔

"Think of the Devil and there he blows" جورج نے اپنا مخصوص قہقہہ لگایا اور سب سے ہاتھ ملانے لگا۔ "میں Devil ہوں۔ لوگ مجھے جورج کہتے ہیں۔" ۔ "میں پیغمبر ہوں اور لوگ مجھے شعیب کہتے ہیں۔" میں نے بھی ہنستے ہوئے کہا۔

"پھر تو ہم دونوں کی خوب نبھے گی۔"

وہ دراز قد انسان تھا، قدرے فربہ جسم، گھنگھریالے سنہرے بال، چہرے پر مسکراہٹ اور آنکھوں میں شرارت۔ "انگریزی زبان بہت متعصب ہے" وہ پھر بولا۔ "وہ کس طرح؟" میں نے پوچھا۔

اسے مردوں نے اور وہ بھی Straight مردوں نے وضع کیا ہے۔"

"میں سمجھا نہیں۔"

"انگریزی میں جب He کہتے ہیں تو اس میں عورتیں شامل ہوتی ہیں لیکن جب She کہتے ہیں تو اس میں مرد شامل نہیں ہوتے۔"

"اور اسٹریٹ مردوں کی کس طرح؟"

"اگر انگریزی Gay مردوں نے بنائی ہوتی تو اس میں 'Backward' اور Behind my back جیسے Expressions کے مفہوم مختلف ہوتے۔"

"لیکن اردو کا دو کا بھی یہی حال ہے۔"

"وہ کس طرح؟" جورج متوجہ ہوا۔

"اس میں بھی مردانہ وار مقابلہ اور پیٹھ پیچھے برائی جیسے Expressions ہیں۔"

دیوتا

اور ہم دونوں ہنس دیے جیسے ہم دونوں کا Wavelength ایک جیسا ہو۔

اس کے بعد جورج مجھ سے بات چیت کرنے لگا۔ گفتگو کے دوران پوچھنے لگا۔ ”آپ کون سا کھیل کھیلتے ہیں؟“

”ٹینس۔“

”میرے پاس ایک T-Shirt ہے۔ میں وہ آپ کو دوں گا۔“

”اس کی کیا خصوصیت ہے؟“

”اس پر لکھا ہے۔۔۔

For Tennis Players luv Means Nothing

اور ہم دونوں مسکرا دیے۔ جورج کہنے لگا کہ وہ بھی ٹینس کھیلتا ہے اور اسے ایک ساتھی کی تلاش ہے۔ چنانچہ ہم نے اکٹھے ٹینس کھیلنے کا فیصلہ کر لیا۔ مجھے اس وقت اندازہ نہ تھا کہ میں انسانی رشتوں کی کس پگڈنڈی پر چل نکلا ہوں۔

اگلے چند مہینے ہم ہر ہفتے ٹینس کھیلنے لگے۔ ایک ہفتے وہ میرے گھر آ جاتا اور دوسرے ہفتے میں اس کے گھر چلا جاتا۔ جورج نہایت دلچسپ آدمی تھا۔ وہ ہر ہفتے کوئی نیا شوشہ چھوڑتا۔ ایک دن کہنے لگا۔ ”انگریزی زبان گوروں نے بنائی ہے۔“

”وہ کس طرح؟“

”وہ ناپسندیدہ چیز کو کالا بنا دیتے ہیں؟“

”مثلاً؟“

Black Sheep اور Black Market, Black Money وغیرہ۔

”ہندوستان میں کالی بلی کا راستہ کاٹ جانا بد شگونی سمجھا جاتا ہے اور صدقہ دیتے وقت کالا بکرا ذبح کیا جاتا ہے۔“

ڈاکٹر خالد سہیل

جورج کو اقلیتوں کا بڑا خیال رہتا۔ چاہے وہ عورتیں ہوں، کالے ہوں یا Gay لوگ۔ ان سب کے لیے اس کا ہمدردانہ دل دھڑکتا رہتا تھا۔ اس کی ہنسی، مذاق کے نیچے ایک نہایت ہی مخلص اور سنجیدہ دوست چھپا ہوا تھا۔

وہ ایک دفعہ مجھے ملنے آیا تو میں نے اسے سیخ کباب کھلائے۔ اسے بہت پسند آئے۔ وہ انہیں پاکستانی ہاٹ ڈاگ کہا کرتا تھا۔ پھر میں نے اسے لسی پیش کی۔ وہ بھی اسے بہت پسند آئی۔ میں نے چینی ڈال کر اور اس نے نمک ڈال کر پی۔

ایک دفعہ میری والدہ نے مجھے دو مکمل کے کرتے بھیجے تو ان میں سے ایک میں نے جورج کو تحفتاً پیش کر دیا۔ وہ اسے لے کر کافی دیر تک ناچتا رہا۔ پھر بولا۔ ''پاکستانی عورتیں مردوں کو بھائی بنا لیتی ہیں۔ تم بھی کہیں یہ حماقت نہ کر لینا۔''

''وہ تو عزت کی بات ہے۔''

''عزت کی نہیں منافقت کی بات ہے۔''

اور ہم دونوں ہنس دیے۔

ایک دن جب ہم ٹینس کھیل رہے تھے تو میں فرش پر پھسل گیا اور میرے پاؤں میں موچ آئی۔ میری کمر کے پٹھے بھی کھنچ گئے اس نے فوراً مجھے اپنے بازوؤں میں اٹھایا اور کار میں ڈال کر اپنے گھر لے گیا۔ پہلے اس نے میرے جوتے اور موزے اتارے، میرے پاؤں پر مرہم لگائی۔ پھر میری ٹانگ پر مالش کی اور آخر میں مجھے بستر پر لٹا کر میرے سارے بدن کو Massage کیا۔

نجانے وہ میری تھکاوٹ تھی، اس کا لمس تھا، یا ہمارے رشتے کی حدت کہ نہ صرف میرے جسم کا درد دور ہو گیا بلکہ میرے سراپا میں ایک بے نام سی لہر دوڑ گئی۔ ہماری قربتوں نے نیا موڑ لیا اور جب اس نے میرے سراپا کو اپنے بوسوں سے چھوا تو میں ایک نئی لذت سے سرشار ہوا۔ ایسی لذت جو عورتوں کی قربت کی لذت سے مشابہ بھی تھی اور مختلف بھی۔ جورج کہنے لگا کہ ایک وہ دور ہوا کرتا تھا جب انسان آدھا مرد تھا اور آدھی عورت۔ یونانی دیومالا میں اس کا ذکر آیا ہے اور پھر انسان پر خداوند زیوس کا قہر نازل ہوا اور وہ دو حصوں میں تقسیم ہو گیا۔ لوگوں کا خیال ہے کہ اس دن سے

عورت مرد کی اور مرد عورت کی تلاش میں ہے لیکن جورج کا خیال تھا کہ ہر عورت میں مرد اور ہر مرد میں عورت پوشیدہ ہے۔

اس شام جورج کے لمس سے میرے اندر کی عورت انگڑائی لے کر بیدار ہو گئی تھی جس سے مجھے حیرانی بھی ہوئی تھی اور پریشانی بھی۔ مجھے یوں لگا جیسے میرے گھر کے تہہ خانے سے ایک خزانہ نکل آیا ہو لیکن ایسا خزانہ جس کے چاروں طرف سانپ پھنکار رہے ہوں۔ اس واقعہ کے بعد جورج میرے ہاں اور میں اس کے ہاں رات بھی رکے۔ ہمارے رشتے میں، دوستی اور محبت آپس میں بغلگیر ہو گئے تھے۔

اور پھر ایک دن جذبات کا شیش محل چکناچور ہو گیا۔

جورج نے مجھے ایک ایسی محفل میں جانے کی دعوت دی جس میں صرف Gays اور Lesbians مدعو تھے۔ میں نے جانے سے انکار کر دیا۔ وہ شخص جو ہمیشہ ہنستا مسکراتا رہتا تھا سیخ پا ہو گیا۔ ''آخر تم کیوں نہیں جانا چاہتے۔'' اس نے پوچھا۔

''میرا جی نہیں چاہتا۔ تمہارا اور میرا رشتہ ذاتی ہے۔ ڈھنڈورا پیٹنے کی کیا ضرورت ہے۔''

''کیا تم اپنی گرل فرینڈ کے ساتھ پارٹیوں میں جاتے تھے یا نہیں۔''

''ہاں جاتا تھا۔''

''تو میرے ساتھ بھی جانے میں کیا حرج ہے۔''

''تم ہمارے تعلقات کو مشتہر کرنا چاہتے ہو۔''

''شعیب!'' وہ ایک بپھرے ہوئے شیر کی طرح کمرے میں تیز تیز چل رہا تھا۔

''خلوص کسی سے نہیں ڈرتا۔

عشق بے خوف ہوتا ہے۔ انسانی رشتے قربانیوں سے پنپتے ہیں۔

اور اگر ایسا نہیں ہے تو وہ عشق نہیں۔

ہوس ہے ہوس۔''

ڈاکٹر خالد سہیل

”تم میرے خلوص کو شک کی نگاہ سے دیکھ رہے ہو میں اس موضوع پر مزید گفتگو کرنا نہیں چاہتا۔“

اور میں اُٹھ کر چلا آیا۔

اس واقعہ کے بعد نہ میں جورج کے ہاں ٹھہرا اور نہ ہی جورج نے میرے ہاں رات گزاری۔

ہمارے تعلقات جو دوستی سے شروع ہوئے تھے دوستی پر ہی آ کر رک گئے۔

جورج کا خیال تھا کہ میں مغربی دنیا کے لوگوں کی آنکھوں میں آنکھیں ڈال کر دیکھنے سے گھبرا رہا تھا اسے کیا خبر تھی کہ میرے دل میں ابھی مشرقی دنیا کے بیسیوں بت چھپے بیٹھے تھے۔

کئی مہینے گزر گئے۔ اس دوران جورج کو Bill مل گیا اور میری شمسہ سے ملاقات ہوئی۔

شمسہ اگرچہ ایک مذہبی گھرانے میں پہلی بڑھی تھی لیکن اس کی یونیورسٹی کی تعلیم، زندگی کے تجربات اور دنیا کی سیر نے اسے ایک وسیع النظر انسان بنا دیا تھا۔

ایک دن میں نے شمسہ سے کہا ”میں چاہتا ہوں تم میرے دوست جورج سے ملو۔“

”اس کے بارے میں کچھ بتاؤ۔“

”وہ نہایت نفیس انسان ہے، مخلص دوست ہے، اسکول ٹیچر ہے اور Gay ہے۔“

”کیا اکیلا رہتا ہے؟“

”نہیں اپنے Lover بل کے ساتھ، میں چاہتا ہوں کسی دن جورج کو ڈنر پر بلاؤں۔“

”ضرور! جورج کو اکیلے کیوں بلاتے ہو۔ بل کو بھی بلا لو۔“

میں شمسہ کے اس جواب سے حیران ہوا تھا۔ میں نے شمسہ کو Understimate کیا تھا۔ وہ میری توقعات سے زیادہ فراخ دل تھی۔

شمسہ جورج اور بل سے ملی۔ اس نے دونوں کو کھلے دل سے خوش آمدید کہا۔ ان کی پذیرائی کی بلکہ جب میں جورج سے تبادلہ خیال کر رہا تھا۔ وہ بل سے گپ لگا رہی تھی دونوں شمسہ سے بہت متاثر ہوئے تھے۔ انہوں نے جاتے ہوئے اسے کھانے پر بلایا تھا۔

ویسے تو میں جورج سے اکثر ملتا رہتا تھا لیکن کبھی کبھار ہم چاروں بھی اکٹھے ہو جاتے اور کافی گپ شپ رہتی۔ آخر ایک دن جورج نے مجھے اپنے گھر بلایا وہ اکیلا وہ اکیلا بیٹھا رو رہا تھا۔ میں نے کبھی جورج کو اس حالت میں نہ دیکھا تھا۔

”خیریت تو ہے؟“ میں نے ہمدردانہ لہجے میں کہا۔

”ڈاکٹر نے بتایا کہ مجھے Aids ہو گیا ہے۔“

”کب بتایا؟“

”آج ہی۔“

مجھ پر جیسے بجلی گری۔ میں نے اس کے کندھے پر ہاتھ رکھا اور اسے تسلی دینے کی کوشش کرنے لگا۔

لیکن مجھے جورج کے ساتھ اپنی اور شمسہ کی فکر بھی دامن گیر ہو گئی۔

”ابھی کسی کو بتانا نہیں۔“ جورج نے درخواست کی۔

”اچھا۔“

”بل کو بھی نہیں۔“

”اچھا۔“

مجھے پہلی دفعہ اندازہ ہوا کہ جورج مجھ پر بل سے زیادہ اعتبار کر رہا ہے۔ ”ایک لحاظ سے دوست محبوب سے زیادہ قریب ہوتے ہیں۔“ میں نے سوچا۔ میں اگلے دن اپنے ڈاکٹر کے پاس گیا اور اسے بتایا کہ میں ایک ایسے شخص کے ساتھ سو چکا ہوں جسے ایڈز ہو گیا ہے۔

میں چند دن تک گم صم رہا۔ شمسہ نے کئی دفعہ پوچھا لیکن میں نے طبیعت کی خرابی اور سر درد کا بہانہ کر دیا۔ وہ بھی تھک ہار کر چپ ہو گئی۔

چند مہینوں کے بعد جورج کو ہسپتال میں داخل ہونا پڑا اور پھر اس کا راز سورج بن کر سب کے سروں پر چمکا لیکن وہ سورج عذاب کا سورج تھا جس نے سب رشتے جلا کر راکھ کر ڈالے۔

ڈاکٹر خالد سہیل

سب سے پہلے اسکول والوں کو پتہ چلا کہ جورج کو ایڈز ہو گیا ہے اور اسے اسکول سے نکال دیا گیا۔ اس نے لاکھ ثابت کرنے کی کوشش کی۔ کسی کو چھونے سے ایڈز نہیں پھیلتا لیکن اس کی بات کوئی سننے والا نہیں تھا۔ بچوں کے والدین نے احتجاج کیا۔ اخبار میں خبریں چھپیں اور اسے برطرف کر دیا گیا۔

خبر کا چھپنا تھا کہ جورج کے خاندان کو پتہ چلا اور اس کے والدین نے اسے عاق کر دیا۔ اس کے والد کا خط آیا جس میں لکھا تھا "ہمیں امید نہ تھی کہ ایک دن تم شہر میں ہمیں یوں بدنام کرو گے۔"

آہستہ آہستہ اس کے دوست اس سے کنارہ کش ہو گئے اور آخر بل بھی اسے چھوڑ کر چلا گیا۔

میں نے شمسہ کو بتایا تو وہ بولی۔ "بے چارا بھری دنیا میں اکیلا رہ گیا ہے۔"

شمسہ کی ہمدردی سے مجھے ایک دفعہ پھر حیرانی ہوئی۔ وہ میری توقعات سے زیادہ رحم دل بھی تھی۔

جورج کو جس دن ہسپتال جانا تھا وہ ایک سوگوار دن تھا۔ میں اور جورج کافی دیر تک ہسپتال کے ویٹنگ روم میں بیٹھے رہے۔ پہلے تو ڈاکٹر اور نرس بڑی ہمدردی سے ملے لیکن جو نہی انہیں پتہ چلا کہ جورج ایڈز کا مریض ہے ان کے چہروں پر سرد مہری کا غلاف چڑھ گیا۔ مجھے یوں لگا جیسے انہوں نے اپنے چاروں طرف دیواریں کھڑی کر لی ہوں۔ پہلے جورج کو دوسری منزل کے ایک علیحدہ کمرے میں رکھا گیا لیکن جب انہیں اندازہ ہوا کہ اس کی طبیعت روز بروز دگر گوں ہوتی جا رہی ہے تو اسے چوتھی منزل پر ایڈز وارڈ میں داخل کر دیا گیا۔

میں ہر شام اس سے ملنے جاتا لیکن اکثر اوقات وہ یا تو سو رہا ہوتا یا بے ہوش ہوتا۔ میں اس سے زیادہ اس کی نرس سنتھیا سے بات چیت کرتا۔ جو بہت ہمدرد عورت تھی اور اس کا خاص خیال رکھتی تھی۔

سنتھیا نے مجھے بتایا کہ جورج بہت چڑ چڑا ہو گیا تھا۔ اور بات بات پر کاٹ کھانے کو دوڑتا تھا لیکن پھر کہنے لگی۔ ”وہ تمہیں بہت عزیز رکھتا ہے۔“

”تم کیسے جانتی ہو؟“

”تمہارا نام لیتا ہے تو اس کے بیمار چہرے پر مسکراہٹ پھیل جاتی ہے۔“

میں سنتھیا کے رویے سے بہت متاثر ہوا تھا۔ میں اس سے پوچھنے لگا:

”تمہیں یہاں کتنا عرصہ ہو گیا ہے؟“

”ہسپتال میں تو پندرہ سال ہو گئے ہیں لیکن ایڈز وارڈ میں پانچ سال۔ میں اس دن سے یہاں کام کر رہی ہوں جس دن سے یہ وارڈ کھلا تھا۔“

”ان پانچ سالوں میں کوئی فرق آیا ہے؟“

”بہت فرق۔ مریضوں میں بھی۔ نرسوں میں بھی۔ مریضوں کے خاندانوں میں بھی اور عوام میں بھی۔“

”کس قسم کا فرق؟“

”پہلے لوگ سمجھتے تھے کہ یہ Gay لوگوں کی بیماری ہے، افریقہ سے آئی اور جنسی تعلقات سے پھیلی ہے۔ آہستہ آہستہ انہیں اندازہ ہوا کہ وہ امریکہ میں بھی اتنی ہی ہے جتنی افریقہ میں اور یہ صرف جنسی تعلقات سے ہی نہیں، جسم کی کسی رطوبات (Body Fluid) سے بھی پھیل سکتی ہے۔ اس وقت ہمارے وارڈ میں پانچ بچے داخل ہیں۔ ان میں سے دو Hemophilia کے مریض ہیں جنہیں خون سے یہ بیماری ملی ہے اور بہت سے بچے تو ماں کے پیٹ سے یہ بیماری لے کر آتے ہیں۔“

”لوگوں کے رویے میں کیا فرق آیا ہے؟“

”لوگوں کو آہستہ آہستہ احساس ہو رہا ہے کہ یہ لوگ نہ تو مجرم ہیں نہ گنہگار یہ مریض ہیں اور انہیں ہمدردی کی ضرورت ہے، غصے اور نفرت کی نہیں۔“

ڈاکٹر خالد سہیل

ہم ابھی یہ باتیں کر رہے تھے کہ جورج جاگ گیا۔ میں نے اور سنتھیا نے مل کر اس کی مدد کی اور وہ تنکے کا سہارا لے کر بیٹھ گیا۔ اس کے زرد بیمار چہرے پر ہلکی سی مسکراہٹ پھیل گئی۔ میرا ہاتھ پکڑ کر کہنے لگا۔

"مجھے تمہاری لسی بہت یاد آتی ہے۔ اگلی دفعہ لے کر آنا۔ تم میٹھی پینا، میں نمکین پیوں گا۔"

"بہت اچھا۔"

"اور میرا کرتا بھی لے کر آنا۔"

"لیکن تم تو بھائی نہیں بننا چاہتے تھے۔"

"چلو بہن بنا لینا۔"

اور ہم دونوں مسکرا دیے۔ پھر وہ اچانک بہت جذباتی ہو گیا۔

"شعیب! میں نے تم سے بہت کچھ سیکھا ہے۔"

"میں نے بھی۔"

"تم نے کیا سیکھا ہے" اس نے پوچھا۔

"محبت کرنے کے لیے انسان کو قربانیاں دینی پڑتی ہیں۔" اور تم نے؟

"دوستی محبت سے بھی عظیم تر جذبہ ہے۔"

اور پھر وہ منہ موڑ کر لیٹ گیا۔ تکیے میں اس کے آنسو جذب ہو رہے تھے۔

وہ میرے اور جورج کی آخری گفتگو تھی۔

ڈاکٹر نے بتایا کہ جورج چند دنوں کا مہمان ہے۔

اگلے دن سنتھیا نے مجھے بتایا کہ جورج کی خواہش تھی کہ میں چند دن کے لئے کام سے چھٹی لے لوں اور اس کے پاس رہوں تا کہ جب وہ اس دنیا سے رخصت ہونے لگے تو اس کے پاس موجود ہوں۔

اس شام میں شمسہ کی گود میں سر رکھے رو رہا تھا۔

دیوتا

”تم رو کیوں رہے ہو؟“ شمسہ نے پوچھا۔

”میرے دل پر بھاری بوجھ ہے۔ میرا دوست مر رہا ہے۔“

”شعیب! مجھے تم سے کوئی ہمدردی نہیں۔ تم نہایت ہی خود غرض انسان ہو۔“ میں اس حملے کے لئے تیار نہ تھا۔

”تم خود غرض ہی نہیں بزدل اور ذلیل بھی ہو۔“

”خیریت۔“ میں حیران پریشان تھا۔

”تم کیا سمجھتے ہو کہ میں کوئی بیوقوف لڑکی ہوں۔ میں سب کچھ جانتی ہوں میں جانتی ہوں کہ جورج تمہارا دوست ہی نہیں، محبوب بھی تھا۔“

”وہ کیسے؟“

”پہلے دن ہی جو میں ان سے ملی تھی، میں نے بل کی آنکھوں میں تمہارے لیے حسد کی چنگاریاں دیکھ لی تھیں اور میں اتنی نادان بھی نہیں کہ یہ نہ سمجھ سکوں کہ جب سے جورج کو ایڈز ہوا ہے تم ہمیشہ احتیاط کیوں کرتے ہو۔ کونڈم کیوں استعمال کرتے ہو - اگر تم میں ذرا بھی ہمت اور جرأت ہوتی تو تم مجھ سے کھل کر بات کرتے۔ میں نے تم سے کئی دفعہ پوچھا لیکن تم نے موضوع بدل دیا۔“

”میں یہ بھی جانتی ہوں کہ تم نے ایڈز ٹیسٹ کروایا ہے اور وہ منفی ہے۔“

میرے سر پر گھڑوں پانی پڑ گیا۔

”میں کئی ہفتوں سے غصے میں پھنک رہی تھی۔ کئی دفعہ سوچا کہ تم جیسے ذلیل آدمی کو چھوڑ کر چلی جاؤں لیکن۔۔۔“

اور وہ روٹھ کر اپنے کمرے میں چلی گئی اور اندر سے دروازہ بند کر دیا۔

میں ساری رات کروٹیں بدلتا رہا۔

اگلے دن شمسہ نے آ کر میرے گردن میں بازو ڈال دیے۔ ”لیکن۔۔۔؟“ میں نے پوچھا۔

ڈاکٹر خالد سہیل

’’مجھے تم سے محبت ہے اور جورج سے ہمدردی۔۔۔ میں نے اپنا ٹیسٹ بھی کروایا ہے اور وہ بھی منفی ہے۔‘‘

’’میں ڈر رہا تھا۔‘‘

’’کہ میں تمہیں چھوڑ کر چلی جاؤں گی۔‘‘

میں خاموش رہا۔

’’میرا خیال ہے تم دفتر سے چھٹی لو اور جورج کی جی بھر کر تیار داری کرو۔‘‘

’’لیکن۔۔۔ لیکن۔۔۔‘‘

میری زبان میں ہکلاہٹ پیدا ہونے لگی۔

’’کیا بات ہے؟‘‘ اس نے ہمدردانہ انداز سے پوچھا۔

’’بعض دفعہ ایڈز کی بیماری کئی سالوں کے بعد ظاہر ہوتی ہے۔‘‘

’’جب ہم اس دریا پر پہنچیں گے تو اسے بھی پار کریں گے۔‘‘

میں نے شمسہ کو گلے سے لگا لیا۔ مجھے یوں لگا جیسے شمسہ نے اپنے لمبے لمبے ناخنوں سے میری روح کا کانٹا نکال لیا ہو۔

کھلے اور بند دروازے

تم سے پہلی ملاقات کل کی بات لگتی ہے لیکن جانتا ہوں کہ اسے برسوں نہیں صدیاں بیت چکی ہیں۔

اس دور کے بعض نقوش تو آج تک ذہن میں تروتازہ ہیں لیکن بعض یادیں دل کے طوفانوں کی نذر ہو کر دھندلا گئی ہیں۔

میں بچپن کی ندی کے کنارے چلتے چلتے اور لڑکپن کے دریا کو عبور کر کے جب ساحل نوجوانی پر پہنچا تو تمہیں اجنبیت کے پہاڑ سے نیچے اترتے دیکھا تھا جب ہم ایک دوسرے کے قریب پہنچے تو میرا دل زور زور سے دھڑک رہا تھا اور تمہاری پیشانی پر پسینے کے قطرے نمودار ہو رہے تھے۔ ہم دونوں کی زبانیں گنگ تھیں۔ میں نے تمہیں قریب سے دیکھا تو مجھے وہ گھر یاد آیا جس میں پراسراریت بستی ہو اور جس کی سب کھڑکیاں اور دروازے بند ہوں تا کہ کوئی اندر نہ جھانک سکے اور میں نے اپنے بارے میں سوچا تو مجھے وہ مکان یاد آیا جس میں حبس اور گھٹن رہتے ہوں اور جس کی تمام کھڑکیاں اور دروازے کھول دیئے گئے ہوں تا کہ تازہ ہوا اندر آ سکے۔

میں نے اپنی زندگی کے سارے دروازے کھول کر تمہیں اندر آنے کی دعوت دی لیکن تمہاری نگاہوں کی شرم اور تمہارے دل کی غیر اعتمادی تمہارے پاؤں کی زنجیریں بن گئیں، تم نے "میں تمہیں ابھی اچھی طرح نہیں جانتی۔" کہہ کر سکوت اختیار کر لیا۔ میں چند لمحے خاموش کھڑا رہا اور پھر آگے بڑھ گیا۔

اپنی تنہائی کی پگڈنڈی پر چلتے چلتے میری ہر موڑ پر تم سے ملاقات ہوئی وہ تم تھیں یا تمہاری ہمزاد کچھ سمجھ نہ آیا۔۔۔ فرق اتنا تھا کہ کہیں تم خوش شکل نظر آتیں کہیں خوش مزاج، کبھی تم مسکرا دیتیں اور کبھی سنجیدگی اختیار کر لیتیں، کہیں تمہارے بال کالے اور لمبے، آنکھیں نیلی اور جلد سفید ہوتی اور کہیں بال چھوٹے آنکھیں بھوری اور جلد گندمی نظر آتی۔ میں ہر پیکر سے تپاک سے ملتا

ڈاکٹر خالد سہیل

لیکن تکلیفات کی دیواریں راہ میں حائل رہتیں۔ کبھی کبھار تو تم شک کی نگاہ سے دیکھتیں کہ میں نے اپنی ذات کے سب دروازے کھلے کیوں رکھے ہیں۔

وقت کا سورج چمکتا رہا اور ہمارے تعلقات کی برف پگھلتی رہی۔۔۔ ایک سہ پہر ہم ندی کے کنارے گھنٹوں بیٹھے رہتے، تم نے بیسیوں سوال پوچھے اور میں اپنے ماضی کی کہانی تمہیں سناتا رہا، تم بڑی غور سے سنتی رہیں جیسے ہر بات کا تجزیہ کر رہی ہو اور جب میں نے تمہاری ذات کی گہرائیوں میں اترنے کی کوشش کی تو تم نے ایک دو کھڑکیاں تو کھولیں لیکن دروازے بند رکھے۔۔۔ ہر دروازے پر لکھا تھا۔۔۔ ''انتظار۔۔۔'' میں مسکراتا ہوا لوٹ آیا۔

حالات نے میری تمہاری ہمزادوں سے ملاقات کروائی میرے ہمزادوں سے ملتی رہیں قربتیں اور فاصلے چاند کی طرح گھٹتے بڑھتے رہے۔

ایک شام تم نے میرے گھر آنے کی دعوت قبول کر لی۔ تم میری طرف ایسے دھیمے دھیمے بڑھ رہی تھیں جیسے بچہ ٹھنڈے پانی کے تالاب میں ڈرتے ڈرتے آگے بڑھتا ہے۔ میں نے تمہیں شراب کا گلاس پیش کیا لیکن تم نے چائے کی پیالی پر اکتفا کیا، مبادا شراب کا گلاس چند اور کھڑکیاں نہ کھول دے تم زیادہ دیر نہ ٹھہریں اور میں تمہاری آنکھوں میں جھانک کر یہ نہ جان سکا کہ کیا تم واقعی نہ ٹھہرنا چاہتی تھیں یا روایات کی مقناطیسی قوت تمہیں مجھ سے دور لیے جا رہی تھی اور حالات کا دریا عبور کیے بغیر میں تم تک نہ پہنچ سکتا تھا۔

تم مختلف چہروں کی صورت قوس قزح کے رنگوں کی طرح میرے چاروں طرف پھیلی رہیں اور میں اپنے ہمزادوں کے ہمراہ پھولوں کی پتیوں اور بیجوں کی طرح بدلتے موسموں کے دوش پر تیر تا رہا۔

کتنے سورج طلوع ہوئے اور ڈوب گئے، کتنے چاند نکلے اور روپوش ہو گئے، لیکن میرے جذبے کی دھوپ اور تمہاری احتیاط کی چاندنی باہم نہ ہو سکے۔

اور پھر ایک رات تم نے شرم و حیا کے سب نقاب طاق پر رکھ دیے اور اعتماد کے ساتھ قدم اٹھاتے ہوئے میری زیست کے ایک دروازے سے داخل ہوئیں ہم دونوں ایسے بغل گیر ہوئے

جیسے ازل سے اسی لمحے کا انتظار کر رہے ہوں ہم نے ایک دوسرے کے سراپا کو دیکھا، چکھا، چھوا، محسوس کیا اور ایک دوسرے کے تجربات کے آئینوں میں اپنی ذات کی تکمیل کی کوشش کی۔

تم نے اپنی ذات کا ایک دروازہ کھولا اور میری ذات کے ایک دروازے سے داخل ہونے کے بعد اس دروزے کو اندر سے بند کر دیا۔

اس رات قربتوں کی لذت سے ہم ایسے سرشار رہے کہ نہ تم نے میرے ہمزادوں کا ذکر کیا اور نہ میں نے تمہارے ہمزادوں کی بات کی۔

جانے سے پہلے تم نے میری ذات کے باقی دروازوں کو بند کرنے کی کوشش کی لیکن جلدی میں بند نہ کر سکیں۔

اگلے ہفتے تم پھر آئیں لیکن تمہارا ظاہر و باطن بدل چکا تھا۔ تمہاری جلد کا رنگ، تمہارے چہرے کے تاثرات تمہارے جذباتی رد عمل سب مختلف تھے، میں نہ جان سکا کہ وہ تم ہی تھیں یا تمہاری کوئی اور ہمزاد تھی لیکن میں اس بات سے باخبر تھا کہ وہ کسی اور دروازے سے داخل ہوئی تھی اور اس نے بھی دیگر دروازے بند کرنے کی کوشش کی تھی، میں دل ہی دل میں مسکرا رہا تھا۔

میں تمہاری ذات کے دیگر دروازے کھولنے کی کوشش کرتا رہا اور تم میری ذات کے باقی دروازے بند کرنے کی سعی کرتی رہی۔

اسی کشمکش میں کئی نازک لمحے آئے اور گزر گئے۔ اچھے وقت بھی آئے اور برے وقت بھی۔۔۔ کئی ملاقاتیں شہد کی طرح شیریں تھی، اور کئی زہر کی طرح تلخ۔

پھر ایک رات جب چاند بادلوں میں چھپ چکا تھا، بادل کا جل کی طرح آسمان کی آنکھ میں پھیلتے چلے جا رہے تھے اور بارش کے آنسوؤں کی طرح بہنے لگے تھے، ہم دونوں نے ماحول کی سردی کو کم کرنے کے لیے ایک دوسرے کو آغوش میں لے لیا تھا۔۔۔ فون کی گھنٹی بجی۔۔۔ وہ تمہاری ہمزاد تھی۔۔۔ نہ میں اسے کچھ کہہ سکا اور نہ تمہیں۔۔۔ ابھی ہم اسی طوفان سے گزرے نہ تھے کہ کسی نے دوسرے دروازے پر دستک دی۔

ڈاکٹر خالد سہیل

میں نے جواب نہ دیا لیکن وہ چابی سے دروازہ کھول کر اندر داخل ہوئی۔ مجھے تم دونوں میں بہت شباہت لگی۔۔۔ تم دونوں ایک دوسرے کو اور پھر مجھے غور سے دیکھتی رہیں اور تم نے تکیے کے نیچے سے تیز دھار کا خنجر نکال کر میری کمر میں گھونپ دیا۔

میں نہ جانے کب تک بے ہوش رہا۔۔۔ ہوش آیا تو ایک ہمزاد میری مرہم پٹی کر رہی تھی اور دوسری میرے زخم چاٹ رہی تھی۔ میں نہ جان سکا کہ تم کون سی تھیں اور میری خواب گاہ کی دیوار پر فریم شدہ دل جو پیازی ہو اکر تا تھا ایک دم سرخ ہو گیا تھا۔

میں ایک دفعہ پھر بے ہوش ہو گیا اور جب جاگا تو تم سب جا چکی تھیں۔

میرے سراپا سے ٹیسیں اٹھتی رہیں۔ تم نے خنجر ایسی جگہ گھونپا تھا کہ عین ممکن تھا کہ میں ہمیشہ کے لیے نامر دہو جاتا لیکن یہ میری خوش قسمتی تھی، یا بد قسمتی کہ میں پھر صحت یاب ہو گیا۔

نہ جانے تم اور تمہاری ہمزاد میرے ہمزادوں سے کیسا سلوک کر رہی تھی اور ان کا رد عمل کیا تھا۔

کتنے موسم خزاں موسم بہار سے جا ملے، کتنی گرمیاں سردیوں سے ہم آغوش ہو گئیں اور ہماری انگلیاں تعلقات کی گرہیں کھولتے کھولتے لہولہان ہو گئیں۔

جوں جوں جذبات میں شدت پیدا ہوتی گئی تعلقات دو دھاری تلوار بنتے گئے اور جوں جوں ہم انہیں مستحکم کرنے کی کوشش کرتے رہے وہ اور پیچیدہ اور گنجلک ہوتے گئے۔

ایک مقام پر ایسا لگا کہ میں تم میرے ہمزاد تمہارے ہمزاد ایک ہی خاندان کے افراد ہیں، ہمارے دکھ سکھ غم اور خوشیاں مشترک ہیں یہ علیحدہ بات کہ ہماری خود غرضیاں ہمارے رشتوں میں قطرہ قطرہ زہر گھولتی رہیں اور ہمارے تعصبات ہمارے اعصاب پر آسیب بن کر سوار ہے۔ انگلیوں کے ناخن اکھڑ گئے، لیکن الجھنوں کی گرہیں اور الجھتی رہیں۔

مختصر یہ کہ میرے تمہارے رشتوں کے رنگ پھیکے نکلے اور رشک و حسد و رقابت کے مون سون کی بارش میں بہہ گئے۔ نہ صرف یہ کہ رنگین پھول پھیکے پڑ گئے بلکہ کانٹوں نے موسموں کے ساتھ ساتھ زہر بھی گھول دیا۔

ایک رات تم غصہ میں دندناتی آئیں، اپنا دروازہ کھولا، باقی دروازے جن کے پیچھے تمہاری ہمزاد کھڑی تھیں دھڑام سے بند ہو گئے اور سارے رشتے منقطع کرنے کی دھمکی دے کر میرے گھر سے نکل گئیں۔ یہ علیحدہ بات کہ میری ذات کے دروازے بند کرنے کی کشمکش میں تمہارے اپنی ذات کے کئی دروازے کھل گئے اور مجھے جو جھلکیاں نظر آئیں وہ مجھے حیران کرنے کے لیے کافی تھیں۔

تم شاید میری ہمزاد کی تلاش میں دوبارہ اجنبیت کے پہاڑ پر چڑھ گئیں تاکہ کسی اور کی قربتوں کی وادی میں اتر سکو اور تمہاری ہمزاد ہر دروازے کے پیچھے ہکابکا کھڑی رہیں۔

میں نے اپنی خواب گاہ کی دیوار پر فریم شدہ دل دیکھا جس کا رنگ سرخ سے کالا ہو رہا تھا۔ کالے گلاب مسکرا مسکرا کر سوگ مناتے رہے۔

اس واقعہ کو برسوں کیا، صدیاں بیت گئیں۔ ہمارے نقطۂ نظر وقت کے ساتھ ساتھ بدلتے رہے۔

تم یا تو صرف دوستی کی کھڑکیاں کھولنے پر آمادہ تھیں اور اگر رومانوی دروازے کو وا کرنے پر رضامند ہوتیں تو باقی دروازوں کو بند کرنے پر مصر ہوتیں اور میں تمہیں باقی دروازوں کو باقی ہمزادوں کے لیے کھولنے پر اصرار کرتا۔

نہ ہم اتفاق کر سکے نہ اختلاف اور حالات کی گاڑی پٹڑی بدلتی رہی۔۔۔ مختلف جنکشنوں پر رک رک کر آگے بڑھتی رہی، مسافر اترتے اور چڑھتے رہے۔ تلخیاں بڑھتی اور گھٹتی رہیں اور ہم اپنے اپنے آئنوں کے دھندلا جانے کا سوگ مناتے رہے۔

نہ تم مجھے پوری طرح جان سکیں اور نہ میں تمہاری ذات کے پوشیدہ گوشوں سے واقف ہو سکا۔ ہم آدھے راستے سے واپس لوٹ آئے۔

لیکن آج میرے دل نے پھر زور زور سے دھڑکنا شروع کیا ہے اور تمہاری آنکھوں میں پھر ستارے ٹمٹماتے نظر آتے ہیں۔

امید کا چاند اور تجربات کا سورج ہمارے رہبر ہیں۔ عین ممکن ہے کہ اس دفعہ ہم آدھے راستے سے آگے بھی جا سکیں۔

ڈاکٹر خالد سہیل

میری خواب گاہ کا دل کورے کاغذ کی طرح سفید ہے اور نقش ثانی کا منتظر۔

بحران

انسانیت کی اعلیٰ اقدار کے مالک اپنے ابو اور چچا جان کے نام

میں آج کل ایک ماہیِ بے آب کی طرح تڑپتی رہتی ہوں۔ نہ مجھے دن کو چین ملتا ہے نہ راتوں کو نیند آتی ہے۔

جب دوست احباب مجھ سے یہ سوال پوچھتے ہیں کہ

''کیا عرفان صوفی بن گیا ہے یا وہ پاگل پن کا شکار ہو گیا ہے؟

کیا اس نے معرفت حاصل کر لی ہے یا اس نے ذہنی توازن کھو دیا ہے؟

تو میں خاموش ہو جاتی ہوں اور میری آنکھیں نم ہو جاتی ہیں۔

جب میں اپنی ازدواجی زندگی اور عرفان کی شخصیت کے بارے میں غور کرتی ہوں تو مجھے احساس ہوتا ہے کہ پچھلے سال تک میرے وہم و گمان میں بھی نہ تھا کہ زندگی کے اس موڑ پر کوئی اس قدر بدل سکتا ہے۔ ہمارا خاندان ایک خوشحال زندگی گزار رہا تھا اور میں یہ سمجھا کرتی تھی کہ میں عرفان کو اس سے زیادہ اچھی طرح جانتی ہوں لیکن ایک انہونی بات ہو گئی اور وہ اتنا بدل گیا کہ اس کے ساتھ رہنا سوہانِ روح ہو گیا۔ کئی مہینوں کی اذیتوں اور رت جگوں کے بعد میں نے جب بھی سوچا کہ اس سے پہلے کہ میں اس سے نفرت کرنے لگوں، کیوں نہ میں اٹھائیس برس کی شادی شدہ زندگی کی خوشگوار یادوں کو لے کر کہیں اور چلی جاؤں۔ عرفان کی محبت میرے پاؤں کی زنجیر بن گئی۔ پچھلے چند مہینوں میں میں نے اتنے مصائب اور اتنی آزمائشوں کا سامنا کیا ہے کہ مجھے یوں محسوس ہوتا ہے کہ میرے صبر کا پیمانہ کسی لمحے بھی چھلک پڑے گا۔

ڈاکٹر خالد سہیل

کبھی کبھار میں اپنے آپ سے سوال کرتی ہوں کہ اگر ہم کینیڈا نہ آئے ہوتے تو کیا ہمارا یہی حشر ہوتا۔

مجھے وہ صبح اچھی طرح یاد ہے جب سعدیہ کو MC Master University سے خط آیا تھا کہ اسے میڈیکل کالج میں داخلہ مل گیا ہے۔ اس نے اپنے ابو کو فون کر کے یہ خوشخبری سنائی تو انہیں اتنی مسرت ہوئی کہ وہ اس سہ پہر چھٹی سے پہلے ہی شمپین کی بوتل لئے گھر آ گئے اور خوشی سے ناچنے لگے۔ سعدیہ نے کبھی اپنے ابو کو اس طرح وفور جذبات سے رقص کرتے نہ دیکھا تھا۔ وہ بہت حیران ہوئی۔ عرفان نے مشورہ دیا کہ ہم سعدیہ کے لئے ایک پارٹی کا انتظام کریں۔ میں نے کیلی فورنیا فون کر کے عدیل کو دعوت دی تو وہ کہنے لگا کہ وہ اپنی گرل فرینڈ جوئین کو بھی ساتھ لے کر آئے گا۔ عرفان اور میں یہ خبر سن کر بہت خوش ہوئے تھے کیونکہ ہم نے جوئین کے بارے میں سن تو بہت کچھ رکھا تھا لیکن اس سے ملے نہ تھے۔ میں نے سعدیہ سے کہا کہ وہ بھی اس خاص موقع پر اپنے بوائے فرینڈ من موہن کو دعوت دے کیونکہ اس سے بھی ہماری کبھی ملاقات نہ ہوئی تھی۔ من موہن ہملٹن میں رہتا تھا اور اس کے پاس کار نہ تھی اس لئے سعدیہ ہی اس سے ملنے جایا کرتی تھی۔ سعدیہ کی میک ماسٹر یونیورسٹی میں داخلہ لینے کی ایک وجہ یہ تھی کہ وہ من موہن کے ساتھ زیادہ وقت گزار سکے۔ من موہن اس یونیورسٹی میں پولیٹیکل سائنس کا طالب علم تھا۔ اس شام جب میں اور عرفان کھانے سے فارغ ہو کر گپ شپ لگانے لگے تو عرفان نے اسے ناچتے مور کی تصویر کا ذکر چھیڑا جو نجانے کب سے اس کے دفتر کی دیوار پر لٹک رہی تھی۔ یہ وہ تصویر تھی جو اس کے والد نے اسے پاکستان سے رخصت ہوتے وقت تحفتاً دی تھی۔ عرفان نے اپنے والد کی یاد کو تازہ رکھنے کے لئے وہ تصویر دیوار پر لٹکا تو دی تھی لیکن کبھی سنجیدگی سے اس کے بارے میں سوچا نہ تھا لیکن جب سعدیہ کا فون آیا تو وہ خوشی سے اپنے دفتر میں ناچنے لگا تھا۔ اس دن اس نے اردو کے پرانے فلمی نغمے گنگنائے تھے اور طالبعلموں اور رفقاء کار کو لطیفے سنائے تھے اور اس سہ پہر جب وہ اپنے دفتر میں لوٹا تھا تو اس نے پہلی دفعہ اس تصویر میں مور کے چھوٹے سے سر، لمبی گردن اور پھیلے ہوئے خوبصورت پروں کو غور سے دیکھا تھا۔ اسے یوں لگا تھا جیسے اس مور کو ایک مجذوب کی طرح حال آ گیا ہو۔ اس دن خود عرفان

خوشی سے اتنا بے حال ہو گیا تھا کہ اس کی سیکریٹری نے یہ کہتے ہوئے کہ وہ کسی کام کا نہیں رہا اسے گھر بھیج دیا تھا۔

عرفان نے مجھے بتایا تھا کہ اپنی کالی Jaguar میں ٹورانٹو سے Whitby سفر کرتے ہوئے وہ کینیڈا میں گزاری ہوئی اپنی طویل زندگی کے بارے میں سوچتا رہا تھا۔ اسے احساس ہوا تھا کہ اس کی زندگی میں ایک وفادار بیوی، دو خوبصورت بچے، ایک کشادہ گھر جس میں سوئمنگ پول بھی تھا اور ٹینس کورٹ بھی، ایک کشتی جس کا نام ''کشتی نوح'' تھا اور ایک کاٹیج جو ''عرفان محل'' کے نام سے جانا جاتا تھا۔ اس کی خوش قسمتی کے ثبوت تھے۔ وہ مسرور تھا کہ اس کے دونوں بچوں کو یونیورسٹی میں داخلہ مل گیا تھا۔ جوان کی اعلیٰ تعلیم کی ضمانت تھا۔ عرفان کو اپنی جان پہچان کے ایشیائی مہاجر یاد آئے جو یونیورسٹی ڈگریاں رکھنے کے باوجود بے روز گار تھے ان کی خون پسینے کی کمائی ہوئی ڈگریاں کینیڈا میں کوڑیوں کے مول فروخت ہوتی تھیں اور وہ خاندانی مسائل کی وجہ سے برسوں سے پریشان تھے۔

عرفان نے اس شام اس بات کا اقرار کیا تھا کہ میری رفاقت کے بغیر اس کی زندگی نامکمل اور تشنہ رہتی اسے ہماری محبت پر بڑا ناز تھا۔ عرفان کی اس گفتگو سے میں خوش بھی ہوئی تھی اور حیران بھی۔ میں یہ تو جانتی تھی کہ عرفان مجھ سے اور بچوں سے محبت کرتا تھا لیکن اس کے جذبات کی شدت کا مجھے اس شام پہلی دفعہ اندازہ ہوا تھا۔ اس نے جب میرے ماتھے پر بوسہ دیتے ہوئے کہا تھا ''رفیقہ جانم! میں یہ سب کچھ تمہارے بغیر نہ کر سکتا تھا'' تو میری آنکھوں میں آنسو آ گئے تھے۔ اب جو میں اس دن کے واقعات کے بارے میں سوچتی ہوں تو میری ریڑھ کی ہڈی میں ایک سرد لہر دوڑ جاتی ہے۔ اگرچہ عرفان کا رویہ اس شام غیر معمولی تھا لیکن میں یہی سمجھتی رہی کہ وہ اپنی بیٹی کی کامیابی پر خوش تھا۔ اس دن مجھے معمولی خیال نہ آیا کہ وہ بظاہر مسکرا رہا تھا لیکن اس کا دل رو رہا تھا اور وہ اپنے قہقہوں سے اپنی بیٹی کی جدائی کے دکھ چھپانے کی کوشش کر رہا تھا۔

اس خبر کے بعد اگلے دو ہفتے ہم نے پارٹی کی تیاریوں میں گزار دیے تھے۔ ہم نے کھانوں اور مہمانوں کی فہرستیں بنائیں۔ سعدیہ نے آلو گوبھی، بینگن بھرتہ، ملائی کوفتہ، میں نے کھیر، گاجر کا

ڈاکٹر خالد سہیل

حلوا اور کیک اور عرفان نے بہاری اور چپلی کباب بنانے کا وعدہ کیا۔ ان کبابوں سے عرفان نے اپنے شاگردوں اور دوستوں کا دل موہ لیا تھا۔ وہ انہیں بڑے شوق سے کھاتے تھے۔

وہ پارٹی نہایت کامیاب رہی۔ مہمانوں نے پہلے ٹینس کھیلا، پھر سوئمنگ پول میں نہائے اور پھر Bar BQ سے محفوظ ہوئے۔ عرفان نے مہمانوں کو نصرت فتح علی اور عزیز میاں کی قوالیاں سنوائیں۔ اب جو میں اس پارٹی کے بارے میں سوچتی ہوں تو مجھے بہت سی ایسی باتیں یاد آتی ہیں جنہیں اس وقت میں نے اہمیت نہ دی تھی۔ ہفتے کی شام کو جب ہم ڈنر کھانے بیٹھے تھے تو میز کے ایک کونے پر عرفان بیٹھا تھا اور دوسرے کونے پر میں۔ عرفان کے دائیں طرف سعدیہ اور من موہن بیٹھے تھے اور بائیں طرف عدیل اور جوئین۔ وہ ہمارے خاندان کی زندگی کا پہلا موقع تھا کہ ہم سب ایک ہی میز کے گرد جمع ہوئے تھے۔ ہماری جوئین اور من موہن سے ملاقات ہوئی تھی۔ عرفان نے مہمانوں کا شکریہ ادا کیا تھا اور شفقت سے اپنے گھر میں خوش آمدید کہا تھا۔ کھانے کا آغاز لطیفوں سے ہوا تھا اور پھر گفتگو کا رخ سنجیدہ موضوعات کی طرف مڑ گیا تھا۔ جوئین نے ہمیں بتایا تھا کہ وہ اور عدیل فن اور پاگل پن کے رشتے پر تحقیق کر رہے تھے اور ان ادیبوں، فنکاروں اور موسیقاروں کے انٹرویو لے رہے تھے جو نفسیاتی مسائل اور ذہنی امراض کا شکار تھے۔ جوئین ان فنکاروں کے رشتہ داروں کا بھی انٹرویو لینا چاہتی تھی کیونکہ اس کا خیال تھا کہ تخلیقی صلاحیتوں اور پاگل پن کی Genes مشترک ہوتی ہیں۔ اس نے Iceland کی ایک Research کا حوالہ دیا جس میں وہ ماہرین نے یہ ثابت کیا تھا کہ دماغی توازن کھونے والے مریضوں کے خاندانوں میں، عام خاندانوں کی نسبت ادیبوں اور فنکاروں کی تعداد دو سے تین گناہ زیادہ تھی۔ جوئین کے والدین خود موسیقار تھے۔ سعدیہ نے مسکراتے ہوئے جوئین سے کہا تھا کہ وہ ہمارے خاندان کا بھی انٹرویو لے سکتی تھی کیونکہ عرفان کے بھائی ایک مشہور ادیب تھے اور ان کے چچا اپنی آخری عمر میں پاگل پن کا شکار ہو گئے تھے۔ عرفان نے ہنستے ہوئے کہا تھا ''ہمارے خاندان پر بہت سے پیغمبری وقت آئے ہیں۔''

کھانے کے دوران جب من موہن نے اپنے خاندان کا ذکر کیا تو عرفان سنجیدہ ہو گیا۔ من موہن نے ہمیں بتایا کہ اس کی والدہ مسلمان تھی اور اس کا والد ہندو اور انہوں نے یہ فیصلہ کیا تھا کہ

اگر ان کے ہاں لڑکا پیدا ہوا تو اس کا نام ہندوؤں والا رکھا جائے گا اور اگر ان کے ہاں لڑکی پیدا ہوئی تو اس کا نام مسلمانوں جیسا ہو گا اسی لئے بیٹے کا نام من موہن اور بیٹی کا نام صائمہ بیگم رکھا گیا تھا۔ من موہن کی کہانی سن کر ہم سب محفوظ ہوئے تھے لیکن عرفان کا چہرہ زرد پڑ گیا تھا۔ عرفان اس وقت کچھ اور بھی اکھڑ گیا تھا جب من موہن نے بتایا تھا کہ اس کا والد ابوالکلام آزاد کا قریبی دوست تھا اور وہ آزاد پاکستان کے مستقبل کے بارے میں پیش گوئیوں سے بہت متاثر تھا۔ عرفان آخر کار اتنا بے چین ہوا کہ وہ پہلے غسل خانے کا بہانہ کر کے اٹھا اور پھر سر درد کا بہانہ کر کے خواب گاہ چلا گیا۔

اگلے دن عرفان حسب عادت ٹینس کھیل رہا تھا اور مہمانوں کو لطیفے سنا رہا تھا۔ مجھے یہ دیکھ کر حیرانی ہوئی تھی کہ وہ سارا دن من موہن سے کترا تا رہا تھا اس نے جوئین کا تو مہمانوں سے تعارف کروایا تھا لیکن من موہن کو نظر انداز کر دیا تھا آخر میں نے خود من موہن کو سب دوستوں سے ملوایا تھا۔

اس رات جب سب مہمان چلے گئے تو میں نے عرفان سے پوچھا تھا۔ ”تم من موہن سے کترا کر کیوں نکل جاتے تھے۔ وہ تو تمہاری بہت عزت کرتا ہے۔“ عرفان چند لمحے خاموش رہا پھر کہنے لگا۔ ”اس کی موجودگی میں مجھے الجھن سی ہوتی ہے۔“

اس ویکنڈ کے بعد عرفان نے دوبارہ من موہن کے بارے میں کوئی بات نہیں کی۔ نہ ہی میں نے اس کا ذکر چھیڑا۔ مجھے امید تھی کہ چند ملاقاتوں کے بعد وہ من موہن کا عادی ہو جائے گا اور اسے قبول کر لے گا۔ مجھے تو وہ بہت ہی اچھا لگا تھا وہ ایک مخلص اور ہمدرد انسان تھا اور سعدیہ کا بہت خیال رکھتا تھا۔

جس دن ہم سعدیہ کو میک ماسٹر یونیورسٹی چھوڑنے گئے اس دن من موہن ہمارا منتظر تھا۔ من موہن نے عرفان کو گلے لگانا چاہا لیکن عرفان نے صرف ہاتھ ملانے پر ہی اکتفا کیا۔ عرفان نے کسی قسم کی بے تکلفی کا اظہار نہیں کیا اور تھوڑی ہی دیر کے بعد واپس جانے پر اصرار کیا۔ واپسی کے سفر میں عرفان خاموشی سے ڈرائیونگ کرتا رہا۔ وہ اداس دکھائی دے رہا تھا۔ آخر میں نے پوچھ ہی لیا۔ تمہیں کس بات کا غم ہے۔ سعدیہ کے یونیورسٹی جانے کا یا من موہن کو اپنانے کا؟“

ڈاکٹر خالد سہیل

عرفان نے چند لمحوں کے توقف کے بعد مختصر سا جواب دیا۔ ''میں اس پر اعتماد نہیں کرتا۔''

''آخر اس نے ایسی کیا بات کی ہے کہ تم اس پر اعتماد نہیں کرتے۔''

''میرا دل نہیں مانتا۔''

''دل کی بات چھوڑو عرفان، میں نے مزاحیہ انداز میں کہا۔'' یہ تمہارا دل نہیں تمہارا تعصب، منافقت اور دوہرا معیار ہے۔ تمہیں یہ بات پسند نہیں کہ تمہاری بیٹی ایک ہندو کے عشق میں گرفتار ہے اور عین ممکن ہے ایک دن اس سے شادی کرلے۔ تم چاہے کتنا کہتے رہو کہ تم ایک لبرل انسان ہو اور خدا پر ایمان نہیں رکھتے لیکن اگر تم اپنے دل کی گہرائیوں میں جھانکو تو تمہیں وہاں مذہب اور روایت کے بہت سے بت ملیں گے۔ تم جوئین سے مل کر خوش ہوئے تھے اور من موہن سے مل کر پریشان۔ اگر جوئین کے والدین بھی متعصب ہوتے اور عدیل سے ویسا ہی سلوک کرتے جیسے تم نے من موہن سے کیا ہے تو تمہیں کیسا لگتا۔'' عرفان نے ایک کافی اور Donuts کی دکان کے سامنے گاڑی روک دی۔ کافی پینے کے دوران کہنے لگا۔

''رفیقہ ! تمہاری باتوں میں وزن ہے۔ دماغ تو مانتا ہے دل نہیں مانتا اور بعض دفعہ انسان اپنے جذبات کے آگے گھٹنے ٹیکنے پر مجبور ہو جاتا ہے، دلیلیں کام نہیں آتیں۔ میں کئی دنوں سے پریشان ہوں سو تک نہیں پایا۔''

زندگی میں پہلی دفعہ عرفان نے اس بات کا اقرار کیا تھا کہ وہ پریشان حال تھا۔ مجھے امید تھی کہ عرفان چند ملاقاتوں کے بعد من موہن کو قبول کرلے گا۔ میرا خیال تھا کہ عرفان کو اپنی بیٹی کے جدا ہونے کا دکھ بھی تھا، اور ہم دونوں کے اکیلے رہ جانے کا غم بھی۔ اگلے چند ہفتے عرفان خاموش اور بجھا بجھا سا رہا۔ نہ تو وہ مسکراتا اور نہ ہی لطیفے سناتا۔ دن رات اپنے کام میں مصروف رہتا۔ میں بھی تنہائی سے مجبور سعدیہ کو ہر روز فون کرتی۔ وہ مجھے یاد آتی تھی۔ اپنا دل لگانے کے لئے میں نے گھر کے باغ میں چند نئے پودے لگائے اور ان کی نگہداشت کے لئے چند کتابیں لا کر پڑھیں۔ اپنے آپ کو

مصروف رکھنے کے لئے میں کچھ عرصے کے لئے مالی بن گئی۔ مٹی سے ہاتھ گندے کرکے مجھے بہت مزا آنے لگا تھا۔

اور پھر ایک دن بہت ہی بری خبر آئی۔ پاکستان سے فون آیا کہ عرفان کے والد کو اچانک دل کا دورہ پڑا اور وہ فوت ہوگئے۔ عرفان کے دل کو دھچکا لگا اور وہ کچھ اور ہی خاموش ہو گیا۔ اس نے یونیورسٹی سے چند دن کی چھٹی لے لی۔ ان سوگ کے دنوں میں نہ وہ ڈھنگ سے کھانا کھاتا، نہ کپڑے بدلتا، نہ نہاتا اور نہ ہی شیو کرتا۔ میں جب بھی اسے تسلی دینے کی کوشش کرتی وہ اٹھ کر چلا جاتا۔ میں بخوبی جانتی تھی کہ وہ اپنے والد کے بہت قریب تھا اور اسے اس بات کا دکھ تھا کہ وہ آخری دنوں میں اپنے والد سے نہ مل سکا تھا۔ آخر میں نے اسے اس کے حال پر چھوڑ دیا۔ ایک شام کھانے کے بعد عرفان نے خود ہی بات چیت شروع کی اور مجھے بچپن اور نوجوانی کے واقعات سنانے لگا۔ اور میں پوری توجہ سے سننے لگی۔

"میرے ابو اصولوں کے بہت پابند تھے۔ وہ اپنا ایک مخصوص نقطہ نظر اور فلسفہ حیات رکھتے تھے اور اس پر خلوص دل سے عمل کرتے تھے۔ مجھے وہ واقعہ اچھی طرح یاد ہے۔ جب میں ہائی اسکول میں تھا اور الیکشن میں حصہ لینا چاہتا تھا میں اپنی کلاس میں ہی نہیں پورے اسکول میں مقبول تھا۔ مجھے پوری امید تھی کہ میں صدارتی انتخاب جیت جاؤں گا۔ میرے قریبی دوست، میری بہت حوصلہ افزائی کر رہے تھے۔ چنانچہ میں نے انتخابات کے کاغذات حاصل کئے اور انہیں پر کیا۔ ان کاغذات میں لکھا تھا کہ مجھے ان پر اپنے والد سے بھی دستخط کروانے ہوں گے۔ میر اخیال تھا کہ میرے ابو ان کاغذات کو دیکھ کر بہت خوش ہوں گے اور میری مقبولیت پر فخر کریں گے۔ جب میں نے شام کو وہ کاغذات ابو جان کے سامنے پیش کئے تو وہ پہلے کچھ دیر سنجیدگی سے انہیں پڑھتے رہے پھر مجھ سے پوچھنے لگے۔"

"عرفان بیٹے! کیا تمہیں اسکول کے صدر بننے کی خواہش ہے۔"

"جی ہاں ابو جان۔"

"تو پھر تم بالکل اس کے مستحق نہیں۔"

ڈاکٹر خالد سہیل

’’کیوں نہیں۔‘‘میں ان کے جواب سے ہڑبڑا سا گیا تھا۔

’’ہر وہ شخص جو خود صدر بننا چاہتا ہے ،اس کا نام فہرست سے خارج کر دینا چاہئے۔ ایسے شخص سے یہ خطرہ لاحق رہتا ہے کہ وہ اپنی طاقت کا ناجائز استعمال کرے گا۔ ایک مخلص اور جمہوری نظام میں لوگ اپنی قیادت کے لئے خود اپنا صدر چنتے ہیں اور وہ صدر معذرت کرتا ہے کہ میں اس عہدے کو قبول کرنے کا اہل نہیں کیونکہ میں ان ذمہ داریوں کا بوجھ نہیں اٹھا سکتا اور وہ لوگوں کی بڑی منت سماجت کے بعد عہدہ قبول کرتا ہے۔

عرفان بیٹا!میں تمہارے کاغذات پر دستخط نہیں کروں گا۔‘‘

اپنے ابو کا حتمی فیصلہ سن کر مجھے غصہ تو بہت آیا اور میں وقتی طور پر ناامید بھی ہوا لیکن برسوں بعد مجھے ان کے فیصلے کی دانائی کا اندازہ ہوا۔

مجھے یہ بھی پتہ چلا تھا کہ اپنی زندگی کے آخری دنوں میں وہ ایک درویش بن گئے تھے اور انہوں نے تصوف کا راستہ اختیار کر لیا تھا میری شدید خواہش تھی کہ میں ان سے جا کر ملتا۔

مرنے سے چند ہفتے پیشتر ابو جان نے مجھے ایک خط لکھا تھا۔ جس میں انہوں نے مجھے اپنی بصیرتوں کے تحفوں سے نوازا تھا۔ وہ خط سادہ لیکن بہت پر اثر تھا۔ وہ خط مجھے عمر بھر عزیز رہے گا۔

’’انہوں نے خط میں کیا لکھا تھا؟‘‘میں متجسس تھی۔

’’انہوں نے تحریر کیا تھا کہ سچائی کو پانے کے تین راستے ہیں:

عقل کا راستہ۔ جو سائنسدان اختیار کرتے ہیں۔

وجدان کا راستہ۔ جو صوفی اختیار کرتے ہیں اور

جمالیات کا راستہ۔ جو فنکار اختیار کرتے ہیں

اگر وہ سب مخلص ہوں تو سائنس دانوں، صوفیوں اور فنکاروں میں کوئی تضاد نہیں ہونا

چاہئے۔

ابو نہایت دانا شخص تھے۔

یہ کہانیاں سنانے کے بعد عرفان زار و قطار رونے لگا۔ اپنے والد کی وفات کے بعد وہ پہلا موقع تھا کہ اس کی آنکھیں نم ہوئی تھیں۔ یوں لگتا تھا جیسے ضبط کے بندھن ٹوٹ گئے ہوں۔ میں نے تسلی دینے کے لئے اس کے کندھے پر ہاتھ رکھا تو اس نے مجھے گلے لگا لیا۔

اپنے والد کی وفات کے بعد عرفان جب پہلے دن یونیورسٹی گیا تھا تو اس نے Jeans پہنی ہوئی تھی اور Shave بھی نہ کیا تھا۔ اس شام جب وہ واپس آیا تو اس نے ایک دفعہ پھر اپنے دفتر کی دیوار پر لٹکی مور کی تصویر کا ذکر کیا اور کہنے لگا کہ اس نے سہ پہر مور کے بدصورت پاؤں کو غور سے دیکھا تھا اور اسے اپنے ابو کی بات یاد آئی تھی۔ جنہوں نے کہا تھا کہ اگرچہ مور جنگل کا خوبصورت ترین جانور تھا لیکن قدرت نے اسے بدصورت پاؤں اس لئے دیئے تھے تا کہ وہ مغرور نہ ہو جائے اور عاجزی کا لبادہ نہ اتار پھینکے۔

جب میں نے عرفان کو مشورہ دیا تھا کہ وہ اپنے عزیزوں سے ملنے کچھ عرصے کے لئے پاکستان کیوں نہیں چلا جاتا تو وہ کہنے لگا کہ اگلے چند ہفتوں میں اس کے تین طلباء کے امتحانات تھے اور وہ ممتحنوں میں سے ایک تھا۔ وہ کہنے لگا کہ وہ چہلم پر چلا جائے گا لیکن سفر کی رقم سعدیہ کو دے دی تا کہ وہ ایک کانفرنس میں شریک ہو سکے۔ جب میں نے عرفان سے استفسار کیا تو وہ کہنے لگا ”دیار غیر میں رہنے کی مہاجروں کو کچھ قیمت تو ادا کرنی ہی پڑتی ہے۔“ اور پھر عرفان کی سلیم سے دوستی ہو گئی جو ٹورنٹو یونیورسٹی میں اسلامی تاریخ کا پروفیسر تھا اور روحانیت پر تحقیق کر رہا تھا۔ سلیم نے عرفان کو بہت سی کتابیں پڑھنے کو دیں جن میں سے چند ایک صوفیاء کی زندگی کے بارے میں تھیں۔

ایک دن جب عرفان نے مجھے بتایا کہ وہ سلیم کے ساتھ عید کی نماز پڑھنے جا رہا ہے تو میں بہت حیران ہوئی اور پوچھے بغیر نہ رہ سکی۔ ”عرفان! جب سے ہم کینڈا آئے ہیں تم کبھی عید کی نماز پڑھنے نہیں گئے۔ اب کیوں جا رہے ہو۔ تم تو لوگوں کو یہ بھی بتایا کرتے تھے کہ تم خدا پر اور نہ ہی آسمانی کتابوں اور پیغمبروں پر ایمان رکھتے ہو۔“ عرفان کہنے لگا کہ سلیم نے اسے قائل کر لیا ہے کہ اسے عید کی نماز میں مذہبی نہیں سماجی اور تہذیبی وجوہات کی بنا پر شریک ہونا چاہیے۔

ڈاکٹر خالد سہیل

اب جو میں اس عید کی نماز کے بارے میں سوچتی ہوں تو مجھے احساس ہوتا ہے کہ عرفان کی سوچ کی تبدیلی میں اس نماز کے خطبے کا کلیدی کردار ادا کیا تھا۔ اس مقرر نے عرفان کا دل موہ لیا تھا۔ اور ایک آسانی سے متاثر نہ ہونے والے شخص کو بہت متاثر کیا تھا۔ عرفان ہفتوں اس خطبے کی باتیں کرتا رہا تھا۔ اسے اس تقریر کے کئی حصے زبانی یاد ہو گئے تھے۔ مجھے عرفان کی باتیں تفصیل سے تو یاد نہیں لیکن اتنا یاد ہے کہ مقرر نے خطبے میں کہا تھا کہ دنیا میں دو طرح کے انسان پائے جاتے ہیں جو دو طرح کے نقطہ نظر اور طرز حیات رکھتے ہیں۔

پہلی قسم ان لوگوں کی ہے جو حریص ہیں۔ وہ عمر بھر دوسروں سے چیزیں مانگتے اور جمع کرتے رہتے ہیں۔ وہ لوگ گھر بناتے ہیں۔ کاریں اور کشتیاں خریدتے ہیں، کاٹیج بناتے ہیں، اور امید رکھتے ہیں کہ یہ چیز انہیں خوشیاں مہیا کریں گی لیکن وہ پھر بھی خوش نہیں ہوتے کیونکہ وہ لالچی ہوتے ہیں۔ اگر ان کے پاس ایک لاکھ ڈالر آ جائیں تو وہ دوسرے لاکھ کے غم میں بھٹکتے رہتے ہیں اور اگر ایک گھر اور ایک کار کے مالک بن جائیں تو بچوں کے لئے دوسرے گھر اور کار کی فکر میں رہتے ہیں۔ وہ ہمیشہ گلاس کے اس حصے کو دیکھتے ہیں جو آدھا خالی ہوتا ہے اور پریشان رہتے ہیں۔

اس گروہ کے مقابلے میں دوسری قسم ان لوگوں کی ہے جو قناعت کو عزیز رکھتے ہیں۔ وہ چیزیں جمع کرنے کی بجائے اپنی ذات کی تربیت اور شخصیت کی نشو و نما پر زیادہ توجہ دیتے ہیں۔ ان کی قناعت انہیں ایک خاص قسم کی بے نیازی اور سکون فراہم کرتی ہے۔ وہ لوگ حریص ہونے کی بجائے سخی ہوتے ہیں۔ وہ دوسروں سے لینے کی بجائے اہل حاجت کو دینے میں زیادہ خوشی محسوس کرتے ہیں۔ وہ گلاس کے اس حصے پر توجہ مرکوز کرتے ہیں جو بھرا ہوا ہوتا ہے اور پر سکون اور خوش زندگی گزارتے ہیں۔

عرفان کا خیال تھا کہ مغربی دنیا کے لوگ سرمایہ دارانہ طرز حیات کی وجہ سے زیادہ حریص ہو گئے تھے جب کہ مشرقی لوگ اپنی روحانی اور مذہبی روایات کی وجہ سے زیادہ قانع تھے لیکن وہ مشرقی لوگ جو اب سے مغرب میں آبسے تھے ان کی آنکھیں خوبصورت گھروں، لمبی کاروں اور بلند و بالا

بینکوں کی روشنی دیکھ کر چوندھیا گئی تھیں۔ انہوں نے ڈالروں سے تو اپنی جیبیں اور بینک بیلنس بھر لئے تھے لیکن اپنے دل کا سکون کھو دیا تھا اور وہ مالدار ہو کر بھی پریشان حال تھے۔

عرفان کو اس عید کی تقریر میں سب سے زیادہ ایک لوک کہانی پسند آئی تھی جو بادشاہ کے بارے میں تھی۔

ایک دن ایک بادشاہ اپنے ساتھیوں کے ساتھ شکار کرنے نکل جاتا ہے۔ جنگل میں جب اسے ایک خوبصورت ہرن نظر آتا ہے تو وہ اپنے ساتھیوں سے کہتا ہے کہ تم یہیں رک جاؤ۔ میں اکیلا اس کا شکار کرنے جاؤں گا۔ بادشاہ اپنا گھوڑا اس ہرن کے پیچھے سرپٹ دوڑانا شروع کر دیتا ہے۔ کئی گھنٹوں کی محنت کے بعد ہرن تو اس کے ہاتھ نہیں آتا وہ خود بھی کھو جاتا ہے اور اپنے ساتھیوں سے الگ ہو جاتا ہے۔ اگلے چوبیس گھنٹے وہ بھوک پیاس کا مارا اپنے ساتھیوں کی تلاش کرتا ہے پھر بھی لیکن ناکام رہتا ہے۔ وہ جنگلی جانوروں سے بھی ڈرتا ہے کہ وہ کہیں اسے مار نہ ڈالیں۔ پیاس سے اس کا برا حال ہو جاتا ہے۔ آخر اسے ایک کٹیا نظر آتی ہے جہاں ایک درویش اپنی عبادت میں مصروف ہوتا ہے۔ بادشاہ اس درویش کی خدمت میں حاضر ہوتا ہے اور پانی کے ایک گلاس کی درخواست کرتا ہے۔ بادشاہ کو دیکھ کر درویش مسکراتا ہے اور کہتا ہے۔

”ہر چیز کی قیمت ادا کرنی پڑتی ہے۔“

”کس قدر؟“

”آدھی بادشاہت۔“ اور وہ درویش، بادشاہ کو ایک کاغذ اور قلم پیش کرتا ہے۔ بادشاہ چند لمحے سوچتا ہے اور پھر آدھی بادشاہت لکھ کر دے دیتا ہے۔ درویش اپنے مٹکے میں سے پانی کا ایک گلاس نکال کر بادشاہ کی خدمت میں پیش کرتا ہے۔ بادشاہ پانی پی کر دوبارہ اپنے ساتھیوں کی تلاش میں نکل کھڑا ہوتا ہے۔ تلاش بسیار کے بعد بادشاہ کو ساتھی تو ملتے نہیں۔ اس کے پیٹ میں سخت درد شروع ہو جاتا ہے اور پیشاب بند ہو جاتا ہے۔ بادشاہ بہت گھبراتا ہے اور دوبارہ درویش کی خدمت میں حاضر ہوتا ہے۔ بادشاہ درویش سے اپنی تکلیف بیان کرتا ہے اور پوچھتا ہے کہ کیا وہ اس کی مدد کر سکتا ہے۔

ڈاکٹر خالد سہیل

”میں مدد تو کر سکتا ہوں۔“ درویش شفقت بھرے لہجے میں کہتا ہے۔

”لیکن ہر چیز کی قیمت ادا کرنی پڑتی ہے۔“

”کس قدر؟“ بادشاہ پوچھتا ہے۔

”آدھی بادشاہت۔“ اور اسے دوبارہ ہی کاغذ اور قلم پیش کرتا ہے۔

بادشاہ چند لمحے سوچتا ہے اور اسے بقیہ آدھی بادشاہت بھی لکھ کر دے دیتا ہے۔

درویش، بادشاہ کو چند جڑی بوٹیاں اور پانی کا ایک گلاس پیش کرتا ہے۔ اور پھر اسے لیٹ جانے کو کہتا ہے۔ تھوڑی دیر کے بعد بادشاہ کی طبیعت بحال ہو جاتی ہے اور وہ پیشاب کر لیتا ہے۔

بادشاہ درویش کا شکریہ ادا کرتا ہے۔

جب بادشاہ رخصت ہونے لگتا ہے تو کیا دیکھتا ہے کہ درویش کاغذ کا وہ ٹکڑا جس پر اس نے دستخط کئے تھے اپنی کٹیا کے باہر جلتی آگ میں پھینک دیتا ہے۔

”یہ تم نے کیا کیا؟“

”تم حیران کیوں ہو؟“ درویش پوچھتا ہے۔

”یہ میری ساری بادشاہت ہے۔“

”جس کی قیمت صرف ایک گلاس پانی ہے۔“ اور درویش مسکراتا ہے۔

ایک دفعہ عرفان ساری رات سو نہ پایا تھا اور عید کی تقریر کے بارے میں سوچتا رہا تھا۔ اور خود ہی حیران تھا کہ اس تقریر نے اسے جھنجھوڑ کر رکھ دیا تھا۔ اس مقرر کے الفاظ ”زندگی میں خلا“ اور ”روحانی تشنگی“ بار بار اس کے دل پر کچوکے لگاتے رہے تھے۔ وہ ان کے بارے میں سوچتا تو اس پر رقت کا سا سماں طاری ہو جاتا۔ اسے احساس ہونے لگا تھا کہ اس کی زندگی میں ایک روحانی خلا پیدا ہو گیا تھا۔ اس کے دامن میں زندگی کی سب نعمتیں تو موجود تھیں لیکن وہ ذہنی اور قلبی سکون کی دولت سے محروم تھا وہ خود سے پوچھنے لگا تھا کہ کینڈا آنا ایک سراب کا پیچھا کرنا تو نہیں تھا۔

اگلے دن عرفان نے مجھے بتایا تھا کہ پچھلی رات کروٹیں بدلتے ہوئے پہلی دفعہ اس کے ذہن میں خیال آیا کہ مجھے اپنی ملازمت سے استعفیٰ دے دینا چاہیے میں اس کا مستحق نہیں ہوں اور اس خیال نے اسے پریشان کر دیا تھا۔

جب کافی دیر تک اسے نیند نہ آئی تو اس نے اپنی والدہ کے بارے میں سوچنا شروع کر دیا تھا۔ جنہوں نے اسے پاکستان سے جاتے وقت ایک قرآن مجید تحفے میں دیا تھا۔ وہ بستر سے اٹھا تا کہ اپنی والدہ کا قرآنی نسخہ تلاش کر سکے۔

”کون ہے؟“ میں نے چلا کر پوچھا تھا کیونکہ آدھی رات کو ساتھ والے کمرے میں کھٹ پٹ کی آواز سن کر گھبرا گئی تھی۔

”میں ہوں۔“ میں عرفان کی آواز سن کر حیران ہوئی تھی۔

”تم وہاں کیا کر رہے ہو؟ میں سمجھی گھر میں چور گھس آئے ہیں۔“

”میں پرانے ٹرنک میں امی کا دیا ہوا قرآن مجید تلاش کر رہا ہوں۔“

”وہ وہاں نہیں ہے وہ بیسمنٹ کے کسی صندوق میں ہے۔ تم نے برسوں اسے پڑھا نہیں تو میں اسے سنبھال کر رکھ آئی۔“

عرفان واپس بستر میں آیا تو کہنے لگا۔ ”جانم میں نوکری سے استعفیٰ دینا چاہتا ہوں۔“

”خیریت تو ہے۔ کیا تم دیوانے ہو گئے ہو۔ آدھی رات کو تمہیں استعفیٰ دینے کی سوجھی ہے۔ سو جاؤ۔ خالی دماغ میں شیطان بستا ہے۔“ میں تو پہلو بدل کر سو گئی لیکن وہ ساری رات جاگتا رہا اور سوچتا رہا کہ وہ شیطان ہے اور اس کا ذہن شیطانی خیالات سے بھر گیا ہے۔

عرفان تھک کر تھوڑی دیر کے لئے سویا تو ایک رومانوی خواب نے اسے جگا دیا۔ خواب میں کیا دیکھتا ہے کہ وہ اپنی ایک خوبصورت فرنچ طالبہ سے ہمبستری کر رہا ہے۔ وہ طالبہ جس کے عشق میں آدھی یونیورسٹی مبتلا تھی اور سب عرفان کو رشک سے دیکھتے تھے کہ وہ طالبہ اس کی کلاس میں تھی۔

ڈاکٹر خالد سہیل

عرفان اٹھ کر غسل کرنے چلا گیا اور سوچنے لگا کہ وہ سو تو میرے ساتھ رہا تھا جس سے اس نے مہینوں ہم بستری نہ کی تھی اور خواب میں کسی اور دوشیزہ کو گلے لگا رہا تھا۔ نجانے کب سے وہ رات کی خبریں سننے کے بعد اتنی دیر سے بستر میں آتا تھا کہ میں اکثر اوقات سو چکی ہوتی تھی عرفان کی ندامت کا احساس ہونے لگا تھا۔

عرفان کو نوجوانی کا وہ دور بھی یاد آیا تھا۔ جب ہفتے میں کئی کئی بار اس پر غسل ہو جاتا تھا اور وہ بہت پریشان رہتا تھا۔ نہ تو وہ گھر میں غسل کر سکتا تھا کیونکہ اس کا مطلب یہ اعلان کرنا ہوتا تھا کہ اس نے ایک جنسی خواب دیکھا ہے اور نہ ہی وہ مسجد جا کر نماز پڑھ سکتا تھا کیونکہ غسل کے بغیر نماز پڑھنا گناہ تھا چنانچہ کئی دفعہ اس نے بغیر غسل کے ہی نماز پڑھی تھی اور احساس گناہ میں نہایا گیا تھا۔ اگلی صبح اتنا تھکا تھا کہ اس نے یونیورسٹی فون کر کے کہہ دیا کہ وہ اتنا بیمار ہے کہ کام پر نہیں آ سکتا۔

''خیریت تو ہے؟'' میں نے پوچھا۔ ''میں احساسِ گناہ میں مبتلا ہوں۔''

''کس وجہ سے۔'' میں نہیں جانتی تھی کہ اسے یونیورسٹی نہ جانے کا دکھ تھا یا مجھے رات بھر پریشان کرنے کا۔ ''میں استعفیٰ دینا چاہتا ہوں۔''

''استعفیٰ دے کر کیا کرو گے۔ ریٹائرڈ زندگی گزارو گے۔ ہمارے دونوں بچے اب یونیورسٹی میں ہیں اور انہیں مالی امداد کی ضرورت ہے۔''

میں یہ کہہ کر کمرے سے نکل گئی کیونکہ میں اس موضوع پر مزید بحث نہیں کرنا چاہتی تھی۔ عرفان کے ساتھ اتنے سارے سال گزارنے کے بعد مجھے اندازہ ہو گیا تھا کہ کبھی کبھار وہ خوابوں کی دنیا میں کھو جاتا تھا اور ایسی باتیں کرنے لگتا تھا جن کا حقیقت سے کوئی تعلق نہ ہوتا تھا۔ ایک دفعہ اس کے سر پر جنوبی امریکہ جا کر رہنے کا بھوت سوار ہو گیا تھا لیکن چند ہی ہفتوں کے بعد اسے خود ہی اندازہ ہو گیا تھا کہ Spanish جانے بغیر وہ وہاں نہ رہ سکتا تھا۔

مجھے وہ دن بھی یاد تھے جب اسے ہوائی جہاز اڑانے کا شوق پیدا ہوا تھا اور وہ بھی جنون کی حد تک۔ اس کا خیال تھا کہ اگر اس نے ہوائی جہاز اڑانا سیکھ لیا تو وہ شمالی امریکہ میں کہیں بھی ویکنڈ پر اڑ

کر جاسکتا تھا کئی مہینوں کی ٹریننگ اور ہزاروں ڈالر خرچ کرنے کے بعد اسے اندازہ ہوا تھا کہ Cessna Aero-Plane جس کی وہ ٹریننگ لے رہا تھا وہ Jaguar Car سے آہستہ چلتا تھا اور جہاز کاکار کی یہ نسبت موسم پر زیادہ انحصار تھا۔ ان حقائق کی آگاہی کے بعد وہ اس خواب سے بھی دستبردار ہو گیا تھا۔

ایسے موقعوں پر میں اسے شیخ چلی کہہ کر پکارتی تھی جو دن بھر بیٹھا ہوائی محل تعمیر کرتا رہتا تھا۔ میں نے سوچا کہ اس نے ایک دفعہ پھر ہوائی محل تعمیر کرنے شروع کر دیے ہیں۔ فرق صرف اتنا تھا کہ ماضی میں ہوائی محل خوشگوار ہوا کرتے تھے لیکن اس دفعہ وہ پریشان دکھائی دے رہا تھا اور سب سے کھنچا کھنچا رہنے لگا تھا۔

جب عرفان کی طبیعت بہتر نہ ہوئی اور اس کا قرآن کا مطالبہ بڑھ گیا تو مجھے تشویش ہوئی۔ وہ اپنے گرد ایک دیوار تعمیر کر رہا تھا اور عقل کی بات سننے کو تیار نہ تھا۔ آخر میں نے اسے مشورہ دیا کہ ہم چند دنوں کے لئے اپنے Cottage چلے جائیں تا کہ وہاں وہ آرام کر سکے۔ ماضی میں جب بھی ہم پریشان ہوتے تو چند دن کی چھٹی سے ہماری طبیعت بحال ہو جاتی۔ کاٹیج میں نہ فون ہوتا نہ ٹی وی ہم جھیل کے کنارے سیر کرنے چلے جاتے اور فطری مناظر سے محفوظ ہوتے۔

عرفان نے میرا مشورہ مان لیا۔ اور کہنے لگا ”میں کاٹیج میں اپنے روحانی خلا کے بارے میں سنجیدگی سے سوچ سکوں گا۔“ چنانچہ ہم اپنے شہر Whitby سے ایک گھنٹے شمال کی طرف Lindsey چلے گئے۔ جہاں ہمارا کاٹیج تھا۔ کاٹیج جانے کا تجربہ ایک ڈراؤنا خواب ثابت ہوا۔

پہلے دن عرفان نے آرام کرنا چاہا لیکن ناکام رہا۔ دوسرے دن ان کی حالت اور بھی ابتر ہو گئی۔ مجھے وہ شام اچھی طرح یاد ہے جب میں کاٹیج کے آتشدان کے سامنے بیٹھی عرفان کے بارے میں سوچ رہی تھی۔ وہ سیر کرنے گیا ہوا تھا۔ مجھے احساس تو تھا کہ عرفان کی طبیعت دن بدن بدتر ہوتی جا رہی ہے لیکن میں نے اس کا الزام اس کے والد کی موت اور اس کی ہائی بلڈ پریشر کی تشخیص پر لگایا تھا۔ ڈاکٹر نے عرفان کو بتایا تھا کہ اسے ایسی غذا کھانی چاہئے جس میں Cholesterol کم ہو۔ عرفان سے کہا گیا تھا کہ وہ انڈے، گوشت اور مرغن غذائیں کم کھائے۔ عرفان انڈے اور مرغن غذائیں تو

ڈاکٹر خالد سہیل

چھوڑ سکتا تھا۔ گوشت نہیں، وہ کہا کرتا تھا "مسلمان گھرانے میں پیدا ہونے کا ایک فائدہ تو ہے کہ میں گوشت کھا سکتا ہوں۔ اگر ہندو گھرانے میں پیدا ہوتا تو کیا کرتا۔"

لیکن مجھے آہستہ آہستہ احساس ہو رہا تھا کہ عرفان کا مسئلہ زیادہ گمبھیر ہے۔ اس کی سوچ میں ایک ایسی شدت پیدا ہوتی جا رہی تھی جو پہلے موجود نہ تھی۔ جب عرفان سیر سے واپس لوٹا تو اس نے ایک چیخ ماری اور پھر رفیقہ کہہ کر زور زور سے دروازہ کھٹکھٹانے لگا۔ میری ریڑھ کی ہڈی میں ایک سرد لہر دوڑ گئی۔ اس سے پہلے نہ تو وہ کبھی چیخا تھا اور نہ ہی اس نے مجھے "رفیقہ" کہہ کر پکارا تھا۔ ہم ایک دوسرے کو جانم! کہہ کر بلاتے تھے۔ میں نے "اندر آجاؤ" کہہ کر دروازہ کھولا اور اس کا چہرہ دیکھ کر گھبرا گئی وہ پسینے میں شرابور تھا اور سر سے پاؤں تک کانپ رہا تھا۔

"جانم! خیریت تو ہے۔" میں نے نرم لہجے میں پوچھا۔"

"مجھ پر عذاب نازل ہوا ہے۔ میرا بایاں بازو اور ٹانگ مفلوج ہو گئے ہیں۔" اور وہ اوور کوٹ اتارے بغیر کمرے میں یوں آگے پیچھے گھومنے لگا جیسے کوئی جنگلی جانور پنجرے میں قید کر دیا گیا ہو۔

"جانم! تم ٹھیک ہو۔ مفلوج نہیں ہو۔" میں نے اس کو تسلی دینی چاہی لیکن اس پر کوئی اثر نہ ہوا۔

کمرے میں ایک قد آدم آئینہ تھا جس کے سامنے وہ تیز تیز چلتا رہا اور بڑبڑاتا رہا۔ "میں پاپی ہوں۔ شیطان نے مجھ پر حملہ کیا ہے مجھ پر عذاب نازل ہو رہا ہے۔" میں آبدیدہ اسے تڑپتا دیکھتی رہی۔ میں بالکل بے بس تھی کچھ بھی نہ کر سکتی تھی۔ آتشدان میں آگ سرد ہو رہی تھی۔

اس شام مجھے یقین ہو گیا تھا کہ عرفان اپنا ذہنی توازن کھو چکا تھا اور میں اپنے آپ کو لعنت ملامت کر رہی تھی کہ میں نے سردیوں کے موسم میں کیوں کاٹیج آنے کا مشورہ دیا۔ ان دنوں اردگرد کوئی نہ تھا اور قریب ترین اسٹور اور فون دو میل دور تھے۔ میں عرفان کو اس حالت میں چھوڑ کر نہ جانا چاہتی تھی۔ آئینے کے سامنے ایک گھنٹہ تیز تیز چلنے کے بعد عرفان چند لمحوں کے لئے رکا۔ اس نے

جلدی جلدی دو گلاس پانی پیئے اور پھر تیز تیز چلنا شروع کر دیا۔ وہ ایک دفعہ پھر بڑبڑانے لگا۔ ''میں جہنم میں جل رہا ہوں۔''

وہ رات میری زندگی کی بدترین رات تھی۔ میں کھلی آنکھوں سے ڈراؤنا خواب دیکھتی رہی تھی۔ میں ایک اجنبی دیس میں رہنے کا کرب برداشت کر رہی تھی اور سوچ رہی تھی کہ انسان کو اپنوں کی یاد اسی وقت شدت سے آتی ہے جب وہ کسی بحران کا شکار ہو۔

صبح پانچ بجے عرفان نڈھال ہو کر اوور کوٹ اور بوٹوں سمیت صوفے پر گرا اور سو گیا۔ میں دبے پاؤں کاؤچ سے باہر نکلی اور فون کی طرف بھاگی۔ میں کار نہ لے جا سکتی تھی کیونکہ اس کی چابی عرفان کے اوور کوٹ کی جیب میں تھی۔ دو میل کی دوڑ کے بعد میں فون تک پہنچی۔ میں نے آپریٹر کو اطلاع دی تو چند ہی منٹوں میں پولیس اور ایمبولنس میرے پاس پہنچ گئے۔

جب پولیس آفیسر خاتون نے مجھ سے حالت کی تفاصیل جاننی چاہی تو میں اتنی گھبرائی ہوئی تھی کہ میرے منہ سے کوئی بات ڈھنگ سے نکل ہی نہ رہی تھی۔ میں صرف اتنا کہہ سکی ''خاوند۔۔۔ بیمار۔'' اور میری زبان گنگ ہو گئی۔ اس آفیسر نے مجھے اپنی گاڑی میں بٹھایا اور مجھے تسلی دی۔ جب میری طبیعت قدرے سنبھلی، تو میں نے اسے حالات سمجھائے اور اپنے ساتھ کاؤچ لے آئی۔

جب میں کاؤچ میں داخل ہوئی تو عرفان صوفے پر موجود نہ تھا وہ Shower لے رہا تھا۔ میں نے اسے کپڑے بدل کر باہر آنے کو کہا۔ خوشی قسمتی سے وہ میری بات مان گیا۔ میں نے اسے بتایا کہ میں نے ایمبولنس بلائی ہے تا کہ وہ ہسپتال جا سکے۔ جونہی عرفان نے پولیس کو دیکھا وہ آپے سے باہر ہو گیا اور چیخنے لگا۔

''دفعہ ہو جاؤ۔ میں گنہگار ہوں۔ میں ملعون ہوں۔

مجھ پر عذاب نازل ہو رہا ہے۔ دفعہ ہو جاؤ۔''

میں اس وقت بالکل بے بس تھی۔ میں اسے قائل نہ کر سکی کہ وہ اپنی مرضی سے ہسپتال جائے۔ آخر کار پولیس افسروں نے اسے زبردستی زمین پر گرا کر اور ہتھکڑیاں لگا کر اپنی گاڑی میں بٹھایا اور اسے Lindsey کے ہسپتال لے گئے۔

ڈاکٹر خالد سہیل

Duty Doctor نے اس کا معائنہ کیا، میرا انٹرویو لیا اور اسے بہتّر گھنٹے کے لئے اس کی مرضی کے بغیر ہسپتال میں داخل کر دیا۔ نرسوں نے جب اسے زبردستی Chlorpromazine کا ٹیکہ لگایا تو اسے نیند پڑ گئی۔

عرفان کو ایک پرائیوٹ کمرے میں منتقل کر دیا گیا اور ایک اسپیشل ڈیوٹی نرس اس کا خیال رکھنے لگی۔ میں نے پولیس آفیسرز اور ایمبولینس ڈرائیور کا شکریہ ادا کیا اور وہ واپس چلے گئے۔

جب میں نے سعدیہ اور عدیل کو ان کے والد کی بیماری کی خبر دی تو وہ جتنا جلد ہو سکتا تھا ہسپتال پہنچ گئے۔ سعدیہ ہملٹن سے گاڑی میں اور عدیل کیلی فورنیا سے ہوائی جہاز میں بیٹھ کر آ گیا۔ وہ دونوں اپنے والد کو ہسپتال میں دیکھ کر بہت پریشان ہوئے۔ ڈاکٹر نے بتایا کہ عرفان اپنا ذہنی توازن کھو چکا تھا اور اس کا مشورہ تھا کہ اسے نفسیاتی مریضوں کے ہسپتال منتقل کر دیا جائے۔ مجھے پاگل خانے کے تصور سے ہی خوف آتا تھا۔ مجھے ڈر تھا کہ کینیڈین ڈاکٹر اس کے مرض کو نہ سمجھ سکیں گے اور اس کا صحیح طریقے سے علاج نہ کر پائیں گے۔

میں نے پاکستان فون کیا اور اپنے بھائی بہنوں سے مشورہ کیا۔ سارے خاندان کی متفقہ رائے یہ تھی کہ میں عرفان کو لے کر پاکستان آ جاؤں اور وہاں اس کا علاج کرواؤں۔ عرفان کا قریبی دوست ثاقب ساتھ چلنے کو تیار تھا تا کہ ہوائی جہاز میں عرفان کا خیال رکھ سکے۔ عدیل اور سعدیہ میرے اس فیصلے سے خوش نہ تھے۔ ان کا خیال تھا کہ عرفان کا کینیڈا کے ہسپتال میں بہتر علاج ہو سکتا تھا لیکن انہوں نے مجھ پر دباؤ نہ ڈالا اور میرے فیصلے کا احترام کیا۔ جب میں نے عرفان کو پاکستان جانے کی خبر سنائی تو اس نے بھی کوئی اعتراض نہ کیا۔

ثاقب دو دن عرفان کے ساتھ Lindsey کے ہسپتال میں رہا اور میں اپنے بچوں کے ساتھ Whitby چلی گئی تا کہ پاکستان جانے کی تیاری مکمل کر سکوں۔

اس رات میں جب اپنی خواب گاہ میں سونے کی کوشش کر رہی تھی تو بر آمدے میں سعدیہ اور عدیل آپس میں گفتگو کر رہے تھے۔ ان کا خیال تھا کہ میں سو چکی ہوں لیکن میں ان کی باتیں سن رہی تھی۔

عدیل کہہ رہا تھا "امی اور ابو کا جوڑ عجب بے ڈھنگا ہے۔ انہوں نے یوں تو ایک دوسرے کو پسند نہیں کیا۔ اس لئے ہم انہیں تو مورِد الزام نہیں ٹھہرا سکتے لیکن خاندان کے بزرگوں نے نجانے کیا دیکھ اور سوچ کر انہیں یکجا کیا تھا۔ ان کا شاید خیال تھا کہ چونکہ دونوں کا تعلق کشمیری خاندان سے تھا اور ان کا رہن سہن ایک جیسا تھا۔ اس لئے ان کے تعلقات خوشگوار رہیں گے۔ کیا انہیں اس بات کا احساس نہ تھا کہ دو انسانوں کے اکٹھے خوش رہنے کے لئے ایک جیسے کھانا کھانے اور کپڑے پہننے کے ساتھ ساتھ جذباتی اور نظریاتی ہم آہنگی بھی ضروری ہوتی ہے۔ مجھے تو یوں لگتا ہے کہ جیسے امی اور ابو دو مختلف دنیاؤں کے باشندے ہوں ان کے نقطۂ نظر اور نظریہ حیات میں کچھ بھی تو مشترک نہیں ہے۔ ان کے خاندان اور ان کی روایات بھی بالکل مختلف ہیں۔ امی کا خاندان روایتی، مذہبی اور حقیقت پسند ہے۔ ان کے رشتہ دار زیادہ تعلیم یافتہ ہی نہیں بلکہ وہ خاندان کے مستقبل کے لئے اپنی ذاتی رائے اور حق قربان کر دیتے ہیں۔

ان کے مقابلے میں ابو کا خاندان نہایت پڑھا لکھا، غیر روایتی اور تخلیقی صلاحیتوں کا مالک ہے۔ وہ اب اپنی اپنی دنیا میں مگن رہتے ہیں، وہ صرف فلسفی ہی نہیں تھوڑے سے دیوانے بھی ہیں۔"

سعدیہ کہنے لگی۔ "یہ بات بھی دلچسپ ہے کہ 'امی اپنے خاندان میں سب سے بڑی تھیں اور چھوٹے بہن بھائیوں کی ساری ذمہ داریاں ان کے کندھوں پر تھیں۔ وہ آہنی قوت ارادی کی مالک تھیں۔ جب کہ ابو اپنے گھر میں سب سے چھوٹے تھے۔ ان کی طبیعت میں کھلنڈراپن بھی تھا اور بے نیازی بھی۔ وہ تاش، کیرم، ٹینس کھیل کر اور لطیفے سنا کر خوش ہوتے تھے۔ ان کی بڑی بہن زبیدہ نہایت سخت گیر عورت تھیں۔ شروع شروع میں تو امی جان اور زبیدہ پھپھو میں خوب ٹھنی تھی لیکن جب ابو نے پی ایچ ڈی پاس کر لیا اور کینیڈا چلے آئے تو وہ سرد جنگ ختم ہو گئی۔

امی اور ابو کا تو بالکل کوئی جوڑی ہی نہ تھا۔ بہت سے ایشیائی خاندانوں کی طرح ان کا ساتھ رہنے کا جواز ان کے بچے تھے۔ ان ہی کی وجہ سے وہ آپس میں بندھے ہوئے تھے۔

اب جب کہ ہم گھر چھوڑ کر جا چکے ہیں تو ان کا ساتھ رہنے کا جواز باقی نہیں رہا۔"

ڈاکٹر خالد سہیل

عدیل نے جب پوچھا۔ ''تو کیا تمہارا خیال ہے کہ ابو کا پاگل پن کا دورہ شادی کے رشتے کو ختم کرنے کا بہانا ہے۔'' تو سعدیہ کہنے لگی۔ ''پاگل پن کا دورہ Extra Marital Affair سے تو زیادہ قابل قبول ہے۔''

اپنے بچوں کی باتیں سن کر تو میری آنکھوں سے بچی کھچی نیند بھی اڑ گئی۔

جب میں پاکستان میں تھی تو میرا عدیل اور سعدیہ سے ملنے کو اور باتیں کرنے کو بہت جی چاہتا تھا لیکن ہمارے گھر میں فون نہ تھا اور Telephone Exchange سے بات چیت کر کے تسلی نہ ہوتی۔ چنانچہ ایک دن میں کاغذ قلم لے کر بیٹھ گئی اور اپنے بچوں کو خط لکھنے لگی۔

پیارے عدیل اور عزیز سعدیہ!

تم دونوں کی یاد مجھے بہت بہت ستاتی ہے۔ جب میں پاکستان آئی تھی تو میرا خیال تھا کہ خاندان اور ڈاکٹروں کے علاج سے عرفان دو تین ہفتوں میں صحت یاب ہو جائے گا اور ہم واپس کینیڈا چلے جائیں گے لیکن ایسا نہ ہوا۔ ہمیں پاکستان آئے اب چند مہینے ہو گئے ہیں۔

جب ہم پاکستان پہنچے تو عرفان کی حالت دیکھ کر سارے خاندان کو تشویش ہوئی۔ تمہارے محسن ماموں، حلیمہ اور سلیمہ خالہ اور صفیہ نانی نے مل کر عرفان کی تیار داری کرنی شروع کی۔ ہم دن رات جاگتے رہتے اور اس کے علاج کی فکر میں رہتے لیکن ایک ہی ہفتے میں سب تھک ہار کر نڈھال ہو گئے چنانچہ اس کے بعد ہم نے چھ چھ گھنٹے کی ڈیوٹی لگا دی۔ ایک رشتہ دار عرفان پر نگاہ رکھتا اور باقی آرام کرتے۔ پاکستان آ کر عرفان کی پیاس بڑھ گئی تھی وہ ہر آدھ گھنٹے کے بعد پانی کا ایک گلاس پیتا اور پھر اسی تیزی سے پیشاب کرتا۔ وہ دن بھر میں اتنا زیادہ پانی پی لیتا کہ کھانا بالکل نہ کھاتا۔ وہ دن میں دو تین دفعہ غسل بھی کرتا۔

پہلے تو ہم نے حلیمہ کے معالج ڈاکٹر سعید سے مشورہ کیا۔ انہوں نے ڈاکٹر محمود سے رجوع کرنے کو کہا۔ جو میڈیسن کے ماہر ہیں۔ ڈاکٹر محمود نے پوری کہانی سننے اور عرفان کا معائنہ کرنے کے بعد تشخیص کی کہ اسے Diabetes Insipidus کی تکلیف ہے اس کا Pitutary Gland متاثر

ہوچکا ہے۔ جس کی وجہ سے اس کے گردے اپنا کام صحیح طریقے سے نہیں کر رہے۔ انہوں نے خصوصی ہارمونز کے ٹیکے لگانے کا مشورہ دیا۔ مسئلہ یہ تھا کہ وہ ٹیکے نہ صرف بہت مہنگے تھے بلکہ پاکستان میں دستیاب بھی نہیں تھے۔

تمہارے محسن ماموں کا ایک دوست انگلستان میں رہتا تھا اس نے وعدہ کیا کہ وہ ٹیکے انگلستان سے خرید کر بھیج دے گا تا کہ عرفان کا علاج ہو سکے۔ ڈاکٹر محمود کا خیال تھا کہ اسی بیماری نے عرفان کو ذہنی طور پر بھی متاثر کر رکھا ہے۔ لیکن انہوں نے پھر بھی چند مسکن ادویہ تجویز کیں تا کہ وہ رات کو آرام کی نیند سو سکے۔

پہلے دو ہفتے ہم ٹیکوں کا انتظار کرتے رہے اور اگلے دو ہفتے ٹیکے لگا کر صحت یابی کا انتظار کرتے رہے لیکن جب ان سے بھی کوئی شفا نہ ہوئی تو ہم بہت مایوس ہوئے اہل خانہ کے چہرے اتر گئے۔ انہیں اپنی محنت اور انتظار رائگاں جاتے نظر آئے۔

جب میرے قریبی رشتہ دار تیار داری سے تھک گئے تو کئی دور کے رشتہ دار مدد کرنے حاضر ہو گئے۔ اس دوران مجھے اس بات کا دکھ تھا کہ عرفان کے رشتہ داروں میں سے کسی نے کوئی مدد نہ کی۔ اس کے بھائی ایک دفعہ آدھ گھنٹے کے لئے آئے اور چلے گئے۔ عرفان کبھی ان کی بات نہ کرتا اور اگر میں شکوہ شکایت کرتی تو بھی وہ کہتا"وہ مصروف ہوں گے۔"

جب اسپیشلسٹ ڈاکٹر کا علاج کارگر نہ ہوا تو تمہاری سلیمہ خالہ نے حکیم سے رجوع کرنے کا مشورہ دیا۔ چنانچہ ہم ان سے ملنے گئے۔ انہوں نے کہانی سن کر چند جڑی بوٹیاں تجویز کیں۔ مسئلہ یہ تھا کہ وہ جڑی بوٹیاں ایبٹ آباد کی پہاڑیوں میں دستیاب تھیں چنانچہ ہم نے اپنے کزن کو وہاں بھیجا تا کہ وہ وہاں سے ان جڑی بوٹیوں سے بھی عرفان کا دو ہفتے علاج کیا لیکن کوئی افاقہ نہ ہوا۔

عرفان کی طبیعت بہتر ہونے کی بجائے ابتر ہوتی گئی وہ رات رات بھر کمرے میں چکر لگاتا رہتا۔ اس کی گفتگو بالکل بے ربط ہو گئی تھی۔ بعض دفعہ وہ گھنٹوں بات نہ کرتا اور برآمدے یا دروازے میں بت بنا کھڑا رہتا۔ میں وجہ پوچھتی تو کہتا"میں گہری سوچ میں تھا۔"

ڈاکٹر خالد سہیل

ایک دفعہ تو وہ نہانے غسلخانے گیا اور دو گھنٹوں کے انتظار کے بعد جب میں نے دروازہ کھولا تو وہ کپڑے اور موزے پہنے کھڑا تھا۔ اس نے پانی کو چھوا تک نہ تھا۔ جب اس کی حالت مزید خراب ہوئی تو اس نے دیواروں، دروازوں اور ستاروں سے باتیں کرنی شروع کر دیں۔

جب عرفان کی حالت اور بھی بدتر ہوگئی تو تمہاری نانی اماں نے مشورہ دیا کہ عرفان کو ایک روحانی فقیر، جو بابا جی کے نام سے جانے جاتے تھے، کے پاس لے جائیں۔ تمہارے ماموں کو پیروں فقیروں پر بالکل اعتبار نہیں، وہ سائنسی نقطہ نظر رکھتے ہیں۔ وہ عرفان کا علاج پڑھے لکھے ڈاکٹروں سے کروانا چاہتے تھے نہ کہ ان پڑھ روحانی پیشواؤں سے۔ بابا جی کی بات ہوتی تو سارے گھر میں تشنج کی سی کیفیت پیدا ہو جاتی۔ بعض لوگ ان کے علاج کے حق میں تھے بعض اس کے خلاف۔ آخر میں جب سب نے مل کر میری رائے مانگی تو میں نے کہا۔ ''مجھے اپنے خاوند کی صحت سے غرض ہے۔ اگر بابا جی اسے ٹھیک کر سکتے ہیں تو مجھے کوئی اعتراض نہیں۔''

چنانچہ میں خود تمہاری نانی اماں کے ہمراہ بابا جی کی خدمت میں حاضر ہوئی۔ بابا جی نے کہانی سن کر کہا کہ عرفان پر کسی نے کالا جادو کر دیا ہے اور اس کا توڑ کالے بکروں کی قربانی ہے چنانچہ ہم نے دو کالے بکرے داتا دربار کے لنگر میں پیش کر دیے۔ بابا جی نے پلیٹوں پر قرآنی آیات بھی لکھ کر دیں اور کہا کہ عرفان کو یہ پلیٹیں دس دن تک پلاتے رہو۔ ہم نے وہ پلیٹیں عرفان کو پینے کو دیں تو پہلے تو اس نے انکار کیا لیکن جب تمہاری نانی اماں نے اصرار کیا تو اس نے ان کے احترام میں پلیٹیں بھی پینی شروع کر دیں۔

دس دن کے علاج کے بعد بھی جب کوئی افاقہ نہ ہوا تو ہم پھر بابا جی کے پاس گئے۔ اس دفعہ انہوں نے کہا ''ایک بڑی قربانی دو۔'' اس ملاقات کے بعد ہم نے ان کا علاج منقطع کر دیا۔ کیونکہ ہمیں کچھ سمجھ نہ آیا کہ آیا کہ وہ بڑی قربانی کیا ہو سکتی ہے۔

اسی دوران ڈاکٹر سعید ایک دفعہ پھر ملنے آئے اور عرفان سے گفتگو کرنے کے بعد کہنے لگے کہ چونکہ وہ اپنا ذہنی توازن کھو چکا ہے۔ اس لئے ہمیں اسے کسی ماہر نفسیات کے پاس بھیجنا چاہئے چنانچہ تمہارے محسن ماموں اور میں عرفان کو نفسیاتی بیماریوں کے ہسپتال میں ڈاکٹر مسعود کے پاس

لے گئے۔ ڈاکٹر مسعود کا مشورہ تھا کہ ہم عرفان کو وہیں چھوڑ آئیں لیکن جب میں نے ہسپتال کا دورہ کیا تو گھبرا گئی۔ وہاں کئی ایسے مریض تھے جو برسوں سے وہاں داخل تھے اور کبھی گھر نہ گئے تھے۔ ان کے خاندان انہیں بھلا چکے تھے۔ جب محسن نے مجھ سے پوچھا تو میں نے عرفان کے داخلے سے انکار کر دیا۔ جب محسن نے ڈاکٹر مسعود کو ہمارا فیصلہ سنایا تو وہ کہنے لگے کہ اگر تم اسے داخل نہیں کروانا چاہتے تو ہفتے میں دو دفعہ بجلی کے جھٹکوں کے علاج کے لئے لے آیا کرو اور علاج کے بعد واپس لے جایا کرو۔ ہم نے وہ مشورہ قبول کر لیا۔

عرفان ایک دفعہ تو محسن کے ساتھ بجلی کے علاج کے لئے چلا گیا لیکن پھر اس نے جانے سے انکار کر دیا۔ ایک دن تو عرفان کو لینے ٹانگہ آیا اور کوچوان چار گھنٹے تک انتظار کرتا رہا عرفان نے نہ جانا تھا نہ گیا۔ محسن نے وجہ پوچھی تو وہ کہنے لگا "میں ذہنی مریض نہیں ایک گنہگار انسان ہوں میرا مسئلہ ذہنی نہیں، روحانی ہے۔" اور پھر ایک عجیب و غریب واقعہ پیش آیا۔ ایک شام عرفان کی کزن ذکیہ اس کا حال پوچھنے آئی۔ پہلے تو اس نے معذرت کی کہ وہ اتنا عرصہ حاضر نہ ہو سکی۔ پھر وہ کہنے لگی کہ وہ ایک ایسے معالج کو جانتی ہے، جو دھوپ کی شعاعوں اور پانی سے علاج کرتے ہیں اور شمسی صاحب کے نام سے جانے جاتے ہیں۔ انہوں نے کئی اور مریضوں کا علاج کیا ہے اور وہ مریض شفایاب ہو گئے ہیں۔ "عین ممکن ہے شمسی صاحب عرفان کی کچھ مدد کر سکیں۔" ذکیہ نے کہا۔ "عرفان اب تھک چکا ہے وہ کسی معالج سے ملنے نہیں جاتا۔" میں نے بہانا بنایا۔

"فکر کی کوئی بات نہیں، میں انہیں خود یہاں لے آؤں گی۔ ذکیہ نے مشورہ دیا۔

"یہ تو بہت ہی اچھا ہو گا۔" میں نے اس کے خلوص کے آگے گھٹنے ٹیک دیے۔

اگلے دن ذکیہ شمسی صاحب کو لے آئی۔ وہ سفید بالوں والے دراز قد انسان تھے۔ اور انہوں نے سفید کرتا شلوار پہن رکھا تھا۔ ان کے ہاتھ میں ایک بریف کیس تھا۔ ذکیہ نے شمسی صاحب کا مجھ سے اور عرفان سے تعارف کروایا۔ میں نے علیحدگی میں شمسی صاحب کو ساری کہانی سنائی۔

ڈاکٹر خالد سہیل

اس دن عرفان اچھے موڈ میں تھا۔ اس نے شمسی صاحب کو بتایا کہ اس کی کمر میں گردے کی جگہ پر درد دوبارہ ہوا تھا۔ شمسی صاحب نے کہا ان کے پاس ایک خاص تیل ہے جو امید ہے اس کے گردے کی درد کو کم کر دے گا۔ شمسی صاحب نے عرفان کو بستر پر منہ کے بل لیٹنے کو کہا۔ انہوں نے بریف کیس سے نیلے رنگ کی بوتل نکالی اور مجھ سے کہا کہ میں اس کی کمر پر آہستہ آہستہ اس خاص تیل سے مالش کروں۔ چند ہی لمحوں میں عرفان کا درد ختم ہو گیا۔

"شمسی صاحب آپ نے تو کمال ہی کر دیا۔" عرفان نے بے ساختہ تعریف کی۔ "یہ تو خوشی کی بات ہے کہ میری تشخیص صحیح نکلی۔"

"اس علاج کے بارے میں مجھے کچھ بتائیں۔" عرفان اٹھ کر بیٹھ گیا اور سوال پوچھنے لگا۔

"میں سورج کی شعاعوں اور پانی سے علاج کرتا ہوں یہ ایک فطری علاج ہے۔ اس علاج کے فلسفے کی بنیاد یہ ہے کہ چونکہ سورج کی شعاعوں میں سات رنگ ہیں اس لئے ہمیں ان سب کی ضرورت ہے۔ جب کسی کے جسم میں کسی رنگ کی کمی ہو جاتی ہے تو وہ بیمار ہو جاتا ہے اگر ہم یہ تشخیص کر لیں کہ کسی کے جسم میں کس رنگ کی کمی ہے تو پھر ہم اس شخص کا اس رنگ کے پانی سے علاج کرتے ہیں۔"

"تو میرے جسم میں کس رنگ کی کمی ہے؟" عرفان متجسس تھا۔

"ہلکے نیلے رنگ کی۔"

"تو پھر مجھے کیا کرنا چاہئے؟"

"آپ چند خالی بوتلیں خرید لیں ان پر ہلکے نیلے رنگ کا پلاسٹک چڑھا دیں۔ پھر ان بوتلوں کو نیلے کے پانی سے بھر کر صبح سورج کی روشنی میں لوٹے پر رکھ آیا کریں اور پھر شام کو ان بوتلوں کو نیچے لے آیا کریں اور پھر اس پانی کو پیتے رہیں اگر آپ چند ہفتوں تک وہ پانی پیتے رہے، تو مجھے امید ہے کہ آپ کی طبیعت بہتر ہو جائے گی۔ میں آپ کو یہ نیلے رنگ کا تیل بھی دے دوں گا، جس کی مالش سے آپ کے درد میں افاقہ ہو گا۔"

عرفان نیلے رنگ کے تیل کی مالش کروانے اور پانی پینے پر رضامند ہو گیا۔

جب شمسی صاحب جانے لگے اور میں نے فیس پیش کرنی چاہی تو وہ کہنے لگے۔ "پہلی ملاقات تو ذکیہ بیٹی کے لئے تحفہ تھی۔ میں دو تین ہفتوں کے بعد دوبارہ آؤں گا اگر عرفان کی طبیعت بہتر ہوئی اور وہ علاج کامیاب ہوا تو پھر فیس لوں گا۔" ہمارا خاندان ذکیہ اور شمسی صاحب سے متاثر ہوا۔

عرفان نے اگلے دن سے نیلے رنگ کے پانی سے علاج شروع کر دیا۔ اس واقعہ کے چند دنوں کے بعد عرفان نے اپنی خواہش کا اظہار کیا کہ وہ اپنے والد کی قبر پر حاضری دینا چاہتا ہے میں اسے قبرستان لے گئی اور وہ اپنے والد کے سرہانے بیٹھا تقریباً دو گھنٹے تک خاموشی سے دعا مانگتا رہا۔ اگلے تین دن تک وہ متواتر اپنے والد کی قبر پر جاتا رہا۔ میں ہر روز اس میں کچھ تبدیلی محسوس کرتی اور پھر چند دنوں کے بعد ایک اور عجیب و غریب واقعہ پیش آیا۔

ایک سہ پہر عرفان کے کمرے میں میں صوفے پر آرام کرنے لیٹی لیکن میں اتنی تھکی ہوئی تھی کہ مجھے نیند پڑ گئی۔ جب میری آنکھ کھلی تو میں نے عرفان کو اپنے پاؤں کے پاس بیٹھے ہوئے پایا، وہ میرے جاگنے کا انتظار کر رہا تھا۔

"خیریت تو ہے؟" میں نے پیار بھرے لہجے میں پوچھا۔ "میں تم سے کچھ سنجیدہ باتیں کرنا چاہتا ہوں۔" وہ مسکرا رہا تھا "میں حاضر ہوں" میں اٹھ کر بیٹھ گئی۔

"کیا ہم دروازہ بند کر سکتے ہیں۔ میں نہیں چاہتا کہ کوئی ہماری گفتگو میں مخل ہو۔"

"یہ تو کوئی مشکل بات نہیں۔ میں پانی کا گلاس لے آؤں۔ پھر دروازہ بند کرکے تفصیلی گفتگو کرتے ہیں۔" میں اٹھ کر باورچی خانے کی طرف جانے لگی تو وہ کہنے لگا۔ "ایک گلاس میرے لئے بھی لے آنا۔"

میں پانی کا ایک جگ بھر لائی اور اپنی بہن سے کہا کہ کوئی ہمیں ڈسٹرب نہ کرے۔ میں واپس آئی تو عرفان نے دروازہ بند کیا اور اپنے جی کی پتا سنانے لگا۔ "جانم! آج میں تمہیں دل کے سارے راز بتا دینا چاہتا ہوں میر ایمان ہے کہ میں نہ تو جسمانی طور پر بیمار ہوں، نہ ذہنی طور پر۔ مجھے نہ ڈاکٹروں کی ضرورت ہے، نہ حکیموں کی۔ نہ پیروں کی حاجت ہے، نہ فقیروں کی۔ میر اعلاج نہ تو

ڈاکٹر خالد سہیل

گولیوں میں ہے نہ انجکشنوں میں نہ جڑی بوٹیوں میں ہے نہ بجلی کے جھٹکوں میں۔ میں کئی مہینوں سے اپنی روح کی گہرائیوں میں اترا ہوا تھا اب مجھے اپنے مسئلے کا حل مل گیا ہے۔''

میں خاموشی سے عرفان کی باتیں سن رہی تھی۔

''میری روح پر بھاری بوجھ اس لئے تھا کہ میں ایسی ملازمت کر رہا تھا جس کا میں بالکل مستحق نہ تھا۔ میری Ph.D کی ڈگری جعلی تھی۔ پی ایچ ڈی کے امتحان کے آٹھ پرچوں میں سے سات پرچے تو میں نے اپنی محنت سے پاس کئے تھے لیکن آٹھواں پرچہ ایک دوست نے پہلے سے دے دیا تھا۔ چنانچہ میں نے تیاری کئے بغیر وہ پرچہ دیا اور کامیاب ہو گیا۔ وہ میری بے ایمانی تھی۔

چند مہینے پیشتر جب میرا ضمیر مجھے کچوکے لگانے لگا اور میرا احساس گناہ بڑھنے لگا تو میں نے نوکری سے استعفیٰ دینے کا فیصلہ کیا لیکن پھر مجھے تمہارے اور بچوں کے مستقبل کا اور گاڑی، گھر اور کاٹیج کا خیال آیا اور وہ خیال میرے پاؤں کی زنجیر بن گیا۔ مجھے احساس ہوا کہ میری ملازمت کے بغیر میرے بچوں کی تعلیم جو مجھے بہت عزیز ہے، متاثر ہو گی۔ چنانچہ میں ایک شدید تضاد کا شکار تھا اور اس تضاد نے مجھے مہینوں پریشان رکھا۔

مجھے اس بات کی بھی فکر تھی کہ اگر میں نے یونیورسٹی کی نوکری سے استعفیٰ دے دیا تو پھر میں کیا کروں گا۔ میں بے کار زندگی نہیں گزارنا چاہتا تھا۔ آخر مجھے اپنے مسائل کا حل اپنے خوابوں میں مل گیا ہے وہ خواب جو میں پچھلی تین راتوں سے دیکھ رہا ہوں۔''

میں بت بنی عرفان کی باتیں سن رہی تھی۔

''پہلی رات مجھے کیا نظر آیا کہ میں فرشتوں کے ساتھ ہوا میں اڑ رہا ہوں وہ مجھے ایک عظیم الشان محل میں لے گئے۔ وہ محل ایک جھیل کے کنارے واقع تھا اور اس کے چاروں طرف کھیت ہی کھیت تھے۔ جب میں اس محل میں داخل ہوا تو مجھے ایک فوارے کے گرد بہت سے لوگ دائروں میں بیٹھے نظر آئے۔ فرشتوں نے مجھے بتایا کہ پہلا دائرہ پیغمبروں کا تھا، انہوں نے آدم، نوح، ابراہیم، عیسیٰ، سلیمان، بدھا اور موسیٰ کی طرف اشارہ کیا۔

دوسرے دائرے میں مختلف مذاہب کے صوفیا اور اولیا بیٹھے تھے۔ فرشتوں نے امام غزالی، شیخ عبدالقادر، داتا علی ہجویری، رابعہ بصری، سینٹ این اور سینٹ کرسٹوفر کی نشاندہی کی۔ آخر میں مجھے اپنے ابو نظر آئے جو میر انتظار کر رہے تھے۔ انہوں نے مجھے گلے لگایا اور انتظار کرنے کو کہا۔

جب باقاعدہ کاروائی کا آغاز ہوا تو سب بزرگوں نے حضرت ابراہیم کو تخت پر جلوہ گر ہونے کی درخواست کی اور انہوں نے اس دعوت کو قبول کرلیا۔ میرے ابو نے حضرت ابراہیم سے درخواست کی کہ ان کے بیٹے کو صوفیاء کے گروہ میں شریک کرلیا جائے اور پھر انہوں نے مجھے ان کی خدمت میں پیش کیا: حضرت ابراہیم نے میرے سر پر بڑی شفقت سے ہاتھ پھیرا اور مجھے اس فوارے سے وضو کرنے کو کہا۔ میں وضو کرکے لوٹا تو وہ کہنے لگے کہ مجھ میں ایک صوفی بننے کی تمام خصوصیات ہیں لیکن اس راستے پر چلنے کے لئے مجھے کچھ قربانیاں دینی پڑیں گی اور ان میں سے ایک قربانی میری ملازمت ہے پھر انہوں نے مجھے بتایا کہ کینیڈا میں Whitby کے شمال میں ایک گاؤں ہے جہاں ایک بزرگ میرا انتظار کر رہے ہیں۔ وہ اپنا Farm اور اس میں ملنے والی بکریاں، بھیڑیں، گائیں اور مرغیاں میرے حوالے کر دیں گے۔ جب میں وہاں جاؤں گا تو مختلف مذاہب کے لوگ میرے پاس آیا کریں گے اور مجھ سے روحانیت کا درس لیا کریں گے۔

.جب میں نے حضرت ابراہیم کا ہاتھ چوما تو انہوں نے میرے صوفیاء کے حلقے میں شامل ہونے کا اعلان کیا اور سب بزرگوں نے مجھے مبارک باد دی۔ میں اس مبارک باد سے اتنا خوش ہوا کہ میری نیند کھل گئی۔

دوسری رات خواب میں میری اپنے ابو سے پھر ملاقات ہوئی۔ وہ کہنے لگے کہ ان کے ذمے یہ کام لگایا گیا ہے کہ وہ میری چند اولیاء، صوفیاء اور درویشوں سے ملاقات کروائیں۔

''لیکن ہم انہیں کیسے پہچانیں گے؟'' میں نے معصومیت سے سوال کیا۔

''ان کی عاجزی سے۔''

''صوفیاء اپنی عاجزی کا اظہار کیسے کرتے ہیں۔''

ڈاکٹر خالد سہیل

"وہ نہ تو اونچی آواز سے بات کرتے ہیں اور نہ ہی دوسروں سے اونچا کبھی بیٹھتے ہیں۔ اگر آپ ان کے سامنے زمین پر بیٹھیں تو وہ بھی کرسی، صوفے یا تخت پر بیٹھنے کی بجائے آپ کے ساتھ زمین پر بیٹھیں گے۔ میرے ابو نے مجھے بتایا کہ چونکہ میں اولیاء کے گروہ میں نیا ہوں۔ اس لئے میں تو انہیں نہیں پہچانوں گا لیکن ساری دنیا کے اولیاء مجھے پہچان لیں گے کیونکہ عالم ارواح میں وہ سب اس رات وہاں موجود تھے جس رات مجھے صوفیاء کے حلقے میں قبول کیا گیا تھا۔"

جب ہم سفر پر نکلے تو سب سے پہلے میرے ابو مجھے ہندوستان لے گئے وہاں ہماری ملاقات ایک بزرگ موچی سے ہوئی۔ وہ بڑے خلوص سے مجھے ملے اور انہوں نے مجھے پیار سے گلے لگایا، انہوں نے ہمیں چائے بھی پیش کی۔ گفتگو کے دوران وہ کہنے لگے۔ بد دیانتی کے اس دور میں اپنے ہاتھوں سے محنت کرنا اور حق حلال سے کمائی کرنا آدھا تصوف ہے۔ ان کا چہرہ نہایت پر سکون تھا اور میں ان سے مل کر بہت متاثر ہوا۔

پھر میرے ابو مجھے یورپ لے گئے۔ جہاں ہماری ملاقات ایک نرس سے ہوئی جو ایک یتیم خانے کی مہتمم تھیں۔ انہوں نے مجھے درویشوں کے حلقے میں شامل ہونے کی مبارک باد دی۔ میں اس مبارک باد سے بہت حیران ہوا۔ انہوں نے مجھے مٹھائی بھی پیش کی۔ انہوں نے ہمارا چند یتیم بچوں سے بھی تعارف کروایا۔ اس یتیم خانے میں ہر رنگ، نسل، زبان اور مذہب کے بچے تھے۔ وہ نرس کہنے لگیں "یہ سب خدا کے بچے ہیں اور بچے پھولوں کی طرح نازک ہوتے ہیں۔ ہمیں ان کا خاص خیال رکھنا چاہئے تاکہ انہیں زمانے کی گرم ہوا نہ لگے اور وہ مرجھانہ جائیں۔"

تیسرے درویش جن سے ہماری اس رات ملاقات ہوئی وہ مشرق وسطٰی میں روحانیت کے پروفیسر تھے۔ انہوں نے بھی مجھے پہچان لیا اور شفقت سے ماتھے پر بوسہ دیا۔ انہوں نے اپنی گفتگو کے دوران فرمایا "مذہب جسم ہے اور تصوف روح۔ بد قسمتی کی بات یہ ہے کہ مختلف مذاہب کے پیروکاروں نے جسم کو پکڑ رکھا ہے اور روح کو کھو دیا ہے۔" انہوں نے یہ بھی کہا کہ شریعت ماننے والے چاہے وہ مولوی ہوں، پادری ہوں یا راہب۔ لوگوں میں تعصب کی دیواریں کھڑی کرتے ہیں

جب کہ صوفی دلوں میں پل تعمیر کرتے ہیں اور تمام مذاہب کا مقصد انسان دوستی اور انسانی ارتقاء کی فضا تیار کرنا ہے۔"

اس ملاقات کے بعد میرے ابو نے الوداع کہا اور رخصت ہو گئے۔

تیسری رات خواب میں میرے ابو مجھے کینڈا لے گئے اور مجھے وہ Farm دکھایا، جہاں مجھے جانا تھا۔ انہوں نے سفر کے دوران مجھے روحانی دنیا کے بارے میں بہت کچھ بتایا۔ مجھے ولی، ابدال، قطب اور غوث کے مراقب سے آگاہ کیا۔ انہوں نے مجھے بتایا کہ کرہ ارض کا ہر حصہ کسی نہ کسی صوفی کے زیر سایہ ہوتا ہے۔ جو اس علاقے کی روحانی ضروریات کا خیال رکھتا ہے اور جب ایک صوفی کے جانے کا وقت آتا ہے تو وہاں دوسرا صوفی بھیج دیا جاتا ہے۔ جب ہم Whitby کے شمال میں پہنچے تو ہمیں یہ دیکھ کر حیرانی ہوئی کہ اس گاؤں کا نام درویش نگر Saint-field تھا جس کے ایک Farm پر بزرگ درویش ہمارا انتظار کر رہے تھے۔ وہ کہنے لگے "آپ نے کافی دیر کر دی" میرے ابو نے جواب دیا۔ "آپ فکر نہ کریں یہ جلد ہی یہاں آ جائیں گے۔" ان کا اشارہ میری طرف تھا۔

وہ بزرگ کسان تھکے تھکے سے دکھائی دے رہے تھے، کہنے لگے۔ "میں اس علاقے کے لوگوں کی پچھلے بیس سال سے خدمت کر رہا ہوں۔ اب میرے جانے کا وقت آ گیا ہے۔"

اس ملاقات کے بعد میرے ابو نے بھی شب بخیر کہا اور اپنے سفر پر روانہ ہو گئے۔

اس گفتگو کے بعد سے عرفان ایک بالکل ہی مختلف انسان بن گیا ہے۔ اس نے سادہ کپڑے پہننے اور سادہ غذا کھانی شروع کر دی ہے۔ اس نے داڑھی بڑھا لی ہے اور مذاہب عالم اور روحانیت پر کتابیں پڑھنی شروع کر دی ہیں۔ اس کی بیماری کے سب عوارض رخصت ہو گئے ہیں۔

عرفان نے یہ بھی فیصلہ کیا ہے کہ اب وہ کینڈا واپس آ کر ایک نئی درویشانہ زندگی کا آغاز کرے گا۔

چنانچہ اب ہم واپس آنے کے بارے میں سنجیدگی سے سوچ رہے ہیں۔

تمہاری امی

ڈاکٹر خالد سہیل

جب ہم واپس کینڈا آئے تو اپنے گھر کو دیکھ کر اس گاؤں کی یاد آئی جو کسی طوفان کی نذر ہو گیا ہو۔ میز پر بجلی کے، پانی کے، بینک کے، بیسیوں Bills اور درجنوں خطوط پڑے تھے۔ گھر کی دیواروں، فرنیچر، پودوں، الغرض ہر چیز سے اداسی ٹپک رہی تھی۔ ماحول کافی سوگوار تھا۔ میں جس قدر فکر مند تھی۔ عرفان اسی قدر بے نیازی کا مظاہرہ کر رہا تھا۔ اس کا کہنا تھا کہ ہماری تمام جائیداد اور آرام و آرائش کے سارے سامان کی قیمت پانی کے ایک گلاس سے زیادہ نہ تھی۔ اس نے یونیورسٹی کی ملازمت سے استعفیٰ دے دیا۔ اپنے تمام قیمتی سوٹ، ٹائیاں اور جوتے دوسروں کو تحفتاً دے دیے اور کھدر کا کرتا شلوار پہننا شروع کر دیا۔ وہ اسے درویشوں کا پہناوا کہہ کر پکارتا۔ وہ مختلف گرجوں، مسجدوں، مندروں اور دیگر عبادت گاہوں میں جانے لگا اور اپنے دوستوں کا نیا حلقہ بنانے لگا۔ آخر اسے Whitby کے شمال میں وہ گاؤں مل گیا جہاں بہت سے مرد اور عورتیں ایک Commune کی طرح درویشانہ زندگی گزارتے تھے۔ اس کمیون کا سربراہ ایک بوڑھا کسان تھا۔ وہ بھی ایک درویش صفت انسان تھا۔ اس نے نہ صرف عرفان کو اپنے حلقے میں خوش آمدید کہا بلکہ چند ہفتوں کے بعد اپنے کمیون اور اپنے معتقدین کی ذمہ داری بھی عرفان کے حوالے کر دی۔ عرفان کو یوں لگا جیسے اس نے اپنے خواب کی تعبیر پالی ہو۔

عرفان کے کام نہ کرنے سے ہمیں بہت مالی نقصان ہوا۔ بعض دوستوں کا مشورہ تھا کہ میں Personal Bankruptcy کا اعلان کر دوں۔ اس طرح میں ساری مالی ذمہ داریوں سے سبکدوش ہو جاؤں گی لیکن میری غیرت اور انا نے گوارا نہ کیا اور میں نے اپنا سونا اور سامان بیچ کر سارے قرضے اتار دیے۔ میں نے اپنا گھر، کار اور کاٹیج سب بینک کے حوالے کر دیے۔ حتیٰ کہ مجھے اپنی کشتی نوح کو بھی خدا حافظ کہنا پڑا کیونکہ وہ بھی ہمیں نہ بچا سکی۔

سعدیہ اور عدیل پر بھی برے دن آئے۔ سعدیہ امتحان میں فیل ہو گئی اور عدیل اور اس کی گرل فرینڈ کے رشتے میں دراڑیں پڑ گئیں۔

ایک دفعہ عدیل اور سعدیہ دونوں مل کر اپنے ابو سے ملنے اس کے کمیون گئے۔

جب وہ کشادہ کمرے میں داخل ہوئے تو انہوں نے عرفان کو گدوں کے فرش پر بیٹھے ہوئے پایا۔اس کے چاہنے والوں نے اس کے گرد دائرہ بنایا ہوا تھا۔ان لوگوں میں ہر رنگ، نسل، زبان اور مذہب کے مرد اور عورتیں شامل تھے۔ وہ عرفان کو دل کا حال سنا رہے تھے اور وہ ان میں اپنے تجربات اور دانائی کے تحفے بانٹ رہا تھا۔ وہ اس ماحول میں بہت پر سکون نظر آرہا تھا۔

عدیل اور سعدیہ کو اپنی آنکھوں پر یقین نہ آیا۔ انہوں نے کبھی اپنے ابو کو لمبے بالوں، سفید داڑھی اور سفید کرتے شلوار میں ملبوس نہ دیکھا تھا۔ انہوں نے چاروں طرف نگاہ ڈالی تو گاؤ تکیوں اور کتابوں کا بکھرے ہوئے پایا۔

جب محفل برخواست ہوئی تو سعدیہ اور عدیل اپنے ابو سے ملنے آگے بڑھے۔ عرفان نے انہیں محبت سے گلے لگایا اور اپنے ایک شاگرد کو چائے،ڈبل روٹی،Bagel اور Jam لانے کو کہا۔

عرفان نے بچوں کی خیریت پوچھی تو سعدیہ نے بتایا کہ وہ امتحان میں ناکام رہی ہے۔ عرفان نے اس کے سر پر شفقت سے ہاتھ رکھا اور کہا"اس دنیا کے امتحانوں سے اخروی امتحان زیادہ اہم ہے۔"

جب عدیل نے اپنے ابو کو بتایا کہ اس کی محبوبہ اسے چھوڑ کر چلی گئی اس لئے وہ دل برداشتہ اور غمگین رہتا ہے تو عرفان کہنے لگا کہ ہم سب اس دنیا میں اکیلے آئے ہیں اور اکیلے ہی رخصت ہوں گے اس لئے دنیاوی چیزوں سے دل لگانا عبث ہے۔ دنیا کی ہر چیز عارضی ہے۔ اس زندگی میں ہم اس مسافر کی طرح ہیں، جو اپنے لمبے سفر میں کچھ عرصے کے لئے کسی درخت کے سائے میں رک جاتا ہے۔

جب چائے کا سامان آیا تو عرفان نے خود اپنے ہاتھوں سے چائے بنا کر بچوں کو پیش کی۔

عرفان نے سعدیہ اور عدیل سے کہا کہ وہ جب تک چاہیں اس کے پاس رہ سکتے ہیں۔ اس کمیون کا دروازہ ہر مسافر اور ہر مہمان کے لئے کھلا ہے۔ وہاں سب ایک پر سکون زندگی گزارتے ہیں۔ وہ مل جل کر کام بھی کرتے ہیں اور ایک دوسرے کی خوشیوں اور غموں میں شریک بھی ہوتے ہیں۔

ڈاکٹر خالد سہیل

عرفان نے بچوں کو الوداع کہتے ہوئے کہا کہ مادی دنیا کی دوڑ میں جیتنے والے بھی خسارے میں رہتے ہیں۔

سعدیہ اور عدیل لوٹے تو ان کی آنکھوں کی پتلیاں پھیلی ہوئی تھیں۔

میں عرفان سے چند دفعہ یہ سوچ کر ملنے گئی کہ شاید اسے خاندان کی ذمہ داریوں کا احساس ہو جائے لیکن ہر دفعہ میں آنکھوں میں آنسو لئے لوٹی۔ آخر میری ہمت جواب دے گئی اور میری طبیعت خراب رہنے لگی۔ میں نے ڈاکٹر سے مشورہ کیا تو اس نے بہت سے ٹیسٹ کرنے کے بعد تشخیص کی مجھے Thyrotoxicosis ہو گیا ہے اور میرے تھائرائڈ گلینڈ نے کام کرنا بند کر دیا ہے اور وہ مرض ذہنی پریشانی کی وجہ سے ہوا ہے۔ اس نے مجھے آرام کرنے اور ریڈیو تھرپی سے علاج کروانے کا مشورہ دیا۔ میں نے پاکستان فون کیا تو سب رشتہ داروں نے لاہور آنے کا مشورہ دیا۔ اس واقعہ کے بعد میں اور بھی تنہا محسوس کرنے لگی۔ آخر پچھلے ہفتہ جب میں عرفان سے ملنے گئی تو میں بہت دل برداشتہ تھی۔ اس شام میرے صبر کا پیمانہ چھلک پڑا اور مدتوں سے جو کچھ دل میں تھا وہ زبان پر آ گیا۔ میں نے کہا۔ ''عرفان مجھے یوں لگتا ہے جیسے میں ، جاگتے ہیں، ڈراؤنا خواب دیکھ رہی ہوں۔ تم تو اگلی دنیا میں جنت کے خواہشمند ہو اور ہم اس دنیا میں جہنم میں جل رہے ہیں۔

عرفان میں تمہیں یہ بتانے آئی ہوں کہ میں تھک چکی ہوں اور نڈھال ہو چکی ہوں۔ اپنی ساری توانائی تمہاری نگہداشت پر صرف کر چکی ہوں۔ مجھے یوں لگتا ہے جیسے میں کسی کچے راستے پر صدیوں سے چل رہی ہوں۔ اور منزل ابھی تک نہیں آئی۔ میں تم پر اپنا سب کچھ قربان کر چکی ہوں۔ اگر میرے پاس یونیورسٹی کی ڈگری ہوتی تو میں بھی ہزاروں ڈالر کما سکتی تھی اور کسی کی محتاج نہ ہوتی۔

میں اب بیمار ہو گئی ہوں۔ مجھے ڈاکٹر نے بتایا کہ ذہنی پریشانی سے میرے تھائرائڈ نے کام کرنا چھوڑ دیا ہے اور مجھے Thyrotoxicosis کا مرض لاحق ہو گیا ہے۔ میں نے آخری فیصلہ کیا ہے کہ میں آرام اور علاج کیلئے پاکستان چلی جاؤں۔

عرفان کیا تم نے کبھی اپنے دل کی گہرائیوں میں جھانکا ہے۔ کیا تم جانتے ہو کہ تم نے اپنے خاندان کے ساتھ کیا سلوک کیا ہے؟"

عرفان میری ساری باتیں تحمل اور بردباری سے سنتا رہا پھر اس نے اٹھ کر میرے ماتھے پر بوسہ دیا اور کہنے لگا۔ "رفیقہ ایک دن ان تم ان سب رازوں سے آشنائی حاصل کر لو گی۔ ایک دن تمہیں یہ سب باتیں سمجھ آ جائیں گی۔ میری دعا ہے کہ تمہیں دلی سکون کی دولت ملے۔ ایسی دولت جو تمہیں ساری دولتوں سے بے نیاز کر دے۔" اس رات جب میں لوٹ رہی تھی تو میں نے فیصلہ کر لیا تھا کہ اب میں عرفان کو ملنے کبھی واپس نہیں جاؤں گی۔

سنہ ۱۹۹۵ء

ڈاکٹر خالد سہیل

جزیرہ

کیا تمہارے والدین زندہ ہیں:

ہاں۔

آخری دفعہ ان سے کب ملے تھے؟

دس سال پہلے۔

تمہارے بہن بھائی ہیں؟

ہاں۔

ان سے آخری بار کب ملاقات ہوئی تھی؟

سات برس پیشتر۔

کہاں ملے تھے؟

راستے میں ملاقات ہو گئی تھی۔

کیا تمہارے دوست ہیں؟

کوئی نہیں۔

کیا تمہارا گھر ہے؟

نہیں۔

کہاں رہتے ہو؟

جہاں رات ٹھہر جائے۔

تمہاری آمدنی کا ذریعہ کیا ہے؟

کوئی نہیں۔

تو تم زندہ کیسے ہو؟

بس زندہ ہوں۔

تم کب سے اس طرح زندگی گزار رہے ہو؟

تقریباً بارہ برس سے۔

تم زندگی میں کیا کرنا چاہتے ہو؟

کچھ بھی نہیں۔

تمہاری زندگی کا مقصد کیا ہے؟

پتہ نہیں۔

کیا تمہارے لیے ویلفیر کا انتظام کروں؟

اس کی کوئی ضرورت نہیں۔

رہائش کا انتظام؟

اس کی بھی حاجت نہیں۔

تمہیں کھانے پینے کے لیے کچھ رقم کی ضرورت ہو گی؟

نہیں۔

کیا ہم کسی طریقے سے تمہاری مدد کر سکتے ہیں؟

نہیں بہت بہت شکریہ۔

میری سوشل ورکر کے کچھ سمجھ نہ آیا کہ کیا کرے۔

اس شخص کو پولیس ہسپتال لے آئی تھی تاکہ اسے داخل کر لیا جائے کیونکہ وہ بہت کمزور و ناتواں تھا گلیوں بازاروں میں سوتا تھا بھوکا پیاسا رہتا تھا۔ چونکہ سردی کا موسم آ گیا تھا اس لیے پولیس پریشان تھی کہ کہیں وہ سردی سے اکڑ کر مر نہ جائے۔

"ڈاکٹر صاحب اسے داخل کر لیس تاکہ اس کی صحت بہتر ہو سکے۔" پولیس مین نے مشورہ دیا۔

ڈاکٹر خالد سہیل

”کیا تم ہسپتال میں داخل ہونا چاہتے ہو؟“

”نہیں میں بیمار نہیں ہوں۔“

میں ڈاکٹر ہو کر بھی بے بسی کے دریا میں ڈوب گیا۔

میری سوشل ورکر نے اس کے والدین کو اطلاع دی اور وہ اسے گھر لے گئے۔

دو دن کے بعد پولیس اسے دوبارہ لے آئی۔

مسئلہ پھر وہی تھا۔

اس دفعہ سوشل ورکر نے اسے اس کی بہن کے پاس بھیج دیا۔

یہ حال بھی ایک ہفتے سے زیادہ کام نہ آ سکا۔

پولیس کا اصرار تھا کہ اس شخص کا ذہنی توازن درست نہیں اس لیے اسے چند مہینوں کے لیے پاگل خانے داخل کرنا چاہیے لیکن میں متفق نہیں تھا۔

میرے نزدیک مسئلہ اس کا نہیں تھا پولیس کا تھا جو شہر میں ایک ایسے شخص کو برداشت نہ کر سکتے تھے جو روایتی انداز سے زندگی گزارنا نہ چاہتا تھا۔

اس دفعہ سوشل ورکر نے اسے ایک بورڈنگ ہوم میں بھیجا۔ پولیس نے اسے تنبیہ کی کہ اگلی دفعہ اگر وہ شہر کی گلیوں میں سوتا ہوا پایا گیا تو اسے جیل میں بند کر دیا جائے گا۔ وہ بے اعتنائی سے مسکرا دیا۔

ایک باپ بیٹا صبح کی سیر کرنے شہر کے باہر گئے تو بچے کو تالاب میں کچھ تیرتا نظر آیا۔ اس نے اپنے باپ کو بتایا تو اندازہ ہوا کہ وہ لاش تھی۔ ایمبولیس اس لاش کو لے کر آئی۔ میں لاش کو دیکھ رہا تھا اور پاس ہی وہ بچہ کبھی مجھے اور کبھی باپ کو دیکھ رہا تھا اس کی نگاہوں میں حیرانی کے دیے ٹمٹمارہے تھے۔

”ابو۔“

”جی بیٹا۔“

"ابو میرے ٹیچر نے بتایا تھا کہ جس چیز کے چاروں طرف پانی ہو اور زمین سے تعلق نہ ہو
وہ جزیرہ ہوتا ہے۔"

"ہاں بیٹا۔"

"تو یہ آدمی ایک جزیرہ تھا۔"

وہ چند لمحے خاموش رہا پھر اس نے بیٹے کو آغوش میں اٹھایا اور اپنے سینے سے لگا لیا۔

ڈاکٹر خالد سہیل

رنگین لیبل۔۔۔۔ کھوکھلے ڈبے

وہ اپنی کار میں بیٹھی کانپ رہی تھی۔

اس کی خود اعتمادی کی عمارت متزلزل تھی۔۔۔ذات کے نہاں خانوں میں شگاف پڑ رہے

تھے۔

جیوی ایک ایسے دن کی دہلیز پر بیٹھی تھی جو بظاہر معمولی نظر آتا ہے لیکن اس کے اندر

ہیجان انگیز جذبات اور کرب انگیز کیفیات کا ایک نگار خانہ آباد ہوتا ہے۔

"کیا میں واقعی خوش قسمت اور کامیاب عورت ہوں؟" زندگی میں پہلی دفعہ اس کے ذہن

میں یہ سوال ناگ بن کر ابھرا تھا اور اس کے ساتھ ہی بہت سی یادیں بانسری بجاتی ہوئی چاروں طرف

سے جمع ہو گئی تھیں۔

"تم بہت خوبصورت ہو۔"

"تم بہت خوش قسمت ہو۔"

"اس چھوٹی عمر میں اسسٹنٹ ڈائرکٹر بن گئی ہو۔"

"تم سوپر وومن ہو۔۔۔گھر اور دفتر دونوں میں کامیاب۔"

"سب عورتیں تم پر رشک کرتی ہیں۔"

اور وہ لوگوں کی باتوں پر برسوں سے یقین کر بیٹھی تھی۔"

وہ ایک کامیاب عورت تھی۔۔۔شہر کے معقول علاقے میں مکان بھی خرید لیا تھا۔

ایک قیمتی کار بھی رکھ لی تھی اور ڈائرکٹر کے ریٹائر ہونے کے بعد اس کی کرسی سنبھالنے کی

امید بھی تھی۔ اسے کتنی خوشی تھی کہ وہ اپنی کمپنی کی پہلی عورت ڈائرکٹر ہو گی۔۔۔ان تمام مسرتوں

کے باوجود اس دن ایک غیر متوقعہ واقعہ پیش آیا جس نے اس معمولی دن کو غیر معمولی بنا دیا۔

اس نے مہینوں کی بحث کے بعد اپنے بوس کو راضی کر لیا تھا کہ وہ صوبائی میٹنگ میں ڈائرکٹر کا نمائندہ بن کر جائے گا۔ اس نے سب تیاری کر لی تھی۔ لائبریری جا کر ریسرچ کا کام بھی کر لیا تھا، اپنی کمپنی کی تفاصیل بھی ازبر کر لی تھی، اپنی تقریر بھی تیار کر لی تھی ۔۔۔ یہاں تک کہ ان کپڑوں کا انتخاب بھی کر لیا تھا جو پہن کر میٹنگ میں جانا تھا۔ یہ سب باتیں اپنی جگہ لیکن ۔۔۔

اس صبح اول تو الارم نہ بجا۔ وہ آدھ گھنٹہ دیر سے اٹھی۔ پھر اپنے بیٹے جانتھن Jonathan کو تیار کرنا چاہا تو وہ رونے لگا۔

’’جلدی تیار ہو جاؤ۔ کیا تم نے بے بی سٹر کے پاس نہیں جانا؟‘‘

’’نہیں۔‘‘ جانتھن نے جواب دیا۔

’’جلدی کرو۔‘‘ وہ چیخی۔

جانتھن پھر سو گیا۔۔۔ جیولی لوٹ کر آئی تو غصے میں جانتھن کو گھسیٹا اور غلسخانے میں لے جا کر پٹخا۔ جانتھن رونے لگا۔

’’دیر ہو رہی ہے تمہیں ذرا بھی احساس نہیں۔‘‘ وہ اور زور سے چیخی۔

جانتھن کو نیم خوابی کے عالم میں تیار کیا اور اسے دودھ کا گلاس تھمایا۔ جیولی نے کپڑے پہن کر جلدی سے جانتھن کو اٹھایا تو سارا دودھ اس کے کپڑوں پر گر گیا۔۔۔ جیولی آپے سے باہر ہو گئی اور جانتھن کو دو چانٹے لگائے۔

روتا ہوا جانتھن چپ ہو گیا۔۔۔ وہ سہم گیا۔

جیولی بھی سہم گئی۔ اس نے پہلے کبھی یہ حرکت نہ کی تھی۔

وہ دفتر پہنچی تو اسے یاد آیا کہ وہ اپنی تقریر گھر بھول آئی ہے۔

وہ میٹنگ میں اپنے حافظے سے باتیں کرتی رہی۔

اس کی اعتمادی عمارت متزلزل ہونے لگی۔ وہ اپنی کارکردگی سے بالکل مطمئن نہ تھی۔

وہ اپنی کارکردگی سے کبھی بھی مطمئن نہ تھی۔

گھر پہنچی تو بے بی سٹر نے پیغام دیا کہ جانتھن ہسپتال میں ہے اسے سخت بخار تھا۔

ڈاکٹر خالد سہیل

جیوٹی کی ذات کی ایک اینٹ پھسلی۔

پھر دوسری پھر تیسری۔

ایک شگاف پڑ گیا۔

ہسپتال میں جانتھن اس کا منتظر تھا لیکن اس نے اپنے سوشل کلب کی ماہانہ میٹنگ کی صدارت کرنی تھی۔ وہ دل کڑا کرکے کلب آگئی۔۔۔۔ لیکن کار سے باہر نہ نکل سکی۔

وہ کار میں بیٹھی کانپ رہی تھی۔

شکوک و شبہات اس کی پوری ذات کو جھنجھوڑ رہے تھے۔

کیا میں واقعی ایک کامیاب عورت ہوں؟

اگر میں خوبصورت ہوں تو اس میں میرا کیا کارنامہ ہے؟

میں نے شادی کی کیونکہ سب عورتیں کرتی ہیں۔

میں نے بچہ پیدا کیا کیونکہ خاندان والوں کا اصرار تھا۔

میں اسسٹنٹ ڈائریکٹر بنی کیونکہ کچھ لوگ مستعفی ہوگئے۔

میرا ہر کام مصنوعی ہے۔۔۔۔ اعتماد سے خالی۔

نہ گھر میں کامیاب ہوں نہ دفتر میں۔

ذات کی ایک اور اینٹ گری۔۔۔۔ ایک اور

اس نے اپنے اندر جھانکا۔۔۔۔ ایک کھوکھلی عمارت تھی۔

کیا میں اپنی ذات کی تلاش میں اپنی ذات کو کھو رہی ہوں؟

وہ کلب کے پارکنگ نوٹ میں کافی دیر تک اپنی کار میں بیٹھی رہی۔

شہر کے بہت سے معززین اس کی ذات سے بے خبر کلب کی طرف قدم بڑھا رہے تھے۔ ڈاکٹر، انجینئر، وکیل، بزنس مین۔۔۔۔ مرد اور عورتیں۔۔۔۔ چہروں پر خوبصورت مسکراہٹیں اور جسموں پر رنگین لباس سجائے ہوئے۔۔۔۔ اسے یوں لگا وہ ان کے چہروں اور عہدوں کو پہچانتی ہے لیکن ان کی شخصیات کو نہیں جانتی۔

”کیا ہم سب ایک ہی کشتی میں سوار ہیں؟“ ایک سوال نے بے چینی سے کروٹ بدلی اس
نے کار اسٹارٹ کی اور کلب سے ہسپتال کی طرف روانہ ہو گئی۔

ڈاکٹر خالد سہیل

اگست ۱۹۸۵ء

ڈاکٹر خالد سہیل

تعبیریں بتانے والی

وہ ساری عمر اپنے آپ کو مسیحا سمجھتی رہی لیکن۔۔۔

اس نے برسوں انسانی ذات کے تہہ خانوں میں چھپے رازوں کو جاننے کی کوشش کی اور جب اس نے بصیرتوں کے اتنے خزانے دریافت کر لیے کہ دوسروں میں بانٹ سکے تو ایک دن اس نے اپنی زندگی کو دوسروں کی خدمت کے لئے وقف کر دیا۔

وہ ہر روز ہسپتال جاتی اور صبح سے شام تک دکھی لوگوں کی کہانیاں سنتی، ان کے مسائل کی گتھیاں سلجھانے کی کوشش کرتی اور ان کے تاریک دلوں میں امید کی شمعیں روشن کرتی۔

وہ غمزدہ لوگوں کو بتاتی کہ وہ زندگی کے جنگل میں بھٹک رہے ہیں اور چاروں طرف انجانی منزلوں کی طرف جاتی ہوئی بیسیوں پگڈنڈیوں میں ایک پگڈنڈی ایسی بھی ہے جو ان کی زندگی کی شاہراہ سے جا ملتی ہے لیکن اس پگڈنڈی کی تلاش ایک مشکل مرحلہ ہے۔

وہ دکھی لوگوں کو سمجھاتی کہ ظاہر کی آنکھوں سے دیکھتے دیکھتے لوگوں نے باطن کی آنکھیں بند کر لی ہیں۔ خارج کی دنیا میں مسائل کا حل تلاش کرتے کرتے وہ اپنے داخل کی دنیا سے بے خبر ہو گئے ہیں اور مشینوں کے شور میں روح کی موسیقی دب گئی ہے۔

وہ مسرت اور سکون کے متلاشیوں کو مشورہ دیتی کہ وہ اپنی مصروف زندگی میں خاموشی، تنہائی اور یکسوئی کے لمحے تلاش کریں تا کہ وہ اپنی روح کی سرگوشیاں سن سکیں اور اپنے خوابوں پر غور کر سکیں کیونکہ وہی سرگوشیاں اور وہی خواب ان پگڈنڈیوں کے راز سے لے کر آتے ہیں جن کے رشتے شاہراہوں سے جا ملتے ہیں۔

وہ برسوں سچائی کی زندگی گزارتی رہی اور لوگوں کے معاشی، معاشرتی، خاندانی اور جذباتی مسائل میں ان کی مدد کرتی رہی لیکن آہستہ آہستہ اسے احساس ہونے لگا کہ ان لوگوں کی تعداد بڑھتی جا رہی ہے جو جنتی نا آسودگی کا شکار ہیں۔

ایک شخص آکر کہتا ہے کہ وہ پینتیس برس کا ہے لیکن اس نے آج تک کسی عورت کو برہنہ نہیں دیکھا۔ وہ نہیں جانتا کہ عورت کے لمس میں کیا سحر پوشیدہ ہے۔ وہ اکثر راتوں کو خواب میں کسی دوشیزہ کی آنکھوں، ہونٹوں اور بدن کو چھوتا ہے، محسوس کرتا ہے بغلگیر ہوتا ہے اور اس کے شباب کے خمار میں کھو جاتا ہے لیکن صبح اس کی تنہائی اور تشنگی میں اضافہ ہو جاتا ہے اس طرح برسوں سے اس کی زندگی میں محرومی کا احساس بڑھتا جا رہا ہے۔

دوسرا شخص آکر بتاتا کہ وہ ایک ایسے رشتہ ازدواج میں برسوں سے بندھا ہوا ہے جو اپنی ساری تازگی اور رومانس کھو چکا ہے۔ اس کا رشتہ اسے ایسے گنے اور ملٹے کی یاد دلاتا ہے جس سے سارا رس چوس لیا گیا ہو۔ وہ اپنی بیوی کو خوش کرنے کے لئے اگر کبھی کبھار، ہم بستری کرتا بھی ہے تو کسی اور عورت کا تصور لے کر کیونکہ اسے یقین ہے کہ اگر وہ ایسا نہ کرے تو نامردی کا شکار ہو جائے۔ وہ اپنی بیوی کو چھوڑنا بھی نہیں چاہتا کیونکہ اس سے اس نے عمر بھر ساتھ رہنے کا وعدہ کر رکھا ہے۔

اس کے پاس ایک ایسا شخص بھی آتا جو اسے بتاتا کہ برسوں کی بے محبت کی شادی سے اکتا کر اس نے ایک اور عورت سے راہ رسم بڑھا لیے ہیں۔ اس کی محبوبہ کو اس کی بیوی کا پتہ ہے۔ لیکن اس کی بیوی کو محبوبہ کی خبر نہیں۔ وہ ہمیشہ ایک تضاد میں الجھا رہتا ہے۔ ایک طرف تو وہ سوچتا ہے کہ وہ اپنی بیوی سے بے وفائی کر رہا ہے۔ لیکن دوسری طرف جانتا ہے کہ اس کی محبوبہ نے اس کی شادی کو سہارا دے رکھا ہے اگر اس کی محبوبہ نہ ہوتی تو اس کی کب کی طلاق ہو چکی ہوتی۔ وہ اپنی محبوبہ سے جو خوشیاں حاصل کرتا ہے ان میں وقتاً فوقتاً اپنی بیوی کو بھی شامل کر لیتا ہے۔ یہی تضاد کا نٹا بن کر اس کی روح میں چھتار ہتا ہے اور اسے راتوں کو سونے نہیں دیتا۔

اس کی ایک اور شخص سے بھی ملاقات ہوئی جس نے سب روایتی رشتوں کو خیر باد کہہ دیا تھا وہ ایک آزاد زندگی گزار رہا تھا وہ ایک عورت کے ساتھ سہ پہر کی چائے پیتا، دوسری عورت کے ساتھ شام کا کھانا اور تیسری عورت کے ساتھ صبح کا ناشتہ کرتا۔ اگر چہ اس کی زندگی رومانس اور خوشیوں سے بھری ہوئی تھی لیکن پھر بھی اسے سکون دل حاصل نہ تھا۔ وہ اپنی روح کی گہرائیوں میں

ڈاکٹر خالد سہیل

اتر جانا چاہتا تھا لیکن اسے اپنی ذات کی سب کھڑکیاں اور دروازے بند ملتے، وہ اپنے من کی اس شمع کو جلانا چاہتا تھا جو کب کی بجھ چکی تھی۔

وہ ان سب لوگوں کو اور نجانے کتنے اور لوگوں کی کہانیاں اور خواب سنتی۔ ایسے خواب جنہیں وہ اپنے نہ کسی رشتہ دار، دوست یا محبوب کو سنا سکتے اور دل کا حال سنانے سے ہی ان کی روحوں سے آدھا بوجھ اتر جاتا۔ وہ بھی خوش تھی کہ وہ دکھی انسانیت کی خدمت کر رہی ہے۔ وہ دل ہی دل میں اپنے آپ کو اپنے درد کا مسیحا سمجھتی۔

جو لوگ اس سے مشورے مانگتے وہ انہیں بتاتی کہ زندگی ایک سمندر ہے اور انسانی دل ایک کشتی۔ جب تک کشتی سمندر کی سطح پر تیرتی رہتی ہے، محفوظ رہتی ہے اسے لاکھوں ٹن پانی سے کوئی خطرہ محسوس نہیں ہوتا لیکن جب کشتی شکستہ ہو جائے اور اس میں دراڑیں پڑنے لگیں اور پانی اندر آنے لگے تو کشتی کے اندر آیا ہوا تھوڑا سا پانی، اس بہت سے پانی سے زیادہ خطرناک ہوتا ہے جو کشتی کے باہر ہوتا ہے کیونکہ وہ تھوڑا سا پانی ہی کشتی کو لے ڈوبتا ہے۔ وہ لوگوں کو بتاتی کہ جب انسان اپنے اندر کی آنکھ اور موسیقی کو کھو بیٹھتا ہے تو اس کے دل میں دراڑیں پڑنے لگتی ہیں اور انسان کا تحفظ اور خوشیاں خطرے میں پڑ جاتی ہیں۔

وہ لوگوں کو خوابوں کی تعبیریں اتنی خوبصورتی اور خلوص سے بتاتی کہ وہ اسے ماہر نفسیات کہنے کی بجائے تعبیریں بتانے والی کے نام سے یاد کرتے۔

یہ سلسلہ ایک طویل عرصے تک جاری رہا۔ دن ہفتے میں، ہفتے مہینوں میں اور مہینے سالوں میں بدلنے لگے۔ خوابوں کو سننے، سمجھنے اور ان کی تعبیریں بتانے کا یہ سلسلہ شاید عمر بھر جاری رہتا لیکن اسے احساس ہوا کہ اس کے جذبے اور خلوص کی شدت میں کمی آ رہی ہے۔ وہ اپنے آپ سے پوچھنے لگی کہ کیا اس کے اپنے من کو دیمک لگ رہی ہے۔ اسے یوں لگا جیسے اس کی اپنی اندر کی آنکھ غنودگی کا شکار ہو رہی ہو۔ وہ کچھ عرصے تو اپنے آپ سے لڑتی رہی لیکن پھر اس نے گھٹنے ٹیک دیے جب اس کی آنکھوں کی کھڑکیاں بند ہوئیں تو خوابوں کے دروازے کھل گئے۔ وہ کیا دیکھتی ہے کہ وہ

اپنے عہد سے ایک صدی پہلے پہنچ گئی ہے وہ ایسے دور میں پہنچ گئی ہے جب اکثر انسان دیہاتوں میں رہتے تھے اور کبھی کبھار شہروں میں آتے تھے۔

وہ لوگ جو اپنی رومانوی زندگی سے ناخوش ہوتے وہ شہر جا کر کسی طوائف کے دروازے پر دستک دیتے اور اپنے ناآسودہ جذبات کی تسکین چاہتے لیکن جب گاؤں لوٹ کر آتے تو احساس گناہ میں مبتلا ہو جاتے۔ اپنے احساس کی شدت میں کمی کرنے کے لئے وہ پادری کے پاس جاتے۔ وہ ان سے ان کے گناہوں کی پوری کہانی سنتا اور انہیں بار بار آ کر گناہوں کے اعتراف کی تلقین کرتا۔ ایسا کرنے سے ان کی روح کا بوجھ ہلکا ہوتا اور وہ سبک سبک اپنی زندگی گزارتے رہتے۔

وہ خواب میں کیا دیکھتی ہے کہ آخر ایک دن وہ پادری شہر کو جاتا ہے اور اتفاقاً اس کی ملاقات اس طوائف سے ہو جاتی ہے جس کے پاس اس کے گاؤں کے لوگ جایا کرتے تھے۔ اسے یوں محسوس ہوتا ہے جیسے وہ اس طوائف کو جنم جنم سے جانتا ہے۔ وہ اس کے عشق میں گرفتار ہو جاتا ہے۔ وہ دونوں پوری شام ایک دوسرے کی تنہائیوں سے بغل گیر ہوتے رہتے ہیں اور پھر خواب گاہ کا رخ کرتے ہیں۔ اس کا خواب اس لمحے ایک عجیب رخ اختیار کرتا ہے۔ جب صبح دم خواب گاہ سے نہ تو پادری نمودار ہوتا ہے نہ ہی طوائف لیکن جب وہ اس کی خواب گاہ میں داخل ہوتی ہے تو اپنے آپ کو اس بستر میں سویا ہوا پاتی ہے۔ وہ بستر بالکل اس کے اپنے بستر کی طرح تھا اور وہ خوابگاہ بالکل اس کی اپنی خوابگاہ کی طرح۔

اس دن کے بعد وہ کبھی ہسپتال نہ گئی بلکہ شہر چھوڑ کر چلی گئی۔ جو لوگ اسے اپنی بپتا سنانے آتے تھے وہ کہنے لگے کہ شاید وہ خود اپنے کسی خواب کی تعبیر تلاش کرنے چلی گئی ہے وہ خواب جو اس کے لئے اس پگڈنڈی کی نشاندہی کرے گا جس پر چلتے چلتے وہ اپنی شاہراہ تلاش کر لے گی۔

ستمبر ۱۹۹۳ء

ڈاکٹر خالد سہیل

تھکی ہوئی زندگی

ولیم William کاسٹریچر کلینک میں ایسے داخل ہوا جیسے اس کی زندگی کا ہوائی جہاز طویل مسافت کے بعد رن وے پر لینڈ کر رہا ہو۔

اس نے ویٹنگ روم میں چاروں طرف دیکھا۔ موت کی پرچھائیاں پوسٹروں کی صورت میں اس کو خوش آمدید کہہ رہی تھیں:

"موت زندگی ہے"

"زندگی کی انتہا موت ہے۔"

"صرف ان لوگوں کو زندہ رہنا چاہیے جو زندہ رہنا چاہتے ہوں۔

باعزت زندگی کے لیے (Dignified Death Clinic (DDC کی طرف رجوع کیجئے۔

اس کی اپوئنٹمنٹ میں ابھی آدھ گھنٹہ باقی تھا۔ ولیم کی پرائیوٹ نرس شیرن Sharon اس کے ساتھ آئی تھی۔ ولیم کے سراپا میں اس کی زندگی کی تھکاوٹ پھیل چکی تھی۔

وہ شیرن کا سہارا لیتے ہوئے اسٹریچر پر بیٹھ گیا۔

"مجھے Digoxin کی گولی دینا۔"

"وہ تو تم آدھ گھنٹہ پہلے کھا چکے ہو۔"

"اور پیشاب کی گولی۔"

"وہ تو تم صرف پیر، بدھ اور جمعہ کو کھاتے ہو اور آج ہفتہ ہے۔"

"شیرن تم بہت مہربان ہو۔" اس کی روح کا تمام تر درد اس کی آنکھوں میں سمٹ آیا۔

"اکثر نرسیں مہربان ہی ہوتی ہیں۔" شیرن نے اس کا ہاتھ تھپتھپایا۔

”مجھے کچھ پانی پلاؤ۔“

شیریں اسے ایک گلاس لا کر دیتی ہے اور پینے میں مدد کرتی ہے۔

”شیریں میں ہر بات بھول کیوں جاتا ہوں؟“

”زندگی کے اس دور میں بہت سے لوگ اپنی یادداشت کھو بیٹھتے ہیں۔“

”میں نہ پڑھ سکتا ہوں، نہ لکھ سکتا ہوں، نہ سوچ سکتا ہوں زندگی ایک بار بنتی جا رہی ہے اپنے لیے بھی اور دوسروں کے لیے بھی۔“

شیریں خاموش رہتی ہے۔

———————

ویٹنگ روم میں نرس داخل ہوتی ہے۔

”میرا نام مانیکا Monica ہے۔ میں ڈگنیفائڈ ڈتھ کلینک کی رجسٹرڈ نرس ہوں۔ آپ کا نام؟“

”ولیم۔“

”تاریخ پیدائش؟“

”یاد نہیں تقریباً پچھتر سال کا ہوں۔“

”آپ کا پتہ؟“

”اسی شہر میں رہتا تھا اب تو آپ کا کلینک ہی میرا پتہ ہے۔“

”آپ کا سوشل انشورنش نمبر؟“

”میرے بریف کیس میں ہے۔“

”کیا آپ وصیت لکھ چکے ہیں؟“

”ہاں میرے وکیل کے پاس ہے۔“

”آپ کی انشورنس؟“

ڈاکٹر خالد سہیل

’’اس کا بھی انتظام ہو چکا ہے۔‘‘

’’کیا آپ اپنے کسی دوست یا رشتہ دار کو خط یا تار بھیجنا چاہتے ہیں؟‘‘

’’نہیں۔‘‘

’’کیا آپ کسی چرچ کے پادری کو مطلع کرنا چاہتے ہیں؟‘‘

’’نہیں شکریہ۔‘‘

’’آپ کتنی دوائیں کھاتے ہیں۔‘‘

’’ایک گولی دل کے درد کے لئے،

ایک گولی گردوں کے لیے اور

ایک گولی ضعفِ جگر کے لیے۔‘‘

’’ان کے علاوہ کوئی اور علاج کرواتے ہیں؟‘‘

’’ہر تین مہینے کے بعد ڈایالنسر Dialysis کرواتا ہوں۔‘‘

’’آپ کا جو علاج یہاں ہو گا اس کا خرچ کون ادا کرے گا؟‘‘

’’میری انشورنس کمپنی۔ معاف کرنا نرس تمہارا نام کیا ہے بھول گیا؟‘‘

’’مانیکا۔‘‘

’’ولیم اس کلینک میں مرنے کے تین طریقے ہیں۔ تین منٹ کا، تین گھنٹوں کا اور تین دنوں کا۔ آپ کون سا طریقہ پسند فرمائیں گے؟‘‘

’’مجھے پہلے یہ بتاؤ کہ میرے مرنے کے بعد میرے جسم کا کیا کریں گے۔‘‘

’’جو آپ پسند فرمائیں۔ کیا آپ دفن ہونا چاہتے ہیں، جلنا چاہتے ہیں یا اپنا جسم سائنس کی تحقیق کی نظر کرنا چاہتے ہیں؟‘‘

’’کیا میرے جسم کا کوئی حصہ کسی کے کام آ سکتا ہے؟‘‘

’’آپ کی آنکھیں۔‘‘

’’سنا ہے میرا خون جو کہ او نیگیٹو (O-) ہے وہ بھی ریسرچ کے کام آ سکتا ہے۔‘‘

دیوتا

”درست ہے۔“

”تو ایسا انتظام کرنا کہ میری آنکھیں اور خون لینے کے بعد باقی جسم جلا کر بحر او قیانوس میں اس کی راکھ پھینک دینا۔ کیا تین منٹوں یا تین گھنٹوں میں مرنے سے اس پر کچھ اثر پڑے گا۔“

”ہاں اگر تین گھنٹوں میں مرو گے تو تمہارے اعضا سے زیادہ فائدہ اٹھایا جا سکے گا۔“

”تو پھر تین گھنٹوں کا علاج ٹھیک ہے۔“

”کیا تم گھر میں اکیلے رہتے تھے۔“

”ہاں۔ لیکن میری پانچ پرائیوٹ نرسیں ہیں جو ایک ایک ہفتہ میرا خیال رکھتی تھیں آج کل میرے ساتھ شیریں ہے۔“

”کیا تم مرتے وقت شیریں کو اپنے کمرے میں رکھنا چاہو گے؟“

”ضرور۔“

”میں یہ سب کچھ لکھ کے آؤں گی تاکہ تم دستخط کر سکو اور اس کی قانونی حیثیت ہو جائے۔“

”بہت خوب۔“

”تم کب مرنا چاہو گے؟“

”کل شام۔“

”بہت خوب۔ ولیم اس کلینک میں ایک محکمہ نفسیات کی ٹیم ہے جو موت و حیات کے موضوع پر ریسرچ کر رہی ہے۔ اگر آپ کو اعتراض نہ ہو تو وہ تمہارا انٹرویو لے لیں۔“

”ضرور۔ انہیں اندر بھیج دو۔ لیکن سنو نرس تمہارا نام کیا ہے۔“

”مانیکا۔“

ڈاکٹر خالد سہیل

”میں رابرٹ Robert ہوں اور یہ سنتھیا Cynthia ہے۔ ہم محکمہ نفسیات کے طلباء ہیں آپ سے کچھ سوال پوچھیں گے۔“

”ضرور میں بھی دس سال نفسیات پڑھتا رہا ہوں۔“

”آپ مرنا کیوں چاہتے ہیں؟“

”میں زندگی سے تھک چکا ہوں۔ ایک وقت تھا میں زندگی سے لطف اندوز ہوا کرتا تھا۔ اب وہ میرے کندھوں پر بوجھ بن گئی ہے اور میں دوسروں کے کندھوں پر بوجھ بن گیا ہوں۔“

”کیا آپ اپنے پیچھے دنیا میں کچھ چھوڑے جا رہے ہیں؟“

”ہاں میں نے پانچ کتابیں لکھی ہیں جو فلسفے کے نصاب میں پڑھائی جاتی ہیں۔ یہی میری اصل وراثت ہے۔“

”آپ نے زندگی میں سب سے مشکل کیا پایا“

”الوداع کہنا۔ لیکن جب میں الوداع کہنا سیکھ گیا تو زندگی کو الوداع کہنے کا وقت آ گیا۔“

”کیا آپ کو زندگی سے کوئی شکایت رہی ہے؟“

”نہیں۔“

ولیم۔ میرا نام ڈاکٹر سمتھ Dr Smith ہے۔ کیا تم تیار ہو؟

”بالکل۔“

”ہم دو طرح کی گیس استعمال کرتے ہیں موت کو پر سکون بنانے کے لیے ایک سے انسان مسکرا پڑتا ہے دوسری سے رو دیتا ہے۔ تم کونسی پسند کرو گے؟“

”مسکرانے والی۔“

”ہم تمہیں نشہ آور ادویہ کے کمرے میں لے چلیں گے اور تمہارے پاس صرف شیرین ہو گی۔“

”بہت خوب۔“

”شیریں میں تھک گیا ہوں۔ اب مجھے نیند آرہی ہے۔“
”میرے ماتھے پر بوسہ دو۔ گڈبائے۔“

ولیم کی راکھ بحر اوقیانوس کی سطح پر بکھرتی ہے اور اس کی تہہ میں بڑے سکون سے بیٹھ جاتی ہے۔

بحر اوقیانوس کے ساحل پر بہت سے طلباء اس واقعہ سے بے خبر ولیم کی لکھی ہوئی کتابیں پڑھ رہے ہیں۔

اپریل ۱۹۸۵ء

ڈاکٹر خالد سہیل

مقدس

صائمہ حسبِ عادت صبح اٹھی اور اس نے بڑے خشوع و خضوع کے ساتھ فجر کی نماز پڑھی۔ پھر وہ تلاوت کرنے کے لیے دوسرے کمرے میں گئی۔ اس نے طاق کی طرف ہاتھ اٹھایا تو کیا دیکھتی ہے کہ قرآن غائب ہے۔ اس نے سوچا کہ شاید وہ بیسمنٹ میں قرآن رکھ کر بھول گئی ہو۔ وہ وہاں گئی تو وہاں بھی قرآن غائب تھا۔ پھر وہ اپنے بیٹے کے کمرے میں گئی لیکن وہاں بھی قرآن موجود نہ تھا۔ صائمہ کو جب اندازہ ہوا کہ گھر کے سب قرآن غائب تھے تو وہ بہت حیران ہوئی۔

صائمہ پچھلے چند ہفتوں سے ٹی وی پر خبر سن کر بہت پریشان ہو جاتی تھی کہ امریکہ کے ایک پادری نے اعلان کیا تھا کہ وہ 11 ستمبر کو امریکیوں میں سینکڑوں قرآن تقسیم کرے گا کہ وہ اسے جلا دیں۔ صائمہ نے اپنے بھائی عابد سے کہا تھا کہ اگر ایسا ہوا تو اس قوم پر عذاب آئے گا۔ صائمہ کو قرآن نہ ملے تو اس نے استغفر اللہ کا ورد کرنا شروع کر دیا۔

تھوڑی دیر کے بعد اس نے اپنی ہمسائی صابرہ کو فون کیا کہ اس سے قرآن مانگے۔ صابرہ اپنا قرآن لینے گئی تو یہ جان کر پریشان ہوئی کہ وہ بھی غائب تھا۔ جب دونوں سہیلیوں کی تفتیش بڑھی تو انہوں نے اپنی سب سہیلیوں کو فون کیا اور یہ جان کر اور بھی پریشان ہو گئیں کہ سب کے قرآن غائب تھے۔ آخر اس کی وجہ؟ مختلف عورتوں کی رائے مختلف تھی۔

”خدا نے دنیا سے قرآن اٹھا لیا ہے،

”اللہ قرآن کی توہین برداشت نہیں کر سکتا،

”خدا نے قرآن کی حفاظت کا ذمہ لیا ہے،

”ہم سب پر عذاب آنے والا ہے،

تھوڑی دیر کے بعد صائمہ کا بھائی عابد بھاگا ہوا آیا۔ اس کا سانس پھولا ہوا تھا۔ کہنے لگا۔

”باجی غضب ہو گیا۔“

”کیا ہوا؟“

”میں نماز پڑھنے گیا تو پتہ چلا کل رات مسجد ڈھے گئی ہے۔ خود بخود مسمار ہو گئی ہے۔“

”تم دوسری مسجد میں چلے جاتے۔“

”باجی، ہماری مسجد ہی نہیں شہر کی ساری مسجدیں مسمار ہو گئی ہیں۔“

”عابد ایک اور غضب ہو گیا ہے۔“

”وہ کیا؟“

”ہمارا قرآن غائب ہو گیا ہے۔ میں نے اپنی سب سہیلیوں کو فون کیا ہے۔ سب کے قرآن غائب ہو گئے ہیں۔“

”باجی یہ قیامت کے آثار ہیں۔“

”عابد، میرا خیال ہے کوئی بڑا عذاب آنے والا ہے۔“

———————

صائمہ اور عابد نے شام کی خبریں سنیں تو پتہ چلا کہ ۱۱ ستمبر کی صبح کو دنیا کی سب آسمانی کتابیں جن میں قرآن، تورات، زبور، انجیل اور گیتا بھی شامل ہیں غائب ہیں اور سب عبادت گاہیں جن میں مسجد، مندر، گرجا اور سناگاگ شامل ہیں، ڈھے گئے ہیں۔

ساری دنیا ایک روحانی بحران کا شکار ہو گئی ہے۔ عوام و خواص گہری سوچ میں ہیں کہ آخر خدا نے کیوں اپنے گھروں کو ڈھا دیا ہے اور اپنی کتابوں کو اٹھا لیا ہے۔ مذہبی رہنماؤں کا خیال ہے کہ عبادت گاہیں امن اور آشتی کی بجائے وحشت اور دہشت پھیلانے لگی تھیں اس لیے ان پر عذاب آیا ہے۔

———————

ڈاکٹر خالد سہیل

اگلے کئی ہفتے ساری دنیا کے لوگ صائمہ اور عابد کی طرح حیران و پریشان رہے۔ آخر سب مذاہب اور قوموں کے رہنما جمع ہوئے اور ایک بین الا قوامی کانفرنس منعقد کی گئی۔ اس کانفرنس میں اس بات پر غور کیا گیا کہ آخر وہ کون سی کتابیں ہیں جنہیں مقدس قرار دیا جا سکتا ہے۔ سب قوموں کے رہنما اپنے اپنے شاعروں، ادیبوں اور دانشوروں کا کلام لے کر آئے۔ اس کانفرنس میں چند رہنماؤں کو چنا گیا اور انہیں تمام قوموں کا بہترین ادب پیش کیا گیا تا کہ وہ ایک نئی مقدس کتاب مرتب کر سکیں۔ اس ادب میں کنفیوشس کے فرمودات، کبیر داس، بلھے شاہ، والٹ وٹمین اور ولیم بلیک کی نظمیں اور چیف سیٹل کی تقاریر بھی شامل تھیں۔

ایک خدا، ایک دھرم، ایک دنیا، ایک انسان

کانفرنس کے آخر میں ساری دنیا کے ٹی وی اسٹیشنوں نے خصوصی پروگرام نشر کیے۔ ایک پروگرام میں ایک ماہر نفسیات ایک ماہر روحانیت اور ایک انسان دوست فلاسفر کا انٹرویو لیا گیا۔

ماہر نفسیات نے کہا کہ آج بھی انسان کو خدا اور مقدس کتاب چاہیے کیونکہ وہ اس کی روحانی ضرورت ہیں۔ ماہر روحانیت نے کہا کہ اب انسانوں کو آسمانی خدا کی ضرورت نہیں۔ خدا ہم سب کے اندر موجود ہے اور وہ ہمارا ضمیر ہے۔ پروگرام کے آخر میں انسان دوست فلاسفر نے کہا کہ انسان کا انفرادی اور اجتماعی ارتقا اپنی ذات کے عرفان اور سماجی شعور پر منحصر ہے۔ عین ممکن ہے کہ اس بحران سے نکلنے کے بعد ساری دنیا کے انسان سمجھ جائیں کہ وہ سب ایک دوسرے کے رشتہ دار ہیں کیونکہ وہ ایک دھرتی ماں کے بچے ہیں۔

۱۱ ستمبر، سنہ ۲۰۱۰ء

درویش، چاند اور سورج

ایک شام درویش اپنی کٹیا سے نکلا اور دریا کے کنارے سیر کرنے چل دیا۔ چلتے چلتے وہ اپنے خیالوں میں کھویا بہت دور نکل گیا۔ اچانک اسے وقت کا احساس ہوا اور اس نے آسمان کی طرف دیکھا۔ اسے چاروں طرف بادل بکھرے دکھائی دیے اور پھر اسے ایک ایسا منظر نظر آیا جو اس نے پہلے کبھی نہ دیکھا تھا۔ آسمان کے ایک کونے میں طلوع ہوتا ہوا چاند اور دوسرے کونے میں غروب ہوتا ہوا سورج دکھائی دیے۔

درویش نے سن رکھا تھا کہ چاند اور سورج کی ہزاروں سالوں سے لڑائی چل رہی ہے۔ اگر چاند آسمان کی محفل میں آتا ہے تو سورج محفل سے چلا جاتا ہے اور اگر چاند کو پتہ ہو کہ سورج نے آنا ہے تو وہ خود ہی نہیں آتا۔ چونکہ درویش ایک امن پسند انسان تھا اس نے سوچا کیوں نہ وہ ایک ثالث بن جائے اور دونوں کی دوستی کروا دے۔ اس نے سوچا کیوں نہ وہ ان دونوں سے درخواست کرے کہ وہ اس شام بغلگیر ہو جائیں۔ چنانچہ درویش نے چاند سے کہا کہ وہ پر انا غصہ تھوک دے اور سورج کو گلے لگا لے۔ چاند نے کہا وہ گلے تو نہیں مل سکتا مبادا وہ جل ہی جائے البتہ ہاتھ ملانے کے لئے تیار ہے۔ درویش کو خوشی ہوئی کہ اس نے ایک دوست کو تو راضی کر لیا ہے۔ درویش نے سورج سے وہی درخواست کی تو وہ بہت سیخ پا ہوا۔ کہنے لگا، اے درویش! تم بہت نادان ہو۔ تم جب ہمارے مسائل کی تاریخ سے واقف نہیں تو ہماری صلح کیسے کرا سکتے ہو۔ ہمارے مسائل بہت گھمبیر اور تضادات بہت پیچیدہ ہیں۔

درویش کو اپنی سادہ لوحی کا اندازہ ہوا۔ لیکن وہ اتنی جلد ہمت ہارنے والا نہیں تھا۔ اس نے کہا۔

"آخر ایسے کون سے مسائل ہیں جو حل نہیں ہوسکتے۔ جہاں بھی دوستوں میں نیک نیتی ہو مسائل حل ہو ہی جاتے ہیں۔ آخر بتاؤ تمہیں چاند سے کیا شکایت ہے۔"

ڈاکٹر خالد سہیل

سورج کہنے لگا۔ "چاند ایک چور ہے۔ وہ سارا دن کہیں چھپا رہتا ہے اور میری روشنی چراتا رہتا ہے۔ اور رات کو جب میں چلا جاتا ہوں تو میری روشنی کو اپنی روشنی بنا کر بانٹتا ہے اور سب اس کی تعریف کرتے ہیں۔ یہ کسی کو نہیں بتاتا کہ اس کی روشنی چرائی ہوئی روشنی ہے۔ میں نے آسمانی عدالت میں اس کے خلاف مقدمہ دائر کیا ہوا ہے۔"

درویش کو ان کے ماضی کے تضادات کا بالکل اندازہ نہ تھا۔ اسے احساس ہونے لگا کہ سورج کا غصہ جائز ہے اور وہ انصاف کا متقاضی ہے۔ درویش دوبارہ چاند کے پاس گیا اور کہنے لگا۔ "تم پر چوری کا الزام ہے۔"

چاند درویش کی بات سن کر ہنسا اور کہنے لگا۔ "روشنی کسی کی ذاتی ملکیت نہیں ہوتی۔ اے درویش کیا تم نہیں جانتے کہ یہ سورج جسے چاہتا ہے روشنی مفت دے دیتا ہے اور جسے چاہتا محروم کر دیتا ہے میں اس کی تھوڑی سی روشنی چھپا لیتا ہوں اور سب جو رات کے وقت روشنی سے محروم ہو جاتے ہیں ان میں اپنی چاندنی تقسیم کر دیتا ہوں۔ سورج کو میری یہ عادت ایک آنکھ نہیں بھاتی اس لئے وہ مجھ سے ناراض رہتا ہے۔ اسے تو خوشی ہونی چاہئے کہ اس کی روشنی چاندنی بن کر محروموں تک پہنچتی ہے۔"

اب درویش کو اندازہ ہو گیا کہ اس کی سادہ لوحی نے اسے ایک عجیب و غریب تضاد میں پھنسا دیا ہے۔ وہ تو مسئلہ حل کرنے نکلا تھا اب وہ خود مسئلے کا حصہ بنتا جا رہا ہے۔ لیکن وہ اتنی جلد ہمت ہارنے والا نہیں تھا۔ اسے پتہ تھا کہ اس کی اپنی نیت نیک ہے اور اس کا ان کی صلح میں کوئی ذاتی مفاد نہیں ہے۔

اس نے سورج کو چاند کا موقف بتایا تو سورج نے اسے الزام دیا کہ وہ چاند کا طرفدار بن گیا ہے۔ چنانچہ سورج نے زمین کو بلایا اور بتایا کہ درویش اس پر خواہ مخواہ دباؤ ڈال رہا ہے کہ وہ نہ صرف چاند کو معاف کر دے بلکہ گلے لگائے۔ سورج نے کہا کہ درویش سادہ لوح ہے وہ چاند کی شاطرانہ چالوں میں آ گیا ہے۔ سورج کی خواہش تھی کہ چاند کو اس کی چالاکی کی سزا ملنی چاہئے۔ ابھی درویش اس نئے مسئلے کو پوری طرح سمجھ بھی نہ پایا تھا کہ زمین سورج اور چاند کے بیچ آ کھڑی ہوئی اور

چاند کو گرہن لگ گیا۔ چاند گرہن دیکھ کر سورج بہت خوش ہوا اور قہقہے لگانے لگا۔ اسے یوں لگا جیسے زمین نے اس کے صدیوں کے غصے کا بدلہ لیا ہے۔ چاند گرہن دیکھ کر درویش بہت دکھی ہوا۔ اسے یوں لگا اس کی سادہ لوحی سے چاند کو نقصان پہنچا ہو۔

اس نے چاند سے معذرت کی اور کہا کہ اس نے انجانے سے چاند کا نقصان کر دیا۔ چاند مسکرایا اور کہنے لگا، اے درویش! تمہیں معذرت کرنے کی کوئی ضرورت نہیں۔ تم تو نیک نیتی سے صلح کروا رہے تھے اور میں بھی ہاتھ ملانے کو تیار تھا لیکن سورج مغرور و متکبر ہو گیا ہے۔ اب وہ خدمت خلق کرنے کی بجائے اپنے آپ کو مطلق العنان سمجھتا ہے۔ اس میں آمرانہ خصلتیں پیدا ہو گئی ہیں۔ تم فکر نہ کرو۔ میں چھوٹا سہی لیکن صرف مجبوروں اور محروموں کی مدد ہی نہیں کرتا میں آمروں کو بھی سبق سکھاتا ہوں اور ان کے غرور کو نیچا دکھاتا ہوں۔"

یہ کہنے کے بعد چاند سورج اور زمین کے درمیان جا کھڑا ہوا۔

تھوڑی دیر میں درویش نے دیکھا کہ چاروں طرف تاریکی پھیل گئی اور اس نے زندگی میں پہلی دفعہ سورج کو گرہن لگتے دیکھا۔

درویش کو حیرت ہوئی کہ چاند نے کیسے اپنا بدلہ لیا۔ درویش کو اندازہ ہوتا جا رہا تھا کہ اسے واپس چلے جانا چاہئے اور ان مسائل میں نہیں الجھنا چاہئے۔ اس کی نیت نیک سہی لیکن اس کی نیک نیتی کافی نہیں۔ وہ نہ تو آسمانوں کے راز جانتا ہے اور نہ ہی اس میں اتنی دانائی ہے کہ وہ گھمبیر اور پیچیدہ مسائل حل کر سکے۔

درویش واپس اپنی کٹیا میں لوٹ آیا اور کافی دیر تک اندھیرے میں بیٹھا خلاؤں میں گھورتا رہا۔ پھر اسے ایک شعر یاد آیا۔

میں اپنی ذات کی گہرائیوں میں جب اترتا ہوں
اندھیروں کے سفر میں روشنی محسوس کرتا ہوں

اس نے اپنا دیا جلایا اور کافی دیر تک دیوان غالب پڑھتا رہا۔ آخر وہ ایک مصرعے پر آ کر رک گیا۔

ڈاکٹر خالد سہیل

صبح کرنا شام کا لانا ہے جوئے شیر کا

اس رات درویش کو غالب کے اس مصرعے میں معنی کی نئی شعاعیں ابھرتی دکھائی دیں اور اس نے سوچا کہ اسے ہمت نہیں ہارنی چاہئے، ایک اور کوشش کرنی چاہیے اور ستاروں سے مشورہ کرنا چاہئے۔ وہ ستاروں کی دانائی کے بہت سے واقعات سن چکا تھا۔ وہ جانتا تھا کہ ستارے آسمانوں کے راز اس سے بہتر جانتے ہیں عین ممکن ہے ان کے پاس چاند اور سورج کے تضاد کا ایسا حل موجود ہو جو پرامن بھی ہو، مساوات کے اصولوں پر مبنی بھی ہو اور دونوں کے لئے قابل قبول بھی ہو۔ ایسا حل جس سے کوئی بھی حقدار روشنی سے محروم نہ رہے۔

اس فیصلے کے بعد درویش نے آسمان کی طرف دیکھا تو اسے صبح کا ستارا ٹمٹماتا دکھائی دیا اور اس کے چہرے پر امید بھری مسکراہٹ پھیل گئی۔

مئی ۸۰۰۲ء

پرواز

میرا جہاز تیس ہزار فٹ کی بلندی پر اڑ رہا ہے اور میں جہاز کی کھڑکی کے پاس بیٹھی ہوں۔ میری ساتھ والی کرسی پر ایک نوجوان مرد بیٹھا ہے اور مجھ سے بے نیاز اپنی کتاب میں غرق ہے۔ میں زندگی میں کبھی کسی غیر مرد کے اتنا قریب نہیں بیٹھی تھی۔ میں کھڑکی سے باہر دیکھتی ہوں تو مجھے احساس ہوتا ہے کہ بادل جہاز کے ساتھ ساتھ اڑ رہے ہیں۔ وہ میرے اتنے قریب ہیں کہ اگر جہاز کی کھڑکی کھلی ہوتی تو میں ہاتھ بڑھا کر انہیں چھو سکتی۔

میں جب بھی بادل دیکھتی ہوں میرے من میں ہوا میں اڑنے کی خواہش انگڑائیاں لیتی ہے۔ یہ خواہش بہت پرانی ہے۔ مجھے بچپن کا وہ واقعہ یاد ہے جب میرے ابو مجھے گرمیوں کی چھٹیوں میں ایک پہاڑی مقام پر سیر کروانے لے گئے تھے۔ ایک شام میں اور میرے ابو پہاڑی کی چوٹی پر کھڑے تھے کہ دور سے ایک بادل ہماری طرف آتا دکھائی دیا۔ وہ قریب آیا بہت ہی قریب اور اس نے ہمیں اپنی آغوش میں لے لیا۔ پھر وہ آگے بڑھ گیا اور ہم سر سے پاؤں تک بھیگ گئے۔ جب بادل ہم سے دور جا رہا تھا تو میرے دل میں بادل کے ساتھ اڑنے کی خواہش پیدا ہوئی تھی۔ اس دن تو میں نے بادل کو چھو لیا تھا یا یوں کہنا بہتر ہو گا کہ بادل نے مجھے چھو لیا تھا۔ آج بھی وہ مجھے گلے لگانے آیا تھا لیکن بند کھڑکی کی وجہ سے مجھے چھو نہ سکا تھا۔

جہاز کی بند کھڑکی سے مجھے اپنے گھر کے کمرے کی بند کھڑکی کی یاد آئی جس کے پیچھے بیٹھ کر میں گھنٹوں بازار کا منظر دیکھا کرتی۔ ایک طرف دکاندار، دوسری طرف خریدار، ایک طرف بھکاری اور دوسری طرف سکول جاتے بچے۔ میں غالب کا شعر گنگنایا کرتی۔

بازیچۂ اطفال ہے دنیا میرے آگے

ہوتا ہے شب و روز تماشا میرے آگے

ڈاکٹر خالد سہیل

جب تک والد حیات تھے میں آزاد تھی۔ وہ مجھے اپنے ساتھ بازار میں خریداری کرنے بھی لے جاتے اور دوستوں رشتہ داروں سے ملواتے بھی۔ لیکن جب وہ فوت ہوئے تو میری دنیا بدل گئی۔ میرے وہ بھائی جو والد کے سامنے گیدڑ بنے رہتے تھے وہ والد کی وفات کے بعد شیر ہو گئے تھے۔ انہوں نے مجھ پر پابندیاں عائد کرنے شروع کر دی تھیں۔

یہ کرو وہ نہ کرو

یہاں جائو وہاں نہ جائو

میں گھر کی فضا مکدر نہ کرنا چاہتی تھی اس لیے خاموش رہتی۔۔۔ برداشت کرتی رہتی۔ لیکن پھر ایک ایسا واقعہ ہوا جس نے میری زندگی بدل دی۔

اس دن میں اپنے کالج میں طالبات کو پڑھانے کے بعد بس میں واپس لوٹ رہی تھی اور حسبِ عادت کھلی کھڑکی سے باہر دیکھ رہی تھی کہ ہماری بس میں تین مسلح نوجوان داخل ہو گئے۔ ایک نے بس کے ڈرائیور کی کنپٹی پر بندوق رکھی' دوسرے نوجوان نے مرد مسافروں سے ان کے بٹوے لیے اور تیسرے نوجوان نے عورتوں کی چادریں اور دوپٹے نوچے۔ اور پھر بڑے سکون سے باہر چلے گئے۔

جب میں گھر پہنچی تو میرے دونوں بھائیوں کی میٹنگ ہوئی اور انہوں نے فیصلہ صادر فرمایا کہ اس دن کے بعد میرا گھر سے نکلنا ممنوع۔ میں نے بہت احتجاج کیا لیکن بے سود۔ بڑا بھائی کہنے لگا 'اب ابو زندہ نہیں ہیں کہ تمہارے نخرے سہیں۔' میری آنکھوں سے آنسو رواں ہو گئے۔ اس دن پہلی بار مجھے محسوس ہوا کہ میں یتیم ہو گئی ہوں۔ اس دن بھائیوں کے سامنے میری اماں بھی خاموش رہیں۔

میں گھر میں پابند ہو گئی اور جب اپنے کمرے کی کھڑکی سے باہر دیکھتی تو یوں لگتا جیسے قید سے باہر دیکھ رہی ہوں۔

میں جب گھر میں زیادہ وقت گزارنے لگی تو اپنے بوردم کو ختم کرنے کے لیے میں نے کتابیں پڑھنی اور کہانیاں لکھنی شروع کر دیں۔ ان دنوں میرے ذہن میں عجیب و غریب خیال آنے لگے۔

ایک دن مجھے خیال آیا کہ میرا جسم ایک کمرہ ہے اور میری آنکھیں کھڑکیاں ہیں جو رات کو بند ہو جاتی ہیں اور صبح کے وقت کھل جاتی ہیں۔

پھر مجھے خیال آیا کہ رات کو جب میں آنکھوں کی کھڑکیاں بند کر کے سو جاتی ہوں تو میرے اندر کی کھڑکی کھل جاتی ہے جو مجھے ہر رات خواب دکھاتی ہے۔

جب میں کچھ اور بور ہوئی تو میں نے ایک سیل فون خرید لیا اور اس سیل فون کی کھڑکی سے ساری دنیا کو دیکھنے لگی اور مختلف ملکوں میں دوست بنانے لگی۔

جب میری سہیلیوں کو پتہ چلا کہ میرے والد کی وفات کے بعد میں ہائوس ارسٹ ہو چکی ہوں اور میرے بھائی نہ مجھے کام کرنے دیتے ہیں نہ باہر آنے جانے دیتے ہیں تو ایک نے کہا

'تمہارا بڑا بھائی تم سے جیلس ہے ؟'

'وہ کیوں؟' میں نے اس کے بارے میں کبھی سوچا بھی نہ تھا

'اس لیے کہ تم اپنے والد کی چہیتی تھیں۔'

'نہیں ایسا نہیں ہے'

'نہیں ایسا ہی ہے۔ میرا ایک مشورہ ہے'

'وہ کیا؟' میں متجسس تھی

'تم گھر سے بھاگ جائو۔۔۔ فرار ہو جائو'

کافی عرصے کے غور و خوض کے بعد میں راضی ہو گئی۔

مری سہیلی نے پہلے میرا پاسپورٹ بنوایا۔ پھر مجھے امریکہ کی یونیورسٹی میں داخلہ دلوایا۔ میرے ویزے او وظیفے کا بندوبست کیا۔ مجھے کپڑوں اور کتابوں کے لیے سوٹ کیس خرید کر دیا اور اسے اپنے گھر چھپا کر رکھا۔

ڈاکٹر خالد سہیل

آخر کل وہ چپکے سے وقتِ مقررہ پر میری بند کھڑکی کے نیچے سوٹ کیس سمیت آ کھڑی ہوئی۔ میں نے چپکے سے کھڑکی کھول کر اسے کتابیں اور کپڑے دیے جو اس نے میرے سوٹ کیس میں رکھ دیے اور میں کھڑکی سے باہر کو دگئی۔ اس نے میر اسامان اپنی گاڑی میں رکھا اور ایر پورٹ لے کر مجھے جہاز میں بٹھا آئی۔۔

اب میں سات سمندر پار مشرق سے مغرب کی طرف پرواز کر رہی ہوں اور ایک بند کھڑکی سے پہاڑیاں اور وادیاں دریا اور سمندر دیکھ رہی ہوں۔

آج مجھے یوں لگتا ہے جیسے میں بادلوں کے ساتھ کھلی فضائوں میں اڑ رہی ہوں۔

۲۰۱۹

مجذوب

کئی برسوں سے کسی نے میرا نام نہیں لیا۔ میری موجودگی میں لوگ ایسے کہتے ہیں 'یہ مجذوب ہے' جیسے یہی میرا نام ہو۔اس کی ایک وجہ یہ ہو کہ میں نے برسوں سے کسی انسان سے بات نہیں کی۔ یہ نہیں کہ بات کر نہیں سکتا۔ بس بات کرنے کو جی نہیں چاہتا۔ خاموش رہتا ہوں۔ سب کی باتیں سنتا رہتا ہوں لیکن چپ رہتا ہوں۔ پہلے لوگ سمجھتے تھے میں نے چپ کا روزہ رکھا ہے۔ پھر آہستہ آہستہ کہنے لگے یہ گونگا ہو گیا ہے۔ میں پھر بھی چپ رہا تو کہنے لگے 'یہ مجذوب ہے'۔

اگر بات کرنے کو جی بھی چاہے تو اپنے آپ سے بات کر لیتا ہوں۔ لوگ سمجھتے ہیں بڑ بڑا رہا ہوں کسی غیبی انسان سے بات کر رہا ہوں۔ لیکن میں خود کلامی میں مصروف ہوتا ہوں۔ اپنے آپ کو چیلنج کر رہا ہوتا ہوں۔ اپنے آپ سے بر سر پیکار ہوتا ہوں۔

جب سے میں نے لوگوں سے باتیں کرنا چھوڑا ہے مجھے مشاہدہ کرنے کا اور سوچنے کا زیادہ وقت مل گیا ہے۔ مجھے احساس ہوا ہے لوگ اس لیے باتیں کرتے ہیں کیونکہ وہ خاموش نہیں رہنا چاہتے۔ لوگ سوچنا نہیں چاہتے۔ لوگ اپنے آپ سے باتیں نہیں کرنا چاہتے۔ لوگ اپنے آپ سے مشکل سوال نہیں کرنا چاہتے۔

میں کون ہوں؟

کہاں سے آیا ہوں؟

کہاں جا رہا ہوں؟

میری زندگی کا کیا مقصد ہے؟

زندگی کا کوئی مقصد ہے بھی یا نہیں؟

میں لوگوں کی باتیں سنتا رہتا ہوں۔ ان کے پاس کہنے کو کچھ نہیں ہوتا۔ ان کی باتیں فضول ہوتی ہیں۔ بس اوتیاں بوتیاں مار رہے ہوتے ہیں۔ بے پر کی اڑا رہے ہوتے ہیں۔ سنی سنائی باتوں کو سچ سمجھ

ڈاکٹر خالد سہیل

کر دہرا رہے ہوتے ہیں۔ مزے کی بات یہ ہے کہ جھوٹ کو بار بار دہرایا جائے تو سچ لگنے لگتا ہے۔ نجانے کتنے لوگوں کا کتنا سچ بار بار دہرایا ہوا جھوٹ ہوتا ہے۔ لوگ اتنا جھوٹ بولتے اور دہراتے ہیں کہ انہیں خود سچ لگنے لگتا ہے۔

نجانے کتنے لوگ جھوٹ بولتے بولتے منافق ہوگئے ہیں۔ انہیں یہ فکر کھائے جاتی ہے کہ لوگ کیا کہیں گے۔ اسی لیے چند سال پہلے میں نے فیصلہ کیا

۔۔۔۔ اک چپ تے سو سکھ۔

اور اس دن سے واقعی سکھ میں ہوں۔ میرا خیال ہے اگر دنیا میں زیادہ سے زیادہ لوگ چپ رہیں تو وہ سکھی رہیں۔ انہیں نہ تو کوئی جھوٹ بولنا پڑے اور نہ ایک جھوٹ کو چھپانے کے لیے سو اور جھوٹ بولنے پڑیں۔

لوگ ایک دوسرے سے ملتے ہیں تو پوچھتے ہیں۔

'آپ کا کیا حال ہے؟'

جواب آتا ہے۔ 'حال اچھا ہے'۔

میری نگاہ میں یہ سب سے بڑا جھوٹ ہے۔ اکثر لوگوں کا حال اچھا نہیں ہوتا بلکہ خراب ہوتا ہے۔ وہ دکھی ہوتے ہیں۔ پریشان ہوتے ہیں۔ فکر مند ہوتے ہیں۔ بعض تو اینزائٹی اور ڈیپریشن کا شکار ہوتے ہیں۔ خودکشی کا سوچ رہے ہوتے ہیں لیکن پھر بھی کہتے ہیں۔ 'حال اچھا ہے'۔

پھر پتہ چلتا ہے کہ کل جس کا حال اچھا تھا آج اس نے خودکشی کرلی۔ لوگ سوچتے رہتے ہیں آخر یہ کیسے ہوا؟

لوگوں کا ایک دوسرے سے اعتبار اٹھتا جا رہا ہے۔ بلکہ کافی حد تک اٹھ چکا ہے۔ لیکن کوئی کسی سے کچھ نہیں کہتا۔ سب ایک ڈرامے کا حصہ ہیں۔ پہلے جو ڈرامہ ایک کومیڈی لگتا تھا اب تریجیڈی بن چکا ہے۔ کبھی کبھار کوئی انسان سچ بھی بول دیتا ہے۔ ایک عورت نے ایک مرد سے کہہ دیا۔ 'میں تم سے محبت کرتی ہوں'۔ اس نے سب دوستوں کو بتایا یہ عورت کتنی بے حیا ہے۔ بے شرم ہے۔ بے غیرت ہے۔ نجانے کتنے مردوں سے کہہ چکی ہے۔ 'میں تم سے محبت کرتی ہوں'۔ اس عورت کو پتہ چلا تو اس کا دل

ٹوٹ گیا۔ اس نے زندگی میں پہلی بار سچ بولا تھا اور جب اس کے سچ کا مذاق اڑایا گیا تو وہ بہت دکھی ہوئی۔ اس کے بعد اس نے کبھی سچ نہیں بولا۔۔۔ اب وہ کھوئی کھوئی سی رہتی ہے۔ چپ رہتی ہے۔ وہ بھی یہ راز جان گئی ہے

۔۔۔۔اک چپ تے سو سکھ۔۔۔۔۔

ایک مرد نے اپنا سچ سب کو بتا دیا تو سب نے کہا۔ تم گنہگار ہو۔ جہنم میں جلو گے۔ وہ اتنا احساسِ گناہ کا شکار ہوا کہ اس نے خود کشی کر لی۔ اب فتوے لگانے والے احساسِ ندامت کا شکار ہیں۔ خجالت کا شکار ہیں۔ لیکن اب پانی سر سے گزر چکا ہے۔

جب کسی محفل میں کوئی کسی سے پوچھتا ہے 'آپ کی شادی کیسی جا رہی ہے؟' تو شوہر بڑے فخر سے کہتا ہے 'ہم بہت خوش ہیں' لیکن بیوی جانتی ہے کہ اس کے شوہر کا اپنی سیکرٹری سے افیر چل رہا ہے۔ وہ مسکرا دیتی ہے ایک زہر خند مسکراہٹ۔ سب حاضرینِ محفل جانتے ہیں اس مسکراہٹ میں کتنا زہر بھرا ہے۔ وہ جانتے ہیں کہ شادی ایک ایسا جھوٹ ہے جسے دو انسان مل کر بناتے ہیں۔

ٹی وی پر سیاستدان کا انٹرویو ہو رہا ہے۔

میزبان پوچھتا ہے۔ حکومت کیسے چل رہی ہے؟

مہمان کہتا ہے۔ قوم ترقی کر رہی ہے۔ ہم اصلاحات نافذ کر رہے ہیں۔ ملک میں ایک مثبت تبدیلی آ رہی ہے بلکہ آ چکی ہے۔

میزبان کہتا ہے اگر ایسا ہے تو عوام دکھی کیوں ہیں؟

میزبان کہتا ہے۔ آپ نے فراز کا شعر نہیں سنا

رو رہے ہیں کہ ایک عادت ہے

ورنہ اتنا ہمیں ملال نہیں

میزبان پوچھتا ہے آپ کی اگلے الیکشن کے بارے میں کیا پیشین گوئی ہے؟ مہمان کہتا ہے۔ ہم ضرور الیکشن جیتیں گے۔

میزبان مسکرا دیتا ہے اور پروگرام دیکھنے والے قہقہے لگانے شروع کر دیتے ہیں۔

ڈاکٹر خالد سہیل

کل شام اقوام متحدہ کی میٹنگ ہوئی۔ ساری دنیا کے لیڈر جمع ہوئے۔ پر جوش تقریریں ہوتی رہیں۔۔ جنگ کا منصوبہ بنانے والے امن کی باتیں کرتے رہے۔ اتنی عمدہ تقریریں ہوئیں کہ ان پر داد و تحسین کے پھول نچھاور کیے گئے۔ جھوٹ نے اتنا شاندار جشن منایا کہ سچ نے خودکشی کرلی۔

کل شام کی تقریریں سن کر مجھے ابن انشا کے دو شعر یاد آ گئے

کل چودھویں کی رات تھی شب بھر رہا چرچا ترا

کچھ نے کہا یہ چاند ہے کچھ نے کہا چہرا ترا

ہم بھی وہیں موجود تھے ہم سے بھی سب پوچھا کیے

ہم چپ رہے ہم ہنس دیے منظور تھا پردہ ترا

کل شام مجھے احساس ہوا کہ ابن انشا بھی اس راز سے واقف تھے کہ

۔۔۔۔۔ اک چپ تے سو سکھ ۔۔۔۔۔

میں کبھی کبھار سوچتا ہوں کہ میں مجذوب ہوں یا مجھے مجذوب سمجھنے والے مجذوب ہیں۔

۲۰۱۹

دیوتا

GANG RAPE

ایک رات اس کے گھر سے چیخوں کی آوازیں آتی رہیں تو ہمسائے خوفزدہ ہو گئے۔ وہ جانتے تھے کہ وہ عورت اس گھر میں کئی برسوں سے اکیلی رہ رہی تھی۔ ہمسایوں نے رات کی تاریکی میں کئی نقاب پوشوں کو فرار ہوتے دیکھا۔ جب ہمسائے اس کے گھر میں گھسے تو وہ بیہوش ہو چکی تھی۔ اسے ہسپتال لے جایا گیا تو اس کی حالت ناگفتہ بہ تھی۔ ڈاکٹروں نے معائنے کے بعد تشخیص کی کہ اس کے ساتھ کئی مردوں نے زنا بالجبر کیا تھا۔ اس حادثے کے بعد باضمیر جرنلسٹوں نے تحقیق کرنی شروع کی کہ مجرم کون تھے۔ ان کی تحقیق سے پتہ چلا کہ مجرم چار تھے

یہ سب وہ لوگ تھے جو اس خاتون کو کافی عرصے سے خفیہ پیغامات بھیج رہے تھے۔

ایک لمبی داڑھی اور اونچے پاجامے والا مولوی تھا جو اس سے نکاح کر کے دوبارہ مشرف با اسلام کرنا چاہتا تھا

ایک باوردی فوجی تھا جو اسے جرنیل کی بیوی بننے کے خواب دکھاتا رہتا تھا

ایک سیاستدان تھا جو اسے اگلے الیکشن میں وزیر بنانے کے منصوبے بتاتا تھا

ایک جج تھا جو اسے اس کے حقوق کے تحفظ کی آس دلاتا تھا

ڈاکٹر خالد سہیل

ایک طویل عرصے کے بعد جب وہ ہوش میں آئی اور نرس نے اس کا نام پوچھا تو اس نے کہا 'جمہوریت'۔ جب اسے احساس ہوا کہ وہ ہوس پرستوں میں گھری ہوئی ہے اور یقین ہو گیا کہ وہ ایک باعزت زندگی نہیں گزار سکتی تو اس نے اسی میں بہتری سمجھی کہ وہ چپکے سے خودکشی کر لے۔

اس کی لاش پر خاموشی سے آنسو بہانے والوں میں کچھ اجنبی مرد اور عورتیں بھی تھے۔ جب ہمسایوں نے پوچھا کہ وہ کون ہیں تو وہ کہنے لگے 'ہم دیارِ غیر میں جا بسے تھے۔ ہم اپنی دھرتی ماں کی یاد میں بڑے عرصے کے بعد دکھی دل سے لوٹے ہیں۔'

٢٠١٨

مکین کہیں اور چلا گیا ہے

آج اتوار ہے اور میں فارغ ہوں۔ میں نے سوچا میں نرسنگ ہوم جا کر اپنی جوانی کی سہیلی سندر سے مل کر آئوں۔ میں نے شاور لیا۔ میک اپ کیا. اپنا پسندیدہ آسمانی نیلے رنگ کا سوٹ پہنا ۔میچنگ دوپٹہ لیا۔ جوتے پہنے ۔ پرس اٹھایا۔ کار کی چابیاں لیں لیکن جو نہی گھر سے باہر قدم رکھنا چاہا میرے دونوں پائوں من کے ہو گئے جیسے وہ سیمنٹ کے بنے ہوئے ہوں اور میری آنکھوں سے آنسو ٹپ ٹپ گرنے لگے۔ میں کافی دیر دروازے کے سامنے مفلوج کھڑی رہی اور پھر صوفے پر ڈھیر ہو گئی۔

میں نجانے کب تک آنسو بہاتی رہی جیسے میرے من میں کچھ کے لگ رہے ہوں 'جیسے کوئی مجھے اندر سے چھلنی کر رہا ہو 'میرے دل سے خون بہہ رہا ہو 'میرے ذہن پر اداسی کے بادل چھا رہے ہوں اور میری روح کو آسیب کے سائے نگل رہے ہوں۔

یہ پہلا ویکنڈ نہیں تھا کہ میں جذباتی طور پر مفلوج ہو گئی تھی۔ میں پچھلے چھ ویکنڈز سے ایسا ہی محسوس کر رہی تھی۔ میں تیار ہوتی تھی لیکن گھر سے باہر قدم نہ رکھ پاتی تھی اور آنسو بہاتے سندر سے ملنے کا ارادہ اگلے ویکنڈ کے لیے ملتوی کر دیتی تھی۔

آج سے چھ ماہ پیشتر میری جوان بیٹی حامدہ نے مجھے بتایا تھا کہ اس کے امریکی بینک میں 'جہاں سب گورے کام کرتے تھے 'جس نئی عورت نے کام کرنا شروع کیا ہے اس کا نام امریتا ہے اور وہ سکھنی ہے۔ میں نے اس وقت اس بات کو زیادہ اہمیت نہیں دی لیکن جب امریتا میری بیٹی سے ملنے میرے گھر آئی اور میری بیٹی نے اس سے میرا تعارف کروایا تو مجھے اس کی شکل کچھ شناسا شناسی لگی اور میں گہری سوچ میں ڈوب گئی۔

تھوڑی دیر کے بعد میں نے امریتا سے پوچھا

'بیٹیا تمہاری ماما کا کیا نام ہے؟'

ڈاکٹر خالد سہیل

'سندر کور'

'کیا تم لوگ لاہور کے ہو؟'

'جی ہاں'

'کیا تمہاری ماما گورنمنٹ کالج لاہور کی پڑھی ہوئی ہیں؟'

'جی آنٹی'

'کیا وہ سائیکالوجی کی سٹوڈنٹ تھیں؟'

'جی آنٹی'

اور میں نے بے اختیار ہو کر اسے گلے لگا لیا۔ وہ بچاری حیران پریشان مجھے دیکھتی رہی۔ پھر میں نے کہا

'امریتا بیٹیا۔ تمہاری ماما میری کالج کی کلاس فیلو ہیں۔ ہم نے مل کر سائیکالوجی میں بی اے کیا' پھر ایم اے کیا۔ ہم اکٹھے کالج میں پڑھاتی بھی رہیں۔

پھر میری شادی ہو گئی اور میں اپنے شوہر اور بچوں کے ساتھ نیویارک آ گئی اور ہمارا تعلق منقطع ہو گیا۔ زندگی کے میلے میں ہم ایک دوسرے سے جدا ہو گئے۔'

حامدہ اور امریتا میری خوشی سے بہت خوش ہوئیں۔ حامدہ نے پوچھا

'ماما سندر آنٹی کے بارے میں کوئی خاص بات بتائیں'

میں نے کہا' جب سندر کور کا مسلمان لڑکیاں 'سکھنی' کہہ کر مذاق اڑاتیں اور وہ میرے پاس آ کر ان کی شکایتیں کرتی تو میں اسے گلے لگا کر کہتی

'سندر کور تم کنول کا پھول ہو جو دلدل میں رہ کر بھی دلدل سے اوپر اٹھ جاتا ہے' یہ سن کر سندر کہتی 'تم میری سہیلی بھی ہو اور میری بہن بھی'

امریتا نے مجھے بتایا کہ اس کے والد کی وفات کے بعد سندر پہلے ڈپریشن کا اور پھر ڈیمنشیا کا شکار ہو گئیں اور اب دو سال سے نرسنگ ہوم میں رہتی ہیں۔

ایک شام میں نرسنگ ہوم چلی گئی۔

دیوتا

ریسپشن پر ایک نوجوان گوری عورت سوزن نے پوچھا

’آپ کا کیا نام ہے؟‘

میں نے کہا ’صائمہ‘

’کس سے ملنے آئی ہیں؟‘

’سندر کور سے‘

’آپ کا ان سے کیا رشتہ ہے؟‘

’وہ میری سہیلی بھی ہے اور منہ بولی بہن بھی۔‘

اس نوجوان خاتون نے ایک طرف اشارہ کرتے ہوئے کہا ’وہ جو دائیں کونے میں ایک ویل چیر پر خاتون بیٹھی ہیں وہ سندر کور ہیں‘

میں بڑے شوق سے سندر کے پاس گئی لیکن وہ خلائوں میں گھور رہی تھی۔ میں نے کہا ’میں صائمہ ہوں۔ تمہاری لاہور کی سہیلی تمہاری بہن‘

لیکن اس کے چہرے کے تاثرات بالکل نہ بدلے جیسے میں کوئی اجنبی ہوں۔

میں ایک کرسی کھینچ کر سندر کے پاس بیٹھ گئی۔ اس کا ہاتھ پکڑ کر اسے ماضی کی باتیں بتاتی رہی لیکن وہ سنی ان سنی کرتی رہی جیسے وہ کسی اور دنیا کی باسی ہو۔

میں ہر ویکنڈ اس کے پاس جاتی اور اس کا ہاتھ پکڑ کر اس سے باتیں کرتی رہتی۔

آخر چھ ہفتوں کے بعد اس نے میرا ہاتھ اپنے ہاتھ میں لیا اور کہا

’میں نے نان کباب کھانے ہیں مجھے یہاں کے سینڈوچ اچھے نہیں لگتے‘

اگلے ہفتے میں نان کباب لے گئی اور اسے اپنے ہاتھ سے کھلائے۔

پھر وہ کہنے لگی ’گجریلا کھانے کو جی چاہ رہا ہے‘

اگلے ہفتے میں سندر کے لیے گجریلا بنا کر لے گئی۔

میں اسے بار بار بتاتی کہ میں صائمہ ہوں لیکن وہ مجھے کبھی صباحت کبھی صبوحی اور کبھی صوبی کہتی۔

ڈاکٹر خالد سہیل

میں ہر دفعہ اس کا پسندیدہ کھانا لے کر جاتی۔

کئی مہینوں کی ملاقاتوں کے بعد ایک ویکنڈ جب ملنے گئی تو سندر اپنے کمرے میں اپنے بستر پر لیٹی ہوئی تھی۔ میں نے ہاتھ پکڑ کر بات شروع کی تو پہلی دفعہ اس کی آنکھوں میں چمک پیدا ہوئی اور وہ باتیں کرنے لگی۔ بچپن کی باتیں۔ اپنے والدین کی باتیں۔ اپنے سکول کی باتیں۔ اپنے کالج کے زمانے کی باتیں'۔ اور پھر وہ اٹھ کر بیٹھ گئی اور کہنے لگی

'صبوحی! میری ایک سہیلی ہوتی تھی اس کا نام صائمہ تھا۔ ہم ایک دوسرے کو بہت چاہتے تھے۔ جب مسلمان لڑکیاں 'سکھنی' کہہ کر میرا مزاق اڑاتی تھیں تو میں صائمہ سے جا کر شکایت کرتی تھی اور وہ کہتی تھی 'سندر کو تم ایک کنول کے پھول کی طرح ہو جو دلدل میں رہ کر بھی اس سے اوپر اٹھ جاتا ہے'۔ پھر صائمہ نیو یارک چلی گئی۔ مجھ سے جدا ہو گئی۔ پھر وہ مجھے کبھی نہیں ملی لیکن مجھے بہت یاد آتی تھی۔'

اور سندر پھوٹ پھوٹ کر ہچکیاں لے کر رونے لگی۔ پھر کہنے لگی

'پتہ نہیں اب وہ کہاں ہے؟ کس شہر میں ہے؟ کس حال میں ہے؟ مجھے ملتی تو میں اسے گلے لگاتی'

پھر مجھ سے پوچھنے لگی 'تم رو کیوں رہی ہو؟'

میں خاموش رہی۔ وہ پھر بولنے لگی

'نام تو میرا سندر ہے لیکن وہ دل کی سندر تھی۔ وہ میری سندر سہیلی تھی۔ صبوحی! اگر کبھی تم اس سے ملتیں تو تم بھی اس کی محبت میں گرفتار ہو جاتیں'

پھر وہ واپس دوسری دنیا میں چلی گئی۔ خاموش ہو گئی۔ لیٹ گئی اور پہلو بدل کر سو گئی۔

میں واپسی کا سارا راستہ آنسو بہاتی رہی اور سوچتی رہی مکان رہ گیا ہے مکین کہیں اور چلا گیا ہے۔

اس واقعہ کو چھ ہفتے ہو گئے ہیں۔

اس کے بعد ہر اتوار کو میں سندر سے ملنے کا ارادہ کرتی ہوں۔ میں شاور لیتی ہوں۔ اچھے سے کپڑے پہنتی ہوں۔ پرس لیتی ہوں۔ کار کی چابیاں اٹھاتی ہوں لیکن جو نہی گھر سے باہر قدم رکھنا چاہتی ہوں میرے پائوں من من کے ہو جاتے ہیں۔ میں جذباتی طور پر مفلوج ہو جاتی ہوں۔ پھر آنسو بہاتی ہوں۔ صوفے پر ڈھیر ہو جاتی ہوں اور سندر سے ملنے کا ارادہ اگلے ویکنڈ تک ملتوی کر دیتی ہوں۔

ڈاکٹر خالد سہیل

دیوتا

"دیوتا مر گیا۔"

وہ خبر پورے شہر میں جنگل کی آگ کی طرح پھیل گئی تھی اور چاروں طرف مایوسیوں اور بے یقینیوں کا دھواں نظر آنے لگا تھا۔

اس شہر کے لوگوں کو وہ دور اچھی طرح یاد تھا جب ان کی راہتوں کے دن چھوٹے اور دکھوں کی راتیں لمبی ہونے لگی تھیں۔

جب

ان کے بچے، نوجوان اور بوڑھے اندر سے ٹوٹنے لگے تھے

ان کے دل پژمردہ ہو گئے تھے

ان کی روحوں میں پلنے والی آگ ٹھنڈی پڑنے لگی تھی

ان کے باطن پر جمتے جمتے راکھ ان کے چہروں تک آ گئی تھی

ان کے کردار کی خوشبو زائل ہو گئی تھی

ان کی آنکھوں کے چراغ بجھ گئے تھے

پورے شہر کو بے اطمینانی کے بادلوں نے گھیر لیا تھا

لوگ اپنے من کی گہرائیوں میں جھانکتے تو وہاں راکھ ہی راکھ نظر آتی

نہ کوئی خواہش تھی نہ کوئی خواب

نہ کوئی آرزو تھی نہ کوئی اضطراب

نہ کوئی چنگاری تھی نہ کوئی آگ

بس راکھ ہی راکھ

اور پھر ایک مسافر نے لوگوں کو بتایا کہ اس شہر سے بہت دور ایک پہاڑی کے سائے میں ایک دیوتا رہتا تھا جس کی قربت زندگی کی شمع کو ایک دفعہ پھر جلا دیتی تھی۔

لوگ کوسوں کا فاصلہ طے کرکے اس پہاڑی کے سائے میں پہنچے۔۔۔ وہاں دوسرے شہروں کے باسی بھی پہنچے ہوئے تھے اور اس دیوتا سے ایک نئی امید ایک نئی آس کا تحفہ لینے آئے تھے۔

وہ دیوتا ایک دراز قد، لمبے لمبے گیسوؤں والا مرد تھا جس کے چہرے پر زندگی کی بشارت تھی اور آنکھوں میں زندگی کی حرارت اس نے ایک خرقہ زیب تن کر رکھا تھا اس کے لہجے میں جمال و جلال کی ملی جلی خوشبو تھی۔

وہ دیوتا ہر بچے، مرد اور عورت کا مسکرا کر استقبال کرتا۔ ان سے ہاتھ ملاتا، گفتگو کرتا، معانقہ کرتا اور دعائیں دے کر رخصت کرتا اس کی قربت سے لوگوں میں ایک نیا جذبہ، ایک ہمت، ایک توانائی، ایک ولولہ عود کر آئے تھے۔

لوگ واپس آئے تو ان کے من کی راکھ میں دبی چنگاریاں دوبارہ شعلوں میں بدلنے لگیں اور ہر شخص اپنے دل میں ایک خواہش ایک خواب ایک آرزو یا ایک اضطراب لے کر لوٹا۔

اس طرح لوگوں کے چہروں پر پڑی راکھ آہستہ آہستہ کم ہونے لگی اور ان کے چہروں کی بشاشت اور زندگی کی حرارت لوٹ آئی۔

اس شہر کے انسانوں کی زندگی میں خوشیوں کے دن طویل اور غموں کی راتیں چھوٹی ہونے لگیں۔

اس کے بعد جب بھی لوگوں کے من کو آگ کی لو میں کمی ہونے لگتی وہ دوبارہ اس پہاڑ کے سائے میں اس دیوتا سے ملنے چلے جاتے۔
اور پھر ایک دن خبر آئی۔۔۔ ”دیوتا مر گیا۔“

ڈاکٹر خالد سہیل

سب لوگ جوق در جوق اس پہاڑ کی طرف لپکے جس کی آغوش میں وہ دیوتا اپنا وقت گزارا کرتا تھا، ان کی ملاقات دیوتا سے تو نہ ہوئی اس کی لاش سے ہوئی جس نے مرنے سے پہلے زمین پر انگلی سے لکھ رکھا تھا:

”تم میں سے ہر انسان ایک دیوتا ہے۔“

فروری ۱۹۹۰ء

دیوتا

ادیب دوستوں کی آرا

ڈاکٹر خالد سہیل

"زندگی میں خلا" کا پیش لفظ

روشن آنکھیں اور شہر مثال

اشفاق حسین

یہ پہلا موقعہ تھا کہ میں پاکستان سے باہر کینیڈا کی سرزمین پر، ایک ادبی محفل میں شریک تھا۔ سب کچھ وہی تھا جیسا کہ پاک وہند کے کسی مشاعرے میں متوقع ہو سکتا تھا۔ بس فرق صرف یہ تھا کہ یہ آل پاکستان یا آل انڈیا مشاعرہ نہ تھا بلکہ آل کینیڈا اور امریکہ مشاعرہ تھا۔ شعرا جن شہروں سے شرکت کے لیے آئے تھے ان میں دلی، لکھنو، کراچی یا لاہور کے بجائے نیویارک، لاس اینجلس، ٹورانٹو اور مانٹریال وغیرہ کے نام تھے۔ یہ محفل مشاعرہ صبح تک جاری رہی لیکن مشاعرے کے بعد، گھر لوٹتے ہوئے کافی دیر تک میں یہ سوچتا رہا کہ اس تمام ادبی شب بیداری کے نقشے میں شمالی امریکہ کہاں تھا۔۔۔؟ سوائے اس کے کہ بعض شعراء کے یہاں ہلکے سے ایک آدھ ایسے اشارے ضرور ملے، جن میں، پردیس میں دل پر گزرنے والی واردات کا بیان، یا غریب الوطنی کا دکھ تھا، یا ہجرت کے وہی چبے چباتے نوالے تھے جس کی طرز کے ڈانڈے

خوش رہو اہل چمن ہم تو چمن چھوڑ چلے،

والی کیفیات کی صدائے بازگشت معلوم ہوتے تھے۔ اس پورے وجود میں کہیں کہیں دل کی دھڑکنیں محسوس کی جاسکتی تھیں لیکن ایسا تھا کہ آنکھیں نہیں تھیں۔

بے آنکھوں کے اس چہرے کی تحریروں کو پڑھنا اور پھر ان تحریروں سے معانی کی ایسی لکیروں کو جنم دینا جو کسی واضح پیکر کے خدوخال کو نمایاں کر سکیں، اگر ناممکن نہیں تو مشکل ضرور ہے۔

شمالی امریکی اردو ادب کے منظر نامے میں دلوں کی دھڑکنیں تو ہیں (شاعری کی حد تک) مگر آنکھیں اور وہ بھی روشن آنکھیں خال خال ہی نظر آتی ہیں۔ اس میں اردو شاعری کی کچھ اپنی لغت کی مجبوریاں اور خصوصاً غزل کے مزاج کی پابندیاں بھی مانع ہیں۔ البتہ نثر کے میدان میں، امکانات کا

دیوتا

ایک شہر مثال ضرور بسایا جاسکتا ہے۔ لیکن اس شہر مثال کی تعبیر کے لیے جس گارے اور مٹی کی ضرورت ہے، وہ ابھی تک صحیح معنوں میں تیار نہیں ہے۔

ایسی گھپ اندھیروں والی راتوں میں، جب کہیں کوئی شمع جلتی ہوئی نظر آتی ہے تو ایک لمحے کے لیے آنکھیں چکا چوند ہو جاتی ہیں۔ خالد سہیل کے افسانوں کو پڑھ کر پہلا تاثر کچھ ایسا ہی ہوتا ہے۔ یہ، امید اور اس کے ارد گرد گھومتے ہوئے امکانات کی ایک شمع ہے جسے خالد نے "زندگی میں خلا" کے نام سے موسوم کیا ہے۔

افسانوں کے اس مجموعے میں "کچھ" ہے اور "بہت کچھ" نہیں بھی ہے۔ بہت کچھ اس لیے نہیں کہ عظیم تحریریں، وقت، جذبے، مشاہدے اور اظہار کے صبر آزما لمحوں کے گزرنے کے بعد ہی وجود میں آتی ہیں۔ مجھے ایسا محسوس ہوتا ہے کہ خالد ابھی ان کٹھن اور جان لیوا لمحوں سے نہیں گزرا ہے لیکن اس کے قدموں کے اولین نشانات پر جب نظر جاتی ہے تو امکانات کی ایک کہکشاں سی جگمگاتی ہوئی ضرور نظر آتی ہے۔ اس کے ادبی سفر کی اس منزل پر، اسے عظیم افسانہ نگار کہہ کر گمراہ نہ کرنا، خالد اور اس کے قاری دونوں کے حق میں شاید بہتر ہو۔

جہاں تک اس "کچھ" کا تعلق ہے تو یہ بھی بڑا بھاری پتھر ہے اور خالد کے ہاتھ اسی بھاری پتھر کے نیچے دبنے کے بعد، پیمانِ وفا باندھتے ہوئے نظر آتے ہیں۔ یہ پیمانِ وفا کیا ہے؟ یہیں سے خالد کے ذہن کو سمجھنے کا کلید ہاتھ لگتی ہے۔

اس کے صرف چند افسانے پڑھنے کے بعد ہی ان افسانوں پر نظر آنے والی شخصیت سے تعارف زیادہ مشکل نہیں ہوتا اور پھر جو تصویر بنتی ہے اس کے خد و خال بتاتے ہیں کہ یہ شخصیت ایک ذہین نوجوان کی ہے، جس کے چہرے پر دونوں آنکھیں سلامت ہیں اور وہ ان آنکھوں سے چیزوں کو اس طرح دیکھنے کے لیے تیار نہیں جیسا کہ عموماً دکھانے کی کوشش کی جاتی ہے۔ بلکہ وہ ان کو اس طرح دیکھتا ہے یا کم از کم اس طرح دیکھنے کی کوشش کرتا ہے جیسا کہ وہ ہیں۔ اور یہاں سے اس کے لہجے میں کڑوے پن، بغاوت اور غصے کے آثار پیدا ہوتے ہیں۔ اس کا سب سے اچھا اور بھرپور اظہار

ڈاکٹر خالد سہیل

اس کے افسانے "جڑیں، شاخیں، پھل" میں ہوا ہے۔ تارکین وطن کی نئی نسل کیا محسوس کرتی ہے؟ اس کا اظہار ایک کردار کے ذریعے اسی افسانے میں یوں کیا ہے۔

"میں ابو سے تنگ آ گئی ہوں۔ اسلام اور پاکستان کے نام پر ناٹک زیادہ عرصہ نہیں چل سکتا۔ میرے لیے یہ دونوں الفاظ گالی بن چکے ہیں۔ میرا بس چلے تو آج ہی گھر سے بھاگ جاؤں۔"

یہ تو اس نسل کا ذکر ہے جو کینیڈا کے ماحول میں بڑھی۔ اب ذرا اس نسل کی طرف آئیے جو ہوش سنبھالنے کے بعد، اپنے وطن سے یہاں آکر بس گئی۔ یہ نوجوان نسل، اپنے غصے، کڑوے پن اور بغاوت کا اظہار یوں کرتی ہے۔

ایسے سماج کو یہ نسل ایک منافق معاشرہ سمجھتی ہے اور اسی منافق معاشرتی ماحول میں پلنے بڑھنے کی وجہ ہی سے۔

"بہت سے پاکستانی مرد، عورتوں کا دل کی گہرائیوں سے احترام نہیں کرتے۔ وہ Virgin سے شادی کرنا چاہتے ہیں مگر جس عورت سے ملتے ہیں اس کے ساتھ سونا بھی چاہتے ہیں۔"

خالد کے افسانوں میں ایک اور خاص بات اس کے بیشتر کرداروں کا سیکولر رویہ ہے۔ ایسے مقامات پر خود اس کی ہمدردیاں، سیکولر رویے کی ترجمان ہوتی ہیں۔ "نوح کے رشتہ دار" میں بہت ہی سادگی کے ساتھ یہ سوال اٹھایا ہے کہ:

"میں نے کسی غیر مذہبی شخص کو لوگوں کے دروازوں پر دستک دیتے نہیں دیکھا اور التجا کرتے نہیں سنا کہ تم مسجد، گرجا یا مندر مت جاؤ لیکن مذہب کے پیروکار اسے اپنا فرض سمجھتے ہیں کہ وہ ہر کس و ناکس کے دروازے پر دستک دے کر ہدایت کی تلقین کریں اور اگر لوگ ان کے منہ پر دروازہ بند کر دیں تو مایوس ہو جائیں۔"

یہاں خالد کا سیکولر اندازِ فکر غیر محسوس طریقے سے، کرداروں کا ہمنوا بنتا ہوا نظر آتا ہے اور ایسے مقامات، اس کے کئی افسانوں میں نظر آتے ہیں۔

خالد کے افسانوں میں بہت زیادہ نمایاں نظر آنے والی شخصیت کا تعلق تارکین وطن کی اس نسل سے ہے جس کا سامنا، مقامی آبادی سے ہر ہر قدم پر ہوتا ہے۔ اس طرح، کچھ شکوک، کچھ

حیرت، کچھ سوالات اور ان کے جوابات پر چونک جانے کے عمومی رویے جنم لیتے ہیں۔ ایسے سوال جواب کے تانوں بانوں سے، خالد کے افسانے اپنا بنیادی مواد حاصل کرتے ہیں۔ یہ بھی ایک عجیب اتفاق ہے کہ اس کے زیادہ تر افسانے مکالماتی ہیں۔ عموماً دو کردار ایک دوسرے سے سوال جواب کرتے ہیں اور بین السطور میں افسانہ نگار اپنے نظریے اور پیغام کی ترسیل کا سامان فراہم کرتا جاتا ہے۔ اس مجموعے کے سترہ میں سے کم از کم نو افسانے سی مکالماتی تکینک پر لکھے گئے ہیں۔ یہ انداز ہمارے جدید اردو افسانے کے مجموعی خود کلامی یا سر گوشی والے واضح رویوں سے ذراہٹ کر ہے۔ ہر چند کہ منفرد نہیں ہے۔۔۔ اس کی ایک وجہ خالد کا ذریعہ روز گار بھی ہو سکتا ہے۔ کیونکہ ماہر نفسیات کی حیثیت سے، اس کا سامنا صبح سے شام تک اپنے مریضوں سے انٹرویو کی شکل میں رہتا ہے، ممکن ہے ایسا درست نہ ہو مگر وجہ خواہ کچھ بھی ہو اس صورتِ حال سے جو نتیجہ بر آمد ہوتا ہے وہ بہر حال فکر انگیز اور غور طلب ہوتا ہے۔ "تاریخ کی چکی کے دو پاٹ"، " الجبرا یا جیومٹری"، "دو باپ"، "جزیرہ" اور دیگر بہت سے افسانے اسی مکالماتی تکنیک پر لکھے گئے ہیں۔ جنوبی افریقہ کے پس منظر میں لکھے گئے ایک افسانے "ریت کے محل" میں سوال و جواب کا یہی انداز اپنے تاثر اور مقصد کی وضاحت کے لیے بڑی چابکدستی سے استعمال کیا گیا ہے۔۔۔ صورت یوں ہے کہ ایک گورا اور ایک کالا بچہ، ساحل پر ساتھ کھیل رہے ہیں:

"اتنے میں پولیس کا ایک سپاہی ان کی طرف آیا اور کالے بچے کو بازو سے پکڑ کر لے جانے لگا۔

"اسے کیوں لے جا رہے ہو۔۔۔؟" شون نے پوچھا۔

یہ کالا ہے اسے یہاں کھیلنے کی اجازت نہیں۔ یہ Beach صرف گوروں کے لیے ہے۔"

———

گرینڈپا! وہ میرے دوست کو لے گیا۔

"کون بیٹا۔۔۔؟"

وہ گندا آدمی۔

ڈاکٹر خالد سہیل

"کون سا؟"

"پولیس آفیسر۔ کہتا ہے میرا دوست کالا ہے۔"

ہاں بیٹا! شاہین کے بچے کوّوں کے ساتھ نہیں کھیلا کرتے۔"

———

"او انڈین۔۔۔!

تم اس میں نہیں نہا سکتے۔

وہ کیوں۔۔۔؟

تم انڈین ہو۔

اور یہ بھی تو انڈین اوشن ہے۔

———

ممی! یہ کالا لڑکا یہاں کیا کر رہا ہے؟

نوکری کرتا ہے۔

اسے پولیس آفیسر پکڑ کر نہیں لے جاتا؟"

نہیں بیٹا۔ "اسے صرف کھیلنے اور تیرنے کی اجازت نہیں۔"

سوال و جواب کی اسی تکنیک کے دوران، سہیل کے افسانوں کا ایک اور خاص پہلو، اس کا

گہر اطنزیہ انداز از جو مزید ابھر کر سامنے آتا ہے۔

"کیا تم شادی شدہ ہو؟"

نہیں۔

گرل فرینڈ ہے؟

نہیں۔

تو تم کیسے زندگی گزارتے ہو؟

———

دیوتا

’’تمہیں کس قسم کے کتے پسند ہیں؟

مجھے کتے پسند نہیں۔

وہ کیوں۔۔۔؟

وہ نجس اور غلیظ ہوتے ہیں۔

’’غلیظ‘‘ وانڈا اچھل پڑی۔ ’’مگر ہم تو انہیں صاف ستھرا رکھتے ہیں۔‘‘

جسمانی طور پر نہیں، مذہبی طور پر۔

وہ کیسے۔۔۔؟ میں سمجھی نہیں۔

پاکستان میں کتوں کو ناپاک سمجھا جاتا ہے۔ میرے والدین کہا کرتے تھے کہ اگر گھر میں کتا ہو تو رحمت کے فرشتے نہیں آتے۔

’’کتے تو خود انسان کے لیے رحمت کا فرشتہ ہوتے ہیں اور بہترین ساتھی۔‘‘

تمہارے پاکستان میں کس قسم کے کتے ہوتے ہیں؟

’’گلیوں کے آوارہ کتے اور پاگل کتے۔‘‘

’’ایک پاؤں میں زنجیر‘‘

خالد کا یہی وہ طنزیہ انداز ہے جس کے سبب اس کے افسانوں میں کڑوے پن، غصے اور جھنجھلاہٹ کے آثار پیدا ہوتے ہیں۔

’’زندگی میں خلا‘‘ کے زیادہ تر کردار مغربی معاشرے کے رموز کو سمجھنے کے عمل میں مصروف نظر آنے کے ساتھ ساتھ اسی کے معائب و محاسن کو سمجھانے کا بھی فرض ادا کرتے ہیں۔ اس نے ’’پاکی‘‘، ’’زندگی میں خلا‘‘، ’’تھکی ہوئی زندگی‘‘، ’’دو باپ‘‘، ’’الجبرا یا جیومٹری‘‘ اور ’’رنگین لیبل کھوکھلے ڈبے‘‘ جیسے افسانوں میں، یہاں کی سوسائٹی کے بعض چھوٹے چھوٹے مسائل پر فنکارانہ انداز میں روشنی ڈالی ہے اور اس کے اچھے یا برے ہونے کا فیصلہ، پڑھنے والے پر چھوڑ دیا ہے یعنی لکھنے والی کی شخصیت بالکل غیر جانبدار ہے۔ اس کے افسانوں میں ایک غیر متعصب نقطہ نظر ملتا ہے۔ مثلاً‘‘

ڈاکٹر خالد سہیل

زندگی میں خلا" کی ڈونا کے بارے میں اس کا رویہ شروع سے آخر تک ہمدردانہ رہا ہے۔ یہ نہیں کہ یہاں کے سینئر سٹیزن کی زندگی کی برائیوں کو گنوا کر تصویر کا صرف ایک ہی رخ دکھایا ہو بلکہ یہ کہ پورے فریم ورک میں ڈونا کی ریٹائرڈ زندگی کے مسائل کو موضوع بنایا ہے۔ اسی طرح "پاکی" میں بھی یہی غیر متعصب رویہ نمایاں ہے۔

"چند مقامی نوجوان شراب کے نشے میں ٹورانٹو کی مشہور سٹرک ینگ اسٹریٹ کو کونے پر کھڑے بے تکی باتیں کر رہے تھے۔ اسی دوران ایک پاکستانی نوجوان کا جو چرس کے زیر اثر تھا، لڑکھڑاتے ہوئے گزر ہوا۔ وہ جب مقامی نوجوانوں کے قریب سے گزرا تو اسے ٹھوکر لگی اور زمین پر گر پڑا۔ وہ سب زور زور سے ہنسنے لگے۔ اس پاکستانی نوجوان کو یہ ادا زیادہ پسند نہ آئی۔ اتنے میں اسے آواز سنائی دی۔ او پاکی! بے وقوف دیکھ کے چل۔"

یہاں پر ممکن ہے کہ ایک پاکستانی کینیڈین ہونے کے ناطے، وہ اس پاکستانی نوجوان کو چرس کے زیر اثر نہ بتاتا۔ اور اس سارے واقعہ کی ذمہ داری صرف ان کینیڈین لڑکوں پر ڈال دیتا جو کہ شراب کے نشے میں مست تھے۔ مگر ایسا نہیں ہوا۔ یہ غیر متعصب رویہ، خالد کی تحریروں کو زیادہ با اعتبار بناتا ہے۔

یہاں تک تو بات اس کے غیر جانبدارانہ رویے کی تھی لیکن اگر غیر جانبداری کی یہ فضا ہر موسم میں یکساں رہے تو معاملہ ذرا مشکوک ہو جاتا ہے۔ اس لیے کہ زندگی کے شب و روز میں جہاں ہر لمحہ خیر اور شر کے درمیان مستقل معرکہ آرائی ہو رہی ہو وہاں، سوچنے والے ذہن کا نہ سوچنا، دیکھنے والی آنکھ کا نہ دیکھنا اور بولنے والے ہونٹوں کا نہ بولنا، یقیناً انسانیت کا سب سے بڑا جرم قرار پائے گا۔ یہیں سے کمٹ منٹ کا راستہ شروع ہوتا ہے۔ زندگی کے بارے میں ایک مثبت رویہ اور اس کے مسائل کو اپنی تحریروں کا حصہ بنا کر خالد نے اپنے لیے حقیقت پسندی اور کمٹ منٹ کی راہ اپنائی ہے۔ اس مجموعے میں چار افسانے، "ریت کے محل"، "تاریخ کی چکی کے دو پاٹ"، "آواز کی موت" اور "سفید کانٹوں کی دیوار" وہ افسانے ہیں جو جنوبی افریقہ کے نسل پرست سماج کے پس منظر میں لکھے گئے ہیں۔ یہ افسانے اپنی ایک واضح نظریاتی اساس رکھتے ہیں۔ ان افسانوں میں خالد ایک

مکمل کمٹیڈ ادیب کی حیثیت سے ہمارے سامنے آیا ہے جس میں اس کی پسند اور ناپسند کی ترجیحات پوری طرح نمایاں ہیں۔

خالد کے افسانوں کے اس مجموعے میں، جنوبی افریقہ سے متعلق چار افسانوں کے علاوہ زیادہ تر افسانے اسی سوسائٹی کے مسائل کے گرد گھومنے ہیں جس میں خود افسانہ نگار سانس لے رہا ہے۔ اور مجھے یقین ہے کہ اس مجموعے کی ورق گردانی کے بعد، میری طرح آپ کو بھی یہ فیصلہ کرنے میں دشواری نہیں ہو گی کہ ان ساری تحریروں کے نقشے پر شمالی امریکہ کہاں ہے۔۔۔؟

ٹورانٹو، ۲۸ فروری، ۱۹۸۶ء

ڈاکٹر خالد سہیل

"ٹوٹا ہوا آدمی" کا پیش لفظ

ڈاکٹر شارب آردولوی

علم، تجربہ اور حالات انسان کو بالوں کے سفید ہونے سے پہلے بوڑھا بنا دیتے ہیں اور اس کی معصومیت چھین لیتے ہیں۔ خالد سہیل کے ساتھ بھی یہی ہوا۔ وہ لوگ جو ذاتی طور پر ان سے واقف نہیں ہیں اگر ان کی کتابیں پڑھیں تو محسوس ہو گا کہ وہ کوئی سن رسیدہ مصنف، تجربہ کار افسانہ نگار اور کہنہ مشق شاعر ہیں۔ اس کا بنیادی سبب ان کا علم اور تجربہ ہے جس سے انہیں زندگی اور اس کے مسائل پر اتنی گہرائی سے غور کرنے کا سلیقہ اور شعور دیا ہے۔ ان کی ادبی زندگی کی عمر ابھی ہر گز اتنی نہیں ہے کہ انہیں ایک کہنہ مشق مصنف سمجھا جائے لیکن ان کی تحریر کی سنجیدگی فکر کی گہرائی اور لہجے کی متانت نے انہیں ایک بزرگ اور تجربہ کار ادیب بنا دیا ہے۔ فراق کا ایک شعر ہے

آئے تھے ہنستے کھیلتے میخانے میں فراق

جب پی چکے شراب تو سنجیدہ ہو گئے

یہی کیفیت خالد سہیل کی ہے کہ وہ ادبی دنیا میں اپنے پیشے کی بے کیفی دور کرنے کے لیے آئے تھے کہ شعر و شاعری، کہانی اور قصہ گوئی سے ذہن کا تھوڑا بوجھ کم ہو جائے گا لیکن یہاں زندگی کے ایسے سخت مراحل اور محسوسات کی ایسی سطحوں سے سابقہ پڑا کہ ہونٹوں پر رہی سہی مسکراہٹ بھی طنز بن گئی۔ ایک عام انسان کی زندگی کا آج سب سے بڑا مسئلہ دو وقت کی روٹی ہے۔ اس کی دن بھر کی تمام تر جدوجہد کا مقصد اس کا اس دن کا رزق ہے اس کے حاصل کر لینے کے بعد وہ چین کی نیند سو جاتا ہے لیکن بعض لوگوں کے لیے اس بنیادی مقصد کا حصول بے شمار ایسے سوالات پیدا کر جاتا ہے اور ایسی بے چینی کو جنم دے جاتا ہے جو راتوں کی نیند اڑا دیتی ہے۔ خالد سہیل بھی انہیں بے چین انسانوں میں سے ایک ہیں۔

خالد سہیل ایک ماہر نفسیات ہیں، یوں تو عام انسان کی زندگی میں لسانیات سے ناواقفیت کے باوجود لفظ کی بڑی اہمیت ہے اس لیے کہ ترسیل کا سارا دارو مدار لفظ پر ہے اگر وہی نہ رہے تو سب کنگ ہو کر رہ جائیں، عام زندگی میں یہ اہمیت صرف اظہار اور ترسیل کے لیے ہے لیکن ماہر نفسیات لفظ کو کسی اور طرح دیکھتا ہے اس کے لیے لفظ صرف اظہار یا ترسیل کا ذریعہ نہیں ہے بلکہ ایک جہان معنی ہے جس کی تہوں میں شعور و لاشعور کی نہ جانے کتنی گرہیں پوشیدہ ہیں۔ اس کے لیے لفظ لغت میں ملنے والا حروف کا وہ مجموعہ نہیں جس کے کچھ متعین معنی ہیں بلکہ محرومی، تشنگی، کامرانی و ناکامی، شکستگی، احساسِ کمتری و برتری، توہین و توقیر۔ ذہنی و تہذیبی کشمکش، خوابِ بیداری، آر کی ٹائپ اور نسلی لاشعور کا پر تو ہے، ماہر نفسیات کے لیے اس کی وہ اہمیت ہے جو انسان کے جسم میں نبض کی ہے کہ طبیب نبض دیکھ کر مرض کی کیفیت بتا دیتا ہے اور ماہر نفسیات زبان سے نکلے ہوئے لفظ سن کر مرض کی تشخیص کر دیتا ہے۔ اس کے لیے لفظ شخصیت کا پر تو ہے جس میں نہ جانے کتنی طرح کے رنگ لہریں لیتے نظر آتے ہیں۔

خالد سہیل اپنے ارد گرد کے ماحول، اپنے موضوعات اور اپنے کرداروں کو ایک ماہر نفسیات کی طرح دیکھتے اور منتخب کرتے ہیں۔ یہی وجہ ہے کہ ان کی شاعری ہو یا افسانہ نگاری کے یہاں ایک بے چین زندگی کا پر تو ہر جگہ نظر آتا ہے اور یہی نہیں ان کے ہم عصروں میں آزاد کرتا ہے۔ نفسیات یوں تو جذبات انسانی کا مطالعہ کرتی ہے لیکن کسی شخص یا موضوع کے رویے کے مطالعے کے سلسلے میں اسے سماجیات سے الگ نہیں کیا جاسکتا اس لیے کہ کسی عہد کی سماجی صورتِ حال یا کسی شخص کا مخصوص ماحول اور حالات اس کے جذباتی رویے پر اثر انداز ہوتے ہیں۔ ایک عام انسان کن حالات میں Abnormal رویے کا شکار ہو جاتا ہے اس میں اس کی جذباتی کشمکش کے ساتھ سماجی حالات کا دخل بھی ہو سکتا ہے اس لیے خالد سہیل کے افسانے صرف نفسیاتی ہی نہیں اپنے عہد کے سماجی رویوں کے مطالعے کا بھی موضوع ہیں۔ اور آج کے زمانے میں جب یہ دن بہ دن ہماری سوسائٹی Complex ہی نہیں طرح طرح کی کشمکشوں کا شکار ہوتی جا رہی ہے۔ ان رویوں کا مطالعہ زیادہ ضروری زیادہ دلچسپ اور زیادہ اہم ہوتا جا رہا ہے۔

ڈاکٹر خالد سہیل

خالد سہیل کا ایک افسانوں کا مجموعہ ،'زندگی میں خلا'، اس سے قبل شائع ہو چکا ہے اس کے علاوہ ان کے افسانوں کے مجموعے انگریزی اور پنجابی میں شائع ہو چکے ہیں۔ "ٹوٹا ہوا آدمی" ان کے دو ناولٹ کا مجموعہ ہے جس میں پہلا ناولٹ "ٹوٹا ہوا آدمی" اور دوسرا ناولٹ 'مقدس جیل' ہے یہ دونوں ناولٹ دو الگ الگ جذباتی اور سماجی کشمکشوں یا دو مختلف تجربوں کی تصویر ہیں۔ ان کی دلچسپ بات یہ ہے کہ پہلا ناولٹ ایک مشرقی شخص کے مغرب کے تجربات اور وہاں کی سوسائٹی کے رویوں اور طرز زندگی سے متعلق ہے اور دوسرا ناولٹ ایک مغربی خاتون کے بالکل مشرقی اور سخت مذہبی ماحول اور تصورات سے تصادم پر مبنی ہے۔ آج کی زندگی کی ستم ظریفی یہ ہے کہ مشرق کا ہر شخص مغرب، خاص طور پر امریکہ، کینڈا پہنچ جانے کو اپنی زندگی کی معراج سمجھتا ہے اور وہاں رہنے والوں کو رشک کی نظروں سے دیکھتا ہے دوسری طرف مغرب کے رہنے والوں کے لیے عرب ممالک ان کی خوش حالی اور دولت مندی کا ذریعہ ہیں۔ اس لیے ان کی کوشش رہتی ہے کہ وہ کسی طرح اس دولت کے شریک بن سکیں۔ یہ دونوں ناولٹ اسی کشمکش اور اس سے پیدا ہونے والے حالات کا نتیجہ ہیں۔'

"ٹوٹا ہوا آدمی" کا بنیادی کردار شہزاد ان پڑھے لکھے نوجوانوں کا نمائندہ ہے جو کسی نہ کسی طرح مجبوراً یہ خوشی امریکہ یا کینڈا آ تو جاتے ہیں لیکن اپنے اندر اور باہر کے تضاد سے رفتہ رفتہ اس طرح ٹوٹتے جاتے ہیں کہ ذہنی توازن کھو دیتے ہیں۔ شہزاد کے کردار کے ذریعے خالد سہیل نے جس طرح شمالی امریکہ کی سوسائٹی کی تصویر کشی کی ہے اسے پڑھ کر عبرت ہوتی ہے۔ ایک ایسی سوسائٹی جو اوپر سے بے حد دلکش اور خوبصورت نظر آتی ہے وہ کس قدر اذیت ناک اور انسانی ہمدردی کے جذبے سے خالی ہو سکتی ہے اس کا اندازہ باہر سے نہیں کیا جاسکتا۔ ایک ایسا ملک جہاں قانون کا احترام سب سے زیادہ کیا جاتا ہے اور جو حقوق انسانی کے تحفظ کا دم بھرتا ہو وہ انسانی جذبے سے اس قدر عاری ہو سکتا ہے کہ غریب جولی کی موت کا سبب بن جائے یا شہزاد کی ذہنی صحت اور نیک چلنی کے باوجود اسے سخت نگرانی والے دماغی اسپتال میں بھیج دے، "ٹوٹا ہوا آدمی" پڑھتے وقت محسوس ہوتا ہے کہ اس معاشرے کے غیر متوازن ہونے کے دو ہی اسباب ہو سکتے ہیں۔ ایک طرف تمام اخلاقی

پابندیوں سے بری سوسائٹی اور دوسری طرف سخت اور بے لوچ ضابطے ان دو میں جس کا بھی کوئی شکار ہو جائے پھر اس کے لیے خود کشی کے علاوہ کوئی راستہ نہیں ہے۔ حالانکہ خود خالد سہیل کے بیان کے مطابق وہاں کی سوسائٹی میں ۹۶ فیصد حقوق انسان کو حاصل ہیں۔

خالد سہیل نے اس ناوِلٹ میں بڑی خوبصورتی اور جرأت کے ساتھ اس معاشرے کی تصویر کشی کی ہے۔ آج شمالی امریکہ میں مہاجرین کا مسئلہ ایک بہت بڑا مسئلہ ہے۔ وہاں کی سوسائٹی میں مہاجرین کا کیا رویہ ہونا چاہیے؟ وہ کس طرح اور کس حد تک بدلی ہوئی اخلاقی اور تہذیبی قدروں سے سمجھوتہ کر سکتا ہے؟ یہ کشمکش اولاً خاص طور پر لڑکی کے بڑے ہونے کے ساتھ ساتھ بڑھتی جاتی ہے۔ خالد سہیل نے اس سوسائٹی کے بہت سے پہلوؤں کو دکھانے کی کوشش کی ہے جن میں بعض مشرق کے قاری کے لیے ہوش ربا ہو سکتے ہیں۔

وہ ڈاکٹر اور ماہر نفسیات ہیں اس لیے اسپتال اور مریضوں کی کیفیتوں سے اچھی طرح واقف ہیں۔ ان تمام چیزوں کو انہوں نے بڑی فنکاری اور یقین کے ساتھ پیش کیا ہے۔ 'ٹوٹا ہوا آدمی' کی کردار نگاری خاص طور پر اپنی طرف متوجہ کرتی ہے۔ اس کے بعض کردار عرصے تک یاد رہنے والے ہیں۔ دوسرا ناوِلٹ 'مقدس جیل' ایک طویل افسانہ ہے۔ جس میں 'ٹوٹا ہوا آدمی' کے مقابلے میں پیچ و خم کم ہیں۔ اس کا سبب ممکن ہے یہ ہو کہ یہ کہانی ایک ایسے منظر نامے پر ابھرتی ہے جہاں ریت، تیل اور کھجور کے علاوہ ہر چیز باہر سے آتی ہے، جہاں اس طرح کا بے باک اور کھلا ہوا سماج نہیں ہے جس کی مثالیں مغرب میں ملتی ہیں۔ لیکن ضابطے اور قانون پر اس کی پابندی اور اس پر عمل درآمد پوری سختی سے کی جاتی ہے۔ جہاں کی زندگی میں روپے کی فراوانی کے علاوہ کوئی دلکشی نہیں ہے اور کم از کم وہ تمام چیزیں عنقا ہیں جن کا ایک مغرب میں رہنے والا عادی ہو سکتا ہے۔

مقدس جیل ایک ایسی لڑکی کی کہانی ہے جو پلی اور بڑھی تو شمالی امریکہ میں لیکن دولت حاصل کرنے کی خواہش میں ایک ایسے ملک میں چلی آئی جہاں کی زمین میں کہانیاں بھی نہیں اگتی ہیں اس کہانی کا بنیادی کردار تو ورانیکا ہے۔۔۔ ہے لیکن اس کے ساتھ بہت سے چھوٹے چھوٹے کردار سامنے آتے ہیں جن کے ذریعے مشرق و مغرب کے تضاد کو ظاہر کرنے کی کوشش کی گئی ہے۔

ڈاکٹر خالد سہیل

ان دونوں کہانیوں میں اہم چیز انسانی نفسیات اور اس کی پیچیدگی ہے جس کو خالد سہیل نے بڑی کامیابی سے پیش کیا ہے۔ ان کہانیوں کی خوبی مصنف کا خلوص اور غیر متعصبانہ رویہ ہے جس کے بغیر کوئی اچھی کہانی جنم نہیں لے سکتی۔ خالد سہیل نے شمالی امریکہ کے سماج اور وہاں کی تہذیبی شکست و ریخت کا بڑی گہرائی سے مطالعہ کیا ہے اور اسے بڑی خوبصورتی کے ساتھ ان ناولٹ میں پیش کیا ہے۔ اردو افسانے سے دلچسپی رکھنے والوں کو ان ناولٹ میں یقیناً موضوع کے نئے پن کے ساتھ بیان کی تازگی کا احساس ہو گا۔

دہلی ۷ اجنوری ۱۹۹۰ء

دیوتا

"دو کشتیوں میں سوار" کا پیش لفظ

جوگندر پال

قدیم زمانے میں کسی کو اس کے جرم کی سزا میں شہر بدر کیا جاتا تو ایک واویلا بپا ہو جاتا، مگر آج یہ ہے کہ لوگ بہ رضا و ترجیح برترٹھکانوں کی تلاش میں ملکوں خاک چھانتے پھرتے ہیں۔ مجھے یقین ہے کہ اردو میں اس قبیل کے لکھنے والوں کی مہم جوئی کا یہ باب جوئی موضوع اور محاورہ۔۔۔۔ ہر دو اعتبار سے ہمارے ادب پر خوشگوار اثرات مرتب کرے گا۔

خالد سہیل کے افسانے بھی برصغیر کی مہاجر زندگی سے وابستہ ہیں اور ان کا مصنف بڑی ہمدردانہ حیثیت سے وہ سارے تناؤ ملحوظ رکھتا ہے جو پردیس میں بسے ایشیائیوں کو اپنی باز آباد کاری کے عمل میں درپیش ہیں۔

خالد سہیل پیشے کے اعتبار سے ماہر نفسیات ہے اور بڑی چوکس ذہانت اور فہم سے انسانی الجھنوں پر نشانہ باندھتا ہے، تاہم اپنی پیشہ ورانہ تربیت کے باعث ۔۔۔ خالد سہیل یقیناً بے خبر نہ ہو گا۔۔۔۔ اسے یہ خطرہ بھی لاحق ہے کہ خارجی منطق کے دباؤ سے کہانی اپنی اگن میں مجروح نہ ہو۔

سہیل اور اس کے مانند دوسرے "ایمی گرینٹ" لکھاریوں کی اہمیت سے اس لیے بھی انکار ممکن نہیں کہ زندگی عین اپنے مقام پر غیر مقامی ہوتی جا رہی ہے اور لوگ باگ اپنی خاندانی حویلیوں میں پڑے پڑے خود کو بے گھر محسوس کرنے لگے ہیں۔ اس تناظر میں خالد سہیل کے یہاں فطری اور وارداتی اظہار کے امکانات کے پیش نظر مجھے ترغیب رہے گی کہ میں آئندہ اس کے فن کے ارتقائی مناظر کو آنکھوں سے اوجھل نہ ہونے دوں۔

۱۴ جنوری ۱۹۹۳ء

ڈاکٹر خالد سہیل

"دریا کے اس پار" (پیش لفظ)۔

نئی طرز ہے اور نئی ہے زباں

ظہیر انور

ناول کو خورشید الاسلام نے عہد جدید کا رزمیہ قرار دیا ہے۔ اس صنف کی ایک خصوصیت یہ ہے کہ اس کا سارا زور ماجرا یا واقعہ کے منفرد بیان پر ہوتا ہے۔ یہ بیانیہ کردار، واقعات اور تکنیک کے تانے بانے سے زندگی کا وسیع منظرنامہ پیش کرتا ہے۔ واقعات میں ربط و تسلسل، کردار کا انتخاب، نفس مضمون سے اس کا گہر انسلاک، کردار اور واقعات کے حوالے سے ایک پوری زندگی کا ڈھلا ڈھلایا تصور نیز بیانیہ کا وہ جوہر جو آخر آخر تک قاری کو اپنی مضبوط گرفت میں رکھے، ناول کے اہم محاسن ہیں۔ یہ صنف اس قدر لچک دار ہے کہ اصناف ادب میں اس کی مقبولیت اور محبوبیت بے مثال ہے۔ ناول کا مطالعہ بقول ہنری جیمس ہمارے لئے ہزاروں کھڑکیاں کھول دیتا ہے۔ ان کھڑکیوں سے ہمیں زندگی اور انسانی رشتوں کے حیرت انگیز مناظر دکھائی دیتے ہیں۔

زمانے کی رفتار کے ساتھ ساتھ اصناف ادب میں بھی تبدیلیاں رونما ہوتی ہیں۔ مغرب میں ہنری جیمس سے لے کر جیمس جوائس تک اور جیمس جوائس سے لے کر جدید تر ناول نگاروں تک ناول کے فن نے ترقی کے بے شمار منازل طے کئے ہیں۔ اب ناول کا مقصد وقت گزاری یا ایک تصوراتی دنیا میں پہنچا دینا ہی نہیں بلکہ فکری غذا بھی مہیا کرنا ہے۔ ناول نگار اپنی اختراعی صلاحیت نیز اجتہادی رویے سے ناول کو انتہائی بلند مقام پر پہنچانے میں کامیاب ہوا ہے۔ بیسویں صدی میں تو اس نے اور بھی بال و پر نکالے اور مزید ثمردار ہوا۔ ور جینا ولف، جیمس جوائس، ڈی ایچ لارنس، ہمگوے، فاکنر وغیرہ کے ناولوں میں ہیئت اور تکنیک کے اعتبار سے ہی تبدیلیاں رقم نہیں ہوئیں بلکہ موضوع اور مواد بھی تنوع پیدا ہوا۔ ان ناول نگاروں نے کرداروں کی داخلی اور خارجی نفسیات کے پہلو بہ پہلو ہم عصر دنیا کی ایسی تصویر کشی کی ہے جو اب بھی لوگوں کے لئے فرحت اور سامان فکر مہیا کرتا ہے۔

دیوتا

ناول اپنی وسعت کے لحاظ سے اس قدر ہمہ گیر اور ہمہ جہت ہے کہ ہم اپنی تنہائیوں کو بیشتر، یہ مقابلہ دوسری اصناف کے ناول سے ہی منور کرتے ہیں۔ چونکہ ناول نگار اپنے سماج کا ایک فرد ہوتا ہے اور حساس فنکار بھی، لہذا وہ ہماری سماجی برائیوں اور کوتاہیوں سے ہمیں روشناس کراتا ہے اور ایک نئے صحت مند اور برتر سماج کی تشکیل و ترتیب میں شریک بھی رہتا ہے۔ بلکہ یہ کہنا چاہئے کہ اپنی منفرد دنیا خود پیدا کرتا ہے۔

جہاں تک اردو ناولوں کا تعلق ہے تو بلاشبہ یہ کہا جاسکتا ہے کہ اب اس کا دامن اس قدر خالی نہیں ہے۔ داستان سے ناول تک ایک طویل عرصہ گزر چکا ہے۔ اگرچہ ناول کے ابتدائی نقوش فرسودگی کی ردا اوڑھے بک شیلف کی زینت بن گئے ہیں اور واقعتاً ان میں فنی اعتبار سے کوتاہیاں موجود ہیں تاہم ناول کو سماج اور عصر سے قریب لانے کی شروعات انہیں نقوش سے ہوئی تھی۔ نذیر احمد اور ان کے معاصرین کے علاوہ بعد میں آنے والے ناول نگاروں نے حقیقت پسند ادب کی ترجمانی کی۔ ان نمونوں نے رسوا سے لے کر پریم چند تک راہیں ہموار کیں۔ پریم چند سے ناول کا دور جدید شروع ہوا اور بڑے ناولوں کی کونپلیں پھوٹنے لگیں۔ داستان کی اساطیری اور طلسمی فضا، اس کے تہذیبی اور تمدنی نقطہ نظر، اس کی عبارات آرائی اور مبالغہ آرائی سے ناول کو آزادی ملی اور اس کا سفر باہر کے ساتھ اندر کی طرف شروع ہوا۔ کردار کی نفسیات، بیانیہ کا منفرد انداز، سماج کے باطنی اور ظاہری عوامل۔ مربوط پلاٹ، تاریخی اور تہذیبی پس منظر فری اور تصوراتی کیفیات کے انضمام نے ناول کے رنگ و روپ کو نکھارا۔ گریز، آگ کا دریا، خدا کی بستی، اداس نسلیں، ٹیڑھی لکیر، بستی، چاند گہن، آنگن اور چاندنی بیگم سے لے کر فائر ایریا تک ناول کے فن نے ارتقاء کے بہت سے مراحل طے کر لئے ہیں۔

اس طویل ارتقا کی منزل سے گزرتے ہوئے ہمیں خالد سہیل کے ناولوں سے بھی سابقہ پڑتا ہے۔ ان کی کہانیوں اور ناولوں کی انفرادی خصوصیات ہمیں اپنی طرف متوجہ کرتی ہیں اور سوچنے کے لئے مجبور بھی۔ اس کی بنیادی وجہ یہ ہے کہ خالد سہیل اپنی زود نویسی کے باوجود گہری بصیرت سے ہم آمیز ایک جینوئن فنکار ہیں۔ پیہم تجسس اور بے پناہ فنی ورک سے متصف۔ اس کا ثبوت یہ ہے

ڈاکٹر خالد سہیل

کہ ان کی تخلیق میں ان کا ذاتی اور منفرد رویہ ابھرتا ہے۔ ہنری جیمس نے کہا تھا کہ فن کی ایک اہم خصوصیت یہ ہے کہ وہ اپنے خالق کے ذہن پر توہوا کرتا ہے، یعنی تخلیق کے سائے میں تخلیق کار کی بنیادی حیثیت مسلم ہے کہ یہی وہ زمین ہے جہاں سے معنی اور مواد کے سارے دھارے پھوٹتے ہیں۔ خالد سہیل کے افسانے، شاعری، تراجم کے انتخاب اور ناولوں کے برتاؤ میں ان کا مخصوص رجحان / رویہ ابھرتا ہے، اور فی زمانہ منفرد رویے کا فقدان خالد سہیل کی اہمیت کو ہمارے سامنے واضح کرتا ہے۔ اپنی بیشتر تخلیقات میں خالد سہیل نے سنجیدہ اور غیر معمولی تخلیقی فنکاروں کی طرح اپنے موضوع کو اپنے طرزِ فکر کی بنا پر وسعت دی ہے۔ تجربے کی سچائی اور اس کا خلاقانہ اظہار خالد سہیل کے فن میں بدرجہ اتم موجود ہے جو اسے اپنے ہم عصروں میں ممتاز بھی کرتا ہے۔

دراصل خالد سہیل مجھے تحریر کا ایسا پرندہ لگا جس کو نغمہ ریزی اور فنی اظہار کے لئے فضائے بسیط کی ضرورت ہے کیونکہ وہ روحانی سرخوشی کا نقیب ہے۔ شاعری میں بھی ہجرت کے حوالے سے نئی سرخوشی کا تصور خالد سہیل کی ادبی تحریکات کا نہ صرف منبع ہے بلکہ اس کا مسرت آمیز منفرد لہجہ بھی ہے۔ افسانے میں ذات کے تشخیص اور کردار کی نفسیات پر دسترس اور نئے موضوعات کا ہنر مندی سے انتخاب اس کے تازہ دم، مہم جو اور باخبر ادب ہونے کی گواہی دیتے ہیں۔ انہوں نے ناول کو بھی ذریعہ اظہار بنایا ہے اور یہاں بھی اس کا گہر انقش موجود ہے۔

خالد سہیل نے ''دریا کے اس پار'' کو ایک نئے طرز میں لکھنے کی کوشش کی ہے، یعنی اپنے موضوع اور مواد کو ہیئت کے منفرد طرز سے گزار کر قاری تک پہنچایا ہے۔ اس سے پہلے ہمیں سہیل کے دو ناولٹ پڑھنے کا موقع ملا تھا۔ ''ٹوٹا ہوا آدمی'' اور ''مقدس جیل'' ایسے ناولٹ ہیں جو روائتی اور ایک ذرا غیر روائتی انداز میں ناول کی صورت میں ان کی اولین کوششیں ہیں۔ لیکن یہاں بھی مواد اور موضوع میں ایک طرح کا نیا پن، کردار تراشنے میں ایک نوع کی مہارت، اور مربوط نیز منظم طرز کا نقطۂ نظر شامل ہے۔ ''ٹوٹا ہوا آدمی'' کا مرکزی کردار شہزاد اور ''مقدس جیل'' کی وارنیکا ایسے کردار ہیں جو نہ صرف مربوط، مکمل اور نفسیاتی کشمکش کے آئینہ دار ہیں بلکہ مصنف کے نقطۂ نظر اور مشرق و مغرب کے اقداری کشمکش کے پہلو بہ پہلو نئے سماج اور نئے زمانے کی بشارت بھی دیتے ہیں اور ''ظلم

کے اندھیروں میں زندگی گزارنے" پر مجبور انسانوں کی نمائندگی کرتے ہوئے رجائی انداز میں اپنا دیرپا تاثر قائم کرتے ہیں۔ ان کے سارے کردار ان کی اپنی ذات کی درد مندی اور فکری رویے سے متصف ہو کر مثبت پہلوؤں کے ترجمان بن جاتے ہیں۔ ان دونوں ناولٹ میں موضوعات اچھوتے ہیں اور فارم تقریباً روائتی ہے لیکن کہانی پر گرفت بنی رہتی ہے۔ اس کی ایک بنیادی وجہ بیانیہ کا منفرد انداز ہے۔ "مقدس جیل" تو نسائی ادبی تخلیق میں ایک نئی فکری سمت کا اعلان بھی ہے۔ آج تانیثیت کا غلغلہ سنائی دے رہا ہے۔ نذیر احمد نے بھی ان پہلوؤں پر قلم کو حرکت دی تھی جس کی گونج حالیہ تانیثی مکتبہ فکر کے فنکاروں کے یہاں بھی سنائی دیتی ہے۔ خالد سہیل نے بھی عورتوں کے مسائل کو موجودہ حالات کے تناظر میں رکھ کر دیکھا ہے اور بڑی جرأت مندی کا ثبوت دیا ہے۔ علاوہ ازیں مصنف کی بے چین روح بھی اس کی تحریروں میں جھلملاتی نظر آتی ہے جو انسان پر ظلم کی میعاد کے بڑھتے ہوئے سائے سے تذبذب میں مبتلا ہو جاتی ہے۔ اسی جرأت مندی اور روحانی تذبذب کا اظہار خالد سہیل کے نئے ناولٹ "دریا کے اس پار" میں بخوبی ہوا ہے جسے مصنف نے ایک نئے طرز سے لکھنے کی کوشش کی ہے۔ "دریا کے اس پار" کا بنیادی مسئلہ انسانی آزادی اور اس کے انتخاب کی ذمہ داری ہے۔

اس موضوع کا برتاؤ دلچسپ اور نرالا ہے۔ سب سے اہم بات تو یہ ہے کہ خالد سہیل نے اس بار پچھلے ناولٹ کے مقابلے میں زیادہ وسیع اور جامع کردار سے متعارف کرایا ہے۔ یہ کردار ناولٹ کا مرکزی کردار سنبل خان ہے۔ سنبل خان ایک زندگہ متحرک اور فعال کردار ہے، پختونی غیرت اور خانہ بدوشوں کی زندگی کے تجربے کی حقیقی وارث یعنی جلال و جمال کی امین۔۔۔! دو مختلف روایتوں اور تہذیبوں کی وراثت اس کی ذات کا لازمی حصہ ہے اور یہی وراثت اس کی کارکردگی کا تعین کرتی ہے۔ نازو نغم میں پلی بڑھی اس نسوانی کردار سے ہمارا Encounter ٹورانٹو کی صدیوں پر بھاری ایک رات میں ہوتا ہے۔ اپنے حال اور مستقبل سے بے نیاز، اپنی بے پناہ تنہائی اور زخمی انا سے نبرد آزما وہ دیوانہ وار سڑکوں پر ڈرائیو کرتی ہے۔ اپنے انتخاب کے کھوکھلے پن پر نادم، اپنے ہونے پر پشیماں، ایک پوری شام اپنے محبوب فیصل کے انتظار میں گزار لینے کے بعد اس کی بے وفائی پر آنسو

ڈاکٹر خالد سہیل

بہاتی رہی ہے۔ دیارِ غیر کی سنسان سڑکوں پر ڈرائیو کرتے ہوئے اس کی یاد کی سرحدیں اس کے ماضی سے جا ملتی ہیں۔ اس کا سارا بچپن، اس کی وہ تہذیب جس کی قربت کی آنچ میں تپ کر وہ جوان ہوئی تھی، وہ روایتیں جنہیں منہدم کرنا گناہ تھا اور جن کو اس نے منہدم کیا تھا، اس کا خاندان اس کے حالات اور روائت سے انحراف کا لمحہ، ہجرت کا فیصلہ، سب کچھ اس کی نظروں کے سامنے زندہ اور متحرک ہو اٹھتے ہیں۔ جواں سال سنبل خان اپنے فیصلے کے لئے دریا کے اس پار اتر تو چکی ہے مگر اس طویل گھنی رات میں اس کا سارا ماضی اس کے سامنے آ کھڑا ہوا ہے۔

پختون نسل کے ایک مخصوص خاندان کی یہ پہلی خاتون ہے جس نے تعلیم مکمل کی ہے خلافِ معمول نوکری بھی کی اور روایتی بیوی بننے سے انکار بھی کیا ہے کہ اس کا شریک سفر کور چشم ہے "نہ صاحبِ علم ہے نہ صاحبِ کردار" سکندر خان کی یہ حسین بیٹی جلال میں آتی ہے۔ اپنا انتخاب اور ارادہ مضبوط کرتی ہے۔ اپنے خوش شکل اور خوش آواز محبوب کے لئے رختِ سفر باندھتی ہے کہ بقول ناول نگار " دونوں کے دل کی دھڑکنوں کو ستارے راس آئے تھے: سورج کی تمازت نہیں" پختون نسل کے رواجوں میں زبردستی رشتہ ازدواج منسلک کرنا جائز ہے لیکن محبت گناہِ عظیم۔ ہر دشوار گزار موڑ پر یہاں تک کہ فیصلہ سازی کے موڑ پر بھی سنبل کی نانی، اس کی 'مورے' اس کے لئے جائے پناہ بنتی ہے۔ ناولٹ میں خانہ بدوش زندگی کا مثبت اثر ہے کہ مورے اپنی ذاتی آزادی کو کسی قیمت پر فنا ہونے نہیں دیتی۔ ناولٹ میں اس کا یہ انتہائی متاثر کن اور باوقار کردار اپنی داخلی قوت کے بل پر قبائلی نظامِ حیات سے کبھی مصالحت نہیں کرتا۔ درمیانی وقفے میں ابھرنے والی یہ جہاں دیدہ، بزرگ اور جذبہ آزادی سے سرشار یہ عورت سنبل کے ذہنی نشو و نما میں، اس کی تربیت اور تنظیم میں نمایاں رول ادا کرتی ہے یعنی سنبل کی Friend, Philosopher & Guide اور جہاں کہیں بھی موقع میسر آیا ہے اپنی جبلت کے تحت اس کا دفاع بھی کرتی ہے۔ مختصر یہ کہ اس کے کردار کے حوالے سے ہی سنبل کو فیصلہ سازی کی ساری قوت حاصل ہے، اور وہ ایک پوری نسل کی بوسیدہ روائتوں سے منحرف ہوتی ہے۔ جب رشتے جہنم بنتے ہیں اور سنبل کا کردار بچپن کی معصومیت اور جوانی کی بغاوت کو تیاگ کر آنسوؤں میں بکھرنے لگتا ہے تو شفیق لیڈر اور عاشق ہنری کا کردار ابھرتا

ہے۔ لیکن جن ہواؤں میں وہ تناور درخت بننے کی تمنا لے کر آئی تھی وہاں کے موسموں نے اس کی روح پر خزاں کا رنگ بکھیر دیا ہے۔

اگرچہ سنبل کی نانی اور مورے نے اس کا ذہن تیار کیا تھا لیکن نئے جہاں کے نئے رشتوں نے اس کی نظر عطا کی ہے۔ یونیورسٹی، ہسپتال، طالبات سے اختلاط، لیز اور ہنری سے اس کی ملاقات نے اس کے مشاہدے کو بالیدگی عطا کی ہے۔ شاعری سے دلچسپی اور شعر لکھنے کی تحریک اس کردار کے رنگا رنگ پہلو کی ایک مثال ہے۔ آزاد فضاؤں اور تازہ ہوا کے جھونکوں نے سنبل کی صلاحیتوں کو تیز کر دیا ہے۔ آہستہ آہستہ زخم مندمل ہوتے ہیں، ہنری سے دوستی گہری رفاقت میں بدل جاتی ہے اور وہ اسے شریک سفر بنانا چاہتا ہے۔ ہنری پہلی دنیا کا باسی، سنبل تیسری دنیا کی نمائندہ، درمیان میں میلوں کی لمبی گہری خلیج، کئی شہروں میں ساتھ گھومتے ہوئے، نظموں کی تحریک سے بنتے سنورتے، سنبل نے بھی ہنری کو قریب جانا لیکن شریک سفر بننے کا فیصلہ کرنا پڑا تو وہ تذبذب کے گھنے بادلوں میں کھو گئی۔۔۔ یہ وراثت اور روائت سنبل کے کردار کے شایانِ شان نہیں لیکن اسی کے چھپے ہوئے اثرات اس کی انسانی کمزوری کو ہمارے سامنے واشگاف انداز میں پیش کرتے ہیں۔ مختصر یہ کہ وہ بھی اپنے سفر میں دیکھے ہوئے جل پری کے مجسمے کی طرح پتھر بن گئی جو صدیوں سے ساحل پر ہجر کے لمحوں میں قطرہ قطرہ آنسو چن رہی ہے لیکن قربتوں کا موسم آتا ہی نہیں۔۔۔ یہ سنبل کے کردار کا وہ المیہ ہے یا پھر بھرپور تنہائی جو اس کے انتخاب اور ذمہ داری کی پروردہ ہے۔

ناولٹ کے اس کردار کا قدرے تفصیلی بیان اس لئے بھی ضروری ہے کہ کردار کی جملہ نفسیات پر گہری نظر رکھی جائے۔ Emile Bronte نے خاندان کی خصوصیات کا اظہار اور کرداروں پر اس کے گہرے سائے کو دیکھ کر وکٹورین ناول نگاروں سے بہتر طور پر پیش کیا ہے۔ برونٹے کا ناول اپنی دیگر خصوصیات کے علاوہ خاندانی وراثت کے Transmission کے زیرِ اثر تغیر و تبدل سے متاثر ہوتے رہتے ہیں۔ مخصوص کردار کے حرکات و سکنات سے اس کے خاندان کے نسلی امتیازات کا حساب لگایا جا سکتا ہے۔ سنبل خاں بھی ایسا ہی ایک وقیع کردار ہے جس کی تہہ میں پختون نسل کا جلال اور خانہ بدوشی کی زندگی کی روانی اور جمال نظر آتا ہے۔ ان نسلی نفسیات کی چھاؤں میں

ڈاکٹر خالد سہیل

اس کا کردار مختلف رنگوں میں ایک نوع کی ارضیت بھی عطا کرتا ہے۔ ناول نگار تصور اور مشاہدے کا ایک ایسا آمیزہ تیار کرتا ہے جس سے زندہ کردار ممکن ہوسکا ہے۔ اس کردار کے ساتھ ساتھ ایک چھوٹی سی دنیا بھی خلق ہوئی ہے جو سکندر خاں، لیزا، جنت، ہنری، صائمہ، ساحرہ، جیبن اور سب سے بڑھ کر مورے/نانی کی دنیا ہے۔

سکندر خان اور مورے کے حوالے سے ہمیں دو مختلف جہاں کی کھڑکیاں کھلی نظر آتی ہیں۔ ایک کھڑکی سے انقلاب آفریں، مضبوط اور انا پرست مذہبی مردوں کی وہ دنیا نظر آتی ہے جہاں پیغمبر کی سنت ادا کرنے سے لے کر مردوں کی بیٹھک نیز سینکڑوں ایکڑ زمین اور بیبیوں بوسیدہ روایتیں نظر آتی ہیں اور دوسری کھڑکی سے اس داخلی تموج کا اشارہ ملتا ہے جہاں آزادی فکر اور انتخاب کی ذمہ داری جھانکتی ہے۔ مورے/نانی کا کردار مختصر مگر ڈھلے ڈھلائے سانچے میں ہمارے احساس پر چھانے لگتا ہے اور محسوس ہوتا ہے کہ یہ مثالی کردار جو آزادی اور انحراف کی لے پر تیار ہوا ہے ناول نگار کے لاشعور کا ایک حصہ ہے۔ اس کردار کے افعال مشینی نہیں بلکہ داخلی محرکات پر مبنی ہیں اور یہی باتیں اسے اہم ترین کردار کی صف میں ممتاز مقام عطا کرتی ہیں۔

مزید برآں خالد سہیل نے پختون تہذیب کی کامیاب جھلکیاں پیش کی ہیں۔ پختون سماج میں زندگی جس طرح مذہب، معاشیات اور مردانہ جلال کے تابع ہوا کرتی ہے اور جس آن بان سے عبارت ہے وہ پوری تہہ داری کے ساتھ ہمارے سامنے پیش ہوئی ہے۔ آداب زندگی اپنی تمام تر جزئیات کے ساتھ ہمارے سامنے ہمکنے لگتے ہیں۔ ہم ایک قدیم اور منفرد کلچر سے متعارف بھی ہوتے ہیں اور محفوظ بھی۔ پورا ناولٹ لفظوں کی حرمت بر قرار رکھتے ہوئے پختون کلچر اور اس کے کھوکھلے اعتماد و ایمان کو پیش کرتا ہے اور ساتھ ہی نئے جہان کی سیر بھی کراتا ہے۔ ٹورنٹو کے ہوٹل، ۴۰۱، ینگ اسٹریٹ، C.N.Tower وغیرہ کا پس منظر بھی ناولٹ کی رنگا رنگی کا اہم جواز ہے۔ یہ آج کے ناول کا Setting ہے جو چند گھنٹے ہوئے چند اہم کردار کے حوالے سے سرعت کے ساتھ منظر بدلتا ہے۔

''دریا کے اس پار'' اپنے اسلوب کے اعتبار سے بھی منفرد ہے ناول نگار نے کردار اور واقعات کو رواں دواں نثر میں تحریر کیا ہے۔ کہیں کہیں واقعتا شعریت اور ڈرامائیت پیدا ہوگئی ہے۔

رواں نثر اور شعریت سے بھرپور اسلوب میں انگریزی ناولیں، یہاں تک کہ Indo Anglican ناول نگاروں کی تحریریں منصوبہ بندی طرز پر سامنے آچکی ہیں۔ خالد سہیل زبان اور اسلوب پر مزید کچھ توجہ صرف کرتے تو یہ ناولٹ اپنے اجتہادی رویے اور منفرد بیانیہ کے لحاظ سے اور بھی پر کشش اور پر تجسس ہوتا۔ یوں بھی جملوں کی مختلف سطروں اور بحروں میں لکھ کر ناول نگار نے نہ صرف زبان کے ساتھ آزدی روا رکھی ہے بلکہ ناولٹ کو صوری حسن سے بھی ہمکنار کیا ہے۔ اور یہ آزادی ناولٹ کے مرکزی کردار کی نفسیات سے حد درجہ مطابقت رکھتی ہے۔ کہیں کہیں سطریں اپنے آپ میں غیر مکمل اور نسبتاً کم پیوستہ نظر آتی ہیں۔ تاہم ناولٹ کے اسلوب اور اس کے مجموعی تاثر پر کوئی اثر نہیں پڑتا، بلکہ اس کے نوکدار استعارے، اس کی شعریت، اس کا جدا طرز بیان اور اختصار کا حسن خالد سہیل کے اجتہادی رویے اور ذاتی اسلوب کا سراغ فراہم کرتے ہیں۔

اولین مطالعے سے ہی ناولٹ کا مزاج اور اس کی فضا سے قاری کا رشتہ قائم ہو جاتا ہے۔ معاصر زندگی کے بارے میں خالد سہیل کا تجربہ محدود نہیں اور اس کا مشاہدہ اس کے اسلوب تحریر سے باہم مربوط نظر نہیں آتا ہے۔ ناولٹ میں قبائلی طرز حیات میں عورتوں کی حیثیت اور ان کی صورت حال کی بے باکانہ تصویر کشی کی گئی ہے، خصوصاً تیسری دنیا کی اقداری کشمکش کو اس کی مکمل جزئیات کے ساتھ پیش کیا گیا ہے۔ سنبل خان کے علاوہ مورے کا کردار عورتوں کی آزادی کی ایک انتہائی معنی خیز علامت بن گیا ہے۔ خالد سہیل نے باریک بینی اور گہری بصیرت کے ساتھ کرداروں کو خلق کیا ہے، یہاں تک کہ ناول نگار کا ذہن اپنے مخصوص فاصلے کے باوجود اپنے تفکر اور تجسس کے ساتھ موجود نظر آتا ہے۔ یہ سارے کردار بے چارگی کا شکار نہیں ہیں بلکہ سارا معاملہ جدید یا مابعد جدید حسیت سے معمور ہے، اور اسی بنا پر ناولٹ کی اہمیت اور اس کی معنویت مسلم ہے۔۔۔

۲۰ مئی ۱۹۹۷ء

ڈاکٹر خالد سہیل

عقیدوں کے شہر میں تجربوں کا آدمی

سعید انجم

خالد سہیل کا تخلیقی سفر تلاش (۱) سے شروع ہوا۔ گھر کی اجنبیت نے اسے ہجرت کی وادیوں میں اتارا۔ نئی منزلوں کے لئے وہ نکلا تھا اور نئے رشتے اس کا مدعا تھا۔

کس نئی منزل تک وہ پہنچا؟

کون سے نئے رشتے اس نے دریافت کئے؟

سوالات کے بجائے یہ توقعات ہیں جن کا بیج خالد سہیل نے خود بویا ہے۔ اس سے پہلے کہ ہم اس کے تخلیقی سفر کا پھل چکھیں، آیئے ہم وہ اسباب جان لیں، جن کی وجہ سے شاعر کو اپنے گھر میں اجنبیت محسوس ہونے لگی۔

’’ایک پرندے کی خواب غفلت سے آنکھ کھلی تو اس نے دیکھا کہ اس کا آشیانہ فرسودہ روایات کی تتلیوں اور بوسیدہ اقدار کی گھاس پھونس کا مرہونِ منت ایک قفس تھا جسے آشیانہ کا نام دیا گیا تھا۔ اس کے شام و سحر ایک ایسے درخت پر گزرے جہاں خاندان کے آسیب سایہ فگن رہتے۔‘‘ (۲)

خاندان کا ادارہ اور آسیب؟ قاری چونکتا ہے۔

ایک نیم تاریک روشن مکان اپنے دروازے، اسی مصنف کے لئے کھولتا ہے جو اسے خود روشن کر دے۔ چراغ، دیا اور بتی تو ہر گھر میں موجود ہوتے ہیں۔ اچھا لکھنے والا تو بس لو اونچی کرتا چلا جاتا ہے اور قاری؟ نہیں مکان! مصنف کی مہارت، طہارت اور ذہانت کے مطابق روشن ہوتا چلا جاتا ہے۔

دیوتا

خالد سہیل کی تحریروں سے معلوم ہوتا ہے کہ وہ گرتی دیواروں اور دیمک زدہ شہتیروں پر کھڑے مکانوں میں روشنی کے لئے جگنو تلاش کرنے نکلا ہے۔ اس کے جذبوں کی تازگی اسے نئی پگڈنڈیوں کی طرف لے جاتی ہے۔(۳)

پگڈنڈیوں پر چلنے والے مسافر میں راوی ہمیں بتاتا ہے کہ پگڈنڈی بس ابتداء میں غیر محفوظ ہوتی ہے۔ بعد میں وہ ایک شاہراہ بن جاتی ہے۔ اس بات سے مصنف یہ نتیجہ نکالتا ہے کہ نئی نسل کو تجربے کرتے رہنا چاہیے۔(۴)

شاعری کے مجموعہ تلاش کے بعد خالد سہیل کے تخلیقی سفر کا تجربہ ایک افسانوی مجموعہ "زندگی میں خلاء" کی صورت میں ہمارے سامنے آیا۔ اس میں ہمیں ایک تقابل ملتا ہے، وطن عزیز میں لوگ زندہ رہنے کے لئے متحرک تھے، نئے ملک میں لوگوں کو یہ طے کرنا تھا کہ ان کی زندگی کا خاتمہ کیسے ہو؟ Dignified Death Clinic کے رجسٹرڈ نرس بتاتی ہے کہ: "اس Clinic میں مرنے کے تین طریقے ہیں۔ تین منٹ کا، تین گھنٹوں کا اور تین دنوں کا۔" اور ڈاکٹر سمتھ کہتا ہے۔ "موت کو پر سکون بنانے کے لئے ہم دو طرح کی گیس استعمال کرتے ہیں۔ ایک سے انسان مسکراتا ہے اور دوسری سے رو دیتا ہے۔ تم کون سی گیس پسند کرو گے؟"(۵)

ڈونا کی زندگی کے آخری سالوں کا ماجرا خالد سہیل نے Flashes کی صورت میں بیان کیا ہے۔ افسانے کی آخری لائنیں غور طلب ہیں:

"ڈونا اپنے بستر پر لیٹی موت کی آغوش میں سو رہی تھی اور اس کی آنکھیں کھلی تھیں جیسے کسی کا انتظار کر رہی ہوں۔ ٹی وی پر فلم چل رہی تھی۔ اس کے گھر میں پودے، پرندے اور جانور تو تھے، لیکن انسان نہیں تھے۔"(۶)

پڑھنے والوں کے لئے "زندگی میں خلاء" کے افسانے میں کینڈا کی زندگی کے مختلف رخ نمایاں کرتے چلے جاتے ہیں۔ ایک خاتون کہتی ہے۔ "میں مدتوں شادی کے کچے دھاگے سے لٹکتی رہی۔ اس شادی کو محفوظ کرنا بالکل ایسا ہی تھا جیسے بچہ برف کے ٹکڑے کو محفوظ کرنے کے لئے اپنی ہتھیلی میں دباتا ہے۔"(۷)

ڈاکٹر خالد سہیل

ایک افسانے میں خالد سہیل کا ایک کردار کسی کے ساتھ ناچنے کو رومانی ورزش قرار دیتا ہے۔ایک دوسری جگہ مصنف نے لکھا ہے:"جنسی تعلق بھی کھانے پینے کی طرح ایک فطری خواہش ہے۔ فرق صرف اتنا ہے کہ اس کی تسکین اختیاری ہے۔ بنیادی طور پر یہ دو انسانوں کا ذاتی تعلق ہے جس میں مذہب یا قانون کو بہت کم دخل ہے۔"(۸)

جس معاشرے میں روز مردہ زندگی مندرجہ بالا رویوں سے عبارت ہو، وہاں پر پاکستانی والدین اپنے بچوں کا تحفظ وطن اور مذہب کی ڈھال سے کرنا چاہتے ہیں۔ اس کا جو اثر اولاد پر پڑتا ہے اس کی تصویر کشی دیکھئے:

"میں ابو سے تنگ آ گئی ہوں۔ اسلام اور پاکستان کے نام پر ناٹک زیادہ عرصہ تک نہیں چل سکتا۔ میرے لئے یہ دونوں الفاظ گالی بن چکے ہیں۔ میر ا بس چلے تو آج ہی گھر سے بھاگ جاؤں۔۔۔ میں اپنی اٹھارہویں سالگرہ کا انتظار کر رہی ہوں۔"(9)

بچوں کا ردِعمل ایسا شدید کیوں ہوتا ہے؟ خالد سہیل ہمیں بتاتا ہے:

"مہاجروں کے بچے غیر معمولی ہوتے ہیں۔ یا تو فنکار بنتے ہیں یا ذہنی خلل کا شکار ہو جاتے ہیں۔۔۔ انہیں ایک طرف تو ماضی کی روایات اور اقدار کا بوجھ اٹھانا پڑتا ہے اور دوسری طرف نئے تقاضوں اور مسائل کو گلے لگانا پڑتا ہے جو کامیاب ہو جائیں، وہ فن کار اور جو ناکام ہو جائیں وہ دیوانے بن جاتے ہیں۔"(۱۰)

خالد سہیل کے یہی خیالات بعد میں "ٹوٹا ہوا آدمی" نام کے ناولٹ میں ہمارے سامنے آتے ہیں۔ یہ ایک بگڑے ہوئے پاکستانی بیٹے کی کہانی ہے، جو کینیڈا پہنچ کر وہاں کی انفرادی آزادیوں کے مزے لوٹنے کے لئے خاندان کی اجتماعی ذمہ داریوں سے رد گردانی ضروری سمجھتا ہے۔ (شاید وہ یہ سمجھتا ہے کہ اس کے شام و سحر ایک ایسے درخت پر گزر رہے ہیں جہاں خاندان کے آسیب سایہ گن رہتے ہیں؟) اس کردار کے غیر متوازن رویے، اسے قانون شکنی کی بدترین سرحدوں تک لے جاتے ہیں۔ لیکن وہ جیل جانے کی بجائے ذہنی شفاخانے میں پہنچ جاتا ہے۔ وہاں پر وہ خود باپ بن جانے کے بعد ہی ذمہ داری کا ثبوت دیتا ہے۔ ناولٹ کے آخر میں یہ مرکزی کردار شہزاد اپنے باپ

کے ہم عمر ایک کینڈین کردار کے مشورے پر معاشرتی اداروں کی سماجی پابندیاں قبول کرنے کے لئے تیار ہوتا ہے۔

اس طویل کہانی نے ادب کو جو دیا ہے، سو دیا لیکن قاری اور مصنف کو اس تحریک نے ایک مختصر بیان اور واضح نتیجہ پہنچنے میں بہت مدد کی: "ہم میں سے ہر ایک کے دو خاندان ہوتے ہیں۔۔۔۔ ایک خاندان جس میں ہم پیدا ہوتے ہیں اور دوسرا خاندان جسے ہم خود بناتے ہیں۔" اور نتیجہ یہ کہ: "ہم اجتماعی طور پر آہستہ آہستہ پہلے خاندان سے دوسرے خاندان کی طرف سفر کر رہے ہیں۔"

"ٹوٹا ہوا آدمی" میں پہلے خاندان سے دوسرے خاندان کی سمت جانے والی نئی پگڈنڈیوں پر افزائش نسل کی منزل تو موجود ہے لیکن عقل و دانش کا وہ ورثہ جو باپ سے بیٹے تک پہنچا ہے وہ اس ناولٹ میں شہزاد کے باپ کی عمر کے ایک کینڈین کردار سے اس تک منتقل ہوتا ہے۔ پڑھنے والا یہ سوچتا رہ جاتا ہے کہ کہیں یہ کہانی نئی صورت حال میں خونی رشتوں پر سوالیہ نشان لگانے کے لئے تو نہیں لکھی گئی؟

"زندگی میں خلاء کے متعلق خالد سہیل نے لکھا ہے: "عورتیں بادلوں کی طرح ہوتی ہیں۔ وہ بادل جو کبھی تو ہفتوں تک نہیں برستے اور برستے ہیں تو برستے ہی چلے جاتے ہیں۔ صحراؤں میں نہیں برستے اور دریاؤں پر برس پڑتے ہیں۔" یہ اس زمانے کی بات ہے جب مصنف عورتوں اور بادلوں کو خود مختار سمجھتا تھا چند ہی سالوں کے تخلیقی سفر نے مصنف کیلئے عورتوں کی خود مختاری پر سوالیہ نشان لگا دیا۔ نئی کتاب میں نیا بیان ان الفاظ کے ساتھ درج ہوا: "خاندان بادلوں کی طرح ہوتے ہیں جو پانی کے قطروں کی جسامت یا ہواؤں کے رخ بدلنے سے اپنی صورت بدل لیتے ہیں۔"(۱۱)

اس نئی منزل پر نئے سوال، خالد سہیل کی راہ تک رہے تھے۔ ہواؤں کے رخ کا تعین کون کرتا ہے؟ اور۔ جسامت پر اثر انداز ہونے والے عناصر کون سے ہیں؟

ایک الف لیلوی کردار کی طرح خالد سہیل متحرک ہو گیا۔ یہ معلوم کرنے کے لئے کہ ہواؤں کے رخ کا تعین کون کرتا ہے۔ وہ ایسے قصوں تک جا پہنچا۔ جنہیں کچھ لوگ مقدس مانتے تھے۔ جن کے مطابق ہوائیں دیوتاؤں کے تسلط میں تھیں۔ لوگ انہیں بھگوان کی طرح پوجتے تھے۔

ڈاکٹر خالد سہیل

اس مہم میں اس نے دریافت کیا کہ انسان کو بھگوان کی نہیں ایمان کی ضرورت ہے۔ یہی سرگزشت "بھگوان، ایمان، انسان" کے نام سے ایک کتاب کی صورت مرتب ہوگئی۔

بھگوان کو غیر ضروری ثابت کرنے کے لئے خالد سہیل نے برٹرینڈ رسل کی ایک پرانی تقریر کا انتخاب کیا۔ 1927ء کی اس تقریر کا موضوع تھا میں عیسائی کیوں نہیں ہوں؟

برٹرینڈ رسل کا خدا اور حیات بعد الموت پر ایمان نہیں تھا۔ تقریر کے مطابق انہوں نے کہا: "خدا پر ایمان لانے کی سب سے بڑی وجہ ہماری وہ ضرورت ہے جسے ہم تحفظ کے احساس سے موسوم کرسکتے ہیں۔ لوگوں کے لئے یہ خیال کہ ان کا کوئی نگہبان ہے جو ان کا خیال رکھا کرتا ہے بہت ضروری ہے۔ اس خواہش یا احتیاج سے خدا پر ایمان کا جذبہ پیدا ہوتا ہے۔" اس تقریر سے وہ دو باتیں واضح کرتے ہیں۔

۱۔ ہمیں اپنے پاؤں پر خود کھڑا ہونا چاہئے، زندگی اور کائنات کی آنکھوں میں آنکھیں ڈال کر دیکھنا چاہئے۔

۲۔ ہمیں مردہ ماضی کے مقابلے میں زندہ اور پرامید مستقبل کی ضرورت ہے برٹرینڈ رسل کے بعد خالد سہیل نے ابراہیم میسلو کا انتخاب کیا ہے۔ وہ مذہب کے علاوہ سائنس کی کارکردگی پر بھی سوالیہ نشان لگاتے ہیں۔ ان کے خیال میں مذہب ایسے عقائد کا آمیزہ بن گیا ہے جنہیں عاقل و بالغ لوگوں کے لئے سمجھنا اور ان پر عمل کرنا مشکل ہو گیا ہے۔ جب سائنس نے غیر جانبداری کا لبادہ اوڑھا تو زندگی کے مقاصد، معافی اور اقدار سے اس کا رشتہ ٹوٹ گیا۔ ان کا کہنا ہے کہ وہ سائنس جو زندگی کی اقدار سے آنکھیں چرائے کامل سائنس نہیں ہو سکتی اور وہ مذہب جو انسان کی جذباتی اور عقلی ضروریات کا خیال نہ رکھے، کامل مذہب نہیں ہو سکتا۔ اس صورت حال میں ان کا نتیجہ یہ ہے کہ ہمیں سائنس اور مذہب دونوں کی حدود کو دوبارہ متعین کرنے کی ضرورت ہے۔ یہ کیسے ہوگا؟

ایرک فرام کے تعاون سے خالد سہیل ہمیں بتاتے ہیں کہ اگر ایمان، عقل اور سائنس کے ساتھ ساتھ نہیں چل سکتا تو ہمیں اسے ماضی کے فرسودہ نظام کا بچا کھچا حصہ سمجھ کر نظر انداز کرنا

پڑے گا۔ ایرک فرام کے خیال میں ایمان دو طرح کا ہوتا ہے۔ ایک ایمان کسی بڑی طاقت کے فرمودات کو کلیتہ قبول کرنے کا نام ہے جو ایک غیر صحت مندانہ اور غیر منطقی رویہ ہے۔ کیونکہ اس طرح اپنی صلاحیتوں کو بروئے کار نہیں لایا جاتا۔ دوسرا ایمان ایک مثبت قدر ہے۔ ایسا ایمان انسان کے ذاتی تجربات اور مشاہدات پر مبنی ہوتا ہے اور سوچ سمجھ کر قبول کیا ہوتا ہے۔ اس لئے ایسا ایمان معقول اور صحت مند کہلایا جاسکتا ہے۔ ان کے خیال میں بنیادی سوال یہ ہے کہ آج کا انسان کس قسم کے ایمان کو ترجیح دیتا ہے۔

باقی رہے وہ عناصر جو جسامت پر اثر انداز ہوتے ہیں۔ تو اس سلسلے میں افزائش نسل کو کلیدی اہمیت حاصل ہے۔ اس خصوصیت کی وجہ سے کبھی کنبے کی سربراہی ماں کے پاس تھی۔ عورت کی اس حیثیت میں تبدیلی کیوں آگئی؟ چھٹی صدی میں مغرب کی عورتوں نے اس سوال کا جواب تلاش کرنے کی کوشش کی۔ عقیدوں کی وادی میں خاک چھاننے کے بعد خالد سہیل کے سفر کی منزل عورتوں کی یہ جہد ہی ٹھہری۔ چنانچہ صحرا نوردی کی یہ روداد ''مغربی عورت، ادب اور زندگی'' کے نام سے مرتب ہوگئی۔

اس کتاب میں پچھلی ایک صدی میں متحرک رہنے والی عورتوں کے ان مضامین، انٹرویوز اور افسانوں کا انتخاب اور ترجمہ ہے، جو عورتوں کے مساوی حقوق کے لئے چلائی جانے والی تحریک کی بنیاد بنے۔ اس کتاب کے دو حصے ہیں۔ پہلے حصے کا عنوان نوان ''عورتیں اور ادب'' ہے جب کہ دوسرے حصے کا نام ''عورتیں اور زندگی'' رکھا گیا ہے۔ اس حصے کے عنوانات سے بعض موضوعات کا اندازہ ہوتا ہے۔ مثلاً عورتیں اور محبت، عورتیں اور زنا بالجبر، عورتیں اور حیض، عورتیں اور ابارشن وغیرہ۔ اس کتاب کے انتساب میں خالد سہیل نے لکھا: ''مغربی عورت کا پیغام مشرقی عورت کے نام۔''

عورتوں کے معاملات میں خالد سہیل کی دلچسپی کینڈا پہنچ کر شروع نہیں ہوگئی۔ پشاور کے لیڈی ریڈنگ ہسپتال کی پچھتر سالہ تاریخ یہ پہلا مرد ڈاکٹر تھا جس نے زچہ بچہ وارڈ میں انٹرن شپ مکمل کی۔ لیبر روم میں بچے پیدا کرنے کا تجربہ اتنا اچھا رہا کہ اس نے لکھا ''اگر میرے بس میں ہو تا تو میں

ڈاکٹر خالد سہیل

آدھی زندگی میں بطور مرد اور آدھی زندگی بطور عورت گزارتا، شاید اسی لئے اس نے اپنی پہلی کتاب کے دیباچے میں لکھا، ''میری ذات اور شخصیت کے ارتقاء میں عورت کی رفاقتوں نے اہم کردار ادا کیا ہے۔''(۱۲)

زمانہ طالب علمی کا ایک واقعہ پڑھنے کے بعد خالد سہیل کے اس بیان پر یقین سا ہونے لگتا ہے۔ اس نے ''انفرادی اور معاشرتی نفسیات'' میں اسے لکھا ہے۔ ''تقریباً پانچ سولوگوں کا مجمع تھا۔ ملک کے تین مشہور شاعر بجج تھے۔ بہت سے طلباء اور طالبات نے اپنا کلام سنایا۔ میں نے اپنی ایک نظم سنائی جس کا عنوان تھا ''سرخ دائرہ'' وہ نظم ایک ایسی نوجوان عورت کے بارے میں تھی جسے زندگی میں پہلی مرتبہ حیض نہ آیا تھا اور وہ متفکر تھی کہ کہیں حاملہ تو نہیں۔ نظم اس انداز سے لکھی تھی کہ حمل اور حیض کا ذکر تو نہ تھا لیکن سمجھنے والے سمجھ جاتے تھے کہ میں کیا کہنا چاہتا ہوں۔

میں اسٹیج پر گیا، سارا ہال خاموش تھا، میں نے نظم سنائی، سارا ہال خاموش رہا۔ میں واپس لوٹ آیا۔ سارا ہال خاموش رہا۔ میں سمجھا، کسی کو میری نظم سمجھ نہیں آئی۔ نظم اس طرح لکھی گئی تھی کہ ایک عورت اپنے بارے میں بات چیت کر رہی تھی۔ چنانچہ نظم کی ''میں'' عورت تھی۔ مقابلے کے آخر میں میری حیرت کی انتہا نہ رہی جب اول انعام، ایک وینس کا مجسمہ مجھے پیش کیا گیا۔ اس وقت سارا ہال تالیاں بجا رہا تھا۔ اگلے دن، میری ایک جج شاعر سے ملاقات ہوئی تو وہ کہنے لگی ''میں نے پورے اردو لٹریچر میں اس خیال پر کوئی نظم نہیں پڑھی۔ تمہارے کلام میں جدت تھی۔''(۱۳)

خالد سہیل کی مسافرت کا ایک پڑاؤ یروشلم بھی تھا۔ عقیدوں کا شہر۔ ''امن کی دیوی کی ابتدا اسرائیل کے سفر نامے سے ہوتی ہے۔''ایک ویرینہ خواہش'' کے ذیل میں اس نے لکھا ہے۔ ابھی مجھے کینیڈین پاسپورٹ حاصل کئے زیادہ عرصہ نہیں گزرا تھا کہ مجھے معلوم ہوا یروشلم میں نفسیات اور خاندان کے مسائل پر ایک کانفرنس منعقد ہو رہی تھی۔ میں نے رجسٹریشن فیس بھیج دی اور ہسپتال سے ایک ہفتے کی چھٹی کی درخواست دے دی۔ چھٹی ملی تو میں نے بوریا بستر تیار کیا اور ابن بطوطہ کی طرح سفر پر نکل کھڑا ہوا۔'' پشاور کا ڈاکٹر کینیڈین ڈگری کے بعد اب ماہر نفسیات تھا۔

یروشلم کی سیر کے بعد خالد سہیل نے اپنے جذبات اور خیالات کو "تین سپاہی" کے عنوان سے قلمبند کیا ہے۔ شہر کے تین کونوں میں بیک وقت تین سپاہی بندوقوں سمیت عبادت میں مصروف ہیں۔ یہودی سپاہی موسیٰ کے خدا کا شکر گزار رہا ہے اور کہتا ہے "اے خدا! تو مجھے اتنی ہمت دے کہ میں عیسائی اور مسلمان سپاہیوں کا ڈٹ کر مقابلہ کروں اور ان کے سر قلم کر دوں۔" عیسائی سپاہی خدا کا ممنون ہے کہ اس نے اپنا بیٹا دے کر انہیں نوازا۔ وہ کہتا ہے : "اے خدا مجھے اتنا حوصلہ دے کہ میں یہودی اور مسلمان سپاہیوں کو موت کے گھاٹ اتار دوں۔"

مسلمان سپاہی امت محمدیہ میں پیدا ہونے کو اپنی خوش قسمتی سمجھتے ہوئے کہتا ہے۔ "اے خدا! مجھے اتنی طاقت دے کہ میں یہودی اور عیسائی سپاہیوں کو صفحہ ہستی سے نیست و نابود کر دوں۔"

عقیدوں کے شہر میں خالد سہیل کا یہ تجربہ قاری کو انسانی اقدار کے بارے میں غور کرنے پر اکساتا ہے۔

ایک نارویجن دوست نے مجھے بتایا تھا کہ کیتھولک معاشرے میں سماجی زندگی کی پیچیدگیاں جب گناہ و ثواب کے پیمانوں میں ڈھلتی ہیں تو لوگ پادری کے سامنے اپنے اعمال کو قبول کرنے کے بعد ضمیر کے بوجھ سے آزاد ہو جاتے ہیں۔ میرے خیال میں پروٹسٹنٹ میں پادری کا رول ماہر نفسیات ادا کرتا ہے۔ سماجی زندگی کے غبارے سے بھرے موکل آتے ہیں اور مسیحا کے سامنے اپنی پیچیدگیاں اگلتے چلے جاتے ہیں۔ ان کے مسائل کے حل کے لئے ڈاکٹر کے پاس پادری کی طرح روحانی اقدار کے کوئی فارمولے موجود نہیں ہوتے۔ اسے تو انسانی اقدار کی چمٹیوں سے مرد، عورت کے تعلقات اور محبت نفرت کے جذبات کو الٹنا پلٹنا ہوتا ہے تا کہ دودھ اور پانی کا فرق واضح ہو سکے۔

ماہر نفسیات کی حیثیت سے خالد سہیل کو بھی اپنے کان کھلے رکھنا پڑتے ہیں۔ پادری کی طرح وہ کیبن کی اوٹ میں نہیں بیٹھتا۔ معاشرتی پیچیدگیوں اور ان کے نتائج کو وہ کھلی آنکھوں سے دیکھتا ہے۔ یہی وجہ ہے کہ بعض اوقات اس کے موکل ہی اس کے کردار بن جاتے ہیں۔ "بڈی" نام کے افسانے میں سارا کہتی ہے میری ماں نے ایک حبشی سے شادی کر کے مجھے پیدا ہونے سے پہلے ہی قبر میں اتار دیا تھا۔ میں زندگی کی سوتیلی بیٹی ہوں۔" (زندگی میں خلا) ،زہرا ہر ستمن ایک سیاہ فام

ڈاکٹر خالد سہیل

امریکن تھی۔ وہ سرخ بتی پار کرتے ہوئے پکڑی گئی تو اس نے جج کے سامنے کہا۔ "میں نے سفید فام لوگوں کو سبز بتی پر سڑک پار کرتے ہوئے دیکھا تو سمجھی کہ سرخ بتی کالوں کیلئے ہے۔"

نسلی تعصب کے حوالے سے مندرجہ بالا اقتباس "کالے جسموں کی ریاضت" نامی کتاب سے لیا گیا ہے جس پر مترجمین کی حیثیت سے خالد سہیل اور جاوید دانش کے نام درج ہیں۔ قاری سوچتا ہے: یہ جاوید دانش کون ہے؟

خالد سہیل کے بقول "کہانیاں لکھنے، سننے اور سنانے کے شوق نے مجھے جن راستوں اور پگڈنڈیوں تک پہنچایا، وہاں میری ملاقات جاوید دانش سے ہوئی۔"(۱۴)

اس جوڑی نے پھر تعاون جاری رکھا۔ عالمی لوک کہانیوں کا ترجمہ کیا اور ایک مجموعہ "ورثہ" مرتب ہو گیا۔ فلسطین اور اسرائیلیوں کے مسائل کا تجزیہ، یہودی اور فلسطینی ادیبوں کی تخلیقات کا ترجمہ کر کے "ایک باپ کی اولاد" نامی کتاب مرتب کر دی۔

خالد سہیل تجربے کیوں کرتا ہے؟ اس کے تجربات کے محرکات کیا ہیں؟ ایسے سوالات کے حتمی جوابات تو شاید موجود نہیں ہیں لیکن اس کی تحریروں کی بنیاد پر اندازے لگائے جا سکتے ہیں۔ مثلاً مندرجہ ذیل دو بیانات قابل غور ہیں:

شمالی امریکہ میں اردو بولنے اور لکھنے والوں کا ادبی ورثہ قابل قدر ہے۔

مجھے امید ہے کہ ایک دن اردو ادب کا کوئی سنجیدہ طالب علم اس موضوع پر تحقیق کر کے، پی ایچ ڈی کا Thesis تیار کر لے گا۔(۱۵)

ہر فنکار کی طرح خالد سہیل کی نظر بھی مستقل پر ہے۔ اس سوچ کا نتیجہ انفرادی اور معاشرتی نفسیات اور ادبی مجادلے (بزبان انگریزی) کی صورت میں ہمارے سامنے آتا ہے۔ پہلی کتاب میں وہ اپنی بکھری سوچوں اور روح کی جھلکیوں کو خطوط اور انٹرویوز کی شکل میں یکجا کرنے کی کوشش کرتا ہے۔ جب کہ دوسری کتاب میں وہ مغرب میں آباد دوسرے اردو ادیبوں کے خیالات کو انٹرویوز کی شکل میں پیش کرتا ہے۔ دوسروں سے کچھ پوچھنے سے پہلے وہ اپنے بارے میں بتاتا ہے۔

میں نے جب زندگی کی آغوش میں آنکھ کھولی تو اپنی چھوٹی سی دنیا کو روایات کی اونچی دیواروں میں محصور پایا۔

اس ماحول میں اندھا ایمان قابل قدر تھا۔ شک کرنا گناہ اور سوال پوچھنا جرم۔

میں نے اپنے قلم کو کدال بنایا تو میرے لئے دیواروں میں کھڑکیاں کھلنے لگیں۔

میں پرامید ہوں کہ روایات کے حصار سے نکلنے کی جدوجہد اور کھڑکیاں "تراشنے" کی کوشش میں ہمیں کسی موڑ پر نئے دروازے بھی خیر مقدم کرتے ملیں گے۔(۱۶)

"ادبی مجادلے" کو تھامتے ہی ایک سوال ہمیں گرفت میں لے لیتا ہے: اردو ادیبوں کے انٹرویوز پر مشتمل یہ کتاب انگریزی میں کیوں ہے؟

کتاب کے تعارف کے مطابق اس کا ایک محرک خالد سہیل کی یہ خواہش تھی کہ تارک وطن ادیبوں کے تجربات اور نظریات کی مدد یہ معلوم کیا جائے کہ ہجرت کے عمل نے ان کی تخلیقی زندگی پر کیسے اثرات مرتب کئے ہیں۔ جو تجربات خود خالد سہیل کو کینیڈا میں ہوئے، ان کا ذکر اردو زبان میں کرنا اسے دشوار معلوم ہوتا ہے۔(۱۷)۔ اکثر انٹرویوز کو انگریزی میں کرنے کا مقصد دوسروں کو اس مشکل سے بچانا بھی ہو سکتا ہے۔

مختلف لوگوں سے باتیں کرتے ہوئے، خالد سہیل کو ادب تخلیق کرنا، زندگی کے لئے پانی مہیا کرنے کے مترادف معلوم ہوا۔ اس کے خیال میں شاعر لوگ ایسے فن کار ہوتے ہیں جو بارش کا انتظار کرتے ہیں۔ جب بادل آتے ہیں، تب ہی رم جھم ہوتی ہے۔ افسانہ نگار کو اپنی سیرابی کیلئے دریا سے پانی بھر کر لانا ہوتا ہے اور ناول نگار وہ محنتی لوگ ہوتے ہیں جو گھر کے پچھلے صحن میں کنواں کھودتے رہتے ہیں۔ اسی مشقت سے انہیں پانی دستیاب ہوتا ہے اور وہی انہیں سرشار کرتا ہے۔(۱۸)

بارہ ادیبوں سے گفتگو کے بعد جو خصوصیات فن کاروں میں مشترک تھیں، ان کی تعداد خالد سہیل نے دس بتائی ہے۔ شرمیلا پن، انکساری، خود اعتمادی، ذہنی کشادگی، غیر رسمی انداز از فکر، غیر روایتی طرز زندگی، تحریک کا ہوتے رہنا، ذہانت، دانش اور انسانی اقدار کے فلسفہ پر اعتماد۔(۱۹)

ڈاکٹر خالد سہیل

تعارف میں تاریک وطن ادیبوں کے مستقبل پر بات کرتے ہوئے خالد سہیل نے لکھا ہے کہ نئے ملک میں بعض لوگ خود کو مرکزی دھارے کا حصہ محسوس نہیں کرتے چونکہ وہ میزبان ملک کی زبان میں ادب تخلیق نہیں کرتے جب کہ بعض دوسرے ادیبوں کیلئے ایک کلچر میں پرورش پانا اور دوسرے کلچر میں زندگی بسر کرنا دو دنیاؤں کے بہترین حصوں سے مستفید ہونے کے مترادف ہے۔

ایسا معلوم ہوتا ہے کہ شمالی امریکہ کے اردو ادیبوں سے متعلق ممکنہ تحقیق کیلئے خالد سہیل نے ابتدائی کام کر دیا ہے۔

ہمارے اعمال ہماری شخصیت کا نقش بناتے رہتے ہیں۔ جن لوگوں کے ساتھ ہمارا میل ملاپ، لین دین اور کام کاج کا سلسلہ چلتا رہا ہے ان سب کی رائیں جمع کرنے سے وہ ہیولا دستیاب ہو جاتا ہے جو اصل شخصیت کے اچھا خاصا قریب ہوتا ہے۔

فنکاروں کی تخلیقات ان کے اعمال ہی ہوتے ہیں۔ مصور کا برش، مصنف کا قلم اور موسیقار کا ساز، وہ اوزار ہوتے ہیں جن کی کار کردگی سے فنکار اپنی تخلیقات تراشتے ہیں۔ ان کا مطالعہ، مشاہدہ اور تجربہ ان کا مواد ہوتا ہے اور جس ترتیب سے ان کی تخلیق وجود پاتی ہے وہ ہیئت کی صورت میں ناظر کے سامنے آ جاتی ہے۔ ان سب اشیاء، اعمال اور افکار میں جتنی زیادہ حدت ہوگی، تخلیق کا نقش اسی قدر واضح ہوگا۔

بعض اوقات فنکار کے پیچیدہ تجربات کے باعث خام مواد کے ساتھ اوزاروں کی چھیڑ چھاڑ سے جو ہیولا ابھرتا ہے وہ غیر واضح نظر آتا ہے۔ تاثر میں وحدت کی بجائے انتشار نمایاں ہوتا ہے۔ ایسی صورت حال میں اساتذہ ریاض کرنے کی ہدایت کرتے ہیں۔ ریاضت سر اور ساز میں ہم آہنگی پیدا کرتی ہے۔ برش، رنگ اور کاغذ کے ملاپ سے مطلوبہ ارتعاش کو گرفت میں لینے کا گر سکھاتی ہے اور لفظ کو با اعتبار ہیئت میں ڈھلنے کا سلیقہ مہیا کرتی ہے۔

خالد سہیل کی کتابیں اس کے فکری ریاض کا ثبوت ہیں۔ ان کا مواد خالد سہیل کے ذہنی ارتقاء کی خبر دیتا ہے۔ باقی رہ گئی فنی نشو و نما، تو اس کی چھان پھٹک کر لیتے ہیں۔

دیوتا

اپنے تخلیقی سفر میں خالد سہیل نے حکایت کا دامن کہیں نہیں چھوڑا۔ "آزاد فضائیں" اگر چہ ان کی شاعری کا مجموعہ تھا لیکن پیش لفظ میں، شاعر ہمیں تمثیلی انداز میں ایک پرندے کی کہانی سناتا ہے۔ "امن کی دیوی" میں شامل اسرائیل کے سفر نامے میں مصنف اس فرنچ پروفیسر سے متاثر ہوتا ہے جو اپنا مانی الضمیر کہانیوں کی مدد سے بیان کرتا ہے۔ منتخب عالمی کہانیوں کا ترجمہ "سوغات" اور عالمی لوک کہانیوں کا مجموعہ "ورثہ" بھی خالد سہیل کی اس محبت کا اظہار ہیں جو انہیں کہانی سے ہے۔

تو کیا اس کا مطلب یہ ہے جو بھی حکایت کا دامن پکڑ لے اور کہانی سے اسے محبت ہو وہ فنی اعتبار سے ایک اچھا افسانہ نگار ہے؟

اگر ایسی بات ہوتی تو ترقی پسندی کے نام پر لکھے گئے ناکام افسانوں کے جھول کو بیان نہ کرتا۔ مثالی معاشرے کیلئے ان افسانوں کے کردار بہت واضح خواب دیکھتے تھے۔ خامی ان کی یہ تھی کہ وہ کردار افسانے کی صورت حال کے مطابق سوچنے اور متحرک ہونے کی بجائے افسانہ نگار کے ہاتھ کی پتلی کی طرح ناچتے تھے۔

فکشن کا خالق زندگی کے کینوس پر جزئیات کی مدد سے صورت حال کو سمجھنے اور سمجھانے کی کوشش کرتا ہے جہاں اس کے کردار اپنی سطح کے مطابق جذباتی عمل اور رد عمل کا پیمانہ ہوتے ہیں۔ اس پورے منظر میں کوئی نشو و نما بغیر وجہ کے نہیں ہوتی وہ صورت حال نتیجہ ہوتی ہے اور صورت حال پر اثر انداز ہوتی ہے۔

خالد سہیل نے اپنی نشو و نما کی داستان "بھگوان، ایمان، انسان" کے دیباچے میں ایک خط کی صورت میں سنائی ہے۔ اس نے بتایا کہ اسلامی اقدار سے پہلے وہ روحانی اقدار تک پہنچا اور پھر انسانی اقدار تک۔ آخری حصہ میں مصنف نے لکھا ہے "میرا یہ ایمان ہے کہ کائنات چند اصولوں اور قوانین کی بنیاد پر چل رہی ہے۔ ہم جس قدر ان قوانین اور اصولوں سے واقف ہوں گے اسی قدر ہم زندگی کو بہتر بنانے میں کامیاب ہوں۔"

خالد سہیل کے مثالی معاشرے کی بنیاد نئی صورت حال کو ویسے ہی قبول کرنا ہے جیسی کہ وہ نظر آ رہی ہے۔ اپنے اسی رویے سے اس کے کردار اپنی اور دوسروں کی زندگی کو بہتر بنانے کی

ڈاکٹر خالد سہیل

کوشش کرتے ہیں۔ مثلاً "کچے دھاگے" کا شعیب اپنی بیوی شمسہ کو اپنے ایک دوست جورج کے بارے میں بتاتا ہے کہ وہ Gay ہے:

"کیا وہ اکیلا رہتا ہے؟" شمسہ پوچھتی ہے۔

"نہیں۔ وہ اپنے Lover بل کے ساتھ رہتا ہے۔"

"تو جارج کو اکیلے کیوں بلاتے ہو؟ بل کو بھی بلالو۔" شمسہ کہتی ہے۔ (۲۰)

اس افسانے میں شمسہ کے ہاں معصومیت اور وسعت نظر ایک ہی وقت میں ملتی ہے۔ یہ کہاں سے آئی اور کیسے آئی؟ اس بات کا سراغ ہمیں افسانے میں نہیں ملتا۔

خالد سہیل کی تحریروں میں جن حقیقتوں کا ذکر کثرت سے ملتا ہے وہ مغرب کی زندگی کا روزمرہ ہیں۔ مثلاً جنسی تعلق، افزائش نسل سے مشروط نہیں رہا۔ شادی کے ادارے پر سوالیہ نشان کا موجود رہنا۔ باکرہ دلہن کے تقاضے کو زمانہ جہالت کا نشان سمجھنا۔ ماں کے روایتی رول کا خاتمہ۔ جنسی اقلیتوں کے لئے مساوی حقوق کی تحریک۔ مذہبی رویے پر نظر ثانی کی ضرورت، اور نسلی تعصب سے چھٹکارا۔ یہی سب خالد سہیل کے موضوعات ہیں۔ ان کو بیان کرنے کے لئے وہ خط، ڈائری اور کہانی وغیرہ کا سہارا لیتا ہے۔ بعض اوقات تو وہ راوی کی زبان سے ایک کیس ہسٹری سنا دیتا ہے۔ مثلاً "دو خبریں" نامی افسانے میں سلمان کی کہانی ہے۔ شروع ہی میں ہمیں معلوم ہو جاتا ہے کہ سلمان نے ایک وقت، ایک عورت سے تعلقات کو قبول نہیں کیا تھا چنانچہ وہ ڈیبی کی خواہش کے مطابق اس سے شادی نہیں کرتا۔ ہاں پارٹ ٹائم محبوبہ کی جگہ اسے ضرور مل جاتی ہے۔ سلمان جب ڈیبی سے شادی کرنے پر تیار ہوتا ہوتا ہے ڈیبی اسے چھوڑ جاتی ہے۔ مجبوراً سلمان اپنی ماں کے کہنے پر ایک پاکستانی دوشیرہ ساحرہ سے شادی کر لیتا ہے۔ افسانے کے آخر میں ہمیں معلوم ہوتا ہے کہ شادی سے پہلے ساحرہ کا ایک عاشق پاکستان میں موجود تھا۔ کینیڈین ویزا حاصل ہو جانے کے بعد ساحرہ سلمان سے الگ ہو جاتی ہے اور اپنے محبوب کے لئے امیگریشن اپلائی کرتی ہے۔ اس خبر کے بعد سلمان راوی کو دوسری خبر سناتا ہے: ڈیبی اس سے ملنا چاہتی ہے۔

دیوتا

"دو کشتیوں میں سوار" نامی افسانے کے بارے میں خالد سہیل کا دعوی ہے۔ "میں نے عورت کو توانا، آزاد اور خود مختار پیش کیا ہے۔ اس لئے اس افسانے کا مقصد قارئین کے جنسی جذبات کو بھڑکانا ہرگز نہیں بلکہ عورتوں کی Liberation کے پروسیس کو ہائی لائٹ کرنا ہے۔" (۲۱)۔

مذکورہ کہانی کینڈا میں رہنے والی ایک پاکستانی عورت کے بارے میں ہے جو اپنے خاوند سے الگ ہو کر اپنی بچی کے ساتھ رہتی ہے۔ کہانی اس شام شروع ہوتی ہے جب ماں کو اپنے نئے محبوب رابرٹ کے ساتھ باہر جانا ہے۔ بیٹی شبانہ کو یہ پسند نہیں۔ بے بی سٹر باربرا کا مشورہ یہ ہے کہ ڈیٹ کینسل نہ کی جائے ورنہ باقی زندگی پھر بچی ہی فیصلے کیا کرے گی۔ رابرٹ کی یاد آنے والی سرگوشیوں کی مدد سے شبانہ کی ماں باربرا کا کہنا مان لیتی ہے۔

کبھی کبھار خالد سہیل ۔۔۔ جنگل کا بوٹا معلوم ہوتا ہے۔ لگتا ہے زمین سے سر باہر نکالنے کے بعد مناسب دیکھ بھال نہیں ہوئی۔ باقاعدگی سے پانی نہیں ملا۔ شاخوں کی کانٹ چھانٹ بھی نہیں ہوئی۔ زمین کی گود میں فطرت کے رحم و کرم پر پلنے والا یہ پودا باغ کا بوٹا نہیں لگتا جہاں مالی ہوتا ہے۔ جو پانی سینچتا ہے۔ وہاں پر درختوں کو سائے اور پھل کیلئے پالا پوسا جاتا ہے لیکن جنگل کے بوٹے کا اکھوا خود ہی پھوٹتا ہے۔ اس کا حسن بے ترتیبی میں نمایاں ہوتا ہے۔ اس کا پھل کسی منصوبے کا نتیجہ نہیں ہوتا۔

جس زمانہ میں خالد سہیل پاکستان میں تھا وہاں پر ان دنوں بہتر زندگی کے حصول کے لئے کئی تحریکیں موجود تھیں اور طلباء ان کے لئے محترک بھی تھے۔ ان کے اثرات خالد سہیل پر نہ ہونے کے برابر ہیں۔ اس کی دانش سے سیلف میڈ لہروں کا تاثر ملتا ہے۔

خالد سہیل کے تازہ ترین افسانوی مجموعہ میں شامل افسانوں کے عنوان چونکاتے بہت ہیں۔ مثلاً چنگاریاں، تسبیح کے دانے، کئی ہوئی پتنگیں، شہوت بھری آنکھیں، شانتی ایک فاحشہ وغیرہ۔ مصنف نے "خوش قسمت اور پر امید" کے عنوان سے تعارف میں لکھا ہے: "میں اپنی ذات کو اس درخت کی طرح محسوس کرتا ہوں جس کی جڑیں مشرق کی مٹی میں پیوست توانائی حاصل

ڈاکٹر خالد سہیل

کر رہی ہوں اور جس کی شاخیں مغرب کی فضا میں جھولتی ہوئی تازہ ہوا میں سرشار ہوں۔'' (سال اشاعت 1994ء)

خالد سہیل نے اپنی پہلی کتاب کے دیباچے میں لکھا تھا:''جب اپنے ماحول کو اپنی ذات پر تنگ ہوتے ہوئے پایا، گھٹن اور حبس کا احساس بڑھنے لگا۔ اپنے گھر سے اجنبیت ہونے لگی تو میں ہجرت کی وادیوں سے گزرتا ہوا اپنی کائنات سے ایک نیا رشتہ دریافت کرنے نکل کھڑا ہوا۔'' (سال اشاعت 1986ء)

جس پڑھنے والے نے خالد سہیل کی تحریروں کا سنجیدگی سے مطالعہ کیا ہے، وہ سوچتا ہے۔ کیا آٹھ سالہ مسافت نے اسے منزل تک پہنچا دیا؟ درخت کی شکل کس نے اختیار کر لی؟ سولہ کتابیں پہلے، جس پرندے نے اڑان بھری تھی، اس کے گھونسلے کا کیا ہوا؟ جس درخت کی شاخیں تازہ ہوا میں جھولتی ہیں۔ اس کا پھل کہاں ہے؟

سارتر نے لکھا تھا:''وہ کالا جو دوسروں کو اپنی ذات سے آشنائی کی دعوت دیتا ہے وہ انہیں اپنی روح کا آئینہ دکھاتا ہے۔ وہ آدھا پیغمبر ہے اور آدھا پیروکار''(کالے جسموں کی ریاضت)۔

لمبی اڑان کے بعد معلوم ہوتا ہے۔ قیام کا وقفہ خالد سہیل کا نیا تجربہ ہے۔ جونہی شمالی دنیا کے جنوب دشمن عقیدوں کا باطن اس پر منکشف ہو گا یہ نئی اڑان بھرے گا جو اسے اکسائے گی کہ ''امن کی دیوی'' کے ترجموں کے بجائے یہ طبع زاد افسانے لکھے۔ اب فکری ریاض کی بجائے اسے تخلیقی مشقت کرنا ہے۔ عقیدوں کے شہر میں تجربوں کے اس آدمی کے بارے میں یہی کہا جا سکتا ہے کہ فکشن میں اسے اپنی فکری تصویروں کیلئے تخلیقی فوکس کی صورت ہے۔

اشاریہ:

۱۔ شاعری کا مجموعہ۔ سال اشاعت ۱۹۸۶ء

۲۔ "جرأت پرواز" دیباچہ "آزد فضائیں" (مجموعہ کلام)

۳۔ مطبوعہ "افکار" کراچی شمارہ ۹۳/۶

۴۔ سال اشاعت ۱۹۸۷ء

۵۔ "تھکی ہوئی زندگی" از زندگی میں خلاء

۶۔ زندگی میں خلاء

۷۔ جڑیں، شاخیں، پھل

۸۔ ایضاً

۹۔ ایضاً

۱۰۔ ایضاً

۱۱۔ خاندان کی بنتی بگڑی تصویریں: از انفرادی اور معاشرتی نفسیات

۱۲۔ تلاش (مجموعہ کلام)

۱۳۔ عورتوں سے رشتے: از انفرادی اور معاشرتی نفسیات

۱۴۔ کچھ ورثہ کے بارے میں از "ورثہ"

۱۵۔ شمالی امریکہ میں اردو ادب: از "شناخت کی تلاش" مرتب سائیں سچا

۱۶۔ اپنی ذات کے حوالے سے: از انفرادی اور معاشرتی نفسیات

۱۷۔ ادبی مجادلے (بیدار بخت سے انٹرویو)

۱۸۔ ادبی مجادلے تعارف

۱۹۔ ایضاً

۲۰۔ "شاعر" بمبئی شمارہ برائے اکتوبر ۱۹۹۳ء

۲۱۔ ایک خط کے جواب میں از "دو کشتیوں میں سوار"

ڈاکٹر خالد سہیل

ڈاکٹر خالد سہیل اپنے سچ کے آئینے میں

گوہر تاج

ڈاکٹر خالد سہیل کی دھنک رنگ شخصیت پہ لکھنے کا سوچ کے ہی میرے قلم کا سانس پھولنے لگتا ہے۔ آخر کس پہلو کا جائزہ لیا جائے اور کس سے چشم پوشی۔ وہ بطور شاعر و ادیب ہوں، نفسیاتی معالج، عالمی ادب عالیہ کے مترجم یا انسان دوست سماجی، نفسیاتی اور سیاسی مضامین میں تحقیق کرنے والے دانشور۔ ان کے سارے امور ہی اہم ہیں۔ آخر کار سورج کی چاروں اطراف کرنوں کی حدت تو ساری کائنات کے بقا کے لیے ناگزیر قرار پائی ہے۔

اب سوال یہ پیدا ہوتا ہے کہ ایک معمولی انسانی ذات جناتی امور کی انجام دہی پہ کس طرح معمور ہے؟

وہ اپنی گفتگو میں اس کا جواب اس طرح واضح کرتے ہیں کہ باوجود ایک سیکولر انسان ہونے کے وہ تخلیقی عمل کو عبادت کا درجہ دیتے ہیں۔ انہوں نے اپنی تخلیقی بارش کو سالہا سال کی منظم ریاضت سے ایک ایسے جثے کی صورت ڈھال لیا ہے کہ جس میں بہنے کا عمل ہمیشہ جاری و ساری رہتا ہے۔ عمر کی نصف صدی سے کچھ اوپر سالوں میں وہ پچاس سے زیادہ تخلیقات کی بار آوری کا بوجھ اٹھا چکے ہیں۔ عمر کے اس حصے میں جب کہ اکثر نامور ادیب تحقیقی مینوپاز (سن یاس) پہ پہنچ کے ماضی کے کارناموں کا بوسیدہ جشن منانے پر ہی اکتفا کرتے ہیں۔ خالد سہیل تر و تازہ تخلیقی پھول کھلانے میں مصروفِ عمل ہیں۔

تن آور درختوں کی شاخوں اور جڑوں کے پھیلاؤ کو سمیٹنا محال ہے لہذا میں نے عافیت اسی میں جانی کہ ان کی سوانح عمری "اپنا اپنا سچ" کے ابواب کو وا کر کے انکے تخلیقی سفر کے ان ماخذات کا جائزہ لوں۔ جنہوں نے ان کی شخصیت کا باطن تراشا۔

دیوتا

یہ میں نے اس لیے ضروری سمجھا کہ اکثر پیاس کی شدت ہمیں سوچنے کی مہلت نہیں دیتی کہ کتنے موسموں کے باراں کے دھرتی ماں نے اپنی آغوش میں لے کر سینے میں تہہ در تہہ اتار کر کثافتوں سے پاک کیا تا کہ کائنات کی سیرابی کا انتظام ہوسکے۔ آخر اس ریاضت کے اعتراف کی بھی تو ضرورت ہے۔

ایک اور ایک گیارہ

پہلی بار میری گفتگو خالد سہیل صاحب سے دو سال قبل ہوئی جب میں نے ان کا بحیثیت نفسیاتی معالج، شمالی امریکہ کی مہاجر بستیوں کے ذہنی امراض سے متعلق انٹرویو لیا۔ اس ملاقات میں میں نے ان سے ذہنی امراض سے متعلق مشترکہ کتاب لکھنے کی خواہش کا اظہار بھی کیا۔ انہوں نے بخوشی اس پیشکش کو قبول کرتے ہوئے برجستہ کہا، میری نانی اماں کہا کرتی تھیں "ایک اور ایک گیارہ ہوتے ہیں۔" اس وقت مجھے اندازہ ہوا کہ ان کا حوصلہ افزاء، سادہ، جھوٹ سے مبرا لہجہ ان کی نانی اماں کی دین ہے۔ (دو سال سے کم عرصے میں ہماری کتاب "نفسیاتی مسائل اور ان کا علاج" کا مشترکہ خواب پورا ہو چکا ہے) وہ لکھتے ہیں۔ "نانی اماں ان معدودے چند لوگوں میں سے تھیں جو بچوں سے پیار نہیں ان کی عزت بھی کرتی تھیں، خالد سہیل نے اپنے افسانوں کا مجموعہ "دھرتی ماں اداس ہے" ان کے ہی نام منسوب کیا ہے۔

اداس ہجرتیں

خالد سہیل کے آبا و اجداد نے کشمیر سے امرتسر، پنجاب اور پھر تقسیم ہند کے بعد امرتسر سے لاہور اور کراچی کی خوں آشفتہ ہجرت آزاریوں کا بوجھ ڈھویا ہے۔ شادی کی صورت عائشہ قاسم (والدہ) اور عبدالباسط (باپ) کا ملاپ 1950 میں ہوا اور 1952 میں کراچی میں پہلوٹھی کے چہیتے نواسے کا شرف حاصل ہوا۔ انتہا سے زیادہ لاڈ ان کا کچھ بگاڑ نہ سکے لیکن ماحصل محبت کی تمکنت آج بھی نمایاں ہے جو ان کے شخصی وقار میں اضافہ کرتی ہے۔

ڈاکٹر خالد سہیل

ماں سے رشتہ

خالد سہیل کا اپنی ماں سے رشتہ ایک انوکھے رولر کوسٹر (roller caoster) کی رائڈ (ride) کی مانند ہے۔ جوان کی موت سے قبل گہر انشیب تھا جو بعد از مرگ فراز۔ ماں کی زندگی میں وہ جذباتی طور پر ان کی بے پایاں محبت کی اسیری کے سبب ایک خموش احتجاجی حبس کا شکار تھے اور یہ احساس کچھ ایسا بے طرح تھا کہ نفسیاتی معالج ہونے کے باوجود وہ ان وابستہ گتھیوں کو سلجھانے سے گریزاں رہے۔ جو اس کیفیت کا محرک تھیں۔ یہ کوئی نئی بات نہیں. حد سے زیادہ محبت سے وابستہ توقعات گھٹن کی صورت اختیار کر لیتی ہیں۔ اپنی اولادیں گھر چھوڑ دیتی ہیں تو ازدواجی رشتے دم توڑ دیتے ہیں۔

عزیز اتنا ہی رکھو کہ جی بہل جائے

اب اس قدر بھی نہ چاہو کہ دم نکل جائے

(عبیداللہ علیم)

بحیثیت سماجی کارکن (سوشل ورکر) میں اس گریز کی کیفیت کو ان حالات کے تناظر میں دیکھتی ہوں کہ جس سے وہ گھرانہ نبرد آزما تھا۔ مثلاً 1954 میں جب خالد سہیل کی عمر دو سال کی تھی کہ ان کے والد کو کوہاٹ کے کالج میں بطور ریاضی کے لیکچرر، نوکری ملی۔ اس طرح یہ گھرانہ کشمیر سے امرتسر اور تقسیمِ ہند کے بعد امرتسر سے کراچی اور لاہور اور پھر لاہور سے کوہاٹ پہنچتا ہے۔ بلاشبہ سفر وسیلہِ ظفر ٹھہرا لیکن سماجی تحقیق ثابت کرتی ہے کہ ہجرت سے وابستہ دکھ کسی قیامتِ صغریٰ سے کم نہیں۔ نئی زمین کی ثقافت بے اعتمادی، بے سکونی اور بے چینی کو جنم دیتی ہے۔ یہی وجہ یہ کہ کوہاٹ کے بڑے سے گھر میں ٹرائی سائیکل اور کھلونے تو تھے مگر ننھے خالد کو باہر جانے کی اجازت نہ تھی۔ ان کی امی کہتی "باہر پٹھان بندوقیں لیے پھرتے ہیں وہ تمہیں اغوا کرکے لے جائیں گے۔ مجھے پشتو بھی نہیں آتی۔ "خالد سہیل کو محسوس ہوتا "میرا محل ایک قید خانہ بن گیا ہے اور میری ماں ایک جیلر "

تب سے ہی جیلر اور قیدی کا رشتہ کچھ اس طرح حاوی ہوا کہ خالد سہیل نے کینیڈا کی آزاد فضاؤں میں جا کر ہی دم لیا۔ وہ سالوں وطن نہ پلٹے۔ اس کے بعد خال خال ہی وطن جانا ہوا۔ مریضوں کے نفسیاتی مسائل حل کرنے والے مسیحا نے اپنے ذاتی مسئلے کو وجود کے پاتال میں دفن کر دیا۔ ایک زمانہ تھا کہ والدہ کو مکسیڈیما، آرتھرائس، ہائی بلڈ پریشر اور شوگر جیسی بیماریوں نے آگھیر اتھا۔ جس کا حتمی نتیجہ ڈپریشن تھا۔ تب دکھ کا موسم جیسے ٹھہر سا گیا تھا۔ جس کی تصویر کشی خالد سہیل نے "دھرتی ماں" میں کی ہے۔ بیماری کا ایک تکلیف دہ نتیجہ شک و وہم کی صورت تھا۔

"کسی نے تم پر جادو کر دیا جائے، میں داتا دربار جا کر دو کالے بکرے قربان کروں گی کہ کالے جادو کا اثر کم ہو۔ پہلے انہوں نے تمہارے ابو پر جادو کیا تھا اور انہوں نے کالج کی نوکری سے استعفیٰ دے دیا اور اب تم پر جادو کیا ہے اور تم کینیڈا جا بسے ہو۔"

جب اسی دکھ کی حالت میں وہ دنیا سے رخصت ہوئیں تو وہ وقت تھا کہ ماں بیٹے کے تعلقات کے رولر کوسٹر میں فراز آیا۔ خالد سہیل کو ان گتھیوں کو سلجھانے کا موقع ملا جن کو برسوں سے دفن کیے بیٹھے تھے۔

"دھیرے دھیرے مجھے احساس ہوا کہ میری امی جان مشرق کی ان لاکھوں عورتوں میں سے تھیں جن کے حقوق روایت کی چوکھٹ پہ قربان کر دیے گئے تھے۔

انہیں خیال آیا کہ یہ ماں ہی تھیں کہ جنہوں نے علم سے بے پناہ محبت کی۔ خود اعلیٰ تعلیم نہ حاصل کر سکیں تو علم کی تشنگی کو اولاد کی تعلیم کی صورت سیراب کرنا چاہا۔

اگر وہ مجھے اچھے سکول نہ بھیجتیں اور میری اعلیٰ تعلیم کے بارے میں فکر مند نہ ہوتیں تو میں ڈاکٹر یا ماہرِ نفسیات نہ بن سکتا اور اگر وہ میرے ہاتھ میں کاغذ اور قلم نہ پکڑاتیں تو میں لکھاری نہ بن سکتا۔"

جوں جوں خالد سہیل کا احساس بڑھ رہا تھا پوشیدہ غصہ بھی کم ہو رہا تھا۔

"وہ مجھے ایک مظلوم اور مجبور عورت دکھائی دینے لگیں۔ مجھے اس بات کی حیرت ہوئی کہ میرا رشتہ ان کی وفات کے بعد بہتر ہو رہا تھا۔

ڈاکٹر خالد سہیل

پھر انہیں اپنی ماں کی ایک پرانی تصویر ملی جس میں وہ بیٹے سے حاملہ تھیں اور خالد سہیل کی آمد کے خواب دیکھ رہی تھیں۔ بیٹے نے بے اختیار ماں کے خوبصورت چہرے کو چوم لیا۔ پرانی تصویر سے نئے رشتے کی شروعات ہو چکی تھیں۔

باپ سے رشتہ

زمانہ طالب علمی میں جب اپنی مقبولیت کے سبب اسکول کے صدارتی الیکشن کے لیے چنے گئے تو ابو جان نے کاغذاتِ نامزدگی پر دستخط کرنے سے انکار کر دیا۔ ماں سے دوری نے خالد سہیل کا باپ سے قربت کا ایسا رشتہ جوڑ دیا کہ وہ ان کی صفات کا پرتو بن گئے۔

تب میں اکثر میں نہیں رہتا تم ہو جاتا ہوں (انور شعور)

جو آج بھی ان کی یادوں اور خوابوں میں زندہ ہیں۔ ان کے والد کا کہنا تھا۔ جب صوفی اور ولی دنیا سے رخصت ہوتے ہیں تو وہ اپنے بچوں کے لئے ورثہ میں اپنی دانائی، علم اور سبق آموز کہانیاں چھوڑ جاتے ہیں۔ جو نسل در نسل انکے بچوں اور پوتوں کی زندگیوں کی تاریک راہوں میں مشعلِ راہ کا کام کرتی ہیں۔

سیکولر سوچ رکھنے والے مشرقی روایات سے واضح طور پر منحرف خالد سہیل کا انداز دوسرے مارکسٹ افراد کی طرح جارحانہ نہیں۔ اس کی وجہ یہ ہے کہ انہوں نے اپنے باپ کی درویش صفتی، نرم خو اور انسان دوست طبیعت کا ورثہ پایا ہے۔

"چونکہ تم طاقت چاہتے ہو اور جو شخص طاقت کا خواہشمند ہے وہ اندر سے کمزور ہوتا ہے اور اس کا غلط استعمال کرتا ہے" یہی وجہ ہے کہ خالد سہیل نئے تخلیق کاروں کی حتی المقدور حوصلہ افزائی کرتے ہیں کہ جن کے اندر طاقت ہو وہ دوسروں کی طاقت سے ہراساں نہیں ہوتے۔ خالد سہیل کی امن اور انسان دوستی اور صالح و آشتی پسندی بھی والد کی سوچ کا پرتو ہے۔ جنہوں نے بیٹے کی فوج میں شمولیت کے کاغذات ثبت کرنے سے انکار کر دیا تھا۔

اگر پاکستانی فوج اپنے ہمسایہ ممالک ایران یا افغانستان سے جنگ کرتی ہے اور آپ کا کمانڈر گولی چلانے کا حکم دیتا ہے تو کیا آپ اپنے مسلمان بھائی بہنوں پر گولی چلائیں گے؟ نہیں میں ان کاغذات پر دستخط نہیں کر سکتا۔"

ستمبر 2001 میں امریکہ نے پاکستان کی فوج کو اپنا شریک بنایا تو خالد سہیل کو خوشی ہوئی کہ انہوں نے اپنے دور اندیش باپ کی بات مانی۔

بریک ڈاؤن سے بریک تھرو

ڈاکٹر خالد سہیل کی زندگی کا سب سے یادگار کڑا وقت وہ تھا کہ جب ان کے والد کا نروس بریک ڈاؤن ہوا۔ دس سالہ خالد سہیل ان کی بیماری کی پیچیدگی سمجھنے سے قاصر تھے۔ لیکن وہ وقت انہیں ایک طویل ڈراؤنے خواب کی طرح یاد ہے۔ تاہم باپ کی دیوانگی نے انہیں کم عمری میں بھی خوفزدہ نہ کیا۔

"جب کوئی نہ دیکھ رہا ہو تا تو میں چپکے سے اپنے ابو سے ملنے ان کے کمرے میں چلا جاتا۔ بیمار ہونے کے باوجود مجھے بڑے پیار سے ملتے اور شفقت سے گلے لگا لیتے۔"

بیماری سے شفایابی کے بعد انہوں نے نہ صرف خدا اور مذہب کو گلے لگا لیا، بلکہ ایک درویشانہ زندگی بسر کرنی شروع کر دی۔ لوگوں کے خیال میں وہ ذہنی توازن کھو چکے تھے اور انہیں یقین تھا کہ وہ ایمان کی دولت سے مالامال ہو گئے تھے۔

خالد سہیل کے والد کی بیماری اور شفایابی ایک راز ہی رہی کہ جس کی کھوج میں وہ ماہر نفسیات بن کر ذہنی مریضوں کا ہمدردانہ علاج کرنے لگے۔ انہوں نے مدلل گفتگو کا ہنر اور دوسروں کی رائے کا احترام بھی اپنے والد سے سیکھا۔ ان کی موت کے بعد خالد سہیل کو اندازہ ہوا کہ وہ اپنی انسان دوستی اور ایمانداری کی وجہ سے کتنے احترام سے دیکھے جاتے تھے۔ ان کا کہنا ہے "مجھے ان پر فخر ہے اور میں اپنے آپ کو دنیا کا خوش قسمت ترین بیٹا سمجھتا ہوں۔"

وہ اپنے والد کے وجود کو ان کی موت کے بعد بھی ہم آغوش پاتے ہیں۔

ڈاکٹر خالد سہیل

وہ کب کا

اس جہانِ عارضی سے

جا چکا پھر بھی

مرے دل کی

کئی تاریک راہوں میں

دیا بن کر وہ روشن ہے

مرے من میں وہ زندہ ہے

(خالد سہیل 2005)

چچا جان عارف عبدالمتین سے رشتہ:

اگر آپ کبھی خالد سہیل صاحب کی غیر موجودگی میں فون کریں تو کچھ گھنٹیوں کے بعد آپ کو ایک دلچسپ پیغام سنائی دے گا جو دو حصوں میں ہے۔ انگریزی اور اردو (اردو ترجمہ) درویش خود اپنی تلاش میں نکلا ہوا ہے۔ اگر وہ کامیاب ہو گیا تو آپ کو کال کرے گا۔ جو پیغام دینا چاہیں بلا تکلف چھوڑ دیں۔

جب کبھی آتے ہیں میرے پاس آپ

میں نکل جاتا ہوں خود کو ڈھونڈنے

یہ خوبصورت شعر خالد سہیل کے چچا عارف عبدالمتین کا ہے۔ روحانیت میں ڈوبے چچا کا بھتیجے درویش خالد سہیل سے گہرا قلبی رشتہ رہا ہے۔ اور انکی شخصیت کے گہرے اور ان مٹ نقوش خالد سہیل کے ذہن و دل پر ثبت ہیں۔

سائنسی نقطہِ نظر رکھنے والے عارف عبدالمتین جو عمر کے جوبن میں بائیں بازو کے ادیبوں، مفکروں اور دانشوروں کی صف میں کھڑے نظر آتے تھے جن کے لیے مذہب، افیون اور شاعری سراپا احتجاج اور جذبہِ قربانی سے لیس تھی۔ وہی عارف عبدالمتین جب طویل پراسرار بیماری سے گزرے تو شناخت کی تلاش میں سالوں کے لئے گم ہو گئے اور جب ابھرے تو ذات کے عرفان کا نیا سورج طلوع ہوا۔ وہ اسلام قبول کر چکے تھے اسلامیات کے ایم اے کے بعد سائنس چھوڑ کر مذہب پڑھانے لگے۔ ان کا کہنا تھا" ہمیں مذہب، سائنس اور آرٹ ایک ہی صداقتِ عظمی کی شناخت کی طرف لے جاتے ہیں۔

اس سے انسان دوستی کے سوتے پھوٹتے ہیں۔ " نظریاتی ارتقاء اور تبدیلی کا اثر ادبی موضوعات پہ بھی پڑا اور وہ نعتیں کہنے لگے۔ اس طرح شاعری جس کی ابتدا احتجاج سے شروع ہوئی اس کا دعا پہ انجام ہوا۔

میں حرفِ دعا کا سلسلہ ہوں

عالم کی نجات چاہتا ہوں

مقتول کی مغفرت کا طالب

قاتل کی طرف سے خوں بہا ہوں

کیا عجب بات کہ خالد سہیل کے چچا عارف عبدالمتین اور والد عبدالباسط دونوں بھائیوں نے قلبی ماہیت کی تبدیلی کے سفر کے بعد دہریت کو خیر باد کہا اور اسلام قبول کر کے درویشی اختیار کر لی۔ میں نے جب خالد سہیل سے پوچھا کہ آپ کی زندگی میں ایسی کوئی تبدیلی متوقع ہے تو ان کے چہرے پر ایک پراسرار مسکراہٹ پھیل گئی۔

ڈاکٹر خالد سہیل

چھوٹی بہن، قریبی دوست عنبرین کو ٹوٹے سے رشتہ

"میری زندگی میں عورتوں کے ساتھ تمام محبت بھرے رشتوں میں سب سے پیارا اور عمدہ رشتہ اپنی چھوٹی بہن عنبرین کا ہے ۔ اس رشتے سے مجھے ہمیشہ اپنائیت، خلوص اور چاہت کی ہوائیں آتی ہیں۔ باوجود پانچ سال بڑے ہونے کے وہ چھوٹی بہن کو بہت احترام سے مخاطب کرتے ہیں ۔ ان کی بچپن کی تربیت نے یہ بات سرشت میں ڈالی ہے کہ چھوٹی بہن سے نہ صرف محبت و خلوص بلکہ احترام کا بھی رشتہ ہے۔ وہ بہن کے بچوں پہ جان چھڑکتے ہیں اور بحیثیت ماموں ان کی ذہنی تربیت میں تعاون کو عین راحت تصور کرتے ہیں ۔ اپنی بہن پر "ایک معجزہ" کے عنوان سے ایک نثری نظم میں لکھتے ہیں ۔

میری پیاری بہن

میرے قریب آؤ

تمہاری پیشانی پہ بوسہ دوں

تم عمر میں مجھ سے چھوٹی ہو

لیکن زندگی میں مجھ سے بہت آگے

دسمبر ۱۹۸۸ء

سودہ سے بیٹی ڈیوس تک

خالد سہیل لکھتے ہیں "زندگی "عورتیں اور انسانی تعلقات بہت پراسرار ہوتے ہیں۔ حیرتیں ہر موڑ پہ آئینے لیے کھڑی رہتی ہیں. زندگی کے اس ابتدائی موڑ کے آئینہ میں ہم سب سے پہلے سودہ کا معصوم چہرہ دیکھتے ہیں ۔

دیوتا

س سے سودہ، س سے سہیل

سودہ وہ پہلی معصوم چاہت تھی جو 4 مزنگ روڈ کی پہلی منزل پہ رہتی تھی۔ جس کی دوسری منزل پہ نانی اماں کے گھر خالد سہیل ہر سال گرمیوں کی چھٹیاں منانے جاتے تھے۔ وہ پہلی غیر لڑکی تھی کہ جس کے ساتھ گرم دوپہروں میں گزرا وقت ہمیشہ کے لیے یادوں کی ٹھنڈک بن گیا۔ اس کے فراک، بال، اندازِ تکلم اور روٹھنے کا انداز ازلگ بھگ نصف صدی گزرنے کے بعد بھی ذہن میں منجمند ہے۔ تبھی تو آج بھی اس بے معنی بات میں انہیں معنی نظر آتے ہیں کہ دونوں کا نام س سے شروع ہوتا ہے۔ س سے سودہ، س سے سہیل۔ بارہ سال کی عمر کے بعد سے سودہ کا دیدار نہ ہو سکا۔ اب یہ محض سودہ سے بچھڑنے کا غم و غصہ تھا یا کچھ اور مشرقی روایات سے بغاوت کہ جس کا اظہار جابجا ان کی شاعری میں ملتا ہے۔ مثلاً

اس درجہ روایات کی دیواریں اٹھائیں
نسلوں سے کسی شخص نے باہر نہیں دیکھا

تب اعلیٰ تعلیم کی غرض سے کینیڈا جانے والے خالد سہیل کو مغرب کی شخصی آزادی کی فضا میں سانس لینا فرحت بخش لگا کہ جہاں مشرقی معاشروں کے برعکس شادی کی بنیاد دوستی پہ ہوتی ہے۔ مشرق میں مرد و عورت کے مابین دوستی کی گری لگے بغیر ہی شادی کی سالگرہیں گزری جاتی ہیں۔ خالد سہیل محجوبیت کے رشتہ کی بنیاد میں دوستی کے بیج بونے کے قائل ہیں۔

سودہ سے دوستی اور معصوم محبت کا ناممکل سفر تو تمام ہوا لیکن پھر زندگی میں نہ رکنے والے رومانوی سفر کی ابتدا ہوئی کہ جس میں کئی ہمسفر ملے۔ طبیعت کی نرمی، گفتگو کی شائستگی، علمیت اور پیشہ ورانہ کامیابیوں کی وجہ سے یہ بات قطعی قابلِ فہم ہے کہ خواتین بآسانی ان کی خواہشوں کی دسترس میں آتی رہی ہوں گی۔ 1986 میں وہ لکھتے ہیں "میری زندگی اب عشق و محبت، رومان و دوستی کی نئی شاہراہوں پر گامزن ہے۔ جہاں عورتیں پہلے دوست اور پھر رومانوی سفر کی شریک ہیں۔ تاہم 2000 میں خالد

ڈاکٹر خالد سہیل

سہیل نے اپنے اور خواتین کے مابین رشتے کی ناپائیداری پہ غور کرنا شروع کیا تو انہیں سمجھ میں آیا کہ زیادہ تر خواتین اپنی فطری خواہش کے سبب ماں بننے کی خواہشمند ہوتی ہیں جو خالد سہیل کے لیے قابلِ قبول نہ تھا کیونکہ وہ اپنے تخلیقی شوق سے کمٹڈ تھے۔ اولاد کی پرورش اپنے تئیں ایک اہم ذمہ داری ہے۔

دوسری اہم بات اکثر خواتین کا ان کے دوستوں سے حسد کا جذبہ تھا۔ آخر وہ کون سی عورت ہو جو ماں بننے پہ مصر نہ ہو، اس کی طبیعت میں حسد نہ ہو اور جس سے دوستی کا گہرا رشتہ استوار ہو سکے۔ وہ سوچتے رہے پھر انہیں سمجھ آیا کہ

"اس دنیا میں صرف ایک عورت ایسی ہے کہ جس سے میرے رومانوی تعلقات کامیاب اور دیرپا ہو سکتے ہیں اور اس عورت کا نام ہے۔ بے ٹی ڈیوس!

بے ٹی ڈیوس کون ہیں، خوبصورت، تخلیقی ذہن رکھنے والی نرم مزاج خاتون جس کا دل شیشے کی مانند شفاف اور محبت سے معمور ہے۔ پہلی بار بے ٹی ڈیوس سے خالد سہیل کی ملاقات 1978 میں ہوئی۔ اس وقت خالد سہیل کینیڈا کے صوبہ نیو فن لینڈ کے ایک ہسپتال میں فیلوشپ کے لیے گئے تھے۔ بے ٹی ان کو ایک نظر میں بھا گئیں۔

ان کی طبیعت میں ایک مشرقی عنصر تھا اور ان سے مذہب و سیاست، ادب، موسیقی غرض ہر موضوع پر گفتگو ہو سکتی تھی۔

خالد سہیل اپنے دل کا مدعا کہنا چاہتے تھے کہ پتہ چلا کہ اس شعبہ میں کام کرنے والے سائیکولوجسٹ گیری (Gary) نے اظہارِ محبت میں پہل کر دی تھی اور پھر کچھ عرصہ بعد دونوں کی شادی بھی ہو گئی۔ خالد سہیل کی محبت کے اظہار کی خواہش دل کی دل میں ہی رہ گئی۔ وہ تو اتفاقاً اس واقعہ کے پچیس سال بعد انہیں پتہ چلا کہ گیری اور بے ٹی کی طلاق ہو گئی ہے۔۔ یہی وہ وقت تھا کہ خالد سہیل پائیدار رشتہ کی تلاش میں سرگرداں تھے۔ انہوں نے فوراً بے ٹی سے رابطہ قائم کیا اور اپنی سالہا سال سے دلی محبت کا بر ملا اظہار کیا جس کا جواب اثبات میں ملا۔

بے ٹی کے پاس اس وقت گیارہ سالہ ایڈرینا تھی۔ جس کو بے ٹی نے رومینیا سے لا کر اس وقت پالا تھا جب وہ محض تین ہفتہ کی تھی۔ آج بے ٹی، خالد سہیل، ایڈرینا، خالد سہیل کی بھانجی وردہ ایک ہی چھت کے نیچے مشترکہ خاندان کا لطف اٹھا رہے ہیں۔ خالد سہیل بے ٹی کو اپنی پسندیدہ مٹھائی چم چم کے نام سے پکارتے ہیں۔ وہ انہیں سوہیلی جو سہیل اور سہیلی کا امتزاج ہے۔ خالد سہیل نے اپنے اس رفیقانہ رومانوی رشتے کو ایک جملہ میں اس طرح سمو دیا ہے۔

Friendship is the cake and romance is the icing

(دوستی کیک ہے اور رومان کیک کی آئسنگ)

خالد سہیل اور بیٹی ڈیوس کے خوبصورت ملاپ کا تخلیقی سفر ان کی کتابیں

Love Sex and Marriage

and

The Art of Working in your Green Zone

ہیں جو دونوں نے مل کر لکھی ہیں۔ اس سے خوبصورت تحفہ انسانیت کے لیے بھلا کیا ہو سکتا ہے۔ آیئے ہم سب خالد سہیل اور ان کی زندگی کی کامیابیوں اور خوشیوں کو خلوصِ دل سے منائیں کہ جن کی تخلیق میں اگر بچپن کی ناآسودگیاں، محرومیاں، دکھ اور مسائل ہیں تو قریبی رشتہ داروں اور دوستوں کی محبتوں سے حاصل انبساط بھی۔

پھر ان تمام تجربات کا باہمی امتزاج ایک اعلیٰ انسان، ذمہ دار نفسیاتی معالج، مفکر، دانشور، شاعر اور بہترین دوست کی صورت ہے جس کا نام ہے خالد سہیل۔

....

ڈاکٹر خالد سہیل

ڈاکٹر خالد سہیل کی کتاب: ادھورے خواب

عبدالستار

کہتے ہیں کہ زندگی قدرت کا حسین تحفہ ہے اور اس حسین تحفے کی گہرائیوں میں بے شمار راز پنہاں ہیں۔ لاتعداد پراسرار پرتوں میں لپٹی یہ زندگی سب کے لئے حسین ہوتی ہے یا صرف چند لوگوں کے لئے مخصوص؟ کیا زندگی کے حسین راز سب ذہنوں پر ایک جیسے ہی کھلتے ہیں یا مختلف؟ کیا ہر دیکھنے والی آنکھ سب کچھ دیکھ لیتی ہے جو زندگی کے گہوارے میں ہر رنگ کھلا دے؟ ان سب سوالوں کا جواب ہم ایک امریکن مصنفہ سے جاننے کی کوشش کریں گے جو اپنی ابتدائی عمر میں ہی اندھی اور بہری ہو گئی تھی۔

اس عظیم عورت کا نام ہیلن کیلر ہے۔ اپنے ایک مضمون میں ان سوالوں کا جواب دینے کی کوشش کرتی ہے۔ وہ کہتی ہے کہ (دیکھنے والے بہت تھوڑا دیکھتے ہیں)۔ کیلر کہتی ہے کہ وہ ایک لمبے عرصے کے بعد اپنی ایک ایسی سہیلی سے ملنے گئی جو کہ کافی عرصہ سے جنگلات کی سیر کر کے واپس لوٹی تھی۔ میں نے بڑے تجسس کے ساتھ اپنی سہیلی سے پوچھا کہ تم نے جنگلات کی سیر کے دوران کوئی خاص چیز دیکھی یا کوئی خاص مشاہدہ کیا؟ تو میری سہیلی نے جواب دیا کہ (کچھ خاص نہیں دیکھا)۔

کیلر کو یہ جواب سن کر دھچکا لگا کہ ایسے کیسے ہو سکتا ہے کہ گھنٹوں جنگلات کی سیر کے بعد کچھ بھی قابل توجہ نہ تھا۔ اس کے بعد ہیلن کیلر کہتی ہے کہ اب وہ اس بات کی قائل ہو چکی ہے کہ (دیکھنے والی آنکھیں بہت تھوڑا دیکھتی ہیں)۔ میں آج آپ کو ایک ایسی ہی نایاب کتاب سے متعارف کرواؤں گا جس کے اندر زندگی کے بے شمار حسین خوابوں کو ایک ایسے خوبصورت ادبی شاہکار کی صورت میں ترتیب دیا گیا ہے جو کہ اپنی مثال آپ ہے۔

یہ کتاب پانچ بہترین ذائقوں پر مشتمل ہے۔ پہلا ابتدائی ذائقہ افسانے پر مشتمل ہے، دوسرا انشر پارے پر، تیسرا ادبی مضامین اور چوتھا تراجم پر، جبکہ آخری حصہ ادیب دوستوں کی آراء پر مبنی ہے۔ یہ ایک ایسا ادبی پیکج ہے جو پڑھنے والوں پر بصیرتوں کے در کھولتا چلا جاتا ہے۔ اس ادبی شاہکار کا نام (ادھورے خواب) ہے اور اس شاہکار کو زندگی کے مختلف رنگوں سے اور اپنی زندگی کے ذاتی تجربات کی کسوٹی پر پرکھ کر پیش کرنے والے کا نام ڈاکٹر خالد سہیل ہے۔

آپ ایک سائیکاٹرسٹ ہیں اور زندگی کے مدوجزر پر بڑی گہری نظر رکھتے ہیں۔ کتاب کا عنوان ہی اپنے اندر ایک گہری معنویت کا جہاں لیے ہوئے ہے۔ زندگی میں بہت کچھ ایسا ہوتا ہے جس کا ہم ادراک نہیں رکھتے یا ان کا اظہار کرنے کے لئے مناسب اور ہم آہنگ الفاظ نہیں ملتے۔ یہ ایک بڑی بے بسی کی کیفیت ہوتی ہے کہ زندگی کے تجربات کو الفاظ کا ساتھ نہ ملے اور یہی کیفیت ایک تخلیقی آدمی کو بے چین کر دیتی ہے۔ یہ کتاب انہی لمحوں کی نمائندہ ہے اور ان لمحوں کو امید کے وسیع استعاروں کے ساتھ جوڑ کر تخلیقیت کے راستے کو ہموار کرتے ہوئے ایک ایسے موڑ پہ لے آتی ہے کہ جہاں تخلیقیت کے قمقمے جگمگانے لگتے ہیں اور شعوری در کھلنا شروع ہو جاتے ہیں۔

ڈاکٹر سہیل نے اپنی زندگی کے شعوری سچ کو نفسیات، سائنس، فلسفہ اور دیگر علوم کے ساتھ جوڑ کر خیالات کی ایسی مالا بن دی ہے، جس میں زندگی کا ہر رنگ پوری آب و تاب سے چمک رہا ہے۔ کتاب کے ابتدائی حصہ میں ان کی ایک پیاری محبوبہ خط کی صورت میں گلوں اور شکایات کا ایک ایسا راگ چھیڑ دیتی ہے کہ پڑھنے والا حیران رہ جاتا ہے کہ یہ پیار میں نفرت کا اظہار ہے یا نفرت میں پیار کا اظہار۔ اس پیاری محبوبہ کا نام اردو ہے۔

ایک ایسی محبوبہ جو کہ مصنف کی ابتدائی شعوری زبان ہے جس کی گھنی چھاؤں میں مصنف نے اپنے تخلیقی سفر کا آغاز کیا تھا اور اپنے خیالات سے نبرد آزما ہونا سیکھا تھا۔ اب چونکہ مصنف کینیڈا میں آباد ہے اور اس کی سنگت ایک ایسی زبان سے قائم ہو گئی ہے جو اس کی محبوبہ اردو کے لئے اجنبی ہے۔ اب اس کے محبوب نے اپنے خیالات کا اظہار انگریزی میں کرنا شروع کر دیا ہے۔ اس پر مصنف

ڈاکٹر خالد سہیل

کی محبوبہ تھوڑی بے چین ہوگئی کہ کہیں اس کا محبوب اسے ہمیشہ کے لیے نہ چھوڑ جائے رفاقت انسیت اور اپنائیت کے لبادے میں لپٹا ہوا یہ خط ایک ادبی فن پارہ ہے جو قلبی تعلق کی پرتوں کو گہری معنویت عطا کرتا ہے۔

پہلا حصہ افسانوں پر مشتمل ہے اور پہلے افسانے کا نام ادھورا خواب ہے یہ افسانہ ایسے لوگوں کی نمائندگی کرتا ہے جو اس کائنات کو حسیں بنانے کے سپنے اپنی آنکھوں میں سجا کر رکھتے ہیں اور جب بھی اور کہیں بھی امید کی روشنی نمودار ہوتی ہے تو یہ لوگ جگمگا اٹھتے ہیں اور اپنے حسیں خوابوں کے نغمے گنگنانے لگتے ہیں یہ لوگ اس بات سے بے نیاز ہو جاتے ہیں ہمیں ان حسیں خوابوں اور نغموں کی کیا کیا قیمت چکانا پڑے گی یہ افسانہ اک امریڈ دوست کے گرد گھومتا ہے جو کہ چاہتا ہے کہ دنیا سے آمریت ختم ہو جائے اور جمہوریت کا بول بالا ہو جہاں امیر غریب کا فرق مٹ جائے۔

اک اور افسانہ جس کا عنوان میٹھا زہر ہے یہ ایسا شاہکار افسانہ ہے جو اپنے اندر ایک گہری معنویت کا جہاں لیے ہوئے ہے یہ زہر ایک ایسا خطرناک زہر ہے کہ جس کی بنیاد پر انسانیت تقسیم در تقسیم ہوتی چلی گئی مختلف قبائل اور گروہوں میں بٹ گئی ایک ہی دھرتی ماں کے بچوں کے اس دھرتی ماں کو مذہب کے نام پر خون میں نہلا دیا جس کی واضح مثال بر صغیر کی تقسیم ہے کہ جس کے نتیجے میں پوری کی پوری تہذیب ملیامیٹ ہو گئی اور مذہب کے نام پر بننے والے ملک کی حالت ہمارے سامنے ہے اس افسانہ میں ڈاکٹر سہیل مذہب کی آڑ میں ہونے والی تباہی کو انتہائی فکر انگیز انداز میں پیش کرنے کی کوشش کرتے ہیں۔

ایک اور خوبصورت افسانہ جس کا عنوان "مقدس" ہے یہ افسانہ بھی شعور کی بے شمار پرتیں لیے ہوئے ہے۔

اس افسانہ میں مصنف یہ بات بتانے کی کوشش کرتا ہے کہ سماجی جرّت کے حقیقی پیمانے کون سے ہوتے ہیں کہ جن کے وجہ سے معاشرے آگے بڑھتے ہیں اور ترقی کی منازل طے کرتے ہیں۔ کچھ سچ زندگی کے ساتھ ساتھ چلتے ہیں اور کچھ سچ معاشروں میں طے شدہ درجہ حاصل کر لیتے ہیں جنہیں معاشرہ مقدس جان کر بغیر کوئی سوال اٹھائے ساتھ ساتھ لے کر چلتا ہے اور آگے چل کر انہی

طے شدہ سچائیوں کے مختلف مفاہیم سامنے آنا شروع ہو جاتے ہیں، جس کی بنیاد پر وہی طے شدہ مقدس سچ معاشروں میں مختلف فرقوں کے نام پر تقسیم کا سبب بن جاتے ہیں اور اِن مقدس سچائیوں کے نام پر لڑائیاں شروع ہو جاتی ہیں۔

تاریخ انسانیت اس بات کا واضح ثبوت ہے۔ اس افسانے میں ڈاکٹر خالد سہیل بطور ماہر نفسیات یہ بتانے کی کوشش کرتے ہیں کہ دنیا ایک رنگی نہیں ہے بلکہ ہے رنگار نگی ہے اور اس بحران سے نکلنے کا ایک ہی راستہ ہے کہ دنیا کے انسان سمجھ جائیں کہ وہ سب ایک دوسرے کے رشتہ دار ہیں کیو نکہ وہ ایک ہی دھرتی ماں کے بچے ہیں۔

اس کتاب کے حصہ دوم میں ایک ساہکار نثری پارہ بعنوان (قصہ پانچویں درویش کا) بہت ہی لاجواب نثر پارہ ہے کہ جس میں آگہی کا ایک سیلاب ہے جو ہماری خوابیدہ صلاحیتوں کو بیدار کر کے گزر جاتا ہے۔ اس میں چار درویش گفتگو کر رہے ہوتے ہیں اپنے پانچویں درویش دوست کے بارے میں کہ جس نے کافی عرصہ سے لکھنا ترک کر دیا ہے

یہ چاروں درویشوں کو تشویش ہوتی ہے اور پھر مل کر پانچویں درویش کی کٹیا میں چلے جاتے ہیں یہ چاروں درویش مل کر پانچویں درویش سے سوال کرتے ہیں کہ آپ کی تحریریں تو زندگی کی آئینہ دار ہوتی ہیں اور ہم سب آپ کی تحریروں سے بہت کچھ سکھتے اور حاصل کرتے ہیں مگر یا درویش آپ نے لکھنا کیوں چھوڑ دیا ہے۔ پانچواں درویش نہ لکھنے کی وجہ بیان کرتے ہوئے کہتا ہے

1۔ سچی بات یہ ہے کہ میر الفظوں سے اعتماد اور تحریروں سے اعتبار اٹھتا جا رہا ہے

2۔ بات صرف میری تحریروں کی نہیں مجھے احساس ہو رہا ہے کہ الفاظ سراب ہیں چاہیے وہ سب میر کی شاعری ہو یا غالب کی چاہے وہ منٹو کے افسانے ہوں یا عصمت چغتائی کے سب کا ایک ہی حشر ہوا ہے۔ سب کے الفاظ اپنی معنویت کھو چکے ہیں تاریخ گواہ ہے کہ جب کسی انسان نے سچ کہنا چاہا تو اسے یا تو سولی چڑھا دیا گیا یا قید میں ڈال دیا گیا میرا خیال ہے کہ یہ سب کچھ ازل سے ہو رہا ہے

ڈاکٹر خالد سہیل

اور ابد تک ہوتا رہے گا انسانوں نے تو آسمانی کتابوں کو بھی نہیں چھوڑا اور ان سے اپنی شدت کا تشدد پسندی کا جواز نکالا ہے

اس پیراگراف سے اندازہ لگایا جا سکتا ہے کہ یہ کتنا دلچسپ نثرپارہ ہے یہ تحریر مقدس ہیولوں کی گرد ہٹا کر حقیقت کے روبرو کرتی ہے۔ اس میں ڈاکٹر سہیل یہ بتانے کی کوشش کرتے ہیں کہ انسانی رشتہ سب سے مقدس ہوتا ہے اور کوئی سچ بھی اتنا مقدس نہیں ہوتا کہ جس کے نام پر انسانیت کو تقسیم کر دیا جائے بدھا اور سقراط نے ہمیں یہ بتایا کہ سچ آسمانوں سے نہیں اترا کرتے وہ انسانوں کے دلوں میں پرورش پاتے ہیں۔

اس کتاب کا حصہ سوم بہت دلچسپ ہے جو کہ ادبی مضامین پر مشتمل ہے اس حصہ میں ڈاکٹر سہیل نفسیات کی روشنی میں مختلف ادبی شخصیات کا جائزہ لیتے ہیں ان مضامین میں وہ ہماری ملاقات میر تقی میر، فیض احمد فیض، محمد اقبال، جون ایلیا، حبیب جالب اور محمد مظاہر سے کرواتے ہیں۔ ان مضامین میں وہ بتانے کی کوشش کرتے ہیں کہ بڑے لوگ انسان ہوتے ہیں اور انسانیت کا ہی اثاثہ ہوتے ہیں مگر ہمارے معاشرے کا یہ المیہ ہے کہ ہم ان بڑے لوگوں کو رحمتہ اللہ علیہ کا لقب عطا کرکے ان کے گرد تقدس کا ایک ایسا جال بن دیتے ہیں

ایسا محسوس ہونے لگتا ہے کہ جیسے وہ اوتار یا دیوی دیوتا ہوں۔ ایسے تقدس زدہ ماحول میں تنقید کیسے پروان چڑھ سکتی ہے۔ تنقید کی راہ ہموار کرنے کے لیے تقدس کی آہنی دیوار کو گرانا پڑتا ہے تاکہ حقیقی صورتحال پر دیکھنے والی آنکھ پر واضح ہو سکے۔ آنکھوں کے گرد بنے ہوئے تقدس کے جالے تصویر کی اصل خوبصورتی کو دھندلا کر دیتے ہیں۔ ان تحریروں میں ڈاکٹر سہیل یہ بتانے کی کوشش کرتے ہیں کہ اعلیٰ تخلیقی صلاحیتیں رکھنے والے لوگ مختلف ذہنی امراض کا شکار ہوتے ہیں مثلاً وہ میر کے بارے میں بتاتے ہیں کہ میر کو نوجوانی ہی میں اتنی آزمائشوں کا سامنا کرنا پڑا کہ وہ اپنی زندگی کا توازن بر قرار رکھنے کی کوشش میں ذہنی توازن کھو بیٹھے۔

انہیں عنفوان شباب میں ہی پاگل پن کے شدید دورے کا سامنا کرنا پڑا۔ اس کے بعد فیض احمد فیض کا تذکرہ ملتا ہے فیض کے حوالہ سے ڈاکٹر سہیل بتاتے ہیں کہ فیض کی زندگی میں ایک ایسی

عورت داخل ہوتی ہے جو اس کی زندگی کو چار چاند لگا دیتی ہے جس کا نام ایلس فیض ہے۔ یہ ان کو زندگی کے کسی بھی موڑ پر تنہا نہیں چھوڑتی۔ آگے چل کر ڈاکٹر سہیل فیض کی زندگی کے دو بحرانوں کے بارے میں بتاتے ہیں کہ نوجوانی کے دو بحرانوں میں سے ایک ان کے والد کی موت اور دوسرا عشق کی ناکامی تھا۔ اس بات کا اندازہ یوں لگایا جا سکتا ہے کہ جب ان کے والد کا انتقال ہوا تو انہوں نے ایک فقرہ لکھا تھا "تمہارا فیض یتیم ہو گیا"۔

ان حشر سامانیوں کو کون سمجھے جو اس ایک فقرے کی تہہ میں موجود ہیں۔ ڈاکٹر صاحب بتاتے ہیں کہ زندگی کے حادثوں کے دوران فیض کو دو شخصیات ایسی ملیں کہ جنہوں نے ان کی زندگی کی کایا ہی پلٹ دی۔ پہلی شخصیت ڈاکٹر رشید جہاں تھیں جنہوں نے مارکسی نظریات اور ترقی پسند تحریک سے تعارف کروا کے ان کی سوچ کو نئی ڈگر پر ڈال دیا اور دوسری شخصیت ایلس ہے۔ اقبال کی شخصیت کا نفسیاتی جائزہ لیتے ہوئے ڈاکٹر سہیل یوں رقمطراز ہیں "وہ حساس دل، ذہین دماغ اور پر کشش شخصیت رکھنے کے باوجود بہت سے رومانوی تضادات کا شکار رہے۔ ایسے تضادات جو ان کی خوشیوں کی راہ میں کانٹے بوتے رہے اور وہ عمر بھر ایک داخلی کرب اور اذیت کو برداشت کرتے رہے۔"

ڈاکٹر سہیل اس تحریر میں مشرقی گھٹن کا تذکرہ کرتے ہیں کہ جس سے اقبال جیسا ذہین انسان بھی فرار حاصل نہ کر سکا۔ بلکہ یہ گھٹن اتنی بڑھی کہ 1908ء میں جب اقبال تعلیم ختم کر کے ہندوستان لوٹے تو انہیں ایک نفسیاتی بحران کا سامنا کرنا پڑا۔ ڈاکٹر سہیل ان کے ایک خط کا حوالہ دیتے ہیں جو کئی حوالوں سے بعد میں اقبال کا مشہور ترین اور بدنام ترین خط ثابت ہوا۔

"اس خط میں اقبال نے اپنی زندگی سے بیزاری اور غصے کا اظہار کیا ہے۔ اس خط میں انہوں نے کہا کہ کبھی کبھار وہ سوچتے ہیں کہ اپنے تمام دکھوں کو شراب میں گھول کر پی جائیں کیونکہ شراب خودکشی کو آسان بنا دیتی ہے۔"

یہ خط اقبال نے عطیہ فیضی کو لکھا مگر وہ اقبال کی مداح تو تھیں مگر سادہ لوح نہیں تھیں۔ جون ایلیا کے بارے میں ڈاکٹر سہیل یوں رقمطراز ہیں۔

ڈاکٹر خالد سہیل

’’کہ جو لوگ جون ایلیا سے تنہائی میں ملاقات کر چکے ہیں وہ جانتے ہیں کہ اس نیم ڈرامائی، نیم دیوانی شخصیت کے پس پردہ ایک قد آور فلسفی بھی چھپا ہوا تھا جو زندگی کے ادب، محبت، معاشیات، روحانیات اور سماجیات کے بارے میں سنجیدہ رائے رکھتا تھا۔‘‘

ڈاکٹر صاحب بتاتے ہیں کہ المیہ یہ ہے کہ بہت سے لوگ جون ایلیا شاعر سے تو محظوظ ہوتے رہے لیکن ان کی جون ایلیا دانش ور تک رسائی نہ ہو سکی۔ ڈاکٹر سہیل نے ان ادبی شخصیات کے بارے میں تقریباً ہر گوشہ زندگی کو آشکار کرنے کی کوشش کی ہے اور یہ بتانے کی کوشش کی ہے کہ انسان اچھائی برائی کا مجموعہ ہوتے ہیں اور ان بڑے لوگوں کی شخصیات کو پرکھنے کا ہر ایک کو حق حاصل ہے۔

اس خوبصورت کتاب کا حصہ چہارم مختلف تراجم پر مشتمل ہے۔

حصہ پنجم ادیب دوستوں کی رائے پر مشتمل ہے۔ اس حصہ میں ڈاکٹر بلند اقبال نے اپنے خوبصورت الفاظ میں ڈاکٹر خالد سہیل کی شخصیت اور ان کے فلسفہ حیات پر بڑے ہی عمیق اور خوبصورت نپے تلے الفاظ میں اظہار کیا ہے اور انہی کے ایک خوبصورت جملے پر اختتام کیا ہے۔ یہ جملہ اپنے اندر معنویت در معنویت کا جہاں لیے ہوئے ہے۔

’’دنیا میں اتنی ہی سچائیاں ہیں جتنے خود انسان اور اتنی ہی حقیقتیں ہیں جتنی ان انسانوں کی دانشمندانہ نگاہیں۔‘‘

اس کے بعد گوہر تاج نے ڈاکٹر خالد سہیل کی پوری زندگی کے بہت سارے گوشوں کو بڑی تفصیل اور جامع انداز میں بیان کیا ہے۔ اس کتاب کی سب سے بڑی خوبصورتی یہ ہے کہ یہ آسان اور عام فہم انداز میں لکھی گئی ہے۔ بصیرت پر مبنی لاجواب جملوں نے اس کتاب کو چار چاند لگا دیے ہیں۔ میں ڈاکٹر سہیل کی ایک نثری نظم کا حوالہ دینا چاہوں گا جس میں سوچنے والے لوگوں کے لئے بہت کچھ ہے، جس کا عنوان ہے (خالی صراحیاں)

ہماری زندگیاں

بے رنگ

دیوتا

خالی صراحیاں ہیں

جنہیں ہم

عمر بھر

اپنی خواہشوں،

اپنی آرزوؤں،

اپنی تمناؤں،

اپنی عداوتوں

اور اپنی محبتوں سے

بھرتے رہتے ہیں

لیکن اکثر اوقات

بھول جاتے ہیں کہ

در حقیقت

ہماری زندگیاں

بے رنگ صراحیاں ہیں

اس نظم میں زندگی کا ہر رنگ موجود ہے۔ پوری زندگی کا نچوڑ چند جملوں میں سمو دیا گیا ہے۔ طلباء کے لئے یہ کتاب ایک سند کا درجہ رکھتی ہے۔ ادبی شخصیات کے حوالے سے جو کچھ بھی لکھا گیا ہے بحوالہ لکھا گیا ہے۔ آخر میں ڈاکٹر سہیل کی ایک خوبصورت نظم جو انہوں نے نوجوانوں کے لئے لکھی ہے، جو اپنے خوابوں اور اپنے آدرشوں کے مطابق زندگی گزارنا چاہتے ہیں ان کے لئے یہ نظم بہت ہی معنی خیز ہے۔

نئی کتاب، مدلل جواب چاہیں گے

ہمارے بچے نیا اب نصاب چاہیں گے

روایتوں کے کھلونوں سے دل نہ بہلے گا

ڈاکٹر خالد سہیل

بغاوتوں سے منور شباب چاہیں گے

دیارِ ہجر کی اس بے حسی کے موسم میں

رفاقتوں کے معطر گلاب چاہیں گے

سب سیاہ سے سورج تراشنے والے

ہر ایک صبح نیا انقلاب چاہیں گے

حساب مانگیں گے اک دن وہ لمحے لمحے کا

ہمارے عہد کا وہ احتساب چاہیں گے

(یہ کتاب سنگِ میل پبلشرز لاہور نے شائع کی)

دیوتا

صراحی سرنگوں ہو کر بھرا کرتی ہے پیمانہ

خالد سہیل کے افسانوں پر گل رحمان کا تبصرہ

ڈاکٹر خالد سہیل.......ایک نام کئی تعارف اور تعارف بھی ایسے جو کسی تعریف کے محتاج نہیں۔ ان سے پہلی ملاقات نے ہی مجھ پر اُن کا ایک بہت گہرا اثر چھوڑ دیا تھا۔ ملاقات کیا تھی میری خوش قسمتی تھی۔ اپنا قیمتی وقت مجھ پر وقف کر کے انھوں نے ایک اور ادبی رشتے کی بنیاد رکھ دی تھی۔ کسی شاعر نے کیا خوب کہا ہے

جو اعلیٰ ظرف ہوتے ہیں، ہمیشہ جھک کے ملتے ہیں

صراحی سرنگوں ہو کر بھرا کرتی ہے پیمانہ

کینیڈ اور امریکہ، ہمسایہ ملک کے فاصلے، لیکن ڈاکٹر صاحب نے یہ ثابت کر دیا کہ تعلق کا دارومدار نیتوں پر ہوتا ہے۔ ربط بڑھا، اور وقت نے اُن کے کئی پرت کھولے۔ اُن کی شخصیت جس میں ایک مفکر، ادیب، شاعر، ماہر نفسیات اور جانے کیا کیا چھپا ہے جاننے کا انکشاف ہوا۔ میں اُردو ادب کے وسیع سمندر میں ابھی ایک قطرے کی مانند ہوں۔ اور قبل از وقت خود کو اُن کے کام پر رائے دینے کی پابند نہیں سمجھتی۔ پھر بھی ڈاکٹر سہیل کا مجھ پہ یقین دیکھتے ہوئے اُن کے چند افسانوں پہ اپنی رائے دینے کی جسارت کر رہی ہوں۔

ڈاکٹر سہیل کے افسانوں کے مجموعے "دیوتا" کو پڑھنے کے سفر پر گامزن ہو چکی ہوں۔

ڈاکٹر خالد سہیل

پڑھتے پڑھتے ایسا محسوس ہو رہا ہے جیسے میں ایک دانائی کے ریگستان میں چل پڑی ہوں۔ دور سے دیکھوں تو سفر بہت کٹھن معلوم ہوتا ہے۔ شائد ریت پہ پاؤں چل نہ پائیں۔ کبھی کوئی منزل ملے نہ ملے؟ لیکن جب ایک دفعہ قدم چل پڑے تو دل کیا کہ اب بھاگ پڑوں۔ ذرا دیکھوں تو کہ راستہ کس منزل کی اور جاتا ہے۔ تبھی، چلتے چلتے ایک ایسا مقام آ گیا جہاں میں کسی حد تک محفوظ ہونا شروع ہو گئی۔ وہ مقام ایک بہت گہرے سمندر کا کنارہ تھا۔ سمندر وہ بھی عقل و فہم کا، جس کی گہرائی کا اندازہ ابھی نہیں لگا سکتی لیکن وسعت بہت دیکھ رہی ہوں۔ پاؤں کنارے پر آ کے رُک سے گئے ہیں۔ لگتا ہے اصل سفر اب شروع ہونے والا ہے۔ جو انتہائی مشکل ہے۔ لیکن جو ٹھنڈ اپنی پاؤں کو ابھی تک لگی ہے اُسنے کم از کم یہ احساس دلایا ہے کہ سمندر کی گہرائی میں بیش بہا گنجینے ہیں۔ وہ خوش قسمت ہو گا جو اس علم کے تھاپیں مارتے سمندر میں اُتر جائے اور کوئی بد قسمت ہی ہو گا جو اتنا قریب آ کر واپس لوٹ جائے۔ جانتی ہوں شاید یہ میری منزل نہیں مگر پھر بھی بہت حوصلہ اور وقت درکار ہے۔ جانتی ہوں

یقینا"ڈاکٹر سہیل کا جواب ہو گا

پھر تیر نا سیکھ لو۔۔۔۔۔ اور سمیٹ لاؤ ادب کے موتی۔

اب وقت ہی بتائے گا واپس بھاگ پڑتی ہوں یا سمندر میں اُتر جاتی ہوں۔

"جزیرہ" ایک انتہائی مختصر مگر جامع افسانہ جس کو پڑھ کر میں ایک پل کو حیرت زدہ رہ رہ گئی۔ تحریر نے بہت نفاست سے اپنا موقف اور پیغام قارئین تک پہنچا دیا۔ خاص طور پر تحریر میں لکھا گیا مندرجہ ذیل جملہ، میری نظر کا بھرپور مرکز بنا۔ جب پولیس والے گمنام شخص کی تفتیش میں مصروف ہوتے ہیں اور ڈاکٹر صاحب اپنی تشخیص میں ....

دیوتا

" میرے نزدیک مسئلہ اُس کا نہیں تھا پولیس کا تھا جو شہر میں ایک ایسے شخص کو برداشت نہ کر سکتے تھے جو روائتی انداز سے زندگی گزارنا نہ چاہتا تھا"۔

اس جملے میں انسانی ذہن، جو ایک عضو ہے، کی عکاسی کی گئی ہے جو کبھی تو قائدہ اور قانون جیسے اصولوں کو پڑھ اور مان کو پروان چڑھتا ہے اور کبھی بالکل غیر مشروط طریقے سے بے ہنگم اور بے ضابطہ ہو جاتا ہے۔ من مانی کرنا سیکھتا ہے، بے پرواہ ہو جاتا ہے۔ سوچ اور سمجھ سے بالاتر، انجام سے غافل۔ حالت جنون میں۔ کبھی الزام معاشرے اور کبھی قسمت کو دے کر، بیچارہ اپنا دشمن خود بن بیٹھتا ہے۔ بیمار ہو کے بھی بیماری قبول نہیں کرتا پھر چاہے جتنی بھی مدد آئے گمراہی کے اندھیروں میں ڈوبنا اُس کا مقدر بن جاتا ہے۔ ڈاکٹر سہیل عمدہ لکھاری ہونے کے ساتھ ساتھ اچھے ماہر نفسیات بھی ہیں اس لیے انہوں نے قصدا" اس کہانی میں ذہنی کیفیت کو بیماری سے نسبت نہیں دی جبکہ حالات اور واقعات واضع طور پر اس بات کی عکاسی کر رہے ہیں کہ کہانی کا کردار زندگی کا بیشتر حصہ بے یارو مددگار رشتوں، ذاتیات، خواہشوں اور اُمیدوں کے بغیر گزار چکا تھا۔ اور اب مدد کا حقدار تھا لیکن خود کو ہر رشتے سے کاٹ کر گوشہ نشینی کی زندگی گزارنا چاہتا تھا۔ پولیس، ڈاکٹر اور کوئی بھی حمایتی کچھ نہیں کر سکتا جب تک انسان اپنی مدد آپ بھی نہ کرے۔ وہ عنوان "جزیرہ" کی ماند تن تنہا تھا جس کے چاروں طرف فقط تنہائی کے ریلے تھے اور کچھ نہیں۔ اور وہ اپنوں سے دور اُس میں ڈوب رہا تھا۔ ماہر نفسیات اور لکھاری ہونے کے اعتبار سے ڈاکٹر صاحب نے معاشرے کے سب سے گھناونے مرض کا المیہ بیان کیا ہے۔ ایسا ڈیمک جو انسانی جان کو باہر سے نہیں اندر سے توڑ رہا ہوتا ہے !

ڈاکٹر خالد سہیل

"میٹھا زہر"

ڈاکٹر سہیل کی تحریریں ان کی تخلیقی اور تخیلاتی سفر کا ایک بیش بہا خزانہ ہیں۔ زندگی کے تجربات سبھی کو کچھ نا کچھ سکھا دیتے ہیں لیکن ان کو قلم بند کر کے دوسروں کے دل تک اُتار نا جوئے شیر لانے سے کم نہیں۔ لکھت کی روانی لکھاری کے زور قلم کی تر جُمانی اُس وقت کرتی ہے جب قاری پڑھتے پڑھتے ایک ندی کی طرح بہتا چلا جاتا ہے۔ ہر لمحے اس انتظار میں کہ مفہوم کی جوڑ توڑ کہاں جا کے رُکے گی۔ اول سے آخر تک خود کو ایک گرفت میں پاتا ہے اور پھر انجام اُس کی سوچ چونکا کے رکھ دیتا ہے ۔ ڈاکٹر سہیل کے سبھی افسانے قلیل ہوں یا طویل، خود میں ایک نفسیاتی، سیاسی یا سائنسی پیغام سے بھرپور ہیں۔

میٹھا زہر۔۔۔۔۔ذیابطیس۔۔۔۔یا ایک روگ !

ہر جملہ چیخ چیخ کر بیماری سے پیدا ہونے والے مضر اثرات کی تر جمانی کر رہا ہے۔ جس میں موصوف کا دوست ان اثرات سے مکمل طور پہ متاثر ہو کر اپنے جسم کے چار خاص حصوں سے ہاتھ دھو بیٹھا ہے۔

جملہ کا بیانیہ کچھ یوں ہے۔

" پھر میں نے کیا دیکھا کہ چار جوان کسی بزرگ آدمی کو ایک اسٹریچر پر میری طرف لا رہے ہیں۔ دور سے یوں لگا جیسے کسی کی لاش ہو۔۔۔۔۔۔۔۔۔۔ اُس کے نہ بازو تھے نہ ٹانگیں۔ صرف سر اور دھڑ تھا "

اذیت کی ایسی انتہا؟ ۔۔۔۔۔ عجیب سی کیفیت پیدا ہو گئی کہ کیا بیماری اتنی بے حس ہو سکتی ہے ؟

لیکن جلد ہی مجھے میرے سوال کا جواب مل گیا۔ وہ دوست کوئی اور نہیں ہمارا پیارا ملک "پاکستان" تھا۔ جس کے نام پہ مینارِ پاکستان، اُس کی ماں جس سے وہ ۲۳ مارچ ۱۹۴۰ کو جنا تھا، بین کر رہی تھی۔ وقت

دیوتا

اور حالات کی بے رحمی، مذہبی اور سیاسی روایات اور شدت پسند عناصر، میٹھے زہر کی طرح اس کی ساخت کو کھلا کر رہے تھے، اُس کے بازو اور ٹانگیں جو چاروں صوبے تھے وہ تکلیف سے اُس سے جدا ہو رہے تھے۔ پاکستان "ایک بچہ "۔۔۔۔۔ کیا خوب کہانی اُس کی ماں کی زُبانی۔۔۔۔ پیدائش سے اُدھیڑ عمری کا سفر اور بنیادوں میں رِستا دوڑ تاروایات کا میٹھا زہر جو خراماں خراماں اس کی جڑیں کھلی کر رہا تھا۔

ڈاکٹر سہیل "دھرتی ماں" یعنی وطن عزیز سے محبت کا اظہار کئی بار کرتے ہیں۔ حساس دل حساس ذہن اور وطن عزیز سے دوری تحریر میں بیٹھک محب الوطنی کا بھرپور پیغام دیتی ہے۔ اور آخر میں جب وہ "اندھیری رات میں ان دیکھی سحر کی تلاش" میں نکلتے ہیں تو سوالوں کی ایک لمبی فہرست قارئین کے غور و خوص لیے پیچھے چھوڑ جاتے ہیں !

"جڑیں، شاخیں، پھل "

ڈاکٹر سہیل نے اس افسانے میں مشرق اور مغرب کا کیا خوب نقشہ کھینچا ہے۔ وطن سے دور ہم سب روز مرہ ایسی ہی کسی کسوٹی پر اُترتے ہیں۔ ہماری جڑیں مشرق اور پھل مغرب! بیچ کا یہ تناؤ ہمارے تنے کو کھوکھلا اور بے جان کر رہا ہے۔ محمد کی بات "بچو! مغرب کی نماز کا وقت ہو گیا ہے جاؤ وضو پھر اکٹھے نماز پڑھتے ہیں "جو اُس نے بیٹیوں کو تنبیہ کرتے ہوئے کہی مجھے اپنے ہی ایک نثر ہارے کی یاد دلا گئی۔

" کالج سے چھٹی ہوتے ہی تُم سیدھی گھر آنا"۔ صبح صبح ناشتے کی ٹیبل پہ وہی امی کا فکر آلود جملہ جو مہرو کی سماعتوں کو کبھی بھلا نہ لگتا تھا۔ "اچھا۔۔۔۔۔۔ امی آ جاؤں گی "جھلاتے ہوتے مگر محتاط طریقے سے مہرو کا ہمیشہ ایک ہی جواب ہوتا۔ دو لقمے ادھر دو لقمے اُدھر نگل کر، حواس باختہ، بیگ میں میک

ڈاکٹر خالد سہیل

آپ کی ہر شے ٹٹولتے ہوئے سرپٹ بس دروازے کی جانب لپکنا روز کا معمول بن چُکا تھا۔ تعلیم اپنا مقصد پورا کرے یا نہ کرے

لیکن تربیت کا خیال مہرو کو چھوٹتک نہیں رہا تھا۔ کپڑوں میں ہر انگ صحیح لگنا ضروری تھا مگر ماں کا انگ انگ گھن کھائی ہوئی لکڑی کی مانند بُھر رہا ہو وہ آج کی پوت کہاں دیکھ رہی تھی۔ مہرو اکیلی ہی جوانی کی سیڑھیاں نہیں چڑھ رہی تھی۔ اُس سی بہت سی تھیں جو اپنی باہر کی دُنیا کو اپنے اندر کی دُنیا پہ فوقیت دے چکی تھیں۔ دنیاوی چمک دمک سے مرعوب ہونے والی، لڑکپن سے سیدھا بھاگنے کو تیار اپنی تیز رفتاری میں ماں سے بازار کے ٹھگ، جنگل کے بھیڑیے اور دنیا کے لٹیروں کی کہانیاں سنی سنی بھول جاتی ہیں۔ کچھ حاصل کرنے کے شوق میں بہت کچھ کھو کر ہی گھر لوٹتی ہیں۔

کالج میں سبھی تو سکھایا جاتا ہے….. ہاں کیوں نہیں آخر شعبہ تعلیم و تدریس جو ٹھہرا لیکن آج کل وہاں محنت کے حسین و دلپذیر رنگ چلتے پھرتے زیادہ نظر آتے ہیں اور کتابی چہرے کم۔ زمانے کی بات ہے جب خوب سے خوب تر کی تلاش ہوتی تھی اب بد سے بد کو قابل رشک سمجھا جاتا ہے۔ اب یہ فیصلہ کون کرے گا کہ اس نفسا نفسی میں ہم خود کیا سمیٹیں گے اور اپنی نسلوں کو کیا دیں گے؟'

ڈاکٹر سہیل ایک مبصر صفت انسان ہیں۔ اپنے ارد گرد کی دنیا سے محظوظ ہونا اور ان مشاہدات کی روشنی میں قارئین کی سوچ کو سیر اب کرنا ہی اُن کا معاشرے کے لیے ایک تحفہ ہے۔

خالد سہیل کے افسانے "چند گز کے فاصلے" پر تبصرہ

دعا عظیمی

کہانی کار اور قاری کے بیچ ایک عجیب سا نادیدہ رشتہ ہوتا ہے جو بے شک طالب اور مطلوب سا نہیں ہوتا مگر چند ثانیوں کے لیے دو انسانوں کو ایک نکتے پہ لا کھڑا کرتا ہے اشتراک کا گہرا احساس پیدا کرتا ہے بلکہ یہ عامل اور معمول کی طرح ہوتا ہے۔

اچھی کہانی ہمیشہ قاری کو اپنے تاثر میں لے لیتی ہے۔ قاری کا ذہن پڑھنے سے پہلے لمحاتی طور پر ایک کورے کاغذ کی طرح سادہ ہوتا ہے۔ لیکن کہانی اپنے لفظوں اور خیالوں میں اس پر نیا نقشہ بناتی ہے، نیا منظر تخلیق کرتی ہے نیا جہان روشناس کراتی ہے احساس کی منازل طے کراتی ہے اور اسے اپنے ساتھ بہا کر یا اڑا کر وہاں لے جاتی ہے جہاں لکھاری کہانی لکھنے سے پہلے کھڑا ہوتا ہے۔

ڈاکٹر خالد سہیل صاحب کا یہ افسانہ ادب کا عالیشان شاہکار تو ہے ہی مگر میرے لیے یوں بھی ہے کہ جب میں نے اسے پڑھا تو میرے دل پہ اس نے ایسے اثر کیا کہ اشک آنکھوں سے رواں ہو گئے۔ اگلی صبح میں نے سوچا اس میں ایسا کیا تھا تو میرے پاس واضح جواب نہیں تھا سوائے اس کہ اس نے میرے دل پہ اثر کیا اور اتنا یاد رہا کہ اس کا انداز عام کہانی سے ہٹا ہوا تھا اور اپنے اندر بہت رموز سمیٹے ہوئے تھا۔ مگر میں اس وقت اس کے اصل مفہوم کو بیان کرنے کے قابل نہ تھی ۔۔۔۔ سوا سے دوبارہ پڑھنے کی ٹھانی میں جاننا چاہتی تھی کہ کچھوے کی اس کہانی کے زیر خیال کیا ایسا تھا جس نے مجھے گہرے درد کے سمندر میں اتار دیا۔ دوبارہ پڑھنے کے بعد میں جان گئی کہ اس میں ڈاکٹر خالد سہیل نے بیک وقت کچھوے، انسان اور ہر زندہ مخلوق کے پیدا ہونے کے امکان سے جینے تک کے سفر کی دلچسپ اور جدوجہد سے عبارت مکمل داستان قلمبند کر دی ہے۔

جب میں نے اسے سمجھنے کے لیے دوسری بار پڑھا تو کہانی کی دوسری سطر نے مجھے روک لیا۔ ایک عجیب سوال تھا۔ ایک ایسا سوال جو شاید ہر زندہ شخص اپنی زندگی میں بارہا خود سے کرتا ہے۔

ڈاکٹر خالد سہیل

"کیا ہم خوش قسمت ہیں کہ ابھی زندہ ہیں یا بدقسمت کہ مرنے والوں کا سوگ منا رہے ہیں؟ ہم اپنے آپ سے پوچھتے ہیں۔"

کیا عمدہ سوال ہے۔ اور وبا کے دنوں کے پس منظر میں جب موت کو ہر کوئی پہلے سے زیادہ قریب محسوس کر رہا ہے اور بھی با معنی۔ مگر عام حالات میں بھی یہ سوال شعور پہ بہت بار دستک دیتا ہے کہ کیا ہم خوش قسمت ہیں کہ ابھی زندہ ہیں یا بدقسمت کہ مرنے والوں کا سوگ منا رہے ہیں۔ کہانی میں اس سوال کا ایک سرا معدوم سے جڑا ہے اور دوسرا موجود سے غیب سے حاضر اور حاضر سے ناظر ہونا ہی سب سے بڑا واقعہ ہے۔ ایسے میں ہمیشہ اسد اللہ خان غالب کے شعر کا وہ مصرع یاد آ جاتا ہے جو کسی ایسے ہی سوال کا جواب دیتا ہے۔

ڈبویا مجھ کو ہونے نے نہ ہوتا میں تو کیا ہوتا

اور اس کے ساتھ ہی زندگی کے دونوں رخ واضح ہو جاتے ہیں کہ زندہ ہونے کے امکان کو پالینا جہاں ایک طرف خوش نصیبی ہے کہ جب ماں جنم دیتی ہے یا انڈوں کا اخراج ہوتا ہے تو اس میں زندگی کی امید اور نوید چھپی ہوتی ہے۔ وہ جبلت کے ہاتھوں مجبور اسے سینچتی ہے، ایک ان دیکھی قوت اس کے کان میں سرگوشی کرتی ہے اس تسلسل حیات کو برقرار رکھنے کی سرگوشی۔ اگر وہ کچھوے کی ماں ہوتی ہے تو پانی سے چند گز کے فاصلے پر اسے ریت میں دبا دیتی ہے اور زمانے سے محفوظ رہنے کی دعا کے ساتھ چھپا دیتی ہے بالکل اسی جذبے کے ساتھ جو ہر ماں کے دل کی آواز ہے چاہے کائنات کی کوئی ماں ہو۔

ماں خوش قسمتی اور بدقسمتی کے فلسفے کو سمجھنے کے باوجود جدوجہد کی مشکل کہانی کو جان لینے کے باوجود زندگی اور اپنی نوع اور وجود کے تسلسل اور جاری ساری رہنے پر یقین رکھتی ہے۔ حیران ہوں کہ کوئی آفاقی آواز اسے ایسا کرنے پر مجبور کرتی ہے۔

کبھی کبھار میرے دل میں ایک عجیب خواہش ابھرتی ہے پوری شدت کے ساتھ کہ کاش ساری دنیا کی مائیں مر جانے کے ڈر سے، ناامیدی کے فلسفے پر یقین کر کے بدقسمتی کے داغ سے روشنی پا کر انڈے

دینے اور بچے پیدا کرنے سے گریز کر لیں اور پرہیز کر لیں ۔۔۔ وہ ابھی تک ایسا کیوں نہیں کر سکیں میرے لیے یہ حیرت انگیز ہے۔

جب زندگی کو عدم سے وجود کا درجہ حاصل کر لینے میں اتنی دشواری ہے اور زندہ ہونے کے بعد مر جانے کے اتنے امکانات ہیں قدم قدم پر خطرات ہیں۔ زندگی کی ہر سانس کی بھاری قیمت چکانی پڑتی ہے تو مائیں بچے کیوں جنم دیتی ہیں؟

جب انسان جیسی عاقل اور باشعور مخلوق اپنی نسل کو موت اور بیماری سے محفوظ نہیں رکھ سکتی تو وہ اپنے جیسا وجود تخلیق کرنے پر راضی کیوں ہے ۔۔۔؟ کچھوے کی ماں اور انسانی ماں کے شعور کا معیار ایک سا کیوں کر ہے ۔۔۔؟۔ وہ بچے جنم دینے پر قادر ہیں یا مجبور ۔۔۔؟۔

پھر انسان تو وہ جانور ہے جو اپنی نوع اور دیگر انواع کو مارنے کا دن رات بندوبست کر رہا ہے۔ لیبارٹریوں میں جہاں زندگیوں کو بچانے پر دن رات کام ہو رہا ہے ایسے ہی اس کی موت کے آلے ایجاد کرنے پر زور ہے۔

کیمیائی ہتھیار، میزائلز، اور نت نئے بم بنانے کی دوڑ جاری ہے۔ دنیا کو کس طرح زیادہ سے زیادہ اور کم سے کم وقت میں نیست و نابود کیا جا سکتا ہے اس پہ ہر ملک کتنے وسائل خرچ کر رہا ہے اگر ان وسائل کو زندگی کے لیے استعمال کیا جائے تو پوری دنیا میں ایک بچہ بھی بیماری اور غذا کی قلت سے نہ مرے۔

ہر ماں کی طرح ماں ہونے کے ناتے دنیا کا یہ رویہ دیکھ کر میرا دل خون کے آنسو روتا ہے مگر سب ہمدرد انسانوں کی طرح مجھے بھی بہت سے دکھوں کی زنبیل میں ایک یہ دکھ بھی اپنے دکھوں کے تھیلے میں ڈال کر موت کی طرف سفر کرنا ہے۔

کبھی کبھار کوئی ایک مصرع، ایک جملہ، ایک سوال کسی بھی انسان کی سوچ کو کس طرح ہلا جلا دیتا ہے جیسے ٹھہرے ہوئے پانی میں کنکر پھینکنے سے ارتعاش ۔۔۔۔۔ کبھی تو یہ ارتعاش کنول کے پھول کے تھرکنے سے پیدا ہونے والے ارتعاش کی طرح لطیف ہوتا ہے اور کبھی کسی سرجن کے اوزار کی نوک کی طرح کہ زیر جلد جمع شدہ دکھ کی کثافت بہہ نکلے، کبھی یہ بھونچال بن کے زیر زمین تمام خزانوں کی

ڈاکٹر خالد سہیل

تہوں کو تہہ و بالا کر دیتا ہے۔ کبھی یہ آتشِ فشاں کے لاوے کی طرح ارد گرد کی ساری جگہوں کو آتشیں اور شعلہ زار بنا دینے کی صلاحیت سے مالامال۔

پھول کی پتی سے کٹ سکتا ہے ہیرے کا جگر

افسانے کا ایک اور جملہ بھی ایسا ہی آتشیں ہے۔

"اگر وہ مڑ کے دیکھتے تو انہیں ہماری ماؤں کی آنکھوں میں آنسو نظر آتے"

اس ایک جملے میں ساری دنیا کی ماؤں کی آنکھوں کا ذکر ہے جو اپنی اپنی اولاد کے لیے ہمیشہ دعا بھری آنسوؤں سے بھری رہتی ہیں۔ اور فطرت کی کشمکش سے بے نیاز ہمیشہ بہتی رہتی ہیں، ان میں درد اور دعا دونوں چھلکتے ہیں۔۔۔ وہ پوچھتی ہیں کہ حفاظت کرنے والا کہاں ہے ۔۔۔ میں آکھاں وارث شاہ نو۔۔۔۔۔۔

وہ کشمیر کی ماں ہو یا افریقہ کے قحط زدہ علاقے کی ماں وہ پہاڑ میں بسنے والی ہو یا تھر میں پانی کی کمی کا شکار اس کی آنکھ کا جھرنا کبھی نہیں سوکھتا۔

اسی دوران ایک اور جملے نے مجھے مسکرانے پر مجبور کر دیا

"بہت سی انسانی مائیں بچوں کو وہ انڈے کھلائیں گی تا کہ بچے صحت مند ہوں، لیکن بعض مرد انہیں یہ سوچ کر کچا پی جائیں گے کہ اس سے ان کی شہوانی طاقت میں اضافہ ہو گا۔"۔۔۔ آگے گرہ لگاتے ہیں کہ۔۔۔۔۔

"شہوانی طاقت میں اضافہ ہے یا خوش خیالی ہمیں کیا معلوم ۔۔"!

مردوں کے رویے اور نفسیات پر ایک مرد ادیب کی طرف سے لکھا ہوا یہ لطیف طنزیہ جملہ ہر ایک کو مسکرانے پہ مجبور کر دے گا۔ دکھ بھری بات کے بعد مسکرانا یا مسکرانے کا موقع تلاش کرنا تو انسانی فطرت ہے۔

"وہ چند گز کا فاصلہ طے کرنا چاہتے تھے"

اگر غور کیا جائے تو یہ اجتماعی ارتقاء اور حیاتیاتی دائرے کی کہانی ہے۔ ہر ذرے کی کہانی جو یہ موج در موج سفر میں ہے۔

ڈاکٹر خالد سہیل سہل زبان میں بڑا پیغام آسانی سے قاری تک پہنچا دیتے ہیں۔ وہ اپنی قاری کو پیچ در پیچ تہہ در تہہ نفسیات یا فلسفے کے صحرا میں اکیلا نہیں چھوڑتے۔ کچھ جملوں میں بڑی سہولت سے لوک کہانیوں میں خرگوش کا ذکر کرتے ہوئے وہ اس راز سے پردہ ہٹا دیتے ہیں کہ مشاہدے میں کچھوے کا ذکر ہے۔ یہ داستان حیات بظاہر ایک کچھوے کی ہے۔ کیونکہ میرا جیسا سادہ لوح قاری کئی بار پہیلیاں نہیں بوجھ سکتا اور پریشان رہتا ہے کہ آیا اس کا مطلب یہ ہی ہے یا کچھ اور۔۔ جیسا کہ کچھ معزز ادیبوں کی کہانیوں کو پڑھنے کے بعد معلوم ہوتا ہے کہ اس کا مفہوم جان لینا قاری کی صوابدید پر ہے۔

کہانی کا نکتہ عروج "لیکن تیسری دنیا کی مائیں تو در جنوں بچے جنتی ہیں تا کہ ان میں سے چند ایک زندہ رہیں اور وہ چند گز کا فاصلہ طے کر سکیں جو ان کے گھروں، سکولوں، کارخانوں اور دفتروں کے درمیان حائل ہے، وہ چند گز کا فاصلہ جو بعض دفعہ کئی نسلوں میں طے ہوتا ہے۔" اس جملے میں در پردہ درد کی گہری داستان ہے۔ شعور حاصل کر لینے کے بعد ڈاکٹر خالد سہیل تیسری دنیا کی ماؤں اور بچوں کے لیے خوشحالی کا خواب امید اور دعا کا دیا جلاتے ہیں۔ اور کچھوے کی ماں اور دیگر ماؤں اور بچوں کا ذکر کرتے ہوئے ڈاکٹر خالد سہیل کرب کا ذکر کرتے ہیں جو ایک درد مند انسان ان تمام انسانوں کے لیے محسوس کرتا ہے جو خصوصا "تیسری دنیا میں طب اور تعلیمی سہولتوں کے فقدان کا شکار ہیں۔

ڈاکٹر خالد سہیل نے اس افسانے کا سہارا لے کر ہر ایسی زندگی کی داستان کہہ ڈالی ہے جو کرہ ارض پر بس رہی ہے۔

افسانہ مارچ انیس سو بانوے میں منظر عام پر آیا جبکہ میں خود پہلی اولاد کی ماں جولائی انیس سو بانوے میں بنی گویا افسانے کی عمر میرے بیٹے کی عمر جتنی ہے۔ حیرت انگیز مماثلت نے مجھے افسانے سے اور بھی قریب کر دیا یا اگر تخلیق کے اس سفر میں ماں نہ بنتی تو شاید کسی ماں کے دکھ کو اس طرح نہ سمجھ پاتی لیکن ڈاکٹر خالد سہیل ماں نہ ہوتے ہوئے بھی تخلیق کے کرب سے گزرتے دکھائی دیتے ہیں۔ اور درد کے سمندر سے تخلیق کے موتی سمیٹ کر قاری کے دامن کو احساس سے مالا مال کر دیتے ہیں۔

ڈاکٹر خالد سہیل

خالد سہیل کے افسانے اور ماں کا کردار

دعا عظیمی

اس دنیا میں جس کردار کو سب سے زیادہ سراہا گیا ہے وہ کردار ماں کا ہے۔.

نیل کے کنارے طوفانی موجوں کے حوالے کرنے والی ماں ..... محل کی دیواروں سے ٹکرانے والی لہروں کا نظارہ کرنے والی اور ماں نہ ہو کے بھی ماں بن جانے والی ماں ..... بی بی آسیہ ... بے قرار ماں بی بی حاجرہ مروہ و صفا کی بیابان پہاڑیوں میں پانی کے لیے بے آب زم زم کے معجزے سے ہم کنار ہونے والی ہستی ... کھجور کے تنے سے لپٹ کر درد زہ سہہ کر آسمانی باپ کا بیٹا جننے والی بی بی مریم یا چڑیا کی طرح اپنے بچوں کی کھلی چونچ میں زندگی کی حرارت بھرنے والی ماں

اس لافانی کردار کو ڈاکٹر خالد سہیل کے افسانوں میں بار بار ابھرتے ہوئے دیکھنے والی ماں میں میں بھی تو ایک ماں ہوں۔..... کچھوے کی ماں، دو پیروں والی ماں، یوسف کی ماں، دھرتی ماں، نانی ماں مجھے ایسے محسوس ہوتا ہے ہجرت کا درد سہنے والی کہنے والی ماں نے اپنا درد ڈاکٹر صاحب کو دان کر دیا ہے.

مجھے سمجھ نہیں آتی کہ ڈاکٹر خالد سہیل کے افسانوں میں ماں کا تذکرہ مجھے محسوس ہوتا ہے یا واقعی وہ اس کردار سے کسی ان دیکھے آنول سے بندھے ہوئے ہیں. ناف کا یہ رشتہ اٹوٹ ہے.

میں ان کی انگلیوں کے پوروں کو دیکھتی ہوں تو وہ حیرت انگیز دکھائی دیتی ہیں جیسے نانی ماں کی انگلیوں کی پوروں کو جلتی بلتی روٹی کی حدت اور گرمی محسوس نہیں ہوتی تھی جب وہ اپنے بچوں کے لیے چوری بناتی تھیں ....ڈاکٹر خالد سہیل بھی اپنے علمی اور ادبی دوستوں کے لیے اسی ایثار اور پیار سے علم و آگہی کی چوری بناتے رہتے ہیں. مجھے لگتا ہے ان کا دل ماں کے دل میں ڈھل گیا ہے مسلسل محنت اور مسلسل محبت میں بھیگا ہوا ....

وہ دن رات علم کا چوگا بانٹتے رہتے ہیں. اور اپنا خزانہ اپنے ادبی شاگردوں میں بانٹ کر مزید کی تلاش میں نئی اڑان بھرتے رہتے ہیں.

ڈاکٹر خالد سہیل: عجب مرد آزاد ہے وہ

دعا عظیمی

اس سے پہلے میری معلومات فقط بت شکن تک محدود تھیں، جیسے کہ محمد بن قاسم اور سومنات میں رکھے بتوں کو توڑنے اور فتح کرنے والے محمود غزنوی جیسے فاتحین تک، جنہیں اسلامی تاریخ کی کتابوں میں بت شکن کے طور پہ پڑھایا جاتا ہے۔۔۔ یہ الگ بحث ہے کہ جانے یہ جنگیں کن اغراض و مقاصد کے تحت لڑی گئی ہوں گی۔

ادب کی دنیا میں جب میں نے ڈاکٹر خالد سہیل کو پڑھا تو ایسے لگا کہ یہ مرد آزاد بت شکن ہی تو ہے۔ بھلا ایک بت شکن اور روایت شکن میں کیا فرق ہو گا۔ میرے شعور نے تسلیم کیا کہ بعض فرسودہ رسمیں 'اقدار اور خیالات بھی بتوں ہی کی طرح ہوتے ہیں جنہیں ہم سالہا سال سے پوجتے چلے آ رہے ہوتے ہیں۔

ڈاکٹر خالد سہیل کے "ہم سب" پر کالمز جہاں ادبی چاشنی کے رنگ میں بھیگے ہوئے قاری کے ادبی ذوق کی تسکین کا سامان فراہم کرتے ہیں وہیں اسے فلسفے کے قدیم و جدید نظریات سے ہم آہنگ ہونے میں بھی مدد دیتے ہیں۔ یہاں تنقید و تحسین کا سلسلہ جاری رہتا ہے مگر یہ ہر دو سے بے نیاز سر جھکائے اپنے کام میں مگن نظر آتے ہیں۔۔ کالمز کے ذریعے اپنے قارئین کے نفسیاتی مسائل سنتے اور ان سے مخاطب ہو کے باقی سینکڑوں پڑھنے والوں کے لیے نفسیات کی پیچیدہ گرہیں کھولتے ہیں۔ میں نے ان کے پروگرامز دیکھے، ان کی کتب کا بنظر غور مطالعہ کیا تو یہ پتہ چلا کہ یہ ایک روایت شکن ادیب بھی ہیں اور طبیب بھی ہیں، عالم بھی ہیں، فاضل بھی، مشرق اور مغرب کے درمیان محبتوں کے سفیر بھی ہیں،

ڈاکٹر خالد سہیل

اور اپنے وطن سے محبت کے اسیر بھی، درد دل بھی رکھتے ہیں اور انسانیت کے پرچارک ہیں۔ اخلاق کے لیے مذہب کی لاٹھی کا سہارا بنانا ضروری نہیں سمجھتے بلکہ افراد کے لیے گناہ کے تصور کے متبادل جرم کا تصور متعارف کراتے ہیں۔

ان کی زیست میں الجھاؤ نہیں ہے۔ راستے میں جاتے ہوئے پتھر پڑا ہو تو اسے اٹھا کے ایک طرف رکھ دیتے ہیں، مبادا کسی کو ٹھوکر نہ لگے۔ لوگوں کی ریشم سی نفسیات کے الجھے دھاگوں کو انگشت شہادت سے سلجھائے دیتے ہیں۔ جانے کتنے مریضوں کو فقط مکالمے کی تھراپی نیز بغیر دوائیوں کے یا کم دوائیوں کے استعمال کے ساتھ شفایاب کر چکے ہیں۔ جانے کتنوں کے جیون میں سہولت سے جینے کی امنگ کا دیا جلا چکے ہیں۔ یہ اپنے مریضوں کے احساس گناہ یا جرم سے پیدا ہونے والی مچھلی کے کانٹے سی پھانس نکالتے رہنے کا کام عبادت سمجھ کے کرتے رہتے ہیں۔

ان کے افسانے اور کتابیں پڑھنے کے بعد یہ احساس ہوا کہ ایک روایت شکن ہی اصل میں بت شکن ہوتا ہے۔ انسان جب پیدا ہوتا ہے تو بوقت پیدائش ایک سماج ہی سماج ایک فرد کو اپنے علاقے، اپنی ثقافت اور اپنے معاشرے کے رسم و رواج میں ڈھالنے کا بندوبست کرتا ہے۔ سب سے پہلے اس کا نام ہی اس کی شناخت بتاتا ہے، اس کا نام بتاتا ہے کہ یہ دنیا کے کس حصے سے تعلق رکھتا ہے۔ اس کو اپنے علاقے کے حساب سے بیڑیاں پہنائی جاتی ہیں۔ زنجیروں میں بڑے اہتمام سے جکڑا جاتا ہے۔ مخصوص تعلیم و تربیت کے سانچے میں ڈھالنے کے لئے سماج کے ادارے ایڑی چوٹی کا زور لگاتے ہیں۔ اس کے اچھے برے کے تصورات سے اس کو روشناس کروایا جاتا ہے۔ جب وہ ذرا بڑا ہوتا ہے مذہب اور تہذیب اور ثقافت اقدار کی صورت میں اس کے گلے میں بہت سی مالائیں پہنائی جاتی ہیں۔ جنہیں وہ تمام عمر سینت سینت کے رکھتا ہے۔

دیوتا

ڈاکٹر خالد سہیل کی ذکاوت اور ذہانت کو دیکھوں تو حیرت ہوتی ہے کہ اس مرد آزاد نے کسی نام پر کوئی بیڑی نہیں پہنی۔ وہ اوائل عمری میں ہی اپنے سماج کی نیت کو بھانپ جاتے ہیں اور اپنی زندگی کی کلی باگ ڈور اپنے ہاتھوں میں تھامنے کا خواب دیکھتے اور اس خواب کی تعبیر کی تدبیر کرتے ہیں۔ بیس سال کی عمر میں ہی زندگی کے بڑے بڑے فیصلے کرتے ہیں اور اپنی آزادی کی قیمت دینے کو تیار ہو جاتے ہیں۔ مذہب کو رسوم و روایت کی گٹھڑی سمجھ کر اسے سرے سے اتار پھینکتے ہیں انہوں نے اپنے سر پہ نہ ٹوپی پہنی نہ پگ۔۔۔۔۔۔ مگر ان کی خوبی یہ ہے کہ انہوں نے باغی کے عام تصور سے بھی بغاوت کی۔

میری نظر میں ایک روایتی باغی تو ایسا ہوتا ہے جیسے کوئی سادھو، بھکشو، یا بنجارہ یا نشئی یا ہپپی جنہیں اکثر سڑک کنارے دیکھا گیا مفلوک الحال ایک پاؤں میں چپل اور دوسرا ننگا ٹوٹی چپل ہاتھ میں۔۔۔ اکثر ایسے باغیوں کو ادارے سے نکال باہر کیا جاتا ہے۔۔۔ مگر یہ مرد آزاد اس لحاظ سے سمجھدار ثابت ہوتے ہیں کہ اعلیٰ تعلیم مکمل کرتے ہیں، اپنے کیرئیر کو داؤ پر نہیں لگاتے۔ اپنے افکار کے ساتھ جیتے ہیں مگر نعرہ مستانہ بلند نہیں کرتے بلکہ دوسری زمین کی طرف ہجرت کرتے ہیں اور محفوظ پناہ گاہ تک پہنچتے ہیں۔ اپنی آزادی کی قیمت تو چکاتے ہیں مگر سلیقے کے ساتھ۔

یہ مذہب اور خدا کے تصور سے منکر نظر آتے ہیں۔ لیکن اپنے کردار میں ان اعلیٰ اوصاف کی خوشبو کو بساتے ہیں اور اس کردار کے سانچے میں خود کو ڈھالتے ہیں جس کا تقاضا ہر مذہب انسان سے کرتا ہے۔ یہ امن اور انسان دوستی کی بات کرتے ہیں، اخوت اور مساوات کے حامی ہیں۔ انصاف اور سچ سے جڑے ہیں۔ علم سے ادب سے محبت کرتے ہیں۔ لفظ کی حرمت کو سمجھتے ہیں۔ بھائی چارے کی زبان کو سمجھتے اور لوگوں سے ہمدردی کے ساتھ پیش آتے ہیں۔ اور تمام مجبور و محروم طبقوں کے حق کے لیے آواز اٹھاتے ہیں۔ ان کی زندگی اعلیٰ مقاصد سے جڑی ہے۔ وہ اپنے دن رات انسانیت کی خدمت کے لیے وقف کیے ہوئے ہیں۔

ڈاکٹر خالد سہیل

ادب میں ان کی خدمات کا ذکر ہو یا طب میں مشکل علوم کو آسان زبان میں اپنے ہم وطنوں کے لئے ترجمہ کرتے ہیں۔ بڑے بڑے فلسفوں اور کام کی باتوں کا رس نکالتے اور بانٹتے رہنے میں مصروف ہیں۔ ان کی زندگی نظم و ضبط کا منہ بولتا ثبوت ہے۔ یہ کچھوے کی چال چلتے بڑے تیز رفتاروں سے آگے نکلتے نظر آتے ہیں۔

یہ وہ مرد آزاد ہیں جنہوں نے خود کو قلم سے باندھ لیا ہے۔ انسانوں کو شفا بانٹتے ہیں۔ آسانیاں تقسیم کرتے ہیں۔ یہ لکھتے ہیں کہ

"بعض افراد مختلف روایات کے ساتوں رنگ اپنے اندر اس خوبصورتی سے جذب کرتے ہیں کہ ایک نئی روشنی، نئی صبح اور نئی منزل کی نشاندہی کرتے ہیں"

بلاشبہ ان "بعض" افراد میں ایک خود ڈاکٹر خالد سہیل ہیں۔ ایک اور جگہ فرماتے ہیں۔

"میں اپنی ذات کو اس درخت کی طرح محسوس کرتا ہوں جس کی جڑیں مشرق کی مٹی میں پیوست توانائی حاصل کر رہی ہوں اور جس کی شاخیں مغرب کی فضا میں جھولتی ہوئی تازہ ہوا میں سرشار ہوں۔"

آگے لکھتے ہیں کہ

"اس درخت پر جو پھل اور پھول لگے ہیں ان کی خوشبو اور ذائقہ آپ کو میرے افسانوں میں ملے گا۔"

عورت کی نفسیات کے بارے میں بتاتے ہوئے رقمطراز ہیں کہ

"خدا جانے عورتیں تو بادلوں کی طرح ہوتی ہیں، وہ بادل جو کبھی ہفتوں نہیں برستے اور برستے ہیں تو برستے ہی جاتے ہیں، صحراؤں میں نہیں برستے اور دریاؤں میں برس پڑتے ہیں۔" اس بات کی

صداقت پر کوئی کیا کہہ سکتا ہے بقول ڈاکٹر خالد سہیل صاحب کے ہر انسان سچ کے متعلق اپنے سچ کو ہی سچ سمجھتا ہے اور اس کا اسے پورا حق اور اختیار ہے۔ تمام انسانوں کو ایک دوسرے کے سچ کا احترام کرنا آنا چاہیے۔

ہجرت کے پل صراط پر چلنے کا عذاب سہنے والے ڈاکٹر خالد سہیل بتاتے ہیں کہ سائنسدان عقل اور منطق کے زریعے اسی منزل تک پہنچتے ہیں جس پر پہنچنے کے لیے صوفی وجدان اور فنکار جمالیات کا راستہ اختیار کرتے ہیں۔ ان کے راستے چاہے جدا ہوں ان کی منزل ایک ہوتی ہے۔ انسانوں کے لیے پر امن معاشرے کا خواب اور اس کی تکمیل کے لیے تگ و دو کرنا ہی وہ منزل ہے۔ یہ اس راز سے پردہ اٹھاتے ہیں کہ انسان دو طرح کے ہوتے ہیں ایک روایتی اکثریت اور دوسرے تخلیقی جوہر رکھنے والی اقلیت سے تعلق رکھتے ہیں۔ ان کا کہنا ہے کہ دوسری قسم کے انسان اصل میں اثاثہ انسانیت ہیں کیونکہ یہ من کی پگڈنڈی پہ چلنے والے انسانیت کے لئے بڑے بڑے کام کرنے کی صلاحیت لے کر پیدا ہوتے ہیں اور اکثر اپنے میدان میں کار ہائے نمایاں سر انجام دیتے ہیں۔ مختلف کامیاب تخلیقی افراد کی سوانح حیات کو پڑھنے کے بعد آپ اس نتیجے پر پہنچتے ہیں کہ ایسے افراد کی زندگیوں میں نفسیاتی اور جذباتی نشیب و فراز زیادہ ہوتے ہیں۔ آپ ایسے تمام افراد کی زندگی میں آنے والے نفسیاتی دباؤ سے انہیں بچانے کے لیے حوصلہ افزائی کرتے ہیں۔

ڈاکٹر خالد سہیل وہ مرد آزاد ہیں جو دوزخ کے خوف اور جنت کے لالچ سے آزاد ہیں مگر انجانی بصیرتوں کے بہشت تک پہنچنے کا خواب فنی مسرت artistic satisfaction سے ہم کنار رہنے کے لئے ہر دم سعی کرتے ہیں ،اور دوسروں کو بھی اسی راستے پہ چلنے کی دعوت دیتے نظر آتے ہیں۔ طب اور ادب نے اپنے میدان میں ان سا مرد مجاہد اور مرد آزاد کم ہی دیکھا ہو گا۔

۲۰۲۰ء

ڈاکٹر خالد سہیل

دیوتاؤں کے وجود سے منکر دیوتا

فرحت پروین

ڈاکٹر خالد سُہیل کا غائبانہ تعارف تو چند برس پہلے امیر حسین جعفری کے توسط سے ہوا جب میں اُسے ملنے ٹورنٹو گئی اور پھر صورت آشنا بھی اُسی کے توسط سے ہوئی جب اُس نے لاہور کاسموپولیٹن کلب میں اُنکے اعزاز میں ایک تقریبِ ملاقات رکھی جس میں امیر نے مجھے صدارت کا اعزاز بخشا مگر میں بوجوہ تقریب کے اختتام سے پہلے نکل آئی اور اُن سے بالمشافہ بات چیت نہ ہو سکی۔ پھر اِس بار امریکہ میں میرے خاصے طویل قیام کے دوران اُنہیں جاننے کا موقع ملا۔ اگرچہ یہ کثیر الجہات شخص ایک کُھلی کتاب ہے اِسکے باوجود ایک لکھنے والے کو سب سے زیادہ عیاں اُسکی تحریروں کے آئینے میں دیکھا جاسکتا ہے کہ وہاں وہ اپنی سطر سطر بلکہ لفظ لفظ میں اپنے قلب و روح کی پوری توانائی کے ساتھ موجود ہوتا ہے۔ اپنی تخلیقات میں مصنف اپنے تجربات و مشاہدات کی روشنی میں اپنی ذات کو آئینہ کر دیتا ہے۔ اگر میں اُنکے افسانوی مجموعے 'دیوتا' کے ہر افسانے پر بات کرنا چاہوں تو یہ پوری ایک کتاب بن جائے گی اسلئے میں مختصر جائزے پر اکتفا کروں گی۔

اُن کے افسانے "دو پیروں والی ماں" میں ڈاکٹر خالد سُہیل کا مشاہدہ حیران کُن حد تک مکمل ہے یوں لگتا ہے جیسے خود اُنہوں نے ہاتھی کے بچے کی جُون بدل لی ہو۔ دو پیروں والی ماں کا تلازمہ انتہائی دلچسپ ہے۔ اور یہ کہ اُنس و محبت ایسا جذبہ ہے جسے جانور بھی محسوس کرلیتے ہیں اور یہ دو طرفہ ہوتا ہے۔

'دھرتی ماں اُداس ہے' بہت خوبصورت دِل کو چھونے والا افسانہ ہے اس میں ہجرتوں کے دُکھ ہیں جن میں سے کچھ اختیاری ہیں اور کچھ جبری۔ اس میں خالد سہیل کہتے ہیں "جب لوگ ایک بار اپنے گھر کو چھوڑ دیں تو پھر اُنہیں کہیں سکون نہیں ملتا۔ جب دھرتی ماں سے ایک بار رشتہ کٹ جائے تو کسی رشتے میں چین نہیں ملتا۔"

ہجرتیں جبری ہوں یا اختیاری دُکھ تو دیتی ہیں مگر ہر ایک کا اپنے حالات کے مطابق سچ الگ ہے۔

یہ افسانہ اُنہوں نے بہت وسیع تناظر میں لکھا ہے۔ اپنی جہاں گردی کی وجہ سے مختلف ممالک کے تارکینِ وطن کی طبقاتی تفریق کی وجہ سے یہ افسانہ انفرادی مشکلات کے ساتھ ساتھ وسیع تناظر میں سماجی اور سیاسی زوال کی مختصر کہانی بھی ہے۔

"میٹھا زہر" علامتی انداز میں لکھا ہوا امتاثرکُن افسانہ ہے جس میں اُنکی اپنے قلم پر گرفت عروج پر ہے۔ اس افسانے میں اُنہوں نے چند سطروں میں پاک و ہند کی تقسیم سے لے کر لمحہ ء موجود تک کی پُوری تاریخ سمو دی ہے۔ تعصب، تنگ نظری، معاشی ناہمواری اور منافقت کی دیمک جو دھرتی ماں کو کھوکھلا کئے دے رہے ہیں۔ ہم کہیں بھی جا بسیں اور کتنا ہی خود کو ان مسائل سے آزاد کر لیں مگر کچھ دھاگے کی وہ ڈور جو کہیں بہت اندر سے آپکو باندھے ہوئے ہے اُسکا کیا کریں گے چاہیں تو اُسے ایک جھٹکے سے توڑ دیں۔۔۔ مگر۔۔۔ وہ جو آپکے اندر خون کی طرح گردش کر رہی ہے اُسکا کیا ہو۔۔۔۔۔

ڈاکٹر خالد سہیل نے زندگی سے متعلق تقریباً ہر موضوع کو چھوا ہے ۔ مشاہدے کی گہرائی بھی کسی ادبی تحریر میں اضافے کا باعث بنتی ہے جو خالد سہیل کی تحریروں میں بدرجہ اتم موجود ہے اور اس اضافی خُوبی کا سبب اُنکا ماہر نفسیات ہونا ہے۔ اور ہر بات کی تہہ تک پہنچنا اِس ماہر نفسیات کی فطرت ہے۔ سو وہ ہر صورتِ حال کو انسانی نفسیات سے منطبق کر کے اُسے قابلِ قبول بنا دیتے ہیں۔ اور ایسا اُنکے اکثر افسانوں میں ہوتا ہے۔

اُنکا افسانہ 'دیوتا' میرا پسندیدہ افسانہ ہے اس میں اُنکا فن عروج پر ہے۔ اتنے اختصار پر بھی بہت مکمل ہے اور اختتام پر تو دم بھر کو سانس لینا بھول گئی۔ اِسی طرح کئی اور جگہوں پر بھی انہوں نے اپنی تحریروں میں رنگ بھرا ہے۔

ڈاکٹر خالد سہیل

وہ کسی ماہر غواص کی طرح بحرِ معانی میں غوطہ زن ہوتے ہیں اور لفظوں کے سچے موتی نکال لاتے ہیں اور پھر اُنہیں ایک مرصع کار کی طرح بڑی سہولت سے اپنی تحریر کے سانچے میں جڑ دیتے ہیں۔ اور پھر اس میں سے از خود دانشوری کسی پہاڑی جھرنے کی طرح پھوٹ نکلتی ہے

کچھ جُملے ملاحظہ فرمایئے

''آپ کبھی کبھار سوچتی ہیں کہ میں اپنا غم بیان کرتے کرتے شاعرانہ انداز اختیار کر لیتا ہوں افسانویت پیدا کر دیتا ہوں لیکن یہ خوشی سے نہیں مجبوری سے ہوتے ہیں چونکہ الفاظ انسانی غم کا بوجھ برداشت نہیں کر سکتے تو ہم تشبیہوں او استعاروں کی بیساکھیاں ڈھونڈ کے لاتے ہیں کہ انکے سہارے چند قدم اور چل سکیں۔۔۔،

'انسانی صلاحیتں بھی سورج کی شعاعوں کی طرح ہوتی ہیں اگر ایک نقطے پر مرکوز نہ ہوں تو آگ پیدا نہیں کر سکتیں۔ میر انخیال تھا کہ آپ کی ذات میرے لیے محدب عدسے کا کام دے گی مگر افسوس ایسا نہ ہو سکا۔ آج میں اپنے رشتے کا ماتم کرنے آیا ہوں'

میرا ماننا ہے کہ ہر کہانی اپنا اسلوب اور زبان اپنے ساتھ لاتی ہے۔ خالد سہیل کے ہاں بھی یہی انداز بھرپُور انداز میں کار فرما ہے۔

خالد سہیل: محبت اور انسانیت کا استعارہ

(ڈاکٹر خالد سہیل کی کتاب کے اجراء کے موقع پر پڑھا گیا مضمون)

ڈاکٹر بلند اقبال

کچھ نام لفظوں سے ملکر وجود میں آتے ہیں اور کچھ لفظ ناموں سے وجود پاتے ہیں مگر کچھ نام ایسے بھی ہوتے ہیں جو اپنی ساخت اور تشکیل میں الفاظ سے زیادہ ایک منفرد معنویت رکھتے ہیں۔ یہ وہ لوگ ہوتے ہیں جو اپنے اظہار میں الفاظ کی تشکیل تو کرتے ہیں مگر اُن کی تخلیقی جبلت بہت جلد اُنہیں لفظوں کے ظاہری ڈھانچے سے نکال کر اُس کے باطنی معنوں سے ہم کنار کر دیتی ہے اور پھر اُن کے لیے الفاظ، جیسے کسی کیمیائی عمل کے دوران حصہ لینے والے محض ساختی عناصر کا اور اُن سے پیدا ہونے والے معنی، سارے سماجی ڈھانچے پر اثر انداز ہونے والے کمپاونڈ کا سا احساس کچھ یوں رکھتے ہیں کہ وہ کسی سائنسدان کی طرح اس سارے کیمیائی عمل کے بہترین نتائج کے لیے اپنی ساری عمر داؤ پر لگا دیتے ہیں۔ معنوں کی تشکیل میں مبتلا ایک ایسا ہی سماجی سائنسدان ڈاکٹر خالد سہیل ہے جو اپنی زندگی کی پچھلی تین دہائیوں سے ایک ایسے انسانی معاشرے کا خواب دیکھ رہا ہے جس میں لفظ ”انسانی معاشرہ“ اپنی اصلی معنویت میں واقعتاً اس کائنات میں اپنا وجود رکھتا ہو۔ وہ الگ بھگ پچھلے تیس سالوں سے اپنے تخلیق کے تمام ترسوتوں سے معنوں کی ایک ہی مضبوط گٹھان کو بار بار باندھ رہا ہے جس کے ہر ایک بل میں انسانیت رنگ، نسل اور مذہب کے مصنوئی دھاگوں کے بجائے محبت کے قدرتی رنگوں کے دھاگوں سے گسی ہوئی ہو۔ اُس گٹھان کی تمام تر ساخت میں لفظ خالد اور سہیل محض انسانیت اور محبت سے بدل کر اپنی تخلیقی شکل کو مسلسل متعین کر رہے ہیں۔ پچھلے تیس سالوں سے وہ اپنے تخلیق کے تمام تر عناصر کو، چاہے وہ نظم ہو یا غزل، افسانہ ہو یا ناول، مضمون ہو یا ترجمہ، انٹرویو ہو یا مباحثہ صرف ایک ہی بائی پروڈکٹ کے حصول کے لیے اپنی تمام ترتوانائیوں کے ساتھ استعمال کر رہا ہے اور وہ ہے۔۔ انسانیت اور محبت۔ خالد سہیل کے نام میں شامل دونوں لفظ اب اپنی لغت کے

ڈاکٹر خالد سہیل

روائتی قد و خال کو توڑ کر بالترتیب انسانیت اور محبت میں اُتر کر تخلیقی دنیا کے لیے وہ خوش بخت فکری اشارہ بن گئے ہیں کہ زندگی کو دیکھنے اور بدلنے کی جمالیاتی نظر میں تبدیلی محض طویل تر تخلیقی تربیت، نت نئے علمی تجربات اور تھکا دینے والے فکری عمل سے ہی ممکن ہے۔

انسانیت اور محبت کے استعارہ خالد سہیل کی ساری زندگی ہجرت سے علامت ہے مگر یہ ہجرت بنیادی طور پر جسمانی سے زیادہ فکری ہے کہ انسانیت اپنی پرتوں میں ہجرت کرے یا ترکِ مکانی، سوائے محبت کے کسی اور منزل کا سراغ نہیں پاتی اور فطرت نے یہ راز اُن کی پیدائش سے قبل ہی ہجرت کے تجربوں کی صورت اُن کے اجداد پر منکشف کر دیا تھا۔ یہی فکر، تجربوں کی صورت پھر اُن کی جبین میں ایک انقلابی رویہ بنی اور سوچ کے اُس دھارے کو جنم دیا جو اپنے تخلیق کے قوس اور زاویے متعین کرتی ہے۔ اُن کی پیدائش سے قبل ہونے والی اُن کے اجداد کی کشمیر سے پنجاب اور پھر امر تسر سے لاہور کی تلخ ہجرت اپنے واقعہ میں اُن کی روحوں کو زخمی کر دینے والے مورثی تجربے بو گئی اور پھر پیدائش کے بعد لاہور سے کوہاٹ کی لسانی، تہذیبی اور معاشی ہجرت، تلخ و شیریں سوالات کی صورت اُن کی نشو و نما پر گہرے اثرات چھوڑ گئی۔ انسانیت اور محبت کے اِس مجنوں کے خمیر میں ہجرت تھی ایسی ہجرت جو اپنی علامت میں فکر کا استعارہ بن گئی۔ فکر، جو زبان، نسل اور مذہب کی بوسیدہ اقدار کے لیے پہلے پہل تو سوال اور پھر اپنی منزل کو نہ پا کر محبتوں میں اپنی جگہ ڈھونڈنے لگی اور جب روائتی معنوں سے ناامید ہو گئی تو بالاخر جواب کی صورت اپنی نئی منزلوں کے لیے ایک بار پھر ہجرت میں مبتلا ہوئی۔ اِس بار فکر کا سفر اپنی ساخت میں زبان، نسل اور مذہب کے علاوہ محبت کے وسیع ترین معنوں کے لیے بھی تھا۔ چاہے وہ خود کو تخلیق دینے والی ماں کی محبت کے لیے تھا یا تخلیق کے بعد نشو و نما دینے والی دھرتی ماں کے لیے، دونوں ہی صورتوں میں اُن کی تخلیقی جبلت نے اُن کا اپنی ماؤں سے وہ رشتہ پیدا کیا جو پھر کرب کی صورت اُن کے افسانوں 'دھرتی ماں اداس ہے'، 'اپنے دور کی یوسف ماں' اور 'تسبیح کے دانوں' میں ظاہر ہوا۔

فکر خود اپنی جبلت میں علم کے سوا کچھ نہیں، شائد یہی وجہ ہے کہ اپنی منزل کی تلاش میں مبتلا خالد سہیل کی فکر نے سوال کے بجائے جواب بننے کے عمل کے لیے ادب، فلسفہ، مذہب اور

نفسیات جیسے سخت اور پتھریلے اور خاردار راستے کو اختیار کیا جس کی منڈیروں پر فیض، ساحر، جوش، ناصر کاظمی اور مجید امجد کے سائے پھیلے ہوئے تھے، جس کے کناروں پر اُگی ہوئی جنگلی بوٹیوں میں کرشن، منٹو، بیدی، عصمت اور قرۃ العین کی خوشبوئیں پھیلی ہوئی تھیں اور جس کی زمین پر بکھری ہوئی مٹی میں فرائڈ، برٹنڈ رسل، الفریڈ ایڈلر، اقبال، مودودی اور ابوالکلام آزاد کی محبتیں بسی ہوئی تھیں۔ خداؤں کے ایمان پر سوال اُٹھاتی ہوئی شاعری ہو یا دھرتی ماں کی امن و آشتی کا سُراغ پانے کے لیے تخلیق کردہ مضامین، انسانیت کے پیار میں ڈوبے ہوئے خالد سہیل کے محبت نامے ہوں یا خارجی دنیا کے وحشت زدہ شور سے انسانی روح کی موسیقیت کے مر جانے کا خوف، خالد سہیل کے اندھے پیار کی گرمی اُس کے قلم کے لیے ایک لامتناہی توانائی کا سبب بن گئی۔ یہ توانائی ہی تو تھی جو کبھی لکھاری کے روپ میں تو کبھی مقرر کی شکل میں، کبھی ماہر نفسیات کی طرح تو کبھی ہیومنسٹ بن کر مشرق اور مغرب دونوں ہی کی دانشمندی کے ملاپ سے انسانی ارتقاء کی اُس نشو نما کا خواب دیکھ رہی تھی جس کی آخری منزل انسانیت کے لیے امن و آشتی اور پیار و محبت ہے۔

خالد سہیل کی پوری زندگی مسلسل محنت اور مستقل فکر سے عبارت ہے۔ اُن کی شخصیت کے تمام تر گرین زون ڈائیمینشنز کی توانائی کا منبع در حقیقت ایک دھکتا ہوا سُرخ زون ڈائمنشن ہے جو اپنی ذات کی ارتقاء میں 'تلاش' سے طلوع ہوا، 'زندگی میں خلا' سے ہمکنار ہوا، 'بھگوان، ایمان اور انسان' کی تلاش میں کسی درویش کی صورت آوارہ ہوا، کبھی "دو کشتیوں میں سوار" کسی ٹوٹے ہوئے آدمی' کی صورت تو کبھی 'امن کی دیوی' بن کر 'خدا، مذہب اور ہیومنزم' کے فلسفوں میں الجھ کر 'دھرتی ماں کی اداسی کا راز جاننے کے لیے 'ہر دور میں مصلوب' انسانیت کو آزاد کرکے اُنہیں امن و آشتی کے نئے 'سمندر اور جزیروں' پر پہنچانے کا خواب خود میں سمیٹے ہوئے ہے۔ خالد سہیل کا سرخ زون ڈائمنشن اپنی معنویت میں نفسیات کی روائتی اصطلاح سے مختلف تخلیقی توانائی کا وہ استعارہ ہے جو ساری کائنات کو اُن کے نام کی معنویت سے بدل کر انسانیت اور محبت کے گرین زون ڈائمنشن میں ایک دن جذب کر دے گا کیونکہ یہ اُن کا ہی نہیں میرا بھی یقین ہے کہ۔۔۔ دنیا میں اتنی ہی سچائیاں ہیں جتنے خود انسان اور اتنی ہی حقیقتیں ہیں جتنی اُن انسانوں کی دانشمندانہ نگاہیں۔۔۔۔

ڈاکٹر خالد سہیل

ڈاکٹر خالد سہیل کے ثوابوں کی پوٹلی

(ڈاکٹر خالد سہیل کے افسانوی مجموعہ 'چند گز کا فاصلہ' کے اجراء کے موقع پر پڑھا گیا)

ڈاکٹر بلند اقبال

رات کا پچھلا پہر تھا اور میں نیم غنودگی کے عالم میں تھا کہ اچانک مجھے یوں لگا جیسے میں زمین سے دور نیلگوں آسمان تک تنے ہوئے کسی پُل پر کھڑا ہوا ہوں اور حیرت و استعجاب سے بادلوں میں کھوئے ہوئے راستے کو ڈھونڈ رہا ہوں۔ پیچھے دیکھتا ہوں تو ایک گھناڈراونا سا جنگل ہے جس میں گونجتی ہوئی آوازوں میں کہیں کہیں میری خوف زدہ گھٹی ہوئی چیخیں بھی بلک رہی ہیں، آگے دیکھتا ہوں تو گھُپ اندھیرا، گہرے بادلوں میں ایک تاریک سا راستہ ہے جس میں سرسراتے ہوئے سائے کسی کھوئی ہوئی منزل کی جانب سرگرداں تھے۔ تند ہوائیں جھولتے ہوئے پُل سے گہری کھائیوں کا وہ منظر دکھا رہی تھیں کہ دل دہل جاتا تھا۔ میں کبھی ڈوبتے ہوئے دل کو تھامتا تو کبھی پُل کے کناروں کو پکڑ لیتا کہ اچانک میری نظر ایک باریش شخص پر پڑی جس کی آنکھوں میں نوجوانی کی چمک اور چال میں ہرن جیسی لپک تھی۔ وہ اپنے سر پر ایک گٹھری سمیٹے کسی کچھوے کے مانند خرماں خرماں اعتماد کے ساتھ چل رہا تھا۔ جہاں ہوائیں تھپیڑے لگاتیں یا آسمان سے بجلی گرج کر گرتی تو وہ اپنی گٹھری سے خود کو چھپا لیتا اور پھر کچھ دیر میں اپنا سفر شروع کر دیتا۔ میں نے حیران نگاہوں سے اُسے دیکھا اور پھر بنا کسی خیال کے اُس کی طرف قدم بڑھا دیا۔ اُس نے مجھے ایک دلفریب مسکراہٹ سے دیکھا اور شرارتی انداز سے ایک آنکھ دبا کر کہا کہ کیسا لگتا ہے یہ پُل صراط کا سفر؟ راستہ ہے کٹھن اور منزل مشکل'میں نے جب اُس کے لفظوں میں اپنایت کی خوشبو پائی تو بے تکلف ہو کر کہا۔ کیا کروں پیچھے ہے راکھ، راستے میں ہیں یہ تیز و تند ہوائیں اور گہری کھائیاں اور آگے کا راستہ بھی سنسان نہ آدم نہ آدم زاد، تم یہ کیا چھتری لے کر نکلے ہو؟'میں نے گٹھری کی طرف اشارہ کیا۔ وہ مسکرایا اور پھر میرے برابر ستانے کے لیے بیٹھ گیا۔ پوٹلی کھولی تو میرے سامنے بہت ساری کتابیں بکھر گئیں۔ میرے منہ سے اچانک نکلا

تو یہ ہے تمھارے ثوابوں کی پوٹلی۔۔ میں نے ہاتھ بڑھایا تو ایک کتاب میرے ہاتھوں میں نمایاں ہوتی چلی گئی، آنکھیں جھپکائیں، باریش نوجوان کی طرف دیکھا، پُل صراط پر نظر کی اور کتاب کے ٹائٹل پر نظر ڈالی تھا 'چند گز کا فاصلہ'۔۔ میں نے چند صفحے پلٹے اور لمحے بھر میں چند صدیوں پیچھے چلا گیا اور پھر تاریخ، ادب، تہذیب، مذہب، فلسفہ اور نفسیات سے بھری اس پوٹلی میں اُس باریش نوجوان کے ثوابوں کو یکے بعد دیگرے ٹٹولنے لگا۔

'چند گز کا فاصلہ' اُس کی پوٹلی کا ابتدائی اور استعارتاً مجموعی ثواب تھا جس میں وہ کچھوے کی سست علامت میں اُتر کر اٹھارویں صدی کے چارلس ڈارون کے حیاتیاتی نیچرل سلیکشن natural selection سے اکیسویں صدی کی مصنوعی سماجی بریڈنگ تک کا دو صدیوں کا ارتقائی سفر محض دو صفحوں میں طے کر کے شعور سے لاشعور تک پہنچنے والی گم گشتہ جنت تک پہنچنے کا پہلا قدم اُٹھا رہا تھا اور میں سوچ رہا تھا حیاتیاتی سفر کے مثبت اور سماجی تبدیلی کی منفی تبدیلی کے درمیان کچھوے کی سست رفتاری عالمی اردو ادب میں علامت نگاری کی ایک منفرد شکل ہے جو سائنسی تہذیبی ارتقا اور سماجی تہذیبی تنزل کے درمیان پھنسی ہوئی منجمد فکر کے لیے ایک اشارہ بھی ہے۔ پوٹلی کا دوسرا ثواب 'دو پیروں والی ماں' تہذیبوں کے تکلیف دہ کربناک سفر کے دوران انسانوں اور جانوروں کے درمیان محبت کی علامت بن کر ایک امید کی صورت نظر آ رہا تھا۔ ابھی میں محبت کے اس منفرد تصور میں کچھ ہی دیر کے لیے الجھا تھا کہ دو پیروں والی ماں کا محبت بھرا تصور اچانک چار پیروں والے بچے کے بدن سے نکل کر دھرتی ماں کے سینے میں اُتر گیا اور ادُاسی سے دھڑکنے لگا اور میں پوٹلی کے تیسرے ثواب میں شامل ہو گیا جس میں بیک وقت ایک عورت، ماں، 'خاندان اور دھرتی کی صورت اپنے عہد کا تاریخی و تہذیبی مرثیہ بن گئی تھی۔ کشمیر میں گرنے والے محبت بھرے جھرنوں کی طرح زندگی کی رعنائیوں کو خود کو سمولینے کے بجائے آگ و خون کی ہولی میں ہجرتوں کے عذاب سمیٹی ہوئی دھرتی ماں کی اداسی محض ایک خاندان کا نہیں بلکہ ایک تاریخ کا قصہ تھا جس کے تانے بانے پاکستان کی سماجی اور سیاسی ٹوٹ پھوٹ کے پیچھے چھپے ہوئے مذہبی، لسانی اور نسلی تعصبات کو مخدوش عالمی معاشرے سے جوڑ کر انسانی رویوں کے ارتقائی عمل پر سوالیہ نشان چھوڑ رہے تھے۔ 'میٹھا

ڈاکٹر خالد سہیل

زہر، مذہبی زیا بیٹس کے شکار پاکستان کی دھرتی ماں کے انجام کی صورت ایک ایسے ثواب کی شکل میں پوٹلی میں شامل تھا جس کی کڑوی مٹھاس نہ صرف ہندوستانی ثقافت میں عربی تہذیب کی مصنوعی آمیز ش کے نتیجے میں پیدا ہوئی تھی بلکہ تہذیبوں کے اس مصنوعی ملاپ میں آسمانی مذاہب کے کردارو اثرات پر تنقیدانہ رویہ کا سبب بھی بن گئی تھی۔ جوں جوں میں پوٹلی کھول کر ثوابوں کو ٹٹول رہا تھا مجھے اُس باریش نوجوان کے چہرے پر بدلتے ہوئے رنگوں میں کبھی 'برابر لیکن مختلف' اور 'یوسف کی ماں' کے یوسف تو کبھی 'الجبرا یا جیومیٹری' کی صورت میں وہ عکس نظر آر ہا تھا جو تیسری اور پہلی دنیا کے تصادم سے پیدا ہونے والے اُس نئے شخص کی شکل تھی جو خود آگہی کے ایک مسلسل عمل سے گزر رہا تھا۔ خود شناسی کا یہ عمل خود احتسابی سے مختلف تھا کہ خود احتسابی میں لاشعور میں کہیں کوئی انجانے گناہ کا احساس بھی دبا ہوا ہوتا ہے جبکہ خود آگہی کے قدرتی دھاگے اخلاقیات کے مصنوعی ریشمی سوتوں کے بجائے لاشعور کے لامحدود تناور درخت کی گہری جڑوں سے کہیں بندھے ہوتے ہیں۔ 'چند قدم آگے' کے ان ثوابوں کو پا کر میر ادل پھر سے لمحے بھر میں سو سال پیچھے جا کر دھڑکنے لگا اور فرائڈ کے Oedipus complex میں الجھ کر اُس باریش نوجوان کا اُس کی دھرتی ماں اور آسمانی باپ سے رشتہ ڈھونڈنے لگا۔ مجھے یوں لگا جیسے آسمانی باپ سے اس جیلیسی jealousy کی وجہ کہیں اُس باریش نوجوان کا اپنی دھرتی ماں سے غیر مشروط اندھا پیار تو نہیں جو اُسے خود سے بے نیاز کر کے خوابوں کی اُس دنیا میں لے گیا ہے جہاں وہ لاشعوری طور پر اپنی ماں کا محبوب بھی بننا چاہتا ہے اور اُس کے سارے دکھ درد سارے کرب خود میں اُتار لینا چاہتا ہے۔ اس خیال کے آتے ہی میری زبان یکا یک میٹھے زہر سے ترش ہو گئی:

"مجھے ایک غیر ایک عرب سے شادی نہیں کرنی چاہیے تھی جس کی نہ میں زبان سمجھتی تھی نہ ثقافت اور مجھے بالکل پتہ نہ تھا کہ اُس کے اعصاب پر ایسا آسمانی مذہب ہے جو میرے بچوں کے خون میں زہر بن کر پھیل جائے گا۔ وہ اِس میٹھے زہر کے نشے سے باہر نہ نکل سکیں گے اور خدا کے نام پر ایک دوسرے کی جان کے دشمن بن جائیں گے۔ اب میں اپنے بچوں کی بیماری پر دن رات آنسو بہاتی ہوں اور ان کی موت پر بین کرتی ہوں لیکن میری بات سننے والا کوئی نہیں"

مگر ساتھ ہی خود آگہی کا عمل اُسے اپنے خلاف دلائل پر بھی آمادہ کرتا ہے اور 'برابر لیکن مختلف' میں خود اپنے ہی مخالف عکس کو مد مقابل لا کھڑا کرتا ہے:

"میں بچوں کو مذہبی تعلیم دینے کے خلاف ہوں اس سے ہم مذہبی تعصب اور نفرت پھیلاتے ہیں 'یوسف بولا۔ 'میں اپنے بچوں کو مذہب کی تعلیم ایسے ہی دوں گا جیسے تاریخ اور سائنس کی تعلیم' عفیفہ مسکرائی، 'دیکھو یوسف مذہب میں توہمات اور rituals کی اور بات ہے لیکن اس کا اہم پہلو تہذیب، ثقافت اور کلچر ہے۔ یہی کلچر بچوں کی تربیت اور ہماری شناخت کا سبب بنتا ہے۔

'لیکن فخر کس بات کا۔۔ میں نے پچھلے کئی سالوں سے شلوار قمیص نہیں پہنی۔ پاکستان میں پہنا کرتا تھا اب پتلون پہنتا ہوں۔ اگر میں پاکستان میں پیدا ہوا تو یہ ایک حادثہ تھا۔ میں چین میں، سعودی عرب یا افریقہ میں بھی پیدا ہو سکتا تھا اس میں فخر کیسا۔ مجھے ان خصوصیات پر فخر ہونا چاہیے جو میں نے خود اپنی شخصیت میں پیدا کی ہیں"

ثوابوں کی اس پوٹلی میں مجھے اب تک اُس کی ذات کے انفرادی شعور سے اجتماعی لاشعور تک کا سفر تثلیث کے تینوں سروں پر ذات، دھرتی ماں اور آسمانی باپ کے گرد پرکار کی صورت گھومتا ہوا نظر آ رہا تھا اور میں پل صراط پر کھڑے اُس باریش نوجوان کی منزل کے جانب سفر میں وجد کی اُس کیفیت کو ڈھونڈ رہا تھا جو تثلیث سے آگے کا سفر تھا کہ اچانک میری انگلیاں 'درویش چاند اور سورج' کو چھونے لگیں۔ درویش جو انسانیت کا وہ استعارہ ہے جہاں ذات لفظوں سے بالاتر ہو کر محض محبت بن جاتی ہے ایسے میں سورج اور چاند چاہے دو مختلف انسانوں کے متضاد رویوں کی علامتیں ہوں یا کائناتی حقیقتیں 'محبت جیسے عظیم جذبے میں شامل ہو کر صرف محبت کا جزو بن جاتی ہیں۔ چاند اور سورج کے ملاپ میں درویش کی مجنونانہ محبت بھی جب ہار جاتی ہیں تو وہ واپس اپنی کٹیا میں لوٹ آتا ہے اور کافی دیر تک اندھیرے میں بیٹھا خلاؤں کو گھورتا رہتا ہے حتی کہ اُسے ایک شعر یاد آتا ہے:

میں اپنی ذات کی گہرائیوں میں جب اُترتا ہوں
اندھیروں کے سفر میں روشنی محسوس کرتا ہوں

ڈاکٹر خالد سہیل

احساس کا یہ سفر اُسے وجد کی اُس روحانی کیفیت میں لے جاتا ہے جہاں وہ آسمانی دیوتاؤں کی تلاش میں نکلتا ہے کہ یہی وہ منزل ہوتی ہے جب محبت کا وسیع و بلیغ تصور اُسے درویشانہ صفتیں نواز کر زندگی اور موت کی حقیقتوں سے ہمکنار کرتا ہے اور 'دیوتا' کے اصل معنوں کا شعور بھی دے دیتا ہے:

"لوگ واپس آئے تو اِن کے من کی راکھ میں دبی چنگاریاں دوبارہ شعلوں میں بدلنے لگیں اور ہر شخص اپنے دل میں ایک خواہش ایک خواب ایک آرزو یا ایک اضطراب لے کر لوٹا۔ اس طرح لوگوں کے چہروں پر پڑی راکھ آہستہ آہستہ کم ہونے لگی اور ان کے چہروں کی بشاشت اور زندگی کی حرارت لوٹ آئی۔ اس شہر کے انسانوں کی زندگی میں خوشیوں کے دن طویل اور غموں کی راتیں چھوٹی ہونے لگیں۔ اُس کے بعد جب بھی لوگوں کے من میں آگ کی لو میں کمی ہونے لگتی وہ دوبارہ اس پہاڑ کے سائے میں اس دیوتا سے ملنے چلے جاتے۔ اور پھر ایک دن خبر آئی ۔۔۔ 'دیوتا مر گیا'۔ سب لوگ جوق در جوق اس پہاڑ کی طرف لپکے جس کی آغوش میں وہ دیوتا اپنا وقت گزارا کرتا تھا۔ اُن کی ملاقات دیوتا سے تو نہ ہوئی اسکی لاش سے ہوئی جس نے مرنے سے پہلے زمین پر انگلی سے لکھ رکھا تھا:

"تم میں سے ہر انسان ایک دیوتا ہے"

یہ شعور صرف انسان کو نہیں بلکہ دیوتا کو بھی ایک منزلت عطا کر دیتا ہے کہ دیوتا جو لامحدود میں اُترنے سے قبل محض 'نہیں' تھا مگر انسان کے بدولت 'ہاں' کی صورت اُترا۔ انسان جو کبھی محض خدا کا عکس تھا اور اُس کے سوئے ہوئے خوابوں میں کسی جاگتے ہوئے احساس کی صورت میں تھا جو اُس کا تابعدار تو تھا مگر بے وفا جبین کی شکل میں تھا جو خواہشوں اور اضطراب سے الجھی ہوئی ننگی تلواروں کی طرح اپنے آپ سے نبرد آزماء تو تھا مگر دیوتا کی طرح زماں و مکاں کی لامحدود انتہاؤں کے درمیان کسی انجانے خواب یا آرزو کی صورت اُسی کے روپ میں سمٹا ہوا بھی تھا۔ دیوتا جب انسانیت کی معراج کو چھوتا ہے تو محبت کا استعارہ بن کر لفظوں اور معنوں سے ماوراء ہو جاتا ہے اور

تثلیث سے آگے وجد کا عنوان بن جاتا ہے مگر وجد کی اس منزل کا سفر صرف مذہب سے نہیں بلکہ تاریخ، ادب، تہذیب، فلسفہ، اور نفسیات کے شعور میں طے ہوتا ہے۔

اچانک تیز و تند ہوائیں چلیں تو میں نے دیکھا وہ باریش نوجوان اپنے ثوابوں کو پوٹلی میں جلدی جلدی بھر کر اُسے پھر سے اپنی کمر پر لادنے لگا اور پھر ایک مسکراہٹ مجھ پر ڈال کر کہنے لگا 'تو پھر پڑاؤ کا خیال ہے یا اگلی منزل کا ارادہ ہے؟' میں نے پشیماں ہو کر کہا 'ابھی تو میرا وجدان اُس منزل پر نہیں شائد ابھی کچھ وقت اور چاہیے۔' یہ سُن کر اُس نے اس بار سنجیدگی سے کہا 'منزلیں ٹھہرنے سے نہیں سفر سے ملتی ہیں چاہے سفر محدود سے لامحدود کا ہو مگر ہے تو 'چند گز کا فاصلہ۔۔' کچھ ہی دیر میں پُل صراط پر بادلوں کی گھٹائیں اُمڈ آئیں اور پھر وہ مینہ برسا کہ میں سر سے پاؤں تک تر ہو گیا۔۔ آنکھ کھلی تو کیا دیکھتا ہوں کہ میری بیوی شجعیہ پانی کا گلاس ہاتھ میں لیے میرے سامنے کھڑی ہے اور چھینٹے میرے منہ پر مار کر مجھے اُٹھا رہی ہیں۔

"بلند اُٹھیں بھئی کمرے میں جا کر سوئیں"

میں ہڑبڑا کر اُٹھا تو وہ کہنے لگیں "کل رات پڑھتے ہوئے آپ کی لائبریری میں ہی آنکھ لگ گئی اور جناب کتابوں پر ہی سر رکھ کر سو گئے۔"

میں نے سر اُٹھا کر دیکھا تو ریڈنگ ٹیبل پر ڈاکٹر خالد سہیل کی کتاب 'چند گز کا فاصلہ' رکھی تھی جو شائد دو دن قبل ہی انہوں نے مجھے تحفے میں دی تھی۔ میں نے جواب میں شجعیہ کی طرف مسکرا کر دیکھا اور زیرِ لب بڑبڑایا: 'منزلیں ٹھہرنے سے نہیں سفر سے ملتی ہیں چاہے سفر محدود سے لامحدود کا ہو مگر ہے تو 'چند گز کا فاصلہ۔۔' شجعیہ نے چونک کر کہا کیا کوئی خواب دیکھا ہے؟ میں نے آہستہ سے کہا نہیں۔۔۔ نیند سے جاگا ہوں!

ڈاکٹر خالد سہیل

خالد سہیل کی افسانہ نگاری

خالد سہیل دورِ حاضر میں معقولیت پسندی کی میزان پر انسانی رشتوں کی پہچان کے فن کار ہیں۔ ہمارے کندھوں پر صدیوں کی روایت کا جو بوجھ خوش عقیدگی اور دقیانویت نے مسلط کر رکھا ہے اس سے خالد سہیل سماجی ضرورتوں کے عرفان اور معروضیت کے ذریعے نجات پانا چاہتے ہیں۔ وہ مشرق کے ماضی پرست معاشرے سے ہجرت کر کے مغرب کے دور افتادہ اور نسبتاً مرفہہ الحال معاشرے میں جا بسے ہیں لیکن اس تبدیلی نے ان کی شخصیت کو پارہ پارہ نہیں کیا ہے اور وہ انسانی وجود کی بنیادی اور غیر منقسم حیثیت کے علمبردار ہیں۔

ان کی کہانیاں اس روشن خیال فرد کے افکار و اقدار کی داستانیں ہیں جو قوم و نسل 'مذہب اور عقیدے 'جنس اور جذباتیت 'رنگ اور روایت کی جکڑ بندیوں کو توڑ کر فطری زندگی جینا چاہتا ہے۔ مرد اور عورت کا رشتہ بھی اس حیاتیاتی اور صالح مندانہ بنیادوں پر طے کرنا چاہتا ہے۔ اس اعتبار سے ان کی کہانیاں انسانی زندگی کے نئے افہام اور معروضی تفہیم کی طرف رہبری کرتی ہیں اور اردو ادب کو ایک نئی فکری اور فنی جہت بخشتی ہیں۔

ڈاکٹر محمد حسن

(پروفیسر جواہر لال نہرو یونیورسٹی نئی دہلی انڈیا)

جولائی ۱۹۹۰

ڈاکٹر خالد سہیل

ڈاکٹر خالد سہیل

دیوتا